BASTEI
LÜBBE

BASTEI LÜBBE JACK McDEVITT IM TASCHENBUCH-PROGRAMM:

24 208 Gottes Maschinen
24 235 Die Küsten der Vergangenheit
24 245 Die ewige Straße

Jack McDevitt

MONDSPLITTER

Roman

Ins Deutsche übertragen von Thomas Schichtel

BASTEI LÜBBE

BASTEI LÜBBE TASCHENBUCH
Band 24 268

Erste Auflage: Februar 2000

Originaltitel: Moonfall
Lektorat: Alexander Lohmann / Stefan Bauer
Titelbild: Oliviero Berni / Agentur Schlück
Umschlaggestaltung: QuadroGrafik, Bensberg
Satz: Fotosatz Steckstor, Rösrath
Druck und Verarbeitung:
Brodard & Taupin, La Flèche, Frankreich
Printed in France
ISBN 3-404-24268-8

Sie finden uns im Internet unter
http://www.luebbe.de

Der Preis dieses Bandes versteht sich einschließlich der gesetzlichen Mehrwertsteuer

Für Fran und Brian Cole,
die Clearwater-Desperados

Danksagungen

Für Beistand, Rat und Ermutigung stehe ich in der Schuld von Franklin R. Chang-Díaz vom Lyndon B. Johnson Space Center; von Ted Dunham und Bruce Koehn vom Lowell Observatory; von Terry Gipson, St. Louis Science Center; Sergei Pershman, University of Pennsylvania; Eileen Ryan, Kitt Peak National Observatory; Jim Sharp, früher beim Smithsonian Air & Space Museum; George Tindle, US-Zoll; sowie Judith A. Tyner, California State University, Long Beach.

Das Manuskript profitierte auch von den Anleitungen Fred Espenaks vom NASA Goddard Center, sowohl unmittelbar als auch von seinem hervorragenden Buch *Fifty Year Canon of Solar Eclipses: 1986 – 2035* (Sky Publishing Corp., Cambridge, MA, 1988).

Dank auch an Ben Bova für die Genehmigung, seine Version einer Mondbasis zu benutzen, deren Einzelheiten vor allem aus *Welcome to Moonbase* (Ballantine Books, 1987) stammen.

Geoff Chester vom US Naval Observatory und der Science-Fiction-Autor Walt Cuirle vom Isaac-Asimov-Seminar mußten sich, während ich das vorliegende Buch schrieb, ständig Belästigungen gefallen lassen. Sie ertrugen es geduldig und sind, wie ich glaube, immer noch bereit, mit mir zu reden.

Maureen McDevitt half dem Manuskript, mehrere Inkarnationen durchzustehen, und Caitlin Blasdell steuerte von HarperPrism aus ihre gewohnte, sichere Urteilskraft bei. Dank auch an Dolores Dwyer für redaktionelle Unterstützung.

Ron Peiffer half bei den Abschnitten, die mit der Küstenwache zu tun haben, und Lewis Shiner lieferte das Duct Tape.*

* US-amerikanisches Warenzeichen für ein Vielzweck-Klebeband.

›Wenn man sich an gewaltige Aufgaben wagt, um ruhmreiche Erfolge zu erringen, und dann scheitert, ist es immer noch besser, als sich unter den bescheidenen Geistern einzureihen, die weder viel Freude noch viel Leid erfahren, denn sie leben im grauen Dämmerlicht, das weder Sieg noch Niederlage kennt.‹

– Theodore Roosevelt

KAPITEL EINS

TOTALE FINSTERNIS
MONTAG, 8. APRIL 2024

1.

Kreuzfahrtschiff *Merrivale*, Ostpazifik
5 Uhr 21 (9 Uhr 21 Ostküsten-Sommerzeit)

Die *Merrivale* war unterwegs nach Honolulu. Vier Tage, nachdem sie Los Angeles verlassen hatte, setzte die Sonnenfinsternis ein. Nur wenige Passagiere standen auf, um sie mitzuerleben. Horace Brickmann allerdings, der eine Menge Geld für diese Kreuzfahrt ausgegeben hatte, wollte Amy beeindrucken und als Mann mit breiten wissenschaftlichen und künstlerischen Interessen dastehen. *Ja,* hatte er ihr am Abend zuvor gesagt, als sie neben den Rettungsbooten standen, dem gleichmäßigen Trommeln der Schiffsmotoren lauschten und zusahen, wie die Bugwelle in der Dunkelheit verlief, *eine totale Finsternis. Möchte sie keinesfalls versäumen. Um ehrlich zu sein, bin ich deshalb auf diese Fahrt gegangen.* Und als sie darauf hinwies, daß die Finsternis auch in weiten Gebieten der Vereinigten Staaten sichtbar sein würde, versetzte er aalglatt, daß es nicht dasselbe war.

Sie deutete an, daß sie das Ereignis ebenfalls gern miterleben würde. Amys Schönheit im Sternenlicht brachte sein Blut in Wallung und rief ihm seine Zwanziger wieder ins Bewußtsein, die in seiner Erinnerung eine Zeit der Romantik und der Leidenschaften waren. Horace hatte den Eindruck, daß *er selbst* die diversen Beziehungen seiner Jugend beendet hatte, sehr zur Verzweiflung der Frauen; daß er in diesen jungen Jahren noch nicht für eine ernsthafte Bindung bereit gewesen war. Trotzdem erlebte er zuzeiten, wie er nachts wach wurde und der einen oder anderen seiner Verflossenen nachtrauerte. Gelegentlich fragte er sich, wo sie heute waren und wie es ihnen ging.

Eine merkwürdige Morgendämmerung hielt Sonne und Mond gemeinsam in kalter, grauer Umarmung. Das Meer war rauh geworden, und Horace saß auf seinem Stuhl, trank heißen Kaffee und fragte sich, was Amy aufhielt. Er zog sich den Wollpullover über den Bauch hinunter und erinnerte sich daran, daß es gefährlich war, den Blick direkt auf das Schauspiel zu richten. Die meisten der anderen Frühaufsteher hatten Decken mitgebracht, aber Horace wollte eine schneidige Figur machen, und eine Decke hätte einfach nicht zu dem gewünschten Image gepaßt.

Zu seiner Bestürzung tauchte vor ihm ein redseliger Bankier auf, den er tags zuvor kennengelernt hatte, begrüßte ihn mit einer Munterkeit, die früh morgens immer ärgerlich wirkt, und setzte sich in einen Liegestuhl neben ihm. »Wundervolles Erlebnis, das«, meinte der Bankier und blickte ungefähr in Richtung der Sonnenfinsternis, während er eine zusammengefaltete Ausgabe des *Wall Street Journals* aus einer Tasche seines meerblauen Blazers zog. Er versuchte, im grauen Licht die Zeitung zu lesen, gab aber wieder auf und senkte das Blatt auf den Schoß.

Daraufhin plauderte er über Waren, Kabrios und Gewinnspannen bei Börsenkursen. Horace' Blick schweifte über die fast leeren Decks. Ein Mann in mittleren Jahren stand an der Reling und betrachtete die Sonnenfinsternis durch eine Sonnenbrille. Ein Steward kam lässig heranspaziert und bot ihm eine der Sichthilfen an, die schon auf dem Schiff verteilt worden waren. Horace war zu weit entfernt, um das Gespräch zu verstehen, aber er sah den verärgerten Ausdruck das Passagiers. Nichtsdestoweniger nahm dieser das Sichtglas entgegen, wartete, bis der Steward sich abgewandt hatte, steckte es in die Tasche und blickte wieder in die Sonne. Der Bankier plapperte weiter, voller Sorge, die Bundesregierung könnte den Primärzins erneut anheben.

Der Wind frischte jetzt auf.

Der Steward näherte sich Horace und dem Bankier und hielt ihnen die Sichtgläser hin. »Sie sollten lieber nicht direkt in die Sonne blicken, Gentlemen«, sagte er. Horace nahm eins an. Es bestand aus einem blauen Plastikrohr von etwa fünfzehn Zentimetern Durchmesser mit einer Scheibe Aluminiumfolie an einem Ende. »Richten Sie es auf die Sonnenfinsternis, Sir«, empfahl der Steward, »und es projiziert das Bild der Sonne auf die Scheibe. Sie können dann den Vorgang völlig unbesorgt verfolgen.« Das Rohr war mit der Seitenansicht des Schiffes und dessen Namen verziert. Horace bedankte sich.

Amy hatte sich inzwischen um zwanzig Minuten verspätet. Sie mußte sich allerdings um eine achtjährige Tochter kümmern, so daß jede Verabredung mit ihr ein gewisses Maß an Unsicherheit mit sich brachte.

Auf einmal merkte Horace, daß ihm der Bankier eine Frage gestellt hatte. »Tut mir leid«, sagte Horace. »Ich war in Gedanken woanders.«

»Kein Problem, Partner.« Der Mann hatte die mittleren Jahre bald hinter sich. Er war ausgesprochen massig und wirkte wohlhabend. Das schwarze Haar glänzte wie polierte Schuhe, und der Liegestuhl ächzte jedesmal protestierend, wenn der Mann das Gewicht verlagerte. »Ich weiß genau, was Sie meinen.«

Tiefe Dunkelheit hatte sich auf das Schiff gesenkt. Der Bankier räusperte sich und warf einen kurzen Blick auf seine Uhr. Er mußte den Arm heben, damit sich Licht aus einem Bullauge auf dem Instrument spiegelte. Es war, als wolle er mit der Uhrzeit auch das Ereignis kontrollieren. Die letzten Reste grauen Lichtes verschwanden vom Himmel, und die Korona breitete sich flammend aus, fahl und trübe. Horace hörte, wie sich manche Leute ehrfürchtig unterhielten und andere tief Luft holten.

Die Sterne tauchten auf, und die Dunkelheit verschlang das Meer.

»Wunderbare Sache, die Natur«, sagte der Bankier. »Schön.«

Horace nuschelte eine passende Antwort.

Nach etwa einer Stunde fand der Vorgang sein Ende. Die Sonnenfinsternis war vorüber, und der Bankier ging zum Frühstück unter Deck. Amy ließ sich nicht blicken, und die *Merrivale* pflügte weiterhin durch ein graues und aufgewühltes Meer.

Horace blieb noch lange in seinem Liegestuhl. Eine klamme Kälte war über ihn gekrochen. Als er später über die Decks spazierte, entdeckte er Amy und ihre Tochter mit mehreren anderen Personen an einem Eßtisch. Sie unterhielt sich angeregt mit einem Mann, den Horace tags zuvor beim Turmspringen gesehen hatte. Horace blieb eine Zeitlang stehen, aber Amy blickte nicht ein einziges Mal auf.

Es schien, als berührte der Schatten, der sich über das Schiff gelegt hatte, das Herz aller Dinge.

Raumstation L1, Flugdeck der *Percival Lowell*, 8 Uhr 03

Im Grunde haben wir schon immer gewußt, daß die Kanäle Quatsch sind, daß Percival Lowells *Netz miteinander ver-*

bundener Linien und die Flächen, die dunkler wirkten, wenn im Sommer das Wasser floß, ebenso eine Selbsttäuschung waren. Adams und Dunham wiesen schon 1933 nach, ehe ich geboren wurde, daß der Sauerstoff auf dem Mars weniger als ein Zehntelprozent des terrestrischen Niveaus erreichte. Das hätte uns eigentlich genügen sollen. Die Leute hofften jedoch weiter, sogar noch bis zu meiner High-School-Zeit in den Sechzigern. Bis Mariner 4 *direkt nach Thanksgiving 1964 diese beschissenen Bilder schickte und wir wußten, daß wir das Ende vor uns sahen.*

Rachel Quinns Großvater hatte Astronom werden wollen, aber er besuchte das falsche College, weil es vor Ort war und nicht viel kostete. So blieben ihm nicht viele Möglichkeiten, und schließlich wurde er Buchhalter. Aber er besaß ein wunderbares Teleskop, durch das Rachel die Monde des Jupiters, den Dämonenstern Algol und den Großen Kometen von 2011 erblickte. Und auch sie fand es schade, daß der Mars keine Kanäle zu bieten hatte.

In diesen Tagen der Startvorbereitung mußte sie oft daran denken: Wie anders wäre diese Mission gewesen, hätte am Ziel jemand gewartet. *Willkommen, Leute von der Erde.* Na ja, der Mars wies ein paar primitive Lebensformen auf, aber nichts, das von Rachels Eintreffen Notiz nehmen würde.

Sie fragte sich, warum das Bedürfnis, andere Lebewesen zwischen den Lichtern des Himmels zu finden, so ausgeprägt war. Tatsächlich schien niemand zu erkennen, um wieviel sicherer die Menschen alleine waren.

Der Start sollte in zweiundzwanzig Tagen erfolgen. Sonnenlicht brannte durch die Fenster und glänzte auf dem silbernen Bug der *Lowell*. Sie befanden sich hier auf der Lagrange-eins-Station, volkstümlich unter dem Kürzel L1 bekannt, auf einer Position zwischen Erde und Mond, achtundfünfzigtausend Kilometer über der

Mondoberfläche. Und man war zum Aufbruch bereit. Man hatte den Nuklearreaktor des Schiffes in der Mojave-Wüste und auf einer Umlaufbahn um den Mond getestet; die Navigationssysteme waren bereits fest auf den Mars eingestellt; die Vermessungseinrichtung war verladen; die Ersatzteile waren an Bord, und die Videobibliothek befand sich an Ort und Stelle. Einer der Techniker hatte die Steuerschaltungen darauf programmiert, Rachel jeden Morgen eine Variante der Frage zu stellen: »Ist es schon soweit?«

Die NASA hatte Schulkinder aus der ganzen Welt dazu aufgefordert, dem nukleargetriebenen Schiff, das zum Mars fuhr, einen Namen zu geben. Der Gewinner sollte eine Reise hinaus zur L1 erhalten, wo er zusammen mit den sechs Astronauten fotografiert werden und den Start verfolgen würde. Hunderttausende von Vorschlägen gingen daraufhin ein, Namen in allen Sprachen der Erde. Eine Armee aus Sekretärinnen, untergeordneten Mitarbeitern und Assistenten sichtete die Flut und gab die Vorschläge, die originell und atmosphärisch reizvoll schienen, an ein Komitee aus Preisrichtern weiter. Gerüchte von Animositäten und einer Blockade kursierten, und tatsächlich trat einer der Preisrichter zurück, aber das Komitee ging schließlich mit dem Ergebnis seiner Wahl an die Öffentlichkeit: die *Percival Lowell.*

Es hatte etwas Ironisches an sich, das Mars-Schiff nach jemandem zu benennen, der sich sowohl monumental geirrt hatte als auch diesem Irrtum bis zum Tod standhaft treu geblieben war. *Aber er hat,* sagte der Gewinner, *stellvertretend für uns alle geträumt. Ohne ihn hätten wir weder* Barsoom *noch* Die Marschroniken. *Der unwiderstehliche Drang, der uns hinaustreibt, wurde mit* Percival Lowell *geboren.* Diese Worte waren in Rachels Gedächtnis haftengeblieben. Sie stimmte der Aussage nicht zu, aber man konnte plausibel zu ihren Gunsten argumentieren.

Das Kind, ein chinesischer Oberschüler aus Kanton, sollte in zwei Wochen mit dem Rest der Besatzung eintreffen. Bislang war außer Rachel nur der Geologe und Flugingenieur Lee Cochran an Bord.

Rachel war egal, welcher Name auf den Rumpf geschrieben wurde, solange das Schiff nur startbereit war. Und zum ersten Mal in ihrer ganzen Erfahrung mit staatlichen Projekten schien alles so geplant zu sein, daß noch zeitliche Reserven blieben.

Die *Lowell* bestand aus einem langen Zentralstiel mit dem Flugdeck und den Besatzungsunterkünften vorne und dem Nukleartriebwerk am Heck. Die Unterkünfte, nicht jedoch das Flugdeck, konnte man in Rotation versetzen, um eine Schwerkraft von 0,07 g zu simulieren. Das reichte zwar nicht, um die Reise bequem zu gestalten, aber es entsprach fast der Schwerkraft, wie sie auf der Station selbst herrschte, und betrug beinahe die Hälfte der Mondgravitation. Ein Landungsboot war am Bauch des Schiffes befestigt. Sensorenschüsseln, Teleskope, Zuleitungsluken und Antennen ragten aus dem Rumpf hervor.

Das Raumschiff verfügte über einen Plasmaantrieb auf der Basis des Variablen Spezifischen Impulses. Diese Technik, bei der ein Plasmastrom aus Ionen und Elektronen ohne Elektroden, elektrothermisch, radiofrequenzgeheizt und magnetisch ausgerichtet wurde, war in den späten 1990ern entworfen, aber erst aktiv entwickelt worden, als Präsident Culpepper entschied, wirklich in eine Marserkundung einzusteigen, als logischen Schritt nach der Errichtung der Mondbasis.

Vor Jahren hatte Rachel einen Prototypen geflogen, einen Mondbus, angetrieben von pulverisiertem Aluminium und Flüssigsauerstoff. Jetzt saß sie in der Spitze eines nuklearen Monstrums, das sie durch die interplanetare Leere tragen würde.

Es war ein schönes Gefühl.

Die Luke zum Flugdeck ging auf, und Lee steckte den Kopf herein. »Hallo, Rachel. Was machst du denn *hier*?«

Sie saß auf dem Pilotenstuhl. Die täglichen Simulationen waren beendet, und sie empfand fast ein Schuldgefühl, als hätte man sie dabei erwischt, wie sie am Computer Patiencen legte. »Ich genieße es einfach, hier zu sein«, sagte sie.

Es schien ihr, als wäre ihr ganzes Leben auf diesen Augenblick hin verlaufen. Und sie legte Wert darauf, ihn zu genießen. Sie hatte sich das schon mit zehn Jahren gewünscht, als sie forschend durch Opas Teleskop blickte. Sie hatte es im Hinterkopf gehabt, als sie auf die Pilotenschule ging, als sie Patrouillenflüge über Zagreb durchführte und als sie damit anfing, die Busse zwischen den Anlagen auf dem Mond und L1 zu steuern. Als Culpepper vor neun Jahren verkündete, daß die Nation zum Mars fliegen würde, jagte Rachel Quinn noch vor dem Schluß seiner Rede eine Bewerbung los.

»Wo sollte ich denn sonst sein?« fragte sie Lee.

»Es ist Montag. Frühstück beim Direktor.«

Sie hatte es vergessen. Gestern hatte sie mit dem Vizepräsidenten zu Mittag gegessen; er war auf der Durchreise gewesen, um heute nachmittag die Einweihungszeremonie auf der Mondbasis durchzuführen. Heute waren eigentlich Eier mit Speck beim Stationsdirektor angesagt. Morgen stand ein weiteres Mittagessen auf dem Programm, diesmal mit einer chinesischen Delegation aus Diplomaten und Industriellen. Rachel hatte den Eindruck, daß sie in ihrem Job die meiste Zeit damit zubringen mußte, jeden VIP zu empfangen, der auf L1 eintraf. Und in Anbetracht des bevorstehenden Marsfluges und der offiziellen Eröffnung der Mondbasis heute war schon eine ganze Horde von Schwergewichten aufgelaufen.

Lee runzelte die Stirn. »Wieder ein Fauxpas des NASA-Teams.«

Rachel zuckte die Achseln und wollte damit den Eindruck erwecken, sie hätte wichtigere Dinge zu tun. Aber in Wirklichkeit waren sie dem Zeitplan ein gutes Stück voraus.

Der größte Teil der *Lowell* ragte aus der Station hervor. Nur die Bugkugel mit dem Flugdeck steckte in einer unter Druck stehenden Hangarbucht. Rachel blickte zu einem einsamen Techniker hinunter, der Kabelschläuche wechselte. »Ich bin startbereit, Lee«, stellte sie fest.

Und das Schiff war es ebenfalls. Es ging nur noch um Einsatzbesprechungen und Politik.

Lee setzte sich auf den Platz des Copiloten. Ein Bild des Mars, groß, trostlos und rostfarben, schwebte im Deckendisplay. »Es ist früh genug soweit«, sagte er. »Inzwischen denke ich, solltest du hinüber zum Frühstück gehen. Du bist zur Zeit der Star der Show, und es würde wirklich keinen guten Eindruck machen, wenn du den Direktor ignorierst.«

Rachel runzelte die Stirn. »Ich hasse die Politik, die bei solchen Dingen im Spiel ist.« Im Grunde stimmte das aber nicht. Jedenfalls nicht gänzlich. Sie hatte an der gestrigen Begegnung mit dem Vizepräsidenten Spaß gehabt. Es gehörte jedoch zum Grundverständnis aller Astronauten, daß Bodenwürmer, sogar Vizepräsidenten, vergleichsweise arm dran waren, Angehörige einer minderen Lebensform.

»Ach zum Teufel, Rachel, werde endlich erwachsen!« Major Lee Cochran grinste. Er war ein hochgewachsener und lässiger Typ, lebhaft und gutaussehend, mit Haaren, die ihm ständig in die Augen fielen. »Der halbe Job besteht aus Politik und Öffentlichkeitsarbeit. Wer, denkst du, bezahlt wohl dieses Spielzeug?« Er war der Medienliebling der Besatzung. Als Nochdreißiger war er vergangenen Monat auf der einen oder anderen Liste der zehn interessantesten Junggesellen aufgetaucht. Im Gegensatz zu Rachel und den anderen hatte er eine Begabung dafür, zitierwürdige Zeilen abzusondern. Er verkörperte ein preiswertes Doppelpack, zwei zum Preis von einem, ein Raumfahrt-Flugingenieur, der zugleich Geologe von Weltrang war. Seine Aufgabe würde es schließlich sein, die Laser und Probensammler einzusetzen, die zum Herzen des Mars vordrangen, und endlich den Grundstein für eine klare Geschichte des Planeten zu legen. Aber obwohl das niemand zugegeben hätte, verdankte er den Job nicht seiner technischen Fertigkeit, sondern seiner Fähigkeit, mit den Medien umzugehen. *Major Cochran hat es einfach drauf, das Richtige zu sagen,* hatte der Einsatzleiter Rachel erklärt. *Reden Sie mit ihm, ehe Sie die Leiter hinabsteigen. Hören Sie auf Cochrans Ratschläge, und Sie werden bessere Zitate hinterlassen als ›Ein großer Schritt für die Menschheit‹.*

Yeah! Rachel hatte so getan, als wären ihre Gefühle verletzt, aber der Mann hatte recht. Wie Lee jetzt auch. Wenn sie nicht das Schicksal des Apollo-Programms teilen und nach einigen wenigen Fahrten zum Mars Lebewohl sagen wollten, mußten sie die Öffentlichkeitsarbeit ernst nehmen.

Mondbasis, Raumhafen, 8 Uhr 11

Als Vizepräsident Charles L. Haskell aus dem Mikrobus auf den Fußweg für die Passagiere trat, tat er dies als höchstrangiger Vertreter der USA, der jemals Fuß auf den Mond gesetzt hatte, und als übergroßer Zehnjähriger zugleich. Sein Herz hämmerte, und er trat bedächtig auf die Rampe, die durch eine Röhre direkt in den Passagiersalon führte. Er dachte: *Ja, das ist es; ich bin wirklich hier!*

Er holte tief Luft und dachte an die Dinosaurier und die Raumschiffmodelle zurück, die einmal sein Lebensinhalt gewesen waren. Er verbarg seine Gefühle hinter einer harmlosen Bemerkung an Rick Hailey und schüttelte den zu seiner Begrüßung versammelten offiziellen Vertretern der Mondbasis die Hände.

Ungeachtet der langen Reise fühlte er sich frisch. Dabei half ihm, daß auf den beiden Raumstationen und der Mondbasis die Ostküsten-Sommerzeit galt, entsprechend der Zeitzone, in der sowohl die Mondverkehrsbehörde als auch Mondbasis International ihre Hauptsitze unterhielten.

Offiziell existierte die Mondbasis noch gar nicht. Sie bestand zwar schon seit sieben oder vielleicht acht Jahren – je nachdem, ab wann man zählte – funktionsfähig in der einen oder anderen Form, aber erst heute sollte ihr Betrieb förmlich eröffnet werden. Deshalb war Charlie Haskell zum Mond gereist.

Die Journalisten erwarteten ihn schon in der Ankunftshalle. Sie machten Aufnahmen davon, wie er Evelyn Hampton, der Generaldirektorin von Mondbasis International, die Hand schüttelte; sie brüllten ein paar Fragen zur Wahl und wollten wissen, warum der Präsident nicht erschienen war. Vielleicht deshalb, weil der Präsident sich nicht um eine zweite Amtszeit bewarb und Charlie einen Vorteil gegenüber anderen möglichen Kandidaten verschaffen wollte?

Charlie wies darauf hin, daß überhaupt kein Staatsoberhaupt zugegen war, daß es sich bei der Mondbasis um ein kommerzielles Unternehmen handelte und er deshalb gekommen war, weil sich ihm hier vielleicht die letzte Gelegenheit bot, einen Freiflug zum Mond zu erhalten. (Diese letzte Bemerkung bezog sich auf die Tatsache, daß nur wenige mit Charlies Berufung zum Kandidaten seiner Partei rechneten.) »Aber«, fügte er hinzu und schlug dabei einen ernsten Ton an, »die Vereinigten Staaten sind der größte Anteilseigner an diesem Unternehmen, und die Raumfahrt war schon immer das besondere Fachgebiet des Vizepräsidenten. Das geht bis auf Lyndon Johnson zurück.«

Um die Wahrheit zu sagen: Der Präsident konnte Charlie nicht besonders leiden und hatte ihn vor vier Jahren nur deshalb mit ins Boot genommen, weil Charlie ihm Neuengland verschaffte. Von Washington aus erschien die Mondbasis als Fehlinvestition, und Henry Kolladner wollte nicht mit ihr in Verbindung gebracht werden, auch wenn er sich aus dem Wahlkampf verabschiedet hatte. »Er wußte, wieviel mir dieses Programm bedeutet«, fuhr Charlie fort und beugte dabei die Wahrheit beträchtlich, »also bat er mich, ihn zu vertreten. Ich bin sehr froh, hier zu sein.« Er drehte sich um und strahlte Evelyn Hampton an, die bescheiden nickte.

Hinter der Schar der Reporter bot ein Fenster Ausblick über den Verwitterungsboden. Die Landschaft war flach und grau und lief in einem sehr nahen Horizont aus. *TR hätte das toll gefunden,* dachte Charlie.

Teddy Roosevelt war Charlies Vorbild. Zäher Bursche. Unnachgiebig, wenn er fand, daß er im Recht war. Penibel ehrlich. Fasziniert von der Welt um ihn herum. Was hätte der alte Rough Rider wohl darum gegeben, über diese Landschaft hinwegblicken zu können?

Hampton führte ihn zu seinem Quartier, wobei ihn vier Secret-Service-Agenten begleiteten. Den Agenten gefiel nicht, daß sie die regulären Bewohner nicht schon vor Charlies Ankunft hatten entfernen können. Aber die Mondbasis bot noch nicht viel Raum, und es war einfach nicht möglich, ganze Scharen von Menschen auszuquartieren und woanders unterzubringen. Darüber hinaus erhielten Bekloppte keinen Zutritt zum Mond, wie Charlie dem ranghöchsten Agenten erklärte.

Evelyn Hampton war eine aufregend attraktive Senegalesin, die Englisch mit der Spur eines Oxford-Akzentes sprach. Sie hatte leuchtende, dunkle Augen und legte ein gebieterisches Verhalten an den Tag, das bei ihren Untergebenen keinen Zweifel erlaubte, wer das Sagen hatte.

»Wir freuen uns, daß Sie kommen konnten, Herr Vizepräsident«, sagte sie vor der Tür zu seinem Quartier. »Wir hoffen, daß Sie Ihren Aufenthalt bei uns zufriedenstellend finden werden.« Für einen Augenblick schienen ihre Augen etwas mehr zu versprechen. »Ihre Leute haben meine Nummer«, sagte sie. »Bitte geben Sie mir Bescheid, wenn ich helfen kann.«

»Das werde ich«, sagte Charlie. Er war Junggeselle, und was er an seinem politischen Erfolg wirklich bedauerte, war die Aufmerksamkeit der Medien, die es ihm beinahe unmöglich machte, ein normales Leben zu führen.

Evelyn Hampton trug die förmliche Version einer Uniform der Mondbasis – weiße Bluse, marineblaue Jacke, Hose und Halstuch. Auf den Schmucksaum einer Tasche waren ihr Name und das Emblem der Mondbasis gestickt, das Armstrong Memorial. »Wir geben nach der Zeremonie ein Mittagsbankett«, sagte sie. »Wir hoffen, daß Ihr Zeitplan Ihnen erlaubt, daran teilzunehmen.«

»Natürlich«, sagte Charlie. »Das möchte ich nicht versäumen.«

Seine Wohnung befand sich in Grissom Country, der für ranghohes Personal und auf Besuch weilende VIPs reservierten Sektion. Das Quartier war geräumiger, als Charlie erwartet hatte: Ihm standen zwei ziemlich große Zimmer zur Verfügung, dazu ein Bad und eine kleine Küche. Zur Ausstattung gehörten ein Schreibtisch, ein kompakter Konferenztisch, zwei kleine Stühle, ein Bücherschrank (jemand war so aufmerksam gewesen, ihn mit aktuellen Romanen und Erzählungen zu füllen) und ein Couchtisch. Eine Wand enthielt ein Universalfenster, durch das er sich die Mondoberfläche ansehen konnte – oder, wenn er es vorzog, Tequendama Falls in Kolumbien, Mount Bromo in Indonesien oder die Kalksteinberge von Kweilin. Falls er Heimweh bekam, standen ihm diverse Ausblicke über Cape Cod zur Verfügung. Auf Knopfdruck kam ein Bett aus der Wand.

Jemand hatte fürsorglich zwei Mondbasis-Uniformen über das Sofa gelegt – eine Galauniform, einen Overall und eine Jacke. Die Uniform würde sich vor der Kamera gut ausnehmen, und so beschloß Charlie, sie zur Eröffnung zu tragen.

Obwohl der Mond gefrorenes Wasser enthielt, war dessen Gewinnung immer noch teuer und schwierig. Dementsprechend war Wasser selten. Zwar stand es zur Verfügung, aber ein großes Schild forderte Charlie auf, anstelle der Dusche den Ultraschallschrubber zu benutzen. Jedem Angehörigen des Personals der Mondbasis stand eine bestimmte Ration zu, die er nach Belieben verwenden konnte. Charlie wußte, daß er nach Herzenslust Wasser durchlaufen lassen konnte, ohne daß sich jemand beschweren würde. Aber unausweichlich würde es jemand zu den Medien durchsickern lassen. Charlie lächelte über das eigene Wortspiel. Er stieg aus den Kleidern, betrat die Kabine, zog den Vorhang zu und wählte ULTRASCHALL. Die Empfindung war keinesfalls unangenehm. Tausend winzige Finger stocherten und bohrten, lockerten Schmutz und getrockneten Schweiß. Er wischte sich mit einem feuchten Tuch ab.

Danach zog er sich an und machte sich in Begleitung eines Stabsassistenten und seines Agententeams auf eine Besichtigungstour. Die Main Plaza, das Herz der Mondbasis, war zwar offiziell erst nach der Zeremonie geöffnet, aber einige der Läden führten bereits ihre Geschäfte.

Die Main Plaza bestand aus einer riesigen Kuppel,

ungefähr fünfzehn Stockwerke hoch und achthundert Meter lang. Eine Schlucht von fünf Stockwerken Tiefe führte im Zickzack durch das Zentrum der Plaza und enthielt Wohnquartiere und Arbeitsplätze. Auf Bodenhöhe war die Anlage bemerkenswert grün gestaltet: Rasenflächen, Parks und Waldstücke breiteten sich in einer sanften Steigung bis zum Rand aus.

Vier Säulen trugen die gewaltige Decke. Sie standen in gleichmäßigen Abständen, jeweils zwei auf beiden Seiten des Verwaltungsgebäudes, das die Plaza im Zentrum verankert hielt. Läden und Restaurants waren günstig plaziert, und ein Orchesterhäuschen dominierte einen der Parks. Charlie blickte zum Dach hinauf, von wo aus Leuchttafeln eine bemerkenswert gute Illusion von Sonnenlicht verbreiteten.

Die Luft war süß und sauber und duftete nach Frühling. Charlie spazierte die Fußwege entlang, fuhr mit Aufzügen und Straßenbahnen, ließ sich von der Hälfte der Menschen auf der Mondbasis fotografieren, gab Autogramme, schüttelte jedem die Hand und jagte seinen Agenten einen Schrecken nach dem anderen ein.

Noch viel mehr war zu sehen: Der Stausee, die Kommunikationszentrale, das Raumverkehrsbüro, Management- und Technikabteilung, die Solarenergieanlagen, eine automatisierte Solarzellenfabrik, die Forschungslabors. Charlie wollte alles besuchen, aber er wollte es auch in Muße tun.

Er gewöhnte sich nur langsam an die Schwerkraft von einem Sechstel des irdischen Wertes, sogar mit den Gewichtsschuhen, die er von seinen Gastgebern erhalten hatte. Aber zu seiner Erleichterung stolperten sogar seine Agenten hin und wieder über die eigenen Füße. Der einsame Stabsassistent, Rick Hailey, schien sich als einziger mühelos anzupassen, ein Umstand, der die Agenten ärgerte. Ein alter Witz kursierte über ein Football-Spiel zwischen dem Secret Service und dem Stab des Weißen Hauses: Zehn Minuten, nachdem die Agenten das Spielfeld verlassen hatten, erzielte der Stab einen Treffer.

Aber Rick, der Charlies Wahlkampf leitete, schien für eine niedrige Schwerkraft geboren zu sein. Auf L1 hatte er sich bewegt, als hätte er dort schon sein ganzes Leben verbracht. Jetzt zeigte er auf dem Mond die gleiche Beweglichkeit. Als Charlie eine Bemerkung darüber machte, tat Rick sie mit einem Lachen ab. »Öffentlichkeitsarbeit bedeutet, daß man nie Bodenberührung zu haben braucht«, sagte er.

Dann empfahl er, den Spaziergang abzukürzen, sich in ein Café zu setzen und über die Zeremonie mit dem Durchschneiden des Bandes zu reden.

Es war Wahljahr, was die politischen Untertöne jeder Handlung verstärkte. Besonders, wenn man in den Umfragen zurücklag. Charlie war noch keine vierzig, zu jung für einen ernsthaften Präsidentschaftskandidaten. Das Fehlen einer Ehefrau erregte Anstoß bei denen, die auf die Werte der Familie schworen, eine Personengruppe, die im politischen Leben Amerikas zunehmend an Einfluß gewonnen hatte. Obendrein hatte man Charlie in der Regierung Kolladners kaum Wichtiges zu tun gegeben, und der Präsident hatte nicht immer damit hinter dem Berg gehalten, daß er »ältere, klügere Köpfe« bevorzugte.

»Sobald du mit deinen Ausführungen fertig bist«, sagte Rick ernst, »werden die Medienleute über Politik reden wollen. Laß dich da nicht hineinziehen! Die Mondbasis ist ein besonderer Ort. Über Politik erhaben. Sprich über die Sterne, Charlie. Wohin wir gehen. Über das Tor zur Zukunft. So was in der Art. Alles andere ist trivial.«

Eins mußte man Rick lassen: Er war der einzige, den Charlie jemals aus rein politischen Gründen in sein Amt gehoben hatte und der wirklich sein Geld wert war. Sein vollständiger Name lautete Richard Daley Hailey, und er war der Sohn eines Chicagoer Stadtrates mit besonders guten Beziehungen. Er hatte als Redenschreiber draußen in Illinois angefangen und dann ein natürliches Talent für die Organisation von Wahlkämpfen demonstriert. Ihm hielt man den Sieg zugute, den Mike Crest gegen alle Umfragen in den letzten Gouverneurswahlen von Illinois errungen hatte.

Rick wußte, was Charlies Ansehen bekömmlich war, was die Wähler wünschten und welches die wirklich emotionsbeladenen Themen waren. (Die Wähler denken immer, daß Politiker einfach nicht über wichtige Dinge reden. Manchmal stimmt das, aber häufiger haben die Politiker selbst keine Ahnung. In der dünnen Luft der Bundeshauptstadt fällt es oft schwer, sich vorzustellen, was Leute bewegt, die selbst in Supermärkten einkaufen gehen müssen.)

Während sie sich unterhielten, Kaffee tranken und Mondkuchen kauten (Hefe, die sich als Schokoladenkuchen tarnte), blickte Charlie zu einem Wandmonitor hinauf. Ein exotischer Wald wogte unter einer Kamera. Ein Planet mit einem Ring schwebte im Hintergrund, und ein Fluß funkelte in bläulichem Licht, bevor er unter einem dichten Teppich aus Purpurbäumen verschwand. »Du hast recht, Rick«, sagte er. »Absolut. An einem Ort wie diesem wirkt Politik einfach nur häßlich.«

Rick musterte ihn über den Rand seiner Tasse hinweg. »Aber du darfst nicht vergessen, daß das alles nur Scheiße ist«, sagte der Wahlkampfmanager. »Die Action findet unten in D.C. statt. Wird immer so sein, solange wir leben, und das ist alles, was zählt. Aber ich denke, falls wir die Sache richtig schaukeln, haben wir einen großen Schritt in Richtung auf deine Kandidatur geschafft.« Er verdrückte seinen restlichen Kuchen. »Schmeckt gar nicht schlecht«, meinte er.

Er hatte recht. Der Kuchen kam dicht an echte Schokolade heran.

Charlie blickte wieder zum Monitor hinauf. Die Kamera war in rasender Fahrt auf offenes Meer hinausgeschwenkt, und eine zweite Welt, silbern und nebelig, stieg aus dem Wasser auf. Und es war keine Scheiße. Während des Anflugs mit dem Shuttle hatte Charlie auf die Ansammlung tapferer Lichter neben dem Zentrum des Kraters Alphonsus heruntergeblickt. Bei diesem Blick auf die Mondbasis hatte er intensivere Gefühle empfunden als an irgendeinem anderen Ort, den er im Laufe seines reiselustigen Lebens besucht hatte. Einige Menschen waren hergekommen und hatten von einer religiösen Erfahrung gesprochen, einem Gefühl von der Macht und Majestät des Schöpfers. Charlie hatte vielmehr eine rückhaltlose Neutralität empfunden, eine Zeitlosigkeit, eine unendliche Gleichgültigkeit gegenüber allem Menschlichen. Es war ein Ort, für den er psychisch nicht geschaffen war. Die steinharte Leere, das Fehlen lebender Wesen, die extremen Temperaturen – all das verdeutlichte ihm die Tatsache, daß er ein Eindringling war.

Hier hatte alles schon genauso ausgesehen, als die ersten Urtierchen in den Ozeanen der Erde herumschwammen. Der Ort war übergossen vom weichen Licht der reglosen Heimatwelt. In grauer Vorzeit hätte man auf dem Verwitterungsboden stehen und dieselbe Welt an derselben Stelle des Himmels schweben sehen können, alle Landmassen noch zu einem einzelnen Superkontinent zusammengedrängt. Charlie erinnerte sich, daß er einmal den Namen des Superkontinents gelesen hatte, aber er fiel ihm nicht mehr ein. *Gondwanaland.* Etwas in dieser Art.

Aus eigenem Antrieb wäre er nie hergekommen. Er hatte die ganzen Bilder gesehen, die Eindrücke von

Künstlern, Hologramme und all das. Er hatte zu wissen geglaubt, wie es sein würde. Wie es sich anfühlen würde. Der zehnjährige Charlie, der Dinosaurier sammelte und Raumschiffmodelle bastelte, war irgendwo verlorengegangen. Aber er war mit Nachdruck wieder aufgetaucht, und jetzt saugte der Vizepräsident die Mondlandschaft bis in seine Seele auf und begriff, daß er eine Erfahrung durchlebte, die er nie wieder vergessen würde.

Er hatte zur Vorbereitung auf diese Reise viel über den Mond gelesen und dabei gehofft, etwas zu finden, was er in die von seinem Wahlkampfmanager entworfenen Ausführungen einflechten konnte. Rick wurde nervös, wenn Charlie das tat. Er war schwer mit Beispielen wohlmeinender öffentlicher Bediensteter bewaffnet, deren Ambitionen auf die Präsidentschaft an den Klippen improvisierter Stellungnahmen zerschellt waren. Trotzdem war Rick nur ein politischer Berater. Ein gemieteter Revolverheld. Geschult, um alles vor dem Hintergrund von Meinungsumfragen, öffentlichen Reaktionen und Parteischattierungen abzuwägen. Wie die meisten anderen Mietlinge war er recht anständig und stets ehrlich gegenüber jedem, der ihn gerade bezahlte. Seine Perspektive war jedoch auf das beschränkt, was nötig war, um Wahlen zu gewinnen. Nichts sonst spielte eine Rolle.

Teddy Roosevelt hätte das nicht gefallen.

Für eine permanente Niederlassung auf dem Mond hatte sich vor einem Dutzend Jahren Präsident Andrew Y. Culpepper eingesetzt; er überzeugte den Steuerzahler, einte die Industrienationen unter dem Banner der Idee und drehte sie obendrein einem widerwilligen Kongreß an. *Es gibt Leute,* hatte er gesagt, *die uns immer wieder erzählen, wir könnten uns eine permanente Einrichtung auf dem Mond nicht leisten. Es sind Nachfahren der Berater Isabellas, die fanden, Europa könnte es sich nicht leisten, den*

Atlantik zu öffnen. Diese Worte waren in eine Plakette eingraviert, die man im Zentrum der Main Plaza angebracht hatte.

Culpepper hatte die Verwirklichung seines Traums nicht mehr erlebt. Heute jedoch wanderte der Schatten einer totalen Sonnenfinsternis über Nordamerika hinweg. Und sobald der Schatten Culpeppers kleine Heimatstadt in Ohio erreichte, was etwa um 12.30 Uhr Ostküsten-Sommerzeit zu erwarten stand (was auch die Mondbasiszeit war), würde Charlie das symbolische Band vor dem Vordereingang der Main Plaza durchschneiden und die Mondbasis für betriebsbereit erklären.

Die Sache entwickelte sich zu Anfang nur langsam, aber das Interesse an Fertigungsmöglichkeiten auf dem Mond stieg, und die Mondverkehrsbehörde war bald aufgebaut und aktiv. Je mehr Unterbringungsmöglichkeiten fertiggestellt wurden, desto mehr Menschen und Labors konnten aus provisorischen Unterkünften in die permanente Anlage umziehen. Die Basis bestand aus einem Zentralkomplex mit Verwaltungs- und Wohnbereichen, mehreren verstreut liegenden Forschungseinrichtungen sowie Bergbau- und Industrieanlagen, größtenteils in der Umgebung von Alphonsus. Ein ausgedehntes System von elektrischen Oberleitungsfahrzeugen, Obusse genannt, sollte die verschiedenen Anlagen letztlich verbinden.

Es gab sogar Pläne, eine Obus-Verbindung mit dem automatischen Observatorium auf der Rückseite des Mondes herzustellen.

Das Flugterminal der Mondbasis, der Raumhafen, breitete sich auf dem Alphonsus-Kraterboden direkt neben der Main Plaza aus und war per Straßenbahn erreichbar.

Charlie wollte die Basis zwei Tage lang besichtigen und vor den Augen der Welt das amerikanische Interesse an dem Mondunternehmen sowie Unterstützung dafür demonstrieren. Dazu gehörte eine ganze Reihe von Banketten und Zeremonien. Würdenträger aus der ganzen Welt waren zugegen, und alles in allem freute sich der Vizepräsident auf dieses Erlebnis.

Am Mittwochnachmittag ging sein Bus zur L1, von dort die Fähre nach Skyport, der Raumstation auf einer Erdumlaufbahn, und schließlich der einstufige Raumgleiter nach Dulles. Wenn alles gutging, traf er mit ordentlich Schwung für die Vorwahlen im Spätfrühling wieder zu Hause ein.

2.

Mexiko, 6 Uhr 43 Sommerzeit der Rocky-Mountains-Staaten (8 Uhr 43 Ostküsten-Sommerzeit)

Die totale Sonnenfinsternis schob sich auf ihrer allgemeinen Nordostrichtung bei Mazatlán an die Küste. Sechs Minuten später verdunkelte sich der Himmel über Durango. Spaziergänger auf dem *Zócalo* blieben stehen und blickten hinauf. Die Lichter im Einkaufsbezirk gingen an.

Etwa zur gleichen Zeit erreichte der Schatten des Mondes die nordamerikanische Wasserscheide. Die Vögel an den Ufern der Laguna del Llano wurden still. Der Schatten glitt über die Sierra Madres und die ausgedehnten, halbtrockenen Ebenen und drang, während die Spätaufsteher frühstückten, nach Texas vor. Wie immer herrschte starker Verkehr an den Grenzstationen Piedras Negras und Eagle Pass, aber selbst hier verstummten schlagende

Lastwagentüren und dröhnende Sattelschlepper für einen kurzen Augenblick.

Der Schatten strich zwischen San Antonio im Osten und Lubbock im Westen hindurch. Frühe Besucher des Eröffnungsheimspiels der Rangers gegen die A's erlebten noch mit, wie es auf dem Parkplatz dunkel wurde. Der Schatten bewegte sich inzwischen langsamer als zu dem Zeitpunkt, da ihn die Passagiere der *Merrivale* beobachtet hatten.

In Fort Smith, Arkansas, führten Lehrer ihre Klassen ins Freie, damit sie die zunehmende Dunkelheit miterleben konnten. Auf der Batesville Regional School erklärte ein dort zu Besuch weilender Astronom vom Delmor Planetarium in Little Rock seinem Publikum aus Dritt- und Viertklässlern, wie es zu Sonnenfinsternissen kam, warum die Menschen früher Angst davor hatten und warum man nie direkt in die Sonne blicken sollte.

Auf siebenunddreißigtausend Fuß Höhe über Springfield, Missouri, holte der Schatten einen speziell umgebauten Frachtjet vom Typ Lockheed C-311 ein, der einem Parallelkurs nach Nordosten folgte. Der Düsenflieger beherbergte ein Sechzig-Zoll-Teleskop und dazugehörige Ausrüstung, ein Team aus sechs Astronomen und eine dreiköpfige Flugbesatzung. Das Teleskop war auf einem Gerüst, das Erschütterungen abfederte, direkt vor der linken Tragfläche montiert und mit Gyros und Sensoren ausgestattet, um sein Ziel fest im Blick zu behalten. Es war kalt in dem Flugzeug, und die Motoren waren sehr laut, viel zu laut für beiläufige Konversation. Die Astronomen benutzten Kopfhörer und Mikrophone. Unter ihren Daunenjacken trugen sie dicke Wollpullover. Das Team hatte die Arbeit aufgenommen, sobald sich die Mondscheibe in die Sonne hineinfraß. Die Zeitspanne der totalen Sonnenfinsternis war jedoch besonders wertvoll. Das Flugzeug, das mit dem dahinrasenden Kernschatten Schritt zu halten versuchte, verschaffte ihnen etwa eine Minute mehr. Der Einsatz wurde vom NASA Goddard Institute for Space Studies gefördert. Er diente mehreren Zwecken: Daten zu sammeln, die dabei halfen, Anomalien der inneren Korona zu erklären; Studien auf mehreren Wellenlängen durchzuführen; aktive Merkmale der Sonnenoberfläche miteinander zu vergleichen, in der Hoffnung, Wechselbeziehungen zwischen koronalen Gasgeschwindigkeiten zu finden. Und noch etwa einem Dutzend weiteren.

Den Astronomen standen fast sechs Minuten totale Finsternis zur Verfügung. Dann ließ die Dunkelheit sie zurück, überquerte den Mark Twain National Forest und näherte sich St. Louis.

In Valley Park, einem netten Vorort mit Lattenzäunen und schattigen Rasenflächen, saß Tomiko Harrington an der Tastatur, um die Bilderfassungsdisk ihres elektronischen Spiegelteleskops vom Typ Magenta 764XX einzuschalten, das vorübergehend auf dem Garagendach vor ihrem Observatorium montiert war. Tomiko arbeitete als Systemdesignerin für die Capital Bank and Trust Company von St. Louis. Obendrein war sie Amateurastronomin und hatte sich für heute krank gemeldet.

Der Morgen war klar und frisch und wie geschaffen für eine Sonnenfinsternis. Zwar hatte man Sturmfronten und bewölkten Himmel vorhergesagt, aber weder das eine noch das andere trat ein. Tomikos Leidenschaft für die Astronomie ging auf eine andere Sonnenfinsternis über Missouri vor sieben Jahren zurück. Das war am 21. August gewesen, an ihrem achtzehnten Geburtstag, und das Ereignis war ihr als Signal erschienen, eine Aufforderung des Kosmos, über die Parties und die Oberflächlichkeit hinauszugehen und ihrem Leben Bedeutung zu geben. Sie kam dieser Aufforderung nach. Heute gehörte sie dem Astronomieclub der Universität an. Sie hatte ein paar Manuskripte für das Planetarium in Forest Park verfaßt und stand im Begriff, ihren Magister an der Universität St. Louis zu machen.

Heute würde sie die Periode der totalen Finsternis vollständig aufzeichnen. Als eine Freundin sie einmal nach dem Grund fragte, hatte sie keine rechte Antwort gewußt. »Einfach so«, sagte sie schließlich, wohl wissend, daß sie wenigstens eines der Bilder rahmen und an ihre Pinnwand hängen würde, damit es dort seinen Platz fand zwischen den atemberaubenden Farbfotos von den Plejaden, dem Krebsnebel, Mars und Deimos, dem hinreißenden M31-Wirbel, der Herkules-Supernova von 2019 und ihrem persönlichen Observatorium.

Sie entspannte sich mit einer Coke auf dem zweisitzigen Sofa gegenüber vier Videoschirmen, von denen drei den dunklen Rand der Mondscheibe zeigten, wie sie den letzten Rest Licht abdeckte. Dabei zeigte der Monitor auf dem Schreibtisch die Aufnahme ihres eigenen Teleskops, und auf einer kleinen Uhrzeitanzeige im unteren rechten Winkel tickten die letzten Minuten bis zur totalen Verfinsterung. Die beiden anderen Bildschirme zeigten kommerzielle Programme. Sie hatte ihnen den Ton abgedreht, denn sie wollte nicht, daß ihr der Kommentar eines Nachrichtensprechers den Augenblick verdarb. Der vierte Monitor zeichnete auf einer Karte den Weg der Sonnenfinsternis über die nördliche Halbkugel nach.

Tomiko trank die Coke aus und stellte sie auf einen Beistelltisch. Der Himmel wurde dunkel, und sie erschauerte vor Freude. Ein vorbeifahrendes Auto schaltete die Scheinwerfer ein.

Als ihr Vater noch lebte, waren die Zimmer über der Garage vermietet gewesen, normalerweise an Studenten des Bibel-Colleges. Aber Tomiko brauchte kein Geld, und das alte Appartement war weit abgelegen von den Straßenlaternen, wodurch es sich ideal zum Observatorium eignete. Darüber hinaus war es von einer breiten Veranda umgeben, auf der sie Sockel für ihre Teleskope installieren konnte. Als zwei Studenten ihren Mietvertrag brachen und mitten in der Nacht davonliefen, ohne die Miete für die beiden letzten Monate zu zahlen, war Tomiko fast erleichtert. Sie übernahm die Räume, renovierte sie, installierte Computer, zwei Spiegelteleskope und Bildaufnahmegeräte. Sie versprach sich damals: Falls je das große Geld anrollte, würde sie das Dach entfernen und eine richtige Sternwarte aus der Wohnung machen.

Ihr Rasensprenger ging an.

Tomiko war eine winzige, liebenswürdige, selbstsichere Person. Sie trug eine dunkelgrüne Hose und eine am Hals offene gelbe Bluse. Das schwarze Haar war, der aktuellen Mode entsprechend, nach vorne gekämmt und bedeckte fast das linke Auge. Tomiko besaß den durchdringenden Blick ihres Vaters, aber ihr fehlten die Mandelaugen der japanischen Vorfahren ihrer Mutter. Bei Gelegenheiten wie der jetzigen, wo sie tief in ihr Hobby versunken war, zeigte sie einen leicht abwesenden Ausdruck. Ein Betrachter hätte daraus geschlossen, daß sie in Gedanken weit von der Wohnung über der Garage entfernt war.

Ein kühler Wind schüttelte die Bäume durch. Irgendwo klingelte ein Telefon.

Jetzt brach die Nacht herein. Der Himmel füllte sich mit Sternen. Tomiko fühlte sich vollkommen allein auf der Welt.

Die verdunkelte Sonne stand im Sternbild der Fische. Tomiko erblickte das große Viereck des Pegasus direkt über dem Drugstore, den Aldebaran oben über dem Haus von Doc Edward, Deneb am Wipfel der Ulme und Beteigeuze über der Kreuzung. Der Jupiter stand weiß und strahlend östlich der Sonne, die Venus westlich.

Sogar der Merkur war sichtbar und folgte seiner einsamen Bahn. Sie ging hinaus auf die Veranda, setzte sich auf einen der Korbstühle, verschränkte die Arme auf dem Geländer und legte das Kinn auf den linken Handrücken. In Conroys Küche ging Licht an.

Ein paar Grad südlich der Sonne, direkt am Rand der Korona, wo das Gleißen in die Nacht überging, bemerkte Tomiko einen hellen Stern.

Was war *das* denn?

Sie versuchte mit bloßem Auge eine Einschätzung anhand der umgebenden Konstellationen, runzelte die Stirn und eilte hinein an den Computer. Sie stellte eine Verbindung zum Celestik-Programm der Universität her und rief eine Sternkarte auf.

Mondbasis, Grissom Country, 11 Uhr 10

Rick Hailey betrachtete prüfend Charlies Kleidung, lächelte über den Mondbasis-Aufnäher und schüttelte den Kopf. »Nein«, sagte er. »Mach das nicht.«

»Warum nicht?« Charlie fand, daß es ideal zur Situation paßte.

»Weil Politiker unweigerlich doof wirken, wenn sie sich als etwas ausgeben möchten, was sie nicht sind. Du bist zu jung, um dich an Michael Dukakis und seinen Panzer zu erinnern, aber wie wäre es mit Bill Worthy?« Worthy war als Kandidat der Partei zugunsten von Andrew Culpepper aus dem Rennen geflogen, obwohl letztgenannter damals noch relativ unbekannt war. Worthy hatte für die Kameras eine Astronautenuniform anprobiert. Damit hatte er lediglich die Wähler davon überzeugt, daß er hinfällig und dem Tode nahe war.

Charlie seufzte. »Yeah«, sagte er.

»Ich meine, ich kann die Karikaturen jetzt schon sehen.

Sie werden dich zum Mars schicken.« Es war ärgerlich. Charlie sah so gut aus in diesen Sachen.

»Das ist dein Tag, Charlie«, meinte Rick. »Heute nachmittag legen wir den Grundstein für das Thema unseres Wahlkampfes. *Die Zukunft gehört Haskell.«* Er trank ein Glas Mondrum aus, der keinen Alkohol enthielt.

»Mir ist dabei ein bißchen unwohl zumute«, sagte Charlie. »Mir will einfach nicht der Gedanke aus dem Kopf, daß eigentlich der Präsident hier sein sollte. Oder vielleicht ist es die geringe Schwerkraft.« Er lächelte unsicher.

»Du machst das prima. Wie immer.« Ricks Stimmlage sackte um eine Oktave ab. »Vergiß Gott nicht«, sagte er.

Charlie seufzte.

»Es ist wichtig. Hier draußen erwarten die Leute von dir, das Werk des Schöpfers zu erkennen. Die blaue Erde. Die Sterne. Das Gefühl, wie unbedeutend Menschen sind.« Er brach ab und dachte darüber nach. »Nein«, fuhr er fort, »nicht, wie unbedeutend *Menschen* sind. Wie unbedeutend *du* bist. Klar? Wir wollen schließlich nicht, daß die Wähler auf die Idee kommen, du könntest *sie* für unbedeutend halten.«

»Ich weiß.«

Manchmal fand Charlie, daß sein Aufstieg zum Vizepräsidenten eine Art kosmischer Witz war. Er konnte sich nicht daran erinnern, daß er sich jemals aufgemacht hätte, Politiker zu werden. Es war ihm einfach widerfahren. Vor zwanzig Jahren hatte er ein kleines Elektronikunternehmen in Amherst geleitet, als ein Streit über Dinge einsetzte wie das Schulgebet, Evolution, Schöpfungswissenschaft* und *The Catcher in the Rye***. Charlie

* Eine Denkrichtung, die die biblische Schöpfungslehre gegen die moderne Naturwissenschaft verficht. Anm. d. Übers.

** Skandalumwitterter Roman von J. D. Salinger, 1951. Anm. d. Übers.

hatte geglaubt, diese Schlachten wären schon im vergangenen Jahrhundert geschlagen und gewonnen worden; er tauchte bei einer Konferenz der Schulbehörde auf, wo er eigentlich nur die Abteilungen für Englisch und Wissenschaften sichtbar unterstützen wollte. Ihn empörte jedoch das, was ein hochgewachsener, dunkelhaariger Prediger mit glühenden Augen sagte, der die Behörde über ihre Pflichten informierte und keinen Zweifel daran ließ, daß er für eine höhere Macht sprach. Der Prediger hatte seine Gemeinde mitgebracht, und eines ihrer Mitglieder schwenkte ein Schild mit der Zahl 649 darauf, angeblich die Anzahl von Obszönitäten im *Catcher*. Da konnte sich Charlie nicht mehr beherrschen und legte sich mit dem Prediger an.

Rückblickend fand er gar nicht, daß er sich besonders gut geschlagen hatte. Der Prediger war lauter und geübter als er, aber der kleinen Gruppe von Schulunterstützern gefiel, was sie sahen. Sie baten Charlie, bei den Wahlen im Herbst zu kandidieren, und ehe er sich's versah, war er Vizepräsident.

Er blickte auf die Uhr. »Gib mir eine Minute Zeit zum Umziehen«, sagte er. »Und dann fangen wir lieber an.«

»Yeah. Hör mal, wenn ich es mir genauer ansehe, solltest du die Jacke tragen. Okay? Sie wird helfen, eine Beziehung zu den Leuten hier herzustellen. Aber die ganze Uniform ist zuviel.«

Ricks Wert lag in etwas, was Charlie gern als die Fähigkeit betrachtete, um die Ecke zu sehen. Falls weiter voraus eine Bombenfalle drohte, würde Rick sie bestimmt schon finden, ehe sie explodierte.

Nur die Jacke wäre eine halbe Sache gewesen. Ein Zeichen von Schwäche. Als Charlie wieder aus dem Schlafzimmer kam, trug er seinen maßgeschneiderten grauen Anzug. Rick runzelte die Stirn. »Ich weiß gar nicht, warum du mich behältst«, sagte er.

Skyport, NASA/Smithsonian Orbitallabor, 12 Uhr 13

Das Orbitallabor auf dem Erdsatelliten Skyport diente als weltweite Clearingstelle für astronomische Daten. Die Analysen neuer variabler Pulsare, neue Informationen über stellare Anordnungen, die neuesten Entdeckungen zu extrasolaren erdähnlichen Welten mit Sauerstoffatmosphären – alles wurde ins Orbitallabor kanalisiert, zusammengetragen, mit Querverweisen ausgestattet, an interessierte Kunden weitergeleitet und der Öffentlichkeit im Internet zugänglich gemacht.

Tory Clark behielt den Fortgang der Sonnenfinsternis über Nordamerika auf dem Monitor über ihr im Auge, während sie die eingehenden Meldungen sichtete. Obwohl enorm viel Aktivität mit diesem Ereignis in Zusammenhang stand, verringerte sich der Zustrom davon unabhängiger Routinemeldungen nicht merklich. Tory bekam zum Beispiel ein Quasar-Update von Kitt Peak, eine neue Meldung über R136a in der Großen Magellanschen Wolke und Korrekturen der Geschwindigkeitsmessungen für den Ausreißerstern 53 Arietis. Und da kam noch etwas anderes herein.

»Windy?« Sie hob eine Hand, um die Aufmerksamkeit ihres Chefs Winfield Cross zu erhalten. »Möchtest du dir das mal ansehen?«

Cross war in den Fünfzigern, mittelgroß, von mittlerem Körperbau und überhaupt in allem von mittlerem Format. Es fiel Leuten meist schwer, sich zu erinnern, wer er eigentlich war oder wie er hieß. Er war Afroamerikaner, im südlichen Los Angeles aufgewachsen, mit einem Stipendium nach Princeton gegangen und schien jetzt nur noch von der einen Sorge bewegt, daß ihn das Alter einholte, ehe er sein einziges Ziel erreichte. Das automatische Observatorium auf Farside, der versteckten Rückseite des Mondes, sollte ausgebaut und mit menschlichem Personal besetzt werden. Windy hoffte auf die Stelle des Direktors.

Er hob die Hand, um Tory zu zeigen, daß er verstanden hatte, beendete die Notizen, die er gerade auf einem Klemmbrett erstellte, und wandte sich dem eigenen Monitor zu. Sie hörte, wie er Luft holte. »Was ist das? Weißt du schon was?«

Sie beide betrachteten Tomikos Lichtsplitter.

»Keine Ahnung.«

»Ein Komet mit geringem Perihelabstand, was denkst du?«

»Schätze ich auch. Kann mir nicht vorstellen, was es sonst sein sollte.«

Sonnennahe Kometen waren nichts Neues. Sie kamen hinter der Sonne hervor und verschwanden auf demselben Weg wieder. Von der Erde aus waren sie daher fast unmöglich zu entdecken, es sei denn, einer erschien zufällig während einer totalen Sonnenfinsternis, wie dieser jetzt.

Windy trommelte mit den Fingern auf dem Computertisch herum. »Wen können wir erreichen?«

Tory war schon auf die Frage vorbereitet. »Feinberg sieht sich die Show von Beaver Meadow aus an.« Mit Show meinte sie die Sonnenfinsternis.

»*Feinberg*. Na ja, hätte eh keinen Sinn, mit kleinen Fischen herumzualbern. Okay, versuche, ihn zu erreichen und bitte ihn, sich die Sache mal anzuschauen.«

Mondbasis, Ranger-Auditorium, 12 Uhr 17

Die Halle war nach dem einzigen Schiff benannt, das in der zweiten Welle der Monderforschung verlorenging. Die *Ranger* war als zweites Schiff nach mehr als dreißig Jahren zum Mond geflogen. Auf der Rückreise, keine vierzig Minuten vor dem Wiedereintritt, war eine Treibstoffleitung explodiert. Die Explosion beschädigte das Navigationssystem und zwang Frank Bellwether, den Skipper, per Handsteuerung zu versuchen, den richtigen Wiedereintritt mit dem Hosenboden zu erspüren. Dieses Vorgehen war jedoch immens schwierig, und er verrechnete sich und kam in zu großem Winkel heran. Die *Ranger* glitt an der Atmosphäre ab und trieb, ohne ausreichend Treibstoff für eine Rückkehr, in einen Sonnenorbit hinaus. Es war der traumatischste Zwischenfall im Zeitalter der Weltraumfahrt, viel schmerzlicher als der Verlust der *Challenger*, weil Bellwether und seine Crew noch mehrere Tage danach Funkkontakt hatten, bis ihnen der Sauerstoff ausging.

Im Auditorium war eine Plakette montiert, die an den Captain erinnerte. Darüber hinaus waren die fünf Fähren, die Passagiere zwischen L1 und Skyport beförderten, nach den einzelnen Crewmitgliedern benannt.

Als Charlie eintrat, zeigte ein Wandmonitor das Geschehen in Clifton, Ohio, wo die High-School-Band auf dem Podium einer Turnhalle Aufstellung genommen hatte. Parallel zur Mondzeremonie sollte die Schule in Andrew Y. Culpepper Memorial High School umbenannt werden. Die Turnhalle war mit Schülern überfüllt, und die Band spielte eine alte Melodie, ›Moon over Miami‹. Na ja, Clifton war nicht Miami, aber Charlie konnte sich vorstellen, daß sich niemand um Details scherte. Auf der Mondbasis hatten sich etwa sechshundert Menschen ins Auditorium gedrängt, Besucher und praktisch die ganze dienstfreie Stationsbevölkerung.

Evelyn Hamptons Techniker hatten ein provisorisches Podium errichtet und eine Reihe von Stühlen darauf plaziert. Eine zweiflügelige Tür abseits davon führte auf die Main Plaza, und man hatte ein breites Silberband davor ausgespannt. Die Doppeltür wurde zu diesem Anlaß symbolisch als Vordereingang der Mondbasis betrachtet. Das Podium war mit weißen, grünen und blauen Fähnchen geschmückt, den Farben von Mondbasis International. Die Flaggen aller (oder fast aller) Nationen der Erde hingen an den Wänden. Auf dem Podium saß eine Auswahl von VIPs aus der internationalen Geschäftswelt, von verschiedenen Regierungen, aus der Unterhaltungsbranche und aus der akademischen Welt. Unter ihnen stach Slade Elliott hervor, Millionen Fernsehzuschauern als Captain Pierce aus der überaus populären Fernsehserie *Arcturus Run* bekannt. Eine kürzliche Umfrage hatte ergeben, daß mehr Menschen Elliott beim Namen kannten als den Präsidenten der Vereinigten Staaten.

Evelyn erblickte Charlie und gesellte sich zu ihm. »Nun, Herr Vizepräsident«, wandte sie sich freundlich an ihn. »Sind Sie bereit für die Zeremonie? Dies ist ein historischer Augenblick. Was Sie heute sagen, werden die Menschen noch in tausend Jahren zitieren.«

»Danke«, erwiderte Charlie ironisch. »Ich konnte wirklich noch ein bißchen mehr Druck gebrauchen.« Er blickte zur Versammlung der Journalisten hinüber, von denen er viele kannte. Rick hatte darauf bestanden, daß es für einen Politiker keine wichtigere Fertigkeit gab, als sich an die Vornamen der Reporter zu erinnern. Charlie hatte sich Zeit genommen, diese Gewohnheit anzunehmen. »Wo sind die Fernsehkameras?« fragte er.

Evelyn deutete auf die Rückwand des Auditoriums, aus der eine Ansammlung schwarzer Linsen ragte. Weitere Kameras waren beiderseits des Podiums versteckt montiert.

Die Generaldirektorin stellte Charlie den anderen Gästen vor, und er war überrascht, als Elliott ihn um ein Autogramm auf dem Programmheft bat.

Dann war es Zeit für den nächsten Schritt. Charlies Stuhl stand direkt rechts vom Rednerpult, der Ehrenplatz, der ihm durch die Tatsache gesichert wurde, daß die USA der größte Anteilseigner von Mondbasis International waren. Eine attraktive junge Frau in einem Mondbasis-Overall fing Evelyns Blick auf und hob beide Hände zweimal mit gespreizten Fingern, womit sie zwanzig Sekunden anzeigte. Evelyn trat ans Rednerpult. Das Publikum wurde ruhig.

Ein an der Decke hängendes Display diente als Monitor, und sie blickte hinauf, um ihr Aussehen zu prüfen. *Sie sieht ziemlich gut aus für eine Generaldirektorin,* dachte Charlie.

Eine rote Lampe blinkte an der Rückwand des Auditoriums und deutete an, daß die rückwärtige Kamera in Betrieb war. Die junge Frau zählte lautlos einen Countdown ab, und als sie bei null ankam, beugte Evelyn sich vor und begrüßte die Anwesenden und die ganze Welt auf der Mondbasis. »Bevor wir fortfahren«, sagte sie, »möchte ich Ihnen unseren überkonfessionellen Kaplan vorstellen, den Reverend Mark Pinnacle.«

Pinnacle wirkte zerbrechlich und schien sich nicht wohl zu fühlen. Er hielt einen Bogen Papier umklammert, als er vortrat. Der Reverend bedankte sich bei Evelyn, legte das Papier aufs Rednerpult und las mit zitternder Stimme vor. Er bat um den Segen des Allmächtigen für dieses großartige Unternehmen und bedankte sich für frühere Gnaden. Einer der VIPs in Charlies Nähe gab flüsternd kund, falls der Kaplan auf Ergebnisse hoffte, sollte er lieber lauter sprechen.

Pinnacle schaffte es nicht, über sein Geleier hinauszugehen, aber glücklicherweise hatte er genug Verstand, um seine Ausführungen knapp zu halten. Mit erkennbarer Erleichterung gab er Evelyn das Wort zurück.

Sie stellte mehrere Prominente vor, von denen jeder ein paar Minuten lang sprach. Der vielleicht erhebendste Augenblick kam, als Slade Elliott ans Mikrophon trat, begleitet von den aufrüttelnden Klängen der Titelmusik von *Arcturus Run*. Slade begnügte sich damit, eine stets wiederkehrende Zeile aus der Serie zu zitieren: »Grenzen existieren nur im Kopf.«

Charlie, der Hauptredner, kam natürlich als letzter an die Reihe. Die Nennung seines Namens brachte ihm höflichen Applaus ein. »Danke«, sagte er. Er warf noch einen Blick zurück auf Elliott und wandte sich den Kameras zu. »Ich möchte Ihnen dafür danken, daß Sie mich eingeladen haben. Diese Stunde möchte ich nie vergessen. Und ich vermute, es ist eine Stunde, die die ganze Menschheit nie vergessen wird.«

Zwei Secret-Service-Agenten saßen unauffällig in Mondbasis-Overalls in der ersten Reihe. Sam Anderson, Chef der Gruppe, und die einzige Frau dabei, Isabel Heyman, sahen von den Seiten aus zu. Rick Hailey stand im Zwischengang und musterte Charlie konzentriert. Mit Sicherheit schrieb er Punkte an.

»Die Mondbasis ist die Zukunft«, fuhr Charlie fort. »Wir gehen die ersten vorsichtigen Schritte fort von unserer Heimatwelt, und ihr Leute hier zeigt uns den Weg.« Rick nickte, ermunterte ihn, so weiterzumachen.

Charlie blickte in die Kameras, redete an den versammelten ›Lunies‹ vorbei, sprach mehr die Wähler zu Hause an und vielleicht sogar das riesige Publikum außerhalb Amerikas. »Die Mondbasis ist teuer. Wir haben Menschen verloren, um hierherzukommen, und wir werden noch mehr verlieren, ehe wir am Ziel sind. Wir haben viel von unserem nationalen Vermögen investiert. Und zuzeiten fragen wir uns, ob es die Investition wert war. Warum sind wir überhaupt hier?

Die simple Wahrheit lautet: Die Erde ist zu klein geworden. Nicht für unsere Bevölkerung, aber für unsere Träume. Wir haben eine Verabredung mit den Sternen. Die Saat ist gelegt. Sie wurde gelegt, als die ersten Männer und Frauen zu den Sternbildern hinaufblickten. Und sie wird an den Gestaden des Mondes aufgehen.

Noch heute besuchen Menschen den Ort der Apollo-Landung, wo sie die Spuren Neil Armstrongs sehen können.« Charlie blickte zu seinem Publikum hinunter und wußte, daß er es in der Tasche hatte. »Unsere entfernten Nachkommen werden einst die Mondbasis besuchen«, sagte er, »oder auch deren Gegenstück in ihrer eigenen Zeit, und sie werden die Spuren sehen, die wir hinterlassen haben, Sie und ich, und dann wissen sie, daß auch wir hier waren.« Er gestattete sich, seine Gefühle zu zeigen. »Wir sind zu der Überzeugung gelangt, daß wir ein kosmisches Erbe haben. Wir haben den Mond erreicht. In wenigen Wochen schicken wir die *Percival Lowell* auf den Weg zum Mars.

Slade Elliott und sein Alter ego, Captain Tobias Pierce, haben völlig recht: *Grenzen existieren nur im Kopf!*«

Er hob die rechte Hand, um das Publikum zu grüßen, wandte sich vom Rednerpult ab, wartete, bis sich Evelyn ihm angeschlossen hatte, und machte sich auf den Weg über das Podium. Eine kleine Rampe führte zum Boden hinunter.

Ein Helfer mit einer goldenen Schere tauchte neben der bandgeschmückten Tür auf.

Charlie erreichte die Rampe, entschied aber, lieber vom Podium herunterzuspringen. Dafür vergaß er jedoch, daß hier nur ein Sechstel der Erdschwerkraft herrschte. Ungeachtet der Gewichte an den Schuhen wäre er in den freien Raum hinausgesegelt und in der vordersten Sitzreihe gelandet, hätte Evelyn es nicht kommen sehen. Sie packte ihn an der Jacke und zog ihn zurück.

»Vorsicht!« flüsterte sie.

Charlie war dankbar dafür, daß Evelyn ihm einen tolpatschigen Sturz vor ein paar Milliarden Zuschauern erspart hatte, und sagte es ihr. »Ich schulde Ihnen einen Drink«, meinte er.

»Mindestens«, lächelte sie.

Die Gäste stellten sich beiderseits von ihm auf, und der Helfer reichte die Schere Evelyn, die sie an Charlie weitergab. Zwei Personen hielten das Band für ihn fest. »Am heutigen 8. April«, sagte er, »im zweitausendundvierundzwanzigsten Jahr unserer Zeitrechnung und dem zweihundertachtundvierzigsten Jahr der Unabhängigkeit der Vereinigten Staaten erkläre ich im Namen der Vereinten Nationen diese Basis für eröffnet.«

Er schnitt das Band durch. Ein Elektromotor in der Wand summte, und die Tür ging auf. Dahinter lag die Main Plaza in Dunkelheit.

Dann ging jedoch ein Scheinwerfer auf dem Dach des Verwaltungsgebäudes an und hob einen Park hervor, eine Gruppe Ulmen, einige Bänke und einen Teich. danach leuchteten die Solarplatten an der Decke auf, und Tageslicht strömte über die Parks und Läden und Restaurants und erhöhten Fußwege.

Applaus setzte ein. Zuerst war er beherrscht und höflich, als geschähe es fast nur der Form halber. Aber dann jubelte jemand, und der Beifall verstärkte sich, wurde zum Crescendo und wollte nicht wieder verstummen.

NEWSNET, aktualisiert 12 Uhr 30

(Für vollständige Meldung bitte anklicken.)

BUDDHAS GEBURTSTAG VON ANHÄNGERN WELTWEIT GEFEIERT.

HAT DIE NASA EINE REIN WEIBLICHE BESATZUNG FÜR DEN MARSFLUG ERWOGEN?

Durchgesickerte Meldung: Beste Möglichkeit, um psychische Stabilität zu gewährleisten.

Politischer Einfluß auf Zusammenstellung der Besatzung dementiert.

TRANSGLOBAL ERHÄLT
GOLDENE BANANE FÜR SEINE
TUBERKULOSE-BERICHTERSTATTUNG.

Fälschliche Meldung, der Zambesi-Virus würde vom Wind übertragen: ›Millionen zu Tode geängstigt.‹

34. Jahrespreisvergabe durch das National Auxiety Center.

Baseball:

HEUTE VOR FÜNFZIG JAHREN ÜBERBOT
HANK AARON DEN HOMERUN-REKORD VON
BABE RUTH.

715. Treffer gegen die LA Dodgers in Atlanta.

Aarons Gesamtzahl von 755 immer noch unübertroffen.

TOKIO-FÄHRE GEKENTERT.

Hunderte von Todesfällen befürchtet.

Laut Augenzeugen war das Schiff überbesetzt.

HEUTE TOTALE SONNENFINSTERNIS.

Spektakuläre Himmelserscheinung in weiten Teilen der USA sichtbar.

VATIKAN DEMENTIERT ERNSTHAFTE
ERKRANKUNG DES PAPSTES.

Innocent ist ›erschöpft, aber gesund.‹

HEUTE MONDBASIS ERÖFFNET;
VIZEPRÄSIDENT LEITET ZEREMONIE.

Beaver-Meadow-Observatorium,
North Java, New York, 12 Uhr 38

Wesley Feinberg hatte zwei Nobelpreise gewonnen, einmal für seine Berechnung, wie alt das Universum war, und ein weiteres Mal, weil er die Beziehung zwischen Schwerkraft und Quanteneffekten bestimmt hatte. Obendrein war er Direktor des Harvard AstroLab in Mittel-Massachusetts.

Er wurde von seinen Kollegen respektiert und von seinen Studenten wie ein kleiner Gott verehrt. Sein Arbeitgeber war begeistert, ihn zu haben, und gewährte ihm jede Vergünstigung. Die jüngste davon war: Vorübergehende Versetzung ans Beaver-Meadow-Observatorium in North Java, New York, das direkt auf dem Weg der Sonnenfinsternis lag.

Feinberg freute sich darüber. Und nicht nur aufgrund des Himmelsschauspiels. Er war Junggeselle, ein Mann, der sein Leben der Astronomie gewidmet und dann entdeckt hatte, daß es ihm nicht genug war. Der Ausflug nach Beaver Meadow führte ihn aus der Wohnung heraus, die er verabscheuen gelernt hatte, und brachte ihn mit einer neuen Gruppe Menschen zusammen. Die Realität seines Lebens verwirrte ihn. Er hatte alles erreicht, was er sich je gewünscht hatte, und war dabei ein gutes Stück über das hinaus gelangt, was er einmal für möglich gehalten hatte. Trotzdem spürte er, daß sich etwas Rundes und Dunkles über die Essenz seines Lebens gelegt hatte und das Licht aussperrte.

Beaver Meadow war keine große Anlage. Sie verfügte nur über drei Teleskope, das größte davon war ein Clayton-Braustein-Reflektor von fünfundvierzig Zoll, der seine Bilder an einen Sechs-Meter-Wandmonitor weiterleitete. Das Observatorium stellte Feinberg einen erstklassig plazierten Computer zur Verfügung, von dem aus er den Wandmonitor sehen konnte. Perry Hoxon, der Direktor, fragte ihn, ob er sonst noch etwas brauchte.

Hoxon war ein geschäftiger und langweiliger kleiner Mann. Feinberg erklärte ihm, daß er nicht an einem besonderen Projekt arbeitete. Tatsächlich wäre er sogar damit zufrieden gewesen, still draußen im angrenzenden Park auf einer der Bänke zu sitzen und sich die Sonnenfinsternis anzusehen. Aber ja, er war sicherlich dankbar für den erstklassigen Platz. (Es hätte ihn sogar geärgert, hätte man ihm den nicht angeboten.)

Jetzt, als das Ereignis seinen Lauf nahm, fragte er sich, ob er er nicht lieber hätte nach draußen gehen und es sich vom Parkplatz aus ansehen sollen. Mehrere hundert Menschen drängten sich inzwischen im Observatorium. Kinder lachten, Babies schrien, und nicht einmal in den letzten Augenblicken vor Eintritt der totalen Finsternis verstummten die Gespräche vollständig. Feinberg hatte so etwas früher schon miterleben müssen, einen völligen Mangel an Respekt vor dem Ereignis, Menschen, die auf dem Weg zum Supermarkt mal kurz im Observatorium vorbeischauten. Dann verschwand das letzte Licht vom Monitor. Helle Spitzen und Tropfen leuchteten auf und umrahmten die Scheibe. Der Diamantenringeffekt. Ein paar Leute jubelten, als stünde ein Touchdown bevor. Feinberg seufzte und konzentrierte sich auf das Geschehen, sperrte den Rest der Welt aus. Wie unwahrscheinlich und welcher Glücksfall, daß Sonne und Mond scheinbar dieselbe Größe hatten! Keine andere Welt im Sonnensystem konnte etwas erleben, das dem hier auch nur entfernt ähnelte. Hätte *er*, Wesley M. Feinberg, das Sonnensystem konstruiert, dann wäre ein sensationeller Effekt dieser Art genau das gewesen, was er für die einzige intelligente Lebensform auf all den Planeten hätte erschaffen wollen. Und er war sich nicht sicher, ob er daran gedacht hätte.

Ein Geräusch aus dem Auditorium rief ihn in die Gegenwart zurück. Die Stimme war männlich und voller Ungeduld: *»Ich warte im Auto.«* Wie langweilig und phantasielos die breite Masse doch war!

»Professor Feinberg?«

Er wandte den Blick vom Monitor ab. Einer der Praktikanten des Observatoriums, ein sehr junger Mann, der von Feinberg eingeschüchtert schien, hielt ihm einen Zettel hin. »Tut mir leid, Sie zu stören, Professor. Das ist gerade für Sie gekommen.«

Er nahm den Zettel entgegen, nickte, steckte ihn ungelesen in die Tasche und widmete sich wieder der Sonnenfinsternis. Die Sonnenkorona war prachtvoll: Fahnen und Banner von über einer Million Kilometern Länge schossen flammend aus der abgedunkelten Scheibe heraus. Das Schauspiel entfaltete sich und schrumpfte wieder, ein Vorgang von mathematischer Präzision, eine kosmische Symphonie aus Licht und Energie. Feinberg sah zu, hörte nur noch den eigenen Herzschlag, wünschte sich mit ganzer Willenskraft, dichter an das Ereignis heranzurücken, versuchte die Gewaltigkeit dessen zu erfassen, was er sah.

»Professor, ich denke, die Sache ist doch dringlich.« Eine neue Stimme. Hoxon. Zuerst wußte Feinberg nicht so recht, wovon der Mann eigentlich redete. Dann fiel ihm die Nachricht wieder ein. Er fischte sie aus der Tasche.

Sie stammte aus dem Orbitallabor:

WES,

VON EINER BETRACHTERIN AUS DER GEGEND VON ST. LOUIS WURDE EIN ANOMALES OBJEKT GEMELDET. BITTE ÜBERPRÜFEN.

In einem umrandeten Feld am unteren Seitenrand standen die Koordinaten. Das Objekt befand sich direkt im Sternbild der Fische.

»Ich komme zurück«, sagte er zu Hoxon. Er wollte jetzt ohnehin in die Sonnenfinsternis hinausgehen, weg von der Menschenmenge, raus aus dem Auditorium. Er wollte sich ganz in das Ereignis stürzen, es kosten, es in die Seele aufsaugen.

Er knöpfte sich den Pullover zu und eilte über den Parkettboden, hinaus auf den Parkplatz. Es war ungewöhnlich kalt für die Jahreszeit, und er steckte die Hände in die Taschen. Das Observatorium stand mitten in der Natur. Die Fußwege und Rasenflächen waren verlassen. Feinberg suchte Van Maanens Stern und entdeckte links davon ein Licht, das dort eigentlich nicht hingehörte. Er lachte meckernd und stieß vor schierer Freude den rechten Arm in die Luft.

3.

Mondbasis, Grissom Country, 12 Uhr 49

Sam Anderson war seit sechs Monaten Chefagent der Secret-Service-Abteilung des Vizepräsidenten. Und im Augenblick war er unzufrieden. Es sollte eigentlich ein einfacher Auftrag sein. Sie hielten sich in einer Zone auf, zu der nicht jeder Zutritt hatte. Die Bewohner der Mondbasis hatten allesamt psychologische Auswahltests absolviert, um Verrückte auszusondern, und die Besucher waren VIPs, die in einer weniger abgesicherten Zone mit ihren eigenen Sicherheitsgruppen unterwegs gewesen wären.

Trotzdem fühlte Sam sich nicht wohl in dieser Situation. Natürlich fühlte er sich im Einsatz nie wohl. Er ging immer davon aus, daß irgendwo ein potentieller Meuchelmörder lauerte und nur auf die richtige Gelegenheit wartete. Und die Mondbasis brachte für Sam mehrere eindeutige Nachteile mit sich.

Die Leute hier wohnten und arbeiteten auf engem Raum. Auf den Korridoren und in den Konferenzräumen war es wirklich unmöglich, einen Ring um ›Teddy‹ zu bilden, was ihr Codename für Haskell war. Der Name bezog sich natürlich auf die Skizzen und Erinnerungsstücke von Theodore Roosevelt, die der Vizepräsident in seinem Büro aufbewahrte.

Sams Lieblingsstück war ein manipuliertes Foto, das Theodore Roosevelt und Charlie Haskell zeigte, wie sie, beide in Wildleder, gemeinsam vor dem Dakota Saloon in den Badlands standen.

Schußwaffen waren auf der Mondbasis verboten. Sam hatte dagegen Einwände erhoben, aber es gab keine Ausnahmen. Deshalb führten die Agenten nur Betäubungswaffen mit. Die würden nicht viel wert sein, falls irgend jemand einen Revolver an den Sensoren vorbeigeschmuggelt hatte.

Und Verstärkung war natürlich weit entfernt. Die Mondbasis verfügte über keine Sicherheitskräfte, die diese Bezeichnung verdient hätten. Man ging davon aus, daß die Bewohner sich an die Vereinbarungen hielten und nach den Vorschriften lebten. Wenn jemand zuviel trank und zum Problem wurde, würde man sich um ihn kümmern. Falls jedoch ein paar Leute mit kriminellen Absichten, auftauchten und es ihnen gelang, Waffen auf die Basis zu schmuggeln (was Sam nicht für besonders schwierig hielt), konnten sie wohl weitgehend ihren Willen durchsetzen. Er fragte sich, ob das Mondunternehmen erst eine kleine Katastrophe erleben mußte, ehe man hier schlau wurde und eine harte, tüchtige Polizeieinheit aufbaute.

Noch etwas machte ihm Sorgen. Man brauchte schon eine Zeitlang, um sich an die verminderte Schwerkraft zu gewöhnen. Sam war sich nicht sicher, wie effektiv seine Agenten im Notfall reagieren konnten. Wer sich hier rasch bewegte, prallte schnell von der nächsten Wand ab.

Sam war achtunddreißig Jahre alt, zweimal geschieden und hatte ein Kind aus jeder Ehe. Er hatte einen Abschluß von der Ohio State University, wo er die zweihundert Meter schneller gelaufen war als je zuvor jemand in der Geschichte der Universität. Im Hauptfach hatte er Politikwissenschaft belegt, später ein Offizierspatent erworben und vier Jahre bei der Marine gedient. Ein Offizierskamerad überzeugte ihn dort von den vielen Vorzügen und dem Glanz des Secret Service. Sam trat diesem also bei, während sein Freund es sich im letzten Augenblick anders überlegte und lieber auf die juristische Fakultät ging, wo er dann lernte, dick Knete zu machen, indem er Leute verteidigte, die nicht zu verteidigen waren.

Sam erhielt seinen ersten Posten bei der Dienststelle in Detroit.

Natürlich gab es keinen erwähnenswerten Glanz, aber die Bezahlung war anständig, und Sam hatte Spaß an der Arbeit. Mehr konnte man nicht verlangen. Er schlug sich gut, zeigte ein Talent für Geheimdienstaufgaben und wurde zweimal befördert. Schließlich schaffte er es, zur Einheit des Weißen Hauses versetzt zu werden. Er rechnete damit, es nächstes Jahr um diese Zeit bis zum leitenden Spezialagenten einer bedeutenden Dienststelle gebracht zu haben.

Sam war genau einsachtzig groß und wie geschaffen für die Rolle des Agenten: dünnes, fein geschnittenes

Gesicht, wachsame braune Augen und konservativ geschnittenes schwarzes Haar. Im Dienst verfiel er mühelos in die höflich-kühle, monotone Sprechweise, die fast eine Parodie der Hollywood-Agentensprache war. Dies schien jedoch niemandem etwas auszumachen, und auf Pensionierungsfeiern und Belobigungsbanketten ließen sich seine Kollegen nie die Chance entgehen, ihn nachzuäffen. Das war immer für einen Lacher gut.

Er leistete gute Arbeit: zäh, zuverlässig, clever. Seine beiden Ehefrauen erkannten mit der Zeit auch, daß er seine Seele sorgsam verborgen hielt. Vielleicht gaben sie deshalb schließlich ihre Versuche auf, weiter mit ihm klarzukommen: Weil sie nur kurze Eindrücke von dem Teil seines Wesens erhaschten, den sie liebten. Im Gegensatz zu den übrigen Mitgliedern seiner Gruppe hätte Sam der Besuch der Mondbasis Spaß gemacht, hätte er sich nur für ein paar Stunden entspannen können.

Aufgrund der besonderen Umstände dieses Einsatzes hatte man ihm nur drei weitere Agenten zugeteilt. Sie alle blieben bei feierlichen Anlässen ständig in der Nähe ihres Schützlings. Zu anderen Gelegenheiten teilte Sam die Gruppe auf, damit sich jeder auch mal ausruhen konnte. (Auf Besichtigungstour zu gehen, kam hier nicht in Frage.) Vier waren jedoch einfach nicht genug, um den Job richtig zu machen. Sie trieben sich um Teddy herum, seit sie das Weiße Haus verlassen hatten, und wurden allmählich müde.

Wie die meisten hochrangigen Politiker machte sich der Vizepräsident nicht viel aus den ganzen Sicherheitsmaßnahmen, aber er ließ sie gutmütig über sich ergehen und gestand freimütig, daß es ihm nicht recht wäre, seine Agenten erst suchen zu müssen, wenn er sie mal brauchte. *Seine* Agenten. Charlie Haskell war klug genug, seinen Agenten Wertschätzung und Verständnis für ihre Aufgaben zu zeigen. Damit allein war schon sichergestellt, daß Teddy die Stimmen seiner Sicherheitsleute erhielt, falls die Partei ihn nominierte.

Dem Secret Service war eine Doppelsuite zur Verfügung gestellt worden, die er als Unterkunft und Einsatzzentrale benutzen konnte. Sam wußte, daß sich die Feierlichkeiten des Abends bis spät in die Nacht fortsetzen würden und daß Teddy gern Parties feierte. Also stand ihnen eine lange Nacht bevor. Sam hatte jedoch in einem Punkt Glück: Auf der Mondbasis galt die Washingtoner Zeit, so daß keine Zeitumstellung zu verkraften war.

Es sei ein problemloser Einsatz, hatte der operative Leiter hartnäckig behauptet. Sam machte sich trotzdem Sorgen, wie er es bei seiner Ausbildung gelernt hatte. Der Secret Service hatte in über sechzig Jahren niemanden verloren, und Sam war nicht daran interessiert, daß diese Glückssträhne riß.

Skyport Orbitallabor, 13 Uhr.

Der Schatten das Mondes glitt in nordöstlicher Richtung nach Neuengland und Kanada hinein. Er lief direkt südlich des St.-Lawrence-Stromes entlang. Toronto und Montreal nördlich davon erlebten nur eine teilweise Sonnenfinsternis. Mit Bussen, Autos und Zügen waren jedoch Tausende begeisterter Zuschauer nach Granby, Magog und St. Hyacinthe gekommen sowie über die US-Grenze nach Burlington und Plattsburg. Die Sonnenfinsternis überquerte New Brunswick, erreichte den Golf und beschleunigte dann, als sich die Erdoberfläche unter ihr wegkrümmte. Rasch fuhr sie über die Südspitze Neufundlands hinweg und erreichte St. John's am frühen Nachmittag Ortszeit. Eine Band legte los, und die Bürger schmissen eine stadtumspannende Party, die bis weit in den Abend dauerte. Bis dahin war der Schatten schon lange weitergezogen, zuerst auf den Nordatlantik hinaus und dann ganz vom Planeten fort.

Inzwischen hatte Wesley Feinberg Tomiko Harringtons Entdeckung bestätigt, daß tatsächlich etwas Neues am Himmel aufgetaucht war.

»Empfehle Maßnahmen, um das Objekt genau zu bestimmen«, lautete sein Bericht.

Wahrscheinlich ein Komet mit geringem Perihelabstand, erklärte er Windy Cross am Telefon.

Unglücklicherweise hatte sich das Ding wieder ins grelle Licht der Sonne zurückgezogen. Kein optisches Teleskop vor Ort war da im Moment von Nutzen. Aber Windy hatte noch andere Möglichkeiten.

Mondbasis, Main Plaza, 13 Uhr 11

Tische waren auf dem freien Platz aufgestellt und mit Speisen beladen worden. Evelyn ergriff die Gelegenheit und bedankte sich bei denen, die von so weit her gekommen waren, um dieses Ereignis mit den Menschen der Mondbasis zu teilen. Sie überreichte dem Vizepräsidenten und vielen der übrigen Gäste Erinnerungsplaketten. Als die Zeremonie vorbei war, gingen die Teilnehmer in etwa ein halbes Dutzend Läden und Bistros davon, die anläßlich der Feierlichkeiten ihre Tore geöffnet hatten.

Eine Straßenbahn fuhr durch einen der Parks. Rick sah ihr zu, erinnerte sich dabei an die Sommerbusse, mit denen er als Junge am Lake Michigan gefahren war, und blickte zum Hauptquartier der Mondbasis hinauf. Ein Fahrstuhl kam herunter. Ein paar Arbeiter legten letzte Hand an einen Laternenmast. Ein weiterer Arbeiter installierte eine Fahrstuhltür, und zwei Kollegen untersuchten das Gitternetz über der Zentralschlucht.

Rick fühlte sich besser als jemals in den letzten dreißig

Jahren. Die Mondschwerkraft brachte Wohlbefinden mit sich, ein schieres Überschäumen des Temperaments. Wer dieses Gefühl in Flaschen füllen könnte, erklärte Rick dem Vizepräsidenten, könnte damit ein Vermögen machen.

Danach gesellte er sich zu den Journalisten, spendierte ihnen Drinks, unterhielt sich mit ihnen beiläufig über die Zukunftspläne des Vizepräsidenten, erklärte ihnen, warum die Nation von dessen Führung profitieren würde, und tat, kurz gesagt, sein Bestes, um sich ihrer Unterstützung im kommenden Wahlkampf zu versichern. Das war eine durch und durch erfreuliche Aufgabe. Rick war für Geselligkeit geboren. Er mochte die Journalisten wirklich; sie wußten es und neigten deshalb ganz von selbst dazu, Dinge in seinem Sinne darzustellen. Natürlich nicht bewußt, aber trotzdem geschah es. Rick Hailey war ein Typ, den jeder von ihnen gern zum Abendessen eingeladen hätte, selbst wenn er keine Quelle aus Regierungskreisen gewesen wäre. Vor allem diese Kameradschaft mit den Medien machte Rick für einen Kandidaten so wertvoll.

Sorgfältig achtete er auch darauf, offizielle Pressesprecher nicht zu vernachlässigen. Zum gegenwärtigen Anlaß würde der Medienrepräsentant der Mondbasis Interviews geben, und Rick wollte Einfluß auf das nehmen, was dabei gesagt wurde. Deshalb legte er Wert darauf, sich im Büro für Öffentlichkeitsarbeit vorzustellen und Interesse an der dort geleisteten Arbeit vorzugeben. *Möchten Sie gern unseren kleinen Winkel der Mondbasis besichtigen, Mr. Hailey?*

Natürlich wollte er das. *Hier haben wir die Abteilung für Videoproduktionen, und das ist die VIP-Koordinierungsgruppe.* Während sie durch die Ausbildungseinrichtung spazierten (von derselben Person geleitet, die dem Pressebüro vorstand), erblickte Hailey eine bemerkenswerte junge Frau. Sie hatte grüngefleckte graue Augen und blondes Haar, und sie betrachtete ihn mit einer Neugier, an die sich Vertraute des Vizepräsidenten längst gewöhnt hatten.

»Wer ist das?« fragte er seine Begleitung unschuldig.

»Oh, nur eine der Kommunikationstechnikerinnen.«

Damit ließ er es bewenden. Es wäre unschicklich gewesen, weiter zu insistieren.

Dann war sie weg, mit einem Stoß Papiere in einer Hand zur Tür hinaus verschwunden.

Richard Daley Hailey genoß das prickelnde Blendwerk der Politik, in der Schönreden mehr Macht hatte als Geld. Deshalb hatte er auch in seinem PR-Job freigenommen und war Wahlkampfleiter geworden, als ein Onkel von ihm für den Stadtrat kandidierte und Rick um Hilfe gebeten hatte.

Er entschied, welche Themen sie in den Vordergrund stellten (Müllabfuhr und Straßenreparaturen), welche Aspekte der Verdorbenheit ihrer Gegner sie herausstrichen (Vetternwirtschaft und Rachsucht), um welche Stimmenblocks sie sich bemühten und welche sie abzutreten bereit waren.

Er stellte fest, daß er in diesen Dingen die perfekte Masche draufhatte, und sein Onkel gewann mühelos. Rick kehrte nie mehr in seinen alten Job zurück.

Ein paar Jahre später sorgte er für die Wahl von Avery Foster, des absolut unfähigsten Bürgermeisters, den Chicago je erlebt hatte. Mit diesem Sieg begründete Rick seine Reputation. Als ihn in späteren Jahren Journalisten mit Fosters Korruptheit und Inkompetenz in die Enge treiben wollten, nahm Rick die Position ein, daß es nicht seine Aufgabe war, in einer politischen Kampagne die Wahrheit ans Licht zu bringen. »Meine Aufgabe ist es«, erklärte er einmal Fox TV, »mich für die eine oder die andere Seite zu engagieren. Die Wahrheit wird sichtbar, wenn Ideen aufeinanderprallen, und ist nicht abhängig davon, daß eine bestimmte Person sie befürwortet.«

Rick hatte seit Foster eine Menge Wahlkämpfe gewonnen und niemals einen verloren. Er freute sich darüber, jetzt für Charlie Haskell zu arbeiten, obwohl er fand, daß es ihn weniger forderte, einen guten Kandidaten zum Sieg zu führen. Charlie lag im Moment zurück, aber das beruhte nur auf Kolladners mangelnder Unterstützung. Er war der ideale Kandidat, aufrichtig, recht intelligent und mit Avery Fosters Talent ausgestattet, das Richtige zu sagen. Er war jung, wirkte mit seinen einsneunzig körperlich beeindruckend, sah gut aus und war insgesamt die Art Kerl, den die meisten Eltern für ihre Tochter wünschen würden.

Und er zeichnete sich durch ein phantastisches Lächeln aus. Bei amerikanischen Wählern kompensierte ein einziges supertolles Lächeln eine vier Jahre währende Unsichtbarkeit.

Rick wünschte sich, er hätte an den Namen der Frau mit den grüngefleckten Augen kommen können.

Skyport Orbitallabor, 13 Uhr 58

Tory warf einen kurzen Blick auf ihr Zentraldisplay, das ihr ein Live-Bild von brodelnden Venuswolken zeigte.

Die Venus-Sonde von 2016 hatte ein 0,8-Meter-Teleskop von Hofleiter an Bord gehabt, das auf eine Umlaufbahn geschossen worden war, sobald der Hauptteil der Sonde in die Atmosphäre der Venus eingedrungen war. Das Hofleiter-Teleskop konnte ultraviolettes, sichtbares und fast infrarotes Licht aufnehmen, indem es Wellenlängen von 115 bis 1010 Nanometern abdeckte. Es wies zwei Spektrographen auf, ein Hochgeschwindigkeits-Photometer, ein breitbändiges Advanced Charge-Coupled Device* und einen fein abgestimmten Steuerungssensor. Die Hauptaufgabe des Teleskops bestand darin, die Venusatmosphäre zu kartographieren, ihren Turbulenzen nachzuspüren und damit ein besseres Verständnis irdischer Wettermuster zu ermöglichen.

Jetzt lag die Genehmigung vor, es neu auszurichten. Das taten die Skyportleute nur widerwillig. Wenn man planetare atmosphärische Prozesse beobachtete, war unablässiges Hinsehen alles. Sequenzen und Entwicklung, darum ging es. Eine zweite Nachricht von Feinberg hatte jedoch zu diesem Vorgehen genötigt:

WAHRSCHEINLICH EIN KOMET;
SEHR GROSSER HALO.

Ein Komet.

Tory war begeistert. Es war immer aufregend, an einer solchen Entdeckung teilzuhaben, selbst wenn die Anerkennung dafür Tomiko Wie-auch-immer in St. Louis galt. Aber falls das Ding ein Komet war, befand es sich auf einer Umlaufbahn um die Sonne und würde auf diesem Weg wieder dort draußen verschwinden. Dann wäre es für das bloße Auge womöglich mehrere Monate lang nicht mehr erkennbar, bis die Erde auf ihrer eigenen Bahn auf die andere Seite der Sonne geriet.

Aber damit stellte sich eine Frage: Warum hatte im, sagen wir, letzten Oktober niemand das Objekt bemerkt, als es im Anmarsch und die Erde auf der anderen Seite der Sonne gewesen war?

»Bin soweit«, informierte sie Windy.

»Dann los.«

Sie hatte die Koordinaten des Kometen schon einge-

* Ein System für Kameras, um hochauflösende Bilder zu erhalten. Anm. d. Übers.

geben und konnte die Neuausrichtung mit einem Knopfdruck einleiten. Das tat sie mit Schwung, und sie und ihr Vorgesetzter sahen, wie das Bild von den Monitoren verschwand. Der Orbiter brauchte mehrere Minuten, um sich um die eigene Achse zu drehen, sich neu zu orientieren und scharf einzustellen.

»Liegt wahrscheinlich daran, daß er nicht besonders hell ist«, meinte Windy. »Passiert ständig.«

»Ständig?«

»Na ja, gelegentlich.«

Jetzt tauchten die ersten Bilder auf. Die Auflösung pendelte sich ein, und sie sahen ihn! »Komet Tomiko«, sagte Tory.

Windy grinste. »Bleib an der Sache dran«, sagte er. »Vielleicht findest du mal einen eigenen.«

Sie drehte die Vergrößerung hoch. »Kein nennenswerter Schweif.« Er war hauchzart. Kaum zu erkennen.

Windy schüttelte den Kopf. »Ich frage mich, ob wir ihn schon mal gesehen haben.«

Tory rief das Verzeichnis regelmäßig wiederkehrender Kometen auf und leitete eine Suche ein.

»Negativ«, sagte sie nach einer Weile. »Den kennen wir noch nicht.«

KAPITEL ZWEI

MONDBASIS
DIENSTAG, 9. APRIL

1.

Mondbasis, Speiseraum des Direktors, 7 Uhr 15

Charlie erfuhr beim Frühstück von dem Kometen. Er saß mit etwa einem Dutzend weiteren speziellen Gästen zusammen, als Slade Elliott das Thema zur Sprache brachte. Der Kommentar klang lässig dahingesagt und wirkte nicht besonders wichtig. Für Charlie und die meisten übrigen VIPs war ein Komet ein Licht am Himmel, auf das man mal einen Blick werfen konnte, wenn man sich zufällig auf einem dunklen Straßenabschnitt befand. Es erschien ihm jedoch passend, daß die Information von einem Mann stammte, der sein Vermögen verdient hatte, indem er den draufgängerischen Captain eines fiktiven Sternenschiffs spielte.

Evelyn nutzte das Frühstück, um Jack Chandler vorzustellen, der erster Direktor der Mondbasis werden sollte. Chandler war stämmig, ernsthaft, reserviert. Er schien sich nicht ganz wohl dabei zu fühlen, die Hände prominenter Persönlichkeiten zu schütteln, aber er strahlte ruhige Kompetenz aus. Als Politiker wäre er keinen Pfifferling wert gewesen, aber der Vizepräsident spürte, daß er sich als Administrator gut schlagen würde. Was Chandler allerdings gebrauchen konnte, fand Charlie, war ein guter Berater für öffentliche Angelegenheiten. Jemanden wie Rick. Der Direktor der Mondbasis würde sich zum politischen Wesen mausern müssen, ob ihm das nun gefiel oder nicht.

Als sie die Tafel aufhoben, brachte Charlie Evelyn in Verlegenheit. »Sie könnten mir einen Gefallen tun«, sagte er.

»Nennen Sie ihn.«

»Ich möchte nach draußen.«

Sam Anderson verlor den größten Teil seiner Farbe und schüttelte heftig den Kopf. Charlie hatte für die Reaktion des Senioragenten nur einen verständnislosen Blick übrig.

»Auf die Oberfläche?« fragte Evelyn.

»Natürlich. Auf die Oberfläche.«

Sie zögerte. »Haben Sie Erfahrungen mit Druckanzügen?«

Sam sah aus, als würde er gleich explodieren.

»Ihre Leute können es mir zeigen«, sagte Charlie.

»Herr Vizepräsident, wir erlauben niemandem hinauszugehen, der mit der Ausrüstung nicht gründlich vertraut ist.«

»Wie lange braucht man, um sich damit gründlich vertraut zu machen?«

»Normalerweise einige Tage. Wir führen eine Ausbildung durch und nehmen eine schriftliche und eine praktische Prüfung ab. Und eine körperliche.«

Charlie seufzte. »So lange bleibe ich nicht hier.«

Evelyn lächelte mitfühlend. »Was, denken Sie, würde man mit mir machen, wenn ich den Tod eines Vizepräsidenten zu verantworten hätte?«

»Ihnen einen Orden verleihen.«

Sie blendete ihn mit einem strahlenden Lächeln. »Das denke ich nicht.«

Ein Mitarbeiter suchte schon seit einiger Zeit ihre Aufmerksamkeit. Sie wandte sich kurz ab, setzte ihre Unterschrift auf ein Klemmbrett und sah dann wieder Charlie an. Ihre Miene war jetzt sehr ernst. »Es ist ein Risiko«, stellte sie fest, »das ich lieber nicht eingehe. Darf ich fragen, warum Sie hinausgehen möchten?«

Weil ich das schon immer tun wollte und hier vielleicht die letzte Gelegenheit dazu habe. »Ich komme vielleicht nie wieder hierher zurück«, sagte er.

Sie musterte ihn ausgiebig. »Wann möchten Sie diese Torheit durchziehen?«

Charlie fühlte sich wie ein Schuljunge vor einer Lehrerin, die sein Ansinnen mißbilligte. Wie schwierig war es wohl, sich an das Herumspazieren in einem Druckanzug zu gewöhnen? »Wann es Ihnen paßt«, antwortete er.

Sie seufzte. »Ihnen ist hoffentlich klar, daß ich das für keine gute Idee halte.« Sie sah kurz Sam an und versicherte sich so eines Zeugen für die künftige gerichtliche Untersuchung. »Allerdings«, ergänzte sie, »würde ich an Ihrer Stelle auch gern diesen Ausflug machen.« Sie ergriff seine Hand, und es wirkte auf ihn seltsam elektrisierend. »Wir können es gleich machen, wenn Sie möchten.«

Ja, entschied Charlie, das wollte er sehr gern. Er rief Rick an und befahl ihm, die Vormittagstermine abzusagen. Rick war natürlich entsetzt.

Auch Sam war unzufrieden. »Tut mir leid, Sir, ich kann das nicht zulassen. Es wäre ein Verstoß gegen das Protokoll.«

»Entspannen Sie sich, Sam«, sagte Charlie. »Mir passiert nichts.«

Die Mondbasis war eine unterirdische Anlage. Die Oberfläche befand sich neun Stockwerke über dem Speiseraum des Direktors. Evelyn, Charlie, Sam und seine Kollegin Isabel nahmen den Fahrstuhl, der an der

Außenwand des Hauptquartiers hinauffuhr und dabei Ausblick über die gesamte Main Plaza gewährte. Aus dieser Perspektive ähnelte die Mondbasis mehr einem riesigen Park als irgend etwas anderes.

Auf dem obersten Stockwerk kamen sie an einem gewundenen Korridor entlang, dessen Wände mit einer Reihe von Drucken geschmückt waren, die die Mondbasis in verschiedenen Stadien der Fertigstellung zeigten. Der Fahrstuhl stoppte vor einer schweren Metalltür mit der Aufschrift: VORSICHT – KEIN ZUTRITT FÜR UNBEFUGTE. Ein Interkom war an der Wand montiert. Evelyn gab eine Nummer ein und nannte ihren Namen, und die Tür ging auf.

Sie betraten einen langen Raum mit Bänken, Ausrüstungsbehältern, Schränken und Ständern. Druckanzüge in verschiedenen leuchtenden Farben hingen von Stangen an der Decke herunter. Ein Techniker stand hinter einem Schreibtisch auf und wartete.

»Wir haben mehrere Ausgänge auf Bodenhöhe«, erläuterte Evelyn. »Wir sind draußen ziemlich aktiv. Die Mondbasis wird weiter ausgebaut, wie Sie wissen. Ständig gehen Arbeitsgruppen ein und aus. Ebenso Forscher. Und die Leute von der Wartung. Und gelegentlich Touristen.« An dieser Stelle hellte sich ihre Miene auf, und sie spitzte die Lippen.

Der Techniker übergab ihnen zwei D-Anzüge. Einer war goldfarben und der andere zinnoberrot. Evelyn nahm den goldenen Anzug und zog sich die Schuhe aus. »Sie bekommen den grellen«, lächelte sie.

»Warten Sie mal«, sagte Charlie. »Ich hatte es nicht so geplant, daß Sie mit hinausmüssen.«

»Niemand geht allein hinaus. Das erlauben wir nicht.«

Es machte Sinn. »Okay, aber wieso schicken Sie nicht jemand anderen? Ich möchte nicht Ihre Zeit in Anspruch nehmen.«

»Es ist mir ein Vergnügen«, sagte sie.

»Ich brauche auch einen Anzug«, stellte Sam mit ärgerlicher Miene fest.

»Warum?« wollte Charlie wissen. »Wer sollte da draußen auf mich schießen?«

»Sir, ich wüßte nicht, was das für eine Rolle spielt. Es ist gefährlich, und es wäre mir lieber, Sie würden es nicht tun.«

»Die Sache ist geklärt.«

»Ich *muß* mitkommen. Die Vorschriften verlangen es.«

»Wie gut sind Sie mit der Ausrüstung vertraut?«

»Nicht besonders.«

»Wieviel würden Sie also im Notfall nützen?«

Die Muskeln in Sams Kiefer spannten sich. »Nicht viel.«

»Sie könnten sogar selbst zum Notfall werden. Bleiben Sie hier. Evelyn kümmert sich um mich, und wir sind in wenigen Minuten zurück.«

Evelyn gab ihm eine kurze Einführung in die Prozedur, die größtenteils darin bestand, nicht mehr unnötig an der Anzugsteuerung herumzufummeln, sobald sie erst mal eingestellt war. Sie zeigte ihm, wie man den Luftdruck modulierte, die Temperatur steuerte und die Funkanlage bediente. »Vergessen Sie nicht den Schwerkraftunterschied!« sagte sie. »Dort lauert die eigentliche Gefahr. Es gibt eine Menge Spalten, Krater, Risse, was Sie nur wollen, wo Sie hineinstürzen könnten. Halten Sie die Augen offen! Der Anzug ist widerstandsfähig, aber man kann trotzdem ein Loch hineinstanzen. Die rote Lampe zeigt an, daß Sie ein Problem haben und unverzüglich zurückkehren müssen. Falls *Sie* die rote Lampe sehen, leuchtet sie gleichzeitig hier drin auf. Man wird Sie dann zurückrufen. Wenn so etwas passiert, dann keine Diskussionen mehr, verstanden?«

Charlie war kein Dummkopf. »Wie oft erhalten Sie hier rotes Licht?«

Sie zuckte die Achseln. »Es kommt vor.«

Man setzte ihm den Helm auf, und zischend fuhr Luft hinein. Evelyn kontrollierte die Funkverbindung. »Alles okay bei Ihnen?«

»Mir geht's gut.«

»Schön.« Sie setzte sich ihren Helm auf. »Es wird Ihnen gefallen, Herr Vizepräsident.«

Der Techniker führte sie in einen angrenzenden Raum, wo der Zugang zu einer Luftschleuse offenstand. Charlie folgte Evelyn hinein, und der Techniker schloß die Tür. Bunte Lampen gingen an. »Sie werden es als Prickeln spüren, wenn sich der Luftdruck ändert«, erklärte Evelyn.

Er konnte ihr Gesicht hinter dem Plexirauchglas nicht mehr sehen. »Wie oft waren *Sie* schon draußen?« fragte er.

Sie lachte. »Ein- oder zweimal.«

Charlie vermutete, daß sie ihn foppte, aber ein ausgedehntes Schweigen folgte. »Sie machen Witze«, sagte er.

»Yeah. Ich war ein paarmal draußen. Nicht so oft, wie ich es gern hätte.«

Eine grüne Lampe ging an, und die Ausstiegstür öffnete sich wie eine Irisblende. Charlie blickte auf die Oberfläche des Mondes hinaus, eine zerklüftete Ebene, die sich in silbernem Licht gestochen scharf abzeichnete. Der Himmel war schwarz, aber von Sternenflüssen durchzogen.

Evelyn wartete, damit er als erster hinausgehen konnte.

»Es ist wundervoll«, sagte er und ging durch die Luke. Hinaus auf den Verwitterungsboden. Das Licht, jedenfalls das meiste davon, stammte von der Erde, die blau und weiß und sehr groß fast direkt über ihm schwebte.

»Sie leuchtet etwa vierzigmal heller als der Vollmond«, erklärte Evelyn.

Der Horizont schien nahe zu sein. Hätten Eingeborene auf dem Mond gelebt, hätten sie über jeden Zweifel hinaus gewußt, daß ihre Heimatwelt eine Kugel war.

Worte trafen es nicht. Charlie hatte schon oft die Holobilder gesehen, aber sie kamen nicht an die Wirklichkeit heran.

Evelyn führte ihn auf eine rechteckige, abgesperrte Fläche hinaus, die etwa dreißig mal fünfzehn Meter maß. Ein Fußweg führte hinüber, nur wenige Zoll über der Oberfläche. Hier und dort sah Charlie Fußabdrücke, jeder mit einem kleinen Pfosten und einem gelben Schild markiert. Evelyn zeigte ihm die Namen auf den Schildern. Sie waren ihm alle vertraut, alle gut bekannt: Sheila Davidson, Befehlshaberin des ersten der neueren Mondflüge; Angela Mikel, die erste Frau, die auf dem Mond ein Kind geboren hatte; Ed Harper, der den größten Teil der Bauarbeiten geleitet hatte. Evelyn zeigte auf eine bislang unberührte Fläche. »Ich möchte, daß Sie auf den Verwitterungsboden hinuntersteigen«, sagte sie.

»Warum?«

»Sie gehören auch hierher.«

»Das denke ich nicht.«

»Sollten Sie im Herbst gewinnen, werden sich die Leute Ihre Fußabdrücke noch in Jahrhunderten ansehen und sich an den ersten Präsidenten erinnern, der auf dem Mond spazierengegangen ist.«

»Und falls ich verliere?«

Sie lächelte. »Dann nehmen wir das Band herunter und fahren mit einer Walze darüber.«

Er blickte wieder zur Erde hinauf, die blau und warm und einladend am schwarzen Himmel stand. »Ich kann verstehen«, sagte er, »wieso Menschen hier herauskommen und religiös werden.« Und als ihm plötzlich einfiel, lieber vorsichtig zu sein: »Können Sie mich dort drin hören?«

»Jedes Wort, Sir«, vernahm er die Stimme des Technikers.

»Ist schon okay«, meinte Evelyn. »Niemand wird Sie zitieren.«

»Gut.« Rick hätte ihn hier sicher wieder daran erinnert, daß schon häufiger eine Kandidatur an einer spontanen Äußerung gescheitert war. George Romney verschwand in der Versenkung, als er aus Südostasien zurückkehrte und sagte, man hätte ihn einer Gehirnwäsche unterzogen. Teddy Roosevelt hatte sich, ohne groß nachzudenken, die Chance auf eine zweite Amtszeit genommen. Mary Emerson wäre beinahe die erste Präsidentin geworden, bis sie einem Reporter sagte, daß unter den sozial Schwachen, deren medizinische Auslagen der Staat übernahm, auch viele Schnorrer waren.

Charlie trat hinunter auf die markierte Fläche und bemühte sich, klare Abdrücke zu hinterlassen. Ihm gefiel die Vorstellung, daß Menschen in künftigen Zeitaltern an dieser Stelle stehen und sich gegenseitig darauf hinweisen würden, daß Charlie Haskell hier entlanggegangen war. Erster Präsident des Weltraumzeitalters. Das hatte einen netten Beiklang.

Ihm kam in den Sinn, daß Evelyn sich wahrscheinlich fragte, ob sein Mondspaziergang ein politischer Gag war. Etwas, das später in einer Wahlkampfgeschichte erwähnt wurde. Aber daran konnte er nichts ändern. Und Charlie fragte sich nicht zum erstenmal, ob seine politische Karriere die ganze Mühe eigentlich lohnte. Er genoß die Hitzigkeit politischer Debatten, liebte es zu gewinnen und hatte Spaß an einer Position, in der er etwas bewegen konnte. Allerdings mußte man dafür einen Preis zahlen. Nie wieder konnte er zum Essen ausgehen oder einfach mal hinüber in den Wal-Mart laufen, ohne eine Menschenmenge anzulocken.

Ein Gebläse hinten im Helm veränderte die Tonhöhe,

als es sich der Temperatur oder Luftfeuchtigkeit anpaßte. Charlies einziger großer Nachteil für die Politik bestand in seinem Junggesellendasein. Die Partei glaubte, daß sich die Wähler ohne eine First Lady nicht wohl fühlten. Das zeigte sich zwar in demoskopischen Erhebungen nicht, aber es galt allgemein als Grundsatz in einer Gesellschaft, die sich immer mehr über persönliche Moral sorgte, während nur noch eine von sechs Ehen Bestand hatte.

Der Boden war grau und bröckelig. Die Reiseführer behaupteten, der Mond hätte sich seit etwa drei Milliarden Jahren kaum verändert. Auf dem Mond gab es weder Vulkanismus noch ein Klima, noch Wind, um Dinge hin und her zu bewegen. Es war eine Welt, auf der nie etwas geschah, außer daß gelegentlich ein Felsbrocken einschlug.

Charlie stieg wieder auf die Fußgängerbrücke hinauf und sah sich auf der flachen Ebene um. »Ich dachte, die Mondbasis läge in einem Krater«, sagte er.

Evelyn stand hinter ihm, so daß er eine ungestörte Aussicht hatte. »Das ist auch so. Aber es ist ein *großer* Krater auf einem kleinen Mond. Alphonsus durchmißt hundertsiebzehn Kilometer. Wir sind hier im Zentrum des Kraters, und die Wände liegen alle hinter dem Horizont. Sie sind jedoch da. Falls Sie möchten, können wir hinüberfahren.«

»Ja«, sagte Charlie. Er musterte Evelyn lange und wünschte sich, er hätte ihr Gesicht sehen können. »*Sie* würden es gern machen, nicht wahr?«

Sie lachte in sich hinein. »Ich denke, Sie haben mich ertappt«, sagte sie. »Aber ja. Mit der Erlaubnis des Vizepräsidenten können wir daraus eine Spritztour machen.«

»Unbedingt«, sagte Charlie. Er blickte zum Horizont hinüber. »Ich frage mich, ob wir den Kometen von hier aus sehen können.«

Evelyn schwieg, und die Stimme des Technikers ertönte im Funkgerät. »Nein, Sir, er ist von der Mondbasis aus nicht sichtbar.«

»Schade«, meinte Charlie.

2.

Beaver-Meadow-Observatorium, 9 Uhr 30

Wesley Feinberg stornierte seinen Rückflug und blieb im Beaver Meadow. Hoxon stellte ihm ein Büro und einen Computer zur Verfügung, und Feinberg nahm mit Kitt Peak, der NASA, Zelenchukskaya und zwanzig weiteren Institutionen Kontakt auf. Inzwischen war natürlich die ganze astronomische Gemeinde aufmerksam geworden und bemühte sich, den Kometen festzunageln. War er mit irgendeinem bereits verzeichneten Himmelskörper identisch? Wie *groß* war er? Welchem Kurs folgte er?

Am schnellsten kam man dem Objekt auf die Spur, wenn man herausfinden konnte, wo es zum Beispiel im Januar oder Februar gewesen war. Dann könnte man die Flugbahn bestimmen. Der Komet mußte eigentlich schon zu Beginn des Jahres sichtbar gewesen sein. Es ging also nur um eine gründliche Suche.

Bislang reichten die verfügbaren Daten nicht einmal für eine intelligente Vermutung darüber aus, wo der Komet am Winterhimmel vielleicht aufgetaucht war. Feinberg arbeitete methodisch; er rief im Computer Himmelsabschnitte ab und verglich sie mit der Datenbank. Dabei hoffte er, ein Objekt zu finden, daß nicht dorthingehörte. Die Bilder waren von ACCDs erstellt worden, von Advanced Charge-Coupled Devices, alle in großen

Teleskopen rings um die Welt und im Orbit montiert. Die Bilder waren viel schärfer als die Fotos, mit denen Feinberg zu Beginn seiner Karriere, Ende des vergangenen Jahrhunderts, gearbeitet hatte.

Er wußte, daß eine Armee von Profis und talentierten Amateuren das gleiche tat wie er, aber er war nicht daran interessiert, auf anderer Leute Ergebnisse zu warten. Obwohl er es abgestritten hätte, sah er die Angelegenheit als Wettkampf und wollte sehr gern der erste im Ziel sein. Er ließ sich immerhin nicht so leicht von jedem Lichtpunkt ablenken, der nicht in den Katalog paßte. Nachdem Feinberg jedoch die ganze Nacht gearbeitet hatte, stand er mit leeren Händen da. Das war verständlich. Was er jedoch *nicht* verstand, war, daß auch niemand sonst etwas herausgefunden hatte.

Feinberg arbeitete bis sechs Uhr früh an der Sache, bis er an der Tastatur einzudösen begann. Schließlich gab er auf, requirierte eine Couch in einem Allzweckraum und schlief dort bis zum Mittag. Inzwischen hatten mehrere Forschungsstellen positive Ergebnisse gemeldet. Nach kurzem Hinsehen verwarf Feinberg diese ›Entdeckungen‹ jedoch als Überreste verschrotteter Erdsatelliten, als zwei bekannte Asteroiden und in einem Fall als stellaren Nebel.

Am späten Nachmittag lag immer noch nichts vor.

Merkwürdig. »Das ist sehr schwer zu verstehen«, erklärte er Hoxon, der selbst ein wenig symbolisch nachgeforscht hatte.

Der Direktor pflichtete ihm bei. Er war ein schwatzhafter, hakennasiger Typ, der die meiste Zeit damit zubrachte, öffentliche Touren zu organisieren, und an echter Astronomie bemerkenswert wenig Interesse zeigte. Hartnäckig führte er sinnlose Gespräche mit Leuten in seiner Umgebung, die zu arbeiten versuchten.

Feinberg weitete die Suche aus, von der Theorie ausgehend, daß sich der Komet vielleicht viel schneller oder langsamer fortbewegte als mit den vierzig Kilometern pro Sekunde, die mehr oder weniger die passende Größenordnung für Kometengeschwindigkeiten darstellten. Er arbeitete den ganzen späten Nachmittag hindurch und sortierte Bilder, während sich das Mysterium vertiefte.

Um achtzehn Uhr bat ihn eine Postdoktorandin vom Cerro La Silla in Chile um Hilfe. Sie schickte ihm Bilder, denen zufolge sie scheinbar einen *zweiten* Kometen entdeckt hatte. Die Bilder zeigten ein Objekt auf der anderen Seite der Sonne, draußen in der Nähe der Jupiter-Umlaufbahn. Die Bilder waren in den beiden Nächten des 25. und 26. März gemacht worden. Auf Bildern dagegen, die sechs Tage älter waren, konnte man in derselben Himmelsgegend nichts erkennen. Und das Objekt zeigte sich ebenfalls nicht auf einer dritten Bilderserie vom 30. März an. Das Objekt hatte anscheinend *höchstens* zehn Nächte lang am Himmel gestanden und war dann verschwunden. Wohin? Die Postdoktorandin fragte an, ob sonst noch jemand Bilder von der entsprechenden Himmelssektion aus der fraglichen Zeitspanne hatte.

Das war nun aber wirklich seltsam. Jetzt ging es um *zwei* schwer faßbare Kometen.

Hoxon tauchte auf und lud Feinberg zum Abendessen ein. »Auf meine Rechnung«, sagte er.

Astronomen erhalten in der Regel keine großen Gehaltsschecks.

Deshalb war Feinberg auch nicht überrascht, als Hoxon ihn in die örtliche Shoney-Filiale mitnahm. Sie unterhielten sich über die Anfrage aus Chile. Jedenfalls plauderte Feinberg darüber, während Hoxons einziger signifikanter Beitrag in der Bemerkung bestand, daß diese Frau schließlich nur Postdoktorandin war; wer wollte schon wissen, was sie gesehen hatte.

Wir haben schließlich die Bilder, Blödmann. Aber Feinberg ließ es gut sein.

Die Funktionsweise von ACCDs bestand darin, Photonen zu zählen und die Ergebnisse in Bilder umzuwandeln. Der Gedanke mit Photonenzählung und Fingerabdrücken kam Feinberg irgendwann zwischen dem Fleischkäse und dem Eisbecher, den er sich, wie er fand, verdient hatte. Zwei Objekte, eines in der Nähe des Jupiters, das andere in der Nähe der Sonne, beide nur schwer zu fassen.

Er rechnete die Idee, die sich unbewußt gebildet hatte, rasch durch und lächelte über das Ergebnis. Er kritzelte dazu auf einer Serviette herum, und als Hoxon ihn fragte, worum es dabei ging, zuckte er die Achseln. »Nichts«, sagte Feinberg und verwarf das Ergebnis.

Sein Gastgeber hielt es für keine gute Idee, wieder an die Arbeit zu gehen, verkündete, er würde nach Hause fahren, und schlug Feinberg vor, ebenfalls für diesen Tag Feierabend zu machen. Feinberg fragte sich, was aus dem wissenschaftlichen Forschergeist geworden wäre, hätte jeder über die leidenschaftliche Neugier dieses Direktors verfügt. »Nein«, sagte er, »ich muß noch ein oder zwei Dinge zu Ende bringen.«

Unglücklicherweise konnte er das nicht direkt von seiner Tastatur aus tun. Er tätigte zwei Telefonanrufe. Der erste ging ans Skyport-Orbitallabor, das mit Hilfe der Venus-Sonde die Bilder von Tomikos Kometen gemacht hatte; der zweite ging nach Cerro La Silla. In beiden Fällen fragte Feinberg nach der Photonenmessung, die die Kometenbilder erzeugt hatte. Beide Stellen sagten, man würde ihn zurückrufen.

Cerro La Silla tat dies innerhalb einer Stunde. Er nahm das Ergebnis auf und wartete begierig auf die Reaktion des Orbitallabors. Dieses Verfahren konnte zeitaufwendig sein, besonders wenn die Leute dort oben viel zu tun hatten – wovon er ausging. Um Mitternacht saß er immer noch am Telefon.

Er konnte sich nicht entsinnen, eingenickt zu sein, aber er erinnerte sich daran, wie er aus tiefem Schlaf erwachte und schon graues Licht durch ein Fenster hereinfiel. Er wußte nicht recht, wo er war. Das Telefon klingelte.

Windy Cross auf Skyport entschuldigte sich für die Verzögerung, übermittelte ihm dann jedoch die Daten. »Wenn Ihnen die Frage nichts ausmacht, Professor«, sagte Windy. »Wozu soll das gut sein?«

Feinberg erinnerte sich an die Zählung vom Jupiterkometen. Sie war fast identisch. Nicht eindeutig, aber verdammt dicht dran. *Möglicherweise waren beides Sichtungen desselben Objekts.* »Ich melde mich wieder bei Ihnen, Windy«, sagte er. »Sobald ich mir sicher bin.«

Er starrte die Zahlen an und zerbrach sich den Kopf darüber. Die Cerro-La-Silla-Sichtung war verdammt weit vom Schuß. Kometengeschwindigkeiten lagen nicht über fünfzig Kilometern pro Sekunde. Falls hier dasselbe Objekt vorlag, dann mußte es sich mit der acht- oder neunfachen Geschwindigkeit bewegen. Mehr als vierhundert Kilometer pro Sekunde!

Was hieß, daß es nicht zum Sonnensystem gehörte, nicht dazu gehören *konnte.*

Keine Frage: Kometen schwebten in riesiger Anzahl durch die interstellare Leere, unberührt von jeder Sonne. Nach den letzten Schätzungen, die Feinberg gesehen hatte, gab es Billionen ungebundener Kometen in der Umgebung des Sonnensystems bis hinaus zu etwa einem halben Dutzend der nächsten Sterne. Persönlich schloß er sich nicht dieser Auffassung an. Es stimmte, daß Kometen periodisch von der Sonne und manchmal sogar vom Jupiter aus dem Sonnensystem hinausgeschleudert wurden, aber das geschah wohl kaum häufig genug, um die Vermutungen der abgedrehteren Theoretiker zu rechtfertigen. Aber wer wußte es schon wirklich? Dieses Objekt schien jedenfalls wirklich ein interstellarer Körper zu sein. Falls beide Sichtungen wirklich auf dasselbe Objekt zurückgingen, *mußte* es so sein.

Man hatte noch nie einen interstellaren Kometen verzeichnet. Sollte Wesley Feinberg recht behalten, würde man ihn unter Namen wie Shapley, Herschel, Eddington und Galileo einreihen.

Von der Voraussetzung ausgehend, daß es derselbe Körper war, versuchte er jetzt eine Flugbahn zu berechnen. Bei einer gewöhnlichen Geschwindigkeit, also von etwa vierzig Kilometern pro Sekunde, würde der Komet eine Kurve um die Sonne ziehen und wieder draußen verschwinden. Bei vierhundert Kilometern pro Sekunde würde er sich jedoch weiter annähern.

Mit ein bißchen Glück konnte man eine außergewöhnliche Show erwarten.

Feinberg verließ das Zimmer und wünschte dem Sicherheitsposten fröhlich einen guten Morgen. Der Mann schien außer ihm der einzige Mensch im Observatorium zu sein. »Ich hatte mir schon überlegt, ob ich Sie wecken sollte, Sir«, sagte der Wachmann. »Es sah nicht so aus, als ob Sie es auf der Couch bequem hätten. Dann hielt ich es aber doch für das beste, Sie nicht zu stören.«

Feinberg schenkte ihm sein liebenswürdigstes Lächeln. »Völlig richtig, Sir«, sagte er. »Völlig richtig.« Er schaltete im Konferenzraum neben Hoxons Büro die Kaffeemaschine ein. Er zögerte, wollte nicht voreilig handeln, aber es war nur eine Frage der Zeit, bis jemand anderes die gleichen Schlüsse zog. Falls das geschah, mußte er den Ruhm teilen. Also kehrte er an seinen Computer zurück und übermittelte seine Daten an das Zentralbüro der Astronomischen Union in Cambridge, wo man sie abspeichern und weiterverteilen würde.

Bitte, Gott, gib, daß es wahr ist!

<u>NEWSNET, aktualisiert 12 Uhr 30</u>

(Für vollständige Meldung bitte anklicken.)

INHAFTIERTER AUTODIEB GEWINNT
$ 20 MILLIONEN IM LOTTO.

Mutmaßlicher Dieb muß mit zehn Jahren rechnen.

»Es wird mich nicht ändern.«

HASKELL WEIHT MONDBASIS EIN.

Nimmt von den Vorwahlen für eine PR-Show frei.

»Wir haben eine Verabredung mit den Sternen.«

CORMAN SIEGT IN PENNSYLVANIA.

Erzielt einen Vorsprung von sechzehn Wahlmännern.

Haskell abgeschlagen auf dem dritten Platz.

IN MOSKAU WELTGRÖSSTE
EINSCHIENENBAHN ERÖFFNET.

Das Streckennetz überspannt 1100 Kilometer und bewältigt pro Tag zwei Millionen Fahrgäste.

PRÄSIDENT HÄNGT CHURCHILL-PORTRAIT
FEIERLICH IM WEISSEN HAUS AUF.

Der große Staatsmann des Zweiten Weltkrieges wurde heute vor 64 Jahren US-Ehrenbürger.

ANTI-ALTERUNGSMITTEL ANGEBLICH KURZ
VOR FERTIGSTELLUNG.

Verdoppelte Lebenserwartung für Neugeborene vorhergesagt.

Bevölkerungsaktivisten warnen vor Katastrophe.

ZWEI PERSONEN BEI FAHRSTUHLABSTURZ IN DENVER GETÖTET.

Bei Sicherheitsprüfung vergangene Woche ohne Beanstandung geblieben.

WELTBEVÖLKERUNG ÜBERTRIFFT ZEHN MILLIARDEN.

Indien kündigt neue Bildungsprogramme an.

FRAU IN ST. LOUIS ENTDECKT BEI SONNENFINSTERNIS KOMETEN.

Das Licht der Sonne hatte himmlischen Besucher verborgen.

Mondbasis, unterwegs, 16 Uhr 30

Isabel Heyman arbeitete normalerweise für die Sondereingreifkommandos des Weißen Hauses und hatte sich um die zeitweilige Versetzung für diesen Mondeinsatz bemühen müssen.

Ihren Erfolg dabei verdankte sie weniger ihrem persönlichen Einfluß, als vielmehr der Tatsache, daß die normalerweise dem Vizepräsidenten zugeteilten Agenten während der Vorwahlen viele Überstunden gemacht hatten. Anders als Isabel betrachteten sie einen Flug zum Mond mit reduzierter Mannschaft, die einen Einsatz rund um die Uhr garantierte, nicht als Vergünstigung.

Und so besichtigte sie jetzt das Gewächshaus, hielt sich dabei an Teddys linker Seite, musterte Gesichter, ob sie dort nicht irgendwelche Hinweise auf üble Absichten erkannte, hielt Ausschau nach nervösen Zuckungen und zusammengepreßten Lippen, nach Augen, die vielleicht ein klein bißchen zu schmal blickten, nach irgendeiner plötzlichen Bewegung, nach einer unter die Kleidung geschobenen Hand.

Es fiel Isabel schwer, sich auf die Arbeit zu konzentrieren, während sie zwischen den Wundern der Mondbasis einherspazierte. Ihre Ausbildung übernahm jedoch die Kontrolle, und es genügte ihr zu wissen, wo sie sich befand.

Sie würde irgendwann zurückkommen, entschied sie. Ganz für sich.

KAPITEL DREI

VORHERSAGEN
MITTWOCH, 10. APRIL

1.

Arecibo, Puerto Rico, 8 Uhr 03 Atlantische Zeitzone (7 Uhr 03 Ostküsten-Sommerzeit)

Die Radarsignale kamen jetzt seit mehreren Stunden herein. Tomiko war ein wahres *Monster* mit 180 Kilometern Durchmesser. Aber die eigentlich unglaubliche Offenbarung war seine Geschwindigkeit: Er bewegte sich mit vierhundertachtzig Kilometern pro Sekunde! Gestern hätte Foster Cardwell noch seine Hypothek darauf verwettet, daß eine Geschwindigkeit dieser Größenordnung gar nicht möglich war.

Cardwell war der Betriebsleiter von Arecibo. Er stand vor dem Display und rieb sich den Hals. Er trug ein hellgelbes Hemd, das mit Palmen und Delphinen verziert war. »Laß das noch mal durchlaufen«, sagte er.

Penny McGruder nickte und gab den Befehl ein. »Es wird auch diesmal nicht anders aussehen.«

Ein Cursor hielt unzweifelhaft Kurs auf das Erde-Mond-System. Der Komet flog gerade an der Sonne vorbei. Später am Tag würde er die Bahn des Merkur schneiden und früh am Freitag die der Venus. Er würde sich der Erde auf 384000 Kilometer Entfernung nähern. Und dort traf er auf den Mond!

»Sind wir sicher?«

Sie kontrollierten alles noch einmal.

Am Samstagabend. Um 22 Uhr 35 Ostküsten-Sommerzeit.

»Cardy«, sagte Penny, »dieser Komet hält sich nicht an die Regeln.«

Er nickte und zuckte die Achseln.

Sie unterlegte die Geschwindigkeitsanzeige im Display: 480. Was würde das Ding mit dem Mond anstellen?

»Das wird eine irre Show«, meinte er.

Beaver-Meadow-Observatorium,
7 Uhr 33 Ostküsten-Sommerzeit

Feinberg war hellauf begeistert. Erste Glückwunschadressen strömten herein. Tomiko war tatsächlich ein interstellarer Komet. Aber selbst, wenn man das berücksichtigte, war die Geschwindigkeit nur schwer zu begründen. Die Wissenschaftler würden einige ihrer Annahmen noch einmal überdenken müssen.

Unterschiedlichste Gefühle stiegen in ihm auf, als er sah, daß der Komet auf dem Mond einschlagen würde. Das ergab eine prachtvolle Show, und sie erhielten eine einmalige Gelegenheit, den extrasolaren Besucher unter die Lupe zu nehmen. Wieso nur empfand er dann fast so etwas wie Verzweiflung?

Er hätte viel dafür gegeben, eine Mission zum Kometen zu schicken. Wer wußte schon, was sie vielleicht gelernt hätten, hätte sich eine Gelegenheit geboten, den Himmelskörper zu inspizieren? Womöglich hätten sie gar das Geheimnis seiner Geschwindigkeit aufgedeckt.

Er hatte viel über die Sache nachgedacht. Das Objekt war Milliarden Jahre alt. Mußte es einfach sein. Es hatte mehrere Begegnungen gehabt und war jedesmal beschleunigt worden, bis es seine jetzige Geschwindigkeit erreichte. Die Erklärung schien weit hergeholt. Und doch: Welche andere Möglichkeit gab es?

Hoxon hampelte in seiner Nähe herum und äußerte die Sorge, Feinbergs Gesundheit könnte leiden, falls er nicht mal »hinausging und frische Luft schnappte«.

»Bald«, sagte Feinberg.

»Wo wird er einschlagen? Können wir es sehen?«

»Er schlägt auf der Rückseite ein.«

»Das ist aber schade.«

»Vielleicht nicht.« Feinberg zeigte seine Besorgnis. »Ein Riesenkomet, der mit hohem Tempo anrast.« Er räusperte sich tief im Hals und drückte eine Taste. Eine Zahlenangabe erschien auf dem Monitor:

$$7 \times 10^{29}$$

Hoxon verzog das Gesicht. »Die Energiefreisetzung?«

»Eine Annäherung.«

»Wes, das kann nicht stimmen.«

Feinberg überging die vertrauliche Anrede. »Das würde ich auch gern denken«, sagte er. »Es reicht, um dem Mond die Spitze abzuschlagen.« Er starrte hinaus auf den kühlen grünen Rasen, der immer noch feucht im Morgenlicht glitzerte. »Die ganze Sache könnte einen Nachteil haben.«

Eßzimmer des Weißen Hauses, 8 Uhr 04

»Tut mir leid, Sie zu stören, Herr Präsident.« Al Kerr, Henry Kolladners Stabschef, ragte unter der Tür auf. Er wirkte unglücklich.

Der Präsident saß mit der First Lady am Frühstückstisch. Emily Kolladner runzelte die Stirn. Sie hatte zwei

Jahre lang eine verlorene Schlacht gekämpft, um die Privatsphäre der Familie zu schützen, ehe sie sich endlich der Realität fügte, daß ein Präsident kein Privatleben hat. Henry bemühte sich, Zeit für sie zu finden; er stand normalerweise früh auf, arbeitete zwei Stunden und gesellte sich dann für ein entspanntes Frühstück zu seiner Frau. Eigentlich bestand die Übereinkunft, daß niemand sie beim Essen stören durfte, nicht mal aufgrund irgendeiner Katastrophe, solange es kein Atomkrieg war. Natürlich wurde diese Übereinkunft fast täglich gebrochen. Der erste Stabschef, Kerrs Vorgänger, verlor deshalb seine Stelle. Henry lächelte Emily an, zuckte die Achseln und schluckte seinen Bissen Speck hinunter. »Was ist los, Al?« fragte er.

Kerr kam ins Zimmer herein, und erst jetzt entdeckte Henry, daß der Stabschef nicht allein war. Eine dienstbeflissen wirkende Frau in mittleren Jahren trat hinter ihm ein. Henry hatte sie schon gesehen.

»Herr Präsident«, sagte Kerr, »Sie kennen Dr. Juarez bereits.«

Ja. Seine wissenschaftliche Beraterin. »Natürlich. Mercedes, wie geht es Ihnen?«

Mercedes Juarez trug eine schwarze Hose und eine schwarze Jacke mit goldenem Schultertuch darüber. Das Haar wirkte ein wenig vom Wind zerzaust, und ihre Augen waren dunkle Stecknadelköpfe. »Ganz gut, danke, Herr Präsident.« Sie öffnete eine Aktentasche aus Leder. »Sir, wir haben einen Notfall.«

Die Feststellung konnte Kolladner nicht erschüttern, der täglich zwei oder drei Dutzend Notfälle erlebte. Sie holte ein Bild hervor und hielt es für ihn hoch. Es zeigte ein Sternenfeld. Eines der Lichter darauf strahlte besonders hell. »Das ist Tomiko«, stellte sie fest.

»Wer?«

»Der Komet, Sir.«

»Oh. Natürlich.«

»Er ist sehr groß. Er ist sehr schnell. Und er kommt auf uns zu.«

Kolladner legte die Gabel weg. Es schien im Zimmer kalt geworden zu sein. »Und ...?«

»Er schlägt am Samstagabend auf dem Mond ein.«

»Okay ...« Er brach kurz ab und versuchte, das Gleichgewicht zurückzugewinnen. Bei ihrem Tonfall hatte er eigentlich erwartet, die Nachricht würde viel schlechter ausfallen. »Möchten Sie damit sagen, daß die Mondbasis in Gefahr ist?«

Sie holte tief Luft. »Das auch.«

Er blickte kurz zu Kerr auf und hatte keine Ahnung, worauf das Gespräch hinauslaufen würde. *»Auch?«* fragte er.

Dr. Juarez zog die Augenbrauen zusammen. »Herr Präsident.« Sie machte ein merkwürdiges Gesicht, wie ein Kind, das gezwungen wurde, Spargel zu essen. »Er ist *groß*! Wir haben noch nie etwas so Großes entdeckt. Möglicherweise zerstört er den Mond vollständig.«

Kolladner sah erst seine Frau an, dann Kerr. Emily berührte kurz sein Handgelenk. Die Vereinigten Staaten hatten eine Multi-Billionen-Dollar-Investition auf dem Mond. Es fiel ihm schwer, über die Auswirkungen nachzudenken; die Idee erschien so abwegig. »Kein Irrtum möglich?«

»Nein, Sir. Es besteht ein Fehlerspielraum, aber er ist nicht der Rede wert.«

»Ein wie großer Fehlerspielraum?«

»Ein sehr geringer, soweit es den eigentlichen Einschlag angeht. Ein viel größerer in Hinblick auf die freigesetzte Energie.«

Henry schob sich vom Tisch zurück. »Okay. Ich vermute, die Mondbasis wird evakuiert?«

»Wir haben bislang nichts Offizielles gehört, Herr Präsident«, antwortete Kerr. »Wir haben Mondbasis International informiert, aber ich denke nicht, daß sie schon genug Zeit hatten, um die Information zu verdauen. Aber ja, sie werden das gesamte Personal abziehen müssen.«

»Ja, denke ich auch.« Er musterte die wissenschaftliche Beraterin. »Was möchten Sie von mir?«

»Herr Präsident«, antwortete sie, »es ist möglich – wahrscheinlich –, daß Bruchstücke vom Mond weggesprengt werden. Falls das passiert, könnte uns ein Teil des Niederschlags erwischen.«

»*Uns?* Die Vereinigten Staaten?«

»Die Welt.«

»Verzeihung«, sagte Emily, »aber warum erzählen Sie uns nicht einfach alles, was Sie wissen?« Emily mischte sich nur selten direkt ein, aber jetzt wirkte sie verärgert. »Machen wir uns hier wirklich Sorgen über herabstürzendes Mondgestein?«

»Ja, Mrs. Kolladner. Vielleicht eine Menge davon.«

»Wieviel?« fragte Henry. »Und wie wahrscheinlich ist es?«

»Das weiß ich nicht. Ich bin mir nicht sicher, ob es überhaupt jemand weiß. Wir haben eine Konferenz anberaumt, damit Sie direkt mit den Experten reden können.«

Henry sah Kerr an. Dieser nickte. Er wirkte besorgt.

Der Präsident schob seinen Teller weg. Ein herabstürzender Himmel war nur schwer ernst zu nehmen. Aber falls Juarez Kerr hatte erschrecken können ... Ach verdammt, sie hatte *Henry* erschreckt!

Henry Kolladner näherte sich dem Ende einer langen und herausragenden Karriere. Er hatte Opfer für sein Land gebracht. Vor dreiunddreißig Jahren hatten chemische Kampfstoffe der Irakis seine Lungen geschädigt, und als junger Kongreßabgeordneter mischte er sich in eine Geiselnahme ein. Er wurde zweimal angeschossen, konnte die Geiseln aber herausholen. Er übernahm Culpeppers Traum von der Rückkehr zum Mond und verwirklichte ihn. Er biß in den sauren Apfel und ordnete die sozialen Sicherungssysteme und die medizinische Versorgung Bedürftiger neu, um die verlängerte Lebenserwartung zu kompensieren und damit die Tatsache, daß die Nation sich ein Rentenalter von achtzig nicht mehr leisten konnte. (Erst gestern hatte er gelesen, daß der Durchschnittsmensch, der es bis auf fünfzig gebracht hatte, nun damit rechnen konnte, über hundert zu werden. Mein Gott, wie sollte man *damit* fertig werden? Er fragte sich, ob man nicht das Rauchen wieder einführen sollte.) Er führte den Vorsitz über eine robuste Wirtschaft, die es beinahe schon geschafft hatte, genügend Jobs für eine arbeitsfähige Bevölkerung bereitzustellen, die mit furchterregender Schnelligkeit wuchs.

Nach der Verfassung konnte er sich um eine weitere Amtszeit bewerben. Und er war populär genug, um locker zu gewinnen.

Aber Kolladner war an einer seltenen Form von Lymphkrebs erkrankt, und die Ärzte waren nicht mal sicher, ob er das Ende seiner gegenwärtigen Amtszeit erlebte. Also hatte er seine Absicht verkündet, sich zurückzuziehen. Jammerschade; noch immer war viel zu tun. Wer immer sein Nachfolger wurde, mußte sich einigen schwierigen Entscheidungen stellen. Kolladner hatte genug erreicht, um eine Reputation zu erlangen, die ihn unter die größten Präsidenten einreihte. Jetzt hing alles davon ab, ob der Nachfolger zu Ende brachte, was Henry eingeleitet hatte.

Obwohl er sich in der Kandidatenfrage offiziell neutral verhielt, hoffte er deshalb, daß ein anderer als Charlie nominiert wurde. Er mochte Charlie, aber diesem fehlten der politische Grips und der Wille, wirklich etwas zu bewegen.

Henry war der zweite afroamerikanische Präsident des Landes (Culpepper war der erste gewesen). Er war dankbar dafür, der zweite zu sein. Die ganze Welt hatte nur darauf gelauert, daß Culpepper einen Fehler machte, etwas nicht richtig hinbekam, sich zu weit nach links oder zu weit nach rechts lehnte. Der alte Mistkerl zog acht harte Jahre lang einen Drahtseilakt durch. Und schaffte es.

Jetzt schien es, als fiele ein großes Problem vom Himmel. Kolladner bezweifelte, daß sie sich wirklich Sorgen über Mondfragmente machen mußten, die auf die Erde herabregneten, aber die amerikanische Investition auf Luna war schon etwas anderes. Die führenden Mächte der Welt verfügten allesamt über Anteile an der Mondbasis International, und der Verlust der Anlage wäre ein Debakel von gewaltigen Ausmaßen. Kolladners Name könnte seinen Glanz verlieren und für alle Zeit mit diesem Ereignis in Verbindung gebracht werden, wie Lyndon Johnson mit Vietnam und Herbert Hoover mit der Depression.

»Besteht irgendeine Chance, daß ein Fehler vorliegt?« fragte er hoffnungsvoll.

»Die Experten prüfen immer noch die Zahlen, Herr Präsident, aber ich denke es nicht.«

Er funkelte sie an. »Wundervoll! Wir haben ein paar Billionen Dollar aufgewendet, um die Mondbasis für, was, eine Woche zu eröffnen? Und sie dann wieder zu schließen?«

Juarez sagte nichts.

Der Präsident hatte einen trockenen Mund. Sein erster Gedanke war, daß, egal was er jetzt unternahm, viele Finger auf ihn zeigen würden.

Mondbasis, Büro des Direktors, 8 Uhr 27

Evelyn Hampton diskutierte gerade mit Jack Chandler, der seinen ersten offiziellen Arbeitstag hatte, über die wichtigsten offenen Stellen. Chandler hatte seit Jahren Managerpositionen in diversen Unternehmen innegehabt, zu denen Evelyn direkte oder indirekte Verbindungen unterhielt. Zweimal war er ihr schon zu Hilfe gekommen, als es darum ging, neue Betriebe in Schwung zu bringen. Das war sein Spezialgebiet, und er war sehr gut darin.

Darüber hinaus war er für sie eine Vaterfigur geworden, ein Berater sowohl in beruflichen wie persönlichen Fragen, der Mann, an den sie sich wandte, wenn sie Probleme hatte.

Er war in den Fünfzigern, ein Witwer mit drei Kindern, die alle längst auf eigenen Füßen standen. Er hatte ein klein wenig Übergewicht und machte diesen ausgewaschenen Eindruck, typisch für Leute, die kürzlich fünfzig oder mehr Pfund abgespeckt hatten. Chandler hatte vorige Weihnachten einen schweren Herzanfall erlitten und war auf strenge Diät gesetzt worden.

Evelyn wollte damals diesem engsten ihrer Freunde unbedingt helfen und erkundigte sich, ob die geringe Schwerkraft des Mondes Chandler helfen würde, das beschädigte Herz zu entlasten. Man redete schon lange darüber, auf dem Mond ein Sanctum sanctorum für Herzpatienten einzurichten, und dies schien eine gute Gelegenheit, den Ball ins Rollen zu bringen. Der Nachteil bestand darin, daß sein Arzt nicht glaubte, Chandler würde je auf die Erde zurückkehren können.

Chandler war jedoch mehr als bereit. Also bekam Evelyn den Direktor ihrer Wahl und vollbrachte zugleich eine gute Tat für jemanden, in dessen Schuld sie stand. Ob er sich besser fühlte? »Zwanzig Jahre jünger«, sagte er. »Ich war schon so weit, daß ich ständig einen Klumpen Blei in der Brust fühlte.« Er strahlte sie an. »Das Gewicht ist weg.«

Sie debattierten gerade über die Vorzüge der Personen, die auf der kurzen Liste von Bewerbern für die Stelle seines Assistenten standen, als das Telefon klingelte. »Es ist Orly Carpenter, Mr. Chandler«, sagte die Sekretärin. »Er möchte mit Dr. Hampton sprechen.«

Carpenter war der Betriebsleiter der NASA in Houston. Chandler reichte das Telefon weiter.

»Guten Morgen, Orly«, sagte Evelyn. »Wie läuft es bei euch?«

»Nicht gut.« Carpenter war ein ehemaliger Astronaut, und seine Stimme wurde flacher, wenn er Probleme zu melden hatte. »Wir stecken in Schwierigkeiten«, sagte er.

Sie saß auf der Schreibtischkante und sah sich die Bostoner Straßenszene an, die auf einer Wand des Büros lief. Menschen mit Schirmen liefen durch einen plötzlichen Regensturm. »Was ist los?« fragte sie beiläufig. Orly war okay, aber sie wußte aus langer Erfahrung, daß Staatsbedienstete häufig auf Probleme überreagierten.

»Du hast doch von dem Kometen gehört«, sagte er.

»Natürlich.«

»Wir denken, daß er einschlagen wird. Er ist groß, und er ist schnell. Mein Gott, Evelyn, wir haben nur dreieinhalb Tage!«

»Entspanne dich, Orly«, sagte sie und unterdrückte die eigene plötzliche Beunruhigung. »Ich lege dich auf den Lautsprecher. Jack Chandler ist hier.«

Chandler teilte ihre Einstellung zu regierungsamtlicher Besorgnis. Er sagte hallo.

»*Wo* wird das Ding einschlagen?« fragte Evelyn. »Auf der Erde? Einer der Stationen? Wo?«

»Dem Mond.« Er legte eine kurze Pause ein. »Auf dem Mond. Er wird euch mächtig um die Ohren fliegen.«

»Das meinst du doch nicht im Ernst.«

»Höre ich mich vielleicht so an, als ob ich es nicht ernst meinte?«

»Wann?«

»Samstagabend. Spät abends, wie es aussieht.«

»Wie sicher bist du dir?«

»Etwa zu achtundneunzig Prozent.«

Evelyn bemühte sich, ihre Gedanken zu ordnen. »Du redest, als ob wir uns Sorgen machen müßten. Wird er in der Nähe der Mondbasis einschlagen?«

»Sieht nach dem Mare Muscoviensis aus.«

»Das Observatorium«, flüsterte Jack. »Er wird das *Observatorium* zerstören?«

»Allermindestens. Das Ding wird starke Mondbeben auslösen. Vielleicht Schlimmeres.«

»Was könnte es Schlimmeres geben?« fragte Evelyn.

»Es wäre eindeutig möglich, daß er den Mond zertrümmert.«

Den Mond zertrümmert. Der Satz blieb in der reglosen Luft hängen.

Evelyn starrte auf den strömenden Regen, der auf das Prudential Building herunterprasselte, und versuchte zu begreifen, was Orly wirklich sagte.

»Was meinst du mit *zertrümmern*?« wollte sie wissen.

»Wie soll ich es sonst ausdrücken? Stell dir einen Sack mit losen Steinen vor.«

Evelyn zog einen Notizblock heran und fing an zu kritzeln. Sie verfügten über drei Mondbusse, die zusammen vierzig Personen nach L1 bringen konnten. Mit Rückfahrt dauerte das über fünf Stunden. Zwischen jetzt und Samstagabend konnten sie siebzehn solcher Fahrten machen.

»Jack«, sagte sie. »Wie viele Personen haben wir zur Zeit auf der Mondbasis?«

Er hatte sich die Zahl schon vorgenommen. »Siebenhundertvierunddreißig«, las er vom Bildschirm ab. »Zwölf weitere sind von L1 hierher unterwegs.«

Evelyn starrte ihn an.

»Ich denke nicht, daß wir alle evakuieren können«, sagte er.

Washington, D.C., Internationaler Flughafen Dulles, 8 Uhr 47

Die einstufige Raumfähre *Arlington* hatte noch etwa eine halbe Stunde bis zum Start. George Culver versuchte, sich auf die Checkliste zu konzentrieren. Gestern abend hatte er endlich Sex mit Annie gehabt, und sein Kopf war noch voller Bilder von ihr. Weiter hinten konnte er hören, wie die Passagiere an Bord kamen. Er riß sich zusammen und versuchte erneut, die Instrumente abzulesen.

Die einstufige Raumfähre nahm zweihundertfünfunddreißig Passagiere auf; die Besatzungsstärke betrug gewöhnlich zwölf Personen. Die Maschine war ein bißchen kompakter gebaut als ein gewöhnlicher Jumbo-Airliner, und die Obergrenzen für Gepäck waren viel knapper. Verglichen mit den alten Shuttles stellte dieses Modell jedoch eine bemerkenswert preiswerte und effiziente Möglichkeit dar, eine Erdumlaufbahn zu erreichen.

George hatte seine Karriere als Pilot auf einem Flugzeugträger begonnen und damals eine A-77-Blackjack geflogen. Er wurde schließlich Staffelkommandeur, heiratete und schaffte den Absprung in die zivile Luftfahrt. Insgesamt heiratete er dreimal, immer Frauen aus dem Feld der Medizin – eine Ärztin, eine Krankenschwester, eine Systemanalytikerin, die für ein Krankenhaus arbeitete. Mit jeder wurde ihm langweilig, und mit jeder machte er Schluß. Seine Frauen waren davon offenbar jeweils nicht besonders erschüttert, und die Ehen endeten mehr oder weniger in Freundschaft. Keine dauerte auch nur zwei Jahre.

Er hatte gerade die einleitenden Kontrollen abgeschlossen, als seine Copilotin Mary Casey aufs Flugdeck marschiert kam und sich setzte.

»Wie läuft es, Mary?« fragte er.

»Das Leitsystem ist nicht richtig angesprungen«, sagte sie. »Ich habe eine neue Box eingebaut.«

Er nickte, griff nach seinem Klemmbrett und warf einen Blick auf die Ladeliste. »Wie geht es Billy?« erkundigte er sich.

Billy war ihr Sohn, ein Teenager inzwischen, der gerade Fahren lernte und eigenständig zu werden versuchte. Seine Noten waren schlecht, und George wußte, daß Mary unglücklich über die Auswahl seiner Freunde war. »Ist besser geworden«, sagte sie.

Die Maschine war nur zu drei Vierteln belegt, nicht ungewöhnlich für einen Mittwochvormittag. Ein paar Urlauber gehörten zu den Passagieren, aber nicht viele. Die Flugpreise zur Raumstation waren nach wie vor hoch, und ungeachtet seiner offenkundigen Attraktionen blieb Skyport für Personen mit durchschnittlichen Mitteln außer Reichweite. Im nächsten Jahr jedoch sollten die Preise dramatisch sinken, wie die halbstaatliche Mondverkehrsbehörde angekündigt hatte. Dann sollte nämlich planmäßig die einstufige Raumfähre der zweiten Generation eingeführt werden.

Mary setzte ihren Kopfhörer auf und justierte das Mikro; sie redete immer noch über Billy.

Der Captain hörte höflich zu. »Gehört alles zum Erwachsenwerden«, meinte er. »Ich wette, du warst auch nicht pflegeleicht.«

Die einstufige Raumfähre flog dreimal wöchentlich von Dulles zur Raumstation. Georges Crew führte gelegentlich auch Direktflüge von Dulles nach Moskau, Rom und London durch. Aber das hier war die Art Flug, an der sie richtig Spaß hatten, mit den Feinsteuerraketen bis direkt in den Orbit hinauf.

Mary tippte ans Mikro. »Tower«, sagte sie, »hier ist Flug eins-siebzehn. Funkcheck.«

»Flug eins-siebzehn«, antwortete eine Frauenstimme im Kopfhörer. »Ergebnis liegt fünf drüber.«

»Wo steckt Curt?« fragte George.

»Hier, Captain.« Der Flugingenieur steckte den Kopf herein. »Hole mir gerade meinen Kaffee.«

Der Flug nach Skyport würde eine Stunde und dreiundvierzig Minuten dauern. Dann luden sie aus, tankten nach, nahmen Passagiere und Fracht für die Erde auf, und George war rechtzeitig für ein spätes Mittagessen zurück.

Mary beendete ihre Prozedur. George reichte ihr die Passagierliste und deutete auf ein paar Namen. Herausragende Sänger. Sie entdeckte noch einen bekannten Fernsehkritiker und einen arabischen Ölhändler. Auch ein paar Kinder saßen dort hinten. Unterwegs in die Ferien ihres Lebens. Und ein paar Familien, die bis zur Mondbasis gebucht hatten.

»Flug eins-siebzehn, hier Tower.« Dieselbe Frauenstimme.

»Sprechen Sie, Tower.«

»Ihr Flug ist abgesagt. Schicken Sie Ihre Passagiere hinaus und warten Sie.«

Mary wandte sich stirnrunzelnd an den Captain, der noch keinen Kopfhörer aufhatte. Sie schaltete den Lautsprecher ein. »Wiederholen Sie das, Tower.«

»Eins-siebzehn, brechen Sie den Start ab.«

George setzte die Mütze ab und den Kopfhörer auf. »Was ist das Problem, Tower? Welchen Grund hat die Verzögerung?«

»Die FAA* hat uns keinen Grund genannt, Eins-siebzehn. Und es ist *keine* Verzögerung. Der Flug ist *abgesagt*. Schicken Sie bitte alle Passagiere zum Flugsteig zurück.«

»Was soll ich ihnen sagen? Den Passagieren?«

Ein Bariton löste die andere Stimme ab. »Sagen Sie ihnen, daß heute keine Flüge nach Skyport starten. Sagen Sie nur, es läge ein mechanisches Problem vor.«

»Was *ist* denn das Problem?«

»Eins-siebzehn, können wir später darüber reden? Informieren Sie Ihre Passagiere, daß unsere Mitarbeiter bereitstehen, um zu helfen.«

Mondbasis, 9 Uhr 04

Charlie besichtigte gerade die Sektionen für Bergbau und Fertigung, als Al Kerr ihn über das Mobiltelefon erreichte. »Die Anlage da oben wird plattgemacht, Charlie. Der Präsident möchte, daß du von dort verschwindest.«

Charlie entfernte sich von der kleinen Gruppe VIPs. »Komm schon, Al, er kann doch nicht *so* groß sein!«

Eine lästige Verzögerung von drei Sekunden trat ein, in der die Funksignale die Distanz zwischen Erde und Mond überbrückten.

»Ich gebe nur weiter, was die Experten sagen. Eine vollständige Evakuierung wird eingeleitet. *Du* sollst die Mondbasis schnellstens verlassen. Hampton weiß Bescheid und arrangiert schon alles.«

Plötzlich tauchte Sam aus dem Nirgendwo auf und stand dicht mit seinen Leuten zusammen; sie alle blickten zu Charlie herüber. Die Agenten mußten etwa zur gleichen Zeit einen Anruf erhalten haben, dachte Charlie.

* Amerikanisches Bundesluftfahrtamt. Anm. d. Übers.

»Okay, Al«, sagte er zu Kerr. »Ich denke, es hat sich herumgesprochen.«

»Gut. Henry wird erleichtert sein zu hören, daß du auf dem Rückweg bist.« Kerr schaltete ab, und Charlie blieb zurück, blickte das Telefon an und fragte sich, ob in Kolladners Weißem Haus irgend jemand noch weniger Respekt erfuhr als der Vizepräsident.

Sam nahm ihn auf die Seite. »Haben Sie das gehört, Sir?«

»Ja.«

»Ein Bus geht am Mittag. Wir nehmen ihn.«

Was hielten die Wähler wohl von einem Präsidentschaftskandidaten, der als erster vor einer Gefahr floh? »Nein«, sagte Charlie daher. »Sie sagen Samstagabend. Wir haben reichlich Zeit.«

Sam runzelte die Stirn. »Herr Vizepräsident ...«

Charlie schüttelte den Kopf und signalisierte, daß das Gespräch beendet war.

Das waren ein paar vernichtende Minuten gewesen. Das Raumfahrtprogramm war vermutlich gestorben. Und wichtiger noch: Die öffentliche Meinung würde den Präsidenten kreuzigen, dazu jeden, der mit ihm in Verbindung stand. Eine halbe Billion Dollar Mondbasis-Anteile des Finanzministeriums wurden über Nacht wertlos. Und wieviel hatte die Nation über die Jahre in die Entwicklung gesteckt?

Charlie kürzte seine Tour ab und ging ins Verwaltungsgebäude, um nach Evelyn zu suchen. Die Sekretärin schrak auf, als sie ihn sah, aber nach einem geflüsterten Gespräch mit ihrem Boß führte sie den Vizepräsidenten in Chandlers Büro, wo Evelyn immer noch mit dem Direktor zusammensaß.

»Hallo Charlie«, sagte Evelyn und stand auf, als er eintrat. »Wie ich sehe, haben Sie die Nachricht erhalten.«

»Yeah. Vor wenigen Minuten.« Er nickte Chandler

grüßend zu und wandte sich wieder an Evelyn. »Die im Weißen Haus klingen ganz aufgeregt. Wie schlimm ist es?«

Sie lud ihn mit einer Handbewegung ein, sich zu setzen. »Es sieht nicht gut aus. Alle, mit denen ich spreche, denken, daß die Mondbasis nicht überleben wird. Manche von ihnen denken, daß der *Mond* nicht überleben wird. Vor wenigen Minuten hatte ich Wes Feinberg in der Leitung.«

Charlie kannte keinen Feinberg, aber er entnahm ihrem Unterton, daß es sich um den führenden Experten handelte.

»Und was hat dieser Feinberg gesagt?«

Sie schüttelte den Kopf auf eine Art, als ginge es um einen sterbenden Patienten. Sie starrten einander lange an. »Ich kann einfach nicht glauben, daß das passiert«, sagte sie schließlich.

»Was haben Sie vor?«

»Was *kann* ich denn tun? Wir evakuieren.« Sie fragte ihn, ob er einen Kaffee wollte. Er wollte, und sie goß eine Tasse ein und reichte sie ihm über den Schreibtisch.

»Kann ich irgendwie helfen?«

»Besorgen Sie uns mehr Busse.« Sie lächelte.

»Ich denke nicht, daß wir welche verfügbar haben.« Und dann ernst: »Sie wollen damit doch nicht andeuten, daß sie nicht alle Leute wegbringen können, oder?«

»Es wird ein bißchen knapp«, sagte Chandler.

Evelyn bekräftigte das mit einem Nicken. »Wir haben nicht genug Busse, um alle hinüber zur L1 zu bringen.«

Charlies Bauch spannte sich an. »Also«, sagte er. »Was tun wir? Gibt es irgendwo weitere Busse?«

»Sind im Bau. Und einer ist so stark reparaturbedürftig, daß er nutzlos ist. Nein. Jack hat vorgeschlagen, die einstufigen Raumfähren heranzuziehen.«

»Die Raumfähren?« fragte Charlie. »Soviel ich gehört

habe, können sie nur zwischen Skyport und der Erde verkehren.«

»Stimmt«, sagte Chandler, »sie sind nicht für Fernflüge durch den Weltraum gebaut. Zu viel Masse, ineffiziente Treibstoffverwertung. Aber in der Not frißt der Teufel Fliegen.«

»Können die hier draußen überhaupt *landen*?«

Evelyn schüttelte den Kopf. »Aber sie können auf eine Umlaufbahn um den Mond gehen, und dann schicken wir die Busse zu ihnen hinauf. Sie wären näher als L1 und der Flug damit kürzer. Nicht viel, aber genug, um alle von hier evakuieren zu können. Solange wir auf die Fähren warten, bringen wir die Leute weiterhin zur L1 hinüber.«

»Gott sei Dank«, sagte Charlie. Er war erleichtert, nicht nur, weil niemand zurückblieb, sondern auch, weil er die politischen Auswirkungen vorhersah, falls Leute starben, während er entkam.

BBC WORLDNET, 10 Uhr 01

Ein Sprecher von Mondbasis International in Boston erklärte heute, daß eine umfassende Evakuierung der Mondbasis eingeleitet wurde. Er betonte dabei, daß keinerlei Gefahr für Personal oder Besucher der Station besteht. Grund für die Evakuierung ist die drohende Kollision mit dem Kometen Tomiko am frühen Sonntagmorgen, westeuropäische Zeit.

Damit im Zusammenhang steht die Spekulation von Astronomen am Royal Observatory, daß das Objekt kein Komet im traditionellen Wortsinne ist. »Kometen gehören der Familie der Sonne an«, sagte Wilfred Hodge, Mitarbeiter der Sternwarte und bekannter Wissenschaftsautor. »Tomiko dagegen ist ein interstellares Objekt, wahrscheinlich ein kometenähnlicher Körper, der aus einem anderen Sonnensystem herausgeschleudert wurde und seit Millionen, vielleicht sogar Milliarden Jahren unterwegs ist.«

Mondbasis, Grissom Country, 10 Uhr 17

Evelyn Hampton stellte fest, daß sie mitten in der schwersten Krise ihres Berufslebens wenig zu tun hatte. Jack Chandler organisierte die Evakuierung, und das letzte, was die Mondbasis brauchte, war ein zweiter Boß. Also begnügte sie sich mit der Rolle eines auf Besuch weilenden Würdenträgers, der gerettet werden mußte.

Dieser Status verschaffte ihr eine ähnliche Perspektive wie Charlie. Daher schien es fast in der natürlichen Ordnung der Dinge zu liegen, daß sie beide ein Treffen im separaten Speisezimmer des Huntress vereinbarten, eines Bistros in einem Baumbestand der Main Plaza, wo sie unter den Augen der Agenten mitfühlende und ermutigende Worte wechselten. »Wir beide tragen keine Schuld«, sagte Evelyn, »aber man wird sie uns trotzdem geben. Das geht aus Hamptons Gesetz hervor.«

»Was ist Hamptons Gesetz?« fragte Charlie. Der Vizepräsident wirkte benommen, als hätte er die Ereignisse immer noch nicht ganz verdaut.

»Unabhängig von den Umständen hat immer jemand schuld, wenn etwas schiefgeht.«

Evelyn war gegen Politiker generell voreingenommen. Es gab anscheinend zwei Kategorien: Die vollständig Skrupellosen, die die große Mehrheit bildeten, und die anderen, die strikt ihren Prinzipien folgten, egal wer darunter zu leiden hatte. Es war ihr von Anfang an schwergefallen, Charlie in eine dieser Kategorien einzuordnen. Man konnte sich fast vorstellen, daß er irgendwie in den falschen Beruf hineinspaziert war. Er verkörperte eine saloppe Philosophie des Wir-sitzen-alle-im-selben-Boot, die Evelyn bei keinem anderen ihr bekannten nach Macht strebenden Menschen für glaubhaft gehalten hätte.

Und selbst bei Charlie war sie ein wenig skeptisch. Zum einen *saßen* sie gar nicht alle im selben Boot. Charlie würde vielleicht unter politischen Nachwirkungen leiden, aber Evelyn drohte alles zu verlieren – das Unternehmen, ihren Aktienbesitz, ihre Karriere. Ihren Ruf.

»Was werden Sie jetzt tun?« fragte Charlie. »Sehen Sie eine Möglichkeit, irgendwas zu retten?«

Sie zuckte die Achseln. »Sieht nicht gut aus.«

Sie hatten Kaffee und Toast. Etwa die Hälfte der Tische in der Hauptzone des Restaurants waren besetzt. Menschen spazierten gelassen über die Wege, und jemand fuhr mit einem Hängegleiter von der Kuppelspitze herunter.

»Wie steht es mit der Evakuierung?« fragte Charlie. »Irgendwelche Probleme?«

»Ich denke, nein. Die Mondverkehrsbehörde hat angekündigt, sie würde kooperieren und die Raumfähren unverzüglich herüberschicken. Es wird knapp; einige von uns, die am Samstag den letzten Flug nehmen, werden einen verdammt guten Blick auf das Feuerwerk haben. Aber wenigstens kommen alle hinaus. Falls keine Störungen auftreten.« Sie biß in ihr Toastbrot. »Wir sind bislang davon ausgegangen, daß eine Notsituation am ehesten durch eine Hochphase bei den Sonneneruptionen eintreten würde. Etwas in der Art. Daß wir nicht mehr zu tun bräuchten, als die Leute in Deckung zu bringen. Ich denke nicht, daß jemals jemand den Gedanken hatte, wir müßten mal den gesamten Komplex evakuieren. Wir sprechen schließlich vom *Mond*, um Gottes willen!« Es fiel ihr schwer, die Stimme unter Kontrolle zu halten. »Den ersten Schwung Personen haben wir bereits nach L1 gebracht.«

Ihnen gegenüber gurgelte ein virtueller Gebirgsbach durch einen Tank. Felsen ragten aus dem Wasser auf, und eine eingestürzte Kuppel stand am Ufer, halb im Fluß untergetaucht.

Evelyn betrachtete das Bild und erlebte mit, wie es sich veränderte und an seiner Stelle eine Schlagzeile der *USA Today* auftauchte:

KOSMISCHE KUGEL SCHLÄGT IM MOND EIN
Die Erde wird knapp verfehlt,
aber andere Dinge kommen näher.

Ein Bild des Kometen trat an die Stelle der Schlagzeile. Alle Kometenköpfe – zumindest auf den Bildern, die Evelyn kannte – sahen gleich aus: Unter einem goldenen Halo war ein dunkler, rissiger Brocken aus Eis und Erde zu sehen, unregelmäßig geformt, manchmal mit Kratern bedeckt. Die Dinger waren einzigartig uninteressant, und Evelyn hatte noch nie verstanden, warum sich irgend jemand dafür interessierte. Dieser hier bildete keine Ausnahme. Er wies ein paar Krater auf sowie einige lange, parallele Spalten, als wäre jemand mit einem Kratzeisen darübergefahren. »Sieht ganz normal aus«, meinte sie.

Charlie schüttelte den Kopf. »Er ist größer als New Jersey. Wir wollen bestimmt nicht mehr hier sein, wenn er auftaucht.«

Evelyn hatte ein Gefühl der totalen Niederlage. Hätte der Komet ihr ein paar Jahre Zeit gelassen, damit die Mondbasis ihren Wert beweisen und Gewinne einbringen konnte, dann hätte das Unternehmen womöglich sogar eine solche Katastrophe überstanden. Aber nicht jetzt. Es war der entscheidende Augenblick, und sie konnte sich des Gefühls nicht erwehren, daß hinter dem Auftauchen des Kometen Absicht steckte, als wollte das Universum ihr eins auswischen. »Wissen Sie noch was?« fragte sie. »Nach dem Vorfall ist auch L1 keinen Pfifferling mehr wert.«

»Warum nicht?«

Sie sah ihn überrascht an. »Weil die gegenseitige Anziehungskraft von Erde und Mond die Station hält. Wenn der Mond über den Jordan geht, kann man dort keinen Satelliten mehr unterhalten. Dann gibt es einfach keinen Lagrange-Punkt mehr.«

»Oh.«

»Wir sind dann auf niedrige Umlaufbahnen beschränkt und haben kein bequemes, naheliegendes Ziel am Himmel mehr. Charlie, uns stand die Tür offen, solange die Technik, das Geld und der Wille vorhanden waren. Für kurze Zeit. Aber ich denke, die Tür schließt sich jetzt.«

3.

Mondbasis, Grissom Country, 10 Uhr 55

Die Nachrichtensendungen gingen nun dazu über, Simulationen durchzuführen und Vergleiche anzustellen. Der Kometenkopf enthielt genug Gestein und Eis, um den Grand Canyon hundertfünfzigmal zu füllen. Oder eine sechzehn Meter hohe Abdeckung rund um die ganze Erde zu errichten.

Und so wird es am Samstagabend aussehen. Die Zuschauer bekamen eine animierte Graphik gezeigt, wie der Komet die Umlaufbahn der Venus kreuzte, Kurs auf den Mond nahm und schließlich mit diesem verschmolz. Eine kleine Wolke tauchte an der Einschlagstelle auf.

Die Leute packten ihre Sachen. Man konnte die Atmosphäre als eine der ruhigen Dringlichkeit bezeichnen. Jack Chandlers Mitarbeiter erstellten einen Startplan für die Raumfahrzeuge, und man hängte Kopien davon überall aus. Die Besucher sollten als erste abreisen, gefolgt von denen, die man für nicht unbedingt nötig hielt: Astronomen, Mathematiker, Chemiker, Hydroponikexperten, Unternehmer, Freizeitmanager, Arbeiter im allgemeinen Wartungsdienst und überhaupt alle, die man nicht brauchte, um Raumfahrzeuge zu starten und die Energieversorgung aufrechtzuerhalten. Wen man allerdings *brauchte*, das waren die Techniker des Lebenserhaltungssystems, das Raumhafenpersonal, die Funker und Systemanalytiker. Und, beschloß Chandler, die höheren Führungskräfte. Selbst wenn sie nicht unmittelbar helfen konnten.

Man rief das Personal der Außenstellen zurück. Die Idee, Ausrüstung zu bergen, wurde zur Sprache gebracht und rasch verworfen. Alles, was wir nicht auf einer Diskette speichern können, vergessen wir, erklärte Chandler seinen Leuten. Ein bescheidenes Gepäckvolumen pro Person wurde bekanntgemacht. Es wurde ein diensthabender Offizier bestimmt, der Vorschläge oder Beschwerden entgegennehmen und bei Problemen helfen sollte.

Rick Hailey las die Dokumente auf seinem Wandmonitor und stellte fest, daß der Mondbus, der die Gruppe des Vizepräsidenten zur Mittagszeit hätte fortbringen sollen, nun im Begriff stand, mit anderen Fluggästen zu starten. Gestern abend noch war Rick in einer ruhigen Anlage zu Bett gegangen, die sich auf eine lange Zeit der Prosperität und Entdeckungen freute. Heute morgen war er im Chaos erwacht. In der Physik, erkannte er, kann wie in der Politik alles ruckzuck umkippen. Ohne Vorwarnung.

Das Telefon klingelte. »Hailey«, sagte er leise.

»Rick.« Es war der Vizepräsident. »Es ist einiges passiert. Wenn du ein paar Minuten Zeit hast, müssen wir miteinander reden.«

Rick sah sich die Nachrichten an, während er sich die Zähne putzte. Er sah ein Interview mit Tomiko Harrington und eine Animation des erwarteten Zusammenstoßes, und ihm fiel die unverbindliche Haltung des Weißen Hauses auf. *(»Der Präsident hält sich über die Entwicklung auf dem laufenden.«)*

Als er Charlie Haskells Unterkunft erreichte, wünschte ihm der davor postierte Agent einen guten Morgen, klopfte an, hörte eine Antwort und öffnete. Haskell war am Telefon.

»Ja, Henry«, sagte er gerade, »alles ist unter Kontrolle. Soweit ich es überblicke.«

Das mußte der Präsident sein.

»Nein, du kannst ihnen sagen, daß es uns gutgeht. Wir haben reichlich zu essen, und alle kommen rechtzeitig weg, ehe das Ding hier eintrifft.« Charlie lag ausgestreckt auf dem Sofa, die langen Beine auf einem Couchtisch. Er deutete für Rick auf einen Stuhl. »Henry, ich vermute, daß wir irgendwann am Sonntagmorgen zurück sind. Ich bin mir nicht sicher, ob die zuständigen Leute schon einen detaillierten Plan haben.«

Sonntagmorgen? Rick sah den Vizepräsidenten stirnrunzelnd an, aber dieser forderte ihn mit erhobener Hand auf, Geduld zu üben.

»Ja, ich weiß«, fuhr Charlie fort. »Und wir wissen das zu schätzen. Soweit ich informiert bin, kümmern sich Evelyn und ihre Leute um alles. Aber ich sage ihr Bescheid.« Charlie hörte zu. Und nickte. »Ja, Sir. Machen wir. Bis in ein paar Tagen.« Er sah das Telefon nachdenklich an und unterbrach die Verbindung. »Er macht sich Sorgen um uns, Rick.«

»Ich mir auch. Was hat das mit dem Sonntagmorgen zu bedeuten?«

»Sie schicken vier Raumfähren, um uns zu evakuieren. Zwei fliegen am Freitag ab und zwei am Samstag. Der letzte Flug geht nur circa eine Stunde vor dem Aufprall.«

»Du hast den Präsidenten *angelogen.* Du hast gesagt, es gäbe noch keinen detaillierten Plan.«

»Der Plan ist vorläufig. Meine Frage an dich lautet, Rick: In welcher Fähre sollte der Vizepräsident sitzen?«

Rick spürte, wie sich Türen schlossen. »Du *kannst* wirklich ein Mistkerl sein, Charlie.«

Charlie breitete die Hände aus. »Welche Wahl habe ich denn?«

Rick schüttelte den Kopf. »Keine, die ich erkenne.«

Der Präsident war auch in keiner sehr guten Lage. Über Nacht hatte sich die Mondbasis zu einer monumentalen politischen Belastung entwickelt. Und das würde sich in direkt proportionalem Verhältnis zum Ausmaß der Katastrophe noch verschlimmern. Bestimmt hoffte man, daß der Vorfall niemanden das Leben kostete, aber Rick kam der Gedanke – wie ihn der Präsident zweifellos auch gehabt hatte –, daß der heroische Tod eines Vizepräsidenten auch einen klaren Vorteil mit sich gebracht hätte. Oder sogar der seines Medienberaters, überlegte er sich fröstelnd. Tapferer Bürokrat auf dem Mond verschollen. Aber Gott verhüte, daß Unschuldige verletzt wurden.

Charlie spitzte nachdenklich die Lippen. »Was ist mit dir?« fragte er. »Möchtest du einen frühen Flug nehmen?«

Ja, dachte Rick, *unbedingt.* »Ich bleibe bis Samstag«, antwortete er. »Aber ich denke nicht, daß ich in der letzten Maschine sitzen möchte.«

»Ich auch nicht. Ich bin mir jedoch nicht sicher, ob ich es vermeiden kann.«

»Charlie, der Wahlkampf ist dein Leben nicht wert.« Rick war wütend, wußte aber nicht genau, auf wen.

»Bis dahin, Rick, möchte ich dich in der Nähe haben. Ich habe in den nächsten drei Tagen ständig mit der Presse zu tun und brauche dafür ein paar Ideen. Du weißt schon, Kommentare über den Mut und die Kaltschnäuzigkeit der Lunies unter extremer Belastung. Besonders, ah, des amerikanischen Personals. Können wir das auf eine Art ausdrücken, die niemanden beleidigt?«

»Sicher.«

»Okay. Und achte darauf, daß wir Evelyn Hampton erwähnen. Besorge dir auch die Namen einiger der anderen Frauen hier. Tapferer Frauen. Eine Zierde ihres Geschlechts. Wie sie uns ihre Fähigkeit demonstrieren, sich auch einer solchen Notlage zu stellen, und so weiter.«

»Charlie, das ist ein bißchen sexistisch.«

Der Vizepräsident lachte. »Deshalb brauche ich ja *dich*, Rick. Wir werden retten, was wir können. Deshalb sollten wir auch deutlich machen, daß wir immer noch die Mittel haben, um weiterzumachen. Wir dürfen nicht die Brocken hinschmeißen. Der große Traum. Sprich den *Challenger*-Unfall an. Und Rick ...«

»Ja, Sir?«

»Besorge mir um Gottes willen ein bißchen Lyrik.«

Georgetown, Washington, D.C., 12 Uhr 03

George Culver war nicht besonders unglücklich über die Absage des Fluges. Er nutzte den unerwarteten freien Tag, um mit Freunden in Hurst's Turn of the Century an der Wisconsin Avenue zu Mittag zu essen. Hurst's hatte kurz nach Weihnachten 2000 geöffnet, und die Wandgemälde zeigten unter anderem Szenen aus der damaligen Zeit, den letzten Jahren der Ära Clinton. Hier sah man eine knallig aufgemachte Band, dort einen uralten Toyota Corolla.

Ein bärtiger Vater und sein Sohn saßen inmitten einer Menschenmenge und schwenkten Wimpel der alten Washington Redskins. Die große Eröffnung selbst war auch in Öl festgehalten worden und zeigte Menschen in der urigen Mode der damaligen Zeit, wie sie für den ersten Tag Schlange standen.

Culvers Freunde waren auch Piloten. Mel Bancroft flog für Continental; Rich Albert diente als Oberst in der Luftwaffe.

Normalerweise unterhielten sie sich über berufliche Dinge oder Frauen, aber heute ging es um den anfliegenden Kometen und den starken Verkehr stadtauswärts, den sie auf den Highways rings um die Hauptstadt gesehen hatten. Die Leute fürchteten, Mondbrocken könnten ins Meer stürzen und eine Flut in der Chesapeake-Bucht auslösen.

Mel konnte sich durchaus in die Leute hineinversetzen, die für die Dauer des Ereignisses Kurs aufs Binnenland nahmen.

Er räumte ein, daß er sich wahrscheinlich auch abgesetzt hätte, wäre er hier zu Hause gewesen. Das war jedoch nicht der Fall, und er hatte ohnehin einen Flug am nächsten Vormittag. Am Samstagabend war er in Indianapolis. »Falls also wirklich ein Stück Mond ins Meer fällt«, sagte er, »lese ich in der Zeitung davon.«

Rich arbeitete im Pentagon an einem Schreibtisch. Weder die Stelle noch die Bürokratie an sich fanden seinen Beifall, aber hier bot sich ihm die Freikarte für einen Generalsstern. Er wirkte älter, als er war, und George dachte, daß es vielleicht zum Teil an den friedenserhaltenden Einsätzen lag, an denen Rick beteiligt gewesen war. Eine Menge Leute kamen bei den Afrikaeinsätzen um, und Tibaki-Rebellen hatten Rich gefangengenommen und vier Monate lang festgehalten. Über dieses Ereignis wollte er nicht reden, aber er ging danach langsamer als vorher und zuckte manchmal zusammen, wenn er in ein Auto stieg oder aus einem ausstieg. Er nahm einen Schluck und gestand, daß er seine Frau und die Kinder in ein Flugzeug gesetzt hatte, sobald er von dem Kometen erfuhr. »Kann nicht schaden, wenn sie für ein paar Tage nach Vermont zu ihren Verwandten fliegen.«

»Und was ist mit *dir*, Rich?« fragte George.

»Ich habe am Wochenende Dienst.« Rich war gedrungen, klein und hatte einen sandfarbenen Schnurrbart. Er spielte Poker und Golf und war durchaus in der Lage, sich als gemeinster Mistkerl der Welt zu geben. Er war wie geschaffen, um in Kriegen zu kämpfen. »Aber falls irgendwas passiert«, sagte er grinsend, »rufen wir die Helis und sehen zu, daß wir wegkommen.«

Der Kellner nahm ihre Bestellungen auf: Chicken Fingers für Mel, ein Thunfisch-Sandwich für Rich, einen Salat Cäsar für George.

»Ich habe mal eine Flutwelle gesehen«, erzählte Mel. »Wir haben medizinische Güter und Lebensmittel nach Ahmadabad geflogen. Dort war irgendwas ausgebrochen, und ich war in Saudi-Arabien stationiert. Piloten wurden gesucht, die den Schein für die 328er hatten. Wir haben also einen Flug übernommen und kamen gerade über den Indischen Ozean herein, als wir eine Flutwelle an die Küste schwappen sahen. Das verdammt Erschreckendste, was ich je erlebt habe. Offenkundig war man vorgewarnt, aber niemand hatte die Meldung an die Bevölkerung weitergegeben. Später habe ich gelesen, daß fünfzehntausend Menschen ertrunken oder verschwunden sind.« Mel sah traurig aus. »Sie standen einfach nur herum, als die Flut zuschlug.«

George hatte Glück gehabt. »Ich habe ein ruhiges Leben geführt«, sagte er. »Niemals was Derartiges gesehen. Und hoffe, daß es auch nie dazu kommt.«

Das Gespräch wandte sich der jungen Baseball-Saison zu, und sie stritten immer noch über die Aussichten, als das Essen eintraf. George nahm einen Bissen von dem Salat, als sein Mobiltelefon piepste. Er entschuldigte sich, zog das Gerät aus der Jackentasche und sprach hinein. »Culver.«

»George?«

»Ja, hier Culver.«

»Wir brauchen dich, George. Sofort.«

Er erkannte die Stimme. »Pete, bist du das?« Im Hintergrund hörte er die Geräusche eines Flughafentowers.

»Ich bin's.«

»Ich bin gerade beim Mittagessen. Ich sollte heute frei haben.«

»Es geht um Leben und Tod, Kumpel. Wirklich. Komm her. Pack Sachen für ein paar Tage zusammen.«

»*Was?* Was geht da vor?«

»Ich sage es dir, sobald du hier bist.«

»Pete, wohin fliege ich?«

Eine Pause. Dann: »Zum Mond.«

NEWSNET, aktualisiert 12 Uhr 30

(Für vollständige Meldung bitte anklicken.)

BRENKOW SETZT WIDE-EYE SCHACHMATT.

Russe schafft ersten Sieg eines Menschen gegen ein MIT-Programm.

Psychologie:

INTELLIGENZ IST ERLERNTES VERHALTEN.

Graham: Man hat die Rolle der Vererbung gewaltig übertrieben.

GROSSBRITANNIEN SCHICKT HILFE IN DEN VON FLUTEN VERHEERTEN SUDAN.

NEUES BATTERIESYSTEM FÜR AUTOS IN SICHT.

Eine Ladung für 1500 km bis '27 denkbar.

Neue Batterien sind jedoch teuer.

JASON RILEY AUS PENTHOUSE-WOHNUNG ZU TODE GESTÜRZT.

Schöpfer von ›Pat and Mary‹ wurde vielleicht hinausgestoßen.

Zeichentrickkünstler hatte Drohungen aufgebrachter Leser erhalten.

Wurde der Blasphemie, des Rassismus und der Altenfeindlichkeit beschuldigt.

KOMET WIRD AUF MOND EINSCHLAGEN.

›Nur eine Gnadenfrist‹, sagt Michaelson.

Zusammenprall mit Erde hätte ›uns alle umgebracht‹.

Mondbasis soll evakuiert werden.

SEXKOMÖDIEN WIEDER QUOTENKNÜLLER.

Polizeiserien abgeschlagen auf Platz zwei.

FREE LUNCH GANG IN FLORIDA GESTELLT.

Raubte Behinderte aus.

4.

Raumhafen der Mondbasis, 12 Uhr 33

Gerade durften die ersten Passagiere die Einstiegsrampe betreten, als Tony Casaway eintraf. Ursprünglich hatte man ihn dazu eingeteilt, die Gruppe des Vizepräsidenten mit dem Mikrobus nach L1 zu bringen. Alle Pläne waren jedoch heute im Chaos versunken. Soweit er es mitbekam, bemühte sich das Management darum, so viele Menschen wie möglich nach L1 zu transferieren. Der Komet kam näher, und die Leute waren aufgeregt – auf die Art, wie sie es sonst beim Einstieg in die Achterbahn waren, sich der Tatsache bewußt, daß ihnen eine herrlich angstmachende, letztlich aber sichere Fahrt bevorstand.

Tony war sich nicht so sicher. Er hatte die Besorgnis gewittert, als Bigfoot ihn über die veränderte Flugplanung informierte. Keine Verzweiflung, ganz und gar nicht. Aber eine gewisse Anspannung lag in der Luft. Er schrieb sie der schlichten Tatsache zu, daß die Mondbasis kurzerhand vernichtet werden würde. Aber es hätte auch mehr sein können.

Tony Casaway war ein alter Testpilot, und Testpiloten waren die besten. Er unterschied sich von den anderen Piloten, die aus für ihn auf ewig unerfindlichen Gründen auf den Mond gekommen waren. Sie redeten viel über Grenzen und darüber, zum Mars zu fliegen. Tony kam, weil Gina eines Tages im Supermarkt einkaufen gegangen und dann in einen Kugelhagel geraten war, als ein paar Verrückte versuchten, den Laden niederzumachen. Sie wurde an einer grünen Bergflanke vor ihrer Heimatstadt Kansas City beerdigt, und Tony brachte soviel Distanz zwischen sich und diesen Hügel, wie er nur konnte.

Der Raumhafen lag wie die restliche Basis unterhalb des Verwitterungsbodens. Die Hangars und Startflächen waren für eine Vielzahl von Fahrzeugen ausgelegt: die Busse, die die Mondbasis mit L1 verbanden, diverse Raumtransporter sowie die ›Lobber‹ genannten Mondtransporter, die Ausrüstung und Produkte zwischen dem Zentralkomplex und den außenliegenden Fabriken und Forschungsposten beförderten.

Einige Menschen liefen ziellos durch die Wartehalle und warteten auf ihre Evakuierung, während Techniker die Checks zur Startvorbereitung an zwei Fahrzeugen durchführten. Der Mond- und der Mikrobus sollten in einer halben Stunde Kurs auf L1 nehmen. Die meisten Fluggäste waren einflußreiche Persönlichkeiten mittleren Alters, VIPs, die für die Eröffnungszeremonie auf die Mondbasis gekommen waren. Dazu gehörten ein hochangesehener Historiker, ein weltberühmter Bildhauer und zwei Hollywoodtypen. Auch Wolfgang Weller, der deutsche Außenminister, und sein Gefolge aus drei Personen waren darunter.

Weller war groß und imposant, mit kalten grauen Augen und gebieterischem Auftreten. Er wirkte verärgert, und Tony fragte sich, ob das an der bevorstehenden Zerstörung der Mondbasis lag oder daran, daß man ihn zusammen mit dem gewöhnlichen Volk durch die Gegend trieb. Er schien ein geeigneter Kandidat, um sich Abneigung einzuhandeln. Merkwürdige Eigenschaft bei einem Diplomaten.

Oder vielleicht war Tonys Denken das Problem. Er mochte keine Typen von ganz oben. Sie schienen immer einer besonderen Aufmerksamkeit zu bedürfen und zu erwarten, daß andere Leute vor ihnen katzbuckelten. Tony achtete deshalb darauf, sich bei Passagieren dieser Art nicht um ihren Rang zu kümmern.

Die Passagiere gaben ihm den Weg frei. Er marschierte

zur Rampe und wurde an Bord von Shen Ka-tai begrüßt, dem Flugbegleiter. »Saber ist an Bord«, informierte er Tony.

Tony nickte und ging an ihm vorbei in das behagliche Passagierabteil. Es gab vier paarweise angeordnete Sitze auf beiden Seiten des Zwischengangs. Der Verkehr zwischen L1 und der Mondbasis benötigte auch ein kompaktes, sparsames Fahrzeug, das kleine Gruppen und gelegentlich Einzelpersonen beförderte. Dieses Fahrzeug war der Mikrobus. Zwei weitere Mikrobusse waren zur Zeit im Bau und sollten die Flotte innerhalb eines Monats verstärken.

Die Passagiere kamen hinter Tony an Bord. Weller und drei Mitarbeiter sowie eine Familie mit zwei Kindern. Acht Personen insgesamt. Laut Passagierliste handelte es sich bei der Familie um Touristen mit Zielflughafen London. Die beiden Kids, ein sommersprossiges Mädchen von etwa zehn Jahren und ihr etwas jüngerer Bruder, wirkten aufgeregt. Die Eltern hingegen zeigten sich schroff und nervös. Sie erteilten ihrem Nachwuchs scharf den Befehl, sich zu setzen, anzuschnallen und bitte nicht soviel Lärm zu machen. Tony beruhigte sie und erklärte, daß sie längst zu Hause in Sicherheit sein würden, wenn der Komet eintraf, ein Umstand, der die Kinder eindeutig enttäuschte. Die Mutter hielt einen Vortrag darüber, daß das nicht komisch war und sie Glück hatten, von hier wegzukommen.

Tony stieg die Leiter hinauf und schob sich durch die Deckenluke aufs Flugdeck hinauf.

Saber ging gerade die Routine der Startvorbereitung durch. »Hallo Tony«, sagte sie und lächelte ihn über die Schulter an. Sie war groß und schmal, beinahe einsachtzig, und von jungenhaftem Körperbau. Sie hatte schwarzes Haar und leuchtende blaue Augen, und ungeachtet der fehlenden Dimensionen schien es ihr nie an männlicher Begleitung zu mangeln. Sie hieß Alisa Rolnikaya und war als Tochter einer russischen Diplomatenfamilie in Florenz geboren. Mit fünfzehn lernte sie fliegen, zog für die Schule nach St. Petersburg, in die Heimatstadt ihrer Eltern, machte ihren Jetpilotenschein und verbrachte mehrere Jahre bei einer NATO-Fliegerstaffel, deren Piloten überwiegend Italiener waren. Dort erhielt sie den Decknamen ›Saber‹, der ihr bis auf den Mond folgte. Der Name paßte, fand Tony. Ihre Persönlichkeit und ihr Sinn für Humor wiesen eine scharfe Kante auf. Sie flog seit drei Monaten für die Mondverkehrsbehörde, und der Einsatz auf dem Mikrobus war dabei ihre erste Stellung. Bislang hatte sie sich als ziemlich kompetent erwiesen.

»Hast du schon die Kometenbilder gesehen?« fragte sie.

Er nickte. Er schmiedete schon Pläne für den Ruhestand. Ein Deck tiefer brachte Shen gerade die Passagiere auf ihren Plätzen unter.

»Schalte auf interne Energie«, sagte Saber.

»Mikrobus.« Die Flugleitung der Mondbasis meldete sich über Funk.

»Reden Sie, Flugleitung.«

»Die Versorgungsleitungen sind gekappt, und Sie können in sechs Minuten starten.«

Der Mikrobus war eine Kugel, die auf zwei Landeflächen hockte. Das Flugdeck befand sich in einer Blase auf der Kugel. In diesem Moment blickte Tony durch den Hangar und sah, wie die Strom- und Treibstoffschläuche herabfielen. Die Anzeigen auf seiner Statustafel leuchteten gelb. Die Pumpen hatten gerade begonnen, die Luft aus dem Hangar zu saugen.

Die Landefeldklammern lösten sich.

Tony lauschte den Geräuschen aus der Kabine unter sich: Schritte, Stimmen, Gepäckstücke, die in den

Fächern über den Sitzen verstaut wurden. Dann gingen die Luken zu, Innen- wie Außenluken. Die Luftpumpen legten einen Zahn zu.

Shen meldete die Passagierkabine startbereit.

Erneut die Flugleitung: »Mikrobus, Ihre Abfertigungszeit auf L1 wird so kurz ausfallen, wie man es dort nur hinbekommt. Schlafen Sie, wenn Sie können. Sieht nicht so aus, als ob Sie vor Freitag noch Ausfallzeiten hätten.«

»Habe ich auch gehört. Der alte Mikrobus wird ganz schön übel riechen.«

Saber lächelte und schüttelte den Kopf. Sie beide wußten, daß es jedesmal eine kurze Pause geben würde, wenn die Maschine nach dem Flug gewartet wurde. Keine lange Pause, aber genug, um sich zu waschen und eine frische Uniform anzuziehen.

»Es hat in dem alten Mikrobus schon *immer* gestunken«, sagte eine neue Stimme, die Tony als die des Betriebsleiters Bigfoot Caparatti erkannte.

»Hallo Bigfoot«, sagte er.

»Ich sehe dich nach deiner Rückkehr«, sagte Caparatti. »Guten Flug.«

Das Deckentor fuhr jetzt langsam auf.

»Alles im grünen Bereich, Tony«, meldete Saber.

»Countdown bis Zündung. Auf mein Zeichen. Zehn ...«

Der Mikrobus war mit einem einzelnen 7RV-Motor von General Electric ausgestattet, der eine konstante Beschleunigung von einem g erzeugte. Bei null zündete Tony. Das Triebwerk erwachte tosend zum Leben. Das Flugdeck bebte, und der Mikrobus hob ab. Dann waren sie aus dem beleuchteten Hangar heraus und stiegen in die Nacht auf.

Weißes Haus, Truman-Zimmer, 13 Uhr 27

»Al, sind alle hier?«

Der Präsident hatte das Kabinett zu einer Telekonferenz über den Kometen mit zwei wissenschaftlichen Experten zusammengetrommelt.

Kerr hatte sich mit dem Verteidigungsminister unterhalten, als Henry eintrat. Er sah sich am Tisch um, zählte rasch durch und nickte. »Ja, Herr Präsident. Hopkins fehlt als einziger.«

Armand Hopkins, der Innenminister, hielt sich an der Westküste auf.

Henry nahm Platz und bemühte sich, nicht zu zeigen, daß er Schmerzen hatte. Er hatte inzwischen ständig Schmerzen, aber das wußte nur Emily. Und wahrscheinlich Al.

Henry war in den ersten zwei Jahren ein dynamisches, tatkräftiges Staatsoberhaupt gewesen. Er versuchte immer noch so zu tun, aber es wurde zunehmend schwierig. Die Krankheit saugte das Leben aus ihm heraus. Er hätte sie gern geheimgehalten, aber das erwies sich als völlig unmöglich. Trotzdem – solange die Leute nicht *sahen*, was passierte, konnte er weiter seiner Arbeit nachgehen. Er war fast zur tragischen Gestalt geworden und wurde wie ein Heiliger wahrgenommen, ein Mann, der sich mit der Ewigkeit konfrontiert sah und den kein anderes Motiv bewegte als die Überlegung, was für die Nation richtig war. Alle begegneten ihm mit Respekt, mehr oder weniger so, als hielte die ganze Nation Wache an seinem Bett. Es war eine in der amerikanischen Geschichte beispiellose Situation. Andere Präsidenten wurden erst nachträglich von der Nation verherrlicht. Henry erlebte das schon im Amt. In den Vereinigten Staaten von 2024 galt es nicht als sportlich oder anständig, den Präsidenten anzugreifen. Andererseits verkörperte er den Inbegriff eines Opfers, das sich nicht wehren konnte.

»Herr Präsident«, sagte Kerr, »sofern Sie keine einleitenden Bemerkungen machen möchten, können wir gleich die Verbindung herstellen.«

»Tun Sie das.«

Auf unterteilten Fenstern eines Wanddisplays flackerten die Bilder eines Mannes und einer Frau auf. Henry hatte den Mann schon einmal gesehen, konnte ihm aber keinen Namen geben.

Seit seiner Begegnung mit Juarez war er wieder zu Atem gekommen, und seine Grundphilosophie, daß sich alles zum Guten wendet, wenn die Leute nur nicht in Panik geraten, setzte sich wieder durch. Eines der beiden TV-Bilder, der Mann, legte eine wahre Grabesstimmung an den Tag. *Auf keinen Fall darf dieser blöde Mistkerl mit den Medien reden,* überlegte sich Henry. *Wer hat* den *nur angeschleppt?* Er fand jedoch, daß die Angehörigen seines Kabinetts und seine Berater ebenfalls düster dreinschauten.

»Bevor wir fortfahren«, sagte Henry, »gestatten Sie mir ein Wort der Warnung. Wir müssen darauf achten, was wir außerhalb dieses Zimmers sagen. Die Mondstory ist bereits bekannt, aber die öffentliche Reaktion wird in hohem Maße von dem Ergebnis unserer Konferenz abhängen.« Das stimmte natürlich nicht. Henry wußte, daß die Medien den entscheidenden Einfluß ausübten, daß *sie* darüber entscheiden würden, was sie mit dieser Story anfingen. Aber er war darauf angewiesen, daß seine Leute ihren Teil beisteuerten. Und besonders den Außenstehenden wollte er verdeutlichen, welche Vorsicht sie bei ihren Äußerungen walten lassen sollten. »Wenn wir hinausgehen und vor Kameras reden, dann sollten wir daran denken, welche Wirkung unsere Worte haben. Die Lage wird über die nächsten Tage ohnehin schon schwierig genug; da wollen wir doch nicht auch noch mit einer Panik konfrontiert werden, falls wir es vermeiden können.« Er sah, wie der Außenminister das Wort *Panik* mit seinen dünnen Lippen formte, als wäre ihm dieser Gedanke bislang gar nicht gekommen. Henry schob sich auf seinem Stuhl zurück und zog einen goldenen Füller aus einer Innentasche der Jacke. »So, Al. Warum stellen Sie uns Ihre Gäste nicht vor?«

Kerr nickte. »Professor Alice Finizio vom Forschungslabor für Düsentriebwerke.« Eine Afroamerikanerin mit einer Bifokalbrille, die mit einer Silberkette am Revers befestigt war. Der orangefarbene Blazer der Wissenschaftlerin erschien dem Präsidenten etwas knallig; Henry fand, daß die inneren Werte und nicht die Kleidung Aufmerksamkeit wecken sollten. Finizio war eine schlanke Frau mit silbernem Haar, wahrscheinlich an die siebzig. Sie erinnerte ihn recht nachdrücklich an seine verstorbene Großmutter. Kerr bezeichnete sie als Astronomin.

»Und Professor Wesley Feinberg vom AstroLab.« Das erklärte, warum ihm das Gesicht vertraut vorgekommen war. Feinberg war einer der führenden Wissenschaftler, hatte wenigstens einen Nobelpreis erhalten und war kürzlich auf dem Titelblatt von *Time* oder *Newsweek* aufgetaucht. Er war auch einmal Gast bei einem Abendessen im Weißen Haus gewesen, obwohl sich Henry nicht erinnerte, daß er mit ihm gesprochen hätte.

Feinberg war dünn und klein und wirkte verschlafen. Das kurze graue Haar war auf dem schon teilweise kahlen Schädel zurückgekämmt. Feinbergs Gesicht schien anzudeuten, daß er Wichtigeres zu tun hatte.

»Ich möchte Sie beide begrüßen«, sagte der Präsident. »Wir danken Ihnen, daß Sie sich die Zeit genommen haben, um heute mit uns zu reden. Ich bin sicher, daß Sie den Personen am Tisch bereits vorgestellt wurden.« Er wußte, daß das nicht zutraf, aber es war egal. »Mercedes«, sagte er, »wie weit sind wir?«

»Wir berechnen die Chance, daß Tomiko den Mond trifft, inzwischen auf siebenundneunzig Prozent.«

»Irgendwelche Einwände?« Das galt den Gesichtern auf dem Wandmonitor.

Finizios Augen waren nur noch Schlitze. »Ich denke, es sind eher neunundneunzig Komma sechs Prozent. Soweit ich es überblicke, steht das nicht mehr in Frage.«

»Okay.« Henry holte tief Luft. »Er schlägt also ein. Was bedeutet das?«

»Falls er so herankommt, wie wir erwarten«, sagte Feinberg, »zerklatscht er den Mond.«

Finizio bestätigte die Einschätzung, indem sie schwieg.

»Tut mir leid«, sagte Jessica McDermott, die Verteidigungsministerin. »Das habe ich nicht verstanden. Was meinen Sie mit *zerklatschen*?« McDermott war Generaldirektorin von Rockwell gewesen, ehe sie ins Pentagon wechselte. Sie war in den Sechzigern.

»Es bedeutet, daß es nach Samstagabend wahrscheinlich keinen Mond mehr gibt.«

Die Männer und Frauen am Tisch rutschten unbehaglich hin und her. Stühle knarrten, und Leute räusperten sich. Harold Boatmann, der Verkehrsminister, blickte zu einem Portrait des lächelnden Harry Truman hinauf. »Ich schätze, wir kommen auch ohne Mond klar«, meinte er. »Treten noch andere *Konsequenzen* ein?«

»Der Mond«, antwortete Feinberg, »verwandelt sich wahrscheinlich in eine Masse aus losem Geröll, Plasma, Staub und Gas. Wir können damit rechnen, daß ein Teil der Trümmer auf uns stürzt.«

Alle Augen richteten sich auf den Präsidenten. Henry spürte, wie sein Mund trocken wurde. Die letzten paar Stunden hatte er damit zugebracht, sich einzureden, daß eine Kollision in einer Drittelmillion Kilometern Entfernung keine Gefahr für das Wohlergehen der Vereinigten Staaten sein konnte. Er blickte den Tisch entlang in eine Reihe besorgter Gesichter. »Wovon genau reden wir?« fragte er. »Stecken wir in Schwierigkeiten?«

»Wahrscheinlich nicht in großen«, sagte Finizio. Sie *klang* sogar wie seine Großmutter. Sie sah ihn direkt an. »Ich denke, die Hauptgefahr geht nicht von Mondtrümmern, sondern von Panik aus.«

»Das ist Unsinn«, sagte Feinberg. »Eine Menge Gestein wird hier herumfliegen, und wir wissen nicht, wo es einschlägt. Herr Präsident, *alles* kann passieren.«

»Definieren Sie *alles.*«

»Erdbeben. Flutwellen. Gott weiß, wie die Welt am Sonntagmorgen aussieht. Aber ich nenne Ihnen ein Beispiel für das, was möglich ist: Sollte ein ausreichend großer Brocken in den Pazifik stürzen, steht uns allen eine Schwimmpartie bevor. Verdammt, fast dem ganzen Planeten!«

Kolladner hörte, wie irgendwo Fingernägel trommelten. Jemand hustete.

Finizio verdrehte die Augen. »Das ist eine *entfernte* Möglichkeit, Wesley«, sagte sie, »und Sie wissen das.«

»Sie ist überhaupt nicht entfernt.«

»Natürlich ist sie das. Hören Sie, Sie haben schon immer zu Übertreibungen geneigt, aber ich denke, Sie sollten sich hier ein wenig zügeln.«

Henry mischte sich ein, ehe sich der Streit ausweitete. »Professor Finizio, erläutern Sie uns, womit Sie rechnen.«

»Mit sehr wenig, Herr Präsident. Verstehen Sie das richtig: Bei einem Ereignis dieser Art hat Wes grundsätzlich recht. *Alles* kann passieren. Aber nichts davon ist sehr wahrscheinlich. Womit ich rechne, das ist eine gesteigerte Meteoraktivität. Ich vermute jedoch, daß wir insgesamt recht problemlos hindurchkommen. Vielleicht kommt es zu ein paar isolierten Zwischenfällen. Aber wahrscheinlich nichts, das es wert wäre, sich darüber zu sorgen.«

»Auch bezüglich der Erdachse könnte es heikel werden«, meinte Feinberg, als hätte Finizio gar nichts gesagt. »Die Neigung der Ekliptik hängt in gewissem Maß von der Beziehung zwischen Mond und Erde ab. Nimmt man das weg . . .«

»Ach, um Gottes willen!« sagte Finizio.

»Bitte auf Englisch«, sagte der Präsident.

Feinberg nickte. »Die Jahreszeiten hängen von der Neigung der Erdachse ab. Das ist Ihnen natürlich bekannt. Wir sind der Sonne im Juli näher als im Dezember. Das alles könnte sich jetzt jedoch ändern. Wenn wir den Mond wegnehmen, erleben wir ein viel stärkeres Wackeln.«

»Macht uns das etwas aus?« erkundigte sich Patricia Russell, die Pressesprecherin.

»Die Sommer werden heißer, die Winter kälter. Die höheren Breitengrade werden unbewohnbar. Es wird Probleme mit der Landwirtschaft geben.«

»Mit der Landwirtschaft?« fragte Henry. Er wandte sich hilfesuchend an Finizio.

»Er meint, daß sich der Weizengürtel nach Süden verlagert«, sagte sie. »Aber das wird auf sehr lange Sicht nicht passieren. Nichts, worüber wir uns Sorgen machen müßten.«

»Die nächste Regierung?« fragte einer der politischen Berater.

Finizio lachte.

»Vielleicht das nächste Jahrtausend«, antwortete sie. »Sicherlich nicht früher. Wahrscheinlich beträchtlich später.«

»Das stimmt«, räumte Feinberg ein, »aber wir müssen an die Zukunft denken.«

»Bleiben wir erst mal bei der Gegenwart«, sagte Henry. »Ist da sonst noch was zu erwähnen?«

»Sie können ganz beruhigt sein«, sagte Finizio, »daß der Mond nicht einfach in alle Richtungen auseinanderfliegt. Die Schwerkraft ist nach wie vor gegeben, und was immer sonst passiert – der größte Teil des Gesteins, aus dem der Mond besteht, wird genau dort bleiben, wo es ist. Oh, es wird schon ein bißchen durchgeschüttelt! Zertrümmert. Aber nichts Schlimmeres. Ich denke, für die Regierung wäre es am klügsten, einfach alle zu beruhigen.« Sie warf einen Blick nach links, wo für sie das Bild Feinbergs sichtbar sein mußte.

Der Präsident hätte ihr am liebsten applaudiert.

»Ich halte das für eine extrem optimistische Sichtweise«, sagte Feinberg.

»Was soll ich also tun?« fragte Henry ruhig. »Beide Küsten evakuieren?«

»Ich erkläre Ihnen, was Sie tun sollten«, sagte Finizio. »Evakuieren Sie zunächst L1. Die Station liegt der Kollision zu nahe. Und zur Sicherheit vielleicht auch Skyport.«

Die Stationen evakuieren. Na ja, das wenigstens war leicht zu bewerkstelligen. Und vor allem lag es zum Glück nicht in seiner Verantwortung! Er mußte jedoch die Empfehlung weitergeben.

Als er sah, daß er mit den Experten nicht mehr weiterkam, löste sich Henry bei der ersten Gelegenheit aus der Verbindung, bedankte sich noch für ihren Rat und wandte sich an seine Mitarbeiter. »Wir haben nicht viel Zeit«, stellte er fest.

»Ich schlage vor, zuerst auf die entscheidenden Fragen Antworten zu suchen.« Er blickte zu Mercedes Juarez. »Können wir dieses Ding aufhalten? Wie wäre es, wenn wir eine Atomrakete hineinjagen?«

»Es ist zu groß«, sagte sie, »und kommt zu schnell auf

uns zu. Das Johnson Space Center sagt, genausogut könnten wir versuchen, es mit einem Stock zu schlagen.«

»Sollten wir eine Warnung äußern?«

»Ich sehe nicht, was das nützen sollte«, sagte Amos Pierson, sein Anwalt. »Können Sie sich den Versuch vorstellen, L.A. und New York bis *Samstag* zu evakuieren? Wo sollten wir alle unterbringen? Wie sollten wir sie *ernähren?* Wir hätten gigantische Verkehrsstaus; Menschen würden bei Unfällen sterben und andere deshalb, weil Rettungsfahrzeuge nicht zu ihnen durchkämen.« Er klopfte mit zwei Fingern auf den Tisch. »Und es würde zu zahlreichen Plünderungen kommen, es sei denn, wir lassen die Cops auf gut Glück zurück. Ich garantiere Ihnen, Herr Präsident: Verlangen Sie eine Evakuierung, und wir erleben eine Katastrophe monumentalen Ausmaßes.«

Harold Boatmann hatte die Arme verschränkt und eine Abwehrhaltung eingenommen, als Pierson auf den Punkt kam. »Ich kann einfach nicht glauben«, sagte er wütend, »daß wir den Leuten erzählen, alles wäre okay, daß wir uns zurücklehnen und hoffen, daß nichts passiert, wo wir doch verdammt gut wissen, das genau das Gegenteil der Fall sein könnte!«

»Es kommt gar nicht darauf an, was wir ihnen sagen«, meinte Russell. »Sie erfahren ohnehin im Fernsehen davon. Niemand wird viel auf das geben, was *wir* verlautbaren. Die Leute werden in Panik geraten, und dann haben wir das Chaos.«

»Ich überlege mir ständig«, sagte McDermott, »was passiert, wenn Sie zu evakuieren versuchen und die ganze Sache dann harmlos an uns vorbeizieht. *Der Himmel stürzt ein.* Ich kann mir die Karikaturen jetzt schon vorstellen.«

Später kehrte Henry mit Kerr in sein Büro zurück und senkte sich in den Ledersessel, der speziell dafür konstruiert war, seinen chronisch schmerzenden Rücken zu entlasten. »Weißt du, Al«, sagte Henry, »es kommt gar nicht darauf an, was wir tun, solange die Medien nicht mitspielen. Sollten die Arschlöcher beschließen, die ganze Sache hochzuspielen, kriegen wir es mit der schlimmsten Panik zu tun, die unser Land je erlebt hat.«

Sie starrten einander an. »Grace soll McConnell für mich an den Apparat holen.«

5.

Washington, D.C, Internationaler Flughafen Dulles, 13 Uhr 33

Die Raumfähre ähnelte einem Raketenschiff aus einem Science-Fiction-Film der 1950er: lang, silbern, geformt wie eine Gewehrkugel mit einziehbaren Stummeltragflächen und Heckflossen. Als Treibstoff diente eine Mischung aus Wasserstoff und Sauerstoff. Die Dulles-Starts erfolgten mit Hilfe einer Startrakete durch einen siebenundzwanzig Kilometer langen Tunnel, der in nordwestlicher Richtung unter dem Potomac hindurch nach Maryland führte und in der Nähe von Glen Hills zum Vorschein kam. Eine atomgetriebene Version der Raumfähre war im Entwicklungsstadium, aber dort würde sie auch bleiben, solange nicht jemand die umweltpolitischen Bedenken zerstreuen konnte.

Alexander Drummond, der Betriebsleiter der Mondverkehrsbehörde auf dem Dulles-Flughafen, war klein, dick und glatzköpfig. Er trug Kettenschmuck, hatte sich die Krawatte heruntergezogen und das Hemd am Hals offenstehen. Er hatte buschige Augenbrauen und dicke

Lippen. In tausend Polizeifilmen waren Typen dieser Art als Mister Big aufgetreten. Er blickte gerade zum Bürofenster hinaus und konnte sowohl die einstufige Raumfähre als auch die Startschiene sehen. »George«, sagte er, ohne sich umzudrehen, »du findest die Einsatzbeschreibung auf dem Schreibtisch.«

George Culver warf einen Blick auf die Aktenmappe, traf aber keine Anstalten, sie zur Hand zu nehmen.

»Sie verlangt von dir, das Doppelte zu leisten«, sagte Drummond. Er ging zu seinem Stuhl zurück, lud George mit einem Wink ein, auf dem Diwan Platz zu nehmen, und setzte sich. *»Ich* fordere dich auf, das Doppelte zu leisten.«

Drummond hatte George eingestellt und sich um ihn gekümmert, und George begriff, daß jetzt die Zeit für die Gegenleistung war. »Ich höre«, sagte er.

»Vier Maschinen gehen auf diesen Einsatz. Zwei starten heute von Skyport und erreichen ihre Mondumlaufbahn morgen um die Mittagszeit. Beide starten am Freitag zum Rückflug, mit so vielen Menschen an Bord wie nur möglich.

Eine dritte Maschine tritt Freitagabend in den Mondorbit ein und startet am späten Samstagnachmittag wieder von dort. Bis dahin sollten nicht mehr allzu viele Menschen dort oben sein.

Wir möchten, daß *du* nach L1 fliegst. Du triffst dort etwa um elf Uhr morgen vormittag ein. Nimm dort deine Passagiere an Bord. Rechne mit einer vollen Kabine. Fliege zurück nach Skyport. Deine Ankunftszeit müßte etwa am Freitag um sieben Uhr früh sein.«

George zuckte die Achseln. So weit, so gut.

»Entlade dort und tanke nach. Sobald du kannst, nimmst du dann Kurs auf den Mond.«

»Das meinst du doch nicht ernst«, sagte George.

»Du erreichst Samstagmittag den Mondorbit. Kurz

nach deiner Ankunft dort fliegt die dritte Maschine ab. *Du* nimmst dann an Bord, wer immer noch übrig ist.«

»Wie viele werden noch übrig sein?«

»Wahrscheinlich weniger als hundert. Du hast sie jedoch nicht vor ungefähr einundzwanzig Uhr dreißig alle an Bord. Tut mir leid; ich weiß, daß da kein großer Vorsprung bleibt.«

»Du meinst, ehe der Komet einschlägt.«

»Yeah. Das meine ich.«

Kein Wunder, daß der Mistkerl schuldbewußt aussah. »Alex, was zum Teufel planst du da für mich? Soll ich dort vielleicht noch herumsitzen, wenn mir alles um die Ohren fliegt?«

»Du müßtest schon einige Zeit vor dem Ereignis auf dem Rückflug sein.«

»*Einige Zeit auf dem Rückflug?* Wovon reden wir da? Zwanzig Minuten?«

»Eine Stunde, George. Ich denke, ich kann dir eine Stunde versprechen. Mindestens. Hör mal, ich weiß, daß es knapp wird, aber wir haben keine Wahl.«

»Sicher habt ihr. Ihr habt circa ein halbes Dutzend weitere Einstufenfähren hier herumstehen. Nehmt eine davon und beschleunigt den ganzen Ablauf.«

Drummonds Stuhl quietschte. »Eine fünfte Maschine loszuschicken, das würde *überhaupt* nichts beschleunigen, George. Die Mondbusse bilden den Flaschenhals. Das Problem ist, die Leute von der Oberfläche hinauf zu den Fähren zu bringen. Es ist ein langsamer Vorgang. Deshalb macht es auch keinen Unterschied, ob wir vier oder fünf Fähren einsetzen. Der letzte Flug geht trotzdem erst am Samstag um einundzwanzig Uhr dreißig.

Nun, wir machen es auf die beschriebene Art, und zwar aus zwei Gründen: Erstens bist du unser bester Pilot. Vielleicht werden auf dem Rückflug ein paar Ausweichmanöver fällig, und ich habe niemanden, den ich dafür lieber auf den linken Pilotensitz setzen möchte. Zweitens dient der erste Flug nach L1 dazu, dir ein Gefühl zu verschaffen, wie sich die Maschine außerhalb des Erdorbits lenkt.«

»Toll«, meinte George. »Ich fühle mich geehrt.«

Draußen fuhr ein Treibstofflaster über das Betonvorfeld. »Du brauchst es nicht zu tun. Ich kann dich nicht zwingen. Aber etwa hundert Menschen würden mit dir zurückkommen. Ihr Leben hängt von dem Piloten ab, den wir schicken. Ich möchte *dich.* Falls du rausmöchtest, verstehe ich das und besorge mir einen anderen.«

»Mistkerl«, sagte George.

»Danke.« Drummond hob die Einsatzbeschreibung auf und reichte sie ihm.

Mondbasis, Grissom Country, 15 Uhr 05

Evelyn nahm den Anruf in ihrer Privatsuite entgegen. Sie war keine Physikerin, hatte aber eine Vorstellung von dem, was auf sie zukam, und ihre Vermutung wurde bestätigt, als sie Kermit Hancocks Stimme erkannte. Hancock war ihr Stellvertreter im Konzernhauptsitz in Boston. »Wir haben einen Anruf aus dem Weißen Haus erhalten«, sagte er ohne Umschweife. »Sie empfehlen, daß wir beide Raumstationen evakuieren. Besonders L1. Sie denken, daß der Komet sie verschrotten könnte.«

Verschrotten. Irgendwie trivialisierte dieser Begriff den potentiell riesigen Verlust. Aber wenigstens hatten sie die Raumfähre, die Kurs auf L1 nehmen würde. Da konnte man genausogut alle Leute wegbringen. »Tu es«, sagte sie. »Ich führe die nötigen Ferngespräche.«

Eine lange Pause trat ein. »Evelyn, es tut mir leid.«

»Mir auch, Kerm.« Sie fühlte sich sehr müde. »Mir auch.«

Mikrobus im Anflug auf L1, 15 Uhr 10

Die Station schwebte vor dem Hintergrund der Sterne. Während Tony Casaway hinsah, spie sie eine Stationsfähre aus. Bei diesen Fahrzeugen handelte es sich um kastenförmige Maschinen, die je nach Modell zwischen zwölf und vierzig Passagiere befördern konnten. Ihr einziger Auftrag bestand darin, Fluggäste und Frachten zwischen den Raumstationen zu bewegen. Diese Maschine jetzt war die *Christopher Talley*. Tony war nahe genug dran, um Menschen in der Fahrgastkabine zu erkennen – wahrscheinlich Angehörige, die zur Sicherheit vor dem anfliegenden Kometen nach Skyport gebracht wurden.

Digitale Anzeigen schwammen auf Tonys Monitoren ineinander, während die Feinsteuerraketen zündeten und der Hauptantrieb, der das Schiff abgebremst hatte, still wurde. Der Mikrobus rotierte jetzt synchron mit der Station. Der Mond, der aus einer Entfernung von gerade mal sechzigtausend Kilometern riesenhaft wirkte, und die Erde schwebten langsam an den Fenstern vorbei, verfolgten einander scheinbar, während sich der Mikrobus um die eigene Achse drehte.

Wie Skyport benutzte L1 gegenläufig rotierende Räder, um die Stabilität zu verbessern und einen ansehnlichen Teil der Mondschwerkraft zu simulieren. L1 war fast um ein Drittel kleiner als der Erdorbiter, und weil die Station keinen touristischen Zwecken diente, war sie viel spartanischer eingerichtet. Mehrere Bündel von Feinsteuerraketen halfen dabei, die Position auf der instabilen Lagrangeposition zu halten.

»Sieben Minuten bis ins Dock«, meldete Saber.

»Roger.« Er stellte die Maschine auf die Kurzstrecken-Signalfeuer ein und manövrierte auf dem gekennzeichneten Leitkurs, während Saber mit den Fluglotsen redete und von Minute zu Minute neue Daten für Kurskorrekturen durchgab.

Dann meldete sich eine neue Stimme in der Verbindung.

»Tony.«

»Reden Sie, L1.«

»Eine Aktualisierung. Zu Ihrer Information, Tony: Wir erhielten gerade Nachricht, daß wir die Station evakuieren.«

Tony glaubte, es ginge um die Mondbasis. »Bitte wiederholen.«

»Man erwartet große Schwierigkeiten, wenn der Komet einschlägt. Wir räumen L1.«

L1 wurde geräumt? *»Bis Samstag?«*

»Roger. Sie sind hiermit angewiesen, Ihre Passagiere abzusetzen und ruckzuck zurückzufliegen.«

Der Terminator bog sich über die Mondoberfläche und unterteilte sie scharf in Dunkelheit und Licht. Tony blickte zu Saber hinüber.

»Wir sind hier weit weg vom Mond«, sagte sie. »Wieviel Schaden kann Tomiko denn nun anrichten?«

6.

Skyport, 16 Uhr 04

Die beiden zu den ersten Flügen eingeteilten Raumfähren kamen aus Berlin und Kopenhagen. Die Piloten hatten ihre Flugbegleiter zu Hause gelassen. George hatte seinem erlaubt, an Bord der *Arlington* zu kommen, da er nur mit dem Flug nach L1, nicht aber mit dem Mondeinsatz gerechnet hatte.

Das vierte Raumschiff, informierte man sie, würde aus Rom starten.

Die drei Flugbesatzungen diskutierten eine Stunde lang mit Angehörigen des Betriebspersonals in einem Besprechungsraum die Einzelheiten, vereinbarten das Funkprotokoll für Notfälle, versuchten vorherzusehen, was alles schiefgehen konnte, diskutierten Handlingprobleme, mit denen zu rechnen war. Die einstufigen Raumfähren waren nicht für einen Mondflug konstruiert, und falls irgend jemand so etwas doch vorhergesehen hatte, war dies den betriebstechnischen Notfallplänen nicht zu entnehmen. Die Maschinen wurden durch die große Masse der Flugwerke, Atmosphärentriebwerke und der Fahrwerke behindert. Falls sie wirklich herumfliegendem Gestein ausweichen mußten, hatten die Piloten alle Hände voll zu tun.

Sie sollten in die angewiesene Umlaufbahn eintreten, wo die Mondbusse zu ihnen heraufkamen. Die Lunies hatten auch zwei Lastkähne zur Verfügung. Diese konnten nicht im Flug an andere Fahrzeuge andocken, sondern mußten ihre Passagiere durch Außenbordaktivität übersetzen. Bei diesen Fluggästen handelte es sich natürlich um Betriebspersonal. Und zwar jeweils nur eine oder zwei Personen. Die Kapazität der Lastkähne war begrenzt.

»Nicht vorhanden träfe es besser«, sagte Nora Ehrlich, Pilotin der *Kopenhagen* und geborene Britin. »Wie knapp ist dieser Einsatz kalkuliert?«

»Das ist der wunde Punkt«, sagte der Konferenzleiter. »Wir haben keinen Spielraum für Fehler.«

Kurz nach seinem Eintreffen hatte George erfahren, daß weitere Maschinen zugezogen worden waren, um Skyport zu evakuieren. Nur Stationspersonal sollte dort zurückbleiben, um die Raumfähren zu warten und sich um die Passagiere zu kümmern, und ein paar auch, um die Station in Betrieb zu halten. Das war eine reine Vorsichtsmaßnahme, hieß es von seiten des Managements.

Nach der Konferenz gingen George und seine Crew zum Abendessen in Mos Restaurant. Um sechs rief er die Betriebsleitung an. Man war nach wie vor mit den Einzelheiten beschäftigt, sagte man ihm. Er sollte sich jedoch für einen Start um zwanzig Uhr bereithalten.

Eine der Einzelheiten bestand in der Programmierung der Navigationscomputer. Diesen Auftrag erhielt eine überarbeitete und unterbezahlte Technikerin, die sich mit einem der Astronavigatoren in Verbindung setzen und dessen Anweisungen in Befehle für die Bordcomputer der drei Raumfähren übersetzen sollte. Die Technikerin hieß Kay Wilmont; sie absolvierte ihre zweite Dienstzeit auf Skyport und hatte sich gerade um eine Vorgesetztenstelle beworben.

Ursprünglich sollten die Maschinen nur bis zur halben Kapazität betankt werden; soviel brauchte man für den Rundflug zum Mondorbit oder zur L1 (das machte keinen spürbaren Unterschied). Später hatte die Einsatzleitung jedoch erfahren, daß die Raumfähren auf dem Heimweg vielleicht manövrieren mußten. Lieber auf Nummer Sicher gehen, statt es später bedauern.

Das war eine weitere Panne. Die einzigen Raumfähren, die vielleicht heftige Manöver absolvieren mußten, waren die beiden, die am Samstag zurückkehren sollten. Aber egal: Man traf die Entscheidung, alle Maschinen voll aufzutanken.

Niemand informierte jedoch Kay oder die Kollegen von der gleichen Schicht über diese Planungsänderung. Deshalb rechneten die Programme mit einem um die Hälfte zu geringen Treibstoffgewicht. Dieser Fehler würde nach seiner Aufdeckung einige Kurskorrekturen während des Fluges erforderlich machen. An und für sich war damit noch keine Gefahr für den Einsatz verbunden.

Transglobal Vorstandsetage, Manhattan, 16 Uhr 47

Vor siebenundzwanzig Jahren war Bruce Kendrick der Wettermann für die Kanal-11-Nachrichten aus Topeka gewesen. Damals fiel er Captain Raymond L. McConnell auf, als ein Kansas-City-Blizzard sein Flugzeug zu einem Umweg zwang und er die Nacht im örtlichen Sheraton verbringen mußte. McConnell gefiel die Art, wie der Junge mit Tiefdruckfronten umging, und der Captain bot ihm eine Stelle im eigenen Sender an. Der Rest war Geschichte, wie man so sagt.

Transglobal wimmelte von Geschichten dieser Art. Die meisten der Spitzenleute und praktisch alle Spitzendarsteller (dazu hatte sich der Job des Fernsehjournalisten gewandelt) waren vom Captain handverlesen. Ihm gehörte der Sender; er besaß einen untrüglichen Sinn dafür, wie man aus Nachrichten und Sonderberichten riesige Gewinne schlug, und er war wohl die mächtigste Person in den Vereinigten Staaten. Durchaus möglich, daß er die mächtigste Person der ganzen Welt war.

Seinen Titel hatte der Captain keiner Flottenkarriere zu verdanken. Der Firmenlegende zufolge hatte alles als Scherz begonnen und ging die Bezeichnung auf McConnells autokratisches Auftreten zurück. Trotzdem gefiel ihm der Titel. Er unterstützte seinen Gebrauch, und infolgedessen entwickelte er sich zur allgemein verwendeten Anrede. Der Captain erzählte bei öffentlichen Auftritten gern, daß er seinen Titel Untergebenen verdankte, die ihn beeindrucken wollten. Und er erzielte immer einen Lacher, indem er hinzufügte, daß ihm ›Richter‹ oder ›Exzellenz‹ lieber gewesen wäre, daß seine Mitarbeiter davor jedoch die Grenze gezogen hatten.

Jeder, der den Captain kannte, wußte, daß für ihn keine Grenze existierte.

Bruce Kendrick war kein Fremder im zehnten Stock

des Transglobal-Gebäudes. McConnell empfing ihn normalerweise jeden Donnerstagnachmittag, zusammen mit Kendricks unmittelbarem Vorgesetzten, Nachrichtenchef Chuck Parmentier. Mit Hilfe dieser Konferenzen wollte der Captain über das Tun und Lassen der Nachrichtenredaktion auf dem laufenden bleiben. *Sehen wir uns mal an, wie diese Woche für uns gelaufen ist, was wir herausstellen, welche Richtung wir gezeigt haben, was auf uns zukommt. Und vielleicht am wichtigsten: Was wir erreichen wollen und wie wir dabei am besten vorgehen.*

McConnell war ein Diktator, aber er war klug genug, um Fragen zu stellen und sich die Antworten anzuhören. Den eigenen Standpunkt hielt er immer bis ganz zum Schluß zurück, und soweit Kendrick feststellen konnte, wahrte der Captain eine offene Einstellung, bis es Zeit für eine Entscheidung wurde. Sogar nach einer getroffenen Entscheidung hörte er sich noch Einwände an und hatte angesichts zwingender Argumente auch schon seine Meinung geändert. Eine solche Eigenschaft war, wie Parmentier behauptete, in den Vorstandsetagen der riesigen Nachrichtenkonzerne absolut einzigartig.

Heute war jedoch Mittwoch, ein Tag zu früh. Kendrick suchte zunächst das Büro des Nachrichtenchefs auf. »Es muß um den Kometen gehen«, meinte Parmentier.

Der Captain war körperlich nicht beeindruckend. Er lag einen oder zwei Zoll unter der Durchschnittsgröße, und das Haar war ungeachtet seiner siebzig Jahre noch schwarz. Er hatte eine Ausbildung zum Rechtsanwalt erhalten, diesen Beruf jedoch nie ausgeübt. Als Parmentier und Kendrick in seine Suite geführt wurden, stand er am Fenster und blickte auf den Central Park hinunter. Das Büro war riesig und mit Originalkunstwerken geschmückt, darunter ein Remington und ein Jardin. »Gentlemen«, sagte er ohne Umschweife, »auf uns wartet Arbeit.« Ein Steward schob einen Kaffeewagen mit

Donuts und Plundergebäck herein und goß für alle Kaffee ein.

Der Captain umrundete seinen Schreibtisch und setzte sich. Er hatte dichte Augenbrauen, unter denen die Augen kaum sichtbar waren. »Sehen Sie sich das mal an«, sagte er. Er drückte einen Schalter, und die Zusammenfassung der Sechzehn-Uhr-Nachrichten lief ab.

Die Moderatorin des Tagesprogramms, mit dem Gesicht des netten Mädchens von nebenan, lächelte aus dem Bildschirm hervor. *»Hier ist Janet Martin im Studio«*, sagte sie. *»Heute nachmittag haben die Berichte über den Kometen Tomiko weitere Kreise gezogen. Leute von beiden Küsten und aus der Nähe anderer großer Wasserflächen auf der ganzen Welt flüchten inzwischen aus ihren Häusern. Während Tomiko Kurs auf den Mond nimmt, warnen Wissenschaftler vor der Gefahr, daß Trümmer vielleicht ins Meer stürzen und riesige Wellen erzeugen.«* (Bilder von blockierten Highways wurden eingeblendet, von Autoverkehr im Kriechtempo.) *»Wie ernst ist es? Dan Molinari hält sich am Beaver-Meadows-Observatorium in New York auf, zusammen mit einer der Personen, die eine Antwort darauf suchen. Dan, wie ist die Lage?«*

Molinari stand neben einem bebrillten, grauhaarigen kleinen Mann, der einen faden blauen Pullover trug. *»Janet, ich spreche mit Wesley Feinberg vom Harvard-Astro-Lab. Er ist wegen der totalen Sonnenfinsternis hierhergekommen und noch nicht nach Hause zurückgekehrt. Professor Feinberg, ich frage mich, ob Sie uns erklären können, was am kommenden Wochenende geschieht.«*

Parmentier musterte den Captain und versuchte einzuschätzen, was nicht stimmte.

»... wirklich schwer zu sagen, Dan. Alles könnte passieren. Man kann einfach nicht präzise vorhersagen, was auf ein derartig explosives Ereignis folgt.«

»Professor, wir haben gesehen, daß eine Menge Leute wegen

der Ozeane besorgt sind. Wie finden Sie das? Besteht wirklich eine Gefahr für die Bewohner von Küstengebieten?«

»Sicher. Falls ich an der Küste wohnte, würde ich für die nächsten paar Tage verreisen wollen. Sie nicht? In Denver ist es um diese Jahreszeit schön.«

McConnell schaltete den Ton ab, und die beiden Bilder setzten ihr Gespräch lautlos fort. Der Captain blickte über die riesige Fläche des Kirschholz-Schreibtisches hinweg und sah direkt Parmentier an. »Nun, Chuck«, fragte er, »was denken Sie?«

»Das ist eine verdammt gute Story«, sagte Parmentier. »Ich denke nicht, daß ich verstehe, worauf Sie hinausmöchten, Captain.«

Kendrick blickte von seinem Boß zum Captain. Parmentier war normalerweise schnell von Begriff, aber wenn er an eine gute Story glaubte, zeigte er sich manchmal begriffsstutzig. Kendrick wußte längst, worauf die Sache hinauslief, aber er war viel zu clever, um den Mann in Verlegenheit zu bringen, der seine Gehaltsschecks unterschrieb. McConnell zog die Brauen zusammen. »Haben Sie schon darüber nachgedacht«, fragte er, »was passiert, wenn wir zweihundertfünfzig Millionen Menschen in Panik versetzen? Ganz zu schweigen von unseren Zuschauern in Übersee?«

Parmentier wurde rot. »Captain, das ist eine Mordsstory! Was, denken Sie, sollten wir damit anfangen? Auf ihr sitzen?«

»Mir gefällt nicht, wie wir damit umgehen, Chuck. Wir könnten eine große Katastrophe auslösen. Da draußen ist es bereits zu Todesfällen gekommen.«

»Unfälle.«

»Unfälle passieren, wenn die Leute durchdrehen. Wir sind dabei, eine Menge Leute um den Verstand zu bringen.« Er hatte einen kurzen Blick für Kendrick übrig, der sich um ein Gesicht bemühte, als wäre er schon die ganze

Zeit der Ansicht gewesen, man sollte zurückhaltend mit dem Thema umgehen.

»Wir haben eine Verantwortung gegenüber der Öffentlichkeit«, sagte Parmentier.

»Gottverdammt, Chuck, sparen Sie sich solches Gerede für die Politiker auf! Hier reden Sie mit *mir*. Ich übernehme nicht die Verantwortung für ein nächtelanges Chaos. Dafür, daß Gott weiß wie viele Menschen umkommen, ehe alles vorüber ist. Und vielleicht dafür, mir ein paar Prozesse einzuhandeln.«

Parmentier war niemand, den man leicht einschüchtern konnte, auch nicht der Captain. »Wir haben keine Wahl, *Sir*«, sagte er und betonte jedes Wort bewußt und mit einer Spur Entrüstung, »als unseren Zuschauern die Wahrheit zu sagen. Die Wahrheit lautet, daß es in den nächsten Tagen zu größeren Störungen kommen kann. Städte wie New York sind verwundbar. Es ist unser *Job*, den Leuten zu sagen, was wir wissen.«

McConnells Blick wurde hart, und er sah Kendrick an. »Bruce, ich wollte Sie dabeihaben, weil ich fand, daß wir über dieses Thema alle einer Meinung sein sollten. Was denken Sie?«

Kendrick räusperte sich und fing an, im Kreise zu reden. »Vergessen Sie es«, sagte der Captain. »Sie wollen Ihren Boß schützen. Und das ist gut so, Bruce. Bis zu einem gewissen Punkt. Aber das hier ...« Er stand auf und musterte einen Remington auf dem Schreibtisch. »Um die Wahrheit zu sagen, Bruce: Wir *wissen* eigentlich nicht, was auf uns zukommt. Alles ist Spekulation, und Spekulationen sollten nicht als solide Nachrichten verbreitet werden. Habe ich mich klar ausgedrückt?«

»Ich vermute«, sagte Parmentier, »daß wir andere Punkte betonen könnten.«

»Ja«, bekräftigte der Captain, »genau das *werden* wir auch tun. Wir betonen andere Punkte.«

Sein Ton deutete an, daß das Gespräch vorbei war, sofern keiner mehr das Ergebnis anfechten wollte. Parmentier und Kendrick standen auf. Kendrick sagte, er würde gleich anfangen. Und beide Männer gingen zur Tür.

»Noch etwas«, sagte McConnell. »Über das Wochenende ...«

»Ja, Sir?«

»Wir senden von Stationen vor Ort aus. Sprechen Sie mit Jim. Er arrangiert das schon. Ich möchte übermorgen niemanden unserer Leute mehr hier im Gebäude oder irgendwo in der Nähe der Stadt haben.«

Weißes Haus, Oval Office, 16 Uhr 48

Feinberg lächelte harmlos aus dem Bildschirm hervor. *»Sicher. Falls ich an der Küste wohnte, würde ich für die nächsten paar Tage verreisen wollen. Sie nicht? In Denver ist es um diese Jahreszeit schön.«*

Henry schaltete den Monitor aus. »Manchmal sehne ich mich in die alten Zeiten zurück«, sagte er.

»Wie meinen Sie das, Henry?« fragte Kerr.

»Als die Staatschefs noch Schwachköpfe erschießen lassen konnten. Man kann viele Argumente dafür ins Feld führen.« Er hatte gerade eine Konferenz mit seinen Kollegen aus Japan, Großbritannien, Deutschland, Rußland und China beendet. Alles war im Fluß. Deutschland und Rußland handelten bereits, transportierten Menschen ins Binnenland. Sie konnten das auch tun. Sie brauchten sich nicht mit Tausenden Kilometern Küstenlinie herumzuschlagen. Andere ergriffen bescheidenere Maßnahmen, stockten Vorräte auf, planten Katastropheneinsätze und versetzten das Militär in Bereitschaft. Großbritannien und Japan, die über kein nennenswertes

Binnenland verfügten, sahen sich den Ereignissen auf Gnade oder Ungnade ausgeliefert.

Henry gefiel die eigene Politik nicht, die darin bestand, zuzusehen, zu warten und alle zu beruhigen. Zu hoffen, daß sie es überstanden. *Wir setzen uns mit den Folgen auseinander, wenn sie eintreten,* sagte er sich. *Vielleicht haben wir Glück.* Einige religiöse Führungspersönlichkeiten drängten ihn, einen nationalen Gebetstag auszurufen. Das war alles, was die Nation in einer Krise noch brauchte: den Präsidenten auf den Knien zu sehen!

Niemand schafft es bis in Oval Office, ohne ordentlich Zunder zu kriegen. Wenn er es endlich geschafft hat, ist er verwundet, zynisch, zäh und unbeirrbar. Und er glaubt nicht mehr, daß es jemanden oder etwas gibt, mit dem man nicht fertig werden kann. (Oder *sie* glaubt es nicht. Die Vereinigten Staaten hatten inzwischen ihre erste Präsidentin gehabt. Sie absolvierte eine Amtszeit, von 2017 bis 2021, und lehnte dann die Kandidatur für eine zweite Amtszeit mit der Bemerkung ab: *Die Sache ist es nicht wert.*)

Sie hatte sich natürlich geirrt. Die Sache *war* es wert. Henry wußte das. Und jeder andere Politiker im Land, der diese Bezeichnung verdiente, wußte es. Selbst in Zeiten wie dieser, wenn so viel von Henrys Entscheidungen abhing und der Weg so im Dunkeln lag, war es die Sache wert. Besonders in Zeiten wie dieser. Man hatte keine Chance, Größe zu zeigen, wenn man nicht ordentlich gefordert wurde. Er hatte sich schon Sorgen gemacht, er könnte in den Geschichtsbüchern zwischen Leuten wie Polk und Cleveland verschwinden, tüchtige Präsidenten, die vielleicht einen großen Ruf erworben hätten, wäre nur ein ausreichend großes Unglück eingetreten, in dem sie sich bewähren konnten. Man wird nicht ohne Bürgerkrieg zu einem Lincoln. Jetzt sah es so aus, als hätte Henry seinen Bürgerkrieg.

Ungeachtet der überwältigenden Ausmaße dieses Problems hatte er inzwischen die düstere Stimmung vom Vormittag abgeschüttelt. Er mußte alles richtig machen. Und er mußte Glück haben.

Aber es gab schließlich keinen Grund für die Annahme, daß er es nicht haben würde.

7.

TRANSGLOBAL WORLD REPORT, 8 Uhr 45

Ein indonesisches Flugzeug stürzte heute in den Golf von Bengalen; man glaubt, daß alle Insassen – zweihundertsiebzig Menschen – dabei umgekommen sind. Die Rettungseinsätze werden durch schlechtes Wetter behindert.

Rebellen in Patagonien haben die Verantwortung für den Bombenanschlag auf ein staatliches Gebäude vergangene Woche übernommen, bei dem elf Menschen umkamen, darunter ein amerikanischer Diplomat.

Bei uns im Land drängen Menschen in nie erlebter Zahl auf die Straße und flüchten, verängstigt durch Meldungen, am Samstagabend könnten Bruchstücke des Mondes in die Ozeane stürzen. Wir möchten unsere Zuschauer darauf hinweisen, daß viele Wissenschaftler ein solches Ereignis für unwahrscheinlich halten. Hier ist Bruce Kendrick mit dem *World Report*.

Weißes Haus, Rosengarten, 19 Uhr 44

Am Abend konnte Henry den Kometen anfliegen sehen. Es war ein heller, verschwommener Fleck am westlichen Himmel, der noch für kurze Zeit nach Sonnenuntergang sichtbar blieb. Die Astronomen sagten, daß er im Verlauf der nächsten Nächte rasch am Himmel aufsteigen würde.

STELLUNGNAHME DES PRÄSIDENTEN, 20 UHR
Über alle Sender.

Meine lieben amerikanischen Mitbürger,

wie Sie wissen, nähert sich Komet Tomiko dem Mond. Man rechnet damit, daß er am Samstagabend um ungefähr zweiundzwanzig Uhr fünfunddreißig Ostküsten-Sommerzeit mit dem Mond kollidiert.

Ich freue mich, Ihnen mitteilen zu können, daß die Evakuierung der Mondbasis und zur Sicherheit auch der beiden Raumstationen in aller Besonnenheit ihren Fortgang nimmt. Wir erwarten keine Schwierigkeiten bei dem Versuch, alle Personen in Sicherheit zu bringen.

Viele sind über Brocken von Mondgestein besorgt, die losgerissen und in unsere Richtung geschleudert werden könnten. Wie es scheint, kann die Kraft des Einschlags ausreichen, um den Mond ernsthaft zu beschädigen. Als Folge davon treten vielleicht Gesteinstrümmer auf. Es besteht jedoch kein unmittelbarer Grund zur Sorge. Die Regierung überwacht die Situation, und dank des Einschlagwinkels des Kometen zeigen sich unsere Wissenschaftler zuversichtlich, daß wir nichts zu befürchten haben.

Obwohl ich den Ernst der Lage nicht unterschätze, besteht die größte Gefahr für uns im Augenblick darin, daß einige Amerikaner überreagieren. Jetzt ist die Zeit, um Ruhe zu bewahren und nicht hinzunehmen, daß wir von Angst oder Gerüchten mitgerissen werden. Wir sitzen alle im selben Boot, und wir stehen das gemeinsam durch. Ich habe Dienststellen des Bundes und Militäreinheiten in Alarmbereitschaft versetzt, damit sie nötigenfalls Beistand leisten können. Derweil ist der sicherste Platz für Sie und Ihre Familien am kommenden Wochenende das eigene Heim.

Ich danke Ihnen sehr. Und guten Abend.

Mondbasis, Raumhafen, 23 Uhr 28

Tony hatte in Rekordzeit zwei Ladungen Passagiere nach L1 gebracht. Im Verlauf des zweiten Fluges absolvierte der Mikrobus seine sechstausendste Flugstunde. Das brachte für die Wartungsmannschaft eine Reihe von Routineaufgaben mit sich. Als Tony wieder die Mondbasis erreichte, machten sich die Leute gleich mit ihren Checklisten an die Arbeit. Sie untersuchten die Feinsteuerraketen und Andockvorrichtungen, inspizierten das Lebenserhaltungssystem und wechselten die Teile aus, die starker Beanspruchung unterlagen. Dazu gehörten die Verstellventile für die Korrekturdüsen zur Fluglage.

Die Evakuierungsplaner wollten den Mikrobus und die beiden anderen Mondbusse aufgeben, sobald sie ihre Einsätze abgeschlossen hatten und sämtliche Personen an Bord der Raumfähren waren. Deshalb war ein Großteil der Inspektionsroutine nach den sechstausend Flugstunden eigentlich überflüssig. Dieses Detail ging jedoch auf den Kommunikationswegen zwischen der Kommandoebene und den Betriebsmannschaften verloren.

Tonys Mikrobus wurde also dem vollen Programm

unterzogen. Die Arbeiter wußten nur, daß sie neunzig Minuten für eine Wartung hatten, die normalerweise fünf Stunden dauerte. Man kann sich leicht vorstellen, daß darunter die Gründlichkeit litt.

Wie alle reinen Raumfahrzeuge verfügte der Mikrobus über ein einzelnes Triebwerk und eine Gruppe von Kontrolldüsen für die Fluglage. Als Treibstoff diente eine Mischung aus pulverisiertem Aluminium und Flüssigsauerstoff. Nach einer gewissen Betriebszeit verschlackten die Düsen leicht und mußten deshalb in Abständen ausgetauscht werden.

Die Düsen waren auf einem Winkelträger zwischen ringförmigen Treibstoff-Verteilerstücken montiert, die sich um das Schiff zogen. Ein Ring transportierte Treibstoff, der andere Oxydationsmittel. Die Neigungs- und Pendelsteuerung bestand aus vier nach außen gerichteten Düsen, die in gleichmäßigen Abständen um den Rumpf verteilt waren. Die Rotationssteuerung sah ähnlich aus, nur daß die Düsen tangential im Winkelträger saßen, zwei im Uhrzeigersinn ausgerichtet, zwei gegenläufig dazu. Der Mikrobus verfügte insgesamt über vier Steuerungssysteme für die Fluglage, zwei Neigungs- und Pendelsysteme vorne und hinten, ein Rotationssystem in der Mitte und ein viertes System entlang der Schubachse mit zwei Düsen vorne und zwei hinten, die zur Feinabstimmung der Position dienten.

Wo immer möglich, benutzte man austauschbare Teile. Die Rohre, Kupplungsstücke und Verteilerausgänge sämtlicher Fähren, Busse und Transporter waren alle identisch, obwohl die Transporter größere Triebwerke hatten. Demzufolge waren die Rohrleitungen für die kleineren Triebwerke überdimensioniert und konnten mehr Treibstoff und Oxydationsmittel transportieren als nötig. Diesen Fluß kontrollierte ein Verstellventil. Die Mondbasis stellte zwei Typen von Triebwerken her:

große für die Transporter und kleine für die Busse. Bei den großen Triebwerken war der volumetrische Fluß verdoppelt.

Aufgrund der Austauschbarkeit sahen beide Geräte gleich aus. Die für Oxydationsmittel waren gerundet, die für Treibstoff mit flachen Oberflächen versehen. Ventile für große und kleine Triebwerke konnte man jedoch nur unterscheiden, wenn man sich die Typenbezeichnung ansah. Das Fahrzeug selbst verfügte über keine Drosselklappe; der Strom öffnete das Ventil, mangelnder Strom schloß es.

Ein dreißig Jahre alter Ingenieur von der Universität Texas war mit der Installation der Ventile beauftragt. Er hieß Elias Tobin, und bislang hatte er eine einwandfreie Arbeitsbilanz, und das in einem Job, bei dem man selbst Einzelheiten schärfste Aufmerksamkeit schenken mußte. Jetzt jedoch stand Elias unter Zeitdruck, denn Schmiermittel warteten noch auf den Austausch, Triebwerksleitungen auf die Inspektion und das Triebwerk selbst auf eine neue Einstellung. Später sollte ein Untersuchungsteam zu dem Schluß kommen, daß unter den herrschenden Umständen die einzig wirklich wichtige unter den Aufgaben von Elias die war, die Verstellventile auszutauschen.

Er machte es falsch.

Zum Glück war das an und für sich noch kein ernster Fehler.

DIREKTIVE DER LUFTHANSA AN IHRE US-TERMINALS, 23 Uhr 47

Die Lufthansa gibt bekannt, daß sie als Vorkehrung gegen die erwarteten Himmelsereignisse des kommenden Wochenendes alle Flüge nach 20 Uhr 30 Ostküsten-Sommerzeit am Samstag, dem 13. April, am

Boden festhalten wird. Die Wiederaufnahme der Flüge ist zunächst für 0 Uhr 01 Ostküsten-Sommerzeit am Mittwoch, dem 17. April, angesetzt, aber die endgültige Entscheidung hängt von den gegebenen Umständen ab.

KAPITEL VIER

IM FLUG
DONNERSTAG, 11. APRIL

1.

L1, Pilotenunterkünfte, 3 Uhr 06

Das Telefon riß Rachel Quinn aus tiefem Schlaf. Sie schaltete die Tischlampe ein und blickte auf die Uhr. »Quinn«, meldete sie sich.

»Rachel.« Die Stimme kam ihr vertraut vor, aber sie konnte sie nicht sofort unterbringen. »Tut mir leid, dich zu so unchristlicher Zeit zu wecken.«

Der Stationsdirektor. »Ist schon okay, John. Was ist los?«

»Ich habe mich gefragt, ob du in mein Büro kommen könntest.«

»Jetzt?«

»Bitte. Es ist dringend.«

Sie stieg aus dem Bett und tauchte fünfzehn Minuten später aus einem Fahrstuhl in der Vorstandsetage der Verwaltungssektion auf. Die Lichter brannten, und die Menschen waren an der Arbeit. Die Sekretärin des Direktors blickte auf, als Rachel eintrat. »Bitte gehen Sie hinein, Oberst.«

John Barringer war arrogant, rücksichtslos und cholerisch. Als Rachel eintrat, sah sie ihn zusammen mit einem Assistenten über Ausdrucke gebeugt. Er bedeutete ihr mit einem Wink, sich zu setzen, entließ den Mitarbeiter und kam zu ihr. »Rachel«, sagte er. »Wann wolltest du die *Lowell* zurück nach Skyport bringen?«

»Morgen«, sagte sie.

»Ich frage mich, ob ich dich dazu überreden könnte, deinen Flugplan ein bißchen zu beschleunigen?«

Dazu brauchte sie nicht mehr zu tun, als einige Vorräte an Bord zu bringen. Nahrung und Wasser. »Ich wüßte nicht, warum nicht«, sagte sie. »Wann sollen wir unterwegs sein?«

»Schnellstmöglich. Wir haben mit der Evakuierung alle Hände voll zu tun, und du könntest uns helfen.«

»Sicher. Wo fehlt es?«

Barringer lehnte sich zurück und schlug die Beine übereinander. »Auf der Mondbasis wird es eng. Sie müssen dort eine Menge Leute evakuieren. Zur Zeit bringt man sie schon hierher. Du könntest über Luna nach Hause fliegen, einige Leute an Bord nehmen und in Sicherheit bringen. Dabei helfen, den Druck ein bißchen zu mildern.«

»Ich wußte nicht, daß es so eng wird«, sagte sie. »Ich hatte gehört, es gäbe kein Problem.«

»Sagen wir mal: Man hat sich bemüht, die öffentlichen Verlautbarungen optimistisch zu formulieren. Jedenfalls wüßten wir deine Hilfe zu schätzen.«

»Sicher«, sagte sie. »Wir tun, was wir können. Vergiß aber nicht, daß die *Lowell* nur für sechs Personen gebaut wurde. Lee und ich sind schon zwei. Also können wir nur vier Leute an Bord nehmen. Das klingt nicht nach großer Hilfe.«

Barringer beugte sich vor. »Warum nur vier?«

»Es belastet zwar das Lebenserhaltungssystem, aber wir schaffen vielleicht ein paar mehr. Mach sechs daraus.«

»Gut«, sagte er. »Immerhin ein Anfang. Mal angenommen, wir bringen Sauerstoffmasken an Bord. Wie viele schaffst du *dann?*«

»Ich denke nicht, daß ich es riskieren möchte, Menschen nur mit individueller Atemausrüstung bis nach Skyport zu bringen.«

Barringer nickte. »Ich denke nicht, daß du schon ganz begreifst, was ich zu sagen versuche, Rachel. Leute, die du nicht mitnimmst, bleiben vielleicht zurück.«

»Mein Gott, ist es so schlimm?«

»Es wird knapp.«

»Wie viele möchtest du an Bord bringen?«

»Um die zwanzig. Vielleicht ein paar mehr, wenn du das hinkriegst.«

»Sie werden es nicht bequem haben.«

»Über ihre *Bequemlichkeit* machen wir uns keine Sorgen.«

»Okay«, sagte sie. »Schicke mir zwanzig. Nein, mach daraus fünfundzwanzig.«

Barringer war ein Mann, den man in einer Menschenmenge leicht übersehen hätte: rundes Gesicht, zurückweichende Haare, unauffällige Züge. Sie hatte nie viel von ihm gehalten, um die Wahrheit zu sagen. Nach Rachels Ansicht konnte man einen Mann am besten nach dem beurteilen, worum er sich sorgte, und Barringer redete sonst in ihrer Gegenwart nur über Buchhaltungsverfahren und Personalführung. Er kroch sichtlich vor zu Besuch weilenden VIPs und hatte (wenn die Berichte stimmten) nur selten ein freundliches Wort für seine Angestellten übrig. Heute morgen tat er ihr jedoch leid.

»Ich sorge dafür, daß die Tanks und Atemmasken innerhalb einer Stunde verladen werden«, sagte er. Er musterte Rachel kurz. »Ich weiß, daß ihr nur zu zweit seid. Brauchst du einen Ersatzpiloten?«

»Nein«, antwortete sie. »Danke.«

»Ich danke *dir,* Rachel.«

Sie nickte, stand auf und ging zur Tür.

»Noch etwas.« Er zögerte. »Ist der Flug schon offiziell abgesagt?«

Er meinte den Mars. Den Marsflug. »Nein«, sagte sie. »Noch nicht. Ich vermute, sie haben anderes im Kopf.«

»Es tut mir leid«, sagte er.

Sie verstand: Barringer war schon lange genug im Geschäft, um zu wissen, daß, sollte der Einsatz den Bach hinuntergehen, eine andere Crew an Bord sein würde, falls die NASA irgendwann doch noch zum Mars flog. Und der Flug war ganz gewiß den Bach hinuntergegangen.

»Yeah«, sagte sie. »Danke.«

Mikrobus, 3 Uhr 52

Tony setzte seinen dritten Schwung Passagiere auf L1 ab und machte sich auf den Rückflug. Es wurde ihm allmählich langweilig. Er saß jetzt seit fast fünfzehn Stunden am Stück auf dem Flugdeck des Mikros. Und hatte noch zweieinhalb Tage vor sich.

Als er von der Station weg beschleunigte, kam er an Hal Jenkins' Bus vorbei, der mit weiteren sechzehn Flüchtlingen im Anflug war; diese Bezeichnung gab Tony allmählich den Leuten, die zur Heimatwelt zurückflohen. Der Bus blinkte mit den Lampen. Tony erwiderte den Gruß, aber dabei nahm schon Tomiko seine Aufmerksamkeit in Anspruch. Der Komet schwebte direkt über den Kabinenlichtern des anderen Fahrzeugs. Er war inzwischen aus dem grellen Licht der Sonne heraus und hatte sich zu einem verschwommenen Stern entwickelt.

Er ist schnell und wird immer noch schneller.

Er wirkte ziemlich harmlos. »Wo ist der Schweif?« wollte Saber wissen.

»Ich habe gehört, wie im Fernsehen jemand erklärte, man könnte keinen Schweif sehen, weil er weitgehend in unsere Richtung weist. Sie denken auch, daß er einfach zu schnell ist und die Sonne keine Gelegenheit erhält, ihn aufzuheizen.«

Er schaltete die Bildaufnahme ein und drehte sie auf volle Vergrößerung. Der Komet schien zu pulsieren, im Rhythmus von Tonys Herzschlag aufzuleuchten und wieder matter zu werden.

Nach diesem Wochenende wird man keine große Verwendung mehr für Mondpiloten haben.

Saber mußte seine Gedanken gelesen haben. »Gehst du in Ruhestand, Tony?«

»Yeah«, sagte er. »Gut möglich. Ich denke nicht, daß ich wieder irdische Flüge durchführen möchte. Nicht nach dem hier.«

Ihre Wimpern wirkten feucht.

»Alles okay mit dir, Saber?«

»Du hast Glück«, meinte sie.

Saber weckte Tonys väterliche Instinkte. Es war furchtbar, wenn man es so weit gebracht hatte und einem dann jemand den großen Traum einfach wegschnappte. Er hatte einmal eine Geschichte über einen Papst des Mittelalters gehört, der wütend auf einen Kometen wurde und ihn exkommunizierte. Er wußte nicht, ob die Geschichte stimmte, aber er verstand die Gesten von Menschen, deren Leben von einem Besucher umgewälzt wurde, an den sie nicht herankamen, den sie nicht abwehren konnten. Er starrte auf das Bild im Deckendisplay, leuchtend und friedlich und sogar *schön*, und er wünschte sich, er hätte hinausgreifen, einen Bann darauf legen, den Kometen *zerschmettern* können.

»Ich frage mich, ob sie ihn zurückverfolgen konnten«, sagte Saber.

»Wohin?«

»Dorthin, wo er herkommt.«

»Ich bezweifle, daß das möglich ist. Das Ding ist wahrscheinlich eine Milliarde Jahre alt.«

»Schon seltsam«, meinte Saber. »Eine Milliarde Jahre, und die ganze Zeit hat er schon messerscharf Kurs auf den Mond.« Sie starrte auf das Bild, und Tony sah, wie Gefühle durch ihre Augen spielten.

Er löste seine Gurte und stand auf. »Wie wäre es mit einem Happen zu essen?«

»Sicher«, sagte sie.

Er öffnete die Luke zur Fahrgastkabine und glitt hindurch. Die Kombüse war achtern in einem eigenen Abteil untergebracht. Er ging auf Greifschuhen nach hinten, öffnete den Kühlschrank, holte ein paar Käsesandwiches hervor und stellte sie in die Mikrowelle. Er schnitt einige Tomaten und Zwiebeln, mischte einen Salat, nahm das Ranchdressing zur Hand, füllte die Thermokannen mit Kaffee und brachte alles aufs Flugdeck hinauf. »Danke«, sagte Saber und griff zu. »Ich wußte gar nicht, daß ich Hunger hatte.«

»Ich vermisse Shen«, grinste Tony. »Bin es nicht gewöhnt, unsere Sachen selbst zu holen.« Sie hatten den Flugbegleiter auf L1 zurückgelassen. Einer weniger, der zu befördern war.

Saber bediente sich erneut mit Salat. »Ich frage mich, ob er allein kommt«, sagte sie.

»Wie meinst du das?«

»Manchmal fliegen diese Dinger in Gruppen. Es könnten noch mehr da draußen sein und auf uns zukommen.«

»Ein aufmunternder Gedanke.«

»Nicht wahr?«

Als sie fertig waren, bot Saber an aufzuräumen. Tony suchte jedoch eine Ausrede, um sich zu bewegen. Er brachte die Essensreste in die Kombüse, packte den Salat in einen Plastikbeutel und stapelte das Geschirr auf.

L1, Flugdeck der *Percival Lowell*, 4 Uhr 18

»Was mich frustriert«, sagte Lee Cochran, »ist die Tatsache, daß der Marsflug immer noch möglich wäre.«

»Ist das nicht ein bißchen egoistisch gedacht?« fragte Rachel.

»Nein, so habe ich das nicht gemeint«, antwortete der Geologe. »Wir könnten unsere Leute von der Mondbasis abholen, sie am Ziel absetzen, auf Skyport unsere Besatzung einsammeln und uns auf den Weg machen. Es gibt eigentlich keinen Grund, warum das nicht möglich sein sollte.« Seine Augen, deren Ausdruck normalerweise ganz schön sexy war, wirkten jetzt nur noch leer. »Wir haben noch keine Direktive erhalten, vermute ich?«

»Nein«, sagte sie. »Noch nichts. Aber der Marsflug wird sicherlich abgesagt.«

»Warum? Das Startfenster steht offen. Warum die Mission nicht retten? Eine Absage ist nicht nötig.«

Er hatte recht. Die harte Arbeit war getan und das Schiff startbereit. *Technisch* sprach nichts gegen einen Start aus dem Erdorbit. Trotzdem verstand Rachel die politischen Realitäten: Die *Lowell* konnte nicht einfach zum Mars davonsegeln, während die Menschen zu Hause gegen eine Katastrophe ankämpften.

Ihr Funktelefon piepte. »Oberst?«

»Ich höre, Jim.« James Hoffer koordinierte den Rettungseinsatz.

»Die Kissen sind da.«

»Okay. Bring sie an Bord. Ich bin dort und zeige euch, wohin sie kommen.«

»Kissen?« fragte Cochran.

»Für unsere Passagiere.«

Cochran setzte sich neben sie. »Nachdem wir diese Leute auf Skyport abgesetzt haben, wieso fahren wir dann nicht einfach weiter?«

Sie lächelte. »Die *Lowell* stehlen? Dann sollten wir lieber auch planen, auf dem Mars zu bleiben.«

Aber es war eigentlich nicht komisch, und Cochran schien wirklich zu leiden. Für sie alle hatte es der Gipfelpunkt der beruflichen Laufbahn werden sollen. Für Lee und für sie selbst, für ihre vier Crewkameraden, die gerade auf Skyport eingetroffen waren, um von dort weiter nach L1 zu fliegen.

»Sieh mal«, sagte sie in der Hoffnung, damit die Diskussion zu beenden. »Die Mondbasis geht zugrunde, und damit verliert das Raumfahrtprogramm seinen Glanz. Die politische Lage paßt einfach nicht mehr zu einem Start.«

»Gottverdammte Politik! Wenn sie es absagen, dauert es *Jahre,* bis wir einen neuen Versuch machen können. Oder *irgend jemand.«*

»Lee«, sagte sie, »konzentrieren wir uns lieber auf das aktuelle Problem: Wo bringen wir unsere Passagiere unter?«

»Ich will verdammt sein, wenn ich es weiß.«

»Ich denke, es wird Zeit, daß wir eine Idee haben. Sehen wir uns die Sache mal an.«

Rachel wollte die Durchgänge frei haben. Sie konnten sechs Personen in den winzigen Kämmerchen unterbringen, die als Besatzungsunterkünfte gedient hätten. Zwei weitere Personen konnten auf unbesetzten Crewpositionen Platz nehmen. Platz für weitere sechs gab es im Erholungs- und Gemeinschaftsraum, und der Rest war in der Gerätekammer am sichersten aufgehoben. Die Leute konnten dort angeschnallt im Mars-Rover und dem fahrbaren Laserbohrer sitzen.

Der Bohrer sah aus wie ein Traktor mit einer Gottesanbeterin rittlings auf der Motorhaube. Lee blieb davor stehen, und Rachel konnte seine Gedanken lesen. Das Gerät war so konstruiert, daß es hundert Meter tief unter die Marsoberfläche vordringen und Proben von dort holen konnte. Lee hätte im Sattel gesessen und den rubinroten Strahl eingesetzt, den Sammelbehälter in die Tiefe gesenkt und die Geschichte des Mars geborgen.

Jetzt wußten sie beide, daß es dazu nie kommen würde. Wenn die *Lowell* in zwei oder drei Jahren fuhr – falls überhaupt –, dann mit einer komplett neuen Besatzung.

»Sieh es mal so«, sagte Rachel. »Wir haben die Gelegenheit, den Nutzen eines nukleargetriebenen Raumschiffs zu demonstrieren. Vielleicht wird jemand erkennen, wenn die jetzige Geschichte ausgestanden ist, wie nützlich es ist, eine *Percival Lowell* zu haben. Ich meine, wir haben das erste Schiff dieser Art gebaut. *Unser* Schiff hat das ganze Geld verschlungen. Jetzt geht es nur noch um Pfennige.«

Mikrobus, Flugdeck, 6 Uhr 51

Der Mikrobus näherte sich dem Raumhafen. Sie hatten den Autopiloten eingeschaltet und folgten gerade dem Leitsignal nach unten, als sich jemand über Funk meldete. »Tony? Hier spricht die Mondbasis.« Es war Bigfoots Stimme.

»Sprechen Sie, Mondbasis. Wir zeichnen auf.«

»Die Pläne wurden geändert. Heute morgen schicken sie die *Percival Lowell* herüber. Du und ein weiterer Bus werden sich mit ihr treffen. Ihr habt etwa fünfundvierzig Minuten Zeit bis zum neuen Start. Ihr bringt neun Leute hinauf.« Das waren die üblichen acht plus der freie Platz, den sie durch den Verzicht auf die Mitnahme Shens geschaffen hatten.

»Verstanden, Bigfoot. Wir kriegen also den Atomantrieb in Aktion zu sehen, wie?«

»Nur das Beste für unsere Flieger.«

»Ich frage mich, wie viele Leute sie evakuieren müssen«, sagte Saber.

Tony reagierte nicht, und sie richtete die Aufmerksamkeit auf den Kometen, der in der Bilderfassung inzwischen einen zweiten Schweif zeigte.

»Vielleicht bricht er auseinander«, sagte Tony. »Vielleicht haben wir Glück.«

»Das wäre schön.« Saber blickte auf ihren Monitor. »Aber verlaß dich lieber nicht darauf. Hier steht, daß zwei Schweife häufig vorkommen.«

»Oh.« Der Komet hatte einen persönlichen Aspekt entwickelt, als wäre er ein Lebewesen. Es hätte Tony großes inneres Vergnügen bereitet, ihn auseinanderbrechen zu sehen.

Auf Sabers Anzeigentafel leuchteten die grünen Lampen, die Freigabe signalisierten. Im Zentrum von Alphonsus erstrahlten Lichter, als der Raumhafen die Tore für den Mikrobus öffnete. Die Fluglagejets zündeten einmal, zweimal, und der Mikro rotierte, brachte sich in die richtige Position für den Anflugkorridor. Hätten entweder Tony oder Saber genau hingesehen, wären ihnen Spuren grauen Dunstes draußen am Bus aufgefallen. Es ist zweifelhaft, ob sie diese Nebelschleier als unverbrannten Treibstoff erkannt hatten, als pulverisiertes Aluminium, das in doppelt so großer Menge in ein Triebwerk gepumpt wurde, als es dort verbrannt werden konnte. Aber jemand hätte doch gestutzt.

Alphonsus war mit zahlreichen Rinnen und Sekundärkratern durchsetzt. Die für größere Krater typische zentrale Erhebung warf einen harten Schatten über das Gelände. Die Mondbasis steckte sicher unter dem Verwitterungsboden und verriet ihren Standort nur durch die Lampen.

»Mikro«, sagte die Mondbasis, »ihr seht gut aus.«

Die Düsen zündeten erneut. Tony spürte, wie sich der Bus um die eigene Achse drehte.

Und wieder.

»Alles toll und normal«, sagte Saber.

»Mikro, ihr habt Landefreigabe.«

Fünfundvierzig Minuten. Gerade genug Zeit zum Essen. »Möchtest du ein Frühstück?« fragte Tony.

»Yeah.« Sie nickte. »Gute Idee ...«

Eine orangefarbene Warnlampe ging an. Saber warf einen Blick aufs Deckendisplay. »Der Treibstoffverbrauch ist gestiegen. Es sind die Fluglagejets.« Tony folgte ihrem Blick. Sie hatten ein paar Pfund verloren.

»Vielleicht hat sich irgendwas gelockert«, überlegte er.

»Keine Ahnung. Vor der Sechstausender-Wartung war alles in Ordnung.«

Tony schimpfte auf die Techniker der Mondbasis. »Wir wären besser dran, hätten sie einfach die Finger davon gelassen.« Er legte den Funkschalter um. »Mondbasis, hier Mikrobus. Die Fluglagejets verbrauchen zuviel Treibstoff.«

»Roger.«

»Überprüft das bis zum Start, okay? Wahrscheinlich ist es nur ein Leck.«

2.

<u>*BBC Worldnet*, 7 Uhr 07</u>

Interview mit Dr. Alice Finizio vom Forschungslabor für Düsentriebwerke, von Connie Hasting.

Hasting: *Dr. Finizio, Sie haben die Bilder von Menschen gesehen, die überall im Land und auf der Welt aus*

Küstengebieten fliehen. Was möchten Sie denen empfehlen, die ein Haus an der Küste haben?

Finizio: *Ich würde ihnen empfehlen, im Wohnzimmer sitzen zu bleiben und sich im Fernsehen die Bilder von den Dummköpfen anzusehen, die in Staus feststecken.*

Hasting: *Dann sind Sie nicht der Meinung, daß Gefahr besteht?*

Finizio: *Es besteht immer Gefahr, Connie. Ich kann nicht versprechen, daß nicht irgendwo ein Felsbrocken durch ein Fenster fliegt. Oder ins Meer stürzt. Aber ich gehe jede Wette ein, daß die Gefahr, ums Leben zu kommen, derzeit auf den Straßen höher ist als an irgendeiner Küste.*

Hasting: *Machen Sie sich über irgend etwas Sorgen?*

Finizio: *O ja! Ich denke, daß wir die Gezeiten verlieren werden.*

Hasting: *Das hört sich nicht nach einem großen Problem an.*

Finizio: *Es könnte ernst werden. Das ist nicht mein Fachgebiet, aber wir können sicher sein, daß es sich auf die Ökosysteme auswirkt. Eine ganze Menge Arten werden ohne Gezeiten nicht überleben. Silberreiher zum Beispiel sterben fast mit Sicherheit aus.*

Hasting: *Ich hoffe, daß es nicht gefühllos klingt, aber Sie stimmen mir sicher zu, Dr. Finizio, daß der Verlust des Silberreihers für die meisten von uns kein großes Problem darstellen wird.*

Finizio: *Wahrscheinlich nicht. Aber alles hängt zusammen. Die Auswirkungen pflanzen sich wie Wellen fort. Vergessen Sie nicht: Das Aussterben findet nicht allmählich statt, sondern auf einen Schlag. Vergleichbar mit der Einführung der Kaninchen in Australien. Oder die Vogeljagd in den Dakotas, bis die Moskitos fast das ganze Gebiet übernahmen. Wir wissen einfach nicht, was auf lange Sicht passiert. Zumindest weiß ich es nicht.*

Hasting: *Müssen wir uns sonst noch um etwas sorgen?*

Finizio: *Wahrscheinlich setzt sich in beträchtlichem Umfang Partikelstaub in der Atmosphäre fest. Wir könnten eine neue Eiszeit erleben.*

Hasting: *Würde sie gleich eintreten?*

Finizio: (Zögert.) *Falls es dazu kommt, spüren wir die Auswirkungen ziemlich rasch, ja.*

Hasting: *Ich schätze, dann bräuchten wir uns nicht mehr um Treibhausgase zu sorgen.*

Finizio: *Na ja, im Grunde gibt es auch ein Szenario, das in diese Richtung weist.*

Hasting: *Das hört sich nicht nach guten Nachrichten an, Dr. Finizio.*

Finizio: (Fröhlich.) *Na ja, Gefahren bestehen immer. Deshalb empfehle ich auch Ihren Zuschauern, sich keine Sorgen zu machen. Falls es zum Schlimmsten kommt, können wir ohnehin nicht viel machen. Ich denke jedoch, daß wir auf kurze Sicht gut über die Runden kommen. Langfristig sieht es wahrscheinlich nicht so gut aus. Aber langfristig bezieht sich hier wirklich auf einen langen Zeitraum.*

Mondbasis, Raumhafen, 7 Uhr 10

Mondbus AVR/2665, von seiner Besatzung *Wobble* genannt, hob mit sechsundzwanzig Passagieren an Bord ab, um sie an die Raumfähre aus Kopenhagen zu übergeben, sobald diese eintraf. Man hatte ein paar Waagen besorgt, und Stationspersonal war damit beschäftigt, jeden zu wiegen und Summen zu berechnen. Für diesen Flug hatte sich eine Toleranz von dreihundert irdischen Pfund ergeben, so daß man zwei zusätzliche Passagiere unterbrachte, einen Erwachsenen und ein Kind.

Beim Rendezvous mit der Raumfähre würden zwei Flugbegleiter zusammen mit den Passagieren umsteigen, wodurch die Zahl der Personen stieg, die der Bus bei weiteren Zubringerflügen befördern konnte.

Eine halbe Stunde nach dem Start der *Wobble* trafen Tony und Saber wieder im Wartesaal des Raumhafens ein. Sie mußten sich ebenfalls wiegen lassen, wobei Tony auf einhundertachtundneunzig Pfund kam Saber auf einhundertdreißig. *Damit wir alles genau haben*, sagte man ihnen.

Auf Tonys Vorschlag hin hatte das Wartungspersonal die Treibstoffleitungen nach einem Leck abgesucht. »Nichts«, informierte ihn Bigfoot. »Wir haben letztes Mal wahrscheinlich den Schlauch zu früh gelöst. Dadurch wart ihr ein wenig knapp an Treibstoff. So was passiert.« Er zuckte die Achseln. »Unser Fehler.«

»Es gefällt mir nicht, wenn ich nicht weiß, wo das Problem liegt«, sagte Tony.

»Ist ja nicht so, als wäre es kritisch«, sagte Bigfoot. Er war der muskulöseste Mann, den Tony je aus der Nähe gesehen hatte. Eigentlich hieß er Elrond Caparatti. Der Spitzname ging auf seine Footballzeit zurück. Er war kurz defensiver Lineman der Packers gewesen. Die Geschichte, wie Bigfoot sie erzählte, lautete, daß schon im ersten Spiel jemand zu heftig sein Knie attackierte. Tony vermutete, daß das eine beschönigte Version war, aber Tatsache blieb, daß Bigfoots Karriere ein frühes Ende fand. Er humpelte heute noch.

»Es sind nur ein paar Pfund weniger«, sagte er achselzuckend. »Sieh mal, falls ich es für ernst hielte, Tony, würden wir der Sache genau nachgehen. Das ist jedoch nicht nötig, und wir liegen schon in der Zeit zurück. Spielt ohnehin keine Rolle. Wir lassen die verdammte Kiste sowieso am Samstag hier zurück.«

Tony nickte.

Er vertraute Bigfoot. »Okay«, sagte er. »Danke.«

Bigfoot zeigte ihm den aufgerichteten Daumen. In der Wartezone wurden die Tore geöffnet, und die Fluggäste stiegen die Einstiegsrampe hinauf.

An Bord spulten Tony und Saber rasch den Check zur Startvorbereitung ab. Tony gab durch, daß er startbereit war, und Bigfoot meldete sich wieder in der Verbindung.

»Schläfst du eigentlich nie?« fragte Tony.

»In letzter Zeit nicht. Und du wirst es ebenfalls nicht. Sobald du deinen Flugplan herunterlädst, wirst du feststellen, daß ihr zwischen jetzt und dem Einschlag fortlaufend Flüge habt. Versucht, die Aufgaben zu verteilen, wo es nur geht. Schlaft, wenn sich die Gelegenheit bietet. Tony, ich muß dir eins sagen: Wir bringen alle weg, aber es wird knapp, und es gelingt nur, wenn alles wie ein Uhrwerk läuft.« Er legte eine Pause ein. »Ihr könnt starten.«

Saber war hinuntergestiegen, um sicherzustellen, daß die Passagiere bereit waren. Sie beförderten nach wie vor Familien und VIPs, die auf Besuch gewesen waren. Saber meldete, daß in der Kabine alles sicher war, und kam rasch wieder die Leiter hinauf, während Tony den abschließenden Countdown durchlaufen ließ. Über ihnen teilte sich das Dach und fuhren die Hälften zur Seite.

»Sie sind richtig aufgeregt«, sagte Saber. »Besonders die Kinder.«

»Weil sie wegkommen?«

»Weil sie auf der *Percival Lowell* fahren werden.«

Tony hob von der Mondbasis ab. Es war ein nahezu perfekter Start, der nur ein paar kurze Schübe aus den Fluglagejets benötigte, nicht genug, um zu verraten, daß ein Jet zuviel Schub gab und doppelt soviel Treibstoff verbrauchte wie die übrigen elf. Tony war erleichtert, als sich der Hauptantrieb abschaltete, ohne daß irgendwelche Warnanzeigen auf seiner Armaturentafel aufleuchteten, und ohne irgendeinen Hinweis auf gestiegenen Treibstoffverbrauch. Vielleicht hatte das Wartungspersonal die Tanks wirklich nicht richtig gefüllt, oder vielleicht war es ein Computerfehler gewesen.

Sobald sie im Orbit waren, stieg Tony hinunter, um seinen Passagieren hallo zu sagen. Er legte stets Wert darauf, sich in der Kabine zu zeigen. Normalerweise tat er es auf den über fünfstündigen Flügen zwischen L1 und dem Mond in aller Gemütsruhe, er begrüßte die Leute an Bord und demonstrierte seine Gelassenheit für die unvermeidlichen ein oder zwei Passagiere, die ihren ersten Flug erlebten. Er trug Greifschuhe, obwohl er sich schon seit langem in der Schwerelosigkeit sicher bewegte. Wer schon unruhig war, reagierte positiver auf einen Captain, der mit beiden Beinen fest auf dem Deck stand.

Bei den VIPs handelte es sich um den siebzigjährigen Kwae Li Pak, aufgeführt als weltbekannter Experte für langfristige Auswirkungen niedriger Schwerkraft auf die Muskulatur; einen Senator der Vereinigten Staaten; einen neunzehnjährigen Studenten der Polytechnischen Universität von Katalonien, der den Flug zum Mond als ersten Preis in einem Wissenschaftswettbewerb gewonnen hatte; und um einen russischen Industriellen.

Alle waren aufgeregt, sogar Pak. Der Senator, der aus South Carolina stammte, äußerte offen den Wunsch, Gott möge die Hand ausstrecken und den Kometen zerschmettern. Damit schien er Tonys Ansichten weitestgehend zu teilen. Der Russe bestand darauf, sich bei Tony zu bedanken, und fragte, wann sich der Pilot selbst in Sicherheit bringen würde.

»Ich bin nicht sicher«, antwortete dieser. Und nachdem er einen Moment nachgedacht hatte: »Sobald ich kann.«

Die *Lowell* tauchte planmäßig auf dem Monitor auf.

Tony legte das Bild aufs Deckendisplay, und Saber betrachtete es voller Bewunderung. »Das ist die einzige Art zu reisen«, meinte sie.

Tony zuckte die Achseln.

Als er die *Lowell* zum erstenmal gesehen hatte, an L1 angedockt, hatten ihn widersprüchliche Gefühle bewegt. Das Schiff sah toll aus, hatte sich feingemacht, obwohl sein Ziel im Nirgendwo lag. Der Mars war eine Wüste mit einem großen Vulkan und einigen sehr alten Flußbetten. Kaum zwei Jahre mit Plastikrationen wert.

Der Mikrobus näherte sich allmählich dem interplanetaren Schiff. Tony tauschte mit einer Frauenstimme Operationsdaten aus.

»Das wird Rachel Quinn sein«, lächelte Saber. Ihre Stimme wies einen verzweifelten Unterton auf.

»Du bist doch nicht wirklich scharf auf diese Reise, oder?« fragte Tony.

Saber lächelte. »Ich würde dafür morden«, sagte sie.

Die Andockluke der *Lowell* lag an der Unterseite der Achtersektion. Tony drehte den Mikro in Position, fast quer zum größeren Schiff, und übergab die Steuerung an den Autopiloten, der die letzten fünfzig Meter überbrückte. Tony schaltete das Interkom ein und warnte die Passagiere davor, die Gurte zu öffnen, ehe sie dazu angewiesen wurden. Er unterstrich die Ermahnung mit einem leichten, drohenden Akzent.

Die Magnetgriffe hatten jedoch schon zugepackt, gelbe Lampen leuchteten auf und verkündeten, daß der Verbindungsraum zwischen den Docksklammern luftdicht war und mit Luft vollgepumpt wurde. Minuten später wechselte die Farbe der Lampen auf Grün, und Saber stieg ein Deck tiefer, um neben der Luftschleuse Stellung zu beziehen.

Tony hörte, wie die Luken aufgingen und Saber mit einer anderen Frau sprach, die Rachel Quinn sein mußte.

Dann schlüpfte er selbst aus seinem Sitz, um hinunterzusteigen und seinen Passagieren Lebewohl zu sagen.

Die verließen den Mikrobus glücklich, und Tony hörte begeisterte Rufe, als die Leute an Bord der *Lowell* eintrafen. Dann entdeckte er Quinn.

»Ich sehe Sie auf Skyport«, sagte sie. Und die Luke am anderen Ende ging zu.

Tony war leicht verärgert. Es stimmte, daß der Mikrobus keinen großen Glanz ausstrahlte, aber er war ein zähes kleines Arbeitstier, und diese Leute behandelten ihn nicht mit dem nötigen Respekt.

»Verdammt«, sagte Saber.

»Ich weiß, was du meinst«, sagte Tony.

»Ich wollte hindurchsteigen und mir das Schiff mal ansehen.«

»Oh. Na ja, du hast es auf L1 gesehen. Verdammt, du warst schon ein halbes Dutzend Mal an Bord!«

»Hier draußen ist es anders«, fand sie. »Jetzt ist es *lebendig.*«

»Ich denke nicht, daß wir dafür Zeit übrig haben«, sagte er.

»Ich weiß.« Sie löste die Verbindung und sah zu, wie sich die eigene Luke schloß.

Tony zündete die Feinsteuerraketen nur zweimal, als er sich vom anderen Schiff entfernte.

Einstufen-Raumfähre *Berlin*, Flugdeck, 7 Uhr 12

Die fehlerhafte Navigations-Programmierung bereitete allen drei Raumfähren Probleme. Der Pilot der *Berlin,* Willem Stephan, beobachtete gerade gelassen, wie der Mond und der Komet größer wurden, als die Mondbasis Alarm schlug: »Nach unseren Anzeigen sind die *Berlin* und die *Kopenhagen* vom Kurs abgekommen.«

»Negativ«, informierte ihn sein Flugingenieur. »Das Flugprofil sieht gut aus.«

»Mondbasis«, sagte Stephan, »wir erkennen hier keine Abweichung.« Die *Kopenhagen* zeigte sich achtzig Kilometer weit an Steuerbord als heller Stern.

»Warten Sie mal«, sagte die Mondbasis.

Stephan meldete sich bei Nora Ehrlich von der *Kopenhagen*. »Wie sieht es bei *Ihnen* aus?«

»Wie bei Ihnen, Willem. Genau auf Kurs.«

Die Stimme meldete sich wieder: »Mondbasis an beide Vögel: Wir möchten, daß Sie auf Handsteuerung gehen. Schalten Sie Kanal elf ein und suchen Sie das Leitsignal. Bestätigen Sie, wenn Sie fertig sind.«

Stephans Flugingenieur war Gruder Müller, seit der gemeinsamen Zeit auf der Universität Hamburg sein Freund. Gruder rief die Spur des Leitsignals auf den Monitor. »*Berlin* bestätigt«, sagte Stephan.

»Roger. Halten Sie sich für Kurskorrektur bereit.«

»Roger, Mondbasis.« Er wechselte Blicke mit Gruder. Vielleicht war ein Mondflug doch nicht die exakte Wissenschaft, für die er ihn gehalten hatte.

»*Berlin,* hier Mondbasis.« Eine neue Stimme. Befehlsgewohnt. Wahrscheinlich der Wachdienstleiter. »Wir schieben Sie auf einen anderen Vektor als den ursprünglich geplanten. Wir denken, daß die Programmierung einen Fehler aufweist, also erledigen wir den Rest selbst. Haben Sie verstanden?«

Stephan bestätigte.

Er gab die neuen Daten in den Computer ein und führte sechs Minuten später die Kurskorrektur durch. Die *Kopenhagen* folgte dem Beispiel.

Die *Berlin* sollte ihre ersten Fluggäste vom Mikrobus übernehmen. Stephan führte eine Simulation des Rendezvous durch. »Es paßt jetzt nicht mehr so gut«, sagte er. »Der Mikrobus wird ein bißchen tricksen müssen.«

Washington, D.C., 7 Uhr 22

Harold Boatmann hatte die ganze Nacht nicht geschlafen. Das graue Licht der Dämmerung sickerte durch die Vorhänge seiner Wohnung in Georgetown. Er gab es auf, stand auf, verrührte einige Eier, stellte ein halbes Dutzend Streifen Speck in die Mikrowelle, machte eine Kanne Kaffee und fragte bei seinem diensthabenden Beamten nach. Die Lage beruhigte sich ein wenig. Die Leute waren von den Zusicherungen des Weißen Hauses und dem neuen Kurs der Medien beschwichtigt worden: Diese spielten jetzt den Kometen herunter und stellten die Menschen, die die Flucht ergriffen, als Spinner dar.

Der Verkehrsminister hätte zufrieden sein müssen. Die Wahrheit war jedoch, daß die Position der Regierung auf ein Glücksspiel hinauslief. Zehntausende Menschen konnte es das Leben kosten, wenn sie sich irrte. Boatmann fragte sich, wie er mit einer solchen Last leben würde.

Er stocherte in seinem Frühstück herum und gab schließlich auf, nahm den Kaffee mit ins Wohnzimmer, wo er in einen Polstersessel sank. Er stellte die Füße auf ein Fußkissen und die Tasse auf einen Beistelltisch und betrachtete die Reihe gerahmter Fotos auf dem Kaminsims. Es war noch dunkel im Zimmer; die Jalousien sperrten das Morgenlicht aus, und die Fotos waren im Schatten verborgen. Sie zeigten Boatmanns Sohn und seine Tochter und eine Schar Enkelkinder, Schwäger, Vettern und Kusinen sowie Freunde aus früheren Tagen, die heute im ganzen Land verstreut lebten. Und dann war da noch ein Foto von ihm und Margaret und dem Präsidenten, aufgenommen auf dem Rasen des Weißen Hauses anläßlich einer Vertragsunterzeichnung. Seine Gedanken kehrten immer wieder zur gestrigen Konferenz im Weißen Haus zurück.

Wir überstehen es. Wir hoffen auf das Beste, warten ab und hoffen, daß wir Glück haben.

Boatmann konnte einfach nicht die Tatsache übergehen, daß er, lebte er in Miami, die Wahrheit wissen wollte. Daß der Präsident und seine Berater auf gefährlichen Informationen saßen und sie nicht an die Menschen weitergaben, die dem größten Risiko ausgesetzt waren, konnte entsetzliche Folgen haben. Falls es schiefging, reichte das womöglich, die Regierung zu stürzen.

Boatmann verschwamm das Bild vor den Augen. Er teilte die Personen auf den Fotos in zwei Gruppen auf: Solche, die in Sicherheit waren, und die, die es nicht waren. Einige hatte er schon gewarnt. Mehrere hatte er aus dem einen oder anderen Grund kurzfristig nicht erreichen können, und er war zu diskret, um Nachrichten auf Anrufbeantworter zu sprechen. Aber er wollte es heute noch einmal versuchen.

Er bewegte sich, stand auf, zog die Vorhänge zur Seite und blickte in den Morgen hinaus. Der Himmel war schiefergrau, und die Luft roch nach heranziehendem Regen. Auf der Wisconsin Avenue herrschte ungewöhnliche Ruhe.

Seine innere Qual wurde noch dadurch verschlimmert, daß der Präsident recht hatte: Ein Massenexodus aus den Küstenstädten würde Menschenleben kosten. Wie standen die Chancen, daß der Kometeneinschlag wirklich nur ein paar Meteorschauer am späten Abend hervorrief?

Auf diese Frage schien es keine Antwort zu geben. Boatmann hatte gestern nach der Kabinettssitzung viel Zeit im Internet und am Telefon verbracht. Niemand wußte es.

Es kam ihm jedoch unehrlich vor, das zu verschweigen, was sie wirklich glaubten. Egal, welche Motive dahintersteckten. Das System funktioniert nur, wenn eine ehrliche Übereinkunft zwischen der Regierung und den Regierten besteht.

Leicht gesagt. Wie aber wollte er es sich selbst gegenüber rechtfertigen, wenn er eine Panik auslöste?

Der Kaffee war kalt geworden. Er goß sich eine neue Tasse ein. Nach einer Weile griff er nach dem Telefon.

3.

Mondbasis, Grissom Country, 8 Uhr 05

Der Vizepräsident hatte gestern am späten Abend angerufen und Rick vorgeschlagen, ein paar passende Bemerkungen für eine Fernsehpressekonferenz heute vorzubereiten. *Zu Anfang eine gute Stellungnahme. Wir wollen optimistisch klingen,* hatte Charlie gesagt. *Wahrscheinlich sollten wir zugeben, welche Aspekte der Situation unsicher sind. Wir sind jedoch in der Hand der guten alten amerikanischen Technik. Wir und unsere ausländischen Freunde stehen das durch, bla bla bla. Der Präsident möchte, daß wir uns auf die Probleme der Mondbasis konzentrieren. Er hofft, daß wir dadurch die Öffentlichkeit ablenken und daran hindern, zu Hause die Highways zu blockieren.* Charlies Stimme hatte einen seltsamen Unterton angenommen. Er zeigte nur selten negative Gefühle über andere Menschen, aber er klang, als ärgerte er sich über Kolladner. *Wenn du schon dabei bist, bereite eine Liste mit Fragen vor, die mir wahrscheinlich gestellt werden. Und mit empfehlenswerten Antworten.*

Nicht, daß du irgendeine davon verwenden wirst, hatte sich Rick gedacht.

Jedenfalls traf Rick jetzt mit Vorschlägen beladen vor

der Tür des Vizepräsidenten ein. Charlies Stimme forderte ihn auf einzutreten. Charlie saß auf dem Sofa und blätterte in einem Notizbuch. »Guten Morgen, Rick«, sagte er. »Ich habe einige Ideen, wie sich die Sache anhören sollte.«

»Sind die zu Hause so nervös?« fragte Rick.

»Wie ich höre, bessert sich die Lage. Aber der Präsident fühlt sich nicht wohl dabei. Und nicht ohne Grund. Hast du je mit ihm Poker gespielt?«

Rick hatte nicht.

Aber er kannte den Ruf des Präsidenten. Kolladner spielte heute natürlich nicht mehr. Man hätte es vor den Medien nicht verbergen können, und man konnte die Öffentlichkeit dazu bringen, über einen Pokerspieler im Weißen Haus die Stirn zu runzeln. Die Gastgeber von Talk-Shows und die Late-Night-Witzbolde liebten so etwas.

»Er hat immer behauptet«, erzählte Charlie, »daß er nie blufft. Das stimmt natürlich nicht. Aber das macht den Bluff wirkungsvoll.«

»Und er blufft jetzt? Über Samstagabend?«

»Yeah, denke ich. Er hat Angst.«

Rick nickte. »Wenn es zum Schlimmsten kommt, verliert er womöglich beide Küsten.«

Ein Muskel an Charlies Kiefer zuckte, aber er sagte nichts.

Rick, der eine elementare Abneigung gegen lockere Konversation empfand, winkte ab. »Ich habe einige Notizen darüber gemacht, wie wir meiner Meinung nach die Pressekonferenz gestalten sollten.«

»Gut. Sie ist für zwanzig Uhr angesetzt. Hauptsendezeit, über alle Sender und Internetlinks. Mehrere Gäste sind eingeladen, darunter einige Wissenschaftler auf der Erde, die denken, daß wir wirklich keinen Grund zur Sorge haben. Man hat sogar einen aufgestöbert, der schwört, daß der Komet den Mond verfehlen wird. Kendrick soll die Sache moderieren. Er wird ein paar Fragen stellen. Ich bin sicher, du kannst dir schon vorstellen, wie die lauten werden. Und wir brauchen beruhigende Antworten.« Er lehnte sich zurück und musterte Rick forschend. »Henry würde das nie zugeben, aber falls ich korrekt zwischen den Zeilen lese, denke ich, sitzen wir in der Tinte. Ich frage mich, ob der Präsident mehr gehört hat, als er zugibt.«

»Es ist der falsche Schritt«, meinte Rick.

»Wieso? Weshalb sagst du das?«

»Es wird nur die Leute wachrütteln, die denken, daß ein großes Problem *besteht*. Ich garantiere dir: Innerhalb einer Stunde nach der Sendung wird jeder, der eine andere Meinung und einen Doktortitel hat, eine eigene Pressekonferenz abhalten. Am besten kämen wir noch weg, wenn wir so wenig wie möglich sagten, den Präsidenten bei Routinearbeiten fotografierten und um Gottes willen sicherstellten, daß wir auch noch Bilder von seiner Frau und den Enkelkindern an einem Strand in Florida kriegen.«

»Dafür ist es inzwischen zu spät.«

»Schätze ich auch. Weißt du, ich kritisieren ungern einen Kollegen, aber der Präsident braucht wirklich einen anständigen Pressesekretär.« Rick seufzte. »Ich habe einige Berichte aus deinem Heimatstaat gesehen. Alle machen sich auf. Richtung Westen.«

»Ich denke, ich täte es auch«, sagte Charlie.

»Yeah«, sagte Rick. »Besonders, nachdem wir ihnen heute abend erzählen, daß es keinen Grund zur Sorge gibt.«

Percival Lowell, **Ausrüstungsdeck, 8 Uhr 14**

Rachel erfuhr von der Verschiebung des Marsfluges, als sie gerade den zweiten Schwung Passagiere an Bord nahm.

MARSFLUG ABGESAGT. NEUES DATUM STEHT NOCH NICHT FEST. TUT UNS LEID.

Lee Cochran war achtern und brachte die Fluggäste unter. Rachel zog eine Kopie, und als sich der Bus wieder entfernt hatte, ging sie nach hinten und zeigte Lee die Meldung. Er nickte, ohne Emotionen zu zeigen. »Ich frage mich«, sagte er, »ob es je zu einem Marsflug kommt.«

Lees Bemerkung blieb in Rachels Gedächtnis haften, während sie ihm half, alle auf ihren Plätzen unterzubringen. *So wird es nicht kommen,* dachte sie. *Wir haben die Mittel, um ins Sonnensystem aufzubrechen, und was auch immer hier passiert, wir werden fliegen.*

Wir werden *fliegen.*

Die Passagiere waren informiert worden, daß sie Atemgeräte tragen mußten, aber sie musterten sie trotzdem naserümpfend. Etliche wollten die Zusicherung hören, daß genug Sauerstofftanks für alle vorhanden waren. Rachel fand es seltsam, daß die Leute sich an Bord einer Stationsfähre oder eines Mondbusses nie um das Lebenserhaltungssystem Sorgen machten. Aber hier hielten sie das Lebenserhaltungssystem in der Hand, und das machte ihnen Sorgen. Weitere Fragen wurden aufgeworfen. Wie funktionierte das Essen? In Schichten. Was, wenn die Maske im Schlaf herunterrutschte? Machen Sie sich keine Sorgen, falls wir ein Problem bekommen, werden sie es nicht verschlafen. Und ohnehin sehen wir regelmäßig nach. Wenn ich den Tank wechseln muß, muß ich dann die Luft anhalten, bis der neue montiert ist? Der Wechsel dauert drei Sekunden. Kein Problem für Sie. Wieso erhalte *ich* keine Maske? Es braucht nicht jeder eine, weil die Kabine genug Luft für acht Personen enthält, mit Reserven. Wir wechseln uns ab, erklärte Rachel, so daß jeder mal Zeit ohne Maske verbringen kann.

Die Crew hatte die Passagierliste vorab erhalten, und sie brachten die älteren Reisenden in den Quartieren der Astronauten unter. Etliche Familien gehörten zu den Fluggästen, ebenso vier offizielle Vertreter diverser Regierungen, ein russischer Industrieller und zwei NASA-Schwergewichte. Rachel kannte natürlich beide, und einer, der Finanzchef, erklärte ihr ironisch seine Freude darüber, daß sie *doch* eine Verwendung für die *Lowell* gefunden hatten.

Lee agierte als Gastgeber. Er hatte auf L1 ein Dutzend Lesegeräte besorgt und überall auf dem Schiff Stecker installieren lassen, damit die Fluggäste sich in die bordeigene Bibliothek einschalten konnten. Er zeigte allen, wo sie die Kombüse und Waschräume fanden und welche Schalter sie drücken mußten, wenn sie Hilfe brauchten. Er demonstrierte die Gurtanlagen der verschiedenen Sitze und verteilte Gurtnetze an die, die keinen Sitz hatten. Er blieb bei den Leuten und half ihnen, sich anzuschnallen, bis er mit den Sicherheitsvorkehrungen zufrieden war.

Rachel zeigte ihr zuversichtlichstes Gesicht. Die Flugzeit bis Skyport betrug etwa neunzehn Stunden. Die Leute würden dort am Freitag gegen vier Uhr früh eintreffen, frühstücken und dann an Bord einer der leerstehenden Raumfähren nach Hause reisen können. Kein Grund zur Beunruhigung, sagte sie. Verzeihen Sie die Unannehmlichkeiten. Behalten Sie einfach, die Maske auf und atmen Sie normal, und wir alle kommen prima über die Runden. Falls Sie aus irgendeinem Grund die Maske abnehmen möchten, nur zu, kein Problem. Falls Sie das Gefühl haben, Sie müßten *ganz* auf sie verzichten, achten Sie bitte darauf, uns zu informieren.

»Du hast wirklich Talent dafür«, erklärte ihr Lee.

Sie kehrte aufs Flugdeck zurück und blickte zum Kometen hinaus. Er stand östlich des Mondes und wurde größer. Die Schweife waren jetzt für das bloße Auge mühelos erkennbar.

Sie schaltete die Sprechanlage ein. »Meine Damen und Herren, wir starten jetzt jeden Augenblick. Wir gehen dabei sachte vor, aber Sie werden doch etwas Schub spüren. Das Schiff wird etwa zehn Minuten lang beschleunigen. Bitte bleiben Sie auf Ihren Plätzen, bis wir Ihnen bekanntgeben, daß alles okay ist.« Sie sah immer noch die Lichter des zweiten Busses, die bleich und einsam durch die Dunkelheit trieben.

Lee kam herein und setzte sich neben sie. »Alles paletti«, sagte er.

Sie nickte und drückte die Schubhebel nach vorn.

Das Nukleartriebwerk war leiser und lief glatter als eine chemische Rakete. Die NASA hatte den Atommotor in der Mojavewüste und auf L1 ausgiebig getestet und Hunderte von Simulationen durchgeführt. Die Schiffsbesatzung hatte mit der *Lowell* ein paar Testflüge in Erdnähe absolviert. Einmal um den Mond und zurück. Jetzt konnte man jedoch zum erstenmal wirklich sagen, daß ein nukleargetriebenes Raumschiff seinen Betrieb aufgenommen hatte. »Wir leben in geschichtsträchtiger Zeit«, stellte Lee fest.

»Yeah.« Ihr Handgelenk zeichnete sich bleich im Licht der Instrumententafel ab. »Das tun wir, Junge.«

Arlington, Virginia, 9 Uhr 16

Mary-Lynn Jamison von *Washington Online* arbeitete gerade an der Arnold-Cloud-Story, als das Telefon klingelte. Cloud war Kongreßabgeordneter aus dem mittleren Westen und hatte anscheinend einen Killer beauftragt, seine Frau zu ermorden. In diesem Fall schien es, als wäre weder eine andere Frau noch eine Versicherungssumme das Motiv. Vielmehr hatte Cloud in seinem Heimatbezirk Schwierigkeiten und wollte behaupten, das organisierte Verbrechen hätte ihm eine Botschaft geschickt. Die Polizei verdächtigte ihn, aber der Kongreßmann hatte eine Menge Leute in Washington in der Hand, und diese Leute forderten nun in leichter Panik alte Gefälligkeiten ein. Die Behörden standen unter Druck, die Sache auf sich beruhen zu lassen, aber Mary-Lynn hatte genug Fäden in der Hand, um sich an die Aufdeckung der ganzen Geschichte zu machen.

»Jamison«, meldete sie sich am Telefon.

»Mary-Lynn, wie geht es dir?«

Sie erkannte die Stimme des Verkehrsministers. »Hallo Harold«, sagte sie.

»Keine Aufzeichnung, Mary-Lynn.«

Sie schaltete das Gerät aus.

»Können wir uns irgendwo treffen?«

»Zum Mittagessen?«

»Um ein Uhr«, sagte er. »Bei Willoughby.«

Mondbasis, Raumhafen, 10 Uhr 03

»Irgendwelche Probleme, Tony?« Bigfoot erwartete sie, als sie ausstiegen.

Tony schüttelte den Kopf. »Läuft wie ein junger Hund«, sagte er. Zur Landung auf der Mondbasis benutzten sie ein Standardprogramm, so daß die Fluglagejets nicht groß zum Einsatz kamen. Sie produzierten genug Dampf, damit Tony auf dem Weg nach unten weitere Phantomanzeigen erhielt. Aber das Problem wirkte unbedeutend, und es kam jetzt auf jede Minute an.

»Okay. Freut mich zu hören. Wir haben genug, worüber wir uns Sorgen machen müssen.« Bigfoot erzeugte ein Knurren tief im Hals. »Die Raumfähren sind hier. Ebenso eure Fluggäste. Nehmt euch zehn Minuten Zeit und seid wieder startbereit.«

Saber lächelte. »Reichlich Zeit, um zu entspannen, wie? Man könnte gar nicht mehr verlangen, Bigfoot.«

»Tut mir leid, Baby«, sagte er. »Wir stehen ein bißchen unter Druck.«

Einstufen-Raumfähre *Berlin*, Flugdeck, 10 Uhr 17

Willem Stephan erreichte seine Position und meldete sich. Die *Kopenhagen* hatte sich schon mit einem der Busse getroffen, dessen Funkname *Wobble* lautete, und nahm gerade ihre ersten Fluggäste an Bord. Nach dem Einsatzplan mußten die Busse ihre Passagiere aufnehmen, wenn sich jeweils die effizientesten Startfenster öffneten. Die *Kopenhagen* sollte den Mondorbit am Freitagnachmittag verlassen, die *Berlin* am Freitagabend.

Stephan blickte auf die Mondlandschaft hinunter. »Ich hätte nie erwartet, mal hierherzukommen«, erzählte er seiner Copilotin.

Die Copilotin war Kathleen Steadmann aus Bremerhaven. Sie betrachtete mit zusammengekniffenen Augen den Kometen. »Gerade noch rechtzeitig, wie es aussieht«, sagte sie.

L1, Einstufen-Raumfähre *Arlington*, Flugdeck, 10 Uhr 23

Auch die *Arlington* hatte im Flug den Kurs korrigieren müssen, um die Programmierung zu kompensieren, aber trotzdem traf sie fast pünktlich auf L1 ein.

Die Station verfügte nicht über die üblichen Andockvorrichtungen für einstufige Raumfähren. Das Stationspersonal hatte einen Transporterhangar umgebaut, und George steuerte den abgerundeten Bug des großen Raumschiffs hinein. Eine luftdichte Einpassung war nicht möglich, so daß die Sektion nicht unter Druck gesetzt werden konnte. George sah immer noch rote Lampen auf der Armaturentafel, als er so weit wie nur möglich hineingefahren war. Er schaltete die Triebwerke auf Kommando aus und sah einer Gruppe von Technikern in D-Anzügen dabei zu, wie sie über Tragflächen und Rumpf ausschwärmten und den Raumgleiter mit Fallschirmkabeln sicherten. Der Hangar lag in der Nabe, einer unbeweglichen und deshalb schwerelosen Sektion. Der Raumgleiter schwankte und stieß gelegentlich gegen den Anlegeplatz. Jetzt tauchte ein zweites Team auf und zog von der Einstiegsrampe aus einen Flemingschlauch hinter sich her. Sie verbanden ihn mit der Hauptluftschleuse.

Der Flemingschlauch war ein unter Druck stehender, biegsamer, ziehharmonikaähnlicher Durchgang aus Metall und Plastik und diente als Zugangsmöglichkeit für Raumfahrzeuge, deren üblicher Einstieg beschädigt worden war.

Dieser Schlauch war ungefähr dreißig Meter lang. George ging nach hinten und blieb an der Haupttür stehen, die ein kleines Stück vor dem Mittelpunkt des Raumgleiters lag. Als die Lampen an der Tür auf Grün sprangen und ihn darüber informierten, daß auf der anderen Seite Luftdruck herrschte, öffnete er.

Eine junge Frau lächelte ihn an. Sie trug eine dunkelblaue Uniform, ähnlich denen, die auf Skyport gebräuchlich waren, allerdings mit einem L1-Aufnäher. »Willkommen auf Lagrange eins, Captain«, sagte sie. »Wir sind froh, Sie zu sehen.«

Eineinviertelstunden später hatten sich George und seine Crew frischgemacht und kehrten in die Maschine zurück. Zweihundertvierundzwanzig Passagiere waren jetzt an Bord.

Ein paar Leute vom Betriebspersonal blieben auf ihren Posten, bis die *Arlington* startklar war.

»Haben Sie selbst eine Flugmöglichkeit?« fragte George die Stimme im Funkgerät, mit der er die ganze Zeit redete.

»O ja! Wir haben die *Antonia Mabry*, warmgelaufen und einsatzbereit. Wir folgen Ihnen dichtauf, *Arlington.*«

»Dann sehen wir uns auf Skyport«, sagte George. Er brachte die Maschine für den Rückflug auf Kurs und beschleunigte. Hinter ihm erloschen die Lichter der Raumstation.

MONDBASIS, AMTLICHE BEKANNTMACHUNG VON 10 UHR 30

Pro Person sind fünfzehn Pfund Gepäck erlaubt. Persönliche Gegenstände sind nicht erlaubt, soweit sie zum Zeitpunkt des Einstiegs als übertrieben schwer eingestuft werden. Retten Sie Menschenleben; reisen Sie mit leichtem Gepäck.

Gebilligt von John C. Chandler, Direktor

4.

Manhattan, 10 Uhr 36

Marilyn Keep arbeitete als Lektorin für GrantTempo Publications und gehörte dabei zu GrantQuasar, der Abteilung für historische Romane. Ihr Ehemann war Kundenbetreuer bei Bradley & Boone, einer aufstrebenden Wertpapierfirma. Sie hatten eine bequeme, aber nicht übertrieben prunkvolle Wohnung mit zwei Schlafzimmern in Manhattan, direkt am Central Park. Marilyn war neunundzwanzig, seit vier Jahren verheiratet und wünschte sich nichts sehnlicher, als schwanger zu werden. Sobald wir finanziell etwas besser dastehen, sagte Larry stets dazu.

Marilyn arbeitete zu Hause. Ihre Aufträge trafen jeden zweiten Mittwoch am späten Nachmittag ein. Zur Zeit überarbeitete sie *Schatten des Verräters,* einen Roman über einen Mordfall am Hof Karls XII. von Schweden. Obwohl sie Spaß an ihrer Arbeit hatte und gern historische Romane las, konnte sie die Feinheiten von GrantQuasar-Titeln nicht so würdigen wie die eines Romans, den sie zufällig in der Buchhandlung erwarb. Dazu war sie zu sehr auf Details konzentriert; sie stellte sicher, daß Augenfarben und Sprechweisen konsistent waren, erstellte Zeittafeln und spürte Anachronismen auf. Sie leistete also eher technische als literarische Arbeit. Das wußte sie natürlich. Sie erledigte ihre Arbeit jedoch gut und hatte schon mehr als einem hochbezahlten Autor eine Blamage erspart. Auch wenn niemand ihre Leistungen zu würdigen schien.

Normalerweise arbeitete sie zu Stereomusik, die nach Naturklängen gestaltet war und sich nach Bergflüssen und windgeschüttelten Wäldern anhörte, denen man

Trommeln und Gesang entlockt hatte. Heute hatten die Trommeln und Gesänge jedoch CNN Platz gemacht, das zufrieden im Hintergrund vor sich hinmurmelte. Während Marilyn ihre Magie wirkte, lauschte ihr Unterbewußtsein nach Begriffen wie *Komet* oder *herabstürzendes Gestein* oder *mögliche Flutwellen.*

Die bevorstehende Kollision hatte fast alle anderen Themen verdrängt. War New York sicher? fragte ein Moderator einen spitznasigen Mann. Wurde etwas vertuscht?

Der spitznasige Mann sagte, seiner Meinung nach wäre das so.

Eine Frau verkündete in einer Talk-Show aus Los Angeles mit fast hysterischer Stimme, ihrer Meinung nach würden alle Menschen an der Pazifikküste *sterben.* Sie war keine Expertin, sondern gehörte zum Studiopublikum, aber ihre Angst entnervte Marilyn so sehr, daß sie bei Bradley & Boone anrief und Larry fragte, ob sie beide nicht für ein paar Tage verreisen sollten.

»Alles scheint normal zu sein«, sagte Larry auf diese Art, die sie zum Wahnsinn brachte.

Sie blickte zum Fenster hinaus.

Auf den Straßen ging es sicherlich normal zu, was bedeutete, daß sie mit Geschäftsverkehr verstopft waren (Privatautos durften seit 2010 nicht mehr in die Stadt fahren).

»Ich denke, wir verreisen, bis alles vorbei ist«, sagte sie.

Sie hörte, wie sein Atem über das Telefon fuhr. Sie konnte richtig *sehen,* wie er den Apparat mit diesem Ausdruck musterte, den er stets zeigte, wenn er wieder mal zu dem Schluß gelangte, eine Kassandra geheiratet zu haben. »Wieso reden wir nicht heute abend darüber?«

»Ich bin nicht sicher, ob wir so lange warten sollten. Wenn wir die Stadt verlassen möchten, sollten wir es vielleicht tun, solange noch Flugtickets zu bekommen sind.«

»Oh, komm schon, Marilyn!« Er klang verärgert, als wäre die ganze Sache irgendwie *ihre* Schuld. »Wir können nicht einfach mitten in der Woche verschwinden und in den Wald rennen. Wir haben nicht das Geld für so eine Aktion. Und ich habe hier sowieso Verpflichtungen. Ich kann nicht einfach zur Tür hinaus gehen, nur weil alle wegen des Kometen aufgeregt sind.«

»Es ist *nicht* mitten in der Woche. Wir haben *Donnerstag.*«

»Erschieß mich. Ich habe mich um einen Tag vertan.«

»Es heißt, New York könnte Flutwellen erleben.«

»Marilyn, hör dir mal selbst zu. Die Stadt wird nächste Woche auch noch hier sein, genau wie immer. Aber ich sage dir was: Besorge uns Tickets für morgen abend. Wohin möchtest du?«

Es war ihr egal. Solange es nur höher über dem Meer lag.

»Probiere es mit Columbus«, sagte er, und sein Tonfall deutete an, daß sie in Panik geraten war, daß es jedoch okay war und er ihr den Willen ließ. »Wir können dort bei meiner Familie unterkommen.«

Marilyn rief Trans World an. Sie waren übers Wochenende ausgebucht. Ebenso jede andere Fluglinie, die vom JFK abging, von LaGuardia und Newark.

Ebenso die Amtrak*.

NEWSNET, aktualisiert 12 Uhr 30

(Für vollständige Meldung bitte anklicken.)

* Dachbegriff für den Personenverkehr der US-amerikanischen Eisenbahnen. Anm. d. Übers.

EINSTUFEN-RAUMFÄHREN UND *LOWELL* UNTERSTÜTZEN RETTUNGSEINSATZ.

Erster Flug der Raumfähren über den Erdorbit hinaus.

Lowell mit Evakuierten unterwegs nach Skyport.

Mondbasis wird Kollision wahrscheinlich nicht überstehen.

PACRAIL BEMÜHT SICH ERNEUT UM FAHRPREISERHÖHUNG.

L.A.-Einschienenbahn schreibt im dritten Jahr weiterhin rote Zahlen.

SIDNEY PAUL BEI ABSTURZ EINES PENDLERFLUGZEUGS UMGEKOMMEN.

Siebenundvierzigjähriger alter Schauspieler bleibt vor allem als Octavius in *Battle Eagles* in Erinnerung.

Vermutlich war Tangentialwind die Ursache.

KONGRESS BILLIGT GESETZ ZUR FINANZIERUNG DER SOZIALVERSICHERUNG.

Dreißig-Milliarden-Dollar-Zuschuß soll das System bis '28 über Wasser halten.

BENZINPREIS IM NEUNTEN MONAT IN FOLGE GESUNKEN.

Solarautos, Öffentlicher Verkehr und Powersats sollen für den Umschwung verantwortlich sein.

KOMPONISTIN RETTET KIND BEI LONG-ISLAND-BRAND.

Karen Baker erhielt Emmy für ›Ich verlor mein Herz im MVB-Shuttle‹.

WOLFZIGER VERBOTENER GENFORSCHUNG BESCHULDIGT.

Bezirksstaatsanwalt von Madison will 20 Jahre fordern.

FBI UMZINGELT ENKLAVE EINER GRUPPE STEUERVERWEIGERER.

Kirche des Universalen Gottes erkennt das Finanzamt nicht an.

›Cäsar hat sein Recht verwirkt, Steuern zu erheben.‹

CLINTON KEHRT FÜR FEIERLICHEN AKT ZUM BILDUNGSGESETZ INS WEISSE HAUS ZURÜCK.

Der 78jährige Expräsident spendet überparteilicher Initiative Beifall.

›Diesmal muß es gelingen.‹

San Francisco, 9 Uhr 31 Pazifische Sommerzeit (12 Uhr 31 Ostküsten-Sommerzeit)

Jerry Kapchik war Leiter der Abteilung für Individualsteuern bei der Steuerberatungsfirma Bennett & McGee. Er war jung und tatkräftig, und er war inzwischen Kandidat für den Managerposten der Abteilung, wenn der im Sommer frei wurde. Jerry fand leicht Freunde, genoß das Bridgespiel mittwochabends im Club und war ein fanatischer Fan der 49ers. Das Leben war gut. Aber der Radiomoderator, dem er im Büro zuhörte, redete über den Kometen, und die Zuhörer riefen an und behaupteten, die Lage wäre viel schlimmer, als irgend jemandem klar wäre. *Verschwindet vom Meer,* sagten sie.

Jerry nahm Talk-Shows für gewöhnlich nicht ernst. Aber eine der Angestellten in der Registratur hatte einen

Anruf von Zu Hause erhalten und sich für den Rest des Tages freigenommen. Bevor sie ging, erklärte sie Jerry, daß die Lage nicht gut aussah und sie am nächsten Tag wohl nicht wiederkommen würde. »Um Ihnen die Wahrheit zu sagen: Ich verlasse die Stadt, bis sich alles wieder gelegt hat.«

Es war natürlich der ungünstigste Zeitpunkt überhaupt: Der Abgabetermin war Montag.

»Das wird Ihrer Karriere nicht helfen«, warnte er sie, aber sie zuckte nur die Achseln.

Er fragte sich, ob sie begriff, wie lächerlich sie wirkte. Und es *war* lächerlich, wie in einem dieser Filme über das Mittelalter, in denen ein Komet auftaucht oder eine Sonnenfinsternis eintritt und alle voller Panik zu Boden stürzen. Trotzdem hatte auch er gehört, daß vielleicht der Mond verlorenging. Es war schwer zu glauben, daß Bruchstücke des Mondes den ganzen Weg zurücklegen und in die Bucht von San Francisco stürzen konnten. Andererseits: Was wußte er schon?

Für Jerry war die Welt ein glücklicher Ort. Von seinem Vater hatte er gelernt, in der Gegenwart zu leben und nicht ausschließlich in der Zukunft.

Also nahm er sich Zeit für die schönen Dinge des Lebens. Er hatte Marisa, zwei fröhliche Kinder, ein reizendes Tudor-Haus in Pacifica, ein paar Apfelsinenbäume, eine Garage mit zwei Autos, einen perfekten Rasen, eine Puppenstube für die Kleinen und ein gesundes Bankkonto. Der einzige Stachel in seinem Fleisch waren eine Reihe von Allergien, gegen die er ständig Medikamente einnahm.

Er konnte die Bucht vom Bürofenster aus sehen. Es war ein schöner, sonniger Tag. Ein paar Segel waren wie Tupfer auf dem ruhigen blauen Meer verstreut, und am Horizont fuhr ein Frachter entlang. Man konnte unmöglich glauben, daß irgend etwas nicht in Ordnung war.

Aber vielleicht war es doch eine gute Idee, ein paar Sachen in die Autos zu packen und sich für eine Reise bereitzumachen. Nur für alle Fälle.

Mikrobus, Flugdeck, 12 Uhr 36

Für das Rendezvous mit der *Berlin* benötigte Tony zwei Mondumkreisungen statt einer. Der Mikrobus näherte sich der Raumfähre von hinten und backbord. Der Anblick der großen Raumfähre, deren Trag- und Heckleitflächen in der Sonne schimmerten, verlieh dem Augenblick einen surrealen Charakter. Es war wie in den Autowerbespots, in denen ein kleiner Familienvan über eine Mondkraterlandschaft holpert.

Tony tauschte Grüße mit dem Piloten aus und überließ das Andockmanöver dem Bordcomputer. Dann schaltete er die Sprechanlage ein. »Meine Damen und Herren«, sagte er, »wie Sie sehen, wenn Sie rechts zu den Fenstern hinausblicken, haben wir Ihre Rückfluggelegenheit erreicht. Es wird allerdings einige Zeit dauern, an die Raumfähre anzudocken. Wie Sie ja wissen, hat sie sich etwas verspätet, und wir haben uns ihr auf einem Kurs genähert, der jetzt noch einige ausgleichende Manöver unsererseits erfordert. Es dauert wahrscheinlich etwa vierzig Minuten. Also entspannen Sie sich einfach. Falls Sie die Toilette aufsuchen oder aus einem anderen Grund von Ihrem Platz aufstehen müssen, ist jetzt eine gute Gelegenheit. Sobald wir uns bewegen, müssen alle angeschnallt bleiben. Ich schalte kurz vorher die Warnlampe ein. Genießen Sie den Heimflug.«

»Weißt du«, sagte Saber, »die Leute werden lange in der Raumfähre sitzen. Es dauert noch über dreißig Stunden, bis sie abfliegen. Dazu kommt die Flugzeit nach Skyport.«

»Yeah«, sagte Tony. »Ich hoffe, daß sie reichlich Sandwiches mitgebracht haben.«

Saber verzog das Gesicht. »Ich hoffe, daß sie dort ein gutes Ventilationssystem haben.«

Der Computer gab den Countdown bis zur Manöversequenz durch. Tony stieg hinunter in die Passagierkabine und täuschte eine einstudierte Gelassenheit vor. Beim Einsteigen hatte er schon bemerkt, daß einigen der Leute unbehaglich zumute war, und er wollte ihnen verdeutlichen, daß hier nichts Ungewöhnliches und sicher nichts Gefährliches ablief.

Es war geplant, daß sich der Mikrobus in eine Position senkrecht zur Längsachse der Raumfähre manövrierte. Das war kein Problem für die Computer, aber den Passagieren würde die ungewohnte Perspektive den Magen umdrehen. Tony erläuterte, daß ihnen vielleicht übel werden könnte, wenn sie das Manöver verfolgten, und er schlug vor, die Jalousien an den Fenstern zuzuziehen. Als einer der Väter Anstalten dazu traf, beschwerte sich sein Sohn lautstark. Der Vater gab nach, nahm jedoch ein Magazin zur Hand und vergrub den Kopf darin.

Tony kehrte für die Anflugphase aufs Flugdeck zurück. Der Autopilot korrigierte den Abfangkurs leicht und gab dabei über das Haupttriebwerk mehrmals kurz Schub. Danach leitete er eine lange und komplizierte Sequenz von Schüben aus den Fluglagejets ein. Damit wurden zum erstenmal seit der Installation des fehlerhaften Ventils umfangreiche Manöver nötig.

Der Mikrobus rotierte und brachte die Andockluke in Position. Seine Sensoren tasteten die Raumfähre ab, während der Bordcomputer mit seinem Gegenstück auf der Fähre kommunizierte und den tatsächlichen Anflugswinkel des Mikrobusses mit den Idealwerten verglich. Derweil sickerte wieder unverbrauchter Treibstoff aus der zwölften Düse.

Dies geschah in Form eines leichten Dunstes, der allmählich die Sensoren störte und eine gewisse Unsicherheit, gelegentlich sogar Widersprüche, in ihre Meßergebnisse brachte. Der Bordcomputer versuchte die Widersprüche zu kompensieren, und feuerte die Jets ein ums andere Mal. Dabei pumpte er immer mehr Aluminiumpulver in die unmittelbare Umgebung des Mikrobusses.

Die ungewöhnliche Aktivität fiel Tony allmählich auf. Er runzelte die Stirn, schrieb den Vorgang aber der Tatsache zu, daß sie den Flugplan geändert hatten und sich der Mikrobus der Raumfähre in einem keineswegs idealen Winkel angenähert hatte. Er rätselte noch darüber, als Saber ihn auf die Radarsignale aufmerksam machte.

Das Bild der Raumfähre auf dem Display war weniger scharf geworden. Die Radarsignale kamen immer noch in der richtigen zeitlichen Abfolge herein, aber teilweise abgeschwächt.

»Was geht da vor?« fragte er und überprüfte rasch die Instrumente. Alles schien okay.

Die Jets zündeten erneut. Sterne leuchteten durch Rauchschleier hindurch. Saber schüttelte den Kopf. »Irgendwas stimmt da nicht«, sagte sie.

Tony entdeckte schließlich den grauen Dunst aus Aluminiumpulver, gerade als die Treibstoffwarnlampe erneut aufleuchtete. Er kontrollierte seine Instrumententafel. Die Radarsignale wurden immer undeutlicher und verschwammen über den ganzen Monitor.

»Wir haben irgendwo eine geplatzte Leitung«, sagte Saber.

Der Radarmonitor verwandelte sich in reine Suppe.

Tony schaltete auf Handsteuerung und blickte hinaus in den dichten Nebel. »Wo steckt die gottverdammte Raumfähre?« Sie hatten sich ihr auf weniger als fünfzig Meter genähert, aber jetzt war die Maschine im Dunst nicht mehr zu erkennen, unsichtbar sowohl für ihre

Augen als auch ihre Sensoren. Tony öffnete einen Funkkanal. »*Berlin,* hier spricht der Mikro. Wir haben ein Problem.«

Rauschen. Dann die Stimme des Piloten. Tony verstand durch die Störungen nur wenige Worte: »... Sie gehört, Mikro ... treiben ... empfehlen.«

»Kann überhaupt nichts sehen.« Saber schaltete von Monitor zu Monitor. Alles hatte sich bewölkt. Die Fenster sahen inzwischen wie armselig versilberte Spiegel aus.

Tony schaltete auf Handbedienung und versuchte es erneut mit dem Funkgerät. Die Übermittlung brach vollständig ab. Er mußte aus der Wolke wegkommen, aber er war der Raumfähre zu nahe, als daß er es mit dem Haupttriebwerk hätte riskieren können. Falls er die Richtung falsch einschätzte ...

»Was machen wir?« fragte Saber.

»Ich hoffe, daß sie *uns* sehen können«, sagte er. »Wir rühren uns nicht, damit er von uns abdrehen kann.«

5.

Mondorbit, 14 Uhr 51

Die Wolke, die sich um den Mikrobus ausgebreitet hatte, zerstreute sich nicht. Der Pilot der Raumfähre, der mit dem geblendeten Fahrzeug nicht mehr reden konnte, entfernte sich auf eine Distanz von sechshundert Kilometern. Bigfoot schickte einen der Mondbusse zur Hilfe, nachdem dieser seine Passagiere auf die *Kopenhagen* übergesetzt hatte. Aber sich einem Raumfahrzeug anzunähern, das nichts sehen und nicht über Funk reden konnte, vielleicht aber jeden Augenblick beschloß, Fahrt aufzunehmen, war eine riskante und zeitaufwendige Angelegenheit. Es sah so aus, als müßten sie jemanden hinüberschicken. Der Copilot des Busses zog sich gerade für diese Aufgabe an, als Tony aus dem Nebel hervorgebraust kam und dabei immer noch Treibstoff verlor.

Inzwischen hatte Bigfoot das Problem entdeckt.

Es gab nur eine bestimmte Anzahl von Möglichkeiten. Und Bigfoot nagelte es auf die erste Vermutung hin fest, indem er einfach eine Bestandsaufnahme der Zubehörteile vornahm.

Zum Glück war bei dem Zwischenfall niemand verletzt worden, und die Reparaturen waren recht einfach durchzuführen. Aber man hatte etliche Stunden verloren. Und Bigfoot wußte, wessen Schuld das war.

Einen Teil der Zeit holte man wieder auf, indem man die Passagiere des Mikrobusses auf den Mondbus übersetzte, der sie nach weiteren zwei Stunden an die *Berlin* übergab. »Nicht in besonders guter Stimmung«, meldete Stephan von der Raumfähre.

Da der Mikrobus schon erfolgreich sowohl an der Mondbasis als auch an L1 angedockt hatte, wußte Bigfoot, daß kein Risiko darin bestand, ihn direkt zurückzuholen.

Kein Problem, erklärte er Tony. *Du bist wahrscheinlich ein bißchen knapp an Treibstoff, aber es reicht noch aus.*

Na ja, es gab auch *ein paar* gute Nachrichten. Der Mikrobus war wieder einsatzfähig, sobald das richtige Ventil installiert war.

Aber es war ein spärlicher Trost. Der Flugplan war mitsamt seinen sorgfältig arrangierten Startfenstern nur noch Schrott, und bis achtzehn Uhr hatte Bigfoot immer noch keinen neuen Plan berechnen können, mit dem jeder rechtzeitig evakuiert werden konnte.

Wrightstown, New Jersey, 14 Uhr 58

Die Pine River Furniture Company belegte dreieinhalb Morgen erstklassigen Bodens. Sie stellte handgefertigte Ledersessel, Ledersofas und Schreibtische und Tische aus Teakholz für die Gutbetuchten her. »Jedes Stück ein Original«, verkündeten ihre Werbeflugblätter. »Die besten Möbel in jeder Preiskategorie.«

Als kleines Familienunternehmen hatte sie seit ihrer Gründung 1961 jedem Druck widerstanden, zu expandieren und die Geschäftsfelder auszuweiten. Das Ergebnis war, daß Pine River weiter gut vorankam, den Wohlhabenden exquisite Möbel anbot und seine Kundenbasis konsolidierte, während die Wettbewerber sich in andere Geschäftsfelder hineinentwickelten oder gelegentlich auch zusammenbrachen. Bei der letzten Zählung schlugen siebenundvierzig gewinnbringende Jahre in Folge zu Buche. Bei Pine River war Konservatismus ein Glaubensgrundsatz.

Der Betriebsleiter war Walter Harrison, Namensvetter und Urgroßneffe des Gründers. Harrison war Familienmensch, Mitglied im Rotary Club, frommer Presbyterianer, trug zu einem Dutzend wohltätiger Anliegen bei, war Funktionär der Koalition für Anstand in den Medien und Trainer in der Kinder-Baseball-Liga. Er hatte in der Armee gedient, an friedenserhaltenden Einsätzen in Afrika und Mittelamerika teilgenommen und jeden in seiner Familie, vom Vater abgesehen, in Unruhe versetzt, indem er eine Jüdin heiratete.

Er zeigte eine Tendenz zu übertriebenen Reaktionen. Er wußte das und begriff auch, daß es nicht gut zu seiner konservativen Seele paßte. Konsequenterweise begegnete er den eigenen Instinkten mit Vorsicht, wenn anscheinend Schwierigkeiten drohten. Heute schrien seine Instinkte lauthals.

»Was ich gern wüßte, Marshall«, sagte er zu dem kleinen, grauhaarigen Mann im Ledersessel (Modell Bulhauer) vor seinem Schreibtisch, »und worüber ich mir Sorgen mache, ist die Frage, was es für uns bedeutet, wenn es wirklich soweit kommt. Sind wir gegen Flutwasser versichert?«

Marshall Waring war seit fünfunddreißig Jahren Anwalt des Unternehmens.

Er war ein solider Mensch, stand mit beiden Beinen fest auf der Erde, war in Unternehmensrecht und Produkthaftung versiert, gab einen kompetenten, wenn auch phantasielosen Bridge-Spieler ab und leistete Harrison gelegentlich beim Lunch Gesellschaft. »Walt«, sagte er, »wir sind hier *vierzig* Kilometer von der Küste entfernt. Worüber machst du dir Sorgen?«

Die Stille des Nachmittags wich dem Knattern von Hubschraubern. Aus Richtung Fort Dix. »Das geht den ganzen Tag schon so«, sagte Harrison. Er lehnte sich zurück und starrte den kleineren Mann unverwandt an. »Warum, glaubst du, tun sie das?«

»Das tun sie doch immer. Hier fliegen doch *immer* Hubschrauber hin und her.«

»Nicht in dem Ausmaß«, sagte Harrison. »Ich denke, sie hauen ab.« Er sah, wie der Anwalt die Augen verdrehte. »Ich *wohne* hier. Denkst du, ich merke nicht, daß irgendwas abläuft?«

Waring war nicht sicher, wie er reagieren sollte, und streckte einfach die Hände aus wie ein Bittsteller.

»Okay.« Harrison winkte ab. »Ich habe mir die Policen angesehen. Paragraph sechsundsechzig der Haus- und Geräteversicherung schließt die Folgen höherer Gewalt ausdrücklich aus. Paragraph siebzehn der Produktversicherung enthält den gleichen Ausschluß. Gehe ich jetzt richtig in der Annahme, daß wir im schlimmsten Fall, sollte eine Flutwelle bis hierhin ins Binnenland vordringen, mit *nichts* dastünden, ohne Fabrik, ohne Produkte, ohne *irgendwas*?«

Waring nickte langsam. »Das ist im wesentlichen korrekt, Walt. Ja. Wir sind nicht gegen Flutwellen versichert. Oder Überschwemmungen. Das hier ist kein Überschwemmungsgebiet. Auch ein Erdbeben würde uns alles kosten. Oder ein Vulkanausbruch.« Er runzelte die Stirn und schlug ein Bein über das andere. »Warum betrachten wir die Lage nicht so: Falls die Flutwelle bis nach Wrightstown gelangt, brauchst du dir über das Unternehmen auch keine Sorgen mehr zu machen. Das ganze *Land* überlebt dann nicht.«

»Ich versuche hier nicht, witzig zu sein, Marshall.« Harrison sah sich um, betrachtete die Bürowände. Sie waren bedeckt mit Fotos von ihm, wie er Seifenkistenrennen beaufsichtigte, von der Handelskammer als Mann des Jahres ausgezeichnet wurde, gemeinsam mit dem kommandierenden General von Fort Dix am Mikrophon stand, dem Gouverneur die Hand schüttelte. »Ich bin nicht für das Land verantwortlich. Aber ich *bin* verantwortlich für Pine River, seine Beschäftigten und Kunden, und ich habe verdammt noch mal vor, das Unternehmen und seine Menschen durch diese Sache zu bringen.«

»Wie?« fragte Waring.

»Indem ich in den sauren Apfel beiße.« Er schaltete das Interkom ein. »Louise, schicken Sie bitte Archie herein?«

»Sei vorsichtig«, sagte Waring.

»Genau das versuche ich zu tun.« Weitere Hubschrauber dröhnten über sie hinweg, als die Tür aufging und Archie Pickman eintrat. Harrison blickte zum Fenster hinaus, versuchte die Helikopter zu verfolgen. Dann drehte er sich um und musterte betont den Mann, der an der Tür stand. »Komm rein, Archie. Setz dich.« Er trommelte mit den Fingern auf dem Schreibtisch. »Was hältst du von den Hubschraubern?«

»Verdammt«, sagte Archie, »sie verdrücken sich.«

Archie Pickman war Werksleiter und der Untergebene, dem Harrison am meisten vertraute. Er war vor dreißig Jahren bei Pine River aufgetaucht, hatte keine besondere Ausbildung gehabt, war frisch verheiratet gewesen und hatte einen Job benötigt. Das Unternehmen pflegte die Tradition, nur ausgebildete Kräfte einzustellen, aber Harrisons Vater hatte in dem jungen Mann etwas gesehen.

Der Blick des Generaldirektors fiel wieder auf den Anwalt. »Mein Schwager«, sagte er, »arbeitet am Franklin Institute. Er hat heute morgen angerufen. Sagt, es gäbe Gründe, besorgt zu sein.«

»Ich schlage vor, daß wir uns nicht aufregen«, sagte Waring.

»Niemand regt sich auf«, sagte Harrison. »Aber wir stellen morgen die Produktion ein. Archie, ich möchte die Ware, und zwar die komplette Ware, auf Lastwagen packen und hinüber nach Reading oder irgendwo in die Gegend dort bringen. Auf höheres Gelände. Wenn wir nicht genug Lastwagen haben, miete welche an.«

Pickman machte große Augen. »Ich halte das Problem nicht für dermaßen ernst«, sagte er.

Harrison schob sich vom Tisch zurück. »Bei Gott, ich hoffe, daß es das nicht ist. Falls aber doch, werden wir nicht einfach hier mit dem Hintern in der Scheiße sitzenbleiben. Sollte es falscher Alarm sein, um so besser, und wir holen nächste Woche alles zurück. Rechne aus, wie viele Leute wir brauchen. Jemand soll sich ans Telefon hängen und Lebensmittel und Unterkünfte besorgen. Okay?«

»Ja, Sir«, sagte Archie.

»Walter«, meinte Waring, »du reagierst übertrieben.«

»Es ist eine Sicherheitsmaßnahme, Marshall.«

»Du wirst als Witzfigur dastehen, wenn es vorüber ist.«

»Vielleicht. Ich hoffe es.« Er wandte sich wieder an Archie. »Noch etwas: Informiere unsere Vollzeitbeschäftigten, daß das Unternehmen die Hälfte der Motelrechnung für Freitag- und Samstagnacht übernimmt, falls irgend jemand seine Familie auf höheres Gelände bringen möchte – ziehe irgendwo eine Linie und rechne aus, worüber wir hier eigentlich reden. Okay? Nach dem Wochenende müßten wir eigentlich überblicken, wie die Lage ist, und die Leute müssen sich wieder selbst um alles kümmern.«

Mondbasis, Presseraum, 15 Uhr 00

Rick Hailey war zuversichtlich, daß sie an alles gedacht hatten.

Acht Reporter waren ausgewählt worden und durften Fragen stellen. Zwei hielten sich auf der Mondbasis auf. Andere waren von überall im Land und auf der Welt zugeschaltet: Charles Young, BBC, aus London; Erik Lachman vom Berliner NEWSNET-Büro; Chiang Tien aus Beijing für den New China News Service; Ali Haroud für die *Cairo Times* aus Ägypten. Ellen Randell vertrat PBS und Mark Able CNN. Keith Morley von Transglobal und Tashi Yomiuri von Pacific waren beide auf der Mondbasis und saßen inmitten einer kleinen Menschenmenge im Konferenzraum, einem Rednerpult mit dem Siegel des Vizepräsidenten gegenüber.

Hampton übernahm die einleitenden Worte, und sie hielt sie kurz: »Meine Damen und Herren, ich habe die Ehre, Ihnen Charles L. Haskell vorzustellen, den Vizepräsidenten der Vereinigten Staaten.«

Haskell betrat den Raum, schüttelte ein paar Hände,

nahm seinen Platz am Rednerpult ein und lächelte in die Kameras. Er sah gut aus. Nach Ricks Ansicht glich er mehr einem Präsidenten, als Kolladner es je geschafft hatte. Charlie Haskell war beherrscht. Und offensichtlich entspannt.

Er grüßte sein weltweites Publikum, gab bekannt, daß er eine Stellungnahme abgeben wollte, ehe die Befragung begann, lächelte dieses *Ach-Mist*-Lächeln und sagte: »Nun, ich weiß, daß Sie sich alle ein wenig Sorgen um uns machen, aber ich denke, alle sollten zunächst erfahren, daß wir in guten Händen sind.« Er blickte zu Evelyn hinüber, die sich größte Mühe gab, den Eindruck zu erwecken, daß sie die Lage im Griff hatte.

Charlie war richtig gut heute. Nach Ricks Meinung war er nie besser gewesen. Er klang ruhig und nachdenklich und völlig zuversichtlich, daß die Situation unter Kontrolle war. Er brachte sogar ein paar schlechte Witze zustande. (»Es ist mir zuwider, die Mondbasis zu verlassen. Jahrelang habe ich mit meinem Gewicht gekämpft und konnte es hier endlich auf siebenunddreißig Pfund drücken, da setzen sie mich wieder vor die Tür.«) Die Witze waren Bestandteil seines öffentlichen Images. Sie waren nicht klug – die Leute mochten keine klugen Witze von ihren politischen Führern hören –, aber zurückhaltend. Der Vizepräsident hatte eine Begabung dafür, mit seinem Publikum zu spielen.

Das heutige schien besonders gut zu reagieren. Es lachte über seine witzigen Anmerkungen und erwärmte sich rasch für ihn.

Als er fertig war, schlugen ihm die Reporter butterweiche Bälle zu. Wie war die Moral auf der Mondbasis? Und dann wurden sie ein bißchen ernster: Hatte sich das Raumfahrtprogramm im Licht dieses unglücklichen Vorfalls nicht doch letztlich als Fehler erwiesen? Der Marsflug war abgesagt worden, möglicherweise für immer.

Falls er gewählt wurde, plante er neue Anstrengungen auf diesem Gebiet?

Haroud wollte wissen, ob alle Menschen rechtzeitig von der Mondbasis evakuiert werden konnten.

»Gewiß«, antwortete Haskell.

»Mit rechtzeitig meine ich, ob sie auch in sichere Distanz gelangen, Herr Vizepräsident. Es sieht danach aus, als ob ein oder zwei der Rettungsfahrzeuge nicht besonders viel Anlauf haben würden, ehe der Einschlag erfolgt.«

»Wenn Sie mich fragen, ob wir besorgt sind, Ali, dann lautet meine Antwort *ja*. Natürlich sind wir besorgt. Aber wir tun alles Menschenmögliche.« Er brach ab und überlegte. »Schauen Sie, ich möchte es mal so ausdrücken: Ich rechne damit, in ein paar Tagen wieder zu Hause zu sein. Und ich habe vor, die Mondbasis als letzter zu verlassen. Ich werde persönlich das Licht ausschalten und die Tür abschließen.«

Rick wußte, daß er es ernst meinte, wünschte sich jedoch, er hätte sich nicht öffentlich festgelegt.

WASHINGTON ONLINE 15 Uhr 18
von Mary-Lynn Jamison

Quellen zufolge, die dem Weißen Haus nahestehen, wurde der Präsident darüber informiert, daß der Kometeneinschlag am Samstagabend auf dem Mond vielleicht Trümmer erzeugt, die mit tödlichen Konsequenzen auf der Erde landen könnten. Große Brocken Mondgestein könnten ganze Städte verwüsten, erfuhr der Präsident von hochrangigen Wissenschaftlern. Eine weitere große Sorge: Bruchstücke, die ins Meer stürzen, erzeugen womöglich riesige Wellen. Sollte es dazu kommen, sind Ballungszentren in Küstengebieten der Vereinigten Staaten und überall auf der Welt bedroht. Die Quellen deuten eine Verschwörung des Schweigens hinsichtlich der wahrscheinlichen Folgen des Einschlags an, eine Verschwörung zwischen führenden Politikern der Welt, der wissenschaftlichen Gemeinschaft und den Medien.

TRANSGLOBAL SONDERMELDUNG 16 Uhr 22
»Hier ist Shannon Gardner in der Innenstadt von St. Louis. Ich spreche mit Tomiko Harrington; sie hat den Kometen entdeckt, der ihren Namen trägt. Tomiko, wie hat sich Ihr Leben in den zurückliegenden Tagen verändert?«

»Na ja, es war wirklich sehr aufregend. Ich habe schon den Überblick verloren, wie viele Interviews ich heute hatte. Heute abend bin ich in der *Jack Kramer Show* auf CNN, und morgen vormittag in der *Today Show*. Ich erhielt sogar Anrufe von einigen Leuten, die mit mir zusammen ein Buch schreiben möchten.«

»Irgendwelche Pläne in dieser Richtung?«

»Oh, ich denke, nein. Was sollte ich denn schreiben? Ich ... habe einfach zufällig einen Kometen entdeckt.«

»Wollten Sie zuerst etwas anderes sagen?«

»Ich hätte beinahe gesagt, daß ich das Glück hatte, einen Kometen zu entdecken. Aber es war eigentlich kein großer Glücksfall, oder?«

6.

Mondbasis, Büro des Direktors, 18 Uhr 27

Jack Chandler hatte seit Beginn der Notlage nicht mehr geschlafen. Er war aber nicht mehr jung und konnte nicht endlos so weitermachen. Im Augenblick gab es allerdings nichts mehr für ihn zu tun. Daher überließ er die weitere Arbeit seinem Personal und gab bekannt, daß er an seinem Schreibtisch zu finden war, wenn man ihn brauchte.

Er schaltete das Licht aus und legte sich auf das Sofa in seinem Büro. Unter all den Menschen auf der Mondbasis, all den Karrieren, die beendet wurden, den Investitionen, die untergingen, den weggefegten Träumen traf Tomiko niemanden härter als den Direktor.

Zum erstenmal seit fast zehn Jahren hatte er kein Bleigewicht mehr in der Brust, kein schmerzliches Gefühl mehr von dem ramponierten Herzen, wie es fortwährend gegen die Schwerkraft ankämpfte, kein Gefühl mehr von Lungen, die nach Luft rangen. Jack Chandler liebte sein Leben auf dem Mond. Er war gekommen, um für immer zu bleiben.

Evelyn dachte, daß sie am Ende des menschlichen Strebens in den Weltraum standen. Was hatte sie dem Vizepräsidenten noch gleich gesagt? *Uns stand die Tür offen, solange die Technik, das Geld und der Wille vorhanden waren. Für kurze Zeit.* Die Leute von der MVB, der Mondverkehrsbehörde, kämpften schon darum, von ihrer Raumflotte zu retten, was sie nur konnten.

Für Chandler bedeutete das alles die Rückkehr zur normalen Schwerkraft.

Er schloß die Augen und lauschte dem weichen, gleichmäßigen Rhythmus des Herzens. Der Körper erinnerte sich wieder daran, wie es war, fünfundzwanzig zu sein.

Die Entfernung zwischen Erde und Mond wurde nicht in Kilometern gemessen, sondern in *Herzschlägen.*

Jemand klopfte an. Die Tür ging auf. »Mr. Chandler?« Seine Sekretärin.

»Was ist, Susan?«

»Ein Anruf, Sir. Es ist Elrond Caparatti. Sagt, er müßte Sie sprechen. Sagt, es wäre dringend.«

Mondbasis, Grissom Country, 23 Uhr 53

Evelyn hatte sich in einen überdimensionierten Bademantel gewickelt.

»Bist du sicher?« wollte sie wissen.

Chandler zögerte.

Falls das Durchschnittsgewicht auf wunderbare Weise sank, so daß sie eine zusätzliche Person hier und eine andere dort mit hineinquetschen konnten, dann konnten sie es immer noch schaffen. Aber realistisch gesehen würde das nicht geschehen. »Ja«, sagte er. »Es sieht nach etwa sechs Personen aus.«

Ihr Blick bohrte sich in ihn hinein. »Überlade die Busse«, sagte sie.

»Sie *sind* schon überladen. Verdammt, einer wäre vor einer Stunde fast abgestürzt! Sie sind nicht dafür konstruiert, viel zusätzliches Gewicht zu transportieren, Evelyn. Es tut mir leid: Ein paar von uns kommen nicht mehr nach Hause, und dieser Tatsache sollten wir uns allmählich stellen.«

»Zeig mir die Zahlen«, sagte sie.

Chandler rief sie ab – die Maximallast für die einzelnen Maschinen, Start- und Rendezvous-Zeiten, die entsprechenden Fenster.

Er sah, wie sich Evelyns Halsmuskeln bewegten, während sie sie studierte. »Kriegen wir es nicht besser hin?«

»Ich war drüben bei den Leuten und habe den ganzen Abend lang mit ihnen zusammengearbeitet. Wir haben einfach alles versucht. Besser schaffen wir es nicht.«

Sie wandte den Blick von ihm ab. »Ihr könnt den Mikrobus bis etwa zweiundzwanzig Uhr wieder hierher zurückholen«, sagte sie.

»Was soll das nützen? Die letzte Raumfähre ist bis einundzwanzig Uhr dreißig von hier verschwunden. Wir könnten sie ohnehin nicht mehr erreichen, ehe der Komet einschlägt. Kämen nicht mal mehr aus dem Raumhafen heraus, was das angeht.«

»Sechs Menschen?« fragte sie.

Chandler spürte das Gewicht in seiner Brust. »Mach fünf daraus«, sagte er.

FRANK CRANDALLS DURCH-DIE-NACHT-ANRUF-SHOW, 23 Uhr 59

Crandall: *Nur zu, Bill aus Nashua. Willkommen in der Show!*

Erster Anrufer: *Frank? Frank, bin ich auf Sendung?*

Crandall: *Du bist auf Sendung, Bill. Aber du solltest dein Radio leiser stellen.*

Erster Anrufer: *Oh. Okay. Hör mal, was diese Kometengeschichte angeht ...*

Crandall: *Ja?*

Erster Anrufer: *Das ist wieder eines dieser Vertuschungsmanöver der Regierung. Weißt, was ich damit sagen möchte?*

Crandall: *Warum sagst du das, Bill?*

Erster Anrufer: *Sie behaupten, sie hätten dieses ganze Geld in den Mond gesteckt ...*

Crandall: *Du meinst, in die Mondbasis?*

Erster Anrufer: *Yeah. Und jetzt taucht dieser Komet aus dem Nichts auf, und sie erzählen uns, er würde den Mond zum Platzen bringen. Komplett. Klingt das für dich nicht auch ein bißchen komisch?*

Crandall: *Na ja, ich denke, das ist ganz schön Pech.*

Erster Anrufer: *Pech? Komm schon, Frank! Sie haben das Geld weggeschafft. Es ihren Freunden gegeben. Und diesen ganzen Typen, die Sozialhilfe kriegen. Also brauchen sie jetzt eine Idee, wie sie das vertuschen können. Die Leiche verschwinden lassen, verstehst du?*

Crandall: *Okay. Danke, Bill. War nett, daß du angerufen hast. Jetzt zu Jeanie aus Clarksdale, Alabama. Hi, Jeanie.*

Zweite Anruferin: *Hi, Frank. Heh, weißt du, ich kann gar nicht glauben, daß ich wirklich durchgekommen bin! Ich probiere es schon seit zwei Jahren.*

Crandall: *Nun, wir finden es toll, daß du soviel Geduld hattest. Also, was denkst du über den Kometen?*

Zweite Anruferin: *Weißt du, daß die Leute sagen, wie unheimlich es ist, daß er in der Woche auftaucht, wo wir da oben den Laden geöffnet haben? Na ja, ich halte das nicht für Zufall.*

Crandall: *In welcher Hinsicht, Jeanie?*

Zweite Anruferin: *Ich denke, das ist ziemlich klar. Wir eröffnen die Mondbasis, und Gott schickt einen Kometen. Am selben Tag sehen wir ihn schon. Was fängst du damit an?*

Crandall: *Daß alles passieren kann?*

Zweite Anruferin: *Der Herr möchte uns etwas sagen. Weißt du, was die Heilige Schrift sagt: »Wer Augen hat zu sehen, der sehe.«*

Crandall: *Was möchte der Herr uns denn sagen, Jeanie?*

Zweite Anruferin: *Wir haben nichts auf dem Mond*

verloren, Frank. Er ist dem Himmel zu nahe. Wir haben dort nichts verloren, und er macht uns das klar. Ich hoffe, wir sind clever genug, auf ihn zu hören.

Crandall: *Okay, Leute, wir sind nach einer kurzen Unterbrechung wieder auf Sendung.*

KAPITEL FÜNF

DIE EVAKUIERUNG FREITAG, 12. APRIL

1.

Mondbasis, Grissom Country, 5 Uhr 50

Evelyn Hampton stand unter Charlies Tür. Ihr normalerweise ruhiges Gesicht wirkte verstört.

Bei anderer Gelegenheit wäre Charlie für ihre Gesellschaft dankbar gewesen. Zu den Nachteilen seines Amtes gehörte, daß er auf Reisen ohne großes Gefolge niemanden hatte, mit dem er reden konnte. Abgesehen von Reportern. Reporter wollten natürlich immer reden. Und das war okay. Aber es ging dabei ums Geschäftliche. Um Politik. Und ungeachtet seiner guten Beziehungen zur Presse war Charlie klar, daß er dabei vorsichtig sein mußte. So etwas wie ein beiläufiges Gespräch mit der *Washington Post* gab es einfach nicht.

»Hallo«, sagte er. Er fragte sich, warum sie hier war, und wußte, daß es keine guten Nachrichten sein würden.

Sie schob die Tür hinter sich zu. »Probleme, Charlie.«

Er machte Platz für sie, damit sie sich setzen konnte. »Wie bin ich nur darauf gekommen?« fragte er.

Ihre Augen waren dunkle Teiche. »Wir hinken hinter der Zeit her.«

Er nickte, spürte, wie sich die Welt drückend auf ihn legte. »Wie weit?«

»Sieht nach sechs Personen aus.«

Das war nicht möglich, und Charlie wollte einfach glauben, daß er nicht richtig gehört hatte. »Sechs, die nicht von hier wegkommen?«

»So sieht es aus.«

»So wenige«, sagte er. »Sicherlich kann man sie noch irgendwo dazwischenquetschen.« Evelyns Ausdruck blieb unnachgiebig, und Charlie machte sich erste Gedanken über die politischen Auswirkungen. Als er jedoch sah, daß ihre Wangen feucht waren, fühlte er sich leicht verlegen. »Was haben Sie vor?«

»Jack sagt, daß er hierbleibt.«

»Vielleicht wird es nicht so schlimm, wie wir denken.« Er wußte nicht, was er sonst sagen sollte.

»Ich bezweifle, daß wir darauf zählen können. Jedenfalls müssen Sie darüber nachdenken, wie Sie sich den Rücken freihalten möchten.«

Ich werde persönlich das Licht ausschalten und die Tür abschließen. Yeah, er war in einer unbequemen Lage.

Sie wandte sich wieder zur Tür. »Ich muß gehen.«

»Was machen Sie im Hinblick auf die anderen?«

»Das habe ich noch nicht entschieden.«

»Bitten Sie um Freiwillige«, schlug Charlie vor. »Sie brauchen nur fünf. Ich weiß, es klingt grausam, aber man findet immer Leute, die den Helden spielen, wenn man die Bitte richtig formuliert.« Das ging logisch aus Ricks primärem Prinzip hervor, daß man die meisten Menschen zu allem überreden kann, wenn man nur an das richtige Gefühlssymbol appelliert. Gott, Vaterland, was immer.

Ihr Blick wurde hart. »Sie sind also letztlich doch ein Zyniker?«

»Nein, ich ...« Er wand sich unter diesem dunklen Blick und sah, wie sich Verachtung darin ausbreitete. »So habe ich das nicht gemeint ...«

Sie setzte sich in Bewegung. »Spielt keine Rolle. Ich brauche ohnehin nur *vier.*«

Er starrte sie an. »Das brauchen Sie nicht zu tun«, sagte er. »Sie haben hier keinen offiziellen Auftrag.«

Evelyn wirkte plötzlich verwundbar. »Man kann keine solche Ansprache halten, Charlie, wenn man nicht selbst bereit ist zu bleiben. Sie wissen ja, der Captain des Schiffes und all das.«

Etwas ging zwischen ihnen vor, eine Kommunikation auf einer so tiefen Ebene, daß Charlie erschauerte. Er bemühte sich darum, die Situation wieder in den Griff zu bekommen. »Kann ich irgendwie helfen?«

»Besorgen Sie uns einen weiteren Bus«, sagte sie. Ihre Hand lag auf dem Türgriff. »Die Busse sind das Problem.«

Er fühlte sich *unsauber.* »Wie viele wissen es schon?«

»Jack ist gerade bei seinen Leuten und sagt es ihnen. Bis heute abend streiten wir alles ab. Das sollte Ihnen die Zeit geben ...«

»... mich aus der Patsche zu ziehen.«

»Ja.« Das Wort stach wie ein Messer zu, obwohl ihr Ton freundlich war. »Es tut mir leid. Ich habe Sie bislang schlecht informiert. Ich dachte, es gäbe keine Schwierigkeiten mit der Evakuierung. Vielleicht war da der Wunsch Vater des Gedankens.«

Damit sah sich Charlie wieder dem Problem gegenüber, das ihn schon vorher konfrontiert hatte: Ein Mann, der die Vereinigten Staaten zu führen hoffte, konnte sich nicht den Eindruck leisten, er würde verduften, wenn Gefahr drohte. Aber die Spielregeln hatten sich verändert. Jemand würde gar nicht mehr *hinauskommen.*

»Ich schlage vor, Sie informieren unverzüglich den Präsidenten. Sie haben doch bestimmt einen Privatkanal?«

Sicher. Soll er ruhig erfahren, wie die Lage aussieht. Dann ruft er mich nach D.C. zurück. Aber es muß geschehen, ehe die schlechte Nachricht durchsickert.

»Ich vermute«, sagte Evelyn gerade, »er wird feststellen, daß er Sie sofort braucht, und wir erhalten die Bitte, Sie in den nächsten Bus zu setzen.« Sie blickte zu ihm auf, und ihr Blick war nicht zu deuten. »Niemand wird es je erfahren.«

»Danke, Evelyn«, sagte er. Erleichterung, vermischt mit Schuldbewußtsein, durchströmte ihn.

Sie lächelte. Es war ein ausdrucksloses Lächeln ohne Gefühl. »Viel Glück, Herr Vizepräsident.« Sie öffnete die Tür und hielt inne. »Wenn Sie den Befehl erhalten, sagen Sie mir Bescheid. Ich sorge dafür, daß reichlich Zeugen da sind.« Nachdem sie gegangen war, saß Charlie lange da und starrte auf die Tür.

Mondbasis, Main Plaza, 6 Uhr 06

Evelyn fuhr mit dem Fahrstuhl bis auf Bodenhöhe hinauf und trat hinaus auf die Main Plaza, wo das weiche graue Licht die frühe Tageszeit reflektierte. (Die Beleuchtungsplatten folgten dem Vierundzwanzig-Stunden-Zyklus.)

Sie fühlte sich leer. Ausgebrannt. Das Ende ihres Lebens hatte sich mit fürchterlich kurzer Vorwarnzeit angekündigt, und sie fragte sich, ob sie je wirklich gelebt hatte. Was fehlte?

Sie wußte es im Grunde nicht. Sie hatte alle selbstgesteckten Ziele erreicht und bei zwei Versuchen einen guten Ehemann gefunden – kein schlechter Schnitt. Durch ihre Leistungen hatte sie die Lage ihrer Landsleute gebessert. Sie übte die Art Macht aus, von der die meisten Menschen nur träumen konnten. Und sie hatte sogar einen ansehnlichen Beitrag dazu geleistet, die Menschheit auf die Straße zu den Sternen zu führen.

Was fehlte ihr?

Wieso hatte es ihr eine grausame Befriedigung vermittelt, vor den Vizepräsidenten der Vereinigten Staaten zu treten und ihm ihre charakterliche Überlegenheit zu demonstrieren? Sein Unbehagen mitzuerleben? War sie des eigenen Wertes so unsicher?

Sie hatte keinen Streit mit Charlie Haskell.

Mehrere Techniker in Mondbasis-Overalls kamen eine der Rampen herauf und schlenderten einen Fußweg entlang Richtung Verwaltungsgebäude. Einer von ihnen erkannte Evelyn und lächelte.

Vielleicht, überlegte sie, *muß es so sein, wenn man ohne Vorwarnung einen Punkt erreicht, von dem aus das Leben nur noch Stunden zählt, ohne daß man schon bereit ist, aus dem Tageslicht zu scheiden. Vielleicht bedeutet es dann gar nichts, wer man ist und was man vollbracht hat.*

Evelyn, die erst in den späten Dreißigern war, hatte schon mehr schiere Freude und Zufriedenheit über ihre Leistungen empfunden, als irgend jemand realistisch erwarten kann. Vielleicht konnte sie deshalb die Tränen nicht zurückhalten, als sie kamen.

Mondbasis, Konferenzraum des Direktors, 6 Uhr 55

Als Direktor der Mondbasis übte Jack Chandler noch eine zweite Funktion aus: Er stand auch der Management-Abteilung vor, zu der Verwaltung, Personal, Finanzen, Sicherheitsdienst, Ausrüstung, Bildung und Öffentlichkeitsarbeit gehörten. Es gab zwei weitere Abteilungen: Gesundheit und Sicherheit sowie Technischer Dienst, zu denen jeweils eigene Unterabteilungen zählten.

Seit dem Gespräch mit Caparatti hatte er nicht geschlafen, und seine Augen waren trüb, die Sinne abgestumpft.

Das Adrenalin strömte jedoch weiterhin, und er spürte, wie das Herz hämmerte, als sein Blick über die neunzehn Gesichter seiner stellvertretenden Abteilungsleiter und Direktoren der Unterabteilungen schweifte. Er hatte Kaffee und Brötchen ausgegeben, war schon von einem zum anderen gegangen und hatte Schlüsselfiguren durch sein Auftreten vorgewarnt, daß die Neuigkeiten schlecht waren. Um sieben trat er endlich ans Rednerpult. Es wurde still im Raum. Seine Privatsekretärin schlüpfte herein und brachte eine Handvoll Papiere mit.

»Meine Damen und Herren«, sagte er, »wie Sie wahrscheinlich wissen, hatten wir gestern abend ein Problem. Einer der Busse hatte Verspätung und zerstörte dadurch den Plan. Es hat jetzt den Anschein, daß wir nicht alle Personen vor dem Einschlag evakuieren können.«

Sie hatten es kommen sehen. Es war unmöglich gewesen, die Information geheimzuhalten. Trotzdem führte die offizielle Bestätigung einen Augenblick der Erstarrung herbei. Chandler hörte dem leisen Summen der Ventilation zu. Da war die Direktorin der Finanz-Unterabteilung, die dünnen, müden Wangen auf einmal blutleer; und der Abteilungsleiter des Technischen Dienstes, der auf den Tisch starrte; der Chef der Öffentlichkeitsarbeit, der nickte, als hätte Jack gerade eine bewundernswerte Strategie umrissen. Jeder versuchte auf eigene Art, die Realität auf Armeslänge zu halten.

Die inviduellen Schattierungen des Schocks verwandelten sich in Bestürzung. »Wir haben den Evakuierungsplan ein wenig justiert«, fuhr Jack fort, »und jeder von Ihnen erhält eine Kopie, wenn Sie gleich wieder gehen. Das Führungspersonal bleibt zurück, bis alle anderen evakuiert wurden. Es sieht jetzt so aus, als müßten sechs Personen den Einschlag auf der Mondbasis durchstehen. Wir beladen jeden Bus bis zum Maximum und organisieren die kürzestmöglichen Flugzeiten. Es tut mir leid, daß es so gekommen ist. Ich weiß ehrlich nicht, wie wir eine solche Eventualität hätten vorhersehen und Vorkehrungen dafür treffen sollen.

Falls Ihr Name zu den letzten sechs gehört, bleiben Sie bitte noch ein paar Minuten hier. Die übrigen lassen sich bitte ihre Abflugzeiten von der Verkehrsleitung bestätigen. Wer seinen Flug versäumt, bleibt zurück.« Er stand kurz vor den Tränen. »Ich danke Ihnen.« Er hätte gern noch mehr gesagt, traute aber der eigenen Stimme nicht.

Sein eigener Name und der Evelyns standen ganz unten auf der Liste. Die übrigen vier waren Angela Hawkworth und Herman Eckerd, die beiden Abteilungsleiter; Jill Benning, die Personaldirektorin; und Chip Mansfield, Direktor der Unterabteilung für technische Hilfsdienste. »Sie sollten wissen«, sagte er ihnen, sobald die anderen gegangen waren, »daß wir unser Bestes tun. Ich möchte jedoch keine falschen Hoffnungen wecken.«

Benning war eine kleine Frau um die vierzig, fit, dunkelhaarig, ernst. »Mit welchem Recht«, fragte sie, »entscheiden Sie an unserer Stelle, daß wir zurückbleiben sollen?«

»Was schlagen Sie vor?« fragte Chandler gelassen. »Daß Sie und ich uns absetzen und ein paar Sekretärinnen zurücklassen?«

»Es steht nicht in meinem Vertrag«, antwortete sie. »Ich habe zu Hause eine Familie. Andere sind von mir abhängig. Ich kann nicht einfach hinnehmen, daß Sie mein Leben wegwerfen.« Sie sah sich verzweifelt nach Unterstützung um. Die Gesichter der Kollegen glichen Masken. Sie wären begeistert, dachte Jack, wenn Benning den Streit gewann, aber sie waren nicht scharf darauf, offen für sie Partei zu ergreifen.

»Das Unternehmen«, sagte Chandler, »wird für Ihre Familie sorgen. Ein Stipendienfonds wird eingerichtet, und auch andere Fragen erfahren entsprechende Berücksichtigung. Ich bedaure es, so kaltblütig vorzugehen, aber wir haben weder andere Optionen noch Zeit.«

»Und was passiert, wenn ich hinuntergehe und in einen der Busse steige?« wollte sie wissen. Sie funkelte ihn an.

»Man wird Sie nicht an Bord lassen, Jill. Falls Ihr Name nicht auf der Liste steht, dürfen Sie nicht an Bord.«

Eckerd räusperte sich. »Ich bin bereit zu bleiben«, sagte er. »Ich kann nicht behaupten, daß mir die Idee sehr gefällt, aber ich kann nicht erkennen, daß uns eine Wahl bliebe.«

Benning bedachte ihn mit einem wütenden Blick. Dann schwang sie wieder zu Chandler herum. »Sie hören von meinem Anwalt«, sagte sie.

Er sah sie an und brachte keinen Zorn auf. »Falls wir es nach Hause schaffen, Jill«, sagte er, »schätze ich mich glücklich, das vor Gericht zu verhandeln.«

Als die anderen gegangen waren, sackte er auf einen Stuhl. Als er auf die Mondbasis kam, hatte er gedacht, daß er nie auf die Erde zurückkehren würde. Er wollte auch nicht zurück, zurück zu dem Gewicht in seiner Brust und dem bei jedem Atemzug flatternden Herzen.

Also, vielleicht war es ja unfair. Für die anderen war es schwerer als für ihn, und er spielte eine Heldenrolle, indem er sich freiwillig meldete, in der Erwartung, daß sie seinem Beispiel folgten. Aber er wagte nicht, ihnen zu sagen, wie er sich wirklich fühlte, wagte nicht, irgend etwas zu tun, was es schwieriger machte, sie zum Bleiben zu bewegen. So freiwillig, wie er es irgend einrichten konnte.

Skyport, 8 Uhr 17

Tory Clark hatte gehört, daß die *Percival Lowell* hierher unterwegs war und die erste Gruppe von Personen mitbrachte, die aus der Mondbasis evakuiert worden waren. Sie machte Pause und fuhr ein Deck hinauf in den Earthlight Grill. Sie nahm sich einige Zimttörtchen und blickte zum Fenster hinaus. Dort war das Raumschiff und segelte durch den Dunst des Planeten, lang und grau und wunderschön. Es war kleiner als die einstufigen Raumfähren und weniger schnittig, verströmte aber irgendwie eine stärkere Aura von *Kraft*.

»Unterwegs zum Schrottplatz«, sagte jemand hinter ihr.

<u>*DIE TODAY-SHOW, 8-UHR-30-SEGMENT*</u>
Auszug aus einem Interview mit Wesley Feinberg, von Jay Christopher.

Christopher: *Wieso hat er zwei Schweife? Ist das nicht ungewöhnlich?*

Feinberg: *Überhaupt nicht, Jay. Kometen haben oft zwei Schweife. Einer besteht aus Staub, der mehr oder weniger vom Kometenkopf heruntergefegt wurde. Im Gegensatz zum Ionenschweif leuchtet er nur durch reflektiertes Licht.*

Christopher: *Ein Ionenschweif besteht offensichtlich nicht aus Staub.*

Feinberg: *Richtig. Er besteht aus ionisierten Molekülen, also leuchtet er aus sich heraus.*

Christopher: *Professor Feinberg, haben Sie mit dem Präsidenten über den Kometen gesprochen?*

Feinberg: *Das ist korrekt, Jay.*

Christopher: *Können Sie für uns wiederholen, was Sie ihm gesagt haben?*

Feinberg: *Ich denke nicht, daß das richtig wäre. Diese Frage sollten Sie wahrscheinlich ihm stellen.*

Christopher: *Also in Ordnung. Was können Sie uns über die Kollision sagen? Wie groß ist die Gefahr wirklich?*

Feinberg: *Na ja, wir bekommen zweifellos ein paar Meteore zu sehen. Falls der Mond zerbricht, wie es inzwischen durchaus möglich erscheint, könnte es ernst werden. Etliche Szenarien liegen vor, die die Frage aufwerfen, ob das Leben auf der Erde überleben kann.*

Christopher: (Nach einer langen Pause.) *Stimmen andere dieser Einschätzung zu, Professor? Andere Wissenschaftler, meine ich?*

Feinberg: *O ja. Ich denke, die meisten würden es tun.*

Christopher: *Sprechen wir von Flutwellen?*

Feinberg: *Das ist sicherlich eine unserer Sorgen. Aber ein starker Einschlag irgendwo auf dem Planeten könnte immense Schäden herbeiführen, eine Eiszeit auslösen oder einen unkontrollierbaren Treibhauseffekt. Das ist wirklich keine gemütliche Situation, aber wir müssen einfach abwarten und sehen, was passiert. Andererseits haben wir Glück, was die Position des Mondes und den Winkel des Einschlags angeht.*

Christopher: *Können Sie das erklären?*

Feinberg: *Natürlich.* (Eine Graphik erscheint.) *Falls es zum Schlimmsten kommt und der Mond zerstört wird, dann sehen Sie, daß der größte Teil der Trümmer von der Erde weggeschleudert wird.*

Christopher: *Was passiert damit?*

Feinberg: *Oh, das meiste bleibt im Orbit. Wissen Sie, wir reden ausschließlich über die Sicherheit. Und das ist gewiß verständlich. Aber wir sollten nicht übersehen, daß sich uns hier eine unschätzbare Gelegenheit bietet.*

Christopher: *Sie meinen, daß wir die Kollision aus der Nähe betrachten können.*

Feinberg: *Mehr als das. Da unser Leben kurz ist und sich nichts um uns herum zu verändern scheint, vergessen wir gern, daß das Universum eigentlich sehr gewalttätig ist. Es ist nicht unbedingt schlecht, daß wir zuzeiten daran erinnert werden.*

Christopher: *Vorausgesetzt, wir überleben es.*

Feinberg: *Natürlich.*

BBC WORLDNET, 9 Uhr 05
Bericht von Skyport:

... wurde heute morgen die Evakuierung der L1-Raumstation abgeschlossen. Mit einem kühnen Rettungseinsatz brachte die Einstufen-Raumfähre *Arlington* zweihundertelf Personen von dort in Sicherheit und traf mit ihnen vor wenigen Augenblicken sicher auf Skyport ein. Die genannte Raumfähre fliegt in Kürze wieder ab und schließt sich drei weiteren Fähren an, die den Mond umkreisen, um die laufenden Bemühungen zu unterstützen, das Personal der Mondbasis herauszuholen.

Mondbasis, Grissom Country, 10 Uhr 05

Charlie hörte auf seinem Privatkanal einem wütenden Henry Kolladner zu. Schlimm genug, daß Feinberg versuchte, die Nation in Panik zu versetzen. Jemand aus der Regierung erzählte den Medien, daß Henry wußte, wie gefährlich die Lage war, und leichtsinnig mit dem Leben der Amerikaner spielte. Er würde den Informanten finden, schwor der Präsident; er würde den Mistkerl aus der Regierung werfen und dafür sorgen, daß er in dieser Stadt nie wieder Arbeit fand (womit er vermutlich die Regierung der Vereinigten Staaten meinte). Nie wieder!

Er wollte sogar eine strafrechtliche Verfolgung in Erwägung ziehen. Darüber hinaus glaubte er zu wissen, wer es war.

Er fuhr in diesem Stil eine Zeitlang fort, nannte jedoch keinen Namen. Charlie schwebten selbst ein paar Verdächtige vor, aber er hatte Verständnis für die Unruhe nach einer Konferenz, bei der beschlossen worden war, abzuwarten, eine allgemeine Katastrophe zu riskieren und die Öffentlichkeit nicht zu warnen. Er verstand, warum man diese Entscheidung gefällt hatte, und wollte sich kein Urteil erlauben, weil er selbst nicht sicher war, wie man korrekterweise hätte vorgehen sollen. *Am Sonntagmorgen wissen wir es, nicht wahr?*

»Charlie, man wird es nicht nur *mir* vorwerfen. Tut mir leid, das zu sagen, aber im Herbst wird man sich an die *Partei* erinnern. *Dir* wird wohl letztlich die Rechnung präsentiert.«

In Anbetracht der unausgesprochenen Opposition des Präsidenten gegen seine Kandidatur war diese Bemerkung unaufrichtig. Aber auch Charlie war dieser Gedanke gekommen, obwohl er vermutete, daß Vorwürfe, etwas vertuscht zu haben, keine große Bedeutung erlangen würden. Seine Verbindung zur Mondbasis reichte wahrscheinlich schon, um ihn hereinzureißen. Trotzdem mußte er wohl gute Miene zum bösen Spiel machen. »Vielleicht nicht, Henry. Falls die Felsbrocken nicht in New York einschlagen, werden alle sagen, daß du richtig gehandelt hast. Falls sie es doch tun ...« Er starrte das Chiffriergerät an, das er in den Wandanschluß gesteckt hatte. »Falls sie es doch tun, findet wahrscheinlich gar keine Wahl statt.«

»Wir tun, was wir können, Charlie. Transportieren Vorräte und Ausrüstung, bringen Truppen in Stellung. Für alle Fälle ...«

»Was ist mit dem Rest der Welt?«

»Alle überschlagen sich. Es findet sogar Kooperation da draußen statt, ob du es glaubst oder nicht. Um Gottes willen, Nordkorea hat Hilfe angeboten! Aber die Mechanismen sind einfach nicht vorhanden. Die führenden Bündnisse sind vielleicht fähig, gegenseitigen Beistand zu koordinieren; andernorts ist es reine Glückssache.«

»Na ja«, sagte Charlie, »falls wir Glück haben, falls wir knapp vorbeischrammen, gerade so, daß jeder einen ordentlichen Schrecken bekommt – vielleicht entwickelt sich sogar etwas Gutes daraus.«

»Ich hoffe es.« Der Präsident schwieg kurz. »Wie geht es euch da oben?«

Charlie zögerte. »Im Grunde nicht so gut.«

Am anderen Ende der Verbindung wurde Henry kühl. »Raus damit, Charlie.«

Der Vizepräsident sagte ihm alles, was er wußte. »Sie haben es noch nicht öffentlich bekanntgegeben.«

»Da hast du dich aber hineingeritten.«

»Ich weiß.«

Charlie lauschte dem Rauschen in der Verbindung. »Okay«, sagte Henry. »Wir haben eine Notlage in, ah, den Everglades. Wir brauchen dort den Spitzenmann der Regierung in Umweltfragen. Sieh zu, daß du ruckzuck von da oben verschwindest. Ich stelle eine schriftliche Bestätigung aus und unterrichte die Medien, damit alle erfahren, daß ich es dir befohlen habe.«

»Niemand wird an die Everglades-Story glauben.«

»Dann denken wir uns was anderes aus. Wenn du die Direktive erhältst, könntest du sogar öffentlich protestieren. Verlange, auf der Mondbasis bleiben zu dürfen. Das wäre eine hübsche Note.«

2.

Seattle, 7 Uhr 27 Pazifische Sommerzeit (10 Uhr 27 Ostküsten-Sommerzeit)

Matt Randall hatte nicht die Absicht, sich von einer Flutwelle erwischen zu lassen, die an die Küste gedonnert kam. Er lebte auf Vachon Island im Puget Sound. Für gewöhnlich stand er morgens um sechs auf und lief eine Stunde lang, ehe er die Fähre aufs Festland nahm, um seine Arbeit bei der Küsten- und Seeversicherungs-Gesellschaft anzutreten, wo er die allgemeine Schadensabteilung leitete. Die Abteilung war dafür zuständig, eine Risikogruppe zu versichern: Teenager mit Führerschein und schlechter Akte, die man nach dem Programm für besondere Risiken der Firma zugeteilt hatte. Matt hatte nach den Frühnachrichten das Gefühl, ein weiteres Sonderrisiko erwischt zu haben, ein sehr schlimmes. Der grauhaarige Mann aus Harvard war ruhig, fast objektiv gewesen und deshalb sehr glaubwürdig.

Matt faßte einen Entschluß, verzichtete auf den Lauf und scheuchte seine Frau aus dem Bett. Sie sah sich die Interviews ein paar Minuten lang an und stimmte ihm zu. Sie sammelten die Kinder ein, Zwillingsmädchen von drei Jahren, beluden den Kombi und sicherten sich noch einen Platz auf der Fähre. Trotz der frühen Morgenstunde war eine kleine Horde ihrer Nachbarn auch schon dabei, zu packen und sich davonzumachen. Auf dem Festland angekommen, schlängelte Matt sich durch die Innenstadt von Seattle auf die I-90 und nahm Kurs nach Osten. Um acht Uhr dreißig rief er im Büro an und hörte eine fremde Stimme. Seine Sekretärin hatte sich krank gemeldet.

Der Verkehr war ungewöhnlich dicht. Es ging im Kriechtempo voran, wobei die meisten nach Osten wollten, wie die Randalls. Der Himmel war bewölkt und düster, und es kam gelegentlich zu Schauern. Die achtzig Kilometer lange Strecke zum Lake Easton State Park nahm fast drei Stunden in Anspruch. Dort verkündeten die Zwillinge, kaum daß sie an einem Rastplatz vorbeigekommen waren, sie müßten auf die Toilette. Matt nahm die nächste Ausfahrt und fuhr bei McDonald's vor. Er bestellte eine Runde Burger und Fritten. Es war mittlerer Vormittag, und trotzdem war der Laden gut gefüllt.

Die Rückkehr auf die Schnellstraße erforderte eine schwierige Abbiegung nach links, um zwei nach Süden führende Spuren zu überqueren, gefolgt von einem raschen Schwenk auf die rechte Spur. Matt wartete etliche Minuten, hielt Ausschau nach einer Lücke im Verkehr, entdeckte eine und überquerte den Highway. Er fädelte sich auf der linken Fahrspur ein und sah nichts von dem Voyager, der gleichzeitig die Spur wechselte, um zu überholen und ein Stück weiter voraus nach links in eine Aufladestation abzubiegen. Der andere Wagen erwischte Matt am rechten hinteren Kotflügel und stieß ihn in den entgegenkommenden Verkehr. Die Mädchen kreischten, und seine Frau riß die Hände hoch, um sich am Armaturenbrett abzustützen. Nur kurz flackerte nacktes Entsetzen auf, und dann zerbröckelte der Himmel und hinterließ Dunkelheit.

Vier Fahrzeuge mit elf Personen waren in den Unfall verwickelt. Davon blieb nur der Fahrer des Transporters unverletzt. Matt verlor seine Frau und einen der Zwillinge.

Für die Washington State Police war es erst der Beginn eines blutigen Tages.

Skyport, Flugterminal, 11 Uhr 03

Georges ein Dutzend Flugbegleiter kamen zu ihm und wünschten ihm viel Glück. Sie standen unsicher im Warteraum herum, zwei oder drei in Uniform, die meisten nicht. Mehrere boten an mitzukommen, wenn er wollte. Er dankte ihnen und sagte, er würde sie Sonntag sehen, sobald er zurückkam.

Dann ging er an Bord der Raumfähre und führte mit Mary die Kontrollen zur Startvorbereitung durch. Er und seine Copilotin würden auf dem Rückflug nur etwa einhundert Passagiere an Bord haben, die letzte evakuierte Gruppe. Er war froh über diese relativ geringe Zuladung, weil die Raumfähre dann leichter manövrierte. Falls die riesige Maschine sich überhaupt manövrieren ließ.

»Alles grün«, meldete Mary.

George nickte. Sachte steuerte er aus dem Hangar hinaus.

Er fühlte sich *gut.* Seit Jahren hatte er nichts weiter getan, als zwischen New York und London, zwischen Kansas City und Miami hin und her zu fliegen. Dann hatte er den großen Sprung von Washington zum Erdorbiter gemacht. Gestern war Lagrange eins das Ziel gewesen. Jetzt konnte er auch noch den restlichen Weg zum Mond zurücklegen, und das auf einem Rettungseinsatz. »Okay, Mary«, sagte er. »Machen wir's!«

Mondbasis, Grissom Country, 11 Uhr 04

»Wir müssen uns überlegen, wie wir die Sache anfassen.«

Rick nickte. »Die ganze Geschichte ist ein Alptraum. Nächstes Mal wissen wir es besser, als voreilig Verpflichtungen einzugehen, nicht wahr?«

Charlie schluckte seinen Ärger hinunter. Der Mann hatte schließlich recht.

Rick saß niedergeschlagen da, eine Hand in der Hosentasche, den Kopf auf die andere Faust gestützt. »Wer bleibt zurück?« fragte er plötzlich.

»Evelyn. Jack Chandler. Darüber hinaus weiß ich es nicht. Einige ihrer führenden Leute, denke ich.«

»*Hampton* bleibt zurück?«

»Hat sie jedenfalls gesagt.«

»Mutige Frau. Dabei gehört sie hier oben nicht zur Kommandostruktur. Sie bräuchte es nicht zu tun.« Rick sah aus, als hätte er noch etwas sagen wollen, es sich aber anders überlegt. Statt dessen brachte er ein Notizbuch zum Vorschein und schlug es auf. »Wir sind für zwanzig nach eins eingeplant. Unsere Raumfähre verläßt den Orbit um Mitternacht.«

»Okay.«

Rick schüttelte den Kopf. Er hatte versucht, sie auf dem Flug unterzubringen, der schon um eins den Orbit verließ, aber die Befehle aus dem Weißen Haus waren noch nicht eingetroffen, und es war ohnehin zu spät, dafür noch Plätze zu erhalten. »Wir stehen das durch, Charlie«, sagte er.

Der Vizepräsident starrte ihn lange an. »Einige von uns«, sagte er.

Mondbasis, Büro des Kaplans, 11 Uhr 27

Mark Pinnacle entstammte einer wohlhabenden, alten Northumberland-Familie. Seine jüngeren Vorfahren, die er meistens mit Namen und Bild kannte, waren Gelehrte, Soldaten und Staatsmänner des Britischen Empires gewesen. Als es mit dem Landadel bergab ging, wechselten die Pinnacles in den Handel und schließlich in die

Software-Entwicklung. George Pinnacle, Marks Großvater, hatte sich mit einer großen Palette von Spielen und Praxisanwendungen für Homecomputer einen Namen gemacht und ein Vermögen geschaffen.

Mark war erst der zweite Pinnacle in modernen Zeiten, der in den geistlichen Stand getreten war. Der Grund dafür lag weniger in seinem Glauben, als in der Verärgerung über seinen Vater Avery, der jeden Sonntag zur Kirche ging und sie großzügig mit Spenden unterstützte, während er seinen Kindern erklärte, es gäbe kein wahres Wort in den christlichen Dogmen. Der einzige Wert der Kirche, behauptete er, bestünde darin, den Pöbel zu unterhalten und dafür zu sorgen, daß er nicht aufhörte, in die Hände zu spucken.

Als Mark seinen Vater in einem Anfall von Zorn der Scheinheiligkeit beschuldigte, lachte der alte Mann. *Ohne das Christentum oder ein ähnliches System,* sagte er, *wäre keine Zivilisation möglich. Es lehrt uns zum Beispiel, wie man lügt.*

Wie man lügt, Vater?

Stell dir vor, mein Junge, wie das Leben aussähe, wenn wir alle bei jeder Gelegenheit mit dem herausplatzten, was wir wirklich denken. Und er wurde ernst. *Denk mal an die Alternative: Angenommen, wir hätten keinen Mechanismus, der die Wilden so mit Angst erfüllt, daß sie sich benehmen.*

Jedes Kind, das einen Pfifferling wert ist, gibt irgendwann eine Unabhängigkeitserklärung heraus. Mark tat es, indem er sich um Aufnahme ins theologische Seminar bewarb. Ursprünglich wollte er nur für etwa ein Jahr bleiben, während sein Vater sich wand. Am Ende blieb er jedoch bis zum Abschluß, beeindruckt vom Glauben seiner Lehrer. Und falls der personifizierte Gott, der durch Galiläa gewandelt war, ihm immer irgendwie unwahrscheinlich vorkam, gestattete er doch nie jemandem Einblick in seine Zweifel, von den engsten Gefährten mal abgesehen. Als ein Onkel ihn fragte, ob er der erste Kaplan auf der Mondbasis werden wollte, akzeptierte er sofort. Seine Aufgabe dort war überkonfessionell, erklärte der Onkel. Kein Missionieren. Alle Glaubenslehren sollten als gleichrangig gelten. *Wir wissen es natürlich besser,* sagte der Onkel augenzwinkernd, *aber wir plaudern es nicht aus, nicht wahr?*

Mark war wie geschaffen dafür. Er war mit Enthusiasmus ans Werk gegangen und jetzt seit zwei Jahren auf der Mondbasis, deren Arbeitern, Technikern und Forschern er geistlichen Beistand spendete. Man konnte nur wenige Lunies als fromm bezeichnen, aber auch sie brauchten gelegentlich jemanden, mit dem sie reden konnten, und jemanden, der die Zeremonien für die verschiedenen Übergangspunkte des Lebens durchführte.

Er schloß die erste Mondehe und führte die erste Mondtaufe durch. Er führte den Vorsitz über die erste offizielle Chanukka-Feier und las den Ritus zum Begräbnis des Moslems Isbn ben Mihal, der durch einen geplatzten D-Anzug ums Leben gekommen war. Niemand schien sich daran zu stören, daß die Gebete von einem Mann geführt wurden, der sich vielleicht nicht formell der Doktrin verpflichtet fühlte, der sie entsprangen. Für Mark hatte es den Anschein, als verschwämmen auf dem Mond die scharfen Grenzen zwischen den verschiedenen Religionen.

Zum Glück fanden nicht viele Begräbnisse statt. Tatsächlich gehörte es zu den erfreulichen Aspekten, die das Leben des Mondbasis-Kaplans hatte, daß er viel häufiger Kinder und Ehen segnete, als er Hinterbliebene trösten mußte. Und er entdeckte noch etwas. Zu Hause absolvierten seine Gemeindemitglieder die Routine ihres Glaubens, hingen aber nur selten bedeutsamen Gedanken darüber nach. Der Glaube war einfach eine Gegebenheit wie das Wetter oder das Amtszeichen. Die Leute jedoch, die zum Mond kamen, tendierten zu ausgeprägt negativen Ansichten über Gotteshäuser und waren trotzdem geneigt, in die Unendlichkeit zu blicken und ihre Zweifel einzugestehen. Diese Leute, glaubte Mark, waren es besonders wert, gerettet zu werden.

Jetzt, wo der Komet erschienen war, fragte sich Mark, welchem Zweck das diente. Er teilte die allgemeine Bestürzung, eine Sorge, die über die Frage hinausging, ob diese oder jene Person rechtzeitig von hier wegkam. Für den Kaplan und viele andere auf der Mondbasis ging etwas Bedeutsames dem Ende entgegen. Das Ende eines Zeitalters. Und für ihn war es besonders schmerzhaft, da er der Vorstellung nachhing, daß nichts zufällig passierte. Wie oft hatte er Menschen zugehört, die behaupteten, das Universum sei letztlich darwinistisch, kalt und unbeteiligt? Eine *Maschine*, die gar nicht weiß, daß wir existieren, die Sterne, Eichhörnchen und Astronomen mit dem gleichen gefühllosen Fleiß produziert.

Sie sagten, die Religion wäre nur erfunden worden, aus Enttäuschung angesichts dieser Wahrheit, die so groß am Himmel geschrieben stand. Und doch schien es, als hätten die Menschen *irgend jemandes* Aufmerksamkeit geweckt. Der halb im rötlichen Schimmer aus Lichtstreifen und Nebel versteckte Kometenkern ähnelte nichts so sehr wie dem Auge des Teufels.

Mondbasis, Kommunikationszentrale, 11 Uhr 46

Die junge Frau, die Ricks Aufmerksamkeit gewonnen hatte, als er am ersten Tag das Büro für Öffentlichkeitsarbeit besichtigte, war Andrea Bellwether, eine Kommunikationstechnikerin. Sie war Britin aus Portsmouth, wo sie in Blickweite zu Nelsons Schiff *Victory* aufgewachsen war. Sie war die Tochter Frank Bellwethers, der die *Ran-*

ger auf ihrer schicksalhaften ersten Reise kommandiert hatte. Mit sechs erlebte Andrea mit, wie der Vater das beschädigte Raumschiff zu landen versuchte, wie er an der Atmosphäre abprallte und in die ungefähre Richtung von Canopus weggeschleudert wurde.

Es war das dunkelste Ereignis ihres Lebens. Sie erinnerte sich an die Telefongespräche mit dem Vater; daran, daß sie nicht begriff, warum er nicht nach Hause kommen konnte; und vor allem daran, wie er ihr sagte, sie müßte tapfer sein. *Deine Mutter wird dich brauchen.*

Nach einer Weile kamen keine Anrufe mehr. Jahre später erfuhr Andrea, daß die Besatzung die Luken geöffnet hatte, sobald die Luft knapp wurde.

Als sie auf der Mondbasis eintraf, vermuteten die Kollegen, daß man sie aus politischen Gründen dorthin versetzt hatte. Eine gute Tat für die Tochter des Helden. Das stimmte tatsächlich, aber es bedeutete nicht, daß man eine schwache Kandidatin geschickt hatte. Nach anderthalb Jahren erwies sich Andrea als ebenso gut wie alle anderen hier.

In der Kommzentrale war es nie geschäftiger zugegangen. Der stetige Fluß das Funkverkehrs war zu einem reißenden Strom angeschwollen.

Es war geplant, die Zentrale bis Samstagmittag in Betrieb zu halten. Einige Techniker würden daher erst mit dem Spätflug am Samstagabend nach Hause kommen, dem Flug, der kaum noch rechtzeitig vor dem Einschlag abging.

Andrea hatte das Gefühl, daß sie sich eigentlich dafür melden sollte, aber das Leben schmeckte süß, und sie wußte nicht recht, ob sie bereit war, es so leichthin in die Waagschale zu werfen.

Unter normalen Bedingungen reichten vier Personen für den Betrieb aus, aber als Andrea eintraf, arbeiteten bereits sieben Techniker hier. Der Schichtleiter setzte sie an eine provisorische Verbindungsstelle. »Tu einfach dein Bestes«, empfahl er ihr.

Normalerweise drehte sich die Arbeit um Verwaltungsdaten, Personaldaten, Finanz-Updates, Bestätigungen von Bestellungen, Werbesendungen für Anlagen, die für die Mondbasis nützlich sein könnten. Auch Antworten auf Fragen von Forschern auf der Mondbasis kamen herein, Fragen nach Projektinformationen der einen oder anderen Art – Studien der chemischen Bestandteile des Erdbodens in Arizona, Vergleichswerte der scheinbaren Größe diverser Sterne, von Australien und vom Mond aus gesehen, neue Informationen über Meeresströmungen. Viel davon hatte mit dem Mond an sich gar nichts zu tun, aber Forscher waren neugierige Menschen und neigten dazu, sich über alles und jedes auf dem laufenden zu halten.

Aber heute wollte jede Nachrichtenagentur der Welt wissen, wie es auf der Mondbasis lief, ob die Moral hielt, wer interviewt werden konnte. Es wäre unter menschlichen Gesichtspunkten interessant, hieß es. Menschen an einem fernen Ort, mit einer Gefahr konfrontiert, wie wir sie noch nie erlebt haben. Wie fühlte man sich dabei? Ging irgend jemand unter der Belastung in die Knie?

Allein die persönliche Post überstieg schon das normale Gesamtvolumen. Die Sprachkanäle waren überlastet. Gespräche von Mensch zu Mensch waren daher einfach nicht mehr möglich, es sei denn, man war zufällig Evelyn Hampton oder der Vizepräsident der Vereinigten Staaten. Deshalb häuften sich die Übermittlungen auf anderen Kanälen. Tausende von Anfragen nach Informationen über Verwandte und Freunde hatten schon die Puffer überladen. Auch Ratschläge, Warnungen und Vorschläge kamen herein, von schier jedem, der vor einer Tastatur saß.

»Die besten Chancen haben Sie dann, wenn Sie die Raum-

fähren auf exakt den Kurs des Kometen bringen, aber mit dem Mond direkt dazwischen.«

»Wenn Sie auf dem Mond bleiben, sind Sie in Sicherheit. Die Rotation des Mondes leitet die Energie der Kollision harmlos in den Weltraum ab. Aber gehen Sie nicht an Bord der Raumfähren!«

»Ihr Leute solltet euch schämen. Da haben wir wieder mal ein Beispiel für die Verschwendung von Steuergeldern!«

Die meisten Sendungen kamen mit Verteilercodes herein. Die restlichen Übermittlungen waren jedoch nicht von vornherein einzuordnen, also mußte Andrea sich jede davon ansehen, einen Empfänger bestimmen und sie weiterleiten. Die erkennbar verrückten Mitteilungen gingen normalerweise an den Wachdienstleiter, der sie auf den Müll beförderte. Heute jedoch war Andrea angewiesen, diese Entscheidung selbst zu fällen. Sieh zu, daß du die verrückten Sachen loswirst.

Die Nachrichtenagenturen erhielten eine programmierte Antwort:

> Die Mondbasis freut sich über Ihr Interesse, bedauert jedoch, zur Zeit keine Einzelanfragen beantworten zu können. Die Korrespondenten seien hiermit versichert, daß wir Fortschritte bei der Evakuierung machen, und werden hiermit auf unsere stündlichen Presseverlautbarungen verwiesen.

Da war eine Nachricht für *sie* selbst von ihrer Mutter, die in Edinburgh lebte: *»Ich weiß, wieviel dir die Arbeit da oben bedeutet, aber wir lassen uns wie immer nicht unterkriegen.«* Und zu ihrer Überraschung fand sie auch Post von einer alten Flamme, von der sie seit dem College nichts mehr gehört hatte: *»Andi, ich liebe dich immer noch. Komm sicher wieder nach Hause.«*

Das war nun wirklich lange her.

Eine Glocke signalisierte, daß eine Prioritätsmeldung eintraf, deren Empfang Vizepräsident Haskell bestätigen mußte. Das bedeutete eine Hardcopy. Andrea druckte sie aus, sah sie sich an und entnahm ihr, daß der VP den Befehl erhielt, zeitig die Mondbasis zu verlassen. Mit dem nächsten Flug. *Um die Kommunikation zu erleichtern und die Organisation der Katastrophenhilfe zu unterstützen.* Andrea hatte gehört, daß nicht alle evakuiert werden konnten, also fragte sie sich, ob das Weiße Haus einen heldenhaften Vizepräsidenten retten wollte, der entschlossen war zu bleiben. Oder einen herauszuholen, der zuviel geredet und sich in eine peinliche Klemme manövriert hatte.

Sie zeigte die Nachricht dem Wachdienstleiter.

»Okay.« Er nahm das Papier entgegen. »Ich sorge dafür, daß sie zugestellt wird.«

FINANCIAL TIMES, WELTAUSGABE,
aktualisiert 11 Uhr 53

Führende Marktindikatoren sind am zweiten Tag in Folge drastisch gesunken. Sorgen um die finanzielle Stabilität von Mondbasis International und der Mondverkehrsbehörde nährten starke Kursverluste auf einer breiten Palette von Emissionen ...

3.

Mondbasis, Grissom Country, 12 Uhr 03

Charlie war allein, als die Nachricht eintraf. »... gerade in der Kommzentrale für Sie eingegangen, Herr Vizepräsident.« Der Bote war ein Junge, wahrscheinlich noch keine achtzehn. »Ich benötige Ihre Unterschrift.«

Charlie kam dem Wunsch nach. »Warum bist du noch hier, Junge?« fragte er. »Wann fliegst du ab?«

»Ich stehe für morgen auf der Liste.« Der Junge war Afroamerikaner und starrte Charlie mit diesem fast wehmütigen Respekt an, den Vizepräsidenten automatisch von anderen erhalten, außer von denen, die sie gut kennen. »Dem Frühflug.«

»Viel Glück«, sagte Charlie.

Er lächelte schüchtern. »Ihnen auch, Sir.«

Dann war er fort, und Charlie blieb allein mit seiner Fluchtgelegenheit zurück. Was für ein schrecklicher Rückschlag der Mikrobus-Vorfall gewesen war! Beinahe hätten sie alles hinbekommen. *Haskell hält bis zum Ende durch.* Das wäre Dynamit gewesen und hätte ihn vielleicht zur Nominierung geführt.

Jetzt jedoch würden Menschen sterben. Und er wußte, daß die übrigen Kandidaten ihn mit Hilfe seiner frühen Abreise in den Boden stampfen würden. Tatsächlich blieb ihm, sobald er aus dem Flieger stieg, wenig übrig, als sich aus dem Rennen zurückzuziehen. Rick gab vor, nicht dieser Meinung zu sein, aber Rick hatte ein zäheres Fell als Charlie.

Charlie war müde.

Evelyn würde bleiben.

Auch Jack Chandler wollte bleiben. Chandler war nur eine flüchtige Bekanntschaft, aber Charlie hatte ihm die Hand geschüttelt. Mit ihm geredet. Ihm Glück gewünscht.

Charlie blickte ins eigene Angesicht, und ihm gefiel nicht, was er sah.

Er blickte auf die Uhr und überlegte, Evelyn anzurufen. Ihr Glück zu wünschen, sie zu fragen, ob er irgend etwas tun konnte. *Lebewohl zu sagen.*

Mistkerl.

Wie er sich auch herauszuwinden versuchte, er würde für immer der bleiben, der weggelaufen war.

Mondbasis, Büro des Kaplans, 12 Uhr 09

In beträchtlicher Zahl kamen Menschen an diesem letzten vollen Tag in der Kapelle vorbei, um Mark Pinnacle alles Gute zu wünschen. Sie alle wußten, daß einige Personen des Führungsstabes zurückblieben, und Mark stellte unterschiedliche Reaktionen fest. Manche Leute waren angenehm überrascht und behaupteten teilweise, sie hätten damit gerechnet, daß sich die Schwergewichte als erste verdrückten. Andere zeigten sich skeptisch, deuteten an, es wäre ein Schwindel und niemand schwebte wirklich in Gefahr. Die meisten jedoch waren traurig.

Gerüchte kursierten, daß nicht nur Freiwillige zurückbleiben sollten und Evelyn Hampton sie in gewissem Maße unter Druck gesetzt hatte. Falls das stimmte, machte es keinen heroischen Eindruck. Würde sich in den Geschichtsbüchern nicht gut machen, wenn man den Leuten die Pistole auf die Brust setzen mußte, damit sie das Richtige taten. Aber niemand trat vor und sagte, *nehmt mich.*

Und warum sollte es auch jemand tun? Warum sollte, sagen wir, ein junger Mann, der das Leben noch vor sich hatte, sich für seinen Boß opfern wollen? Das war von der menschlichen Natur zuviel verlangt. Wenigstens in ihrer abendländischen Manifestation.

Der Kaplan war beeindruckt von dem, was er von Hamptons Auftreten erfahren hatte. Sie hatte den Ruf, schonungslos zu sein, und er vermutete, daß sie ihn wohlverdient hatte – Mark traute niemandem zu, an die

Spitze irgendeiner Organisation vorzudringen, ohne ein bißchen DNA von Tamerlan mitzubringen. Trotzdem – Mark hatte die Begabung, Situationen aus dem Blickwinkel anderer Menschen zu betrachten, und Hampton tat ihm leid, wenn er an die Entscheidungen dachte, die sie hatte treffen müssen.

Man hatte ihn für den Flug am Samstagnachmittag eingeplant, so daß er schon lange unterwegs sein würde, wenn der Komet einschlug. Aber sobald er die ersten Gerüchte hörte, daß Menschen zurückbleiben mußten, war ihm klar, daß er damit ein spezielles Problem hatte. Hätte Christus einen der Busse bestiegen, während andere den Tod erwarten mußten? Wie konnte Mark so was tun? Woran glaubte er überhaupt wirklich?

Den ganzen Vormittag lang plagte er sich schon damit. Einmal hatte er schon das Telefon in der Hand gehabt, um Jack Chandler anzurufen und ihm das Angebot zu machen. Dann aber hatte er den Apparat nur angestarrt, während sein Herz klopfte.

Sobald er es getan hatte, war es unwiderruflich.

Mark Pinnacle war einunddreißig. Er liebte das Leben, genoß einen guten Drink und hatte einen großen Freundeskreis. Er verbrachte stimulierende Abende mit ihnen, bei denen sie lebhaft über Leben, Tod und Politik diskutierten. An Frauen hatte er wahrscheinlich stärkeres Interesse, als für einen Geistlichen schicklich war. Er freute sich darauf, einmal eine zu finden, mit der er sein Leben teilen konnte. Er hatte eine Vorstellung von großer Leidenschaft und war entschlossen, sich mit nichts Geringerem zufriedenzugeben.

Er dachte gerade darüber nach, als er fast beiläufig zu folgendem Schluß gelangte: Falls er nach Hause flog und zuließ, daß jemand anderes an seiner Stelle starb, leugnete er damit alles, wofür er einzustehen glaubte.

Er setzte sich neben das Telefon und nahm es zur

Hand. Diese zitterte, als er die Nummer des Direktors eintippte, die er sich beim vorherigen Versuch gemerkt hatte. Die Sekretärin wünschte ihm einen guten Tag und informierte ihn, daß Mr. Chandler beschäftigt war, stellte ihn jedoch durch, als Mark darauf bestand, daß es wichtig war.

»Ja, Kaplan«, meldete sich Chandlers barsche Stimme. »Was kann ich für Sie tun?«

Mark spürte, wie ihm das Blut pochend durch die Adern schoß. »Ich bleibe«, sagte er.

Chandler schien verblüfft, nicht sicher, wovon Pinnacle eigentlich redete.

»Setzen Sie meinen Namen auf die Liste. Geben Sie meinen Platz jemand anderem.«

»Oh«, sagte Chandler. »Sind Sie sicher?«

Der Kaplan legte auf und sank erschöpft auf die Couch. Aber etwas Seltsames geschah: Die Angst sickerte aus ihm heraus, und ein erstaunliches Gefühl von innerem Frieden erfüllte ihn. Er begriff allmählich, daß seine Mission beendet war, sein irdisches Leben (er lächelte über die Wendung) zur Neige ging und ihm jetzt nur noch blieb, den Mut nicht zu verlieren und sich dem Urteil seines Schöpfers zu stellen.

Er goß sich einen Drink ein und trank auf die eigene Tapferkeit. Ihm ging der Gedanke durch den Kopf, daß er sich überzogenen Stolzes schuldig machte. Aber er fühlte sich dazu berechtigt.

Als der erste Ansturm der Gefühle vorüberging, kehrte die Angst zurück. Wie schwach, dachte er, ist doch die ungefestigte Seele. Selbst in Anbetracht der garantierten Erlösung empfand er im bösen Licht des herannahenden Kometen Angst. Und doch stand ihm Christus zur Seite. Wie mochte es Nichtgläubigen in einer solchen Lage ergehen?

Es war kühl im Zimmer geworden, als wäre das

Lebenserhaltungssystem ausgefallen. Er zog eine Jacke an und ging hinaus auf die Main Plaza, wo immer noch Menschen in den Parks und vor den Geschäften – inzwischen fast alle geschlossen – versammelt waren. Er grüßte Bekannte und auch Menschen, die er nicht kannte, die jedoch aufblickten und ihm in die Augen sahen; er wünschte ihnen einen guten Flug und sagte, ja, er freute sich darauf, sie wiederzusehen, sobald sie alle sicher zu Hause eingetroffen waren. Er lächelte über seinen kleinen Scherz.

Schließlich setzte er sich auf eine Bank vor einem Laden für Küchengeräte. Ein rotes Banner mit der Aufschrift GEÖFFNET war diagonal über das Schaufenster gespannt. Eine Reihe frisch gepflanzter junger Bäume säumte den Fußweg. Die überall in der Einkaufszone verstreuten Menschen erweckten nicht den Eindruck, daß etwas Schreckliches bevorstand. Gelegentlich lachte jemand, und die Gespräche wirkten recht unbeschwert. Und doch *klammerten* sich die Leute aneinander.

Der Herdentrieb.

Seine Entscheidung hatte etwas in ihm verändert, das Band zu den Mitgeschöpfen durchschnitten. Er fühlte sich ganz allein.

NEWSNET, aktualisiert 12 Uhr 30
(Für vollständige Meldung bitte anklicken.)

MBI BESTREITET, JEMAND WÜRDE ZURÜCKGELASSEN.
›Alles unter Kontrolle‹, sagt Hampton.

MÄNNERQUARTETTE TRETEN IN TULSA AUF.
Aufführungen über die ganze Woche hinweg.

Wissenschaft:

NEUNZIGSTER JAHRESTAG DES ›GROSSEN WINDES‹.

Höchste jemals verzeichnete Windgeschwindigkeit, am 12. April 1934.

Böen erreichten 370 Kilometer pro Stunde.

GESCHICHTSFREUNDE VERSAMMELN SICH IN FORT SUMTER.

Erinnerung an die ersten Schüsse im Bürgerkrieg.

Computersimulation geplant.

MICHAEL HARMON SPRICHT ZUR ERINNERUNG AN FRANKLIN D. ROOSEVELT IN WARM SPRINGS.

Einziger Vier-Amtszeiten-Präsident starb am 12. April 1945.

HASKELL SCHWÖRT, ALS LETZTER ABZUREISEN.

›Ich werde persönlich das Licht ausschalten und die Tür abschließen.‹

FLUGZEUGE, ZÜGE, AUTOS: VERKEHR KOMMT ZUM ERLIEGEN.

Fluglinien sagen Flüge ab; Highways verstopft.

Besuchen Sie Tante Sue nicht kommendes Wochenende!

(Siehe verwandte Meldungen: ›Chaos auf den Straßen‹ und ›Japaner fliehen auf höheres Gelände.‹)

BEFREIUNGSTAG IN UGANDA.

Diktator Idi Amin im 20. Jahrhundert an diesem Datum gestürzt.

URLAUBSORTE AN DER KÜSTE VERLIEREN LUKRATIVES WOCHENENDE.
Touristen fliehen aus den südlichen Urlaubsorten.

WASHINGTON ONLINE 12 Uhr 33
von Mary-Lynn Jamison

Das Weiße Haus gab vor wenigen Minuten bekannt, daß es Vizepräsident Haskell angewiesen hat, den Mond zu verlassen und an Bord einer der Raumfähren zu gehen, die sich auf einer Mondumlaufbahn befinden. Pressesekretärin Pat Russell erläuterte, die Maßnahme wäre erforderlich geworden, weil der Präsident engen Kontakt mit Haskell halten müßte, während die Kommunikationsvorgänge der Mondbasis an die Einstufen-Raumfähren übertragen werden. Es wird gemeldet, Haskell, der öffentlich versprochen hat, die lunare Einrichtung als letzter zu verlassen, sei ›über die Direktive nicht glücklich‹ und habe gebeten, auf dem Mond bleiben zu können; offensichtlich wurde ihm das nicht gewährt. Gestern abend sagte der Vizepräsident auf einer landesweit ausgestrahlten Pressekonferenz …

4.

Mondbasis, Main Plaza, 12 Uhr 36

Rick machte sich immer noch mehr Gedanken über die politischen Implikationen als über die menschlichen Aspekte der Vorgänge. Das lag nicht an Gefühllosigkeit, vielmehr weigerte er sich schlicht und einfach immer noch, daran zu glauben, daß wirklich irgend jemand auf der Mondbasis umkommen würde. Rick lebte in einer Welt des äußeren Scheins und der Manipulation, einer Welt, die im Grunde genommen keine Gewalt kannte. Niemand wurde je wirklich verletzt. Nicht körperlich. Sein Thema war, wie der Vizepräsident öffentlich dastand, während die Seniormanager versuchten, die Lage in den Griff zu bekommen.

Vielleicht irrten sich die Experten, und sie mußten einfach nur später zurückkommen und die aufsammeln, die zurückgelassen worden waren. Der Komet würde schließlich auf der Rückseite des Mondes einschlagen. *Ricks* Job bestand darin, für Charlie Haskells Nominierung zu sorgen und zu diesem Zweck die potentiell verheerenden politischen Auswirkungen des Ereignisses zu vermeiden.

Charlie konnte offenkundig nicht bleiben; je schneller er also an Bord der Raumfähre ging und unterwegs nach Hause war, desto besser.

Eine kleine Menschenansammlung hatte sich an der Straßenbahnhaltestelle der Main Plaza gebildet und wartete auf die Beförderung zum Raumhafen. Rick stand ein Stück weit seitlich davon und trug die wenigen Habseligkeiten, die er hatte retten können, in einer Aktentasche bei sich. Die Leute unterhielten sich über das, was sie tun würden, wenn sie zu Hause waren. Ob Mondbasis International sich bemühen würde, Jobs für sie zu suchen. Wie leid ihnen die sechs taten, die zurückblieben.

Die Straßenbahn kam, und alle stiegen ein. Eine Stimmaufzeichnung forderte sie auf, sich zu setzen. Sobald sie es getan hatten, fuhr die Bahn los.

Zwei professorale Gestalten belegten die Plätze vor Rick. Eine trug einen schwarzen Wollpullover zum Schutz vor dem Wind im offenen Fahrzeug. Der Mann redete konzentriert, aber Rick verstand nur ein Wort: *Kaplan.*

Die Straßenbahn fuhr in einen dichten Wald hinein. Rick rückte ein Stück näher heran.

»Bist du sicher?«

»Ja. Ich habe einen Blick auf die Liste geworfen, ehe ich herüberkam. Kanntest du ihn?« Beide Gesprächspartner trugen Brillen, und beide waren ordentlich frisiert.

»Nur aus dem Bridge-Club.«

Rick erinnerte sich an den nervös wirkenden Mann auf der Rednertribüne und fragte sich, warum sie in der Vergangenheitsform von ihm sprachen.

Eine gut gelungene Simulation von Sonnenlicht sickerte durch das Blätterdach. Es roch nach Frühling

Rick beugte sich vor. »Verzeihen Sie«, sagte er. »Ist ihm etwas passiert?«

Beide Männer drehten sich um. »Wem?«

»Dem Kaplan.«

»Er bleibt zurück«, sagte der Mann im Pullover.

Vögel sangen, und ein Backenhörnchen stand auf einem Baumstamm und betrachtete die vorbeifahrende Bahn. Die beiden Männer nahmen ihr Gespräch wieder auf. Und Rick fand die Nachricht beunruhigend.

Die Straßenbahn fuhr in einen Tunnel. Die Lichter sprangen an, und Schatten rasten über die Wände. Nach ein paar Minuten ging es um eine Kurve, und die Bahn wurde langsamer. Die Stimmaufzeichnung informierte sie, daß das Fahrzeug jeden Augenblick anhielt.

Rick lehnte sich zurück.

»Du bist für nichts davon verantwortlich, Monica.« Eine weibliche Stimme hinter ihm, heiser, zornig. »Du bist genau wie ich! Wir sind Angestellte unterer Kategorie. Wir stecken unsere Gehaltsschecks ein und tun unsere Arbeit. Für so was sind wir aber nie bezahlt worden. Es ist nicht unsere Aufgabe.«

»Wessen dann?«

»Von Leuten wie Hampton. Sieh mal, die Manager der Welt kassieren das Geld, geben alle Befehle, kriegen alle Privilegien, und wenn dann die dicke Scheiße kommt, liegt es auch an ihnen, sich damit herumzuschlagen. *An ihnen.* Nicht an dir. Nicht an mir.«

Die Bahn bremste ab. Sie hielt an, schaukelte sachte von einer Seite auf die andere, senkte sich auf einen Bahnsteig und kam zur Ruhe. Leise zischend öffneten sich die Türen.

»Möchtest du hinunterfahren und dich melden? Ich bin sicher, daß sie dich mit Begeisterung nehmen würden«, sagte die heisere Stimme.

Rick betrachtete die beiden Frauen, als sie ausstiegen. Beide waren in den Zwanzigern. Beide attraktiv. Eine schwarz, eine weiß.

»Vergiß nur nicht«, sagte die Schwarze, »tot bleibt man dann immer.«

Die Fahrgäste stiegen aus und fuhren mit einer Rolltreppe auf ein höheres Stockwerk. Dort folgten sie einem Gang und teilten sich auf Wartezonen auf, die mit GELB und GRÜN gekennzeichnet waren. Auf Ricks Bordkarte stand GRÜN.

Die Startflächen waren durch Plexiglaswände sichtbar. Der Mikrobus kauerte in einem Netz aus Versorgungsschläuchen und Kontrollapparaturen. Dampfstrahlen entwichen aus seinem Bauch. Techniker kletterten auf ihm herum und hakten Checklisten auf ihren Notizblöcken ab. Rick hörte ein Rauschen aus der Rundspruchanlage, gefolgt von einer Stimme: »Die Passagiere auf dem gelben Flug können jetzt einsteigen. Der grüne Flug hat etwa zehn Minuten Verspätung.«

Ein paar Menschen standen auf, verabschiedeten sich und gingen durch eine Tür.

Der Vizepräsident der Vereinigten Staaten stand etwas

seitlich von einem Service-Schalter. Er wirkte verloren. Rick sah Sam Anderson an, der ein mürrisches Gesicht machte und die Achseln zuckte. Rick hatte das Gefühl, in einer dieser alternativen Wirklichkeiten zu leben, die im Kino so populär waren.

»Bist du okay, Charlie?« fragte er.

Charlie schüttelte sich. »Yeah«, sagte er. »Mir geht es gut.«

Rick brachte ein Blatt Papier zum Vorschein. »Ich habe eine Stellungnahme für dich entworfen. Ich denke, wir sollten sie herausgeben, sobald wir in der Maschine sitzen.«

Charlie warf einen Blick darauf, schien den Text aber nicht zu lesen.

»Dort steht einfach, daß du nur unter Protest abreist, daß du lieber bleiben würdest, der Präsident jedoch auf deiner sofortigen Rückkehr besteht, daß du keine Alternative siehst und so weiter.«

»Gut.« Haskell schien über Nacht gealtert zu sein. Ein paar Leute traten auf ihn zu und baten, ihm die Hand schütteln zu dürfen. *Freut uns, Sie zu sehen, Herr Vizepräsident,* sagten sie, und: *Viel Glück bei den Vorwahlen.* Für sie war es nicht selbstverständlich, daß er nominiert werden würde. Als sie gingen, schüttelte Charlie den Kopf, sagte aber nichts.

Rick schwieg eine Zeitlang. »Ich habe gehört«, sagte er, »daß auch der Kaplan zurückbleibt.«

»Der Kaplan?« Charlie machte schmale Augen.

»Yeah«, sagte Rick. »War auch mein Gedanke.«

Weitere Händeschüttler tauchten auf. Der Vizepräsident begegnete ihnen mit seiner üblichen Freundlichkeit. Er hatte die Gabe, seinem jeweiligen Gesprächspartner das Gefühl zu vermitteln, als wäre alles, was er heute getan hatte, nur Vorbereitung für diese Begegnung gewesen. Er freute sich, ihre Bekanntschaft zu machen, sagte er zu den Leuten. Und er war stolz auf das, was sie erreicht hatten.

»Was meinst du mit: *auch dein Gedanke*?« fragte er Rick, sobald sie wieder allein waren.

»Na ja, du weißt schon. Der Kaplan sieht einfach nicht nach jemandem aus, der so was wirklich *tut.*«

Haskell schloß für einen Moment die Augen. Die Rundspruchanlage verkündete, die Passagiere des GRÜNEN Fluges könnten jetzt einsteigen.

»Zeit zu gehen«, sagte Rick.

Der Vizepräsident rührte sich eine ganze Weile lang nicht. Endlich schüttelte er den Kopf. »Nein«, sagte er, »ich kann das nicht tun.« Er wandte sich an Sam, auf dessen Gesicht sich Entsetzen ausbreitete. »Sie und Ihre Leute steigen ein«, sagte er. »Sorgen Sie dafür, daß jemand mein Ticket erhält.«

»Das kann ich nicht machen!« protestierte Sam.

»Doch. Ich sorge dafür, daß Ihre Einwände zu Protokoll genommen werden.« Er schüttelte Rick die Hand und dankte ihm.

»Was machst du da?« fragte Rick.

»Ich weiß nicht recht«, antwortete Charlie. »Aber ich weiß, was ich *nicht* tun kann.«

***Kopenhagen*, Flugdeck, 12 Uhr 51**

Nora Ehrlich zündete die Triebwerke und ließ sie im Leerlauf, während sie auf ihrer Umlaufbahn weiterglitt. Um präzise 13 Uhr 02 gab sie schließlich Schub, und die Raumfähre startete mit 136 Passagieren an Bord aus dem Orbit und nahm Kurs nach Hause.

Mondbasis, Grissom Country, 13 Uhr 47

Evelyn Hampton hatte die Evakuierung der Mondbasis Jack Chandler überlassen und sich darum gekümmert, das Unternehmen Mondbasis International auf die künftige Lage vorzubereiten. Sie ernannte einen Wunschkandidaten für ihre Nachfolge und entwickelte eine Strategie, die es dem Unternehmen nach Kapitel elf des Bankrottgesetzes vielleicht ermöglichte, in neuer Form weiterzumachen.

»Wir können nicht einfach aufgeben«, erklärte sie dem Vorstand. »Wir haben jetzt die technischen Mittel, um über die Erde hinaus zu expandieren. Die Erfahrung mit Tomiko sollte uns nicht abschrecken, sondern uns vielmehr als Warnung dienen.«

Zunächst einmal gab es Projekt Skybolt, überlegte sie, einen Orbitallaser, der fähig gewesen wäre, anfliegende Kometen in Stücke zu schneiden. Das Projekt war jedoch zwangsläufig in den Ruf geraten, nur aus Gründen persönlicher Protektion betrieben zu werden. Es war leichte Beute für Sparvorschläge, und nach fünfzehn Jahren und etlichen abgebrochenen Starts war es immer noch nicht über das Entwurfsstadium hinaus. Sogar Culpepper hatte sich dagegen ausgesprochen. *Wir brauchen es zur Zeit nicht.* Skybolt hätte gegen Tomiko natürlich nicht viel genützt, aber vielleicht wäre es nach der Kollision ganz nett gewesen, den Laser zu haben, falls sich Bruchstücke des Mondes der Erde näherten. *Und wenn wir schon nichts sonst daraus lernen, so wissen wir jetzt doch wenigstens, daß die Gefahren sehr real sind und ein wirklicher Bedarf an einer planetaren Verteidigung besteht. Aber es ist noch mehr daran. Viel mehr.*

Expansion schien der menschlichen Lebensform genetisch einprogrammiert zu sein. Expandieren oder stagnieren. Aber die westlichen Staaten waren stark verschuldet. Falls es zu einem umfassenden Raumfahrtunternehmen kommen sollte, mußten private Investoren die Führung übernehmen und demonstrieren, daß es sich auszahlte. Es mußte sich als profitabel erweisen.

Das war noch nicht geschehen. Wäre auf Jahre hinaus nicht geschehen. Aber noch immer warteten außerplanetare Industrien darauf, entwickelt zu werden. *Und falls der Mond gerade lange genug hier war, um uns als Sprungbrett zu dienen, sollten wir dafür dankbar sein.*

Worauf es jetzt ankommt, sagte sie zu MBI, *ist, daß wir uns nicht ins Schneckenhaus zurückziehen. Die jetzige Generation verfügt über die Technik und das Wissen, um die Entwicklung einzuleiten. Sollten diese Leute gezwungen werden, sich eine andere Arbeit zu suchen, sollten die Busse und Stationsfähren und die einstufigen Raumfähren eingemottet werden, dann ist es vorbei. Sicherlich für unsere Generation. Vielleicht für immer.*

Sie hatte ein paar Abschiedsbriefe vorbereitet, die sie morgen abschicken wollte, falls nötig. Inzwischen verbrachte sie viel Zeit in Jack Chandlers Gesellschaft. Unausgesprochene Botschaften gingen vom einen zum anderen, ein Blick, ein Lächeln, ein Achselzucken. Sie hatten sich schon immer nahegestanden, aber jetzt spürte Evelyn, daß eine Verbindung bestand, die über alles hinausging, was sie je mit einem anderen Menschen erlebt hatte. Es war wie ein leichter Kontakt, über den sie seine Gedanken lesen und an seinen Gefühlen teilhaben konnte.

Und der Kaplan. Mark Pinnacle. Ein schüchterner kleiner Mann, der auf dem Rednerpodium so ängstlich gewirkt hatte. Wer hätte das gedacht? Sie war sehr erfreut gewesen, als sie von seinem Angebot erfuhr. Sie hatte Chip Mansfield herbeirufen und ihm mitteilen können, daß er vom Haken war. Und falls sich noch jemand freiwillig meldete, konnte sie auch Benning loswerden, die als nächste auf der Liste stand. Evelyn verabscheute die Vorstellung, die letzten Stunden ihres Lebens mit Menschen zu verbringen, die nur zurückgeblieben waren, weil jemand sie dazu gezwungen hatte. Lieber in Gesellschaft der Kühnen sterben.

Sie stieg aus ihrem Overall. Es war ein langer Tag gewesen, und sie sehnte sich nach einer Dusche. Sie konnte es jetzt rechtfertigen: Es war nicht mehr nötig, Wasser zu sparen.

Das Telefon klingelte, als sie die Duschkabine betrat, aber sie scherte sich nicht darum. Sie konnte sich ja noch darum kümmern, wenn sie fertig war. Der endgültige Notfall war über sie hereingebrochen, und von nichts würde sie sich mehr hetzen lassen. Nicht in diesem Leben.

Evelyn war in Dakar geboren. Ihr Vater war britischer Missionar gewesen, die Mutter Dozentin für französische Literatur an der Universität des Senegal. Evelyn verkündete früh, sie wollte Ärztin werden. Sie kannte die Lebensbedingungen der Stämme aus erster Hand und hatte vor, ihr Bestes zu tun. Das war ein bewundernswertes Ziel, das jedoch während ihrer High-School-Zeit verblaßte, als sie einen Widerwillen gegen Chemie und Physik entwickelte.

Sie ging auf die Universität von Versailles, wo sie zu dem Schluß gelangte, daß man viel mehr Geld verdienen konnte, wenn man der Mittelklasse Phantasien verkaufte, als wenn man die Armen medizinisch zurechtflickte. Die Welt der Computersimulationen brach allmählich über die Gestade Afrikas herein, und das in all ihren Manifestationen, diagnostisch, filmisch, therapeutisch, analytisch. Evelyn hatte noch nicht mal ihren Bakkalaureus in der Tasche, als sie schon MicroTech Ltd. gründete, eine Sekretärin einstellte und sich bei schlecht informierten Bürokraten Lizenzen sicherte.

Von diesem Augenblick an steuerte sie das Wachstum der Industrie im Senegal und den umliegenden Gebieten. Sie profitierte ansehnlich von ihrem Monopol und expandierte nach Mauretanien, Ghana, Sierra Leone und in die Elfenbeinküste. Das organisierte Verbrechen versuchte, sie in die Tasche zu stecken, aber sie mietete sich eine eigene Elite-Sicherheitstruppe und erwies sich im Vergleich zur Unterwelt letztlich als zäher. All das fand unmittelbar vor dem afrikanischen Boom statt. Als dieser eintrat, handelte sich Evelyn einen Platz im Vorstand von Global Communications Ltd. ein.

Sie war an der richtigen Stelle, als die Nationen beschlossen, eine permanente Präsenz auf dem Mond zu begründen, und ein Unternehmen benötigten, das ihnen dabei half.

Eine Zeitlang widmete sie sich wieder komplett MicroTech, nur auf globaler Ebene. Sie wurde 2022 Frau des Jahres von *Time*, beschäftigte ein halbes Dutzend Nobelpreisträger und war mit Premierministern und Präsidenten auf Du. Ihr von einem Ghostwriter geschriebenes Buch *Mond über der Wall Street* stand inzwischen in der siebenundfünfzigsten Woche auf der Bestsellerliste der *New York Times*.

Sie hatte zweimal geheiratet. Marcus Hampton wurde im Krieg gegen die ostafrikanischen Gewaltverbrecher niedergeschossen. William hatte sich ein falsches Bild von ihr gemacht und geglaubt, sie würde einwilligen, einem Harem anzugehören. Sie wußte nicht, wo er inzwischen war.

Von Marcus hatte sie einen Sohn, der in Roxbury bei ihr lebte. Er beschäftigte sich am MIT mit seiner Doktorarbeit. Alt genug, um mit dem Verlust der Mutter fertig zu werden. Falls es dazu kam.

Das Telefon klingelte wieder, als sie das Wasser abdrehte. Sie ging aus dem Badezimmer und trocknete sich unterwegs ab. »Hampton«, sagte sie. Der Name, von der eigenen Stimme ausgesprochen, schaltete den Apparat ein.

»Evelyn.« Es war Chandler. »Ich habe gerade eine Nachricht aus der Betriebszentrale erhalten.«

»Was ist passiert, Jack?«

»Der Flug ist ohne Haskell gestartet.«

Sie brauchte einen Augenblick, um das zu verdauen. »Wie konnte es dazu kommen?«

»Er und seine Gruppe sind anscheinend einfach *weggegangen.* Einer von ihnen lieferte die Tickets ab und sagte unseren Leuten, sie sollten die Plätze anderen geben. Er war vor einigen Minuten hier oben.«

»Hat er den Grund erklärt? Warum er nicht abgeflogen ist?«

»Nein, hat er nicht. Aber er ist unterwegs zu dir.«

»Okay«, sagte sie. »Danke, Jack. Ich vermute, daß wir die Plätze trotzdem belegt haben.«

»Ja.«

»Okay. Setz die Gruppe in den morgigen Frühflug.«

»Ja, Ma'am.«

Sie hörte laute Stimmen auf dem Korridor. »Ich denke, er ist da, Jack. Ich rede später mit dir.«

Sie schnappte sich einen Bademantel, zog ihn über die Schultern und drehte sich zur Tür um.

Mondbasis, Grissom Country, 14 Uhr 06

Charlie Haskell war kein Held. Er bewunderte Helden, war stets bereit, TR oder Churchill zu zitieren, und hatte zweimal die Feiern zum Veteranentag geleitet. Niemals in seinem Leben war er jedoch aufgefordert gewesen, etwas Heldenhaftes zu leisten. Er hatte sich einem oder zwei Schlägertypen entgegengestellt und sich einmal auch einem tyrannischen Geometrielehrer widersetzt. Die Erinnerung an diesen lange vergangenen Tag war ihm absurderweise durch den Kopf gegangen, als er auf dem Rückweg zur Main Plaza in der Straßenbahn saß, umgeben von Rick und seinen frustrierten Agenten.

Frustration war das Motto des Nachmittags. Er hatte darauf bestanden, daß die Agenten den geplanten Flug nahmen. Sie weigerten sich. Und Rick, der normalerweise zuerst für sich selbst sorgte, hatte diesen Augenblick gewählt, um sich untypisch zu geben. Er hatte eingewandt, daß Charlie unmöglich bleiben konnte, nicht einmal daran denken durfte, es dem amerikanischen Volk schuldete, daß er nach Hause zurückkehrte, zu wertvoll war, um verlorenzugehen. Was besagte, daß nicht einmal Rick einen zwingenden Grund wußte, warum Charlie seine Haut retten sollte.

Charlie hatte keine Familie, die von ihm abhängig war, hatte niemanden, der schrecklich verletzt sein würde, wenn ihm etwas widerfuhr. Und keinen wirklichen Grund, um überhaupt zu existieren, abgesehen von seinem Job, von dem jemand einmal gesagt hatte, er bestünde aus drei Pflichten: fischen zu gehen, dem Senat vorzusitzen und darauf zu warten, daß der Präsident starb.

Rick hatte auf dem ganzen Weg bis zu Evelyns Wohnung Einwände vorgebracht.

Charlie gewann jedoch den Eindruck, daß sein ganzes Leben eine Vorbereitung auf diesen schrecklichen Augenblick gewesen war. Er hielt sich für eine nationale Führungsfigur. Er hatte Spaß am Drum und Dran seines Amtes, schwelgte in seiner Berühmtheit, hatte Umgang mit den Mächtigen, reiste von einem Country Club zum nächsten. Aber jetzt war der Augenblick gekommen, um Führungsqualitäten zu zeigen.

Er hatte in der Straßenbahn gesessen und Rick

zugehört. Er stellte sich vor, wie er nächstes Jahr im Weißen Haus saß, wenn er Glück hatte, wie er das Wissen zu verbannen versuchte, daß jemand, der tapferer war als er, an seiner Stelle umgekommen war. Er konnte sich nicht mal an den Namen des Kaplans erinnern. Er hatte Herzklopfen gehabt. Später sollte er zu der Auffassung gelangen, daß die Entscheidung schon Stunden zuvor gefallen war, daß es eine Frage der linken Hirnhälfte gewesen war, daß es nur darum gegangen war, sich bewußt darüber klar zu werden. Und vielleicht lag ein Körnchen Wahrheit darin.

Charlie hatte versucht, von der Straßenbahn aus den Präsidenten anzurufen. Er kannte eine Nummer, die ihn reibungslos über die Kommzentrale der Mondbasis leitete, aber Henry war in einer Konferenz gewesen. *Er wird Sie zurückrufen, Sir.* Also hinterließ er eine Nachricht, in der er seine Entscheidung erläuterte. *Damit* hatte er natürlich den Rubikon überschritten.

Dann hatte er sich auf die Suche nach Evelyn gemacht. Wenn er schon diesen Schritt tat, wollte er wenigstens die Freude auskosten, es ihr persönlich mitzuteilen. Er fragte sich, warum ihr Respekt ihm so wichtig war. Aber jetzt stand er vor ihrer Tür, schickte Rick und seine kampfbereiten Agenten fort, war begeistert und verängstigt und sehr mit sich zufrieden.

Er war überrascht, als die Tür aufging. Er hatte niemanden auf der anderen Seite gehört, aber Füße, die über den Boden tappten, waren in der Mondschwerkraft schwerer zu hören. Evelyn trug einen gelben Frotteebademantel, stand in einer Pfütze und betrachtete ihn neugierig. »Was ist los, Herr Vizepräsident?«

»Ich bin nicht sicher«, sagte Charlie. »Darf ich hereinkommen?«

Sie machte Platz. »Man hat mich informiert, daß Sie Ihren Flug versäumt haben.«

Er blickte zu Rick und Sam zurück und überquerte die Schwelle. Evelyn schloß die Tür hinter ihm.

»Ich bleibe«, sagte er.

»Sie bleiben?«

Sie musterten einander über einen Abgrund hinweg.

»Haben Sie Kaffee?«

»Sie und der Kaplan«, sagte sie fast verträumt. »Warum?«

»Ich mußte immer wieder an MacArthur denken«, sagte er.

»MacArthur?«

»Einen amerikanischen General aus dem zwanzigsten Jahrhundert.«

»Ich weiß, wer er war.« Sie runzelte die Stirn. »Was hat Douglas MacArthur denn um alles in der Welt damit zu tun?«

»Sind Sie wütend auf mich?«

»Warum sollte ich wütend sein?« Ihr Ton war eisig.

»Ich weiß es wirklich nicht. Sie klingen feindselig.«

»Erzählen Sie mir von MacArthur.«

»Als die Japaner 1942 kurz davor standen, die Philippinen zu überrennen, befahl Franklin Roosevelt MacArthur, dem kommandierenden General dort, zu verschwinden. Es war die richtige Maßnahme, denn die Alliierten würden ihn noch brauchen. Er war ein paar Divisionen wert. Sie schmuggelten ihn an der feindlichen Flotte vorbei, und er wurde danach eine Führungsfigur des Krieges. Man hatte ihm befohlen, seine Truppen im Stich zu lassen. Sich zu retten. Er tat es, und nichts von dem, was er später vollbrachte, machte es ihm möglich, darüber hinwegzukommen. Die Leute nannten ihn den ›Wegduck-Doug‹.«

Obwohl Charlie fast dreißig Zentimeter größer war als Evelyn, schien sie auf ihn herabzublicken. »Vergessen Sie die Politik«, sagte sie. »Sie haben hier keine Truppen.«

Sie nahm das Telefon zur Hand und tippte eine Nummer ein. »Wurden die Plätze schon bestätigt?« fragte sie.

»Tun Sie das nicht«, sagte Charlie.

»Gut«, sagte sie ins Telefon. »Er wird in der Maschine sein.« Und sie drehte sich zu ihm um: »Null Uhr fünfzehn morgen: Start vom Raumhafen. Ich habe sechs Plätze für Sie reserviert.«

Charlie spürte, wie Zorn in ihm hochschoß. »Ich brauche nur fünf.«

Sie musterte ihn ausgiebig, warf einen kurzen Blick aufs Telefon und sank in einen Sessel. »Sind Sie sicher?« fragte sie.

»Yeah. Ich bin sicher. Es ist härter, einfach abzuhauen, als zu bleiben.« Ihm kam der Gedanke, daß man sich an die sechs Menschen erinnern würde, die blieben. Wahrscheinlich deutlicher, als man sich an die meisten Vizepräsidenten erinnerte.

5.

Mondbasis, Verwaltungsbüro, 14 Uhr 08

Andrea Bellwether hatte ihren Boß noch nie in so grimmiger Laune erlebt.

Ihr Boß war Teresa Perella, normalerweise eine sympathische und lebhafte Person, die noch nie ein unlösbares oder unumgängliches Problem gekannt hatte, das man nicht lösen oder umgehen konnte. Heute wirkte sie geschlagen. Sie starrte über die Köpfe ihrer Kommunikationsspezialisten hinweg, als wäre sie in Gedanken weit entfernt von diesem Konferenzraum.

»Wir sind soweit, daß wir unsere Gruppe evakuieren

können«, sagte sie. Sie war eine winzige Frau mit dunklen Augen und einer Persönlichkeit, die Präsenz ausstrahlte. Sie hatte zwei Ehemänner begraben. Sie ausgelaugt, wie gewitzelt wurde. »Wir halten die Kommzentrale bis zum mittleren Nachmittag morgen in Betrieb. Ich brauche drei Leute, die dabei helfen. Wer bleibt, nimmt den letzten Flug, der abgeht. Es heißt, es wäre ungefährlich, aber wer weiß?« Sie starrte die anderen an, den Mund geöffnet, als wollte sie noch etwas sagen, zögerte aber. *Die ohne Familie.*

Tommy Chan signalisierte, daß er bleiben wollte.

Die ohne Zukunft.

Eleanor Kile. Eleanor war eine spektakulär schöne Frau, die schönste auf der Mondbasis, wie Andrea fand, aber eine von denen, die Männer abzuschrecken schienen. Alle außer den falschen Typen.

Sonst noch jemand? Teresa richtete sich etwas stärker auf. »Wir brauchen noch jemanden.«

Andrea Bellwether blätterte imaginäre Akten durch, studierte die Beschaffenheit der Wand, dachte an all die Menschen, die sie gern wiedersehen würde. Die Eltern, Onkel, eine Nichte.

Was würde Teresa tun, wenn sich niemand meldete?

Andrea sah Chan an und Kile. Na ja, verdammt, sie kamen schließlich noch eine Stunde davor weg. Andrea fing Teresas Blick auf und nickte. Sie wurde mit einem Schimmer von Respekt belohnt.

Wrightsville, New Jersey, 14 Uhr 11

Der Konvoi der Pine River Furniture Company war schließlich unterwegs. Archie wäre lieber früher aufgebrochen, um Philadelphia hinter sich zu bringen, ehe der Stoßverkehr einsetzte. Sie hatten jedoch unterschätzt, wie schwierig es war, die Möbel sicher zu verladen, und die Fähigkeit der befristet eingestellten Helfer überschätzt, einfachen Anweisungen zu folgen. Sie hatten achtzehn Lastwagen voller Managerschreibtische, Lederdiwane und geschnitzter Schwenkstühle. Das Unternehmen bot seinen kompletten Fuhrpark auf – vierzehn dunkelblaue Fahrzeuge mit weißen Zierstreifen und dem vom ursprünglichen Walter Harrison entworfenen Logo; es stellte eine Debütantin dar, die sich in einem üppig gepolsterten Sessel an einem Flußufer zusammengerollt hatte. Vier weitere Fahrzeuge hatten sie bei Wrightstown U-Haul angemietet.

Archie fuhr im Führungs-Lkw mit. Claire Hasson, eine Fahrerin der Firma, saß am Lenkrad. Im Außenspiegel sah Archie, wie sich der Konvoi hinter ihm um eine Kurve wand. Sie fuhren auf der Route 68, die über die I-295 mit dem Pennsylvania Turnpike* verbunden war. Sie hielten Kurs auf Carlisle und die Blue Mountains. Lächerlich, wie Archie fand. Aber, bei Gott, es erforderte schon eine riesengroße Flutwelle, sie dort oben zu ersäufen!

Carlisle war nicht ihre erste Wahl gewesen, aber sie hatten nirgendwo sonst im Bergland von Pennsylvania gewerbliche Unterkünfte gefunden. Nach Stunden fruchtlosen Telefonierens ließ Walter schließlich Beziehungen zu Logenbrüdern spielen, die einwilligten, die Fahrer bei sich aufzunehmen. Archie fragte sich, was der Boß als Gegenleistung versprochen hatte.

Der Mangel an freien Motelbetten diente als Warnung. Archie hatte seine Familie heute morgen mit dem Buick-Kombi losgeschickt, um bei der Schwester seiner Frau in Troy, New York, unterzukommen. Susan gefiel es nicht, von ihm getrennt zu werden, obwohl sie auch behaup-

* Turnpike: mautpflichtige Schnellstraße. Anm. d. Übers.

tete, daß ohnehin nichts passieren würde. Sie zeigte jedoch erkennbare Besorgnis, als Archie erzählte, daß Harrison alles sehr ernst nahm. Nächste Woche sind wir zurück und machen Witze darüber, kamen sie überein. Danach setzte sich Susan mit Sohn und Tochter, beides Teenager, in den Buick und fuhr los, obwohl beide Kinder lautstark gegen die aufgezwungene Reise protestierten.

Der Konvoi fuhr mit forschem Tempo die vierspurige Straße entlang. Hin und wieder sah Archie weitere Karawanen. Macro Electronics. Sonya-Präzisionsuhren. SolarWorks Komplette Eigenenergiesysteme. Gelegentlich brausten neue Wagen mit Händler-Nummernschildern vorbei.

Hier draußen auf dem Highway zu fahren und zuzusehen, wie Menschen nach Westen fuhren, untergrub Archies Selbstsicherheit noch mehr. »Was denkst du?« fragte Claire.

»Es ist verrückt«, sagte er. Aber er wußte, daß er das nur sagte, weil er der Boß war und von ihm Skepsis erwartet wurde. »Der Chef geht hier nur auf Nummer Sicher.«

»Ich freue mich, das von dir zu hören.«

»Ich denke nicht, daß wir uns über irgend etwas Sorgen machen müssen.« Und eine Minute später: »Wo ist deine Familie?«

»Zu Hause. Wir hatten überlegt, für ein paar Tage zu meiner Schwester zu ziehen, aber das hätte bedeutet, die Kinder aus der Schule zu nehmen, und Ed hat den freien Tag nicht bekommen.«

»Yeah. Ich weiß, wie das ist.«

Und nach noch einer langen Pause: »Aber ich freue mich, wenn wir das hinter uns haben, Archie. Das Zeug, das im Fernsehen geredet wird, macht mir angst.«

Sein Mobiltelefon piepste. »Pickman«, meldete er sich.

»Archie, hier ist Brad.« Brad Cabry war einer seiner Assistenten und fuhr an letzter Stelle im Konvoi mit. »Ich weiß nicht, ob du Radio hörst, aber sie sagen da, daß auf dem Pennsylvania Turnpike schon dichter Verkehr herrscht. Mehr als zur Stoßzeit. Sie empfehlen, der Straße fernzubleiben.«

Archie betrachtete die lange Schlange von Autos und Lastern vor ihm. »Zu spät für uns«, sagte er. »Wir bleiben bei Plan A. Wenn es die ganze Nacht dauert, dann dauert es eben die ganze Nacht.«

Claire nickte. »Völlig richtig«, sagte sie. »Ich kann die Überstunden gebrauchen.«

Archie rutschte herum und versuchte, eine bequeme Position zu finden. Der Laster fühlte sich an, als wäre die Federung irgendwo defekt. »War die verdammte Kiste bei der Inspektion?«

Claire griff ins Handschuhfach, holte das Inspektionsbuch hervor und reichte es ihm. Er sah sich die Zahlen an, hatte aber Schwierigkeiten, sie klar ins Auge zu fassen.

Manhattan, 15 Uhr 36

Marilyn Keep hatte sich die Bilder verstopfter Schnellstraßen angesehen, hatte beobachtet, wie Nachrichtensprecher herablassend über die Flüchtlinge lächelten, und sie hatte sich die Chicken-Little*-Cartoons in *New York Online* angeschaut. Jeder, der in den Norden zu kommen versuchte, wurde als Idiot dargestellt. Na ja, für die, die in der Stadt festsaßen, war das tröstlich.

Sie arbeitete wieder an *Schatten des Verräters,* als das

* Chicken Little: Zeichentrickfigur, ein für seine Dummheit berüchtigtes Hühnchen. Anm. d. Übers.

Telefon klingelte. Es war Larry: »Was machen wir morgen, Schatz?«

Sie wandte den Blick von ihrer Tabelle ab, in der jedes körperliche und psychologische Detail jeder Romanfigur verzeichnet war, und betrachtete finster das Telefon. »Wir sehen uns vermutlich an, wie der Mond zerschlagen wird«, sagte sie. »Was hast du dir denn vorgestellt?«

»Louise schmeißt morgen abend eine Kometenparty. Sie möchte, daß wir auch kommen.«

»Das ist irgendwie eine Last-Minute-Veranstaltung, oder?«

»Na ja, es ist irgendwie ein Last-Minute-Komet. Ich denke, es wird ein Riesenspaß.«

Louise war eine von Larrys Kolleginnen, eine Volkswirtin, die für Kraus & Cole arbeitete. Marilyn hatte sich ein paarmal mit ihr unterhalten. Louise war zweimal geschieden und behauptete, sie hätte beide Ehemänner hinausgeworfen, obwohl Larry meinte, es wäre andersherum gelaufen. Sie war die inoffizielle Gesellschaftsbeauftragte des Büros, organisierte Spontan-Mittagessen, Bowlingmannschaften und Massenausflüge in Theaterrestaurants. »Sicher«, sagte Marilyn. »Gehen wir hin.«

Die Welt schien fast in den Normalzustand zurückgekehrt. In den Late-Night-Shows wurden Kometenwitze gerissen, und ein Fernsehprediger verkündete, Tomiko wäre ursprünglich unterwegs nach Alabama gewesen, bis seine Gebete den Kometen abgelenkt hatten. Politische Experten analysierten Tomikos Auswirkungen auf den Wahlkampf im Herbst. (Die meisten erwarteten, daß er Haskells Chancen drückte, ungeachtet der Geschicklichkeit, mit der Haskell sich ihrer Meinung nach ins Bild gerückt hatte; allein die jetzt unwiderruflich verlorenen nationalen Investitionen in die Mondbasis reichten dafür.) Die Yankees erwarteten dieses Wochenende zu Hause die Tigers und gaben bekannt, sie würden eine

Spielunterbrechung ausrufen und die Himmelsshow auf die Stadionmonitore bringen, falls das Spiel am Samstagabend um 22 Uhr 35, dem Zeitpunkt der Kollision, noch nicht vorbei war. Der Mond würde im Westen stehen, nicht sichtbar für die Fans, außer denen auf den Plätzen rechts vom Spielfeld. Einige Fans protestierten und schlugen vor, das Management könnte die Show ruhig auf die Monitore bringen, aber das wäre noch kein Grund für eine Spielunterbrechung.

Marilyns Wohnung im zweiten Obergeschoß bot Ausblick über den Central Park. Alles sah so aus wie immer: Ein paar Kids versuchten sich im Drachensteigen, während ihre Mütter zusahen; Jogger trabten die Wege entlang, und die übliche Anzahl Leute saßen auf den Bänken. Schnorrer machten die Fußgänger an, und die Straßen waren voller Taxis, Busse und Lieferwagen. Die Schulen waren geöffnet, und Wal-Mart hatte eine große Kometen-Verkaufsaktion angekündigt (»Bringen Sie ihren Schweif hierher, solange die Rabatte gelten!«).

Marilyn fand, daß *Schatten des Verräters* eine der weniger einfallsreichen Mordgeschichten war, die auf ihren Schreibtisch gelangt waren. Der Mörder war etwa ab Kapitel drei völlig sichtbar und brachte nur ansatzweise ein Motiv mit. Die falschen Spuren waren eindeutig als solche zu erkennen. Das Erzähltempo paßte nicht, und die Charaktere waren langweilig. Die Erzählung wurde mit halsbrecherischem Tempo entwickelt, die nicht zu einem atmosphärisch dichten Krimi paßte. Der Leser fand nirgendwo Zeit, innezuhalten und über die Implikationen nachzudenken. Und der Autor hatte mehrere Gelegenheiten verpaßt, ein echtes Drama zu schaffen. Es wirkte, als hätte man ihn in der zweiten Reihe zugeparkt.

Sie konnte sich nicht mehr konzentrieren, öffnete die Balkontür und ging hinaus. Es war kein großer Balkon, gerade ausreichend für zwei Stühle und einen kleinen

Tisch. Sie stand eine Zeitlang dort, lehnte sich ans Betongeländer und sah zu, wie drei Männer Möbel von einem Mietlastwagen in das angrenzende Wohnhaus trugen.

San Francisco, 13 Uhr 20 Pazifische Sommerzeit (16 Uhr 20 Ostküsten-Sommerzeit)

Im Büro von Bennett & McGee im zweiten Obergeschoß starrte einfach jeder in den Fernseher. Der Bildschirm war in zwei Fenster unterteilt. Eine Karte der Bucht und ihrer Umgebung füllte eines davon aus, von Richmond im Norden bis nach Santa Clara und zu den Los Altos Hills im Süden, vom Pazifik bis zur I-680 – insgesamt mehr als elfhundert Quadratkilometer. Das andere Fenster zeigte den Kometenkopf, etwas länglich, unregelmäßig geformt, mit Kratern bedeckt und rissig. Ein riesiger Krater beanspruchte etwa ein Fünftel der sichtbaren Kometenoberfläche. Während Jerry hinsah, wurde der Umriß der Buchtregion in das Bild vom Kometenkern eingeblendet. Dann wurde der Bildausschnitt verkleinert, bis San Francisco und die Umgebung gerade in den großen Krater paßten. Ein Bildtext leuchtete am unteren Bildschirmrand auf: TATSÄCHLICHE GRÖSSE.

Außerhalb des Bildes unterhielt sich Senator Mark Caswell mit der Chefsprecherin von PugetWeb, Jane McMurtrie.

»... ein Impeachment«, sagte er gerade. »Absolut undenkbar, daß ein Präsident der Vereinigten Staaten eine Gefahr dieser Art einfach herunterspielt. Ich denke, Sie werden in naher Zukunft von einer angemessenen Reaktion im Kongreß hören.«

»Aber Senator«, sagte McMurtrie, »ist das nicht im Grunde eine leere Drohung? Ich meine, wenn etwas an der Behauptung dran ist, die Information wäre für das

Überleben des Landes entscheidend, ist der Schaden bereits weitgehend angerichtet. Die Felsbrocken stürzen herunter, und es kommt einfach nicht mehr zur montäglichen Plenarsitzung. Falls der Präsident einfach nur die Unheilspropheten im Zaum halten möchte, wenn also nichts passiert, welchen Vorwurf sollte man ihm dann machen? Ich meine, dann wird sich herausstellen, daß er richtig gehandelt hat, oder?«

»Ganz und gar nicht, Jane. Wir werden nicht hinnehmen, daß Mr. Kolladner so unbekümmert mit der Sicherheit der Menschen unseres Landes herumspielt. Und ich kann Ihnen versichern, daß es nach diesem Vorfall weiterhin einen Kongreß und weiterhin die Vereinigten Staaten geben wird. Und es wird zu einer Abrechnung kommen.«

Das halbe Personal hatte sich krank gemeldet. Man hatte das Klagebüro mit Leuten aus der Stammaktienabteilung besetzen müssen. Mannys Kaffeehaus auf der anderen Straßenseite, wo Jerry normalerweise einkehrte, um Toast zu essen und die *Chronicle* zu lesen, hatte heute morgen geschlossen. Ein Schild im Fenster verkündete: AM MONTAG ZURÜCK.

Jerry und Marisa hatten den Abend zuvor mit Freunden verbracht und witzige Sprüche über Bekannte ausgetauscht, die die Stadt verließen. Man hatte viel gelacht und trotzdem ein allgemeines Unbehagen gespürt.

Jerrys Abteilungsleiter war Leo Gold, der schon zur Firma gehört hatte, als die Siedlertrecks in den Westen kamen. Leo hatte schneeweiße Haare, eine Stimme wie eine Elektrosäge und war Fan von Modelleisenbahnen. Er rief Jerry in sein Büro. »Kannst du morgen zur Arbeit kommen?« fragte er ohne Einleitung.

Morgen war Samstag. Es war der Samstag vor dem 15. April, eine anstrengende Zeit für Steuerberatungsunternehmen. Bennett & McGee war seit jeher stolz auf seine Fähigkeit, seine Arbeit zu schaffen, ohne in der Steuersaison in den Hektikmodus überzugehen. Niemand unterhalb des Hauptgeschäftsführers hatte *jemals* am Samstag vor dem Steuertermin gearbeitet. Das war eine Frage des Stolzes.

»Aber nicht in diesem Jahr«, erklärte Leo. »Diese ganzen Leute, die sich die letzten Tage freigenommen haben, Jerry. Damit stecken wir in der Klemme.«

Normalerweise hätte sich Jerry das nicht zweimal überlegt. Er wußte jedoch, daß Marisa wegen des Kometen nervös war. Durchaus möglich, daß sie verreisen, den Gefahren aus dem Weg gehen wollte, und das war nicht möglich, wenn er sich zur Arbeit verpflichtete. »Ich hatte geplant, das Wochenende nicht in der Stadt zu sein«, sagte er.

Leo preßte die Lippen zusammen. »Jerry.« Er legte den Kopf auf die Seite. »Jerry, das meinst du doch nicht ernst!«

Wie kannst du nur so naiv sein, Jerry? »Es liegt nicht am Kometen, Leo«, beeilte sich Jerry zu erklären. »Der Ausflug ist schon seit mehreren Wochen geplant. Wir möchten Helen, die Schwester meiner Frau, besuchen.«

»Jerry, wir alle sind auch am Montag noch da. San Francisco ist dann noch da. Bennett & McGee ist noch da. Und ich brauche dir sicher nicht zu sagen, welches Datum wir am Montag haben.«

Der 15. April. Jerry kam der Gedanke, daß, sollte es zum Schlimmsten kommen, die letzte offizielle Maßnahme der Regierung der Vereinigten Staaten in der alljährlichen Ausplünderung ihrer Bürger bestehen könnte.

»Du hast eine große Zukunft bei der Firma«, fuhr Leo fort. »Gefährde sie doch nicht wegen ...« Ihm schienen die richtigen Worte nicht einzufallen, und so zeichnete er nur mit dem rechten Zeigefinger einen Kreis in die Luft.

Letztlich willigte Jerry ein, wenn auch nicht aus Angst

um seine Karriere. Vielmehr hatte er angesichts von Leos Verhalten das Gefühl, beweisen zu müssen, daß er keine Angst vor dem Kometen hatte.

6.

Point Judith, Rhode Island, 19 Uhr 21

Der Rentner Luke Peterson war früher Drucker gewesen. Seine Frau war seit zwanzig Jahren tot, und die Kinder lebten im ganzen Land verstreut. Er besaß ein geräumiges Backsteinhaus in Point Judith mit wunderbarem Blick aufs Meer. Er hatte weite Rasenflächen, eine gepflasterte Einfahrt und reichlich Zimmer für die Enkelkinder, die gern zu Besuch kamen und jeden Sommer scharenweise eintrafen. Luke war nach dem Tod der Ehefrau ans Meer gezogen, hatte den Besitz für 110000 Dollar gekauft. Heute war er eine Dreiviertelmillion wert, und er hätte ihn nicht behalten können, wäre er nicht über siebzig gewesen und in den Genuß einer speziellen Vorkehrung im Steuerrecht gekommen, die Hauseigentümer vor davongaloppierenden Immobilienwerten schützte. Zehn Jahre lang hatte er die Druckerei von hier aus betrieben, hatte Flugblätter für Firmen und Touristen gedruckt und verschiedene Sonderaufträge, Geschäftskarten, Briefbögen, was immer. Ein nettes Leben, aber es hatte ihn schließlich gelangweilt. Das Leben war zu kurz, um es in einer Druckerei zu verbringen, und als er es sich leisten konnte, sie zu schließen, tat er es.

Luke hatte gut investiert, also war Geld kein Problem. Mittwochs spielte er Binokel, und jeden zweiten Montag im Monat besuchte er einen Club für große Literatur (für das Mai-Treffen lasen sie gerade Marc Aurel). Zwei- oder dreimal die Woche spielte er Golf, je nach Laune; und normalerweise aß er mit ein paar Leuten aus dem Rotary-Club zu Mittag. Sie nannten sich den Lunch Bunch.

Trotzdem fühlte er sich zuzeiten einsam. Er vermißte Ann, und an den meisten Tagen war es ruhiger im Haus, als ihm lieb war. Immerhin hatte er sich einigermaßen angepaßt. Ann hätte es nicht geduldet, daß er Trübsal blies und sich selbst leid tat, und er tat sein Bestes, den Ratschlägen auf der letzten Geburtstagskarte, die er von ihr erhalten hatte, zu folgen: das Leben wie eine überreife Grapefruit zu betrachten und soviel Saft wie nur möglich herauszuziehen.

Also verfolgte er die Fernsehberichterstattung mit Interesse und ein bißchen Beklommenheit (Furcht gehörte auch zur Grapefruit). Das Meer sah jedoch beruhigend still und flach aus.

Pennsylvania Turnpike,
nordwestlich von Philadelphia, 19 Uhr 33

Der Verkehr, der drei Stunden lang noch sporadisch in Bewegung gekommen war, stand nun völlig still. Auf den Frequenzen der Staatspolizei hieß es, daß der Turnpike auf dem ganzen Weg bis Valley Forge praktisch zum Parkplatz geworden war.

Der Konvoi hatte sich schon lange aufgelöst. Archie sah vier Firmenlaster hinter sich aufgereiht. Die übrigen waren verschwunden, irgendwo vom Verkehrsstrom verschluckt.

»Claire«, fragte er, »weißt du eigentlich, mit welcher Begründung sie das Interstate-Highwaynetz aufgebaut haben?«

Sie hatte keine Ahnung.

»Eisenhower sagte, er wollte rasch Truppen verschieben können. Falls es zu einer Invasion käme.«

Sie sah sich im Verkehrsstau um und lächelte. »Damals gab es weniger Autos.«

Pickups, Kombis, Lieferwagen – alle waren sie mit Kartons und Decken und Kindern vollgestopft. Möbel stapelten sich auf den Dächern. Lampen ragten zu den Fenstern heraus, und Kofferraumdeckel, die über Stühlen nicht geschlossen werden konnten, waren festgebunden. Archie war einmal im Rahmen einer friedenserhaltenden Mission im Kaukasus gewesen, als lokale Machthaber versuchten, ethnische Minderheiten zu beseitigen, und die Türken eine Beteiligung am Rettungseinsatz verweigerten. Er erinnerte sich an die Menschen auf den Straßen, unterwegs nach Süden und Osten, fort aus den Gebieten, in denen die Killer wüteten. Es waren eine Menge Autos gewesen, und das auf gerade mal anständigen Straßen. Sicherlich nicht mit dem Pennsylvania Turnpike vergleichbar. Aber irgendwas an dieser Autoflut erinnerte ihn an die verängstigten Massen von damals.

Irgendwas.

Vielleicht die auf den Rücksitzen kauernden Kinder; und die verängstigten Fahrer, die ausstiegen, um liegengebliebene Autos von der Straße zu schieben; und sogar gelegentliche Schüsse. Im Kaukasus waren Heckenschützen entlang der Straßen dafür verantwortlich gewesen. Hier wußte Archie nicht, was dahintersteckte.

Voraus rotierte ein Blinklicht auf dem Dach eines Streifenwagens, aber die Cops waren so hilflos wie alle anderen.

Alte Autos wurden zu heiß, oder ihnen ging das Benzin aus. Die Elektrowagen erschöpften ihre Batterien. Die Pine-River-Laster waren aufgeladen worden, ehe sie vom Werksgelände fuhren, aber auch sie würden nicht durch die Nacht kommen.

»Wie geht es dir, Claire?«

Sie zuckte die Achseln. Sie bewegten sich zentimeterweise an einer Ausfahrt vorbei. Sie war mit Fahrzeugen verstopft, die die Schnellstraße verlassen wollten. Eine weitere Kolonne okkupierte den Seitenstreifen, aber auch sie bewegte sich nicht.

Archie hatte mehrmals versucht, Susan mit dem Mobiltelefon zu erreichen, aber das Netz mußte überlastet sein, und er war einfach nicht durchgekommen. Wahrscheinlich ging es überall auf den Straßen schlimm zu. Er stellte sich vor, wie Susan versuchte, über die I-287 rings um New York zu kommen, und bedauerte, daß er sie ermuntert hatte loszufahren. »Diese Leute sind verrückt«, stellte er schließlich fest.

Claire lächelte. »Wir sind auch hier draußen.«

»Yeah. Aber uns bezahlt man dafür.«

DIE MOLLY-SINGER-SHOW, 20 Uhr
Auszug aus einem Interview in den WXPI-Fernsehstudios in Richmond, Virginia, mit ›Oberst‹ Steve Gallagher, Kommandant, Thomas-Jefferson-Legion.

Singer: *Oberst, wozu braucht Virginia eine Miliz?*
Gallagher: *Wir alle kennen doch die Antwort auf diese Frage, Molly. Einige von uns möchten sich der Wahrheit nicht stellen, und einige von uns liegen mit den Verrätern von ganz oben im Bett. Aber wir alle wissen es doch.*
Singer: *Wieso erklären Sie es uns nicht?*
Gallagher: *Die Legion ist das einzige, was zwischen dem Unterdrückerstaat und dem Volk steht. Falls es den Föderalen je gelingen sollte, uns niederzuwerfen, können Sie und die anderen Leute da draußen sich gleich die Fußeisen anlegen.*

Singer: *Sie denken also wirklich, daß es eine weitreichende Verschwörung gibt, um das amerikanische Volk zu versklaven?*
Gallagher: *Sie können sich darüber lustig machen, soviel Sie möchten, Sie und die übrigen liberalen Medien. Sie waren ja schon immer ganz vorne mit dabei, diese Verräter anzustacheln und die Wahrheit zu vertuschen. Aber wenn Sie ihnen das Land übergeben, schlucken die Sie auch mit. Genau wie uns andere.*
Singer: *Über wen genau reden wir?*
Gallagher: *Fangen wir mal mit Kolladner an.*
Singer: *Was hat er getan?*
Gallagher: *Regierungsgewalt ohne Volksvertretung, Molly. Machen Sie mal die Augen auf! Es ist der gleiche Grund, aus dem wir den Unabhängigkeitskrieg gekämpft haben. Sehen Sie mal, es geht eigentlich nicht um Einzelpersonen. Es geht um die staatliche Maschinerie. Es geht um ein System, das es Menschen wie Kolladner ermöglicht, an die Hebel der Macht zu kommen, ein System, das uns alle niederzuhalten versucht.*
Singer: *Wir haben Wahlen.*
Gallagher: *Worüber darf man denn abstimmen? Normalerweise hat man die Wahl zwischen zwei Marionetten. Molly, Molly, die meisten Männer und Frauen werden als Sklaven geboren. Wir beide wissen das. Zu jedem beliebigen Zeitpunkt findet man auf dem ganzen Planeten nur wenige, die man wirklich frei nennen kann. Die anderen, zum Beispiel die große Masse Ihres Publikums, sind versklavt, weil sie an das glauben, was ihnen von Schule und Kirche erzählt wird. Von der Gesellschaft und besonders von Sendungen wie dieser hier. Das sind alles korrupte Institutionen, die daran mitarbeiten, korrektes Verhalten sicherzustellen. Die Ordnung aufrechterhalten, das wollen Sie doch schließlich, nicht wahr? Damit Sie Ihren Job mit den zweihunderttausend Dollar Jahresverdienst behal-*

ten können. Sie wurden zum Sklaven geboren, Molly. Sie haben eine gewisse Begabung, und Sie haben sich verkauft. Ihr Job ist es, dafür zu sorgen, daß jeder, der eigene Gedanken hat, isoliert, an den Rand der Gesellschaft verbannt und jeder Macht beraubt wird.

Richmond, WXPI-Studios, 20 Uhr 36

Tad Wickett und der jüngere Bruder des Obersten, Jack, erwarteten ihn im Foyer. »Wie habe ich gewirkt?« fragte Steve.

»Du warst verdammt gut, Steve«, sagte Jack. »Vielleicht können wir ja einige dieser Leute aufwecken.«

Tad nickte.

»Sie haben dieses Miststück wirklich ordentlich in die Schranken verwiesen, Oberst.«

Steve blieb für einen Moment stehen und blickte den Weg zurück, den er gekommen war, als wartete er darauf, ob man ihn für eine Zugabe zurückrief. »Sie hätte es verdient, noch viel härter niedergeworfen zu werden«, sagte er. »Leute wie sie sind das Problem. Sie decken die Arschlöcher, die dieses Land leersaugen. Ich kann gar nicht glauben, daß sie nicht weiß, wie sie benutzt wird.«

»Ob sie es weiß oder nicht«, sagte Tad, »sie steht uns jedenfalls im Weg. Wieso sorgen wir nicht einfach dafür, daß sie aus dem Geschäft fliegt? Das wäre den anderen eine Lehre.«

Jack lief es kalt über den Rücken. Er mochte Wickett nicht. Zweimal hatte Jack miterlebt, wie Wickett beinahe ausgerastet wäre und Hunde umgebracht hatte. Er war ehemaliger Marineinfanterist, der viel davon redete, Leute zu eliminieren. Man wußte nie, ob er es ernst meinte oder nicht. Der Oberst lachte immer, wenn Jack seine Sorgen äußerte. *Mach dir keine Sorgen über Tad. Er tut nur, was ich ihm sage. Und wir brauchen Leute wie ihn. Irgendwann kommt der Tag ...*

»Was schwebt dir dabei vor?« fragte Steve, der viel zu clever war, um Gewalt einzusetzen, es sei denn als letztes Mittel. Trotzdem wußte er, daß es schlechter Führungsstil gewesen wäre, Vorschläge kategorisch abzulehnen.

»Zerstören wir den Sender«, sagte Tad. Jack erkannte, daß Tad die Vorstellung Spaß machte. »Weißt du, was sie am Ende der Sendung immer sagt? ›Molly wünscht eine gute Nacht und viel Glück.‹ Warten wir, bis sie die Zeile abgesondert hat, und pusten dann sie und den Sender zur Hölle. Direkt aufs Stichwort.«

Der Oberst grinste. Tad behauptete, er hätte in seiner Militärzeit mehrere Leute umgebracht, und alle wußten, daß er bei einer Schlägerei letztes Jahr Scratchy Ellsworth erledigt hatte. Die Polizei pfuschte bei den Ermittlungen, sonst hätte Tad jetzt im Gefängnis gesessen.

»Ich denke nicht, daß das schon nötig ist«, meinte Steve. »Aber irgendwann, Tad, kümmern wir uns um Molly Singer.«

7.

PENNSYLVANIA, STAATSWEITE KONFERENZSCHALTUNG VON RADIO/TV/INTERNET, 21 UHR

Hier spricht Gouverneur Adcock aus der Staatshauptstadt Harrisburg. Ich möchte Ihnen dringend nahelegen, zu Hause zu bleiben. Ich habe Verständnis für Ihre Sorgen wegen des Kometen Tomiko, aber ich möchte Sie auch daran erinnern, daß der Mond mehr als eine Drittelmillion Kilometer entfernt ist und alles andere als Spekulation betrachtet werden muß.

Auf den Highways im östlichen Pennsylvania ist der Verkehr fast zum Erliegen gekommen, ungeachtet äußerster Anstrengungen der Polizei von Staat und Gemeinden. Am sichersten ist jeder von Ihnen zu Hause. Wir haben alle Ressourcen des Commonwealth von Pennsylvania mobilisiert, um jedem Problem zu begegnen, das vielleicht eintritt. Ich möchte hinzufügen, daß ich mit keinen Problemen rechne, außer denen, die auf verängstigte Bürger zurückgehen. Denken Sie daran, daß Rettungsfahrzeuge nicht durchkommen, falls Privatfahrzeuge die Straßen und Wege blockieren. Ich bitte Sie auch darum, nicht die Telefonverbindungen zu überlasten und nur Gespräche zu führen, die absolut nötig sind.

Ich reise innerhalb der nächsten Stunde ab, um mich Bürgermeister Hanson in Philadelphia anzuschließen. Ich habe vor, den morgigen Tag und das ganze Wochenende dort in der City Hall zu verbringen und bei Ihnen zu sein, bis wir das alles hinter uns haben.

Bitte verstehen Sie mich richtig: Ich erkenne durchaus, welche Unwägbarkeiten hier vorliegen. Vergessen Sie aber nicht, daß es uns alle betrifft. Am besten helfen wir uns im Moment gegenseitig damit, daß wir die Ruhe bewahren. Ich informiere Sie weiterhin über den Gang der Dinge. Ich danke Ihnen und wünsche Ihnen einen guten Abend.

Mikrobus, Flugdeck, 22 Uhr 18

Sie jagten hinter der *Berlin* her. Es war diesmal ein langer Flug von fast anderthalb Stunden, und Tony nutzte die Gelegenheit und versuchte zu schlafen. Der Zwischenfall mit dem undichten Ventil ließ ihm jedoch keine Ruhe.

Anders als Bigfoot Caparatti neigte er nicht zu Schuldgefühlen und schrieb es sich keinesfalls selbst zu, daß sie jetzt mit vielleicht fatalen Folgen hinter dem Zeitplan herhinkten. Er wußte, daß er anders hätte handeln können, daß er aus der Wolke hätte hinausbrausen oder auch aussteigen, das undichte Ventil zudrehen und den Einsatz zu Ende bringen können. Aber niemand konnte von ihm erwarten, solche Vermutungen anzustellen. Es wäre zum Beispiel leichtsinnig gewesen, eine Kollision mit der Raumfähre zu riskieren. Eine leise Stimme von irgendwo sagte ihm, er hätte ahnen müssen, daß der andere Pilot auf Distanz gehen würde. Er hatte jedoch nicht sicher sein können, ob der andere Pilot nicht dachte, der Mikrobus würde in ernsten Schwierigkeiten stecken und stillhalten, während er mit der Raumfähre auf ihn zuhielt.

Ohnehin war das alles Geschichte. Zeitverschwendung, darüber nachzudenken. Die Frage lautete: Wie konnte man den Schaden wettmachen?

Es *gab* eine Möglichkeit.

»Bist du okay, Tony?« Saber sah ihn besorgt an. Die *Berlin* war hinter der Krümmung des Mondes verborgen. Gerade überquerte der Mikrobus die Rückseite des Mondes. Sie lag im drohenden Licht des Kometen, der jetzt wie eine zweite Sonne wirkte. Keine echte Sonne, sondern eine kühle, dünne Erscheinung. Etwas, was man nachts im Wald sah.

»Yeah. Mir geht's gut.«

»Woran denkst du?«

»Weißt du«, sagte er, »wir können unseren letzten

Schwung Fluggäste morgen abend abliefern und immer noch rechtzeitig vor dem Einschlag wieder landen.«

Ihr letzter Start vom Raumhafen war für etwa 19 Uhr 30 am Samstag angesetzt. Sie sollten ein Rendezvous mit der *Arlington* um circa 21 Uhr 10 ansteuern. Die *Arlington* würde dann die letzte Raumfähre am Himmel über Luna sein.

»Wir könnten bis fünfzehn nach wieder auf dem Raumhafen landen.«

»Zehn?«

»Yeah.«

»Tony, das sind nur zwanzig Minuten, bevor der Komet aufprallt. Nicht mal genug Zeit, um wieder zu starten. Und die *Arlington* wäre danach sowieso lange weg.«

»Wir müßten also mit dem Mikro fliegen, nicht wahr?«

Sie starrte ihn an. »Wir könnten nicht in weniger als einer halben Stunde wieder wegkommen. Wir könnten die Inspektion überspringen, müßten aber wenigstens auftanken.«

»Ich weiß. Saber, ich möchte einfach niemanden da unten zurücklassen.«

»Verdammt, niemand möchte das! Aber wenn wir wieder landen, würden wir nichts weiter erreichen, als mit ihnen da unten erwischt zu werden.«

»Nicht unbedingt.« Er nahm die Passagierliste zur Hand und sah die Namen durch. Sie hatten drei Verkäufer an Bord und drei Familienangehörige. Dazu kamen zwei Geologen, ein Hydroponikexperte und eine Astrophysikerin. Insgesamt zehn Personen. (Der Hydroponikexperte war schwer, die Kinder leicht. Sie hatten sogar ein zusätzliches Kind an Bord nehmen können.)

Die Astrophysikerin war genau die Richtige. Tony bat Saber, hinunterzugehen und sie aufs Flugdeck einzuladen.

Janet Koestler war mittleren Alters, leicht übergewichtig und hatte ein rundes Apfelkuchengesicht. Man konnte sie sich eher im Kreis von Enkelkindern vorstellen als bei der Arbeit mit Teleskopen. »Wie kann ich Ihnen helfen, Captain?« fragte sie, nachdem er sie auf Sabers Platz untergebracht hatte.

»Dürfte ich eine berufsbezogene Frage stellen?«

»Sicher.«

»Ich frage mich, ob Sie uns präzise erläutern könnten, was passiert, wenn Tomiko hier einschlägt. Wenn er den Mond trifft.«

Vor ihnen ging die Erde auf.

»In welcher Hinsicht?« fragte Koestler.

»Wird der Mond explodieren?«

Sie runzelte die Stirn. »Nein«, sagte sie. »Der Mond *kann* gar nicht explodieren. Er ist ein Körper von ausgesprochener Bindekraft.«

»Was wird also passieren?«

»Ich habe die Berechnungen nicht gesehen, aber dieser Komet ist sehr groß. Er ist eine Anomalie. Und er nähert sich mit einer Geschwindigkeit, die ich für unmöglich gehalten hatte.

Falls ein Komet dieser Größe auf der Erde einschlüge, würde er einen Krater mit ungefähr dreitausendsechshundert Kilometern Durchmesser erzeugen. Das übertrifft den Durchmesser des Mondes.« Sie legte eine Pause ein, um diesen Punkt zu betonen. »Ich folgere daraus, daß der Mond auseinanderbricht.« Sie blickte auf Luna hinunter. »Alle Materie in unmittelbarer Nähe des Aufschlagpunktes wird verdampft, wahrscheinlich bis dicht an den Kern.

Der Komet wird eine Menge Gestein schmelzen. *Eine Menge!* Ein Teil davon schießt von der Oberfläche hoch. Oder vielleicht sollte man es korrekter so ausdrücken: Wird vom Gravitationszentrum weggeschleudert. Ein

Teil wird sogar aus dem Erde-Mond-System hinaus auf eine Umlaufbahn um die Sonne geschleudert.«

»Aber der Mond oder zumindest der größte Teil davon bleibt hier? Möchten Sie das sagen? Denn wir haben etwas anderes gehört.«

Sie sah finster drein. »Es ist einfach sehr schwierig, den Vorgang vorherzusagen. Sehen Sie, der Komet wird den Mond zerbrechen. Das ist gar keine Frage. Er macht aus ihm einen Haufen loses Gestein. Alles, was zerbrechen *kann, wird* brechen. Die Erschütterung treibt das Gestein auch auseinander. Es verteilt sich auf der Umlaufbahn des Mondes, und ein Teil davon bildet wahrscheinlich eine Art Schale mit ungefähr dem Radius der Mondbahn um die Erde. Ich müßte es erst genauer nachrechnen, aber ich stelle mir vor, daß die Bruchstücke mit der Zeit einen neuen Mond bilden. Einen kleineren, könnte ich mir denken.« Sie holte tief Luft. »Es besteht noch eine andere interessante Möglichkeit.«

»Und die wäre?«

»Die Erde erwirbt ein System von Ringen. Langfristig.«

Saber wollte wissen, wie langfristig.

»Etliche Millionen Jahre. Sicherlich nichts, worüber wir uns Gedanken machen müßten.«

Tony beugte sich aufmerksam zu ihr hinüber. »Doc«, sagte er, »ich würde Ihnen gern eine hypothetische Frage stellen. Hatten Sie Gelegenheit, sich den Mikro anzusehen?«

»Verzeihung?«

»*Unser* Fahrzeug. Das, worin wir sitzen.«

»Na ja. Ich habe es gesehen, mehr oder weniger. Ich bin ja *drin.*«

»Falls der Bus sich zum Zeitpunkt der Kollision ein paar tausend Fuß über der Mondbasis aufhielte, wie würden Sie seine Überlebenschancen einschätzen?«

»Nicht gut.«

»Können Sie sich deutlicher ausdrücken?«

Sie zuckte die Achseln. »Nun, falls der Bus direkt über der Mondbasis schwebte, hätte er immerhin einen Vorteil: Der Aufprall erfolgt auf der Rückseite des Mondes. Aber es wird zu einem sehr großen Feuerball kommen. Ich vermute, er breitet sich direkt über den Pol aus und umschließt die ganze Nordhalbkugel.«

»Die Mondbasis steht im Alphonsus«, erinnerte Tony sie. »Dreizehn Grad Süd.«

»Vielleicht hätte ich sagen sollen, daß der Feuerball den ganzen Mond umschließt.«

»Wie hoch müßte ich sein, um nicht gefährdet zu werden?«

»Vorzugsweise auf halber Strecke bis zur Erde. Mindestens. Captain, nichts davon ist mein Fachgebiet. Ich weiß es wirklich nicht.« Sie betrachtete ihn, und das Lächeln, das fest zu ihrem Gesicht zu gehören schien, verblaßte. »Sie planen doch nicht, irgend etwas in dieser Art zu tun, oder?«

Mondbasis, Büro des Direktors, 23 Uhr 03

Kaplan Pinnacle war nicht der erste Freiwillige gewesen. Ein Mechaniker namens Tamayaka hatte angeboten zu bleiben, falls die künftigen Collegekosten für seine drei Kinder übernommen würden; auch eine junge Optikexpertin, die über die Tändeleien ihres neuen Ehemanns verzweifelt war, hatte darum gebeten, bleiben zu können. Chandler hatte beide Angebote nicht akzeptiert. Er war enttäuscht über die Reaktionen seiner Spitzenleute. Zwar hatte sich nur Jill Benning ihm offen widersetzt, aber die übrigen hatten nur danebengestanden und es ihm überlassen, die einzig vernünftige Position so gut zu verteidigen, wie er konnte. Eckerd benahm sich, als täte er Chandler einen Gefallen. Hawkworth spazierte in der Pose eines Märtyrers herum.

Eckerd, der der Abteilung für Gesundheit und Sicherheit vorstand, wußte von den Herzproblemen des Direktors. Chandler fragte sich, ob er aus dieser Kenntnis die logische Folgerung gezogen hatte: daß es Chandler viel weniger schwerfiel, den Helden zu spielen, als den anderen. Und angesichts dieser harten Realität wurde ihm kalt. Trotzdem milderte es seinen Zorn nicht. Mit oder ohne Herzproblem, er hätte ohnehin das Richtige getan. Das wußte er.

Nach dem Anruf des Kaplans gab Chandler einfach eine aktualisierte Liste heraus, die den Namen des Kaplans direkt vor seinem eigenen aufführte. Damit rückten alle anderen außer Evelyn einen Platz weit auf. Dann kam die Sensation: Der Vizepräsident blieb! Chandler hatte Zweifel, ob Haskell bei dieser Entscheidung bleiben würde. Trotzdem fügte er den Namen an der entsprechende Position ein, teilte Benning einen Flug zu und setzte die anderen eine weitere Position hoch. Benning erklärte ihm, daß er keine Minute lang glauben durfte, er und Hampton und das Unternehmen wären damit aus dem Schneider. Sie plante weiterhin, jeden in Sichtweite zu verklagen.

Er fragte sich, was zu tun war, falls Haskell es sich *wirklich* wieder anders überlegte. Sollte er Benning zurückrufen und ihr erklären, daß sie letztlich doch bleiben mußte?

BBC WORLDNET, 23 Uhr 07
Auszug aus einem Interview mit Dr. Olive Ellsworth vom Anglo-Australischen Observatorium in Neusüdwales, geführt von Connie Hasting.

Ellsworth: *Der hell unterlegte Ausschnitt ist die Einschlagsstelle. Sie liegt auf der Rückseite, etwa hundertsechzig Kilometer westlich des Mare Muscoviensis. Der Komet nähert sich mit ungefähr vierhundertfünfundfünfzig Kilometern pro Sekunde, was eine leichte Abbremsung seit der ersten Sichtung darstellt. Das liegt natürlich an der Schwerkraft der Sonne.*
Hasting: *Und es ist das Zentrum des Kometen, worüber wir uns Sorgen machen müssen, nicht wahr?*
Ellsworth: *Ja, Connie. Das Zentrum, der Kern, wird die Schäden herbeiführen.*
Hasting: *Und die Koma ist das, was leuchtet?*
Ellsworth: *Die Koma ist eine Wolke aus Gas und Staub. Wenn ein Komet der Sonne nahekommt, erhitzt er sich, und wir erhalten eine Koma. Und einen Schweif. Oder manchmal, wie auch in diesem Fall, zwei Schweife.*
Hasting: *Wie groß ist die Koma?*
Ellsworth: *Diese durchmißt etwa vierhundertachtzigtausend Kilometer.*
Hasting: *Vierhundertachtzigtausend Kilometer? Das ist ganz schön groß.*
Ellsworth: *Eigentlich ist sie kleiner, als man bei einem Objekt dieser Größenordnung erwarten würde. Das könnte an der Zusammensetzung des Kometen liegen: Vielleicht ist einfach nicht genug Material vorhanden, das abbrennen könnte. Oder vielleicht hatte die Sonne einfach nicht genug Zeit, um ihre Arbeit zu tun, weil der Komet das Sonnensystem so schnell durchquert. Wahrscheinlich eine Kombination aus beiden Gründen.*
Hasting: *Auf diesen Bildern hat er zwei Schweife.*
Ellsworth: *Ja. Der Ionenschweif, dieser hier, ist etwa neuneinhalb Millionen Kilometer lang.*
Hasting: *Aber wenn ich zum Himmel hinaufblicke, sehe ich nur einen großen verschwommenen Fleck.*
Ellsworth: *Die Schweife sind nach vorn gerichtet, so daß*

sie für den irdischen Betrachter nicht leicht zu sehen sind.
Hasting: *Die Schweife sind vorn?*
Ellsworth: *O ja! Kometenschweife sind immer der Sonne abgewandt. Der Sonnenwind bewirkt das.* (Bilder werden eingeblendet.) *Die stammen von der Venus-Sonde.*
Hasting: *Es sieht wundervoll aus ... Ich frage mich, ob Sie uns sagen können, was morgen abend passiert?*
Ellsworth: *Sehen wir uns mal die Graphik an. Sie müssen verstehen, daß dieser Komet weniger zerstörerisch wäre, bewegte er sich mit der üblichen Geschwindigkeit von Kometen im Sonnensystem, also mit dreißig oder vierzig Kilometern pro Sekunde. Aber er ist viel schneller und prallt demzufolge sehr heftig auf dem Mond auf. Wie Sie feststellen, kommt er dem Mond jetzt schon nahe.*
Hasting: (Nickt.)
Ellsworth: *Hier, er durchschlägt den äußeren Mondmantel. Genauer gesagt: Die Stelle, wo der Komet einschlägt, wird bis auf eine Tiefe von mehreren hundert Kilometern verdampft.*
Hasting: *Es sieht fast so aus, als würde er hineinplatschen.*
Ellsworth: *O ja! Platschen ist das richtige Wort. Auf diese Weise entstehen überhaupt Krater, wissen Sie? Die Materie schmilzt unter dem Aufprall. Dieser Komet ist mit nichts zu vergleichen, was wir bislang gesehen haben.*

Einstufen-Raumfähre *Rom*, Flugdeck, 23 Uhr 10

Auf Skyport war der Programmfehler behoben worden. John Verrano steuerte seine Raumfähre mit höchster Präzision auf eine Mondumlaufbahn. Er öffnete einen Kanal. »Mondbasis, hier ist die *Rom.*«

»Sprechen Sie, *Rom.*«

»Wir sind in Position und zur Übernahme bereit.«

Mondbasis, Büro des Direktors, 23 Uhr 11

Es war natürlich die Story des Zeitalters! Keith Morley von Transglobal war empört, als die Kommzentrale der Mondbasis seine Verbindung mit der Nachrichtenredaktion unterbrach. Jack Chandler sagte, ja, er hätte Verständnis dafür, wie Morley sich fühlte, aber sie könnten ihm keinen Kanal mehr freihalten, weil einfach nicht genügend Schaltstellen verfügbar waren.

»Schaltstellen, ach verdammt!« beschwerte sich Morley. »Sie werden einige Menschen verlieren und wollen verhindern, daß ich aufdecke, wie Sie die Sache vertuschen.«

»Wir sind noch nicht sicher, ob wir wirklich jemanden verlieren.«

Morley hielt nicht viel von Chandler. Chandler war der perfekte Bürokrat, ausweichend, ein Schreibtischmensch, jemand, der in Begriffen von Sachzwängen und Methodik dachte. Von dem es nahezu unmöglich war, eine offene Antwort zu erhalten.

»Was soll das heißen, Jack? *Rechnen* Sie damit, einige Ihrer Leute zu verlieren?«

Chandler fuhr sich mit den Händen durch das ausgedünnte Haar. »Ja«, sagte er, »das tun wir.«

»Wieso sitzen Sie darauf? Denken Sie, es würde morgen abend irgendwas ändern, wenn Sie es niemandem sagen?«

Chandler beugte sich vor, setzte die Ellbogen auf den Schreibtisch und legte das Kinn auf die Hände. »Wir sitzen auf gar nichts, Keith.« Er warf einen Blick aufs Telefon. »Ich rufe die Kommzentrale an und sorge dafür, daß Sie eine Verbindung erhalten, wenn es das ist, was Sie möchten.«

»Natürlich ist es das, was ich möchte.« Er holte tief Luft. »Wie viele Menschen werden umkommen?«

»Möglicherweise niemand.«

»Klar. Das hatten wir schon. Falls Sie jemanden verlieren, wie viele sind es dann wahrscheinlich?«

»Sechs«, antwortete Chandler.

Sechs. Na ja, das war nicht so schlimm, wie Morley gedacht hatte. Mal vorausgesetzt, der alte Mistkerl sagte die Wahrheit. »Namen?« fragte Morley. »Wer bleibt zurück?« Er holte natürlich nicht sein Notizbuch hervor. Er war schon zu lange im Geschäft und wußte, daß man niemals, wirklich niemals ein Interview mit Notizbuch oder Recorder führte.

Chandler rasselte sie herunter. Er selbst und Hampton. Hawkworth, Eckerd, Pinnacle.

»Der Kaplan?«

»Er hat es angeboten.«

Morley rief sich Mark Pinnacle ins Gedächtnis. »Hat er gesagt, warum?«

Chandler schüttelte den Kopf. »Nein. Ich habe nicht daran gedacht, ihn zu fragen.«

»Okay. Das sind *fünf*. Wer noch?«

»Charlie Haskell.«

Morley mußte zweimal hinhören. »Das meinen Sie doch nicht im Ernst! Er ist heute nachmittag abgeflogen, oder?«

»Nein. Er ist nicht an Bord gegangen.«

»Aber er hatte den Befehl erhalten.«

»Er ist immer noch hier.«

Morley ging zur Tür. »Können Sie für mich ein Gespräch mit ihm vereinbaren?«

Chandler schüttelte erneut den Kopf. Er war sehr gut darin, nein zu sagen. »Ich bin nicht für seinen Terminkalender zuständig, Keith.«

Verdammt! Entweder war das eine saubere Sache, und Haskell wollte wirklich den Einschlag des Kometen abwarten, oder irgendwas ging hier vor. So oder so, es war eine *gigantische* Story! Morley stockte die Stimme, als er an seine Optionen dachte. Trotzdem brauchte er nur einen Augenblick, um sich zu entscheiden. »Jack, ich möchte auch bleiben, falls Sie keine Einwände haben.«

Chandlers Augen weiteten sich. »Das meinen Sie doch nicht ernst«, sagte er.

Morleys sämtliche Instinkte sagten ihm, daß der Vizepräsident auf keinen Fall bliebe, gäbe es nicht einen Ausweg. Politiker tun so was einfach nicht.

Und es war wirklich eine Mordsstory! *Der Pulitzerpreis,* dachte Morley. *Vielleicht posthum. Aber der Pulitzerpreis.*

FRANK CRANDALLS DURCH-DIE-NACHT-ANRUF-SHOW, 23 Uhr 53

Crandall: *Hi, Jason aus Coos Bay.*
Erster Anrufer: *Hey, Frank! Ein Hurra aus der Hauptstadt der weißen Strände.*
Crandall: *Danke, Jason. Was beschäftigt dich?*
Erster Anrufer: *Wie sieht die Sache mit dem Kometen wirklich aus, Frank? Die Medien lügen doch immer, und ich höre weiterhin nur widersprüchliche Meldungen. Ich blicke gerade durch mein Fenster hinaus aufs Meer. Was passiert morgen abend?*
Crandall: *Keine Ahnung, Mann. Ich denke nicht, daß es irgend jemand genau weiß.*
Erster Anrufer: *Sollte ich von hier verschwinden?*
Crandall: *Es ist deine Entscheidung, Jason.*
Erster Anrufer: *Was würdest du tun?*
Crandall: *Der alte Frank sitzt morgen auf einer Bergspitze.* (Lacht.) *Im Ernst, Jason, ich bin genau hier in Miami, tue das Übliche und hoffe das Beste. Ich denke, die Medien sind sehr vorsichtig mit dem, was sie melden. Heutzutage muß jeder aufpassen, und ich sage dir auch, warum: Überall wird prozessiert. Also sind wir alle über-*

vorsichtig ... Wir haben noch Zeit für einen Anruf, ehe die nächste Werbeunterbrechung kommt. ... Harry in St. Louis, hallo.

Zweiter Anrufer: *Hi, Frank. Weißt du, ich würde gern ein anderes Thema ansprechen.*

Crandall: *Nur zu. Rede über alles, was du möchtest.*

Zweiter Anrufer: *Ich frage mich, ob dir schon aufgefallen ist, daß die Cardinals mit sechs Siegen in Folge in die Saison gestartet sind.*

Crandall: *Yeah, sie werfen einfach phantastisch, und es sieht so aus, als hätten sie dieses Jahr eine ernstzunehmende Mannschaft ...*

Einstufen-Raumfähre *Berlin*, Flugdeck, 23 Uhr 59

Willem Stephan schob den Antriebshebel vor, und die Raumfähre beschleunigte. Er informierte die Mondbasis, daß er den Orbit verließ, und war erleichtert, als er sah, wie die Mondoberfläche unter ihm wegsank. Er war achtunddreißig Stunden im Orbit gewesen und machte sich mit hundertzweiundsechzig Passagieren auf den Rückflug. Nicht ganz so viele, wie er erwartet hatte, aber der Zwischenfall mit dem Mikrobus hatte das Unternehmen verzögert.

Aber die *Rom* war jetzt auf einer Umlaufbahn und würde im Verlauf der Nacht Fluggäste an Bord nehmen, bis sich ihr morgen vormittag die amerikanische Raumfähre anschloß.

Gruder sah ihn an. »Ich bin froh, daß ich wegkomme«, sagte er.

»Ja, alter Freund. Ich auch.«

KAPITEL SECHS

DER EINSCHLAG
SAMSTAG, 13. APRIL

1.

Weißes Haus, 1 Uhr 15

Der Präsident war auf einer Party in der polnischen Botschaft, als ihn Haskells Nachricht erreichte: KANN IHRER LETZTEN AUFFORDERUNG NICHT NACHKOMMEN. MUSS ABSCHLIESSEN.

Henry las sie mehrere Male. *Verdammter Idiot!*

Neben ihm stand der irakische Botschafter und fragte, was nicht stimmte.

»Es ist nicht von Bedeutung, Oman«, sagte Henry und schob sich das Papier in die Tasche.

Die Leute unterhielten sich über Senator Butlers neuesten Fauxpas (die Wähler als »Trottel« zu bezeichnen, ohne zu ahnen, daß das Mikro eingeschaltet war), über den anhaltenden Futterkampf zwischen zwei von Washingtons Topjournalisten, der nichts mit Politik zu tun hatte und alles mit einem Mannequin, sowie über die Entdeckung, daß ein respektierter politischer Late-Night-Kommentator Kinderpornographie gekauft hatte. Henry bekam jedoch einfach seinen eingeschlossenen Vizepräsidenten nicht aus dem Kopf.

Als er um drei Uhr wieder im Weißen Haus war, nahm

er Kerr auf die Seite und zeigte ihm die Nachricht. »Das ist Haileys Idee«, meinte Kerr. »Sie möchten es dramatischer gestalten. Sie möchten, daß Sie im Fernsehen auftreten und ihm sagen, er solle nicht länger herumalbern und endlich in die Raumfähre steigen.«

»Das dachte *ich* auch zuerst, Al. Aber er weiß, daß ich das nicht tun kann. Die Verantwortlichen haben schon eingeräumt, daß sie nicht jeden evakuieren können, und langsam werden die Namen von Leuten bekannt, die zurückbleiben. Wie sieht es denn aus, wenn ich auf Charlies Rückkehr bestehe und dann herauskommt, daß ein Vater mit drei Kindern statt dessen zurückbleiben mußte? Nein. Der verdammte Idiot mußte von da oben verschwinden, ehe die Sache öffentlich bekannt wurde. Jetzt ist es zu spät.« Er schüttelte den Kopf. »Man muß ihn bewundern. Ich schätze, es liegt an dieser gottverdammten Teddy-Roosevelt-Schrulle.«

Ephrata, Pennsylvania, 1 Uhr 50

Claire schlief im Führerhaus des Lasters der Pine River Furniture Company. Sie standen auf dem Parkplatz der Old Rock Bank an der Route 322. Der restliche Konvoi steckte weiß Gott wo; das Telefonsystem war blockiert, und Archie erreichte niemanden. Darüber hinaus machten die Energiezellen des Lastwagens allmählich schlapp. Die Schlangen an den Ladestationen waren kilometerlang, also gaben sie schließlich auf und fuhren auf den Parkplatz, um auf den Morgen zu warten. Wenn das Wetter mitspielte, lud die Sonne ihre Batterien wieder auf. Der Himmel war im Lichtschein der Sicherheitsbeleuchtung versteckt. Der Regen hatte endlich aufgehört, aber die Nacht war immer noch feucht.

Der Parkplatz war klein und von einer Kette umgeben.

Ein Schild verkündete: NUR FÜR BANKKUNDEN. UNBEFUGTE WERDEN ABGESCHLEPPT. Sie teilten den Platz mit einem halben Dutzend weiteren Fahrzeugen. Noch immer herrschte sporadischer Verkehr, aber der allgemeine Stau hatte sich aufgelöst.

Archie bewunderte Claires Fähigkeit, im Führerhaus zu schlafen. Er hatte es mit jeder denkbaren Stellung ausprobiert, aber nach wie vor war ihm unbequem, war er todmüde und hellwach. Zu keinem Zeitpunkt dieses Unternehmens war ihm die Gefahr von Flutwellen unwirklicher erschienen.

Das Mobiltelefon klingelte.

Archie tastete danach, versuchte sich zu erinnern, in welche Tasche er es gesteckt hatte. »Hallo?«

»Archie?« Es war Susan, offensichtlich erleichtert.

»Hallo, Liebes. Bist du okay?«

»Mir geht es gut. Wir sind bei Helen. Aber es war ein Alptraum. So was habe ich noch nie erlebt. Den ganzen Abend versuche ich schon, dich anzurufen. Bin einfach nicht durchgekommen.«

»Ich weiß. Ich bin froh, daß du von der Straße bist.«

»Archie, auf der Schnellstraße war es furchtbar. Es ging Stoßstange an Stoßstange, den ganzen Weg nach New Jersey. Wo bist du? Bist du in Carlisle?«

»Nein. Der Verkehr war auch hier schlimm. Aber wir sind okay. Wir parken die Nacht über. Die Straße scheint jetzt ziemlich frei zu sein. Falls es so bleibt, sind wir bis Mittag in Carlisle.«

»In Ordnung, Meister. Sei vorsichtig.«

Einstufen-Raumfähre *Arlington*, Flugdeck, 5 Uhr 50

George lenkte die große Raumfähre präzise nach Plan auf die Mondumlaufbahn. Er war dreitausend Kilometer über der Oberfläche, und es war ein gutes Gefühl, die Mondlandschaft unter sich vorbeiziehen und die Erde unter den Horizont sinken zu sehen. Zum erstenmal in seinem Leben war er außer Sichtweite der Heimatwelt.

Und der Komet wirkte sehr nahe.

Zwanzig Minuten später ging ein Mondbus längsseits, und die ersten Passagiere kamen an Bord.

TRANSGLOBAL NACHRICHTENREPORTAGE, 6 Uhr 14

Die Polizei meldet vereinzelte Fälle von nächtlichen Plünderungen in zwei Vororten von Baltimore, Catonsville und Edgemere. Mindestens elf Personen wurden festgenommen, und ein weiteres Dutzend, darunter drei Polizisten, mußten nach damit in Zusammenhang stehenden Zwischenfällen ins Krankenhaus gebracht werden. Patricia Godwin, Bürgermeisterin von Baltimore, versuchte Störungen der öffentlichen Ordnung wie vor zwei Jahren nach der Hinrichtung Gandars zu verhindern. Sie mobilisierte zusätzliche Polizeikräfte und verkündete, daß Straftäter mit der vollen Härte des Gesetzes zu rechnen hätten. Sie fügte hinzu, sie könne nicht garantieren, daß Bürger die Sache nicht in die eigenen Hände nehmen und Diebe erschießen würden. In weiten Kreisen wurde das so interpretiert, daß Hauseigentümer, die ihren Besitz durch Einsatz tödlicher Gewaltmittel verteidigen wollen, nicht mit so entschiedener Strafverfolgung rechnen brauchen, wie es nach den Gandar-Unruhen der Fall war.

Einstufen-Raumfähre *Kopenhagen*, 6 Uhr 17

Nach einem Flug von neunzehn Stunden traf die *Kopenhagen* in Sichtweite von Skyport ein. Als die Raumstation vor den Fenstern auftauchte, applaudierten Personen in der Passagierkabine.

TRANSGLOBAL-KOMMENTAR, 9 Uhr 03

Eigentlich wäre das Ende des Mondes, wenn wir das wirklich erleben, eine sehr gute Sache. Die Menschen müssen zuzeiten daran erinnert werden, daß eine lebendige Welt dem Wandel unterliegt. Und jedem Wandel widersetzen wir uns mit aller Heftigkeit, die wir nur aufbringen können.

Dieser Instinkt, diese Liebe zum Status quo, diese Überzeugung, die Erde wäre eine stabile und zuverlässige Wohnstätte, ist uns als Idee aus Zeiten überliefert worden, in denen die Menschen jeweils genauso lebten wie ihre Großeltern. Als Veränderungen immer schlechte Nachrichten waren: Daß ein Fluß wieder über die Ufer getreten war, daß die Barbaren kamen, daß die Pest in der Stadt war. Wir sind so gestrickt, daß wir den Status quo bewahren.

Dieses Bedürfnis, die Gegenwart zu konservieren, ist ein Überlebensinstinkt, der sich jetzt zu unserem Nachteil auswirkt. Wir erkennen ihn wieder in unserem Scheitern bei der Erforschung der Nanotechnologie sowie in unserer Angst vor biotechnischen Hilfsmitteln und in der Ablehnung des Marsfluges. Im täglichen Leben erkennen wir ihn in unserer Unfähigkeit, die Techniken einzusetzen, die greifbar vor uns liegen. Können Sie Ihren Virtual-Reality-Recorder programmieren? Eine kürzliche Umfrage von *USA Today* zeigte, daß fünfundsechzig Prozent der Befragten nicht der Meinung waren, das Leben hätte sich seit dem Ende des zwanzigsten Jahrhunderts verbessert.

Sollte der Mond heute abend wirklich vom Himmel verschwinden, erinnert uns das daran, daß nichts ewig währt, daß sich die Welt fortlaufend verändert und wir lieber lernen sollten, uns mit ihr zu verändern. Hier spricht Judy Gunworthy von der Transglobal-Nachrichtenredaktion aus dem Johnson Space Center.

Mondbasis, Grissom Country, 10 Uhr 47

Charlie schüttelte jedem seiner Agenten die Hand, dankte ihnen für ihren Einsatz und versicherte ihnen, daß mit ihm alles okay sein würde. Wie er ihnen erklärte, hatte er ihre Vorgesetzten darüber informiert, daß sie nur unter Protest abreisten, daß er ihnen den Befehl dazu gegeben hatte und ihnen unter den gegebenen Umständen nichts anderes übrigblieb, als zu gehorchen. »Ich habe Gehaltserhöhungen für Sie alle empfohlen.«

Sie lächelten. Isabel verlor für einen Moment die professionelle Haltung und umarmte ihn. »Ich wünschte, Sie würden es sich anders überlegen«, sagte sie.

Nachdem sie gegangen waren, kam Rick vorbei und bemühte sich so intensiv, Charlie zum Mitkommen zu überreden, daß er jedes Zeitgefühl verlor und schließlich losstürmen mußte, um den eigenen Flug noch zu erwischen.

Dann war Charlie allein.

Pacifica, Kalifornien, 8 Uhr 35 Pazifische Sommerzeit (11 Uhr 35 Ostküsten-Sommerzeit)

Jerry Kapchik sah sich die Bilder von verstopften Schnellstraßen im Fernsehen an. Zum Glück stammten die Szenen alle aus der Gegend östlich von San Francisco. Auf der Route 1, die er von der vorderen Veranda aus sehen konnte, ging es ruhig zu. Nach der ersten Welle an nervösen Reaktionen hatten nur wenige seiner Nachbarn die Stadt verlassen. Womöglich fürchteten sie Plünderer mehr als Mondgestein. Aus San Mateo und Palo Alto wurden schon Einbrüche gemeldet.

Er sah, wie Marisa den Rasensprenger hinter dem Haus aufbaute. Sie wollte in fünfundvierzig Minuten mit den Kindern in den Park fahren. Sie war nicht begeistert darüber, daß sich Jerry freiwillig zur Arbeit gemeldet hatte, aber sie begriff, daß er solche Dinge nicht gänzlich in der Hand hatte.

Die große Nachricht des Vormittags lautete, daß der Vizepräsident auf der Mondbasis zurückblieb. Jerry hatte sich ein kurzes Interview angesehen, in dem Haskell sagte, er hätte nicht die Hoffnung aufgegeben, daß letztlich noch alle hinauskämen. *Hätte nicht die Hoffnung aufgegeben.* Wie konnten wir nur zulassen, daß ein Vizepräsident in eine solche Klemme geriet? Es ergab einfach keinen Sinn, und Jerry fragte sich, ob die Regierung noch unfähiger war, als sie ohnehin wirkte.

Noch weitere Geschichten kursierten. Terroristen hatten eine Botschaft in Djakarta besetzt und verlangten die Freilassung mehrerer hundert Verbrecher aus indischen Gefängnissen. Mitarbeiter des Roten Kreuzes waren in Transvaal ermordet worden. Im Japanischen Parlament war es zu einer Schießerei gekommen. Mehrere tausend Familien hatten eine Sammelklage gegen die Schulbehörde von Los Angeles eingereicht, weil diese bei der

Ausbildung ihrer Kinder versagt hatte. Alles wirkte also recht normal.

Jimmy kam die Treppe herunter. Sieben Jahre alt, strahlende Augen, breites Lächeln. Er hatte die blonden Haare seiner Mutter. »Dad? Sehen wir uns heute abend den Kometen an?«

Die Kinder waren gestern abend lange aufgeblieben und hatten unweit der Garage mit Nachbarn zusammengestanden. Der Komet stand draußen über dem Meer. Er war *groß*, mehrere Male größer als der Mond, und dunstig, wie eine große Nebelschwade, auf die Mondlicht fiel. Er wirkte fehl am Platz und gehörte, wie Jerry es empfand, eigentlich an einen anderen Himmel.

»Sicher«, sagte er. »Wenn du möchtest.«

»Dad, ich habe mich gefragt, ob wir etwas tun könnten.«

»Was denn?«

Jimmy zögerte. »Könnten wir uns ein Teleskop besorgen? Wie es die Ryans haben?«

Tatsächlich hatte Jerry sich überlegt, eines zu kaufen. Er sah eine Chance, die Kinder für Astronomie zu interessieren, und hatte sich schon gestern im Wall-Mart in der City nach einem preiswerten Teleskop umgesehen. »Sicher«, sagte er. »Ich denke, das können wir einrichten.«

Dann war da noch Marisa. Sie war in seltsamer Stimmung. Sie behauptete, sie würde sich gut fühlen, weigerte sich aber, ihm in die Augen zu blicken.

Jerry zum Glück war nüchtern, erdverbunden und ausgesprochen praktisch veranlagt. Was immer vielleicht in vierhunderttausend Kilometern Entfernung passierte, die reale Welt blieb weiterhin in Steuergesetzen und Hypothekenraten und Spielen der Baseball-Kinderliga verstrickt.

NEWSNET, aktualisiert 12 Uhr 30
(Für vollständige Meldung bitte anklicken.)

NATION BEREITET SICH AUF ZERSTÖRUNG DES MONDES VOR.
Zehntausende flüchten aus Küstengebieten. Blutbad auf den Highways.

PALADINI, CORMAN UND ALMYER NEHMEN AN GEBETSNACHT FÜR LUNIES TEIL.
Almyer: ›Der Zeitpunkt, um die Politik mal zu vergessen.‹

INNENSTADT VON SAN FRANCISCO MIT BUSSEN EVAKUIERT.
Armenhilfe mobilisiert Freiwillige.

TELESKOPE SOLLEN NACH HERABSTÜRZENDEM MONDGESTEIN AUSSCHAU HALTEN.
NASA koordiniert Frühwarnsystem.

RAUMFÄHRE VOM MOND ZURÜCK.
Evakuierte feiern Ankunft auf Skyport.

ENTWICKLUNGSHELFER IM PANDSCHAB MASSAKRIERT.
Zwei Nonnen aus Chicago unter den Opfern.

BOBBY RAY HUTTON MUSS MIT ANKLAGE WEGEN STEUERHINTERZIEHUNG UND BETRUGES RECHNEN.
Fernsehevangelist hat auf seinen ›Flügen für den Glauben‹ Bibeln und medizinische Vorräte verkauft.

HOCKLEBY UND BRAXTON IM GEN-SOFTWARE-FALL ANGEKLAGT.

Lebt die erste echte Künstliche Intelligenz in Minneapolis?

WEISSE FRAUEN IN DEN USA WEITERHIN MIT DER HÖCHSTEN LEBENSERWARTUNG.

Hockey:

DIE RANGERS FLIEGEN ZU DEN PLAYOFFS NACH ALBANY.

McCormack von Anfang an gegen die Flyers.

Prügelnder Ehemann und Abwehrspieler hat ›Lektion gelernt‹.

MANUSKRIPT MÖGLICHERWEISE NEUES ESSAY VON LAMB.

In einem Schreibtisch aufgefunden, der früher der *Quarterly Review* gehörte.

Mondbasis, Raumhafen, 13 Uhr 02

Bigfoots neue Crew war gerade angetreten. Es waren fünf Leute, zwei weniger, als eigentlich zu einer vollen Besetzung gehörten. Sie würden den Rest des Tages durcharbeiten und mit dem letzten Flug in den Orbit starten. Bigfoot legte Wert darauf, sich bei jedem aus der letzten Schicht zu bedanken und ihm alles Gute zu wünschen.

Er war draußen im Hangar und half dabei, das Auftanken der nächsten Maschine vorzubereiten, als der Funkvermittler ihn erreichte. »Tony möchte mit dir sprechen, Bigfoot.«

Der *Mikrobus* war auf dem Weg nach unten, nachdem

er das Rendezvous mit der *Rom* abgeschlossen hatte. Im Hangar war es laut, also nahm Bigfoot den Anruf in einem der Büros entgegen.

»Ja, Tony, was können wir für dich tun?«

»Bigfoot, ich denke, wir können alle herausholen.«

Bigfoot war es müde, darüber nachzudenken. Falls sie irgendwo ein paar Stunden gutmachen konnten, war es möglich.

Sie hatten jedoch jedes vorstellbare Startmuster in Simulationen getestet und daraus das beste entwickelt, das sie überhaupt hinbekamen. Die einzige andere Möglichkeit hätte darin bestanden, zusätzliche Leute in die Busse zu packen, die schon unter ihrer jetzigen Beladung ächzten. Chandler hatte allerdings ausgeschlossen, die aufgestellten Belastungsgrenzen noch zu überschreiten. Er wollte nicht zulassen, hatte er der Betriebszentrale mitgeteilt, daß aus einer kleinen Katastrophe eine große wurde.

»Wie willst du es schaffen, Tony?« fragte Bigfoot.

»Mein letzter Flug startet heute abend um sieben Uhr fünfunddreißig. Ich bringe meine Passagiere zur Raumfähre hinauf und setze sie dort ab. Dann soll ich eigentlich selbst in die Raumfähre übersteigen und den Mikro aufgeben.«

»Weiter. Bislang klingt alles prima.«

»Zwei weitere Busladungen starten kurz nach mir. Und das war es dann. Ich könnte allerdings bis zehn nach zehn – mehr oder weniger – zur Mondbasis zurückgekehrt sein. Das sind fünfundzwanzig Minuten vor dem Aufprall. Falls wir die übliche Routine auf das Allernötigste reduzieren, können wir auch den Vizepräsidenten und die anderen an Bord nehmen und Reißaus nehmen. Wir umgehen die üblichen Prozeduren. Laß das Dach beim Auftanken offen stehen. Jemand kann es im Druckanzug machen. Die Passagiere sollen sich schon zum Abflug bereithalten. In zwanzig Minuten können wir wieder draußen sein.«

»Fünf Minuten vor dem Ereignis. *Das* ist aber klasse! Und wo möchtest du die Leute hinbringen? Die Raumfähre ist dann längst weg.«

»Überall ist es besser als hier.«

»Wen, schlägst du vor, soll ich bitten, hierzubleiben und dir die Tanks zu füllen?«

Am anderen Ende blieb es lange ungemütlich still. Schließlich seufzte Bigfoot. »Ich sehe mal, was ich tun kann«, sagte er.

Mondbasis, Kommzentrale, 13 Uhr 21

Andrea war die letzte Angehörige des nicht aufsichtsführenden Personals, die abgelöst wurde. Sie eilte in ihre Unterkunft zurück, wo die gepackten Taschen schon neben dem Bett bereitstanden. Nicht, daß sie sie irgendwohin mitnehmen konnte. Nur leichtes Handgepäck war auf dem Flug erlaubt. Trotzdem hatte sie sie gepackt. Nur für alle Fälle.

Sie öffnete eine Tasche und holte eine Nullschwerkraft-Kaffeetasse hervor, die mit dem Logo der *Ranger* verziert war: einem prächtigen Vollmond auf einer im Wind flatternden US-Flagge. Sie steckte sie sich in die Tasche.

Die Wohnung war beengt und bot dem Auge nicht viel, aber Andrea hatte das Gefühl, hier lange gewohnt zu haben. Die Räume beherbergten viele schöne Erinnerungen. Und ein paar weniger schöne: eine gescheiterte Romanze und einige einsame Abende. Nichts Welterschütterndes. Einen Großteil ihres erwachsenen Lebens war sie hier zu Hause gewesen, und sie würde diese Räume vermissen.

Von der Türschwelle aus blickte Andrea noch einmal zurück. Das eigenartige Gefühl überwältigte sie, das schon einmal erlebt zu haben und später noch einmal erleben zu müssen. In diesem Leben oder einem anderen.

Eine Stunde später ging sie an Bord eines gedrängt vollen Mondbusses. Die Mitpassagiere waren in gedrückter Stimmung. Es waren alles MBI-Beschäftigte wie sie selbst. Die Familienangehörigen, Besucher, Berater und diversen VIPs waren schon lange fort. Sie setzte sich auf ihren Platz und legte die Gurte an. Wie sie feststellte, war sie froh, von hier wegzukommen, nicht nur aus dem offensichtlichen Grund des anfliegenden Kometen, sondern weil ihr die Mondbasis auf einmal *fremd* und ruhelos vorkam.

Dieser Eindruck nahm seit einiger Zeit an Stärke zu, wahrscheinlich genährt von den zunehmend leeren Einkaufszentren und Fußwegen, den geschlossenen Geschäften und geflüsterten Unterhaltungen. In den wenigen Tagen seit Beginn der Krise war Andrea ständig in Gesellschaft gewesen. Jetzt jedoch waren fast alle ihre Freunde fort, entweder im Orbit oder schon auf dem Flug nach Skyport. Sie blickte sich im Bus um und entdeckte Eleanor Kite, die mit ihr für die letzte Schicht geblieben war. Eleanor lächelte. Sie wirkte ängstlich.

»Meine Damen und Herren.« Die Stimme des Piloten knackte im Interkom. »Wir starten innerhalb von fünf Minuten. Der Flug hinauf zur Raumfähre dauert nicht lange, nicht ganz zwei Stunden. Sobald wir dort eintreffen, steigen wir durch dieselbe Tür um, durch die Sie an Bord gekommen sind. Die Raumfähre startet heute abend um neun Uhr dreißig. Mein Copilot und ich begleiten Sie auf diesem Flug, und wir freuen uns schon auf eine spektakuläre Show.

Wir wissen, daß das Ambiente hier im Bus nicht dem

entspricht, was wir alle gewöhnt sind oder was wir gern zur Verfügung gestellt hätten, und ich bedauere, Ihnen mitteilen zu müssen, daß wir keine Flugbegleiter dabeihaben. Einer von uns kümmert sich jedoch um Sie, sobald wir unterwegs sind. Wir werden sehen, ob wir irgend etwas dazu beitragen können, Ihnen den Flug angenehmer zu machen. Ich unterrichte Sie, sobald wir startbereit sind.«

Andrea schloß die Augen und versuchte zu schlafen.

TRANSGLOBAL-SONDERBERICHT, 13 Uhr 31

Hier spricht Frances Picarno in Rom. Ich stehe vor dem Vatikan. Hier ist es früh am Abend, und eine riesige Menge hat sich vor dem Petersdom versammelt, um zu beten. Der Papst wird jetzt jeden Augenblick auf dem Balkon im zweiten Obergeschoß erwartet.«

»Frances, wie ist die Stimmung dort?«

»Trüb. Die Leute sind sehr ruhig. Ich könnte beinahe sagen, verängstigt. Aber es sind Gläubige, und sie fühlen sich heute abend sehr in der Hand ihres Schöpfers.

Offizielle Vertreter des Vatikans haben uns mitgeteilt, daß Innozenz sein Bestes tun wird, um alle zu beruhigen. Für den Pontifex hätte es zu keinem ungünstigeren Zeitpunkt kommen können, wie wir alle wissen. Über das zurückliegende Jahr ging es ihm gesundheitlich schlecht, und seine Ärzte haben ihm offensichtlich abgeraten, heute abend hier zu erscheinen. Aber dieser Papst, der *Papst des Volkes,* soll sehr besorgt sein und ... Warte eine Minute, Bruce. Da kommt er gerade ...

2.

Mondbasis, Grissom Country, 13 Uhr 32

Haskell kehrte gerade in seine Unterkunft zurück, als sein Mobiltelefon klingelte.

»Charlie?« Es war Evelyn. »Ich freue mich, Sie zu erreichen. Ich dachte schon, ich bekäme wieder die Mailbox dran.«

»Ich habe die Anlage besichtigt, Evelyn. Schien mir der richtige Zeitpunkt zu sein. Was ist los?«

»Ein paar gute Nachrichten. Wir haben vielleicht doch eine Chance, hier wegzukommen.«

»*Wundervoll!* Ich wußte ja, daß jemandem *irgendwas* einfallen würde!«

»Die Chancen stehen wahrscheinlich nicht sehr gut.«

»Wie sieht der Plan aus?«

»Einer der Busse holt uns heute abend doch noch ab. Aber es ist wirklich auf den letzten Drücker.«

»Alles ist besser, als einfach hier herumzusitzen. Teilen Sie dem Piloten mit, ich hätte danke gesagt.« Er fühlte sich schwach vor Erleichterung.

Mondbasis, Raumhafen, 13 Uhr 35

Bigfoot hatte seit dem Zwischenfall mit den Ventilen Gewissensbisse gehabt. Er war es schließlich gewesen, der die Treibstoffleitungen untersucht hatte, als er von Tonys erstem Verdacht auf ein Leck hörte. Er fand nichts, weil er Tony beim Wort nahm und ein Leck suchte, sonst nichts. Zu seiner Verteidigung konnte man, wie er fand, anführen, daß man das unpassende Ventil nicht einfach hätte finden können, indem man das Ansaugrohr öffnete und nachsah. Beide Ventilgrößen sahen von außen gleich aus. Er hätte jedes herausnehmen und inspizieren müssen. Und das natürlich unter extremem Zeitdruck.

Obwohl er sich einem Risiko aussetzte (oder vielleicht deswegen), fühlte er sich jetzt wieder gut. Vielleicht konnten sie es wirklich schaffen.

Er dachte gar nicht daran, daß er nicht als einziger unter Schuldgefühlen litt. Elias Tobin, der Techniker, der das falsche Ventil installierte hatte, hinterließ in einem Brief, daß er den Vorfall bedauerte, und nahm eine Überdosis Beruhigungsmittel. Er überlebte, weil ein besorgter Freund nach ihm sah. Später bat Elias darum, bei der Chandler-Gruppe bleiben zu dürfen, aber Jack lehnte es ab, als ein Therapeut die Meinung äußerte, Tobin wäre nicht fähig, eine rationale Entscheidung zu fällen.

Sie setzten ihn etwa zu dem Zeitpunkt, als Evelyn mit dem Vizepräsidenten sprach, in einen Mondbus.

Mondbasis, Büro des Direktors, 13 Uhr 57

Chandler musterte Angela Hawkworth über den Schreibtisch hinweg. »Wir haben einen weiteren Freiwilligen. Damit sind Sie vom Haken. Sie nehmen den Flug, der später heute nachmittag abgeht. Fragen Sie Susan nach den Einzelheiten.«

Sie wich seinem Blick aus. »Jack«, sagte sie, »es tut mir so leid ...«

»Ist schon okay.« Sie war die letzte der Gruppe gewesen, die von Evelyn zum Bleiben genötigt wurde.

»Ich war bereit zu bleiben. Das wissen Sie.«

»Ja.«

Sie stand auf, wollte unbedingt weg, ehe sich etwas änderte. »Wer ist es?«

»Caparatti. Wir setzen alle in einen Bus und probieren,

noch davonzukommen. Dazu muß sich Caparatti um die technischen Details kümmern, also bleibt er.«

Sie nickte und traf Anstalten, sich zu entfernen. »Ich wäre auch geblieben.«

»Es ist okay, Angela. Jeder weiß es.«

Carlisle, Pennsylvania, 14 Uhr 15

Claire steuerte den Laster vorsichtig unter eine Reihe von Ulmen und parkte vor einem restaurierten Haus vor der Jahrhundertwende. Es war von breiten Rasenflächen umgeben und hatte eine Auffahrt, die sich in einer Biegung um das Haus zog. Die Luft war hier kälter, als sie im südlichen Jersey gewesen war, und Rauch stieg aus dem Schornstein auf. Ein Basketballkorb war über der Garagentür montiert, und weiter hinten konnte man gerade noch ein paar Schaukeln erkennen.

Archie stieg aus, und er fühlte sich steif und ungewaschen und im Grunde nicht präsentabel. Die Bewohner standen jedoch schon vor der Haustür: eine Frau mittleren Alters und noch jemand, ein älterer Mann, hinter ihr. Walters Logenkumpel, die ihr Heim zweien seiner Angestellten öffneten.

Die Frau trat vor, musterte sie für einige Augenblicke und ging dann endgültig auf sie zu.

Archie hob die Hand, um sie zu begrüßen. »Hallo«, sagte er.

Sie sah nicht besonders gut aus. Sie wirkte an Geist und Körper gebrechlich, machte den Eindruck einer Frau, die aus geborstenem Glas bestand. »Archie?« Sie streckte die Hand aus. »Ich heiße Mariel Esterhazy. Ich bin froh, daß Sie hier gut angekommen sind.«

Archie hatte ihnen eine Nachricht auf dem Anrufbeantworter hinterlassen, um die Verspätung zu erklären. »Schön, Sie kennenzulernen, Mariel«, sagte er. Er stellte Claire vor.

»Mein Mann arbeitet noch«, sagte Mariel. »Aber falls Sie Ihr Gepäck ins Haus bringen, quartieren wie Sie schon mal ein.«

Der Mann, der an der Tür hinter ihr gestanden hatte, kam heraus auf die Veranda. Er war klein, und Ausdruck und Haltung hätten bei einem Rottweiler gut ausgesehen. Er trug eine dicke Brille, einen blauen Blazer und Halbschuhe.

»Wir haben uns den ganzen Vormittag lang die Reportagen angesehen«, sagte Mariel. »Diese Mondgeschichte hat die Leute wirklich aufgestört, nicht wahr, Scott?« Sie gab dem Mann mit einem ungeduldigen Wink zu verstehen, daß er Claire mit ihrer Tasche helfen sollte.

Scott stellte sich als ihr Schwiegervater heraus. Er ließ Claire erst zu ihm kommen, ehe er ihr die Tasche abnahm. Archie erkannte, daß er mit den Gästen nicht völlig einverstanden war. »Mehrere Ihrer Laster sind in der Stadt eingetroffen«, sagte Scott und gab sich kaum Mühe, seinen Widerwillen zu verhehlen. »Wie viele sind es insgesamt?«

»Achtzehn.«

»Ich denke, wir können davon ausgehen, daß bei etwa der Hälfte der Verbleib geklärt ist.« Er schaffte es, den Eindruck zu verbreiten, daß ihm Unannehmlichkeiten bereitet wurden, hob Claires Tasche auf und schleppte sie ins Haus.

Mariel führte sie in ihre Zimmer und lud sie ein, wieder nach unten zu kommen, sobald sie bereit waren. Archies Zimmer war viel hübscher als alles, was man ihm je zuvor als Unterkunft angeboten hatte. Es enthielt ein kunstvoll geschnitztes Queen-Size-Bett, einen dicken blauen Teppich, antikes Mobiliar, üppige zitronengelbe Vorhänge und einen geräumigen begehbaren Wandschrank. Ein Originalbild, eine Landschaft, dominierte eine der Wände. Fotos von lachenden Kindern standen auf der Kommode und einem Beistelltisch. Auf einem Regal am Kopfende des Bettes standen mehrere in Leder gebundene Bücher.

Er wusch sich, zog sich um und ging hinunter ins Wohnzimmer, wo sich Mariel und Scott in gedämpftem Ton unterhielten. Mariel balancierte eine Kaffeetasse auf dem Knie. Scott hatte sich ein Getränk gemixt.

»Diese ganze Kometensituation ist völlig außer Kontrolle geraten«, meinte Mariel. »Die Leute haben keinen Sinn für die Verhältnismäßigkeit mehr.« Vor Trauer über diesen Verlust schüttelte sie den Kopf. »Kann ich Ihnen etwas zu trinken holen, Archie?«

Scott war ihrer Meinung. »Aber das hat nichts mit dem Kometen zu tun«, fügte er hinzu.

Archie bat um Chablis. Er fragte sich, was Scott mit seinem Kommentar wohl gemeint hatte. »In welcher Hinsicht, Sir?« wollte er wissen.

»Der Komet wird auf dem *Mond* einschlagen, um Gottes willen, Archie! Mir ist egal, wie Sie es darstellen, aber es ist einfach keine große Sache. Hören Sie, in Wahrheit legt das Land einen weiteren Schritt zu einem kollektiven Nervenzusammenbruch zurück. Mein Berufsstand sieht das schon seit Jahren kommen.«

»Und was *ist* Ihr Beruf, Scott?«

»Der gleiche wie bei meinem Sohn. Wertpapierhändler. Im Ruhestand.« Bei ihm klang es wie Großadmiral, im Ruhestand. »Jeder weiß, daß wir in erschreckenden Zeiten leben. Terroristen mit Atomwaffen, überall Rebellen, internationale Konzerne ohne jede nationale Loyalität, bei denen man nie weiß, wo sie stehen. Alle haben eine Todesangst vor der Technik. Das Land hat keinen Glauben an Gott mehr. Die Regierung ist nur noch eine Bande von Bürokraten und Politikern, die schnellstmöglich ihr Schäflein ins trockene bringen; die Kirchen sterben, und die Verrückten wissen auch nicht mehr, was Sache ist. Wenn überhaupt etwas passiert, dann liegt es an einer Verschwörung. Es ist eine Zeit, in der man einen guten Kundenbetreuer braucht.«

»Verzeihung?« Das war Claire, die gerade ins Zimmer gekommen war.

»Ich versuche zu verdeutlichen«, sagte Scott, »daß es früher anders war. Welche Papiere man auch gekauft hat, sie sind gestiegen. Die Leute sagten, sie bräuchten keine professionellen Empfehlungen. Weil sie sowieso immer Geld machten. Aber das trifft heute nicht mehr zu. Man braucht heute einen Experten ...«

»Ich bin sicher«, warf Mariel ein, »daß das jeder weiß, Dad.« Sie wandte sich an ihre Gäste. »Sind Sie beide hungrig? Kann ich Ihnen was zu essen besorgen?«

»Danke«, antwortete Archie, »wir haben unterwegs zu Mittag gegessen.« Er bewunderte die Einrichtung. Der Raum war in Eiche und Leder gehalten. Ein Ohrensessel stammte von Pine River. Ein weiteres Original in Öl hing über dem Kamin; es zeigte Menschen auf einer Bergflanke unter einem bedrohlichen Himmel.

»Es ist von Tollinger«, sagte Mariel und erwartete anscheinend, daß er den Namen kannte.

Archie nickte, als fragte er sich, wie ihm diese Tatsache nur hatte entgehen können.

Claire hatte das Bild abgeschritten und sah es sich jetzt ganz aus der Nähe an. »Es ist das *Cœur de Vivre*«, stellte sie erschrocken fest.

»Ja«, sagte Mariel.

Archie entnahm Claires plötzlicher Atemlosigkeit, daß das Gemälde eine ganze Menge wert war. »Scott«, sagte er, »was gefällt Ihnen zur Zeit auf dem Markt am besten?«

Mondbasis, Unterkunft des Kaplans, 14 Uhr 26

»Kaplan? Hier ist Jack Chandler. Ich möchte Ihnen mitteilen, daß uns nun doch ein Bus abholen wird. Wir versuchen zu entkommen.«

»Gott sei Dank!«

»Um ehrlich zu sein: Ich bin nicht besonders optimistisch. Aber es ist wenigstens eine Chance.«

»Ja. Alles ist besser, als einfach nur dazusitzen.«

»Evelyn findet jedoch, es wäre eine gute Idee, wenn wir den Abend mit vollem Magen in Angriff nehmen. Wir planen ein Abendessen. Kommen Sie auch?«

»Sicherlich.«

»Gut. Ausgezeichnet! Wir werden speisen und ein bißchen was trinken, wenn es recht ist. Und dann gehen wir hinüber zum Raumhafen.«

»Okay.«

»Also um halb sieben.«

Klar. Sehr britisch, das. Tee und Lammkoteletts am Abend der Katastrophe. »Ich komme«, sagte er.

TRANSGLOBAL-SONDERBERICHT, 14 Uhr 31
Via Pool Agreement an die mitwirkenden Sender verteilt.

Hier spricht Keith Morley live von der Mondbasis, wo Komet Tomiko jetzt sehr groß am Osthimmel steht und wo der Vizepräsident der Vereinigten Staaten verkündet hat, er bliebe bei seiner Entscheidung, er würde ›das Licht ausmachen und die Tür abschließen‹. Das Drama spitzt sich zu, während der Komet näherkommt. Der Einschlag wird in wenigen Stunden erwartet. Laut Jack Chandler, dem Direktor der Mondbasis, geht der letzte planmäßige Flug um achtzehn Uhr dreißig ab und läßt den Vizepräsidenten sowie mehrere weitere Personen zurück, die dann versuchen werden, mit dem Mikrobus Skyport zu erreichen.

Aber der Bus mit Haskell und sechs weiteren Personen wird kaum abgehoben haben, wenn der Komet einschlägt. Das hiesige Betriebspersonal ist nicht davon überzeugt, daß das Fahrzeug die Explosion überstehen kann, die beim Aufprall erwartet wird. Bruce, ich bleibe in dieser Sache am Ball, und wir müssen einfach abwarten, wie es ausgeht.

Hier spricht Keith Morley auf der Mondbasis.

Einstufen-Raumfähre *Rom*, Passagierkabine, 14 Uhr 33

Sie hatten noch etwa anderthalb Stunden bis zum Abflug aus der Mondumlaufbahn. Rick Hailey sah gerade zu, wie die Erde am Horizont unterging, als ein Mondbus heranflog. Rick biß in ein Thunfisch-Sandwich und richtete die Aufmerksamkeit auf den Bus, während dieser längsseits ging. Für einige Minuten flog das Fahrzeug, eine schwarze Kugel mit der Pilotenblase obendrauf, neben der Raumfähre her. Auf dem Boden wirkten die Busse plump, aber im Flug bewegten sie sich mit einer ganz eigenen Grazie.

Licht strömte zu den Fenstern heraus, und Rick sah, wie sich Menschen im anderen Fahrzeug bewegten. Allmählich kam es näher heran und verschwand dabei aus dem Blickfeld von Ricks Fenster. Der Pilot gab bekannt, daß das Andockmanöver unmittelbar bevorstand. »Bitte bleiben Sie sitzen«, bat er, »bis wir die neuen Passagiere untergebracht haben.«

Rick spürte das Beben, das den Augenblick des Kontaktes kennzeichnete, hörte Luken aufgehen und Menschen reden, und schließlich sah er, wie die Neuankömmlinge nacheinander aus der Hauptluftschleuse die Kabine betraten. Es waren keine Flugbegleiter da, die hätten helfen können. Auf die Bitte des Flugkapitäns hin hatten sich statt dessen ungefähr ein Dutzend Passagiere freiwillig gemeldet. Sie hatten weiße Armbinden erhalten und unter Leitung des Flugingenieurs einen Schnellkurs in Küchentauglichkeit und was nicht allem absolviert. Jetzt führte diese Gruppe die Neuen zu dem für sie reservierten Sitzblock.

Die Leute waren still, bedrückt und offensichtlich froh darüber, endlich an Bord der Raumfähre zu sein. Slade Elliott gehörte zu ihnen. Elliott, dessen Karriere wie die Charlies vom Image abhing, war ebenfalls schlau genug gewesen, sich nicht als erster zu verdrücken. Er war bis fast zum letzten Augenblick geblieben, aber natürlich würde man *ihn* nie erleben, wie er vom allgemeinen Zusammenbruch mitgerissen wurde. Er war ein Mensch nach Ricks Geschmack. Und mit dem Actionhelden an Bord, dem Mann, der schon tausend Gefahren entkommen war, fühlte sich Rick gleich sicherer.

Draußen ging der Komet auf, eine große orangefarbene Gischt am schwarzen Himmel. Rick betrachtete ihn und dachte an den Vizepräsidenten. Charlie Haskell würde da draußen sterben, und Rick wünschte sich, er hätte es verhindern können. Er wußte, daß hier eine Lektion zu lernen war, aber er war sich noch nicht ganz schlüssig geworden, wie genau sie lautete.

Charlie war wirklich sympathisch, aber die Ereignisse hatten den armen Mistkerl in eine Falle gelockt. Rick wußte: Wenn der Zeitpunkt für seine Memoiren gekommen war, würde der Verlust Charlie Haskells eines der spannenderen Kapitel abgeben.

Ricks eigene Karriere war jetzt ebenfalls in ernster Gefahr. Wahrscheinlich würde ihn keiner der übrigen Kandidaten übernehmen. Er hatte ein paar Brücken hinter sich abbrechen müssen und war zu Haskells Mann geworden. Mancher war sicher auch geneigt, Charlies Bemerkung über das Ausschalten des Lichts für Ricks Idee zu halten.

Rick hatte nichts dagegen, für die andere Partei zu arbeiten, falls ihm jemand das richtige Angebot unterbreitete. Wirklich schade! Man bekommt nicht viele Versuche, ins Weiße Haus einzuziehen. Und das war alles futsch. Einfach so durch die Lappen gegangen.

Und Haskells Opfer war wahrscheinlich unnötig. Die Wähler haben ein kurzes Gedächtnis, *Charlie*! Er fragte sich, ob der Vizepräsident auch nur einen Augenblick überlegt hatte, was er seinen Freunden antat. Trotzdem schien der Weg zur Präsidentschaft direkt über die Mondbasis zu führen. Direkt durch das Zentrum dieses gottverdammten Kometen.

Weitere Luken schlossen sich irgendwo in der Tiefe der Raumfähre.

Rick zog die Jalousie herunter.

BEKANNTMACHUNG DES PACIFIC NEWS NETWORK, 15 Uhr 56
Via Pool Agreement an die mitwirkenden Sender verteilt.

Hier spricht Tashi Yomiuri live aus dem Mondorbit. Ich bin auf einer der einstufigen Raumfähren, der *Rom*, und wir nehmen gerade die letzten Passagiere an Bord, ehe wir zur Erde zurückfliegen. Der Komet ist noch etwa dreizehn Millionen Kilometer entfernt und nähert sich uns mit fast eins Komma sechs Millionen Kilometern pro Stunde.
Wir umkreisen den Mond dreimal am Tag in einer Höhe von etwa dreitausend Kilometern, was bedeutet, daß wir den Kometen alle acht Stunden aufgehen und wieder untergehen sehen. Wir konnten dabei verfolgen, wie er ständig größer wird.

Die Stimmung an Bord des Raumschiffs ist trüb. Die Menschen haben Angst, und sie werden sehr froh sein, wenn sie endlich unterwegs sind.

<u>*WALL STREET JOURNAL, ELEKTRONISCHE AUSGABE*</u>

Auszug aus einem Kommentar von Melinda Bright.

Die Leute spekulieren darüber, von wie weit der Komet kommt, wie alt er ist, warum er so schnell ist. Wir haben Andeutungen von Astronomen gehört, er könnte aus einer Supernova herausgeschleudert worden sein, und daß, falls es so war, diese Supernova vor Millionen, vielleicht sogar Milliarden Jahren stattgefunden haben muß.

Falls das zutrifft, dann kennt dieses Ding die Nummer des Mondes schon lange. Ich erinnere mich, wie ich als kleines Mädchen auf unserem Hinterhof in Kentucky saß, von meiner Schaukel aus den Mond betrachtete und mir überlegte, wie lange er schon am Himmel stand und daß er es wohl für immer tun würde. Jetzt wissen wir, daß es nicht so sein wird. Der Komet war möglicherweise schon unterwegs, als die ersten Menschen von den Bäumen herunterkletterten, und der heutige Tag war damals schon mit aller Unausweichlichkeit einer quadratischen Gleichung auf irgendeinem kosmischen Kalender markiert. Wir beglückwünschen uns die letzten Tage ständig, daß der Komet den Mond trifft und nicht die Erde. Und ich denke ebenfalls: Wir haben Grund für das Gefühl, daß wir noch Glück haben.

Aber es ist kein Grund, um auch glücklich zu sein. Der Mond ist ein alter Freund, viel älter als unsere Lebensform. Er gehört einfach zu dem, was wir sind, und zu der Art, wie wir leben. Er macht uns weicher.

Wir assoziieren ihn mit unseren zartesten Empfindungen. Wir haben aus ihm eine Göttin gemacht und Lieder und Gedichte über ihn geschrieben. In seinem silbernen Licht haben wir uns gegenseitig unserer Liebe versichert. Vielleicht begreifen wir erst dann, wenn wir ihn nicht mehr sehen, wenn diese auf Besuch weilende Monstrosität sein Licht für alle künftigen Generationen ausgelöscht hat, was wir verloren haben.

Einstufen-Raumfähre *Rom*, Flugdeck, 16 Uhr 04

John Verrano steuerte die Maschine sachte auf den neuen Kurs, verfolgte, wie die Uhr bis null herunterzählte, und spürte, wie sich die Triebwerke einschalteten. Die Kraft, die sie erzeugten, drückte ihn tief in den Sitz, während das Raumschiff aus dem Orbit aufstieg.

3.

Mondbasis, Main Plaza, 18 Uhr 01

Die Nachricht, daß versucht werden würde, auch die letzte Gruppe noch herauszuholen, hatte Kaplan Pinnacles Seele in Schwung gebracht. Er hatte sich bemüht, durch diese ganze Prüfung hindurch eine stoische Haltung zu wahren. *In Deine Hände, o Herr ...* Aber das Leben war von unschätzbarem Wert, und Gott wußte, daß Mark sich noch nicht davon trennen wollte.

Er saß im Victor-Hugo-Straßencafé an einem Tisch neben einer Gruppe von Palmen. Niemand ging jetzt mehr zwischen den Bäumen spazieren. Die Lichter in den Büros waren ausgegangen, und die künstlich erzeugte Brise, die scharf nach Minze roch, wehte durch die Parks. In der ganzen bewaldeten Weite der Main Plaza erblickte Mark nur ein junges Paar, das still dahinspazierte und sich dabei allmählich der Straßenbahnhaltestelle näherte.

Eine Handvoll Personen kamen eine der nach oben führenden Rampen herauf, eilten mitten durch das Einkaufszentrum und schlossen sich dem jungen Paar an. Der Kaplan sah auf die Uhr. Nur noch vier Flüge würden starten, drei davon zu der einsamen Raumfähre, die noch im Orbit war. Und schließlich *sein* Flug, dessen Bestimmungsort in Gottes Händen lag.

Er sah dem Abendessen mit Nervosität entgegen, denn er fürchtete, seine Angst zu verraten. Er hatte versucht zu beten, hatte um Mut gebeten, aber nach wie vor zitterte seine Hand, hatte er seine Stimme nicht richtig unter Kontrolle.

Eines seiner Gemeindemitglieder, eine junge Frau, war in der Kapelle erschienen, als sie hörte, daß er blieb, und hatte ihm Rauschgift angeboten. Etwas, um die Nerven zu beruhigen. Ihm durch die Prüfung zu helfen. Dieses Zeug, das die Leute »Silber« nannten. Es war illegal, und er erschrak, als sie das Päckchen zum Vorschein brachte. Er sagte, nein, er würde es nicht brauchen und vielen Dank, aber sie hielt es ihm weiter hin, und er gelangte endlich zu dem Schluß, daß es seine Pflicht war, ihr das Zeug wegzunehmen. Um sie von der Versuchung zu befreien. Sie küßte ihn auf die Wange, wünschte ihm Glück und lief davon. Er hatte tatsächlich daran gedacht, es zu nehmen. Er wußte jedoch nicht, ob er solche Sachen vertrug, und schließlich warf er es in einen Abfallbehälter.

Sein Mobiltelefon piepte.

»Kaplan Pinnacle«, sagte er.

»Kaplan, hier Evelyn.«

»Ja.« Ihr vertrauter Umgangston verwirrte ihn etwas. »Was gibt es, Dr. Hampton?«

»Ich wollte Sie nur daran erinnern, daß wir in ein paar Minuten das Abendessen servieren.«

»Ich hatte es nicht vergessen.«

»Gut.« Sie legte eine Pause ein. »*Sind* Sie okay?«

»O ja«, sagte er. »Mir geht es gut.«

»Der Vizepräsident kommt auch.« Als benötigte er noch eine Motivation.

»Ja, ich ... Ich war schon auf dem Sprung.«

Die Bahn fuhr in die Haltestelle ein. Die Türen gingen auf, und alle stiegen ein. Dann schlossen sich die Türen wieder mit hörbarem Klicken, und das Fahrzeug glitt zwischen die Bäume. Er blickte hinterher, bis es im dichten Waldland auf der gegenüberliegenden Seite der Main Plaza verschwand.

San Francisco, 15 Uhr 17 Pazifische Sommerzeit (18 Uhr 17 Ostküsten-Sommerzeit)

Jerry Kapchik machte Feierabend, sobald es nur möglich war, und begab sich auf die Suche nach einem Teleskop. Wal-Mart war ausverkauft. Ebenso Sears. Es gab noch ein Fachgeschäft an der Ocean Avenue, Galileo's. Auch dort war man leergeräumt, abgesehen von einem 90-mm-Grazier-Spiegelteleskop, das fünftausend Dollar kostete. »Jeden Penny wert!« drängte der Verkäufer Jerry. Es verfügte serienmäßig über eine Abschirmung, mit welcher der Benutzer direkt in die Sonne blicken konnte und ebenfalls über ein Computerprogramm, das über siebzehntausend Himmelskörper gespeichert hatte. »Schlagen Sie einfach im Handbuch den Code für jedes beliebige Objekt nach, das Sie sich ansehen möchten«, erklärte der Verkäufer, »peilen Sie den Nordstern an und geben Sie den Code über die Tastatur ein. Das Teleskop findet den Himmelskörper automatisch, stellt sich scharf und folgt seiner Bahn, bis Sie einen anderen Befehl eingeben. Oder natürlich, bis das Objekt unter den Horizont sinkt.«

»Natürlich.«

»Damit«, ergänzte der Verkäufer, »werden Sie den Wunsch nach einem eigenen Observatorium haben.«

Jerry versuchte, ihn herunterzuhandeln, aber der Verkäufer erklärte ihm, er wäre nicht sicher, ob er ihm das Teleskop überhaupt verkaufen wollte, weil zehn Minuten zuvor jemand am Telefon gewesen war. Er war schon unterwegs und hoffte, ein solches Gerät zu erwerben. »Sie haben Glück«, sagte er. »An einem Tag wie heute mußte ich ihm sagen, daß wir nichts zurücklegen können.« Er blickte auf die Uhr, als rechnete er damit, daß der angehende Kunde in diesem Moment die Straße entlanggebraust käme.

Der Betrag lag über dem, was Jerry hatte ausgeben wollen, und er wußte nicht recht, wie er es Marisa erklären sollte. Aber irgend etwas hatte ihn gepackt. Vielleicht hatte es damit zu tun, daß er jetzt das plötzliche Interesse seines Sohnes an Astronomie nutzen konnte. Vielleicht würde sich Jimmy in späteren Jahren an das Grazier als den Wendepunkt in seinem Leben erinnern. Jedenfalls war heute ein besonderer Abend, und dafür sollten sie eigentlich auch die richtige Ausrüstung haben, um das Ereignis zu verfolgen.

Das Gerät war in zwei Kisten verpackt, aber der Verkäufer versicherte Jerry, es wäre wirklich ganz einfach zu montieren. Jerry schnappte sich noch eine Ersatzbatterie, schleppte die Kisten nach draußen und lud sie in ein Taxi. Das Taxi brachte ihn zum Parkplatz direkt am Skyline Boulevard, wo er jeden Morgen sein Auto abstellte, um mit der Einschienenbahn in die Innenstadt zu fahren.

Unterwegs hielt er an, um Marisa anzurufen und es hinter sich zu bringen. Sie war zunächst nicht froh und drängte ihn, es zurückzugeben, aber bis er zu Hause eintraf, war sie zu dem Schluß gelangt, daß sich die Investition *womöglich* gelohnt haben könnte. »Solange es auch benutzt wird«, erklärte sie ihm. »Aber falls es nur auf dem Dachboden herumsteht, bist *du* ein toter Mann.«

Marisa war mehrere Jahre lang Medizintechnikerin beim Rettungsdienst in Pacifica gewesen. Heute lehrte sie Notfallbehandlung auf dem San Franciscoer Campus der Universität von Kalifornien. »Der Rettungsdienst ist in Alarmbereitschaft versetzt worden«, berichtete sie ihm.

»Wegen des Kometen?« fragte er.

Sie zuckte die Achseln. »Die Leute sind nervös. Ich hätte auch Alarmbereitschaft ausgerufen, wäre ich dafür zuständig.«

Nach dem Abendessen packten sie das Teleskop aus. Der Verkäufer hatte recht gehabt: Man *konnte* es leicht montieren. Sie fügten das Rohr in seine Halterung ein und montierten die Halterung auf dem Stativ. Sie zogen ein paar Klammern fest, schlossen den Computer an, steckten die Batterie ein, drückten einen Schalter, um eine Reihe von Selbsttests zu starten, und waren schon einsatzbereit.

Jimmy und Erin zeigten ein erfreuliches Maß an Begeisterung. Das einzige Problem bestand darin, daß das Teleskop eindeutig für einen festen Standort konstruiert war, an dem es auch aufgebaut bleiben konnte. Jerry erinnerte sich an die Bemerkung des Verkäufers, daß er sich ein eigenes Observatorium wünschen würde.

Trotzdem schleppten sie es auf die Veranda und richteten es auf den Kometen aus, der jetzt den Osthimmel völlig dominierte. Der Mond war gerade eben noch erkennbar und schwebte wie ein Kinderspielball hinter einer rotleuchtenden Unwetterwolke. Es war früh am Abend, immer noch ein paar Stunden vor Sonnenuntergang. Der Wind wehte kühl und frisch vom Meer herein.

Jerry stellte das Gerät auf Handbedienung. »Am besten auf die einfache Tour«, erklärte er Marisa. Mit Hilfe des Suchers richtete er das Instrument aus, während Erin einen Schemel hinstellte. Dann blickte Jerry in die Linse. Er sah nur einen dunklen Ring und berührte einen der Knöpfe. Der Mond machte einen Satz ins Bild hinein, rutschte links wieder heraus und ließ sich endlich in der Mitte nieder. Jerry machte den Kindern Platz.

Während ihr Bruder herumzappelte, kletterte Erin auf ihren Schemel, blickte ins Teleskop und machte aaah. »Ich erkenne Krater«, sagte sie.

Jerry trat zurück und musterte den Himmel. Der Komet war sehr groß. Nebelstreifen gingen von ihm aus und hüllten den Mond in einen Gazeschleier. Jerry wurde kalt bei diesem Anblick.

Während die Kinder ins Teleskop blickten und mit ihren Lauten ausdrückten, wie toll es war, fing Jerry Marisas Blick auf. »Ich habe mich geirrt«, sagte er.

»In welcher Hinsicht?«

»Packen wir zusammen und verschwinden von hier. Nur die Nacht über.«

Sie machte große Augen. »Jerry, im Fernsehen heißt es, daß es da draußen keine freien Motelbetten mehr gibt. Und wir können nicht ohne Vorwarnung bei Helen hineinschneien.«

»Wir nehmen die Campingausrüstung mit«, sagte er. »Aber wir sollten es lieber tun.«

Sie hatten zwei Autos, einen Mazda Superhawk und einen Chrysler Kombi. Ungeachtet ihrer Proteste hatte

Marisa das Ereignis vorhergesehen und Vorbereitungen für einen raschen Aufbruch getroffen. Beide Autos waren schon halb beladen. Jetzt packten sie noch Lebensmittel, Wasser und Kleider ein. Marisa fand ihre Erste-Hilfe-Tasche und steckte sie in den Mazda. Sie verluden auch den Computer und einige seltene Bücher, die Jerry gesammelt hatte, dazu Marisas Schmuck und Silberwaren. Und die Sparbücher und Pässe und Staatsanleihen. Und die Lieblingsspielsachen der Kinder. Und das Grazier-Teleskop.

TRANSGLOBAL-NACHRICHTENREPORTAGE, 18 Uhr 18

Hier meldet sich Keith Morley aus der Gruppe des Vizepräsidenten, live von der Mondbasis. Es sind jetzt nur noch etwas über vier Stunden, bis Komet Tomiko eintrifft. Wie Sie wahrscheinlich gehört haben, wird ein Raumschiff noch auf den letzten Drücker versuchen, uns herauszuholen. Bei dem Fahrzeug handelt es sich um einen Mondbus, allerdings kleiner als die regulären Mondbusse, so daß es hier als Mikro bezeichnet wird. Der Pilot ist Tony Casaway aus San Francisco, die Copilotin Alisa Rolnikaya. Alisa ist Russin, auch wenn sie in Florenz, Italien, geboren wurde. Sie wird ›Saber‹ genannt. Ich erwarte, etwas später am Abend mit beiden reden zu können, live über eine Verbindung zum Cockpit des Mikrobusses.

Bei mir ist jetzt Kaplan Mark Pinnacle, eine der sechs Personen, die sich einverstanden erklärten, hier zurückzubleiben, während alle anderen evakuiert werden. Als Sie sich meldeten, Kaplan, wußten Sie da schon, daß es noch einen Rettungsversuch in letzter Minute geben würde?«

»Nein, Keith. Wir hatten keine Ahnung, daß tatsäch-

lich noch jemand versuchen würde, uns herauszuholen. Ich muß sagen, daß ich begeistert war, als ich es hörte. Ich hoffe, wir schaffen es.«
»Sind Sie zuversichtlich?«
»Ich denke gern, daß Gott mit mir noch nicht fertig ist.«
»Kaplan, ich frage mich, ob Sie uns vielleicht erzählen möchten, warum Sie sich fürs Bleiben entschieden haben?«
»Ich schätze, ich könnte die Gegenfrage stellen, Keith. Warum sind Sie noch hier?«
(Zögert.) »Ich denke, weil es mein Job ist.«
»Meiner auch.«
»Kaplan, ich frage mich, ob Sie uns wohl sagen, welchen Glauben Sie vertreten?«
»Nun, ich gehöre natürlich der Kirche von England an. Auf dem Mond repräsentiere ich jedoch alle Glaubensrichtungen. Und nicht nur die christlichen, wie ich hinzufügen könnte.«
»Ich bin sicher, unsere Zuschauer fragen sich, wie das möglich ist, Kaplan.«
»Ich bin nicht sicher, daß ich es verstehe, Keith. Die Leute scheinen es einfach zu akzeptieren. Scheinen mich zu akzeptieren. Falls Sie wissen, was ich meine.«

Mondbasis, Main Plaza, 18 Uhr 28

Kaplan Pinnacle war schweißgebadet. Er war froh, das Interview hinter sich zu haben, aber mit seinem Abschneiden war er nicht zufrieden. Ihm hatte sich eine vom Himmel gesandte Gelegenheit geboten, der Welt zu erklären, wie es hier draußen wirklich war, wie die großen Religionen zusammenkamen und die theologischen Streitpunkte verblaßten. Auf dem Mond gab es keine Ketzer.

Hier draußen wirkt das Universum ganz schön groß.

Die Theologen hatten den Schöpfer schon immer als unendlich beschrieben. Und zum erstenmal dämmerte den Menschen, was das vielleicht bedeutete. Vielleicht ist ja genug Platz für alle Glaubensrichtungen. Sie scheinen ganz nett miteinander auszukommen, sobald sie erst mal die Erde verlassen haben.

Mark hatte sich seinem Gott noch nie näher gefühlt als in diesem Augenblick. Und doch kam dieser gigantische Komet heran, um den Mond völlig zu zerstören. Warum geschah das?

Mondbasis, privates Eßzimmer des Direktors, 18 Uhr 30

Vielleicht war es das denkwürdigste Abendessen, an dem Charlie in seiner ganzen politischen Laufbahn je teilgenommen hatte. Er war widerstrebend gekommen, hatte mit einer Begräbnisatmosphäre gerechnet, in der die Teilnehmer die Blicke der Verdammten austauschten und alle paar Minuten verstohlen auf die Uhren sahen. Aber so lief es ganz und gar nicht. Jack Chandler und Evelyn schienen hochgestimmt. Keith Morley hatte sich bis eben in der verlassenen Kommzentrale aufgehalten und einen permanenten Kanal zu seinem Produzenten eingerichtet. Er hatte sich mit dem Kaplan hingesetzt, seine Microcam aufgebaut und Programm gemacht. »Sie waren absolut phantastisch«, erklärte er gerade einem erfreuten Pinnacle, als Charlie zur Tür hereinkam. »Glauben, Mut und Demut. Alles war da.«

Der Kaplan dankte ihm. »Eine weltumspannende Gemeinde«, sagte er. »Ich hätte es nie für möglich gehalten.«

Nur Bigfoot fehlte. Er hatte versprochen zu kommen, wenn er es einrichten konnte, aber dann eine Nachricht geschickt: *Danke für die Einladung. Ist mir zuwider, daß ich die Wurst versäume. Aber falls ich jetzt esse, sitzen wir später fest.*

Evelyn und Jack hatten gekocht. Wurst war nicht auf dem Tisch. Aber es gab Salat Cäsar, Chicken Fingers (von echtem Huhn), Bratkartoffeln, Senfsauce, Weißwein, Kaffee und als Dessert *Pièce de résistance,* Schokoladenkuchen mit Zuckermasse und Eiscreme. In Georgetown hätte es vielleicht nicht viel hergemacht, aber nach den Standards der Mondbasis war es ein bedeutendes Festmahl.

Der Kaplan senkte den Kopf. Unter anderen Umständen hätten die Tischgefährten wohl wenig mehr getan, als verlegen innezuhalten. Diesmal jedoch schlossen sich ihm alle an.

Charlie war als Methodist erzogen worden, und das von einem skeptischen Vater, dessen vorrangige Absicht bei der Kirchenzugehörigkeit anscheinend politischer Natur gewesen war. Die Kirche war das Machtzentrum für die großen Macher, für die Leute mit Einfluß in seiner Heimatstadt. Der Vizepräsident ging recht regelmäßig zur Kirche, ob nun eine methodistische oder sonst irgendeine, die gerade in der Nähe war. Wie sein Vater tat er es, weil es politisch zweckdienlich war. Der Wähler erwartete einen frommen Präsidenten.

Ganz wie sein Vater glaubte er auch, daß das Universum ein Uhrwerkmechanismus war; und falls es einen Uhrmacher gab, hatte er sich zu gut versteckt und konnte sich deshalb nicht mit Fug und Recht über Ungläubige beschweren. Charlie wand sich während langer Predigten, wenn er doch lieber Golf gespielt hätte. Oder ausgeschlafen hätte. Kirchen hatten noch einen Nachteil: Wenn der Prediger herausfand, daß der Vizepräsident zur Gemeinde gehörte, nutzte er oft die Gelegenheit, im Namen seines moralischen Lieblingsthemas die Regierung zu attackieren. Charlie hatte man von der Kanzel aus schon wegen diverser Themen angegriffen: Fötengewebe, Kürzungen der Sozialausgaben, Freitod, biosynthetische Forschungen und das Versagen der öffentlichen Schulen, Gott in den Lehrplan aufzunehmen.

»Ich habe schon immer Menschen beneidet, die einen Glauben haben«, sagte Charlie zu Mark Pinnacle. »Er hilft in Zeiten wie dieser.«

Der Kaplan wirkte amüsiert. »Ich wünschte, ich könnte sagen, daß er meine Nervosität lindert.«

Der Tisch war mit glänzendem Silberbesteck gedeckt, mit Stoffservietten, gutem Porzellan und exquisiten langstieligen Gläsern. Es war ein erstaunlicher Rhythmuswechsel, verglichen mit dem sonst so spartanischen Lebensstil auf Luna. Evelyn schenkte Wein ein, und sie hoben die Gläser. »Auf die Mondbasis«, sagte sie.

Das Lachen und die gute Laune trotzten jeder Logik. Der Anteil an Galgenhumor war ansehnlich, nichts davon rückblickend wirklich komisch (»Hier sitze ich mit der Story des Jahrhunderts, und jemand anderes wird den Schlußsatz schreiben.«), aber zum damaligen Zeitpunkt fanden sie es witzig.

Charlie stellte fest, wie sehr er diese Menschen mochte: Evelyn, schwarz, schön, messerscharfer Verstand, die einen furchtlosen Eindruck machen wollte, aber das Zittern ihrer Hand versteckte, als sie das Weinglas hob.

Jack Chandler, der perfekte Bürokrat. Heute abend reserviert, konservativ, ein Mann, der das Leben in Präzedenzfällen und Bestimmungen maß. Vor einer Stunde noch hätte Charlie gedacht, daß Chandler nie gelernt hatte, Spaß zu haben. Jetzt brüllte der Direktor bei jeder Gelegenheit vor Lachen. Und an einer Stelle wechselte er

Blicke mit Evelyn und formte lautlos die Worte: *Ich liebe dich.*

Keith Morley, TV-Journalist, professioneller Zyniker. Selbsternannter Verteidiger des Allgemeinwohls. Ein Mann, der es genoß, die Reputation von Politikern zu opfern. Aber Morley äußerte eine Reihe von Abschiedswünschen für die anderen: Daß Evelyn den Bankrott abwenden möge, der Mondbasis International drohte; daß Chandler eine noch größere Verwaltung zu leiten bekommen möge, nämlich für die Aufräumarbeiten nach Tomiko; daß der Kaplan in eine stille Pfarrei am Themseufer versetzt werde; und daß Charlie ins Weiße Haus einziehen möge, aber nur, falls er es noch wollte, wenn er wieder zu Hause war.

Und der Kaplan. Dieser Mann, der vor wenigen Tagen noch so ängstlich gewirkt hatte, der eben noch seine Nervosität eingestanden hatte; er schien hier ganz zu Hause zu sein. Er bedankte sich bei Morley, was andeutete, daß er und der Journalist sich schon über seine Zukunftshoffnungen ausgetauscht hatten. Er räumte ein, die Feier richtig zu genießen, und fragte sich, ob ein solch außergewöhnlicher Abend das Risiko nicht beinahe lohnte.

Für Charlie, einen unverheirateten Vizepräsidenten, waren fast alle Mahlzeiten, die er nicht allein einnahm, Arbeitsessen oder zumindest offizielle Verabredungen. Heute abend war er für wenige Stunden einer unter vielen. Und er verstand, was Morley mit den Worten gemeint hatte: *Nur, falls er es noch wollte.*

Chandler schüttete reichlich Ketchup über seine Fritten; Ketchup war wieder so ein Produkt, das Charlie auf der Mondbasis bislang nicht gesehen hatte. Jack verdrückte einen Happen mit erkennbarem Genuß und sah sich am Tisch um. »War irgend jemand früher schon in einer Situation, in der es um Leben und Tod ging?« erkundigte er sich.

Evelyn nickte. »Als ich fünf war, wurde ich aus einem brennenden Haus gezerrt.«

»Du erinnerst dich noch daran?« fragte Chandler.

»O ja! So klar, als wäre es gestern gewesen. Es ist sogar das früheste Erlebnis, an das ich mich überhaupt erinnere. Es war gewissermaßen der Tag, an dem ich zu Bewußtsein erwachte.«

»Hattest du Angst?«

Sie lächelte. »Ja. Aber mehr vor den Feuerwehrleuten als dem Feuer. Sie waren groß und trugen diese komischen Mäntel und Hüte und Masken.«

»Sonst noch jemand?«

Morley sagte: »Ich wurde einmal von einer Gang zusammengeschlagen. In New York. Sie ließen mich liegen, weil sie mich für tot hielten. Sie haben mich ganz schön zugerichtet. Sagten mir, sie würden mir die Kehle durchschneiden.«

»Aber haben sie es dann getan?« fragte der Kaplan.

Morley öffnete den Kragen und zeigte ihnen eine Narbe. »Sie haben es nur nicht richtig hinbekommen.«

Charlie war entsetzt. Trotz aller politischen Keilereien hatte er ein behütetes Leben geführt. »Warum haben sie das getan?« fragte er.

»Wer weiß? Vielleicht habe ich die falsche Aufnahme gemacht. Oder vielleicht bin ich einfach im falschen Stadtteil aus dem Auto gestiegen. Ich kann Ihnen sagen: Es war der schlimmste Augenblick meines Lebens.«

»Schlimmer als hier?« fragte Evelyn.

»Oh, yeah! Viel schlimmer als hier. Es war persönlich. Diese Kids wollten mich tot sehen. Es ist ein entsetzliches Gefühl, wenn man feststellt, daß jemand einen umbringen möchte und nicht mal einen sehr guten Grund dafür hat. Aber der Komet – verdammt, er gibt einen Scheiß darauf! Er weiß nicht mal, daß wir hier sind. Er ist bloß ein großer blöder Eisklotz, der aus dem Irgendwo herangeweht wird.« Er zuckte die Achseln. »Yeah, das hier ist viel leichter. Nirgendwo spielt Haß dabei eine Rolle.«

Das Gespräch stockte, als wäre ein bedeutsamer Augenblick eingetreten. Charlie schenkte jedem nach. Der Wein strömte in der geringen Schwerkraft nur langsam. »Auf uns«, sagte er. Alle fielen in den Trinkspruch ein, und Charlie musterte ihre Augen über den Rändern der Gläser.

Jack Chandler brachte einen weiteren Toast aus. »Auf beide Tomikos«, sagte er. »Die Frau und den Kometen. Die Frau, weil sie uns gewarnt hat, und den Kometen, weil er uns heute abend zusammengeführt hat.«

4.

Mikrobus, Flugdeck, 19 Uhr 33

Der Mikrobus startete präzise zum richtigen Zeitpunkt zu seinem letzten planmäßigen Flug. Saber beobachtete, wie die Mondlandschaft in der Tiefe versank. Im Kopfhörer vernahm sie Bigfoots Stimme: »Saber, der Direktor möchte mit Tony sprechen.«

»Warte mal.« Tony sprach gerade mit dem Piloten der Raumfähre. Saber machte ihn auf sich aufmerksam. »Mr. Chandler«, sagte sie.

»Für *mich*?«

»Stell ihn durch«, sagte Saber ins Mikrophon.

Tony unterbrach die Verbindung zur Raumfähre.

»Einen Moment«, sagte Bigfoot.

Eine neue Stimme, präzise, bedächtig, müde. »Tony Casaway?«

»Hier Casaway.«

»Tony, hier spricht Jack Chandler. Ich möchte Ihnen für das danken, was Sie tun. Wir sind Ihnen dankbar.«

»Wir wollen schließlich jeden herausholen, Sir.«

»Wollen wir das nicht alle? Trotzdem wissen wir es zu schätzen. Und ich habe eine Bitte. Wir haben hier einen Fernsehreporter bei uns. Keith Morley. Sie nehmen auch ihn mit. Er möchte gern, daß Sie ihn dann mit seiner Relaisstelle auf der Erde verbinden.«

»Möchten Sie, daß ich es tue?«

»Ja. Bitte. Gewähren Sie es ihm.«

»Ja, Sir. Wird gemacht.«

»Gut. Es war mir ein Vergnügen, mit Ihnen zu reden, Tony. Viel Glück.«

Saber fiel auf, daß niemand sich bei *ihr* bedankt hatte.

Sie blickte zum Mond hinunter.

»Sieht danach aus, als kämen wir in der Welt voran«, sagte Tony.

»Yeah. Na ja, wenn man die richtigen Leute aus dem Feuer holt, kann das für die Karriere Wunder bewirken.«

Er sah sie an, als wäre sie zu weit gegangen.

»Kaum zu glauben«, sagte sie.

»Was meinst du damit?«

Sie zeigte nach unten. Die gesamte Masse des Mondes lag zwischen der Einschlagsstelle des Kometen im Mare Muscoviensis auf der nördlichen Hemisphäre und der Mondbasis. »Wenn man bedenkt, wieviel Gestein sie abschirmt, sollte man eigentlich denken, daß die Mondbasis ungefährdet wäre.«

Neun Personen saßen in der Passagierkabine, Leute von der Betriebsmannschaft und Techniker – die Leute, die die Energieversorgung, die Kommzentrale und die Lebenserhaltung in Schwung hielten. Und ein paar von Bigfoots Technikern. Sie waren die letzte Gruppe, die der Mikrobus zur Raumfähre im Orbit brachte. Zwei weitere Mondbusse folgten ihm noch, dann war es vorbei.

Abgesehen vom letzten Flug des Mikros.

Saber überwachte die Anzeigen der Schiffsanlagen während der Startphase, aber sie nahm sich stets auch die Zeit, um die Mondlandschaft zu betrachten. Sie liebte die Höhen und diesen ganzen Ort, abgelegen und kahl, beleuchtet von der blauweißen Erde. Ein beiläufiger Besucher, der in den 117 Kilometer durchmessenden Krater blickte, hätte gar nicht bemerkt, daß dort Frauen und Männer umhergegangen waren, dort etwas *gebaut* hatten. Aus etlichen praktischen Gründen lag die Mondbasis unter der Oberfläche. Schon aus einer Höhe von tausend Metern benötigte man scharfe Augen, um die Antennen, die Solarzellen und die Einschienenbahn zu erkennen. Saber glaubte jedoch lieber, daß die Mondbasis nicht aus praktischen Gründen versteckt lag, sondern aufgrund eines Sinns für die gebrechliche Schönheit dieser Welt und eines Widerstrebens, die alten Fehler zu wiederholen. Nicht, daß das jetzt noch Bedeutung hatte. Der Schein des Kometen stieg in drei Richtungen über den Horizont auf und signalisierte, daß das Monster näherkam. Es sah aus, als würde eine riesenhafte Sonne überall zugleich aufgehen. Die fernen Gipfel und Kraterränder zeichneten sich schärfer ab. Hinter dem westlichen Ringwall von Alphonsus schwenkte der schwarze Verwitterungsboden des Mare Nubium, des Meeres der Wolken, ins grelle Licht hinaus.

»Sieh dir das an«, sagte Tony und schaltete eine Computersimulation ein. Eine Scheibe von der Größe eines Zehncentstücks und ein winziger Halbmond, Symbole, die Erde und Mond darstellten, schwebten innerhalb eines weißen Kegels. Der Kometenschweif.

»Man sollte eigentlich erwarten, daß wir ihn hier draußen sehen können«, sagte Saber. Der Himmel war jedoch so schwarz wie immer. Nur die Erde sah anders aus. Saber war nicht sicher, aber der Planet wirkte fahler als sonst, als würde das Sonnenlicht seitlich weggebogen.

Tony sagte: »Sie schätzen die Länge des Schweifs auf siebzig Millionen Kilometer. Er reicht bis hinaus zur Umlaufbahn des Mars.«

Und er kommt noch am nächsten ans Vakuum heran, dachte sie.

Während der Mikrobus weiter in die Mondnacht aufstieg, tat der sommerfarbene Komet das gleiche und hüllte den Mond in sein Licht. Saber hörte den Reaktionen der Fluggäste zu, die das Schauspiel durch ihre Fenster verfolgten.

Sie spürte, daß Tonys Adrenalin jetzt gleichmäßig gepumpt wurde. Er schien es tatsächlich zu genießen.

»Tony«, sagte sie, »denkst du, daß wir diese Nummer wirklich durchziehen können?«

Er zeigte ihr den aufgerichteten Daumen. »Sicher«, sagte er. »Es wird knapp, aber wir schaffen es.« Er schaltete das Bild des Kometen auf dem Hauptmonitor ab. »Chandler sagt, daß Keith Morley zu der Gruppe gehört. Daß er live aus dem Mikrobus senden möchte.« Er lachte. »Wir werden berühmt, Saber!«

»Solange wir dabei nicht umkommen.«

Er wurde auf ihren Unterton aufmerksam. »Hey«, sagte er, »Alisa, wir schaffen das.« Tony benutzte nur selten ihren richtigen Namen. Nur, wenn er sich um einen vertrauten Tonfall bemühte. In diesem Fall, um sie zu beruhigen. »Bigfoot denkt, daß wir es schaffen können.«

»Bigfoot denkt, daß er sein Leben wegwirft.«

Tonys Gesicht wurde düster. Er war normalerweise liebenswürdig, aber das war eine ernste Sache. »Das stimmt nicht.«

»Natürlich stimmt es.«

»Er hat sich dazu bereiterklärt. Niemand hat ihm dabei eine Pistole an den Kopf gehalten.«

»Sieh mal, Tony, er war verantwortlich für den Pfusch, der uns in diese Lage gebracht hat. Was hast du denn von ihm erwartet, als du ihn nach einem Freiwilligen gefragt hast?«

Sie wußte, daß ihn das verletzte, aber es stimmte einfach. Er stritt es natürlich ab. »Bigfoot würde nicht bleiben, wenn er nicht der Meinung wäre, daß wir es schaffen können.« Er funkelte sie an. »Gottverdammt, Saber, du brauchst nicht mitzumachen, wenn du nicht denkst, daß wir es hinkriegen können. Ich schaffe es auch allein, wenn es sein muß.«

Sie musterte ihn ausgiebig. »Tony, weißt du, daß du mich nie gefragt hast, ob ich diesen Versuch unternehmen wollte?«

Er wurde bleich, und sie erkannte, daß er zurückdachte und die Gespräche mit ihr noch einmal abspulte. »Klar habe ich«, sagte er. Und dann: »Es tut mir leid. Ich bin einfach davon ausgegangen ...«

Wäre sie sich selbst überlassen gewesen, wäre sie wohl nicht bereit gewesen, den Rettungsversuch zu wagen. Sie hing am Leben, und sie hielt nicht viel von den Chancen, die sie bei dieser Sache hatten.

Es war ja nicht so, daß sie zu einem Rettungsversuch verpflichtet gewesen wären. Man tat, was möglich war. Aber niemand sollte gebeten werden, sein Leben ohne guten Grund wegzuwerfen.

Also fühlte sie sich versucht, sein Angebot anzunehmen. Sollte er es ruhig allein probieren. »Du gehst von vielem aus, Tony. Es wäre nett gewesen, mich zu fragen.«

Er schmollte kurz. »Verzeihung. Ich dachte, du würdest mitmachen *wollen.*«

»Sieh mal, verzichte lieber darauf, große Schuldgefühle auf mich zu wälzen. Ich mache mit.« *Und so schnell, beinahe ohne Nachdenken, fiel die Entscheidung.* »Aber nächstes Mal möchte ich gefragt werden. Geradeheraus.«

»Okay«, sagte er. »Ich entschuldige mich. Aber ich habe nicht versucht, dir Schuldgefühle einzuflößen.«

»Vergiß es.« Verdammt, man sollte nie einen Auftrag an der Seite eines Helden annehmen!

Mondbasis, Raumhafen, 20 Uhr 21

Die letzten drei Flüge waren innerhalb von fünfzig Minuten Abstand nacheinander gestartet. Bigfoot blieb am Funk und redete mit den Piloten, bis sie auf ihren Leitsignalen in den Orbit aufgestiegen waren. Dann übergab er die Leitung an die *Arlington*, schob den Stuhl zurück und sah sich in der Betriebszentrale um. In diesem ganzen riesigen Areal aus Computerplätzen, Einstiegszonen, Startflächen, Versorgungsräumen und Funkausrüstung war er allein. Die meisten Lampen waren schon ausgeschaltet. Die Deckentore von Hangar vier standen noch offen. Irgendwo zischte eine Dampfleitung.

Bigfoot entstammte einer Arbeiterfamilie, die es nie geschafft hatte, schwarze Zahlen zu schreiben, bis er einen Vertrag bei den Packers unterschrieb. Er wußte, wie das war, wenn man von einem Zahltag zum nächsten lebte, und hatte daraus gelernt, nichts zu verschwenden. *Lade dir soviel auf den Teller, wie du möchtest, aber nimm nichts, was du nicht auch essen wirst.* Als diese Verletzung schon im ersten Spiel seine Karriere beendete, ging er zur Bundesluftfahrtbehörde, arbeitete als Flugsicherheitsinspektor, dann als Fluglotse, und demonstrierte dabei Führungseigenschaften. Die Menschen vertrauten ihm instinktiv. Er hatte stets das Gefühl gehabt, dieses Vertrauen verdient zu haben. Bis zu dem Zwischenfall mit dem Mikrobus.

Wenn man an die Konstruktion der Ventile dachte,

dann hatte ein solcher Unfall einfach irgendwann passieren müssen. Es war einfach furchtbares Pech, daß es zu diesem Zeitpunkt geschah. Aber es hatte in *seiner* Verantwortung gelegen.

Das Abendessen war jetzt wohl vorbei, aber er vermutete, daß sie immer noch dort oben waren, wechselseitig Anteil an ihrem Mißgeschick nahmen und versuchten, nicht zuviel an das zu denken, was ihnen bevorstand. Die Tatsache, daß auch der Vizepräsident an dem Essen teilnahm und Bigfoot normalerweise einen Mord begangen hätte, um mit der Nummer zwei des Landes zu essen, änderte nichts an der Tatsache, daß all diese Menschen mit dem Tod rechneten. Das war ein gesellschaftliches Ereignis, an dem er einfach nicht teilnehmen wollte. Trotzdem, sie hatten ihn eingeladen.

Er schloß die Deckentore von Hangar vier und setzte den Startplatz wieder unter Druck. Dort würde er den Mikrobus einweisen, wenn er kam. Das geschah jedoch erst in mehr als anderthalb Stunden, und die Pumpen wären eingefroren, hätte er den Hangar nicht wieder dichtgemacht. Er überlegte, was sonst noch zu tun war. Es gab jedoch nicht viel vorab zu erledigen, worum er sich nicht schon gekümmert hatte. Diesmal kein Checklistendurchgang. Sie würden nur nachtanken, die Passagiere an Bord nehmen und wie der Teufel von hier verschwinden. Mehrere Bildschirme zeigten eine Computersimulation des Kometen. Bigfoot schritt durch die Zentrale, schaltete einige Monitore aus und andere, die er später noch brauchte, auf andere Bilder um. Er entschied, daß es auf dem Raumhafen zu still war.

Er schaltete sein Telefon in den Funk ein, damit die Piloten ihn notfalls erreichen konnten. Dann rief er die Straßenbahn und fuhr hinüber zur Main Plaza, von wo aus er den Fahrstuhl hinauf zu den Verwaltungsbüros nahm.

Skyport, Orbitallabor, 20 Uhr 44

»Ich komme *nicht* mit«, sagte Tory. »Und mehr ist dazu nicht zu sagen.«

Windy drückte sich die Finger an die Stirn und gab Laute von sich, als hätte er Migräne. »Du hast die Anweisung erhalten, abzufliegen«, sagte er. »Es ist nicht meine Entscheidung, und deshalb steht sie nicht zur Debatte. Dein Flug geht um ...« Er blickte auf ein Papier auf seinem Schreibtisch. »... zwölf nach neun. Sieh zu, daß du an Bord bist.« Tory verschränkte die Arme. »Windy, das mit Abstand größte astronomische Ereignis der Menschheitsgeschichte steht uns bevor, und du verlangst, daß ich meinen Posten verlasse!«

»Ich möchte es noch mal versuchen, Tory: Es ist nicht *mein* Befehl.«

»Egal wessen! Ich habe aber nicht vor, um fünf nach halb elf in einer Wolkenbank zu sitzen und mich zu fragen, was eigentlich vorgeht. Verstehst du? Ich mache da nicht mit!«

»Du hast keine Wahl.«

»Wann ist es dazu gekommen?«

»Sieh mal, Tory, was denkst du, warum diese Anlage evakuiert wird? Hier ist es in den nächsten Tagen nicht sicher. Um Gottes willen, nimm dein Flugzeug und sieh dir alles von dort aus an. Was ist daran so schlimm?«

»Windy, bitte. Ich möchte heute abend hier sein. Du schuldest es mir.«

»Ich schulde dir überhaupt nichts, Tory.«

»Doch, tust du. Ich habe hier oben zwei Jahre hart gearbeitet und nie um etwas gebeten. Heute bitte ich darum ...«

»Du hörst mir einfach nicht zu! Falls die Entscheidung bei mir läge, wäre es kein Problem. Aber so ist es nun mal nicht.«

Die Evakuierung von Skyport lief schon den ganzen Tag. Die Station sollte allerdings nicht komplett abgeschaltet werden wie L1. Sogenanntes unverzichtbares Betriebspersonal blieb an Bord, hielt die Station am Laufen und fertigte die restlichen einstufigen Raumfähren ab, die noch von der Mondbasis unterwegs waren.

»Wie wäre es, wenn du ihnen sagst, daß du Hilfe brauchst?«

»Tory, die Diskussion ist beendet.«

»Du *brauchst* nämlich welche, weißt du? Hier läuft in den nächsten paar Tagen die meiste Action. Sieht das denn niemand *ein*?« Vom Orbitallabor aus wurden sechs Satellitenteleskope gesteuert, ebenso das automatische Observatorium auf der Rückseite des Mondes. Das Observatorium würde bombardiert werden. Die restlichen Teleskope bildeten dann jedoch das Frühwarnsystem für große Trümmerstücke, die, sagen wir mal, Richtung Atlanta unterwegs waren. »Die Lage hier wird heikel, wenn die Felsbrocken ankommen. Und du sitzt dann ganz allein hier.«

Winfield Cross war Karrieremann vom Smithsonian-Institut, nominell ein Superstring-Spezialist, in Wirklichkeit jedoch eher Bürokrat als Astronom. Er hatte zum richtigen Zeitpunkt zum richtigen Boß gehalten und war mit einem Spitzenjob belohnt worden. Er war okay und kam für gewöhnlich niemandem in die Quere, so daß die Techniker ihre Arbeit tun konnten. Er verlangte dabei nicht mehr, als daß sie ihm keine Schwierigkeiten machten. Er war jedoch nicht der Mann, der sich für andere schlug. »Ich stimme allem zu, was du sagst, Tory. Aber es spielt wirklich keine Rolle. Man verlangt, daß du abfliegst.«

Er wandte sich von ihr ab.

»Ganz im Vertrauen ...« sagte sie.

»Es gibt hier kein *ganz im Vertrauen*.«

»Ganz im Vertrauen: Was würde passieren, wenn ich zur Startzeit nicht auftauche?«

»Es würde dir recht geschehen, wenn man deinen dummen Arsch zum Trocknen aufhinge. Aber ich sage dir eins: Ich bin für die Sicherheit meiner Leute verantwortlich. Du *wirst* zur Startzeit am Flugsteig auftauchen, oder du mußt mit disziplinarischen Maßnahmen rechnen.«

»Windy, denkst du nicht, daß du ein bißchen übertrieben reagierst?«

»Nein, denke ich nicht. Du bist nicht die erste Person, die ich heute hier sitzen habe und die mir mit solchen Sachen kommt. Ich trage den Vorfall ein, und ich warne dich: Mach mir keine Schwierigkeiten!«

Tory liebte ihren Job und wollte ihre Karriere nicht gefährden. Darüber hinaus war sie von Natur aus nachgiebig. Ihr ganzes Leben lang respektierte sie schon Autorität (natürlich innerhalb vernünftiger Grenzen); sie versuchte, sich aus Schwierigkeiten herauszuhalten, und war ein guter Soldat. Also überlegte sie sich ihre Antwort sehr gründlich. »Nein«, sagte sie.

»Verzeihung?«

»Ich fliege nicht nach Hause. Zumindest nicht heute abend.«

Windy setzte die Brille ab und legte sie auf den Schreibtisch. »Ich kann dich an Bord *bringen* lassen.«

»Warum läßt du es nicht auf sich beruhen? Wenn du mich danach feuern möchtest, kannst du es tun. Ich werde jedem sagen, daß dieses Gespräch nie stattgefunden hat, daß du unmöglich von meinem Entschluß wissen konntest, hier zurückzubleiben. Windy, so etwas hat es in der ganzen Geschichte unserer Lebensform noch nie gegeben! Ich werde heute abend *nicht* in der vorderen Kabine einer Raumfähre sitzen und mir eingespielte Bilder vom Geschehen ansehen.«

FRANK CRANDALLS DURCH-DIE-NACHT-ANRUF-SHOW, 20 Uhr 49

Crandall: *Linda aus Anchorage, du bist auf Sendung.*
Anruferin: *Hallo, Frank. Ich wollte dir sagen, wie sehr ich dich bewundere. Gott sei Dank haben wir jemanden, der die Wahrheit verkündet.*
Crandall: *Danke, Linda. Worüber möchtest du reden?*
Anruferin: *Den Kometen?*
Crandall: *Okay. Was ist mit dem Kometen?*
Anruferin: *Frank, hast du nicht den Eindruck, daß die ganze Sache ein Schwindel ist?*
Crandall: *In welcher Hinsicht, Linda? Möchtest du sagen, daß es gar keinen Kometen gibt?*
Anruferin: *O nein! Den Kometen gibt es, okay. Man kann ihn sehen. Aber ich denke, Kolladner und Haskell haben eine Möglichkeit gefunden, daraus politisches Kapital zu schlagen.*
Crandall: *Sag mir, wie.*
Anruferin: *Oh, komm schon, Frank! Du denkst doch nicht wirklich, sie würden einen Vizepräsidenten auf dem Mond zurücklassen, wenn er zerstört wird, oder?*
Crandall: *Was denkst du, was passieren wird?*
Anruferin: *Na, verdammt, das Knäuel entwirrt sich doch jetzt schon allmählich. Zuerst haben sie behauptet, Haskell würde sich opfern, und jetzt heißt es, nun, vielleicht können sie ihn doch noch herausholen, sie hätten schließlich einen heldenhaften Raumpiloten gefunden, der es versuchen wolle, daß es aber irgendwie ein Chance von eins zu tausend ist. Möchtest du darauf wetten, daß er es schafft?*
Crandall: *Du klingst ein klein wenig zynisch, Linda.*
Anruferin: *Realistisch, Frank. Ich bin einfach realistisch.*

5.

Mondbasis, privates Eßzimmer des Direktors, 20 Uhr 53

Zuerst dachte Bigfoot, sie hätten alle ein bißchen zuviel getrunken. Er hörte sie schon vom Fahrstuhl aus singen und lachen. Das Lied war *Stout-Hearted Men*, und jemand spielte Gitarre dazu. Er trat ein, und sie begrüßten ihn jubelnd. Der Musiker war Jack Chandler. Er hatte einen Partyhut auf.

Sie *alle* hatten Partyhüte auf. Charlie Haskell winkte Bigfoot herein und zeigte auf einen Stuhl. Zwei leere Weinflaschen standen auf dem Tisch, und eine weitere hatte einen Mülleimer verfehlt, aber nirgendwo war eine Spur von härteren Getränken zu sehen. »Wie ist die Lage auf dem ollen Startplatz?« fragte Hampton, und alle lachten sie wie Gespenster.

»Ist schon okay, Bigfoot«, sagte der Kaplan, dem offenbar seine besorgte Miene auffiel. »Wir schaffen es schon noch bis dorthin.«

Weiteres Gelächter. Dann, als hätte jemand einen Schalter gedrückt, machte Chandler ein ernstes Gesicht und stellte die Gitarre zur Seite. »Wie läuft es?« fragte er.

»Alles ist so gut vorbereitet, wie ich es nur konnte. Tony ist nach Plan unterwegs.«

Chandler war der einzige aus der Gruppe, den Bigfoot persönlich kannte; die anderen stellten sich selbst vor, und Bigfoot fand Gelegenheit, die Hand des Vizepräsidenten zu schütteln. Evelyn dankte Bigfoot dafür, daß er zurückblieb, um zu helfen.

Morley forderte ihn auf, ein Interview zu führen, und alle lachten wieder. Diesmal fiel Bigfoot mit ein.

Einstufen-Raumfähre Arlington, Flugdeck, 21 Uhr 05

George Culver verfolgte, wie der Mikrobus an Backbord längsseits ging. Der Pilot brachte ihn elegant in Position und schickte seine Passagiere herüber. Zwei weitere Busse folgten ihm dichtauf, und George sah beide auf seinen Instrumenten. Er würde die Passagiere aus allen drei Bussen so rasch wie möglich an Bord nehmen, sein Startfenster ansteuern und aus dieser Gegend verschwinden.

Das da draußen war die Maschine, mit der sie noch einmal wenden, zurückfliegen und versuchen würden, den Vizepräsidenten zu retten. George bewunderte den Piloten. Er blickte zum Kometen hinaus und versuchte, ihn bei ausgestrecktem Arm mit der Hand abzudecken, schaffte es aber nicht mehr. Er war froh, daß *er* nicht mehr hier sein würde.

Der Mikro informierte ihn, daß der Transfer abgeschlossen war. George betrachtete die Lampen, die ihm signalisierten, daß die Luftschleuse der Passagierkabine geschlossen wurde. Als sie versiegelt war, kam Mary wieder nach vorn. Die Feinsteuerraketen des Mikrobusses leuchteten auf, und er schwenkte in die Nacht davon.

»Achtung«, sagte George. »Der nächste kommt.«

Eine der Fluggäste, die sich als freiwillige Helfer gemeldet hatten, tauchte hinter ihm unter der Tür auf. »Ein Problem, Captain«, sagte sie.

»Was ist los?«

»Ich denke, da hinten werden die Leute ein bißchen nervös. Könnten Sie kommen und mit ihnen reden?«

George konnte das Flugdeck nicht verlassen, während ein Bus anflog. »Mary?« fragte er.

Sie nickte. Dann meldete sich jedoch eine neue Stimme, tief und wütend. Ihr Besitzer tauchte im nächsten Augenblick hinter der Freiwilligen auf: »Ich denke nicht, daß wir groß reden müssen. Was wir brauchen, ist, diese gottverdammte Maschine endlich auf Kurs zu bringen.« Der Sprecher war ein fleischiger Mann mit dünnem Haar und zornigem Blick. Eine Menge hängendes Fleisch. *Genug Masse für zwei Personen,* dachte George. Der Mann war kaum dreißig.

Der Flugingenieur sprang auf. »Sir«, sagte Curt, »Sie sind nicht befugt, hier hereinzukommen.«

»Ihr Typen bringt uns alle um Kopf und Kragen! Sehen Sie denn nicht, wie nahe dieses Mistvieh schon ist?« Er blickte zum Kometen hinaus.

George stand auf. »Wir haben noch reichlich Zeit, von hier . . .«

»Verdammt, wir müssen *sofort* von hier verschwinden! Es dauert einfach zu lang.«

»Ich versichere Ihnen, Mr. . .?«

»Donnelly!« schäumte der Mann. »Ich bin nur für Inspektionsarbeiten hergekommen. Niemand hat etwas von solchen Dingen gesagt.«

»Es hat uns alle überrascht, Mr. Donnelly.«

»Warum hat man mich nicht in eine der anderen Maschinen gesetzt?«

»Wir sind schon auf dem Weg nach Hause«, erklärte George. »Das Startfenster liegt vor uns. Unterwegs nehmen wir noch weitere Passagiere auf. Aber wir sind darauf angewiesen, daß sich alle hinsetzen und uns nicht in die Quere kommen.« Curt packte Donnelly am Arm und versuchte, ihn in die Passagierkabine zurückzuführen. Donnelly schüttelte ihn jedoch ab und stieß einen Strom von Schmähungen aus.

George übergab die Steuerung an Mary und stand auf. »Kehren Sie auf Ihren Platz zurück«, sagte er ruhig. »Sie mischen sich in den Flugbetrieb ein und bringen alle in Gefahr.«

»Fick dich«, sagte Donnelly.

Das reichte George, der ihm eine kurze Rechte kräftig in den Magen setzte. Der Mann klappte zusammen und kippte rückwärts. »Schaffen Sie ihn hier raus«, wies George die freiwillige Flugbegleiterin an.

»Captain«, sagte sie, »er ist nicht der einzige, der so empfindet.«

Donnelly versuchte, sich aufzurappeln und zurückzuschlagen, aber dann schätzte er noch einmal Georges Körpergröße – und vielleicht seine Wut – ab und besann sich eines Besseren. Er knurrte etwas von rechtlichen Schritten und humpelte hinaus.

George folgte ihm in die Passagierkabine.

Die Einstufen-Raumfähre nahm bis zu zweihundertfünfunddreißig Fluggäste auf. Vierundsiebzig Personen waren inzwischen an Bord, und siebenunddreißig wurden noch erwartet. Die Leute waren gut in der Kabine verteilt, und George suchte sich eine Position, wo ihn die meisten sehen konnten. Er nahm ein Mikrophon zur Hand. »Meine Damen und Herren«, sagte er. »Ich weiß, daß die Situation für einige von Ihnen Streß bedeutet. Aber wir sind schon auf dem Heimweg. Schon jetzt geht ein Bus längsseits, und der nächste folgt dichtauf. Wir nehmen diese Leute noch an Bord, und das war es dann. Derweil sind wir, wie ich wiederholen möchte, schon auf dem Rückweg, und es ginge einfach nicht schneller, selbst wenn keine Busse mehr kämen, weil wir ein bestimmtes Startfenster erwischen müssen. Bitte bleiben Sie ruhig.

Wir haben hier ein sehr robustes und sehr zuverlässiges Raumschiff. Es ist extrem schnell, und wir sind schon mehr als eine Stunde unterwegs, ehe der Einschlag erfolgt.

Das ist reichlich Zeit. Und nun ...« Er legte eine Pause ein. »Wir können uns keine Ablenkungen leisten, weil sie uns alle in Gefahr bringen. Ich werde beschäftigt sein, und meine Crew wird beschäftigt sein. Deshalb dulden wir keinen Unfug.« Er blickte über die Sitzreihen hinweg und entdeckte Donnelly, der ihn anfunkelte. Die meisten Fluggäste trugen Uniformen der Mondbasis. Donnelly und vier weitere in Zivil saßen zusammen. Kein Personal der Mondbasis, entschied George, sondern Leute, die draußen auf der Oberfläche gewesen und erst spät zurückgekommen waren.

»Machen Sie sich keine Sorgen, Captain«, sagte einer der Uniformierten und warf einen bedeutungsvollen Blick in Donnellys Richtung. »Niemand schlägt hier über die Stränge.«

»Danke«, sagte George. »Ich weiß, daß wir alle kooperieren werden.«

Point Judith, Rhode Island, 21 Uhr 11

Luke Peterson schnitt sich ein Stück Kirschkuchen ab, goß sich ein Glas kalte Milch ein und lauschte dem sanften Grollen der anrollenden Flut. Ein paar Trawler fuhren lustlos durch die Dunkelheit, und er hörte Kinder am Strand lachen. Ansonsten wirkte Point Judith verlassen. Auf den Straßen war es ruhig. Die Läden im Einkaufszentrum hatten frühzeitig geschlossen. Sogar Kroger hatte zu.

Die Hendersons aus dem Nachbarhaus hatten ihm gesagt, sie hätten schon die ganze Zeit geplant, ihre Vettern und Kusinen in Woonsocket zu besuchen, und nein, es hätte nichts mit dem Kometen zu tun. Pete Albuchek von der Straßenseite gegenüber hatte festgestellt, daß *er* einen alten Freund in Worcester besuchen mußte.

Luke fragte sich, ob irgend jemand unten in der Hütte sein würde, wo er selbst normalerweise seine Samstagabende verbrachte.

Er probierte den Kirschkuchen. Früher hatten er und Ann aus dem spätabendlichen Imbiß ein richtiges Ritual gemacht, das Essen oft mit hinaus auf die Veranda genommen und dort genüßlich gekaut, während die Flut heranströmte. Jetzt hatte er statt Anns ein Computerdisplay.

Es stand auf einem Regal über dem Küchentisch. Luke zielte mit der Fernbedienung darauf und drückte die Taste. Das Logo des *Time*-Magazins füllte den Bildschirm aus, verblaßte dann und machte dem Kometen Platz. Das Bild des Vizepräsidenten war eingeblendet und mit dem Text versehen: OB WIR IHN VERLIEREN?

Luke mochte Charlie Haskell. Wie die meisten Amerikaner mißtraute er Politikern instinktiv, aber er dachte, daß Haskell womöglich eine Ausnahme war. Lukes Freunde lachten, wenn er das aussprach. So was wie einen ehrlichen Politiker gab es nicht, behaupteten sie.

Er hatte jedoch beschlossen, für Haskell zu stimmen, falls dieser nominiert wurde. Luke hatte nicht die Energie, um sich über die Streitpunkte schlüssig zu werden. Beide Seiten wirkten vernünftig, wenn sie ihre Argumente vortrugen, warum die Verschuldung gesenkt oder der Zustrom von Einwanderern gesteuert oder ein bestimmtes Verfahren in Hinblick auf Nanotechnologie angewandt werden sollte. Verdammt, Luke verstand nicht mal richtig, was Nanotechnologie überhaupt war. Also lief seine Philosophie auf das Nächstbeste hinaus: einen Kandidaten zu finden, der ehrlich wirkte, ihm die Verantwortung zu übertragen und auf das Beste zu hoffen. Sein Sohn Christopher sagte gern, das Land wäre ohnehin nicht mehr regierbar. Die Probleme wären zu groß, zu hartnäckig. Die Nation wäre zu stark verschuldet. Die Grenzen wären ein Witz. Immer wieder mal löschte eine Terroristenbande tausend Menschen mit Nervengas aus. Wer gerade nicht an der Macht war, schreckte vor keiner Art des persönlichen Angriffs zurück gegen die, die an der Macht *waren*. Vielleicht hatte Chris ja recht. Vielleicht hätte selbst Andy Culpepper die Lage nicht mehr in den Griff bekommen.

Vielleicht *war* der Komet ja ein Zeichen.

Skyport Terminal, 21 Uhr 12

Tory Clarks Flug startete ohne sie. Zweihundertzweiundzwanzig Passagiere und fünfzehn Besatzungsmitglieder waren an Bord. Vor dem Abflug piepte ihr Telefon etliche Minuten lang. Sie ignorierte es.

Einstufen-Raumfähre Arlington, Flugdeck, 21 Uhr 25

Das Startfenster ging allmählich auf. George verfolgte den Vorgang besorgt, während der letzte Mondbus heranschwenkte, um anzudocken. Es waren nur noch vier Minuten, bis er die Umlaufbahn verlassen mußte. Oder er konnte es vergessen, dem Einschlag noch zu entkommen.

Er hörte dem knackenden Funkgespräch zwischen Mary und dem Buspiloten zu, und es schien sich endlos fortzusetzen. Endlich mischte er sich mit einer scharfen Warnung ein, und Mary bestätigte. George debattierte mit sich, ob die Klammern wohl hielten, wenn er beschleunigte, während der Bus noch an seiner Maschine hing. Er wollte es lieber nicht versuchen.

Über Marys Funktelefon hörte er zu, wie sich die Innenluke öffnete, hörte Stimmen, *müssen Tempo machen, uns jetzt beeilen, los los los!*

Der Komet war inzwischen so groß wie die Erde und kam erkennbar näher. »Sag mir Bescheid, sobald alle an Bord sind, Mary.«

Neunzehn Personen kamen mit dem Bus, darunter die beiden Buspiloten. Volle Besetzung.

Er hörte, wie Mary die Leute zählte, während sie an ihr vorbeizogen. Vierzehn, fünfzehn ...

»Wir haben nur noch zwei Minuten, Babe! Mach Tempo!« Er schaltete die Rundspruchanlage ein und ermahnte die Passagiere, sich anzuschnallen. »Der Start steht kurz bevor«, sagte er.

»*Arlington.*« Diesmal war es einer der Buspiloten.

»Reden Sie.«

»Haben noch nicht auf Autopilot geschaltet.«

Der Plan lautete, den Bus mit Hilfe seines Autopiloten auf Distanz gehen zu lassen, da die Raumfähre selbst nicht sehr manövrierfähig war. »Vergessen Sie es und kommen Sie herüber«, sagte George. »Oder wir fliegen ohne Sie ab.« Er lehnte sich zurück und sah Curt an. Die Backbordtragfläche schnitt den Bus vielleicht, wenn sie hochzogen.

»In einer Minute habe ich die Lösung«, sagte Curt. Er arbeitete an seiner Konsole.

Der Komet sank herab. Nicht gut.

»Neunzehn«, meldete Mary. »Alle an Bord.«

»Sorg dafür, daß sich alle anschnallen. Und halte dich für den Abwurf des Busses bereit.«

Sie bestätigte den Befehl und wartete.

Curts Zahlen strömten über Georges Display. »Sind startklar«, sagte der Flugingenieur.

»Abwerfen«, sagte George. Sein Steuerpult blinkte.

»Bus ist weg.«

George benutzte Curts Lösung, und die Raumfähre schwenkte nach Steuerbord und gewann an Höhe.

»Bus auf Distanz«, sagte Curt. »Zurück auf Basiskurs. Ziel Startfenster.«

George gab vollen Schub, und die Raumfähre stieg rasch aus dem Orbit auf.

Mikrobus, 21 Uhr 26

Tony und Saber, die unterwegs hinunter nach Alphonsus waren, hörten den größten Teil der Gespräche zwischen der *Arlington* und dem Bus mit. Saber glaubte, kurz ein Licht vor dem Samthimmel aufflackern zu sehen, ein Flackern, bei dem es sich vielleicht um die *Arlington* handelte, die heimwärts startete.

Jetzt waren sie mit dem Monster allein.

6.

Mondbasis, Eßzimmer des Direktors, 21 Uhr 27

Die Stimmung ließ nach. Jack Chandler empfand Bedauern, als Bigfoot sich nach mehrfachem Blick auf die Uhr entschuldigte und erklärte, daß er eigentlich nicht hier sein sollte, sondern lieber auf seinem Posten, nur für den Fall, daß etwas schiefging.

Was konnte denn schiefgehen? fragte Chandler, hörte der Antwort aber gar nicht zu.

»Wir *alle* sollten wahrscheinlich jetzt gehen«, sagte Evelyn einen Augenblick später. »Es wäre kein guter Zeitpunkt für eine Verspätung.«

Die anderen nickten, blickten auf ihre Uhren, tranken die Gläser aus.

»Viel Glück«, sagte Haskell so leise, daß die Worte kaum zu verstehen waren.

Morley sah den Vizepräsidenten an und deutete auf sein Kehlkopfmikrophon. Haskell blickte Evelyn an, die mit den Achseln zuckte. Der Vizepräsident nickte, und Morley zog sich auf die andere Seite des Zimmers zurück, holte die Microcam aus der Tasche und stellte sie auf den Tisch. Er zielte damit auf sich und redete ins Mikro. Chandler verstand nicht, was er sagte.

Der Kaplan blickte zu ihm herüber und lächelte aufmunternd. *Wir schaffen das schon, Jack.*

»Ich weiß«, sagte Chandler laut.

Er hatte sich noch nicht entschieden, was er tun wollte. Oder vielleicht hatte er es doch, in irgendeinem inneren Winkel, in den kein Licht fiel. Und vielleicht klopfte sein Herz deshalb so heftig, daß er glaubte, die anderen müßten es hören.

»Sind Sie okay, Jack?« fragte Haskell und runzelte die Stirn.

»Mir geht es gut. Es ist ein emotioneller Augenblick«, räumte er ein.

Sie gingen nacheinander aus dem Eßzimmer auf den angrenzenden Flur hinaus, nahmen den Fahrstuhl bis zum Erdgeschoß und verließen das Gebäude durch den Vordereingang. Auf der Main Plaza war es natürlich Nacht. Straßenlaternen erzeugten Lichtpfützen und erhellten Bänke, Ladenfassaden und Fußwege. Es war eine Szenerie von fast qualvoller Stille.

Chandler blieb neben einem Azaleenbusch stehen. »Ich habe noch was vergessen«, erklärte er Evelyn. »Familienbilder. Ich treffe euch auf dem Raumhafen.«

»Okay«, sagte sie. »Aber beeile dich, Jack!«

Er nickte.

»Möchtest du Gesellschaft?«

»Nein, nein. Geh du mit den anderen. Ich komme gleich rüber.« Er spürte, wie sein Gesicht warm wurde.

Sie musterte ihn lange. Die anderen gingen schon auf die Haltestelle zu. Ihre Lässigkeit war größerer Eile gewichen. »Mach schnell, Jack, okay?«

Er nickte, wandte sich ab und stieg die Rampe zu Ebene drei hinunter, wo er zu seiner Unterkunft in

McNair Country zurückkehrte, einer Zone, die für die Manager der Mondbasis reserviert war.

Seine Schritte erzeugten Echos in den leeren Korridoren. Er schien eine übernatürliche Wahrnehmung entwickelt zu haben, was die Beschaffenheit der Wände und die Geometrie der Gänge anbetraf. Er hatte das Gefühl, die Anlage wäre *lebendig*, als hätte sie alles, was hier je geschehen war, irgendwie eingefangen und abgespeichert.

Er traf vor seinem Zimmer ein, schob die Schlüsselkarte in den Schlitz und öffnete. Als er zum Abendessen gegangen war, hatte er nicht gewußt, ob er zurückkehren würde. Selbst jetzt war er sich über die eigenen Absichten nicht ganz schlüssig. Sicher *war* er sich jedoch der Tatsache, daß er nicht auf die Erde zurückkehren wollte, zurück zu dem zermalmenden Gewicht in der Brust, zurück zu der ständigen Angst, wenn er abends zu Bett ging, daß er am Morgen nicht mehr aufwachen würde.

Wahrscheinlich konnte er auf Skyport unterkommen, aber dort hatte er keine Aufgabe. Dort wäre er nur nutzloses Zubehör, ein mitleiderregender Exbürokrat, der Platz und Ressourcen verbrauchte. Und die Schwerelosigkeit brachte ohnehin nur weiteren Verfall. Nein. Was er brauchte, war ein sauberes Ende. Einen Punkt zu setzen und es hinter sich zu haben.

Mondbasis, Straßenbahn-Haltestelle, 21 Uhr 32

Die Bahn wartete.

Sie stiegen ein, Evelyn und Charlie, der Kaplan und Morley. Morley fragte, ob er den Vizepräsidenten interviewen könne, wenn sie den Raumhafen erreichten. Nur, um kurz seine Reaktionen einzufangen, ganz beiläufig, ganz schnell. Charlie wußte, daß Rick einer solchen

Absprache ohne Vorbereitung nie zugestimmt hätte, aus Furcht, Charlie könnte das Falsche sagen, Angst eingestehen, Unschlüssigkeit demonstrieren, *irgend etwas* sagen, was man später gegen ihn verwenden konnte. Also war er gleich bereit. Dann lehnte er sich zurück, um einen letzten Blick auf das Innere der Mondbasis zu werfen. Neben ihm machte Pinnacle einen besorgten Eindruck.

»Sind Sie okay, Kaplan?« erkundigte sich Charlie.

»Ja.« Pinnacles Blick ging in die Ferne. »Sie haben großes Glück, Herr Vizepräsident. Wie immer die Sache ausgeht, Sie haben in Ihrem Leben viel erreicht.«

Charlie dachte darüber nach, während sich die Bahn von der Haltestelle entfernte. Sie navigierte durch die Main Plaza hindurch, durchquerte Wäldchen und Gärten, fuhr an Reihen abgedunkelter Geschäfte vorbei, die den Eindruck erweckten, schon lange leerzustehen. Der Duft von frisch gemähtem grünen Gras hing in der Luft.

»Ich weiß nicht so recht«, sagte Charlie. »Ich gebe zu, daß ich mehr erreicht habe, als ich je für möglich gehalten hätte. Aber alles liegt in der *Position* begründet. Ich weiß nicht, ob ich jemals etwas wirklich *selbst geschafft* habe.« Wahrscheinlich behielten viele Leute da draußen den Kaplan aus dem einen oder anderen Grund in guter Erinnerung. Aber wessen Lebensumstände waren besser, nur weil Charlie Haskell gelebt hatte? »Was würden Sie an Ihrem Leben ändern?« fragte er auf einmal. »Was würden Sie anders machen?«

Der Kaplan dachte darüber nach. »Veronica«, sagte er.

»Veronica?« Charlie hatte eine in frommen Begriffen formulierte Antwort erwartet, vielleicht, daß der Kaplan es nicht geschafft hätte, ausreichend gütig zu sein. Aber nicht etwas so Weltliches wie einen Frauennamen! »Eine alte Freundin?«

»Nein. Zu meiner ewigen Schande.« Pinnacle lächelte

schüchtern. »Vor Jahren habe ich so etwas wie eine Leidenschaft für Veronica entwickelt. Als ich neunzehn war. Ich glaube, diese Leidenschaft dauert immer noch an.«

»Was ist passiert?«

»Nicht viel. Wir haben uns ein paarmal getroffen. Drei Monate lang. Dann hat Veronica das Interesse verloren.«

»Oh.« Charlie blickte über die Schulter des Kaplans zu einem Ulmenbestand hinüber. »Es muß eine ganz schön starke Leidenschaft sein, wenn sie so viele Jahre überdauert hat. Was ist aus Veronica geworden?«

Pinnacle zuckte die Achseln. »Ich habe sie beim Wort genommen und bin nie wieder hingegangen.«

»Nicht ein einziges Mal?«

Pinnacle lachte leise und schüttelte den Kopf. »Stolz ist mörderisch, nicht wahr? Kein Laster ist destruktiver, denke ich.«

Sie fuhren durch gepflegte Parks und kamen an Haltestellen vorbei, an denen niemand wartete. Schließlich blieben die grünen Landschaften zurück. Es ging aus der Main Plaza heraus und über die Brücke eines Grabens, der als Standort für die Bergbau- und Industrieabteilung geplant gewesen war. Dann ging es in einen Tunnel. In der Bahn wurde es dunkel, und die Lichter sprangen an. Sie fuhren jetzt bergauf.

»Was ist mit *Ihnen*?« fragte der Kaplan. »Was würden Sie anders machen?«

Charlie überlegte. »Ich hätte gern ein paar Kinder.«

»Sind Sie verheiratet?«

»Nein«, sagte Charlie. »Ich bin nie dazu gekommen.«

»Was man nie gewagt hat«, sagte der Kaplan.

»Wie bitte?«

»Bedauern dreht sich immer um etwas, was man nie gewagt hat. Nie um Dinge, die wir getan haben, aber lieber hätten bleiben lassen. Immer nur um versäumte Gelegenheiten.«

»Yeah«, sagte Charlie. »Ich denke, so ist es wohl.«

»Herr Vizepräsident, wenn wir es heil überstehen, denke ich, werde ich ein anderer Mensch sein.«

»Dann sollten wir die Frauen lieber verstecken«, lächelte Charlie.

Aber der Kaplan sagte nichts mehr.

Die Stimmung war düster geworden. Nach einer Weile wurde die Bahn langsamer. Die automatische Stimme ermahnte sie, vorsichtig zu sein, da eine Kurve kam. Minuten später fuhren sie am Terminal vor. Ehe das Fahrzeug anhielt, stand Morley auf und drehte sich zu den anderen um.

»Sobald wir dort sind«, sagte er, »würde ich gerne aussteigen und die Kamera aufstellen. Und ich möchte Sie mit der Bahn in den Tunnel zurückschicken. Nur für eine Minute. Dann hole ich Sie wieder heraus, damit ich die Ankunft filmen kann.«

Charlie wollte schon protestieren, aber Evelyn drückte seinen Arm. »Machen Sie mit«, sagte sie. »Er hat ein paar Bilder verdient.«

»Falls wir erwischt werden«, sagte Charlie, »wird man mir vorwerfen, ich hätte Bilder inszeniert.«

»Niemand wird es je erfahren«, entgegnete Morley, als sie die Haltestelle erreichten.

»Wissen wir denn, wie man die Bahn zurücksetzt?« fragte der Kaplan.

Morley hatte seine Hausaufgaben gemacht. Er trat an einen Steuerungskasten, öffnete ihn und lächelte sie an.

TRANSGLOBAL-SONDERBERICHT, 21 Uhr 51

Hier spricht Keith Morley vom Raumhafen der Mondbasis. Noch eine dreiviertel Stunde dauert es, bis Komet Tomiko eintrifft. Wir wurden informiert, daß der Vizepräsident und seine Gruppe auf dem

Weg hierher sind, um an Bord des Mikrobusses zu gehen, der versuchen wird, sie in Sicherheit zu bringen.

Sie haben die Main Plaza vor wenigen Minuten verlassen und müßten jetzt jeden ... Warten Sie, ich denke, ich höre sie kommen ...

Mondbasis, McNair Country, 21 Uhr 53

Jack schloß die Tür hinter sich und sank aufs Sofa. Es wurde langsam spät, und falls er sich nicht bald aufmachte, war die Entscheidung hinfällig. Er blickte auf und entdeckte das Foto von Jeanie und den drei Kindern, das vor Jahren an Cape Cod aufgenommen worden war. Damals waren sie alle noch jung gewesen, und Jeanie hatte scheinbar in der Blüte der Gesundheit gestanden. Aber selbst damals hatte die Krankheit sie schon fest im Griff gehabt. Sie kämpfte, bis das letzte Kind aus dem Haus war, und brach dann zusammen. Sechs Wochen später verlor er sie.

Er sah noch weitere Fotos: Hier nahm er von Evelyn einen Preis für besondere Leistungen entgegen, und dort waren seine Gesichtszüge einer Graphik des Mondes unterlegt. Über dem Schreibtisch hing eine lobende Erwähnung durch die Handelskammer in Boston, und neben der Tür eine Schriftrolle der US-Kontrakt-Bridge-Liga:

OFFENE MEISTERSCHAFT, DOPPEL
WILMINGTON, DELAWARE, 2. – 4. JUNI 2017
FRED HAWLEY, JACK CHANDLER

Man hatte ihn streng baptistisch erzogen. Das war mit einem Lebensstil verbunden, dem er nur allzu gern entflohen war. Aber inzwischen bedauerte er, den stillen Glauben seiner Kindheit verloren zu haben, die Überzeugung, daß er alle Menschen wiedersehen würde, an denen ihm etwas lag.

Jeanie. Leuchtende Augen. Verschmitztes Lächeln. Das vermißte er mehr als alles andere.

Ihm kam der Gedanke, daß er schon die ganze Zeit lang *gewußt* hatte, welche Entscheidung er fällen würde. Schließlich hatte er dieses Foto im Regal stehen lassen.

Er ging ins Bad, öffnete den Schrank und nahm eine Packung Beruhigungsmittel heraus. Er schüttete sich ein halbes Dutzend auf die zitternde Handfläche und betrachtete sie lange, ehe er ein Glas füllte und sie hinunterschluckte.

Er hatte seinen Kindern Abschiedsbotschaften geschickt. Er hatte sich dabei auf die Ereignisse bezogen und mehrdeutige Formulierungen gebraucht, die andeuteten, daß es ihm vielleicht nicht gelingen würde zu fliehen. Er wußte, daß Evelyn die Wahrheit vertuschen würde.

Er legte den Kopf in die Kissen zurück, schloß die Augen und wartete darauf, daß die Tranquilizer Wirkung zeigten.

Mondbasis, Raumhafen, 21 Uhr 57

Morley redete in die Microcam hinein, während sie wieder an der Haltestelle vorfuhren: »... hier sind sie jetzt«, sagte er gerade. Seinen Anweisungen folgend, stieg Evelyn als erste aus der Bahn. Dann Charlie. »Herr Vizepräsident«, sagte er und dirigierte Charlie zentral ins Blickfeld der Kamera, die er an einer Wand montiert hatte. »Ich frage mich, ob ich Ihnen ein paar Worte entlocken kann. Wie fühlen Sie sich in diesem Augenblick?«

Dumm. Aber Charlie gab sein Bestes: »Man hat mir gesagt, daß Tony Casaway und Alisa Rolnikaya ...« Er sprach ihren Namen mit Bedacht aus und bemühte sich sehr, es richtig zu machen. »... zwei der besten Piloten sind, die wir haben. Ich bin zuversichtlich, daß alles zu einem guten Ende kommen wird.«

Bigfoot tauchte auf. »Der Mikrobus ist in der Zeit«, sagte er auf die übertrieben dramatische, hölzerne Art eines ungeschickten Amateurschauspielers. Charlie entschied, daß Morley Bigfoot ein Stichwort gegeben hatte. »Wir starten aus Hangar vier.«

Bigfoot wartete eine Minute, bis Morley und der Vizepräsident ein paar Worte gewechselt hatten. Ja, räumte Charlie ein, dies sei eine nervlich belastende Situation, und er würde sich besser fühlen, wenn er erst unterwegs wäre. Dann drehte Charlie den Spieß um und fragte Morley nach *seinen* Gedanken. Der Reporter erwies sich als zugänglich und lachte, und sie zeichneten eine Unterhaltung auf, die, wie Charlie wußte, gut lief.

»Das wird nicht das Ende der bemannten Raumfahrt sein«, erklärte Charlie dem Fernsehpublikum zum Schluß des Interviews. »Auf die eine oder andere Art werden wir uns zurückmelden.«

Im Grunde glaubte er es nicht, obwohl es ihm die richtigen Worte zu sein schienen. Aber falls ›zurückmelden‹ in diesem Fall bedeutete, wieder ins All zu fliegen, dann würde es dazu nicht kommen. Die Wirtschaft gab es nicht mehr her. Vielleicht begann die bemannte Raumfahrt eines Tages wieder, aber erst in ganz ferner Zukunft, so fern, daß die menschliche Rasse vielleicht bis dahin vergaß, jemals zum Mond geflogen zu sein. Charlie hatte Mondbasis International, die Mondverkehrsbehörde und die NASA immer unterstützt, aber er wußte, aus welcher Richtung der Wind nach dieser Geschichte wehen würde. Beim nächsten Wahlkampf ging es auf jeden Fall um finanzpolitische Vernunft. Nächstes Mal würden sie es einer späteren Generation überlassen, sich in Armut zu stürzen.

Für einen kurzen Augenblick hatten sie den Himmel berührt. Und es war sinnlos gewesen.

In Charlie herrschte eine gewaltige Leere. Das Weiße Haus schien weit entfernt, so abgelegen und unerreichbar wie der Mars. Tränen stiegen ihm in die Augen, und er wußte nicht recht, wem oder was sie galten – ihm selbst oder etwas viel Größerem.

Bigfoot knirschte mit den Zähnen und blickte auf die Uhr. Charlie signalisierte, daß es genug war. Morley bedankte sich vor der Kamera bei ihm, verabschiedete sich, schaltete die Kamera aus und bedankte sich erneut bei ihm.

Bigfoot führte sie in den Warteraum für die Fluggäste. »Ich rede über die Rundspruchanlage mit Ihnen«, sagte er. »Sobald ich Sie dazu auffordere, gehen Sie durch den Tunnel dort drüben.« Er deutete hinüber. »Die Tür am anderen Ende wird geschlossen sein. Sie geht auf, sobald der Mikrobus gelandet ist. Dahinter folgt ein Schlauch. Durchqueren Sie den Schlauch und betreten Sie die Passagierkabine. So schnell Sie können! Okay? Ich brauche nicht zu betonen, daß wir keine Zeit zu verschenken haben.«

»Was ist mit Ihnen?« fragte Evelyn.

»Machen Sie sich keine Sorgen um mich. Ich steige durch eine andere Tür ein.« Er ging los, drehte sich aber noch einmal um. »Viel Glück«, sagte er.

Er ließ sie stehen, und Evelyn blickte auf die Uhr. »Es wird spät. Was, denken Sie, hält Jack wohl auf?«

Mondbasis, McNair Country, 22 Uhr 01

Die Medikamente wirkten offensichtlich nicht. Jack öffnete die untere Schublade eines Beistelltisches und holte eine Flasche Scotch hervor. Er goß sich ein Glas pur ein und trank es aus. Wärme breitete sich in ihm aus, und die Spannung lockerte sich allmählich.

Sein Funktelefon klingelte. »Jack?« Es war Evelyn. »Um Gottes willen, wo steckst du? Es wird spät!«

»Ich habe mich entschieden, nicht mitzukommen, Evelyn.«

»Jack, das kannst du nicht machen!«

»Ich möchte nicht zurück.«

»Ich denke, wir sollten *später* darüber reden. Wo bist du jetzt?«

»In meiner Wohnung.«

»Mein Gott, Jack ...«

»Ist schon okay. Ich könnte nicht mehr rechtzeitig hinüberkommen, selbst wenn ich wollte.«

»Jack ...« Er hörte, wie sie sich bemühte, die Stimme in der Gewalt zu behalten. Es war ein schönes Gefühl zu wissen, daß sie sich wirklich etwas aus ihm machte. Mehr als nur in beruflicher Hinsicht.

»Viel Glück, Evelyn. Ihr schafft es. Und danke für alles.«

Er trennte die Verbindung. Als das Funktelefon wieder klingelte, nahm er die Batterien heraus und legte sie auf den Tisch. Dann zog er den Stecker des Tischtelefons.

Er ging hinüber und betrachtete sich die Urkunde seiner Teilnahme am Bridge-Turnier von Wilmington. Das war wirklich ein schönes Wochenende gewesen. Eines seiner besten.

Er goß sich ein zweites Glas Scotch ein.

Mondbasis, Raumhafen, 22 Uhr 02

»Ich hole ihn!«

Charlie hatte Evelyns Beitrag zum Telefongespräch mitgehört. »Die Zeit reicht nicht«, sagte er. »Sie wissen nicht mal, wo er steckt.«

»Er ist in seiner Unterkunft. Wo sollte er sonst sein?«

»Er ist *jetzt* in seiner Unterkunft. Spielt ohnehin keine Rolle. Er hat sich entschieden, Evelyn. Sie müssen das respektieren.« Er zog sie an sich und hielt sie. Ihre Wangen waren naß, und sie zitterte.

»Ich hätte es wissen müssen«, sagte sie.

»Wie hätten Sie es ahnen können?«

Sie wollte schon antworten, brach jedoch ab und hielt ihn einfach. Und Charlie erinnerte sich an die lautlose Botschaft, die er von Chandler an sie hatte gehen sehen.

»Ich liebe dich.«

»Zur Hölle mit ihm«, sagte sie leise.

7.

Manhattan, 22 Uhr 03

Louise Singfield hatte eine Dachwohnung in einem viergeschossigen roten Sandsteinhaus an der 77. Straße, die vom Central Park abging. Die Wohnung war ideal für eine Mondparty.

Marilyn und Larry kamen mit dem Taxi, stellten sich über Interkom vor und erhielten Einlaß. Sie fuhren mit einem quietschenden Aufzug ins dritte Obergeschoß und nahmen die Treppe ins Dachgeschoß. Louises Tür folgte auf einen schmalen Treppenabsatz.

Von drinnen hörten sie Gelächter und vertraute Stimmen. Marilyn erkannte sofort Doug Cabel, Larrys Boß. Sie mochte ihn nicht, nicht weil er irgendwas getan hätte oder irgendwas *wäre*, sondern aufgrund der Art, wie sich ihr Mann in seiner Gesellschaft in einen Kriecher verwandelte. Larry war ein guter Mann: Er behandelte sie gut, sorgte für ein anständiges Einkommen, betrog sie nicht und zeigte keine bedeutsamen Laster. Und doch wirkte er eher aufgrund dessen bewundernswert, was er nicht tat, als aufgrund dessen, was er *tat*. Marilyn war seit drei Jahren mit ihm verheiratet und erkannte allmählich, daß sie sich arrangierte. Die große Romanze hatte sich nicht eingestellt, von der sie auf dem College geträumt hatte und von der sie bei ihrer Arbeit jeden Tag las. Und inzwischen wußte sie, daß sie nie eintreten *würde*.

Nun, sie hätte es schlimmer treffen können.

Louises Tür ging auf, und da stand die Gastgeberin persönlich. Sie trug eine weiße Bluse mit Marinekragen und Ärmeln und dazu eine Marinehose. Die Bluse war so geschnitten, daß sie den Busen etwas betonte. Ein bißchen viel, wie Marilyn fand, für eine lässige Fete unter Bürokollegen, zu der man sein Getränk selbst mitbrachte.

»Schön, dich zu sehen, Marilyn«, sagte Louise und gab ihr einen leichten Kuß auf die Wange. Sie selbst bekam einen Kuß von Larry und stellte ihren aktuellen Freund vor, einen Mike Irgendwas.

Marilyn kannte die meisten Anwesenden. In Larrys Abteilung sorgte man für viele gesellige Anlässe. Doug unterstützte es und glaubte, es wäre gut für die Moral.

Sie stellten ihre Flasche Jamaica-Rum zum Vorrat hinzu, mixten sich jeder einen Rumcocktail und gingen hinaus auf die Terrasse. Larry brachte Doug seine gewohnte Huldigung dar. Doug verkündete, daß dies wirklich ein toller Abend wäre, und fragte dann, wie man am besten mit *Kiplingers* Bericht über BRK Merchandising umgehen sollte. Oder irgend so was.

Der Komet war von einem Abend zum nächsten beträchtlich gewachsen. Jetzt beherrschte er den Himmel östlich des Mondes. Die Sterne der Umgebung waren verblaßt, und als Marilyn ganz an den Rand der Terrasse ging, dicht am Dach und weg von der Beleuchtung, fand sie das Licht des Kometen stark genug, um darin zu lesen.

Marv Taylor gesellte sich zu ihr. »Gespenstisch, was?« fragte er.

Marv war Kundenbetreuer wie Larry. Er war still, introvertiert, sanft. Seine Augen waren hellblau, wie der Himmel spät vormittags, und wirkten immer amüsiert und traurig zugleich, als wüßte er, wie es um Marilyn stand. (Wie *stand* es denn um sie?) Er war unverheiratet. Er hatte eine Verlobte gehabt, als sie ihn kennenlernte, aber die Frau war verschwunden, und Marilyn hatte darauf erleichtert reagiert, aus Gründen, die sie selbst nicht ganz verstand.

»Ja«, räumte sie ein. »Ich habe noch nie so einen Himmel gesehen.«

Er trank nicht. »Das ist ein Abend, von dem man noch seinen Enkeln erzählen kann.«

Marilyn kostete ihren Rumcocktail. Es war Erdbeere. »Larry denkt, er würde verglühen. Er sagt, astronomische Sachen, besonders Kometen, würden *immer* verglühen.«

Marv lächelte. »Er hat wahrscheinlich recht«, sagte er.

Sie blickte ihm in die Augen. *Marv Taylor, ich würde dich sehr gern flachlegen.* Aber sie hatte es nicht vor. Falls sie hätte sicher sein können, damit durchzukommen, hätte sie vielleicht ernsthaft über einen Versuch nachgedacht. Sie fühlte sich zu wenigstens einer echten Leidenschaft in ihrem Leben berechtigt. Aber sie wäre erwischt worden. Larry hätte davon erfahren.

Andererseits – wenn heute wirklich das Ende der Welt bevorstand, wie manche Leute sagten, was machte es dann schon aus?

Weißes Haus, Oval Office, 22 Uhr 04

Der Mond war durch die Fenster nicht zu sehen. Henry hatte eine Hotline für die Staatsgouverneure geschaltet, hatte sich einer Mobilisierung der Nationalgarde widersetzt (die nur denen im Land Vorschub geleistet hätte, die ohnehin leicht in Panik gerieten), mit den Staatsoberhäuptern von zwei Dutzend Ländern geredet, volle US-Beteiligung an einer UNO-Einsatzgruppe genehmigt und sich mit einer Plauderstunde am Kamin, ganz im Stil von Franklin D. Roosevelt, über das Fernsehen an die Nation gewandt.

In solchen Dingen war er besonders gut. Al Kerr hatte ihm einmal erklärt, er würde förmlich Aufrichtigkeit verströmen. Er hatte Verständnis für die Unruhe der Menschen, hatte Henry heute abend erklärt. Sie erlebten ja auch etwas, was sehr beunruhigend war. Amerikaner gehörten jedoch nicht zu denen, die verzweifelt mit den Händen rangen und Angst verbreiteten. (Tatsächlich hatten die Medien, dachte er, sehr gute Arbeit dabei geleistet, die Dinge unter Kontrolle zu halten.)

Sollten irgendwelche Auswirkungen der fernen Kollision (er betonte *fern* besonders) in den USA spürbar werden, dann, so versicherte er der Nation, wäre die Regierung bereit, mit allen ihr zur Verfügung stehenden Mitteln zu handeln. Das Militär war für den unwahrscheinlichen Fall aufmarschiert, daß seine Hilfe benötigt wurde. Alle Dienststellen des Bundes hielten sich bereit.

Und er selbst wollte den Abend im Weißen Haus verbringen. Er würde einen guten Film ansehen, und rechnete nicht damit, gestört zu werden.

Fast so, als wäre ihm die Idee gerade erst gekommen, fügte er hinzu, daß sich Vizepräsident Haskell weiterhin auf der Mondbasis befand. Er wäre stolz auf den Vizepräsidenten und die fünf tapferen Amerikaner, die bei ihm ausharrten. (Hier hatte er sich vergaloppiert. Morley war Neuseeländer, Hampton aus dem Senegal, der Kaplan ein Brite, und natürlich war einer der beiden Piloten des Mikrobusses, wären die überhaupt erwähnt worden, eine Russin. Aber egal. Die Nation hatte es nötig, aufgerichtet zu werden.) Ein Rettungsunternehmen wäre in diesem Moment schon im Gang, und er zeigte sich optimistisch, daß alle in Sicherheit gebracht werden konnten.

Al schüttelte ihm anschließend die Hand. Es wäre eine meisterhafte Aufführung gewesen. Der Präsident hatte aus seiner Wohnung im ersten Obergeschoß des Westflügels gesprochen. Die büchergesäumten Wände, das prasselnde Feuer (ein Computereffekt, denn es war für die Jahreszeit sehr warm), die Familienportraits, all das hatte die Sendung mit einer Atmosphäre der Sicherheit und Beschaulichkeit angereichert.

Natürlich war kein Film für heute abend geplant.

Nach der Sendung kehrte Henry ins Oval Office zurück, nahm einen Anruf von UN-Generalsekretär Elie Kopacca zu einem ganz anderen Thema entgegen und machte sich auf den Weg nach unten in den Lagebesprechungsraum. Im Holotank näherte sich eine Kometensimulation dem Mare Muscoviensis. Displays zeigten den Kometen aus einem Dutzend unterschiedlicher Perspektiven. Hinter einer Glastrennwand saßen ein Dutzend Operatoren an Computern und Telefonen. Überall sah man Uniformen. Henry entdeckte Mercedes Juarez, vertieft in ein Gespräch mit dem Verbindungsmann der Bundesagentur für Krisenmanagement.

Der Raum war im wesentlichen eine militärische Einrichtung und normalerweise ein relativ langweiliger Ort, der der Bequemlichkeit des Oberbefehlshabers diente. War jedoch eine Krise voll im Schwung, verwandelte er sich in das Nervenzentrum der Nation. Der dafür zuständige Offizier war Konteradmiral Jay Graboski.

Graboski war so etwas wie ein Griesgram. Er empfand keine großen Sympathien für Zivilisten, rangniedrigere Offiziere, Reporter oder Angestellte des Weißen Hauses. Er war davon überzeugt, daß die Nation moralisch rapide verfiel und nur militärische Disziplin die Entwicklung noch umkehren konnte, sofern alle Bürger im Land sich ihr unterwarfen und sie von einer robusten nationalen Polizeitruppe auch durchgesetzt wurde. Er tolerierte Henry Kolladner, weil es seine Pflicht war, aber er zögerte nicht, Ratschläge zu erteilen, normalerweise in der Form, daß er die eine oder andere Praxis kräftig herunterputzte. Ungeachtet all dessen war Graboski nützlich. Er kannte die Ausrüstung hier und wußte, was sie konnte und was nicht. Er verlor nie den Kopf. Er war brutal ehrlich. Und er hatte keine privaten Interessen, die schwerer wogen als seine Treue zu den Vereinigten Staaten. Als Henry eintrat, stand Graboski mit einigen seiner Leutnants zusammen. Er entdeckte den Präsidenten und kam herüber.

»Keine Veränderung, Sir«, sagte er.

Auf den Uhren tickte die letzte Stunde herunter.

»Verläuft der Rettungseinsatz planmäßig?«

»Ja, Herr Präsident. Der Mikrobus hat sein Rendezvous mit der einstufigen Raumfähre präzise nach Plan durchgeführt und ist jetzt im Anflug auf die Mondbasis.« Er berichtete weiter und erläuterte die Bemühungen, an der Westküste Vorräte an Lebensmitteln und Ausrüstung in höherliegenden Gebieten anzulegen. Henry machte sich nicht viel aus Details. Er dachte statt dessen über die letzten neun Monate seiner Amtszeit nach, darüber, was er noch zu erreichen hoffte, über ein paar alte Rechnungen, die er noch begleichen wollte, die Art Spur, die er in der Geschichte hinterlassen wollte. Und er versuchte sich darüber schlüssig zu werden, wie die Ereignisse des heutigen Abends das alles beeinflussen würden. Ob ihn zum Beispiel der Tod eines heldenhaften Vizepräsidenten in ein gutes Licht rückte. Oder ob das krasse Gegenteil eintreten würde. Schließlich konnte man sagen, daß die Eröffnung der Mondbasis ein monumentales Ereignis gewesen war. Der Präsident hätte dabei zugegen sein sollen. Und wie hätte *er* sich dort gehalten?

Ja, wirklich, wie?

TRANSGLOBAL-NACHRICHTENREPORTAGE,
22 Uhr 05

Hier meldet sich Keith Morley live von der Mondbasis. Ich spreche über Funk mit Tony Casaway, dem Piloten des Mikrobusses, der versuchen wird, uns hier in, ah, ungefähr zwanzig Minuten herauszuholen. Und bei ihm ist seine Copilotin Alisa Rolnikaya. »Tony, wo sind Sie jetzt?«

»Hallo, Keith. Wir sind nahe genug, um die Lichter zu sehen. Wir sind in wenigen Minuten dort.«

»Gut. Ich brauche Ihnen sicher nicht zu sagen, daß wir Sie begierig erwarten. Ich frage mich, ob Sie uns wohl Ihre persönliche Einschätzung der Lage mitteilen würden. Wie sieht es für Sie aus?«

»Möchten Sie die Wahrheit hören?«

»Sicher.«

»Ich möchte Sie ja nicht beunruhigen, Keith, aber die Lage wirkt furchteinflößend. Der Komet steht praktisch über uns. Ich überspiele Ihnen jetzt das Bild aus dem Cockpit.«

»Ich sehe es. Er scheint tiefer am Himmel zu stehen als vorher.«

»Kurz vor dem Aufprall sinkt er unter den Horizont. Oder würde er, wenn man es vom Grat der Kraterberge aus betrachtete. Ich sage Ihnen rundheraus: Ich werde froh sein, wenn ich Sie endlich aufgesammelt habe und unterwegs bin!«

»Ich sage Ihnen rundheraus, daß wir genauso fühlen wie Sie, Tony.« *(Leises Lachen.)* »Wie ist es für Sie, Saber? Ich sollte erwähnen, daß Alisa Russin ist und hier mit ihrem alten NATO-Funknamen Saber angesprochen wird. Sie beide haben sich freiwillig für diese Aktion gemeldet. Irgendwelche Bedenken?«

»Ich sollte das wahrscheinlich nicht vor der ganzen Welt eingestehen, Keith, aber ich habe Todesangst.«

»Nun, Saber, Sie sollen wissen, daß wir Ihnen dankbar sind, weil Sie uns abholen kommen.«

»Keith?«

»Ja, Tony?«

»Wie fühlen Sie sich?«

»Genau wie Saber. Wir halten uns mit gepacktem Frühstücksbeutel an der Startrampe bereit.«

An Bord der *Diligent*, USCGC* 344, auf dem East River, 22 Uhr 06

Fregattenkapitän Peter Bolling lauschte dem Grollen seiner beiden V16-Diesel und sah zu, wie die Anlegestellen und Kais vorüberglitten. Sie waren alle verlassen.

* Kutter der US-Küstenwache. Anm. d. Übers.

»Ist schon unheimlich«, meinte Dan Packard, sein Eins O. Das Ufer war wie immer beleuchtet. Hier und dort patrouillierte eine einsame Gestalt über die Docks, eine Taschenlampe und ein Klemmbrett in der Hand. Dahinter ragten die Wolkenkratzer von Manhattan in einen klaren Himmel auf, unverändert und unveränderlich, zum Spott für die *Diligent* und die an sie ausgegebenen Befehle. Es *war* unheimlich! Selbst Bolling, der seit zwölf Jahren den Hafen betreute, hatte ihn noch nie so gänzlich verlassen erlebt.

Die *Diligent* war ein uralter Siebzig-Meter-Kutter und wurde von ihrer Crew liebevoll *Dilly* genannt. Stationiert war sie auf Governor's Island. Während der frühen Abendstunden hatte sie den abgehenden Verkehr hinaus in den Long Island Sound geleitet. Jetzt fuhr sie in Begleitung ihres Schwesterschiffs *Reliant* auf dem East River nach Süden, eine letzte Patrouillenfahrt, ehe es durch die Narrows, die Meerenge zwischen Staten Island und Long Island, hinaus auf den Atlantik ging. Dort sollten die beiden Schiffe warten, bis vorgesetzte Dienststellen wußten, daß die Himmelsereignisse keine Gefahren für die überlasteten Wasserstraßen von New York und New Jersey bedeuteten.

Seit drei Tagen strömten die Schiffe jetzt schon auf den Atlantik hinaus, um nicht das Risiko einzugehen, daß sie von Flutwellen in Küstennähe erwischt wurden.

Bolling war Absolvent von Stanford, wo er im Hauptfach Geschichte belegt hatte. Er war im Umkreis von Schiffen aufgewachsen und mehr oder weniger aus Spaß in die Küstenwache eingetreten, um ein paar Jahre lang eine schöne Zeit zu haben, ehe er sich einen *richtigen* Job suchte. Auf der Akademie erwarb er das Offizierspatent, und er heiratete eine Hafenlotsin. Er mochte dieses Leben, genoß die Freiheiten, die es mit sich brachte, und wunderte sich jetzt, wie er je daran hatte denken können, in einem Büro zu arbeiten. Die Ehe hatte keinen Bestand gehabt: Zuviel unregelmäßige Arbeitszeit beider Partner, keine Kinder, die eine Bindung herstellten, und vielleicht zuviel Geld. Sie hielten jedoch Kontakt und blieben Freunde. Er wußte, daß seine Exfrau heute abend eine Autofähre durch die östlichen Wegmarken hindurch nach draußen geführt und beschlossen hatte, auf dem Schiff zu bleiben. Es fuhr die Küste entlang und sollte in Philadelphia, Charleston und Brunswick anlegen. Es lag jetzt jedoch mit der übrigen Handelsflotte ein gutes Stück vor der Küste und wartete ab, bis sich die Lage von selbst klärte.

»Ich habe meine Familie aus der Stadt geschickt«, erzählte Packard. »Sobald ich die Nachricht gehört hatte.«

Bolling kannte mehrere Leute, die das gleiche probiert, aber keinen freien Platz in irgendeinem Verkehrsmittel mehr erhalten hatten. Und noch mehr, die mit dem Auto aufgebrochen waren, es aber aufgegeben hatten und nach Hause zurückgekehrt waren. »Ich denke nicht, daß es ernst ist, Dan«, sagte er. »Aber es kann nie schaden, auf Nummer Sicher zu gehen.«

Es freute ihn aber, daß auch seine Ex hinausgefahren war.

Komisch, wie der Nachthimmel Ängste glaubhaft machte. Als Bolling sich heute nachmittag zum Dienst gemeldet und man damit begonnen hatte, die Einsatzpläne zu entwickeln, war ihm alles lächerlich erschienen. Die Sonne schien, es war warm, und alle schwärmten lachend von einem langen Ausflug auf den Atlantik. Jetzt, als die *Dilly* und die *Reliant* an leeren Piers entlangfuhren, war das ein tödlich ernstes Gefühl.

Ein Schiff war landeinwärts unterwegs: die *Kira Maru*. Die *Diligent* überholte sie, als sie sich der Throgs Neck Bridge näherte. Die Akademie der Handelsmarine lag backbord, direkt hinter der Kings Point Road. Der Autoverkehr wirkte normal. Vielleicht sogar ein bißchen stark für einen Samstagabend.

Die *Dilly* war für alle Fälle mit medizinischen Vorräten beladen. Und führte ein paar Trinkwassertanks mit. Irgend jemand in der Kommandorangfolge nahm den Kometen ernst.

Der Himmel war etwa so klar, wie das in New York überhaupt ging. Komet und Mond waren am späten Nachmittag fast gleichzeitig aufgegangen. Sie standen jetzt am Himmel, von den Brückenpfeilern umrahmt, und Bolling konnte fast sehen, wie sie einander näherrückten. Er zog sich die Jacke fester um die Schultern. Um diese Jahreszeit waren die Nächte auf dem Fluß immer kalt.

Das Papier mit den Befehlen stecke zerknittert in der Jackentasche.

ACHTEN SIE AUF DIE SICHERHEIT DES SCHIFFES,
WENN DAS WETTER SCHLECHT WIRD.

Eine seltsame Formulierung, fand er, wenn man bedachte, was genau die da oben fürchteten.

LEISTEN SIE IM BEDARFSFALL HILFE.
HALTEN SIE NACH 22 UHR STÄNDIG
FUNKKONTAKT.
MELDEN SIE SOFORT ALLE UNGEWÖHNLICHEN
HYDROLOGISCHEN ERSCHEINUNGEN.

Jetzt machte der dunkle Himmel der Whitestone Bridge Platz.

»Sieh mal«, sagte Packard und deutete nach vorn auf eine kleine Yachtenflottille, ein paar Punkte weit steuerbord. Es waren vielleicht insgesamt zwanzig Boote. Bolling hörte Musik, die über das Wasser herübertrieb. Und Gelächter. Aber die Leute da drüben standen dicht beisammen, und sie winkten, als der Kutter vorbeifuhr. Einige von der Küstenwache winkten zurück.

Das Führungsbot war eine weiße und rötlichbraune Mainship-Motoryacht mit Zwillingsmotor und dem Namen *Yankee Liz* am Bug. »Ramsey«, wies Bolling seinen Funker an, »hol mal die *Liz* ran.«

Ramsey war fast noch ein Kind und kam frisch von der Schule. Er sagte etwas in sein Mikrophon, hörte zu, nickte und sah seinen Skipper an. Bolling winkte nach einem Mikro.

»*Yankee Liz*«, sagte er, »hier spricht die Küstenwache. Welches Ziel haben Sie?«

Er sah den Bootskapitän auf der Brücke, über das Funkgerät gebeugt. Es war ein kleiner, pummeliger Mann, aber es war zu dunkel, um mehr Einzelheiten zu erkennen. »Wir verschwinden für heute abend aus dem Sund«, antwortete der Mann.

»Wohin sind Sie unterwegs?« fragte Bolling erneut.

»Peekskill.«

»Alle Boote? Fahren Sie zusammen?«

»Einige von uns möchten nach Croton-on-Hudson.«

»Niemand fährt aufs Meer hinaus?«

»Nein, Sir.«

»Sehr gut, Captain. Danke.«

An Backbord lag der Flughafen LaGuardia still da. Bolling hatte ihn schon früher so erlebt, wenn der Flugverkehr wegen eines schweren Sturms oder eines Streiks ruhte. Auf dem Tower schien Leben zu sein, und er sah auch Fahrzeuge auf den Zufahrtsstraßen. Am Himmel waren jedoch keine Lichter zu sehen.

Sie fuhren an Rikers Island und Hell Gate vorbei.

Die *Reliant* war inzwischen außer Sicht.

Die Stadt kauerte am Fluß, leblos, zeitlos, unverwundbar. Scheinwerfer bewegten sich an beiden Ufern entlang und die Zufahrtsstraßen hinauf und überquerten den Fluß auf der Triborough.

Der Kutter nahm weiter Kurs auf den Fuß von Manhattan und fuhr womöglich schneller, als Bolling normalerweise gestattet hätte, aber er fühlte sich auf den schmalen Kanälen des East Rivers beengt. Governor's Island und die Freiheitsstatue kamen ins Blickfeld. Der Hafenbetrieb nahm ruhig seinen Gang, und der Verkehr bewegte sich in einem endlosen Strom außen herum. Eine Fähre schob sich am Kutter vorbei.

Bolling konsultierte seinen Ablaufplan. Die Fähren würden den Verkehr um 22 Uhr 30 einstellen. »Mich überrascht, daß man die Brücken nicht gesperrt hat, bis die Sache vorbei ist«, sagte er.

»Ich denke, das wäre ein Alptraum, Captain«, sagte Packard. »Ich denke nicht, daß man so was macht, solange man nicht wirklich glaubt, etwas stünde bevor.«

Sie unterhielten sich schon den ganzen Tag darüber. Keiner gab etwas anderes als seine Skepsis zu. Wieder eine typische staatliche Schikane. Trotzdem freute sich Bolling, die Narrows hinter sich zu bringen und auf den Atlantik hinauszukommen.

8.

Mikrobus, 22 Uhr 07

Die Landebeleuchtung von Alphonsus trat hell und scharf hervor, ein fröhlicher Kontrast zur öden Landschaft, während Tony und Saber dem Funkfeuer nach unten folgten. Die Sonne stand unter dem östlichen

Hochland, wahrscheinlich wenige Stunden vor Sonnenaufgang. In dem fremdartigen Licht wirkte der Krater anders, unbekannt.

Gleich nach dem Interview mit Keith Morley war Saber aufs Frachtdeck hinuntergestiegen, um in ihren D-Anzug zu schlüpfen. Tony war froh, daß das Interview vorbei war. Die Vorstellung, vor Millionen Menschen zu sprechen, hatte ihm mehr angst gemacht als der Komet. Unter ihm sprangen jetzt weitere Lichter an, und die Hangartüren fuhren auf.

»Mikrobus.« Bigfoots Stimme ertönte aus dem Funkgerät. »Tony, wie läuft es?«

»Sind direkt auf Kurs.«

»Okay. Hier haben alle gepackt und sind reisefertig.«

»Verstanden.«

»Wir haben jedoch einen verloren.«

»Bitte wiederholen, Mondbasis.«

»Wir haben einen verloren. Chandler kommt nicht mit.«

»Roger.« Pause. »Warum nicht?«

»Krankes Herz.« Bigfoots Tonfall wechselte. »Sobald du auf der Startrampe stehst, gehen wir vor wie geplant. Trägt Saber den Raumanzug?«

»In ein paar Minuten.«

»Okay. Ich muß jetzt abschalten. Ich brauche Zeit, um durch die Luftschleuse zu gehen.«

»Roger.«

»Sobald ich den Hangar betrete, kann ich wieder mit dir reden, aber keines der Instrumente mehr einsehen. Du mußt dann selbst klarkommen.«

»Ich weiß.« Eine manuelle Landung im Terminal war nicht gerade Routine, aber Tony rechnete nicht mit Schwierigkeiten.

»Wir haben auch ein Funkfeuer für den Weg nach draußen.«

»Gut. Wir sehen uns in ein paar Minuten, Bigfoot.« Er unterbrach die Verbindung und rief Saber an. »Letzte Anflugphase.«

»Okay«, sagte sie. »Ich bin bereit.«

Mondbasis, Raumhafen, 22 Uhr 08

Zum Raumhafen gehörten neun Wartungshangars. Zwei davon waren für Transporter ausgelegt und vier für die Lobber und Hopper, die dem Lastentransport über kurze oder weite Entfernungen auf der Mondoberfläche dienten. Die restlichen drei Hangars waren den Bussen vorbehalten, die die Mondbasis mit L1 verbanden. Natürlich konnte man jeden Hangar einzeln dem Vakuum öffnen, wozu Deckentore dienten.

Während seines Gesprächs mit dem Mikrobus hatte Bigfoot schon in einem Druckanzug gesessen. Jetzt setzte er sich auch den Helm auf, kontrollierte die Anlagen, nahm eine Fernbedienung zur Hand, steckte sie sich in die Tasche und betrat die Luftschleuse von Hangar vier. Er hatte die Luft schon aus dem Hangar abgelassen, die Deckentore geöffnet und die Landebeleuchtung eingeschaltet.

Als die Schalttafel auf Grün sprang, öffnete er die Luke und betrat seine Arbeitszone. Die Versorgungsschläuche hatte er schon vorher zurechtgelegt, die einen für Flüssigsauerstoff und Aluminiumpulver als Treibstoff, die anderen zur elektrischen Aufladung und für die Zufuhr von Wasser und Luft. Er hatte auch mehrere durchsichtige Plastikbeutel bereitgestellt, die gefüllt waren mit Dichtungsmittel, Flicken, Schraubenschlüsseln, Erdnußbutter (wer wußte schon, wie lange dieser Flug wohl dauerte?) und solchen Ersatzteilen, die der Bus normalerweise nicht an Bord mitführte. Er betrachtete die Beutel kurz und überlegte, ob er etwas vergessen hatte. Ihm fiel nichts ein.

Er schaltete den Funk ein. »Tony, ich bin im Hangar.«

»Verstanden. Wir sind auf zwölfhundert Meter.«

Bigfoot blickte auf. Die Flammenzunge des Hauptantriebs bewegte sich vor den Sternen. »Ich sehe euch.«

»Wie geht's dem Kometen?«

»Dem geht's gut. Er ist jetzt auf weniger als eine Million Kilometer heran«, antwortete Bigfoot.

Präzise in der Zeit.

Normalerweise verfolgte das Personal der Mondbasis routinemäßig anfliegende Raumschiffe und unterhielt einen ständigen Datenaustausch mit ihnen, bis sie sicher gelandet waren. Wäre Bigfoot jedoch drinnen geblieben, um sich darum zu kümmern, wäre er zu spät durch die Luftschleuse gekommen. Immerhin war mit dem verkürzten Verfahren kein echtes Risiko verbunden. Der Hangar war für den viel größeren Bus des Typs 2665 ausgelegt, so daß reichlich Platz war, wahrscheinlich im Schnitt zehn Meter an jeder Seite. Bigfoot hätte sich eigentlich gar keine Sorgen gemacht, wäre der Pilot nicht in Eile gewesen.

Er öffnete die Verschlüsse der Schläuche und legte sie dicht an der Rampe aus, und er stellte jeden so ein, daß er den Durchfluß von der Düse aus einschalten konnte. Als er endlich der Meinung war, nichts weiter tun zu können, erinnerte er sich, daß Keith Morley ihm die Microcam gegeben hatte, damit er sie im Hangar aufstellte. Er sah sich um, entdeckte einen Tisch, zog die Beine des Geräts aus, wie man es ihm gezeigt hatte, und richtete es zur Startrampe aus. (Er hatte Morley darauf hingewiesen, daß er vielleicht nicht genug Zeit hatte, um die Kamera wieder mitzunehmen, aber Morley antwortete darauf, daß er sie gar nicht wiederhaben wollte, sondern nur die Aufnahmen vom startenden und landenden

Mikrobus.) Dann kletterte er hinter einen Hitzeschild und schaltete sich in die öffentliche Sprechanlage ein.

»Hier spricht Caparatti«, sagte er. »Sind Sie alle an der Tür?«

Evelyn war es, die antwortete. »Wir sind soweit, Bigfoot.« Sie klang immer noch nicht besonders gut, fand er.

»Okay. Wir öffnen in etwa fünf Minuten. Keith, für Sie ist alles soweit arrangiert.«

»Danke, Bigfoot«, sagte der Nachrichtenmann. »Mein Regisseur fragt an, ob Sie die Kamera ein wenig nach links drehen können. Nur ein paar Grad.«

Bigfoot tat es und veränderte den Winkel, bis Morley sagte, es sei gut.

Der Rand der Erde war jetzt durchs Deckentor zu sehen.

Tony meldete sich über Funk: »Wie sieht es bei mir aus, Bigfoot?«

Verdammt, es gefiel ihm nicht, den Mikrobus von hier aus über den Daumen gepeilt hereinzulotsen. »Ein paar Punkte weit nach Osten abgetrieben«, sagte er. »Soweit ich feststellen kann.«

»Roger.«

Bigfoot verfolgte mit, wie Tony kompensierte. »So ist es gut. Komm weiter herunter.« Die Sicherheitsbestimmungen untersagten es, daß sich Personen während Starts oder Landungen in dieser Zone aufhielten. Das Risiko, von der Rückströmung erwischt zu werden, war hoch. Der Hitzeschild, hinter dem sich Bigfoot versteckte, sollte eigentlich Geräte schützen.

Einhundert Meter.

Eine Wanduhr im Kontrollraum zeigte dreizehn nach zehn an.

Das Licht der Raketentriebwerke erhellte jetzt den Hangar. Bigfoot hörte, wie sich die beiden Piloten unterhielten, und schaltete auf einen anderen Kanal um, wo

Keith Morley seinem weltweiten Publikum Bericht erstattete. Verdammt, wenn der sich nicht anhörte, als genösse er jede Minute!

Bigfoot hatte solche Leute schon in seiner kurzen Zeit bei den Packers kennengelernt, Leute, die absolut furchtlos wirkten, die richtig Spaß an Risiken hatten.

Vierzig Meter.

»Ein bißchen knapp an der Rückseite, Tony. Korrigiere eine Spur nach vorn. So ist es gut. Nicht zu viel.« Sogar durch den Druckanzug hindurch spürte er die Wärmestrahlung der Motoren.

Bündel von Feinsteuerraketen schwenkten ein Stück weit und zündeten. Der Mikro brachte sich über der Startrampe ins Zentrum. »Gut so. Komm jetzt rein.«

Ein Flammenstrahl zuckte im Bogen durch die Deckentore.

»Passagiere, bereithalten«, sagte er. »Der Vogel ist beinahe unten.«

Die Räder und die Düse des Haupttriebwerks waren im Hangar, und die Flammen leckten über die Startrampe. Jetzt tauchte das komplette Fahrgestell auf, gefolgt von der eigentlichen Kugel. Die Maschine senkte sich mit ihrem ganzen Gewicht aufs Fahrwerk und drückte die Reifen zusammen.

Dampfwolken stiegen auf und zerstreuten sich wieder.

Durch die beleuchteten Fenster entdeckte Bigfoot Bewegung auf dem Flugdeck. Der Mikro schaltete die Energie ab, und Bigfoot kam hinter seinem Schild hervor. Er deutete mit der Fernbedienung auf einen Sensor an der Wand gegenüber und drückte eine Taste. Die Startrampe rotierte, bis die Hauptluftschleuse des Busses an eine Decksmarkierung grenzte. Dann drückte Bigfoot eine weitere Taste. Ein Flemingschlauch, beträchtlich kürzer als seine Gegenstücke auf L1, entfaltete sich wie eine Raupe vom Hangartor aus und rumpelte über das

Deck, bis er sich mit der Luftschleuse verband. Inzwischen ging die Frachtluke des Schiffs auf, und Saber sprang im D-Anzug heraus. Bigfoot legte die Fernbedienung aufs Deck. »Zuerst auftanken«, sagte er.

»Okay.« Saber beeilte sich, um bei den Versorgungsschläuchen zu helfen, während Bigfoot die Riegel der Tankstutzen öffnete. Ohne eine einzige überflüssige Handbewegung setzten sie beide Schläuche auf und drückten die Schalter.

Während Bigfoot zu den übrigen Schläuche hinüberging, hob Saber die Fernbedienung auf und sah sich die Anzeigen an. Sie hatte ein grünes Licht, was besagte, daß die Verbindung richtig saß. Sie zielte damit auf den Sensor und öffnete die Tür, so daß die Passagiere den Flemingschlauch betreten konnten. Über Funk hörte Bigfoot Morleys Kommentar, während die Passagiere in den Gang hasteten: *»Bruce, wie Sie sehen, ist die Tür endlich offen, und wir gehen die Rampe hinunter.«*

Saber schloß das Stromkabel an, während sich Bigfoot um die restlichen Schläuche kümmerte. Sie drückten die Schalter, und Strom, Sauerstoff und Wasser flossen in den Mikrobus hinüber. Als nächstes warfen sie die Plastikbeutel in die Luftschleuse. Sobald das geschehen war, wandte sich Bigfoot wieder den Versorgungsschläuchen zu. Der Zufluß verlief gleichmäßig und normal. Sein Blick wanderte zur Uhr – zwanzig nach – und zurück zu den Meßinstrumenten, auf denen Zahlen dahinratterten.

Um 22 Uhr 23 waren Sauerstoff und Wasser komplett nachgefüllt, und Saber löste die Schläuche und warf sie weg. Was die elektrische Aufladung anging, konnten sie in der kurzen Zeit natürlich nicht viel erreichen. Normalerweise benötigte dieser Vorgang fast fünf Viertelstunden. Aber sie nahmen mit, was sie kriegen konnten.

Der kritische Punkt war der Treibstoff. Die Tanks waren inzwischen zu etwa vierzig Prozent gefüllt.

Tony meldete, daß die Passagiere die Luftschleuse durchquert hatten und jetzt die Kabine betraten.

Saber wandte sich über Funk an Caparatti: »Bigfoot, wenn wir fertig sind, steigen wir durch die Frachtluke ein. Ich möchte versuchen, das Flugdeck zu erreichen, wenn es geht. Du verschließt die Luke hinter uns.«

»Okay«, sagte er.

Morley machte weiterhin seine Sendung und benutzte dabei den gedämpften Tonfall, der große Dramatik andeuten sollte: *»Sie haben jetzt Bigfoot Caparatti auf dem Bildschirm. Und ja, falls Sie Footballfan sind, es ist der Bigfoot, der einmal für die Green Bay Packers gespielt hat.«*

Einmal stimmt genau, du blöder Mistkerl! Mußtest du das wirklich erwähnen?

Saber behielt den Ladevorgang im Auge. »Wie läuft es?« fragte Bigfoot.

»Okay. Wir haben genug Strom für die Anlagen an Bord. Wie steht es mit dem Treibstoff?«

»Etwa halb voll.«

Tony meldete sich wieder: »Alle sind drin, und die Luke ist gesichert. Ihr könnt den Zugangsschlauch lösen.«

Saber zielte mit der Fernbedienung. Der Durchgang löste sich und fuhr zurück.

Bigfoots ganze Welt schrumpfte auf die beiden Treibstoffzähler und die Uhr zusammen. Er blickte über die Zahlen hinaus. Sabers Augen waren dunklen Punkte hinter ihrem Helmvisier.

Der schmale Fleck schwarzer Himmel, den man durch das Einflugstor sehen konnte, zeigte jetzt einen Dunstschleier. Bigfoot fand sich hin- und hergerissen zwischen Entsetzen und der Neigung, die ganze Sache als Hysterie abzutun. Früher am Tag, als er sich zum Bleiben entschloß, hatte er seine Mutter angerufen, und sie weinte und betete am Telefon; danach rief er einen alten Freund an, mit dem er auf dem College Football gespielt hatte und der ihm jetzt sagte, Bigfoot wäre ein verdammter Idiot, aber er wäre stolz darauf, ihn gekannt zu haben. Er sagte es in der Vergangenheitsform.

»Können wir los?« fragte Tony.

»Bin fast fertig«, antwortete Bigfoot.

Um 22 Uhr 26 war der Tank für den Flüssigsauerstoff voll, und die Pumpe schaltete ab. Bigfoot löste den Schlauch und warf ihn zur Seite. Saber entschied, daß genug Strom eingespeist war, löste ihr Kabel und warf es weg.

»Steig ein«, sagte Bigfoot. »Ich folge dir in einer Minute.«

»Wieso bezeichnen wir es nicht als vollen Tank und machen, daß wir wegkommen?«

Yeah. Zum Teufel damit.

Saber lief zur Frachtluke, während Bigfoot den Zufluß abschaltete, den Schlauch vom Tankstutzen trennte, ihn abdeckte, verschloß und den Riegel sicherte. Er warf das Kabel so weit weg, wie er nur konnte, was in der Mondschwerkraft ein ordentliches Stück war. Dann war er schon direkt hinter Saber, stürzte zur offenen Luke hinüber, während Saber Tony berichtete, daß der Tankvorgang beendet war. Sie hätten ihn ein bißchen abgekürzt, um schneller fertig zu werden, sagte sie, aber er sollte das Triebwerk noch nicht zünden. Saber kletterte in die Luftschleuse des Frachtdecks und streckte gleichzeitig Bigfoot eine Hand entgegen. »Wir sind drin«, informierte sie Tony. »Los!« Bigfoot drückte auf die Schalttafel, und die Außenluke schwenkte zu. Sauerstoff strömte in die Kammer. Das Triebwerk sprang an, und der Bus zitterte.

Die Innenluke ging auf. Saber sprang hindurch, rannte durch den Laderaum und nahm dabei den Helm ab. Sie erwies sich in der geringen Schwerkraft als sehr beweglich und ließ Bigfoot weit zurück.

Sie schwang sich die Leiter hinauf und stürmte in die Passagierkabine, wobei sie immer noch den Helm in der Hand hatte. Der Mikrobus stieg jetzt auf.

Bigfoot hatte inzwischen die Luftschleuse geschlossen und versiegelt. Dann wollte er Saber in die Passagierkabine folgen, aber der Bus beschleunigte inzwischen stark, und Bigfoots Gewicht nahm zu. Er kämpfte sich die halbe Leiter hinauf, stellte fest, daß er es nicht schaffte, und folgerte daraus, daß er keine weitere Aufgabe hatte, als die Luke zwischen den Decks zu schließen. Er erwischte noch einen letzten Blick auf Saber, die wie ein Affe zum Cockpit hinaufkletterte, als er die Luke zuzog und sicherte. Dann stieg er wieder die Leiter hinunter.

Sie waren unterwegs.

Mondbasis, Raumhafen, 22 Uhr 24

Zuschauer überall auf der Welt verfolgten die Szene in Hangar vier durch Keith Morleys Kamera, wie Saber ihren Schlauch wegschleuderte und zur offenen Luke rannte. Dann tauchte Bigfoot im Bild auf, bewegte sich bedächtig durch die geringe Schwerkraft, sprang hoch und warf sich in die Luftschleuse. Saber half, indem sie ihn mit hereinzerrte. Und die Luke ging zu.

Morley steuerte weiterhin den Filmkommentar bei, beschrieb das kühle Verhalten der Passagiere, gab die eigene Anspannung zu. Später wunderten sich viele Zuschauer, wie er es geschafft hatte, den anderen nicht auf die Nerven zu gehen, besonders während des abschließenden Countdowns, als er in seinem kühl dramatischen Ton flüsterte: »*... sechs Minuten bis zum Einschlag, fünf Minuten ...*« Und so weiter.

Gelegentlich wechselte das Bild zum Kometen, den

eine Reihe von Instrumenten auf dem Boden und im Weltraum aufnahmen. Etliche waren an der exakten Einschlagsstelle im Mare Muscoviensis plaziert, wo sie dem anfliegenden Monster direkt entgegenblickten. In der unteren rechten Ecke zeigte eine Uhr die verbliebene Zeit.

Schätzungen der Nachrichtenmedien zufolge sahen 3,6 Milliarden Zuschauer die erste Rauchfahne aus dem Haupttriebwerk, kurz bevor dieses tosend zum Leben erwachte. Damit war es die am dritthäufigsten gesehene Fernsehsendung aller Zeiten, gleich hinter den Super Bowls 70 und 72.

Unter dem Feuerstoß des Hauptantriebs fiel das Bild aus. Morley redete jedoch gewandt weiter: »*Wie ich sehe, haben wir das Bild verloren. Bruce, von jetzt an werden wir uns auf den Ton verlassen müssen …*«

Transglobal blendete einen unterteilten Bildschirm ein, dessen eine Hälfte den Kometen live zeigte, während die andere ein Foto von Keith Morley in tropischem T-Shirt und Panamahut präsentierte, aufgenommen während der Rio-Konferenz im Januar.

»*Wir sind jetzt aus dem Terminal heraus und legen an Tempo zu. Sie können das Tosen der Maschine hören.*« (Pause.) »*Nebenbei, ich sollte Ihnen sagen, daß wir auf internes Relais umgeschaltet haben, so daß wir das Tonsignal nicht verlieren, egal was auf der Mondbasis passiert.*

Es wird ein bißchen schwierig weiterzureden. Ich werde in den Sitz gedrückt. Mein Gewicht ist zurückgekehrt, aber für mich fühlt es sich an, als hätte ich um die hundert Pfund zugelegt. Der Himmel sieht anders aus, verglichen mit meiner Anreise letzte Woche. Er ist hell.

Ich kann den Piloten nicht sehen. Die Tür zum Flugdeck ist geschlossen. Saber Rolnikaya ist vor einigen Minuten vom Frachtdeck aus hier durchgekommen und hinauf ins Cockpit gestiegen. Sie trug einen D-Anzug und hatte den Helm in der

Hand, den sie dann mir gab. Ich habe vor, ihn zur Erinnerung an dieses Ereignis zu behalten.

Wie immer die Sache ausgeht, alle sollten wissen, Bruce, daß wir hier ganz besondere Menschen haben. Sie können keinen von ihnen mehr sehen, aber sie halten sich ganz gut. Ich weiß nicht, was ihnen im Moment durch den Kopf geht, aber ich kann Ihnen sagen, was mir durch den Kopf geht. Ich habe Angst.«

AstroLab, 22 Uhr 33

Feinberg hatte das AstroLab aufgesucht, wo er die Annäherung aus der Betriebszentrale heraus verfolgte. Ein Dutzend Monitore zeigten magnetische Schwankungen, die relative Geschwindigkeit, die Helligkeit des Kometen, die Spektralanalyse. Das Farside-Observatorium hatte mit seinem chemischen Sauerstoff-Jod-Laser einen kleinen Teil Tomikos verdampft. Die Analyse zeigte geringe, aber bedeutsame Anteile an Titan und Aluminium. Was für eine Art Komet führte verarbeitete Metalle mit?

»Das bereitet mir wirklich Kopfzerbrechen«, verriet Feinberg einer Assistentin, bei der er sich darauf verlassen konnte, daß sie ihn nicht zitierte. »Wir erleiden womöglich einen monumentalen Verlust.«

Die Assistentin wußte, daß er nicht den Mond meinte. Oder die Gefahren durch herabstürzendes Gestein. Sie nickte.

»Ich wünschte, wir hätten ihn uns aus der Nähe ansehen können«, fuhr Feinberg fort. »Darauf landen können. Ein Loch graben können.«

»Er ist zu schnell«, entgegnete die Assistentin. »Selbst wenn er das Sonnensystem einfach nur durchquert hätte, hätten wir ihn nie eingeholt.«

Feinberg starrte das Bild Tomikos im Display an. *Was bist du?*

Tomiko hatte im Vergleich zur ersten Messung erheblich an Tempo verloren, segelte aber nach wie vor mit beinahe vierundzwanzigtausend Kilometern pro Minute vor dem Sonnenwind. In dreißig Sekunden einmal halb um die Erde.

Astronomen bemühten sich weiter um eine Erklärung für diese Geschwindigkeit. Ein für metaphysisches Geschwafel bekannter Mathematiker der Universität Hamburg hatte die Theorie aufgestellt, der Komet wäre tatsächlich *gezielt* auf die Reise geschickt worden, und seine Geschwindigkeit sollte demonstrieren, daß er keinem natürlichen Vorgang entstammte; der zielgenaue Angriff auf den Mond wäre eine Warnung. Er führte es nicht näher aus.

Die Sender und das Internet strotzten in den letzten Stunden vor dem Einschlag mit Mahnungen, man möge mit Gott ins reine kommen.

Der Mond stand im ersten Viertel, von New York aus war er im Westen zu sehen. Der Komet bot einen prächtigen Anblick. Er breitete sich über den Himmel aus, den Schweif vorneweg, mit dem er den Mond verschlang, über den Atlantik ausgriff und unter den Horizont tauchte. Die Korona andererseits war hell und massiv, ein Kleid aus goldenem Licht.

Marilyn Keep verfolgte den Anflug Tomikos von Louises Terrasse aus. Larry schien es zufrieden, sich mit den Jungs über Finanzen zu unterhalten und sie Marvs Gesellschaft zu überlassen, sich zu benehmen, als wäre er der einzige Mann auf der Welt. Um halb elf hatte sie schon zuviel getrunken. Marv nutzte jede Gelegenheit aus, bei der sie kurz allein waren, ein kurzes Zwischenspiel auf der Terrasse, eine kurze Begegnung auf dem Flur, um ihr leicht über Brust oder Hinterteil zu streichen. Marilyn machte das gar nichts aus, solange sie niemand erwischte. Ihr gefiel die kurze Andeutung des Besitzergreifens, sie genoß die plötzlich aufflackernde Erregung. Es war das erste Mal seit ihrer Hochzeit, daß sie so etwas duldete. Wenn sie Marv tadelnd anblickte, strahlten seine Augen schelmisch. Und mit den Fingerspitzen berührte er sie an der Hüfte, ganz so, als täten sie dergleichen ständig, als teilten sie ein Geheimnis. Und so kam es, daß Marilyn ganz mit etwas anderem beschäftigt war, als der Komet den Mond berührte und sich aller Augen zum Himmel wandten.

In Point Judith verfolgte Luke Peterson das Ereignis vom Hinterhof aus mit einem Feldstecher. Er hatte genug gelesen und genug gesehen, um zu wissen, daß es am Meer tatsächlich gefährlicher war. Die Nacht war jedoch friedvoll, der Himmel voller Sterne, außer dort, wo der Komet sie auslöschte.

Hier war seine Heimat. Falls Gott alles eingeleitet hatte, um ihn heute abend zu holen, na gut, dann traf Gott ihn eben zu Hause an.

Und keine Klagen.

Es regnete in Carlisle, Pennsylvania, und niemand konnte dort den Mond sehen. Claire Hasson und Archie Pickman saßen mit den drei Esterhazys zusammen und verfolgten Keith Morleys Reportage von der Startrampe. Für Archie war das alles sehr aufregend, trotz der Skepsis seiner Gastgeber. »Seht ihr?« erklärte der ältere Esterhazy niemand Besonderem, als der Mikrobus vom Mond flüchtete, »was habe ich euch gesagt? Sie sind entkommen.« Sein Sohn Jeff war ihm sehr ähnlich, abgesehen von einem herablassenden Lächeln, das ein permanentes Kennzeichen seiner Züge zu sein schien. Davon abgesehen hatte er das gleiche verhärmte Gesicht, den gleichen runden Kopf, zeigte das gleiche provozierend selbstsichere Gebaren. Die männlichen Esterhazys waren keine

Personen, mit denen man redete; sie waren Personen, denen man Aufmerksamkeit zollte.

Archie zeigte sich besorgt, der Vizepräsident könnte ums Leben kommen.

»Lächerlich«, entgegnete Jeff. »Das glauben Sie doch nicht im Ernst, oder?« Er betrachtete Archie mitfühlend.

»An welchen Aspekt glauben Sie nicht?«

»Archie«, sagte Scott mit der trockenen Stimme der Erfahrung, »die ganze Sache ist eine Wahlkampfaufführung.«

»Denken Sie, daß das Weiße Haus Kometen steuert?«

»Lassen Sie sich nicht durcheinanderbringen«, sagte Jeff. »Aber diese Leute haben die Gelegenheit erkannt und genutzt. Sie haben alles so inszeniert, daß Haskell als Held aus der Geschichte hervorgeht. Es gibt keine Gefahr, hat sie zu keinem Zeitpunkt gegeben. Es wird knapp aussehen, es *muß* knapp aussehen, aber sie schaffen es mit Sicherheit.«

Archie sah, daß Mariel Esterhazy über ihren Mann die Stirn runzelte und den Kopf schüttelte. *Bitte halt den Mund,* sagte die Geste. »Ich bin anderer Meinung«, sagte Archie.

»Das ist der Lohn für diese Leute!« strahlte Scott. »Sie sind ein intelligenter Mann, Arch, und die haben sogar Sie hereingelegt.«

Die Kapchiks hatten es aus Pacifica heraus und ein gutes Stück in die Diablos hinein geschafft. Sie fuhren auf einer zweispurigen Bergstraße, ein gutes Stück über dem Grund eines Tals, das überwiegend mit Gestrüpp bewachsen war. Die Sonne sank gerade hinter die Gipfel in ihrem Rücken. Derselbe Mond und derselbe Komet, die den Nachthimmel über Rhode Island beleuchteten, schwebten direkt über ihnen im Tageslicht.

Seit die Kapchiks aus San Francisco heraus waren, bewegten sie sich in dichtem Verkehr und achteten sorgfältig darauf, daß ihre beiden Autos nicht getrennt wurden. Inzwischen waren sie hoch in den Bergen, bestimmt vor jeder Flutwelle in Sicherheit, und suchten nach einer Stelle, wo sie abbiegen konnten. In diesem Augenblick erreichten sie eine Ansammlung von Touristenläden. Ein rostiges Schild verkündete, daß es sich hierbei um das Einkaufszentrum Jenkins Point handelte. Es bot eine Ladestation, ein mexikanisches Restaurant und ein Souvenirgeschäft. Obwohl sie seit etlichen Stunden unterwegs waren, hatten Jerrys Solarzellen die Energie aufgefrischt, und er verfügte weiterhin über fast volle Ladung.

Die Elektroautos der Zwanziger waren viel wirtschaftlicher als ihre benzingetriebenen Gegenstücke. Sie hatten zwar keine Beschleunigungswerte, die nach dem Geschmack der meisten Fahrer gewesen wären, und sie mußten zuzeiten mit Ladestationen verbunden werden, wenn sie nachts oder bei bedecktem Himmel fuhren. Der Ladevorgang war der große Nachteil des Systems, weil er eine halbe Stunde dauerte und schlimmstenfalls alle fünf Stunden nötig wurde, wenn die Umstände nicht paßten. Bei Sonnenlicht war die Reichweite der Fahrzeuge jedoch fast unbegrenzt.

Das Einkaufszentrum Jenkins Point lag auf einem Aussichtspunkt am Westrand des San Joaquin Valleys. »Warum bleiben wir nicht über Nacht hier, Liebes?« schlug Jerry vor.

Die an die Bergflanke geschmiegte Stelle war wahrscheinlich so gut wie jede andere, die sie vielleicht noch fanden. Andere Leute hatten wohl die gleiche Idee gehabt. Etwa vierzig Autos standen auf einem Nebenparkplatz am Südrand der Straße, den Läden gegenüber. Es war noch reichlich Platz.

Jerry bog vom Highway ab. Er fand eine Stelle an einem uralten Bretterzaun, wo sie beide Autos nebeneinander abstellen konnten. Hinter dem Zaun stieg die

Bergflanke fast siebzig Meter hoch steil an. Die Kinder fragten, ob sie hinaufgehen durften, verloren aber das Interesse, als Marisa ihnen sagte, daß kein Weg nach oben führte. Als Ersatz willigten sie ein, das Restaurant aufzusuchen, das Pablo's hieß.

Jerry hatte am äußersten östlichen Rand des Platzes geparkt. Damit hatten sie etwas Distanz zur Masse, und es schien auch eine gute Stelle zu sein, um hier das Teleskop aufzubauen. Links von Jerry fiel das Land abrupt in eine Schlucht ab.

Der Mond wirkte weich, von Nebel umhüllt.

Tomiko folgte als heller, verwaschener Fleck der von seinem Schweif gezogenen Spur den Himmel hinunter. Die Menschen standen auf dem Parkplatz in Gruppen zusammen und blickten hinauf. Niemand redete. Der Verkehr auf der zweispurigen Straße war zum Stillstand gekommen, und die Autos waren leer.

Erin fragte, wo die Mondbasis war. Sie bat Jerry, das Teleskop so einzustellen, daß sie den Mikrobus sehen konnte. Die Zeit reichte dafür jedoch nicht, selbst wenn das Teleskop dazu fähig gewesen wäre, was Jerry bezweifelte.

Die einzige Person, die im Augenblick vielleicht hätte mitverfolgen können, wie der Mikrobus vom Mond startete, war Tory Clark, die die ADCOM-Teleskopphalanx von L1 umgelenkt und angewiesen hatte, sich auf jedes Objekt einzustellen, das sich in der Umgebung von Alphonsus bewegte. Das Licht reichte jedoch nicht, um auf diese Entfernung ausreichend zu vergrößern, und so blieb auch ihr der Anblick verwehrt.

Die Passagiere an Bord der *Merrivale* hätten nach Osten blicken müssen, um die Kollision zu sehen, aber der Himmel war bedeckt, und leichter Nieselregen hatte die Decks rutschig gemacht. Horace war noch immer enttäuscht darüber, daß er Amy verloren hatte, und am heutigen Abend dachte er keineswegs an ungewöhnliche Himmelsereignisse.

In Arecibo, wo man den Kometen auf seinem ganzen sechstägigen Anflug verfolgt hatte, schätzte man seine Aufprallgeschwindigkeit auf 417,6 Kilometer pro Sekunde.

Im AstroLab betrachtete Wesley Feinberg fasziniert und traurig den Flug des Kometen Richtung Mond. Die Kollision würde berauschend sein, ein astronomisches Spitzenerlebnis, das für seine Generation einmalig war. Aber sie verloren gleichzeitig diesen faszinierendsten aller Kometen.

Kometenkerne sind oft massiver, als Astronomen des zwanzigsten Jahrhunderts aufgrund der Ähnlichkeit mit »schmutzigen Schneebällen« geglaubt hatten. Ob das auf Tomiko zutraf, oder ob Tomiko ein Asteroid war, der in hohem Maße Eis und Staub angesammelt hatte, oder etwas ganz anderes, würde niemals jemand erfahren.

9.

Mikrobus, Passagierkabine, 22 Uhr 34

Die Menschen an Bord des Mikros betrachteten den Kometen ebenfalls; die Bilder aus dem Farside-Observatorium hatten sich hier zu reinem Licht verstärkt. Sogar im Frachtraum, wo Bigfoot ein paar von Tony für ihn bereitgelegte Polster ausgebreitet hatte, zeigte ein Wandmonitor die Transglobal-Sendung. Keith Morleys Bilder liefen dort, begleitet von einem Gespräch zwischen dem Journalisten im Weltraum und Bruce Kendrick auf der Erde.

»Hier im Mikro ist alles ruhig, Bruce. Wir warten jetzt einfach ab, was passiert.«

»Können Sie schon irgendwas sehen, Keith?«

»Nein. Der Horizont ist in Licht getaucht. In allen Richtungen. Ich wünschte, ich hätte eine Kamera, um es Ihnen zu zeigen. Aber soweit ich sehen kann, hat sich da draußen nichts verändert.«

»Wie hoch sind Sie?«

»Ich weiß es nicht. Sehr hoch. Vielleicht sechstausend Meter.«

Sie waren eher an fünftausend Meter, als einen Augenblick später das Licht explodierte.

Der Einschlag erfolgte um 22:35:17 Uhr Ostküsten-Sommerzeit.

Die Welt sah durch ihr Arsenal aus Orbitalteleskopen zu. Was sie sah, ähnelte weniger einem großen Meteoreinschlag als einem Blitzschlag. Tomiko hatte den Himmel ausgefüllt, die Linsen, hatte im Blickfeld geschwebt, bis es einfach nichts mehr gab außer dem *Kometen.* Und dann sank er lautlos herab, keinesfalls als riesiger Brocken aus Gestein und Eis oder als Sternschnuppe von gigantischen Proportionen. Vielmehr war es ein Blitz, der in der Mondlandschaft explodierte, den Verwitterungsboden und das Gestein darunter schmolz, den Mantel zermalmte und auf Hunderte von Kilometern rings um die Aufschlagstelle alles verdampfte.

Der Mond krümmte sich.

Der Kometenkern drang tief in den Boden ein, ehe er in einem gewaltigen Feuerball detonierte, der den Mondmantel auf eine Tiefe von über sechshundert Kilometern schmolz und den äußeren Kern freilegte. Schockwellen zuckten mit Tausenden von Stundenkilometern durch das Mondinnere. Der Feuerball breitete sich über der aufbrechenden Oberfläche aus, bewegte sich scheinbar in Zeitlupe, bis er den ganzen Mond umfaßte, in sich barg, verschlang. Tony sah ihn kommen. Von seiner Position aus war es eine Feuerwand, die aus dem Norden heranbrauste. Er spürte die plötzliche Stille in der Passagierkabine, sah die Mondlandschaft unter sich aufbrechen, sah Alphonsus im Boden verschwinden. Ein Staubvorhang rollte über die schäumende Szenerie, und das abgedunkelte Flugdeck wurde von rotem Licht erhellt.

Der Mikrobus floh vor dem Feuer, kämpfte sich mit konstanter Beschleunigung von einem g durch den Raum. Die Sensoren explodierten in einem Wirbelsturm aus Ping- und Pieplauten. Trümmer prasselten an den Rumpf. Der Mikrobus schaukelte und sackte ab und brach aus, ein Blatt, das von einem ungeheuren Wind mitgerissen wurde. Ein Rad löste sich, und eine Warnlampe leuchtete auf.

Feuer füllte den Himmel aus.

Es versengte Tonys Augen und leckte über die Blase, die das Flugdeck enthielt.

Saber schaltete das Warnsignal aus. »Die Außentemperatur steigt«, sagte sie.

Tony nickte und verzichtete auf eine sarkastische Bemerkung.

Etwas traf sie an der Unterseite und schleuderte sie hoch, so daß Tony der Kopf in den Nacken flog. Schotte und Decks knarrten.

»Eine Wasserleitung«, sagte Saber. »Im Frachtraum.«

Das bedeutete, daß Bigfoot naß wurde. »Schalte sie ab«, sagte Tony.

»Erledigt.«

Die Feinsteuerdüsen zündeten in hektischen Sequenzen, versuchten die Fluglage zu stabilisieren.

Tony wurde in die Gurte gerissen und in den Sitz zurückgeschleudert. Der Mikrobus schlingerte und stürzte und stieg wieder. Der Sturm riß ihn mit sich, eine Stahlblase in einem Meer aus Feuer.

Morleys laufende Reportage ging vom Mikrobus an einen Satelliten und von dort ins New Yorker Studio, wo man sie mit dem Sendersignal kombinierte und an Tonys Konsole zurücksendete. Das Signal war jetzt jedoch ausgefallen, was nicht überraschen konnte. Der Monitor, auf dem die Transglobal-Sendung lief, war ein Blizzard aus Störimpulsen. Tony überlegte, den Journalisten zu informieren, daß er nicht mehr durchkam und genausogut aufhören konnte, entschied sich aber dagegen. Die Reportage hielt Morley beschäftigt und diente den anderen vielleicht als Sicherheitsanker.

»Triebwerk überhitzt«, meldete Saber.

»Roger.« Sollte es doch überhitzen. Sie hatten Glück, wenn nichts Schlimmeres passierte.

Irgendwas in der Maschine gab mit einem Knall den Geist auf.

»Passagierkabine«, informierte ihn Saber. »Der KV.« Das war der Kühlmittelverteiler. Kein Grund zur Sorge.

Ein Tentakel aus geschmolzenem Gestein klatschte auf die Pilotenkanzel. Das Glas bildete Blasen. Tony öffnete seinen Kanal zum Laderaum. »Bigfoot, bist du okay?«

»Toller Flug, Tony.«

»Ich tue, was ich kann. Wir sind fast draußen.«

Saber blickte zu ihm herüber. Die Welt draußen war reines Feuer. »Was macht dich so optimistisch?«

»Wir müssen einfach, so oder so. Viel mehr können wir nicht einstecken.«

»Triebwerk im roten Bereich«, sagte sie.

Er konnte nicht abschalten. Der Mikrobus mußte zwei Komma vier Kilometer pro Sekunde erreichen, um nicht auf die Oberfläche zurückzusinken. Sie hatten inzwischen auf über zwei Komma null beschleunigt. Tony verfolgte mit, wie die Geschwindigkeit anstieg, ohne zu wissen, ob noch eine Oberfläche *vorhanden* war, auf die er zurücksinken konnte, und vermutete gleichzeitig, daß er auf jeden Fall von der Detonation mitgerissen würde, egal was er tat.

Zwei Komma zwei.

Die Sturm klapperte und knallte und tobte am Schiffsrumpf.

Tony mußte die Energie abschalten, sobald er Fluchtgeschwindigkeit erreichte. Oder er riskierte, das Triebwerk und womöglich das Schiff zu verlieren.

»Tony, wir übertreiben es.«

»Mach dir keine Sorgen«, sagte er. »In solche Dinge ist meist ein gewisser Spielraum eingebaut.«

Zwei Komma drei.

Rote Lampen blinkten überall auf der Statustafel.

Zwei Komma vier. Tony gab noch eine Minute zu und schaltete dann das Triebwerk aus.

Sie flogen jetzt in relativer Stille, lauschten dem Sturm, wie er an den Rumpf hämmerte, dem Gejammer der Statusanzeigen, dem elektronischen Gurgeln der Instrumente.

Saber nahm das Mikrophon zur Hand. »Alle okay da unten?«

Evelyn antwortete: »Heil und ganz.«

»Gut. Bleiben Sie dabei. Wir wissen, daß es laut ist, aber wir halten uns gut.« Sie erklärte, warum sie das Triebwerk abgeschaltet hatten. »Aber wir sind weiter in Fahrt. Wir zünden in ein paar Minuten und beschleunigen wieder.«

In diesem Augenblick fiel die Flammenhölle unter sie zurück, und der Mikrobus stieg über großen, dunklen, brodelnden Wolken auf. Ein Strom aus Licht platzte aus einer davon hervor und wölbte sich elegant durch Tonys Blickfeld.

Dann war er draußen zwischen den Sternen. Blau und heiter schwebte die Erde fast direkt über ihm.

Saber seufzte glücklich.

»Zu früh«, sagte er.

Um das zu unterstreichen, wirbelte eine Felsplatte von der Größe eines Lieferwagens aus einer dunklen Wolke hervor und riß eine Notantenne ab. Sie hätte noch mehr angerichtet, aber Tony reagierte rasch und drehte den Bus aus der Schußlinie.

Einstufen-Raumfähre *Arlington*, Flugdeck, 20000 Kilometer von Luna, 22 Uhr 36

Der vordere Rand der Explosion breitete sich mit fast dreihundert Kilometern pro Sekunde aus. Zwei weitere Raumschiffe waren in seiner Bahn, die *Arlington,* etwas über eine Stunde unterwegs, und die *Rom,* die einen Vorsprung von etwa sechs Stunden hatte.

George Culver konnte nicht viel tun, um seine Maschine zu schützen. Er hatte soviel Distanz wie nur möglich zwischen sie und den Mond gebracht. Die Stummeltragflächen, die die Fähre beim Atmosphärenflug trugen, waren eingefahren, die Antennen eingezogen, die Passagiere vor anstürmenden Turbulenzen gewarnt.

In diesem Fall war der Begriff leicht untertrieben. Hinter ihnen schien das ganze Universum in Flammen zu stehen. Mary fuhr sich mit dem Handrücken über die Lippen. »Ich weiß ja nicht«, sagte sie und verfolgte mit, wie die Feuerwand auf sie zuwalzte.

Sie waren zu lange geblieben. Die Zeit hatte nicht gereicht, um alle in Sicherheit zu bringen, aber niemand hatte es zugeben wollen. Sie hätten schon zusammen mit der Rom *starten, ihre Verluste abschreiben und sich davonmachen sollen. Aber wer wollte eine solche Entscheidung treffen?*

»Halt dich fest.« Das war alles, was George einfiel, ehe die Welle über sie hinwegspülte.

AstroLab, 22 Uhr 37

Das AstroLab lag im zentralen Massachusetts unweit der Quabbin-Talsperre. Untergebracht war es in einem dieser knalligen, ultramodernen und abstrakten Stahl- und Glasgebäude, die eigentlich eine Art mathematischen Fluß darstellen sollten, aber im Grunde lediglich die Landschaft verschandelten. An der Commercial Street in Boston hätte es gut ausgesehen. Zwischen Seen und Wäldern wirkte es jedoch abscheulich. Es erinnerte Wesley Feinberg an einen Klacks Gelatine.

Im entscheidenden Moment des Abends tat Feinberg etwas, was Menschen, die ihn gut kannten, vielleicht vorhergesehen hätten: Er verabschiedete sich aus dem Durcheinander im AstroLab, wo sich seine Kollegen atemlos um das Hauptdisplay versammelt hatten und Rohdaten betrachteten, die von Radio-, Infrarot- und Röntgenteleskopen, von Photonenzählsystemen und UV-Detektoren übermittelt wurden. Und er spazierte über den nördlichen Fußweg hinaus.

Es war eine kühle Nacht, und er war froh über seinen Pullover. Er steckte die Hände in die Taschen und blickte durch die Bäume nach oben. Wo vorher der Mond gestanden hatte, zeigte sich jetzt eine blutrote Wolke, von inneren Flammen erhellt. Sie wurde größer und warf ein rötliches Licht über den Wald.

Das AstroLab war überlaufen von Menschen aus Küstengebieten und auch von einigen Einheimischen, die fanden, daß es für den heutigen Abend der richtige Platz war. Feinberg hatte sich mit mehreren unterhalten. Niemand gab zu, an ernste Gefahren für die Welt zu glauben; und doch waren sie jetzt hier, ein gutes Stück im Binnenland. *Lieber in Sicherheit, als später etwas bedauern,* sagten sie ihm. Das amerikanische Motto: *Sicherheit zuerst.*

Er sah Taschenlampen auf dem Parkplatz. Menschen drängten sich zusammen, verfolgten das Ereignis, machten »oh« und »ah«. Rufe wie »Sieh dir das an!« und »Es ist schön!« drangen durch die Nachtluft. Lagerfeuer brannten auf den Bergen der Umgebung und weiter unten auf den Picknickplätzen. Gelegentlich wurden Blitzlichter sichtbar, wo Leute versuchten, Aufnahmen vom Ereignis zu machen.

Einstufen-Raumfähre *Rom*, Passagierkabine,
143000 Kilometer von Luna, 22 Uhr 38

Tashi Yomiuri hatte sich überlegt, ob sie die gleiche Nummer durchziehen sollte wie Keith Morley, aber letztlich folgte sie dem gesunden Menschenverstand. Als sie jetzt auf ihrem Monitor die Eruption betrachtete, wußte sie, daß es die richtige Entscheidung gewesen war, ordentlich auf Distanz zu diesem Inferno zu gehen. Morleys Sendung war soeben an der Quelle abgebrochen worden, und während Bruce Kendrick daherredete, als könne man die Verbindung jeden Augenblick wiederherstellen, glaubte Tashi, daß ihr Kollege umgekommen war. Posthum ein Pulitzerpreis? Möglich. Wahrscheinlich. Aber diesen Preis wollte *sie* nicht zahlen.

Die Sender hatten eine Vereinbarung getroffen und allesamt die Morley-Reportage übernommen. Tashis Produzent in New York hatte sie angewiesen, sich bereitzuhalten, da Morley nicht mehr im Spiel war. »Wir möchten detailliert hören, was passiert«, sagte er. »Du bist so dicht dran wie nur jemand.« Er klang freudig erregt. »Was siehst du? Wie reagieren die Passagiere? Verliert irgend jemand die Nerven?«

Sie wußte eigentlich nicht, was passierte. Von den Ereignissen wußte sie nur, was die Sender zeigten.

Wenige Minuten zuvor hatte sie einen Blitz draußen vor dem Fenster gesehen, wie bei einem Sommergewitter, aber jetzt sah sie nichts weiter als ein Leuchten auf ihrem hochgeklappten Tablett. Eben hatte sie Rick Hailey interviewt, den Presseberater des Vizepräsidenten, der vorn in der Maschine saß. Es war jedoch relativ uninteressant gewesen. Hailey war zu erfahren für leichtfertige Äußerungen. Die Regierung würde angemessen reagieren, versicherte er ihr, und die Nation könnte sich glücklich schätzen, zu diesem kritischen Zeitpunkt eine starke Führung zu haben. So was in der Art.

Das Interview mit Slade Elliott war viel besser verlaufen. Er hatte sie überrascht und zugegeben, daß er, klar doch, Angst hätte; gälte das nicht für jeden? Er hätte jedoch mit dem Piloten John Verrano gesprochen, und dieser hätte einen sowohl kompetenten wie zuversichtlichen Eindruck erweckt.

Ob er jetzt gern die *Shadow* dabei gehabt hätte? Die *Shadow* war das mit Bewußtsein begabte Fernsehsternenschiff, mit dem Captain Pierce und seine komische Besatzung durch die Galaxis streiften. »Sicher«, lächelte er. »Ein Flug wie dieser wäre für die *Shadow* ein Klacks.«

Tashi entdeckte auch zwei Secret-Service-Agenten aus der Gruppe des Vizepräsidenten, den großen Typen, der Sam hieß, und eine attraktive junge Frau, die wie die personifizierte Unschuld aussah.

Einige Plätze in der Maschine waren frei geblieben, so daß Yomiuri Zugang zum Zwischengang hatte. Sie hatte eine Kamera dabei, und falls das Raumschiff ins Schaukeln geriet, konnte sie ein paar tolle Aufnahmen machen und vielleicht recht erfolgreich aus der Sache hervorgehen.

Nur Minuten, nachdem Morleys Signal verlorenging, tauchte sie live im Pacific News Network auf. Sie schilderte die Stimmung an Bord und erfand dabei viel, denn die Stimmung war nicht einheitlich. Einige Leute nahmen die Gefahr bloß nicht zur Kenntnis, während andere entsetzt reagierten. Tashi malte jedoch ein Bild von Passagieren, die entschlossen durchhielten, weil das im Fernsehen gut herüberkam und weil es ohnehin nicht allzuweit von der Wahrheit entfernt blieb, falls man einen Durchschnitt bildete.

Die Bordsprechanlage unterbrach sie: »Hier spricht der Kapitän. Meine Damen und Herren, wir werden in den nächsten Minuten wahrscheinlich manövrieren. Es könnte ein bißchen heftig werden, vergleichbar mit dem Flug durch ein Unwetter: Ich versichere Ihnen allerdings, daß Sie in einer sehr solide gebauten Maschine sitzen und wir alle in guter Verfassung aus der Sache hervorgehen werden. Inzwischen möchte ich, daß Sie alle losen Gegenstände sichern, damit diese nicht Sie oder andere verletzen. Achten Sie bitte darauf, daß Ihr Tablett hochgeklappt ist und alles, was nicht festgemacht ist, in einem der oberen Gepäckfächer verstaut wurde. Wir sagen Ihnen Bescheid, sobald wir es hinter uns haben.«

Yomiuri holte tief Luft und setzte ihren Livekommentar fort. Im Kopfhörer machte es ping, und ihr Produzent meldete sich: »Tashi, wir schalten jetzt auf Gemeinschaftssendung um.«

Danach sprach sie zur ganzen Welt. »Okay«, sagte sie.

»In einer Minute. Clyde Sommer ist dein Moderator. Zu deiner Information: Soweit wir wissen, hat bislang niemand wieder Kontakt zum Mikrobus oder der anderen Raumfähre.«

Als sie das hörte, lief es ihr kalt über den Rücken. »Tut mir leid, das zu hören.«

»Wahrscheinlich liegt es nur an den allgemeinen Turbulenzen. Vielleicht sind sie okay, vielleicht nicht. Wir rechnen damit, auch dich in ein paar Minuten zu verlieren. Dein Signal, meine ich.«

Ihr Herz legte einen zusätzlichen Schlag ein. »Klar«, sagte sie.

»In zwanzig Sekunden.«

»Okay. Ich bin bereit.«

Sie lauschte dem Countdown im Kopfhörer und stellte sich Clyde Sommer, den Chefsprecher des Senders, am zentralen Tisch in New York vor. Kurz bevor sie auf Sendung ging, schob sie den Kopfhörer am rechten Ohr auf den Kopf hoch, damit sie hörte, was um sie herum geschah. »Hier spricht Tashi Yomiuri an Bord einer Raumfähre, die über hundertvierzigtausend Kilometer von dem entfernt ist, was einmal der Mond war. In diesem Moment laufen wir mit etwa vierundzwanzigtausend Stundenkilometern vor einem Wirbelsturm aus Feuer ...«

KAPITEL SIEBEN

DER AUSLÖSER
SAMSTAG, 13. APRIL, BIS SONNTAG, 14. APRIL

1.

Mikrobus, Flugdeck, 22 Uhr 40

Sie hatten die anfängliche Detonation überlebt. Tony steuerte mit vollendeter Geschicklichkeit durch den Sturm, zündete das Triebwerk bei erster Gelegenheit neu und flog Kurven, die die Konstrukteure nicht für möglich gehalten hätten. Wenn Saber ihm zusah, war sie dankbar dafür, daß sie heute abend mit Tony Casaway flog.

Das anfängliche Toben hatte nachgelassen. Sie steckten zwar weiterhin viele Treffer ein, aber die meisten streiften den Rumpf nur und knallten und krachten, führten aber keine ernsten Schäden herbei. Ein Stein schlug in ein Frachtabteil im Unterdeck ein, aber die Luken hielten; ein weiterer Treffer führte zum Ausfall einer Stromleitung, und die Passagierkabine wurde dunkel. Zum Glück kannten die gelegentlichen Brocken, die sie aus der Dunkelheit ansprangen, und die Kaskaden aus geschmolzenem Fels, die über den Himmel fuhren, nicht ihre genauen Koordinaten, und so waren sie immer noch am Leben.

Man hatte den Eindruck, eine Woge wäre vorbeigeschwappt. Der Weltraum war immer noch voller dahinfegender Trümmerstücke, aber in Mengen und mit Geschwindigkeiten, bei denen die Sensoren die größeren Gefahren aufspüren konnten.

Morley fragte, ob der Mikrobus schon wieder Verbindung nach außen hätte. Die Antwort lautete nein. »Verdammt!« sagte er. »Das ist ein so toller Stoff!« Aber er fügte hinzu, daß es ihm nichts ausmachte, wenn die Aufregung erst ein wenig nachließ.

Evelyn fragte, ob der Captain wußte, daß die Passagierkabine kein Licht mehr hatte.

»Wir wissen es«, antwortete Saber. »Wir reparieren es später. Im Moment sind wir allerdings ein wenig beschäftigt.« Sie wies auf ein anfliegendes Fragment, noch während sie redete. Tony nickte und wich mit dem Mikrobus aus. Das Fragment war ein langer, dünner Splitter, vielleicht halb so lang wie ein Football-Feld, der kopfüber trudelte. Saber hörte die Reaktionen in der Kabine, als er knapp vorbeischrammte.

Die Kurz- und Langstreckensensoren füllten die Monitore mit ihren Signalen. Manchmal waren es Scherben und Stürme aus Kieseln und Staub, häufiger jedoch amöbenhafte Formen, die vielleicht Wolken aus Gas oder Plasma waren. Durch die Fenster sah man riesige Schatten und flüssiges Feuer. Gelegentlich verschwanden die Sterne ganz, als brauste der Mikrobus durch einen roten Tunnel.

Sie zogen gleichmäßig weiter ihre Bahn durch den belebten Himmel und hielten eine Beschleunigung von einem g.

»Mikrobus, hier Skyport.« Die Stimme knackte in Tonys Kopfhörer. »Hören Sie mich?«

»Wir empfangen Sie, Skyport. Wir sind noch da.«

»Wie sieht Ihr Status aus?«

Tony gab durch, was er wußte: Treibstoffverbrauch, Schäden, Passagiere. »Keine Verluste.«

»Mikro, wir vermissen einen Namen.«

»Jack Chandler. Er hat es nicht geschafft.«

»Was ist passiert?«

»Ein Herzanfall, glauben wir. Starb, kurz bevor die Passagiere an Bord kommen sollten. Wir haben ihn auf der Mondbasis zurückgelassen.«

Die Verbindung brach ab.

»Wiederholen Sie, Skyport. Hören Sie mich?« Aber nur Störungen kamen herein.

Etwas stieß wieder an die Pilotenkanzel und verschwand zu schnell, um es zu sehen. Es ließ einen unregelmäßigen Stern zurück, nicht unähnlich der Spur, die ein herumfliegender Stein auf einer Windschutzscheibe zurücklassen würde.

»Sind wir immer noch okay?« fragte Tony.

Die Gefahr bestand darin, daß die Kanzel einem Luftdruck von 6,6 Kilo pro Quadratzoll standhalten mußte. Die drei Decks – Fracht-, Passagier- und Flugdeck – waren getrennt versiegelt. Falls also das Schlimmste passierte und die Pilotenkanzel weggerissen wurde, verlor der Mikro wenigstens nur die Piloten.

Nur die Piloten.

Saber tastete den Stern mit dem Zeigefinger ab. Sie drückte sachte dagegen und zog die einzelnen Linien nach. »Ich denke, es ist okay«, sagte sie.

Mikrobus, Frachtdeck, 22 Uhr 41

Wie Saber steckte Bigfoot noch in seinem Druckanzug. Zur Vorsicht hatte er den Helm wieder aufgesetzt, aber ihm wurde schwindlig, und er konnte ihn gerade rechtzeitig absetzen, ehe er sich übergab. Er hatte sich mit dem Gürtel an der Leiter festgebunden, und obwohl die Startbeschleunigung nicht annähernd so anstrengend war wie bei einem Start von der Erde, blieb sie doch ungemütlich und hatte bei ihm zu Rippenprellungen und zu Schulterschmerzen geführt, die, wie er vermutete, auf ein ausgerenktes Gelenk zurückgingen.

Das C- oder Frachtdeck war ein beengter Raum. Er hatte keine Fenster, und er schlingerte und sackte ab und drehte sich, bis in Bigfoots Kopf alles rotierte. Er wünschte sich, er wäre schneller gewesen und hätte die Passagierkabine erreicht.

Aber es hätte auch schlimmer kommen können: Da sie beschleunigten, war das Erbrochene aufs Deck gesunken und schwebte nicht durch die Luft. Er lächelte und fühlte sich etwas besser.

Einstufen-Raumfähre Rom, Passagierkabine, 145000 Kilometer von Luna, 22 Uhr 42

Rick beherrschte seine Angst mit dem simplen Trick, auf den Anblick ihrer Ursache zu verzichten. In diesem Fall bestand seine Technik darin, die Jalousie herunterzuziehen und sich auf andere Gedanken zu konzentrieren. Besonders darauf, wie gut bislang alles gelaufen war. Der Vizepräsident hatte sich gut gehalten, und falls sie alle heil durchkamen, war mit einer entsprechenden Belohnung zu rechnen. Für Rick bestände dieser Lohn nicht einfach darin, im Herbst das Weiße Haus zu erobern, sondern darin, den Wahlkampf eines echten Helden zu leiten. Charlie Haskell, vor einer Woche noch in der eigenen Partei weit abgeschlagen, würde sich als unbesiegbar erweisen.

Haskell war vom Mond weggekommen. Er flog in einem *Bus,* um Gottes willen, und obendrein noch in einem kleinen Bus! Mit ein bißchen Glück wurde bald die Funkverbindung wiederhergestellt, spielte Morley Charlie weiter die Bälle zu und begrüßten Blaskapellen den Vizepräsidenten, wenn er zu Hause eintraf.

Rick sonnte sich in der Erwartung, angemessen bescheidene Stellungnahmen für die Nachrichtensender auszutüfteln. Die Formulierungen gingen ihm schon durch den Kopf: *Wir hatten Glück, mit Wie-hieß-er-doch-gleich zu fliegen, der ein Mordspilot ist und dem wir unser Leben verdanken.* Und: *Wir haben auf der Mondbasis zweifellos einen schweren Verlust erlitten. Aber niemand ist umgekommen, und das ist es, was zählt.* Oder: *Ja, wir haben einige Menschen verloren, und ich möchte Sie bitten, gemeinsam mit mir eine Schweigeminute für die tapferen Helden einzulegen, die es gewagt haben, die Hand nach der Zukunft auszustrecken ...*

Charlie war gut bei so was, hatte ein Talent dafür. Wahrscheinlich, weil er daran glaubte. Es war das Geheimnis seines Erfolges. Er war naiv, wie alle wußten, wie sogar *er* wußte, aber das machte nichts. All das gehörte zu seinem Charme. Es war das, was die Wähler *liebten.*

Für Rick war es eine klare Demonstration dessen, worum es in dem Spiel wirklich ging. Die Medien behaupteten, Wahlkämpfe wären oft substanzlos. Aber die Medien hatten keine Ahnung von der Technik des Wahlkampfes. Wenn sie klagten, nur selten würden Themen diskutiert, die Debatte würde zu persönlich, am Ende wäre alles im Nebel verschwunden, dann entging ihnen der Kern: Ein Wahlkampf ist eine Kunstform. Sein Zweck besteht nicht darin, die aktuellen Sachfragen zu klären, sondern einen Gegner in die Zange zu nehmen. Zuzusehen, wie er sich aus Anschuldigungen und versteckten Andeutungen herauszuwinden versucht. Charlies besondere Gabe bestand darin, daß er diese Chirurgie freundlich, harmlos, warmherzig durchführen konnte. Das gefiel den Leuten. Was ihnen *nicht* gefiel, waren unversöhnliche Politiker oder brutale Kämpfer.

Etwas krachte an die Raumfähre, und die Kabine kippte erst in die eine, dann die andere Richtung. Menschen schrien entsetzt, und Rick umklammerte die Armlehnen, daß die Knöchel weiß hervortraten. Aber der Flug wurde wieder ruhig, und der Pilot meldete sich über Lautsprecher: »Kein Grund zur Sorge, Leute. Nur ein Bruchstück, das vom Rumpf abgeprallt ist. Wahrscheinlich passiert das noch öfter, aber wir sind in Ordnung.«

Mühsam lenkte Rick seine Gedanken wieder auf die Ankunft des Vizepräsidenten auf dem Flughafen Dulles. Er malte sich die Szene aus, wie Charlie aus der Maschine stieg, den Leuten zuwinkte und für seine Stellungnahme auf ein Podium trat.

Politik war Kampf um die Macht in seiner reinsten und schlichtesten Form. Falls die Wähler Glück hatten, verbesserte der Wahlsieger anschließend ihr Los, weil er ihre Stimmen bei der nächsten Wahl erneut brauchte. Oder weil er gern populär war. Aber Sachthemen waren irrelevant. Waren es wahrscheinlich schon immer gewesen. Sobald das Zeitalter der Massenmedien angebrochen war, hatten sich Präsidenten zu Unterhaltungskünstlern, zu Stars entwickelt, wenn sie clever waren. Franklin D. Roosevelt benutzte seine Plauderstündchen am Kamin; Kennedy duldete auf Pressekonferenzen spontane Fragen und verließ sich dabei auf Geist und Charme. Reagan wußte aus seinen Filmen genau, wie sich ein Präsident zu benehmen hatte, und er hatte gerade so viel Schauspieltalent, um das herüberzubringen. In diesem Sinn war er der erste moderne Präsident gewesen.

Das Land hatte eine ganze Weile gebraucht, um es zu

kapieren. Aber schließlich hatte es das. Weder Lincoln noch Washington hätten im Zeitalter der Massenmedien die Chance gehabt, eine Wahl zu gewinnen. Und vielleicht war das nur gut so. Rick wußte, daß keiner von beiden auf seine Ratschläge gehört hätte.

Einstufen-Raumfähre *Arlington*, Flugdeck, 23000 Kilometer von Luna, 22 Uhr 43

George hätte seine Seele für seine alte A-77 Blackjack eingetauscht. Die Raumfähre schleppte einfach zuviel Masse mit, reagierte zu träge und bildete ein zu großes Ziel.

Außerdem erlebte er eine beunruhigende Sinnestäuschung. Als im wesentlichen erdgebundener Pilot war er es gewöhnt, beim Fliegen ein Gefühl der Fortbewegung zu haben: vorbeiziehende Wolken, das herannahende Skyport, der unter ihm zurückfallende Flughafen Dulles. Hier draußen wirkte die Umgebung erstarrt, sogar der Komet. Nichts bewegte sich jemals.

Außer der Explosionsfront, die über ihn hinweggepeitscht war und ihm die Raumfähre aus den Händen reißen wollte. Das Heckleitwerk war demoliert, und ein Stein hatte eine der Dachsektionen durchschlagen. George wußte, daß der Rumpf beschädigt war, aber nicht, in welchem Ausmaß. Und weiterhin wirbelte allerlei Zeug auf ihn ein. Die Bruchstücke waren jetzt eher größer als die Staubstürme und fliegenden Steine der ersten Welle, aber sie waren nicht mehr ganz so schnell, so daß er ihnen leichter ausweichen konnte.

Er schaltete die Bordsprechanlage ein und sagte den Passagieren, er wüßte, daß es bislang ein rauher Flug war, versicherte ihnen aber auch, daß sie es alle heil überstehen würden.

Mikrobus, Passagierkabine, 22 Uhr 44

In der Kabine war es ruhig. Morleys vorangegangenes einsilbiges Murmeln hatte Charlie geärgert, aber jetzt fehlte es ihm. Es war ihr letztes Bindeglied zur Welt gewesen. Jetzt, wo das Licht ausgefallen war und das surreale Geschehen draußen durch die Fenster hereinzuplatzen drohte, hätte das Weltliche wirklich ganz nett gewirkt.

Furcht war ansteckend. Der Bus schlingerte weiterhin heftig, und die Geräusche der überlasteten Schotte klangen nur zu bedrohlich. Charlie spürte, daß niemand mehr damit rechnete, es lebend zu überstehen, daß beinahe der Wunsch bestand, es möge enden. Um es hinter sich zu haben.

Allmählich wurden die Schwankungen, die der Mikrobus vollführte, weniger heftig, und es kam zu längeren Strecken relativ ruhigen Fluges.

»Vielleicht haben wir das Schlimmste hinter uns«, sagte Morley, der hinter ihm saß. Sie saßen alle getrennt, jeweils einer auf einem Sitzpaar. *Um die optimale Balance zu erhalten,* hatte Tony gesagt. Charlie konnte jetzt verstehen, warum der Pilot jeden kleinen Vorteil hatte wahrnehmen wollen.

»Das hoffe ich«, versetzte Charlie. Zwei Notlampen brannten und verbreiteten einen matten Schimmer, der gerade ausreichte, um Silhouetten zu erkennen. »Alles okay, Evelyn?«

»Mir geht's gut.« Sie klang seltsam.

Er konnte sie nicht sehen. Sie saß hinter ihm auf der anderen Seite des Gangs.

Der Kaplan verkündete gerade, mit ihm wäre alles okay, als der Mikro nach vorn kippte und sich überschlug. Charlies Gurte schnitten ihm in die Schultern. Der Magen drückte abwärts in eine dunkle, feuchte

Stelle hinein, während sich der Bus weiter drehte. Charlie packte die Armlehnen. Ein Schatten fiel auf sein Fenster, und er blickte auf, sah aber nur Dunkelheit mit einer Kreuzschattierung aus Feuer. Morley schrie auf, das erste Signal der Angst, das von ihm zu hören war. Es freute Charlie zu erleben, daß auch Morley ein Mensch war. Es war ärgerlich, in einer verzweifelten Lage zu stecken und jemanden dabeizuhaben, dem die Gefahr anscheinend nichts ausmachte. *Mit dem Mikrophon,* dachte Charlie, *war Morley irgendwie über die Vorgänge erhaben und konnte sie von außen betrachten. Jetzt, ohne diese Verbindung, ist er nur noch einer von uns.*

»Haben Sie *das* gesehen?« Morley starrte zum Fenster hinaus, und sein Tonfall lag eine Oktave über dem vollen Bariton, den Transglobal-Zuschauer gut kannten.

»Yeah«, sagte Charlie. Er hatte zwar nichts gesehen, aber sie waren wieder auf Kurs, und nur das interessierte ihn.

**Einstufen-Raumfähre *Rom*, Flugdeck,
146000 Kilometer von Luna, 22 Uhr 45**

Verrano sah den Stein zu keinem Zeitpunkt. Er schwebte aus dem zufälligen Sammelsurium auf seinen Monitoren hervor und erwischte Triebwerk zwei. Die *Rom* zitterte; die Treibstoffleitung wurde abgeriegelt, und das Triebwerk schaltete ab. Die Raumfähre ging in eine langsame Drehung über. Ehe Verrano sie wieder in die Hand bekam, flüsterte sein Copilot eine Warnung: »Was Großes im Anflug.«

Verrano gab alles an Schub, was er nur kriegen konnte.

Das Ding kam von hinten herangeschossen, und er stellte fest, daß die Heckoptik ausgefallen war und er es nicht sehen konnte. Er *spürte* jedoch seine Gegenwart und schätzte die Größe anhand der Radarimpulse auf mehrere hundert Meter. Ein Berg.

Die Veränderungen des Radarbildes deuteten an, daß es rotierte.

In der Passagierkabine hatte Rick Hailey heftiges Herzklopfen. Er wurde kräftig gegen die Rückenlehne gedrückt. Er hatte die Augen geschlossen, lauschte dem Prasseln von Trümmerstücken am Rumpf der Maschine und versuchte zu überlegen, wie er diese Erfahrung in eine von Haskells Reden umsetzen konnte. Aber er wußte, daß jetzt ein kritischer Augenblick war, hatte die Veränderung im Klang der Triebwerke gehört, die plötzlichen, ruckhaften Kursabweichungen gespürt und wußte, daß der Pilot versuchte, *irgend etwas* auszuweichen.

Mehrere Sitzreihen hinter ihm redete die Fernsehkorrespondentin immer noch in ihr Mikrophon. Hinter und links neben ihm saßen Sam Anderson und Isabel. Slade Elliott folgte weiter hinten in der Raumfähre: Captain Pierce, Skipper der *Shadow,* der hundert gefährliche Begegnungen überlebt hatte.

Aber nicht diese.

Die Welt zerbrach, und eine schreckliche Kälte packte Ricks Hals. Er starb mit der Überlegung, ob Charlie Haskell in der Lage sein würde, ihm angemessen Tribut zu zollen.

Mikrobus, Flugdeck, 22 Uhr 48

»Ich denke, wir sind okay.«

Saber zuckte zusammen, als Tony das sagte, und wußte instinktiv, daß sich die Bemerkung als unglückselig entpuppen würde. Sie klang zu sehr nach Grabinschrift. Und Saber behielt recht.

Die Langstreckenscanner waren völlig nutzlos. Zu viele Trümmer flogen hinter ihnen frei durch den Raum, und sie alle näherten sich zu schnell. Der Radar hatte sich beruhigt und gab mehr oder weniger gleichmäßige Pinglaute von sich, aber sofort nach Tonys Bemerkung explodierte er zu einer Kakophonie aus Ping- und Pieplauten.

»Scheiße«, sagte Tony.

Das, was sich ihnen von hinten näherte, sah nach einer massiven Wand aus. »Distanz zweitausend«, sagte Saber. »Nähert sich mit einhundertfünfundzwanzig.« Das waren Stundenkilometer.

Damit blieb ihnen noch etwa eine Minute.

Die Wand sperrte alles andere aus; sie war ein dunkler Sandsturm. Saber konnte in keiner Richtung sehen, wo sie aufhörte.

Tony wußte, daß er ihr nicht davonfliegen konnte, schaltete das Haupttriebwerk aus, schwenkte die Feinsteuerdüsen, zündete sie und veränderte die Fluglage des Busses. Dann warf er das Triebwerk wieder an und hoffte, über die Wand zu kommen, aber Saber wußte, daß er es nicht schaffen würde. Sie nahm das Mikrophon zur Hand. »Halten Sie sich fest!«

Die einstufigen Raumfähren waren solider gebaut als der Mikrobus, aber ihr eigentlicher Vorteil in einer solchen Lage bestand darin, noch ordentlich Zunder auf die Düsen geben zu können. Der Bus kannte nur zwei Geschwindigkeiten: Ein g und Gleitflug. Es war, als wollte man sackhüpfend einer Lawine entkommen.

Tony veränderte im letzten Augenblick den Winkel, schaltete die Energie ab und drehte den Bus in den Sturm. Damit die Trümmer nicht das Triebwerk erwischten.

Die Wand prallte auf. Metall kreischte, und ein Wirbelsturm aus Gesteinstrümmern prasselte auf den Rumpf ein. Eine Explosion erschütterte den Bus und brachte ihn ins Trudeln. Sirenen heulten und rote Lampen blinkten. Dann hatte sich der Sturm verzogen, so schnell wie er gekommen war, und sie rotierten in seinem Schatten.

Saber brauchte einen Moment, um wieder klar zu sehen. Als es ihr gelang, versuchte Tony gerade, Bigfoot über Interkom zu erreichen. Und erhielt keine Antwort.

Saber blickte auf die Statustafel.

Das Frachtdeck war leck.

»Mein Gott!« flüsterte Tony. »Hatte er seinen Raumanzug an?«

Als Saber Bigfoot das letzte Mal gesehen hatte, trug er den Helm noch. »Es könnte am Funk liegen«, sagte sie.

Vielleicht.

Eine zweite Warnlampe weckte Sabers Aufmerksamkeit. »Wir verlieren Luft.« Sie klang angespannt. »Wieder das Frachtdeck. Sieht aus, als wäre die Leitung aufgerissen.« Saber schaltete sie ab und stoppte damit auch die Sauerstoffversorgung im restlichen Schiff.

Tony rief weiter Bigfoots Namen, bis Saber ihn bat, damit aufzuhören. »Sobald wir einigermaßen in Sicherheit sind«, sagte sie, »müssen wir mit dem Druckanzug aussteigen und nachsehen.«

Sein Blick wanderte hinunter zu ihrem D-Anzug. »Wo ist dein Helm?«

Ja, wo war er? Sie erinnerte sich nicht. Sie hatte ihn abgesetzt, sobald sie durch die Schleuse war. Hatte ihn mitgenommen. Sie blickte sich auf dem Flugdeck um, sah ihn aber nicht. Sie wechselten unbehagliche Blicke. Falls der Helm noch auf dem Frachtdeck lag, konnten sie unmöglich Reparaturen durchführen.

Saber war inzwischen aufgesprungen und suchte wie rasend durch Wandschränke und Geräteschubladen. Als sie nichts fand, öffnete sie die Luke zur Passagierkabine, sah die Dunkelheit dort unten, schnappte sich eine

Taschenlampe und sauste die Leiter hinunter. »Alle in Ordnung?« fragte sie und bemühte sich, ihre Besorgnis zu verbergen.

»Yeah«, antwortete der Vizepräsident. »Uns geht es gut. Was ist los?«

Sie suchte mit dem Lichtkegel der Taschenlampe die Kabine ab. »Hat jemand einen Helm gesehen?«

»Meinen Sie den?« Keith Morley hielt ihn hoch, damit sie ihn sehen konnte. »Sie haben ihn mir gegeben, als Sie vorbeigelaufen sind.«

Gott sei Dank. »Danke, Keith.« Sie verzichtete auf ihre professionelle Haltung und umarmte ihn.

»Saber.« Charlies Ton war diesmal stählern. »Was ist los?«

Sie erklärte, daß das Unterdeck leckgeschlagen war. »Wir müssen aussteigen, um es zu reparieren.«

»Aussteigen?« fragte Morley. »Da *drin*?«

Sie nickte. »Wir haben das Lebenserhaltungssystem vorläufig abgeschaltet. Falls es hier drin ein bißchen stickig wird, fallen Sauerstoffmasken von der Decke herunter. Benutzen Sie sie.«

»Was ist mit Bigfoot?« wollte Evelyn wissen.

Saber schüttelte den Kopf. »Unmöglich zu wissen«, sagte sie, packte den Helm und machte sich auf den Weg die Leiter hinauf. »Wir geben Bescheid, sobald wir es herausfinden.«

Sie schloß die Luke hinter sich.

»Denkst du, wir könnten es jetzt versuchen?« fragte sie Tony.

Auf dem Radarschirm war es wieder ruhig.

Die Passagierkabine enthielt ein Dutzend Masken, mehr als genug, wenn man nur auf ein Rettungsteam von der Mondbasis oder L1 warten mußte. Warten wäre vergangene Woche noch das Standardverfahren gewesen. Dafür sorgen, daß die Passagiere in Sicherheit sind, und ruhig dasitzen, bis Hilfe eintrifft. So lautete das Credo. Aber die Umstände hatten sich verändert.

»Wir haben noch ein Problem«, sagte Tony. Er wühlte im Ausrüstungsfach herum und holte einen Schraubenschlüssel, ein paar Schraubenzieher, eine Stange, eine Taschenlampe und zwei Rollen Klebeband hervor. »Für die Luftschleuse da unten ist eine Warnlampe angegangen. Die Außenluke reagiert nicht.« Er blickte auf und sah, wie Saber den Helm aufsetzte.

»Jetzt nicht«, sagte er.

»Du möchtest warten?«

»Yeah. Wir haben Zeit. Warten wir, bis da draußen nicht mehr soviel los ist.«

»Okay, klingt vernünftig.«

»Da ist noch was.«

»Was?«

»Du wirst nicht gehen.«

»Wieso nicht? Ich denke nicht, daß wir riskieren sollten, den Piloten zu verlieren.«

»Verdammt, Saber, darum geht es nicht! Vielleicht werden Muskeln benötigt, um die Luke aufzukriegen. Du hast nicht gerade viel Kraft.«

Quebec, 22 Uhr 56

Einundzwanzig Minuten nach dem Einschlag wurden Lichtstreifen über dem Saguenay Provincial Park in Quebec sichtbar. Es war die erste verzeichnete Sichtung von Aufpralltrümmern.

2.

Einstufen-Raumfähre *Arlington*, Passagierkabine, 22 Uhr 57

Andrea Bellwether hatte sich etwas entspannt, nachdem die frühen, beängstigenden Minuten überstanden waren. Sie war vor Angst praktisch gelähmt gewesen und hatte sich ausgemalt, wie es wäre, wenn einer der Felsen die Raumfähre traf, sie aufbrach und sie selbst mitsamt ihrem Sitz ins Vakuum hinausschleuderte. Andrea hatte sich nie für einen Feigling gehalten. Mehrfach im Leben war sie aufgestanden, um sich für etwas zu melden, um sich Schlägern entgegenzustellen und einmal sogar einem Mob, als eine IRA-Demonstration in London gewalttätig wurde. Aber das Erlebnis jetzt war anders und ließ sie schwach und erschüttert zurück.

Wenn das Feuer auch nicht ganz vom Himmel verschwunden war, so schien es doch nachgelassen zu haben, und das ständige Hämmern und Knallen am Schiffsrumpf hatte aufgehört. In Abständen sprach der Captain zu den Fluggästen und beruhigte sie. In diesem Moment sehnte sich Andrea danach, wie ein Kind behandelt zu werden. Tätschle mir den Kopf und sag mir, daß alles in Ordnung ist.

Skyport Orbitallabor, 22 Uhr 59

Tory Clark steuerte eine gewaltige Phalanx von Instrumenten im Weltraum und überall auf der Erde, und Daten strömten herein. Windy Cross war inzwischen so aufgeregt, daß er seine Wut auf sie vergessen hatte. Sie erhielten prachtvolle Bilder, und die Kanäle waren voller aufgeregter Stimmen. Mit Infrarotmessungen hatte man den Feuerball durchdrungen. Wie vorhergesagt, hatte der Einschlag den Mond zertrümmert, ihn buchstäblich auseinandergebrochen. Stücke, so groß wie Texas, hatten sich losgerissen und trieben im Weltraum. Es war zu früh, um schon festzustellen, welchen Kurs sie hatten, aber der Theorie zufolge würden sich die Trümmerstücke auf ungefähr der heutigen Mondumlaufbahn ausbreiten und zum größten Teil auf dieser Distanz bleiben.

Einige hatten behauptet, sogar wenn der Komet den Mond zerbrach, würde die Schwerkraft die Einzelteile bald wieder zu einer Kugel zusammenziehen. Wenn Tory sich jetzt die Bilder ansah, rechnete sie nicht damit. Jetzt nicht und wahrscheinlich auch nicht in absehbarer Zukunft.

Zur Zeit schien eines gewiß: Die Welt hatte eine Wunde erhalten und eine anschauliche Lehrstunde erhalten, weit eindrucksvoller als die, die Shoemaker-Levy 9 vor dreißig Jahren geboten hatte. Vielleicht wurde jetzt Skybolt zu einem öffentlichen Anliegen, die Orbitalanlage, die den Planeten durch eine Ansammlung chemischer Sauerstoff-Jod-Laser verteidigen konnte. Darüber hinaus hatte Tomiko gezeigt, daß man sich nicht darauf verlassen konnte, ein oder zwei Jahre Zeit zur Vorbereitung auf einen Einschlag zu haben.

Ihr kam der Gedanke, daß der Verlust des Mondes vielleicht kein schlechtes Geschäft war, falls wir Glück hatten und die Erde ohne ernste Schäden davonkam, vorausgesetzt, wir lernten unsere Lektion. Vorausgesetzt, wir trafen Vorbereitungen fürs nächste Mal.

Ihre Monitore zeigten Bilder der brodelnden Wolke, die von mehreren Orbitern übermittelt wurden sowie von Mount Palomar, Whipple und Kitt Peak.

Eine der Anzeigen blinkte heftig los.

»POTIM-1«, sagte Windy.

POTIM stand für *Potentiellen Impaktor*, die allseits akzeptierte Bezeichnung für ein Objekt, das vielleicht auf der Erde einschlug. Ob ein Objekt möglicherweise gefährlich wurde, wurde bestimmt, sobald man über Anflugwinkel, Größe, geschätzte Masse und Geschwindigkeit im Bilde war.

Tory informierte das Team für Gefahrenanalyse in Houston. Die in Houston verlangten vielleicht mehr Bilder, Infrarotaufnahmen, was immer. Vielleicht taten sie den Brocken schließlich als ungefährlich ab, oder sie bestätigten und ermahnten die guten Leute von Tuscaloosa, ihre Stadt zu verlassen. Man konnte damit rechnen, daß es ein nervenzermürbender Vorgang wurde, denn niemand wußte vorher, wie schnell die Fragmente waren, wie viele auftraten, welche sich auflösten und welche nicht.

POTIM-1 hatte sechzig Meter Durchmesser und näherte sich mit hundertachtzig Kilometern pro Sekunde. Die Explosionswelle fegte gerade in diesem Augenblick heran, und Tory und Windy sahen überwiegend Kiesel, Gas und Staub. Und ein paar Steine. POTIM-1 bildete die Ausnahme. Seine Bahn führte ihn in stumpfem Winkel in die Atmosphäre, so daß er fast maximaler Reibung ausgesetzt sein würde, ehe er auf dem Boden einschlug. *Falls* er auf dem Boden einschlug.

Tory verfolgte, wie sich ein Durcheinander aus Radarsignalen auf den Displays ausbreitete. Sie fragte sich, ob die Instrumente wohl in der Lage waren, die großen Brocken aus all dem Geröll herauszusortieren.

Houston reagierte auf die Meldung: POTIM-1 würde im Inneren Südamerikas einschlagen, in der Gran-Chaco-Region. Bis dahin war jedoch nicht genug von ihm übrig, um ernste Schäden herbeizuführen und mehr als ein paar Rinder zu erschrecken. Mißachten.

POTIM-2 war etwas kleiner, näherte sich jedoch in

spitzerem Winkel. Ab in den Pazifik. Wieder nicht groß genug, um irgendwas zu beschädigen.

In Zelenchukskaya im Kaukasus verfolgte man den Vorgang. Jemand ärgerte sich darüber, daß Skybolt nicht gebaut worden war, und schlug vor, die Politiker hinaufzuschicken, damit sie die POTIMs mit Stöcken abwehrten.

Der Radar gab ein Fragment mit einem Durchmesser von zweihundert Metern an. Es wurde jedoch nicht als POTIM eingestuft, da es am Planeten vorbeifliegen und auf eine Sonnenumlaufbahn gehen würde.

Allgemein erwartete man, daß sich die wirklich großen Brocken, falls überhaupt welche unterwegs waren, langsamer bewegten und daher erst später eintrafen.

Spekulationen kursierten, daß Atomraketen startbereit gemacht würden, aber Tory wußte, daß nicht genug Zeit für die Zielprogrammierung war. Alles lief zu schnell. Man mußte sich einfach zurücklehnen und zusehen, wie die Ereignisse ihren Lauf nahmen.

Der Alarm heulte wieder.

»POTIM-3«, sagte Windy.

Point Judith, Rhode Island, 23 Uhr 26

Luke Peterson hatte sich die Berichte angesehen, die von den Mondschiffen und von rings um den Globus kamen. Er spürte, wie Bedauern über ihn hinwegspülte, als die Verbindung zur Gruppe des Vizepräsidenten abbrach, und später erneut, als eine der Raumfähren verschwand. Bruce Kendrick von Transglobal erklärte beide Male, die MVB und die NASA wären optimistisch und glaubten, die Probleme resultierten aus den Kommunikationsstörungen, die unter diesen Bedingungen zu erwarten waren. Luke verfolgte die Meldungen noch eine halbe Stunde länger, aber niemand sagte mehr etwas über Haskell oder die vermißte Raumfähre. Als sie wieder einen Astronomen über Kometen befragten, schaltete er den Fernseher aus, machte sich Rum mit Coke und spazierte hinaus auf die Frontveranda.

Der Mond oder das, was einmal der Mond *gewesen* war, stand über den Bäumen westlich des Hauses. Er sah aus wie eine kränkliche, rotgesprenkelte Wolke und warf rotes Licht über Garage und Einfahrt. Lukes graues Coupé, das vor dem Haus parkte, leuchtete in einem blutigen Schimmer, bei dem es ihm kalt den Rücken hinunterlief.

Hinter den Dünen breitete sich der Atlantik still aus; es war Flut. Lichter bewegten sich auf dem Kanal. Womöglich ein Zerstörer. Das Hauptquartier der Atlantik-Zerstörerflotte lag in Newport, und das schon so lange, wie Luke zurückdenken konnte. Die Schiffe machten häufig Ausbildungsfahrten hinaus nach Block Island.

Eine Boje heulte.

Er und Ann hatten in den ersten Jahren ihrer Ehe zahllose Abende hier draußen verbracht. Es fiel ihm leicht, sich immer noch vorzustellen, wie ihr Geist über der Veranda schwebte und mit der anrollenden Flut zu ihm flüsterte. Ann war in Woonsocket aufgewachsen, einer alten Mühlenstadt, und als er sie nach Point Judith brachte, war es für sie, als käme sie nach Indien. *Du interessierst dich mehr für den Ozean als für mich,* hatte er zu ihr gesagt. Und sie lachte und dachte darüber nach. *Es läuft auf dasselbe hinaus,* antwortete sie. *Ich kann dich mir nirgendwo sonst vorstellen.*

Und ich dich mir auch nicht.

Das Telefon klingelte. Er war jetzt jedoch nicht in Stimmung, um mit irgend jemandem zu reden. Er hörte zu, bis es aufhörte, und lauschte dann den Stimmen auf dem

Anrufbeantworter, erst seiner und dann der Del Clendennons, der ihn um einen Rückruf bat, wenn er eine Minute Zeit fand. Es ging bestimmt um den Pokerabend am Mittwoch. Ob er wohl stattfand? Wahrscheinlich ja. Bis dahin waren alle wieder in der Stadt.

Die Lichter des Zerstörers waren weit draußen. Hätte Luke genau hingesehen, wäre ihm vielleicht aufgefallen, daß sie jetzt hochstiegen und dies immer weiter taten. Er *sah* jedoch einen Augenblick später hinüber, als sie plötzlich verschwanden, als wäre etwas zwischen sie und die Küste getreten.

Das Telefon klingelte wieder.

Carlisle, Pennsylvania, 23 Uhr 28

Es regnete weiter, und der Nachthimmel blieb bedeckt. Archie, der sich gern die Show am Himmel angesehen hätte, war enttäuscht. Er ging hinaus auf die Veranda und starrte zu den Wolken hinauf, durch die häufig Blitze zuckten.

Ein steinernes Herrenhaus mit Türmchen stand auf der anderen Straßenseite in Dunkelheit gehüllt. Mit jedem Blitz flammte Licht in den unteren Fenstern auf, und die Türmchen sprangen scharf ins Blickfeld.

Im Wohnzimmer sahen sich die Esterhazys eine Polizeiserie an. Archie blieb draußen, hatte beschlossen, dem Sturm zu lauschen. Nach einer Weile ging die Fronttür auf, und Claire trat zu ihm.

»Sieht aus, als wäre die Fahrt sinnlos gewesen«, meinte sie.

»Wieso sagst du das?«

Sie zuckte die Achseln. Die Nacht kam ihr so normal vor. »Es ist jetzt eine Stunde her. In Jersey wird nichts passieren.«

»Yeah. Na ja, gut.« Er fühlte sich trotz der Wolken wirklich besser.

Sie setzte sich auf einen Schaukelstuhl. »Ich kann mir nicht vorstellen, daß ein Stück vom Mond auf irgendwen fällt. Obwohl es mir nichts ausmachen würde, wenn ein Brocken durch das Dach da hinten schlagen und die Esterhazys treffen würde.«

Archie nickte. »Ich habe mir schon überlegt, morgen ein Motel zu suchen. Einen weiteren Abend bei diesen Leuten könnte ich nicht ertragen.« Müßig sahen sie beide zu, wie ein Lieferwagen die Straße herunterkam und am Haus vorbeifuhr.

»Falls bis morgen nichts passiert, könnten wir eigentlich zurückfahren, oder?«

Bevor er antworten konnte, sah er, wie sich ihre Augen weiteten und sie über seine Schulter hinweg nach oben blickte. Er drehte sich um und wollte nachsehen, was ihre Aufmerksamkeit geweckt hatte. Der dunkle Himmel flackerte, nicht auf die rhythmische Art, die auf Blitze hingedeutet hätte, sondern in Krämpfen. Plötzlich zog ein Feuerball seine Bahn über den bewölkten Himmel, kam über den Bäumen herunter und knallte direkt in das steinerne Haus. Archie wurde von seinem Stuhl gerissen. Die Welt explodierte rings um ihn. Etwas rammte die Luft aus ihm heraus, und er stürzte zu Boden, rollte sich wie ein Fötus zusammen und lauschte dem Tosen, das nicht mehr aufhören wollte. Kleine Brände brachen überall aus. Die Veranda war eingestürzt, und der Lieferwagen lag auf der Seite und brannte.

Langsam rappelte sich Archie auf Hände und Knie auf. In diesem Moment hatte er keine Schmerzen, obwohl die linke Schulter taub geworden war.

Er konnte Claire nirgendwo sehen. Die Tür wurde aufgerissen, und Jeff Esterhazy steckte den Kopf heraus. Er gab eine Reihe von Flüchen von sich, die ersten Kraftausdrücke, die Archie von ihm hörte. Das Herrenhaus, der Rasen, der Eisenzaun entlang des Weges davor und die Straße mitsamt den Ulmen waren in einem Loch verschwunden. Eine schwarze Rauchfahne stieg darüber auf. Der Lieferwagen explodierte, und Flammen schossen radschlagend in die Bäume hinauf.

»Was ist passiert?« wollte Esterhazy in einem Ton wissen, der andeutete, Archie wäre an allem schuld.

»Keine Ahnung«, antwortete er.

Das vordere Fenster war nach innen gesplittert. Im Haus hörte er Mariel sagen: »Faß sie nicht an.« Und: »Alles in Ordnung mit Ihnen, Claire?«

Ein zweiter Feuerball sank aus den Wolken herab, erhellte die komplette Landschaft auf Kilometer hinaus und landete mit einem fernen *Wamp!* irgendwo draußen im Osten. Weitere Flammen schossen zum Himmel hinauf.

»Mein Gott.« Esterhazy kam ins Freie, ließ die Tür hinter sich zufallen und und trat an den Rand der Veranda. »Sehen Sie nur, was aus dem Anwesen geworden ist.«

Archie hörte den dritten Feuerball gar nicht mehr kommen.

Point Judith, Rhode Island, 23 Uhr 30

Luke wußte keine Erklärung für das plötzliche Unbehagen, das sich im ganzen Haus ausgebreitet hatte. Vielleicht lag es daran, daß er allein in der Stadt war oder nahezu allein. Vielleicht war auch das akkumulierte Drama der Ereignisse dieses Abends der Grund, seine Sorge um die Menschen an Bord der Mondschiffe. Vielleicht lag es an einer gesteigerten Wahrnehmung des Meeres, das nur wenig über siebzig Meter vor seiner Haustür kauerte.

Der Fernseher murmelte leise im Wohnzimmer vor sich hin. Luke hatte ihn wieder eingeschaltet und suchte gerade nach einem weiteren Imbiß, denn er hatte vor, lange aufzubleiben und sich die aktuellen Reportagen anzusehen; schließlich wußte er, daß er ohnehin nicht schlafen konnte. Er hatte gerade eine frische Kanne Kaffee aufgesetzt, als ihm ein neues Geräusch bewußt wurde.

Er lauschte, konnte es nicht einordnen, und ging wieder hinaus auf die Veranda. Das Meer war zurückgewichen, was ihn seltsam anmutete, weil eigentlich Flut sein müßte. Es war so weit draußen, daß die Wasserlinie in Dunkelheit lag.

Mein Gott!

Er lief ins Haus, schnappte sich die Schlüssel vom Bücherschrank, überlegte, was er sonst noch retten sollte, entschied, daß keine Zeit mehr war (obwohl er sich im Haus irgendwie etwas sicherer fühlte), und sprintete zum Wagen. Der Motor sprang beim ersten Versuch an, heulte richtig auf. Luke legte ein U-Kehre hin und bog nach Norden auf die 108 ein, am Strand entlang.

Er drückte das Gas bis zum Anschlag durch und fragte sich, wie er nur so selbstzufrieden, so *dumm* hatte sein können. Im Rückspiegel sah er weder Sterne noch Himmel. Es war schwarz da hinten, und die Dunkelheit *bewegte* sich.

Der Tacho stieg über hundertfünfunddreißig, was Luke dem Wagen gar nicht zugetraut hätte, als sie ihn einholte.

3.

Küstenwachkutter *Diligent*, 23 Uhr 32

Die Dilly war auf dem offenen Meer, etwa vierzehn nautische Meilen südöstlich des Rockaway Inlet, und fuhr weiter nach draußen. Achtern und am Bug war auf jeder Schiffsseite je ein Ausguck postiert. Man hatte Captain Bolling geraten, mindestens vierzig Meter Wasser unter den Kiel zu bringen. Sie waren gerade bei dreißig.

Die Mitglieder seiner Besatzung konnten sich nicht vom Anblick der leuchtenden Wolke losreißen, die an die Stelle des Mondes getreten war. Auf dem Kutter herrschte eine ungewöhnliche Stimmung. Bolling hatte seine Coasties schon in schwierigen Situationen erlebt, bei dem Versuch, die Überlebenden einer von hohen Wogen überschwemmten Yacht zu retten, hatte gesehen, wie sie nächtliche Drogenkuriere durch entschlossenes Auftreten einschüchterten. Heute sah es anders aus; sie waren still, nachdenklich, fast eingeschüchtert. Die üblichen Sprüche vor dem Aufbruch in riskante Situationen waren verstummt. Heute besetzten die Leute einfach ihre Posten und behielten den Himmel scharf im Auge, achteten auf Anzeichen von Veränderungen.

Der Schiffsbote der *Dilly* tauchte neben Bolling auf und reichte ihm die Niederschrift einer Meldung. Bolling nahm sie entgegen, las sie und gab sie kommentarlos an Packard weiter.

POTIM-06 UNGEFÄHR 41 GRAD NÖRDLICHER
BREITE; 73 GRAD WESTLICHER LÄNGE –
GESCHÄTZTER AUFPRALL 140440Z.

»Genau in unseren Schornstein«, sagte der erste Offizier. Er wechselte einen Blick mit Bolling. »Zusätzliche Leute auf Ausguck?« schlug er vor.

»Ich denke, es wird Zeit.« Der Captain sah seinen Radarmann an. »Bleib am Bildschirm, Ramsey. Wenn was Ungewöhnliches zu sehen ist, irgendwas, behalte es nicht für dich.«

Packard rief den Crew Chief herbei und gab den Befehl weiter. Eine Minute später erschienen weitere Coasties mit Ferngläsern an Deck. »Er dürfte nicht schwer zu finden sein«, sagte der Eins O, während er selbst den Himmel absuchte.

Das Meer roch sauber und frisch. Bolling war gern hier draußen, weg von den schmierigen Gerüchen des East Rivers und des Long Island Sounds. Wäre er reich genug gewesen, um unabhängig zu sein, hätte er sich eine Yacht gekauft und sein Leben auf See verbracht. Es war sein Kindheitstraum, und die Küstenwache war die größte Annäherung daran, die er bislang erreicht hatte.

»Da«, sagte Packard. Ein schmales Lichtband zog eine Falte durch die Wolken direkt voraus. Er kam herunter. Bruchstücke lösten sich explosionsartig von ihm, und dann war er weg und hinterließ nur ein paar Schimmer. »Hat aber nicht viel hergemacht, Skipper.« Der Tonfall spiegelte seine Überzeugung wider, daß man sie ohnehin in den April geschickt hatte.

»Falls er das war, Dan«, sagte Bolling, »dann ist er zu früh eingetroffen.« Er kritzelte Zeit und Koordinaten der Sichtung auf einen Meldungsbogen und schickte ihn zur Übermittlung in den Funkraum.

Das Gesicht des Eins O zeichnete sich im gedämpften Licht der Brücke blau ab. Eine zweite Lichtspur lief über den Himmel und ging wieder aus. Das Meer war pechschwarz. »Für mich sehen sie wie gewöhnliche Sternschnuppen aus«, sagte er.

»Ich hoffe es.« Bolling stellte die Verbindung zum Funkraum her. »Was hören Sie?« fragte er Herb Bitzberger, den Funker.

»Nichts Ungewöhnliches, Skipper«, antwortete Bitzberger. »Die Schiffe reden miteinander, aber es ist das übliche Geplauder.«

»Irgendwas aus Breakwater?« Breakwater war das Einsatzkommando der Küstenwache in New York.

»Negativ, Sir. Sie verhalten sich ruhig.«

Bolling sah die Lichter von Frachtern am Horizont aufgereiht. »Erreichen jetzt dreiunddreißig Meter Wassertiefe«, meldete der Rudergänger.

»Sehr gut«, sagte Packard. »Kurs beibehalten. Geschwindigkeit auf ein Viertel reduzieren.«

Das Boot senkte sich tiefer ins Wasser, und das Hämmern des Zwillingsmotors ließ nach. Bolling und Packard hatten sich darauf geeinigt, daß sie, sobald sie sicher auf ihrer Position waren, am besten von einer bedeutsamen Krisenlage ausgingen und Treibstoff sparten, gleichzeitig aber langsam weiterfuhren. Damit wollten sie verhindern, daß sie kenterten, wenn kurzfristig eine Woge auftauchte. Keiner von beiden hatten irgendwelche Erfahrungen mit Tsunamis. Auch sonst niemand, den sie kannten. Aber Bolling hatte Nachforschungen angestellt. Den Büchern zufolge brauchte man in tiefem Wasser nichts zu fürchten. Tsunamis sind kaum feststellbar, bis sie Küstengebiete oder Untiefen erreichen, wo sich das Wasser drängt. Natürlich war die *Diligent* eigentlich nicht in wirklich *tiefem* Wasser.

Eine weitere Leuchtspur zog sich über den Himmel. Kam auf sie zu. Sie wurde groß und *größer*, explodierte schließlich und regnete Feuer aufs Meer. »Ein paar Stücke sind ins Meer gestürzt«, sagte der Eins O.

Bolling war nicht dieser Meinung. Nachts konnte man nur schwer feststellen, wo genau irgendwas war.

Frischer Kaffee wurden von unten geliefert. Der Matrose meldete, daß wieder Kontakt zum Mondbus des Vizepräsidenten bestand. »Der Bus selbst sendet nicht«, erklärte er. »Aber es heißt, sie würden ihn auf dem Radar verfolgen.«

Bolling freute sich, das zu hören. Er mochte Haskell. Präziser gesagt, fand er, daß die Nation schlecht dastehen würde, wenn sie ihre Nummer zwei nicht vor einer Katastrophe retten konnte, die man seit fünf Tagen kommen sah.

Eine weitere Nachricht kam aus der Kommzentrale:

TSUNAMI HAT DIE KÜSTE VON NEW LONDON BIS MARTHA'S VINEYARD, NANTUCKET UND DEM KAP GETROFFEN. 140430Z. EINZELHEITEN SPÄTER.

Wie groß? Wieviel Schaden?

Sie bekamen eine Transglobalsendung über die Welle vom Satelliten herein. Erste Meldungen trafen sporadisch ein, aber Bolling fragte sich schon, ob die Unheilspropheten nicht letztlich recht behielten. Er schaltete das Interkom ein und informierte seine Leute über das, was er wußte. »Wir geben jede Neuigkeit weiter, sobald sie eintrifft«, schloß er.

Sie blieben unter einem inzwischen wieder ruhigen Himmel auf südöstlichem Kurs. Die Wassertiefe erreichte 40 Meter. Der Wind frischte auf, und das Meer wurde kabbelig.

Um 23 Uhr 39 überreichte man ihm den Rundspruch eines Öltankers:

DIE *TEXACO QUEEN* MELDET
WOGE IN NÖRDLICHER RICHTUNG,
40,7 GRAD N. BREITE, 71,8 GRAD W. LÄNGE –
NÄHERT SICH DER KÜSTE.

Bolling brauchte dazu nicht auf die Karte zu blicken; noch mehr Probleme für Rhode Island.

»An die Station weitergeben«, sagte er.

»Schon erledigt, Captain«, sagte der Bote.

Bolling suchte den Horizont mit dem Nachtsichtglas ab. Alles flach wie ein Pfannkuchen.

Ein weiterer Feuerball raste an Steuerbord lautlos aus den Wolken hervor. Das Meer nahm in seinem Licht einen rötlichen Schimmer an. Er flog über den Kutter hinweg, verstreute dabei Lichtstreifen und stürzte ins Wasser.

Ein Donnerschlag krachte auf das Schiff ein. Der Lärm war kaum zu Echos erstorben, als das letzte Fragment ein paar Punkte an Backbord niederging und die Welt wieder in Dunkelheit lag.

»Ich übernehme das Ruder, Dan«, sagte Bolling. »Steuermann, fünfzehn Grad nach Backbord schwenken. Voraus, normale Kraft.«

»Aye aye, Captain.«

Er kritzelte eine kurze Schilderung dessen hin, was sie gesehen hatten, und reichte sie dem Boten. »Unsere Position dazu und senden«, sagte er.

Der Kutter tauchte in ein tiefes Wellental.

»Captain?« Das war Ramsey vom Radar. »Sehen Sie sich das mal an.«

Sie erhielten ein massives Signal fast direkt voraus. Es war, als hätte sich eine Wand quer über das Meer aufgebaut.

»Sie ist einfach *aufgetaucht*«, fuhr Ramsey fort. »Distanz neuneinhalb Kilometer.«

»Steuermann, Kurs auf eins-null-null. Direkt hinein.«

Ein Ausguck vorne schrie: »Eine Welle!« Und zeigte darauf.

Bolling sah sie durchs Fernglas an. Sie war *groß*!

»Alle Mann festbinden!« schrie der Eins O.

»Volle Kraft«, sagte Bolling. »Richten wir mal die Lampen darauf.«

Zwei Halogenscheinwerfer sprangen an, und ihre Lichtbalken stachen durch die Nacht.

Der Kutter machte einen Satz nach vorn.

»Fünf Kilometer«, sagte Willoughby.

Sie wurde jetzt sichtbar, eine riesige, rollende Woge ohne Kamm.

»Mein Gott!« sagte Packard. »Hattest du nicht gesagt, auf dem offenen Meer bräuchten wir uns wegen so was keine Sorgen zu machen?«

»Beschwere dich, sobald wir zu Hause sind«, versetzte Bolling. »Festhalten!« Sie banden das Ruder fest, um sicherzustellen, daß sie auf Kurs blieben, und dann befahl er der gesamten Besatzung, jeder solle sich auf seinem Posten anbinden. Er befolgte die Anweisung selbst und sah Packard zu, wie er das gleiche tat.

Dann war sie über ihnen, ein dunkler, aufgewühlter Berg. Die *Dilly* fuhr seine Flanke hinauf. Bolling verlor das Gleichgewicht und stürzte ans Schott. Der Bug grub sich ins Meer, und Wasser donnerte übers Deck und krachte durch die Brücke. Bolling ging heftig zu Boden und verlor die Orientierung, und einen schrecklichen Augenblick lang glaubte er, sie würden kentern, *wären* vielleicht schon gekentert. Der Ozean brodelte ringsherum. Dann schwebten sie auf dem Kamm der Woge; die Lampen des Bootes leuchteten in einen bodenlosen Schlund hinein, und ihr Licht verlor sich in der Gischt.

Die *Dilly* rutschte ins Tal. Bolling hatte das Gefühl, sie wären im freien Fall, und der Sturz nahm schier kein Ende. Wasser schlug brüllend über ihm zusammen, und dann war es weg, und er wischte sich die Augen und versuchte das Wasser aus dem Hals zu bekommen.

»Alles okay, Captain?« schrie Packard.

Die Scheinwerfer schwenkten über die stampfende See.

»Mir geht's gut. Radar?«

»Sie ist weg«, meldete Ramsey. »Wie *weggeblasen.*«

Der Steuermann war benommen. Packard packte das Ruder. Bolling konnte nirgendwo eine unmittelbare Gefahr erkennen. Er schaltete das Interkom ein. »Funkraum.«

»Aye, Captain.«

»Eine Durchsage an Breakwater: Die Woge war zwölf Meter hoch. Sie zieht west nordwest und hat ungefähr zwei-null-null Knoten.«

»Aye, Sir.«

Bolling kniete neben dem Steuermann nieder, blickte aber zum ersten Offizier auf. »Wir müssen die Leute durchzählen, Dan«, sagte er, »und feststellen, ob wir noch alle haben.«

CNN, AKTUELLE SONDERMELDUNG, 23 Uhr 33

Hier spricht Mark Able von der mobilen Einheit über Graton, Connecticut. Da unten brennt kein Licht mehr, und wir können noch nicht viel sehen, aber wir wissen folgendes: Eine Riesenwoge ist hier vor wenigen Minuten durchgelaufen. Das Gelände ist schwer überflutet. Wir sehen umgestürzte Eisenbahnwagen. Überall liegen Trümmer, als hätte hier ein starker Tornado gewütet. Die Innenstadt ist eingeebnet. John, so etwas habe ich noch nie gesehen! Es ist einfach furchtbar. Auf dem Connecticut Turnpike bewegt sich überhaupt nichts mehr. Nirgendwo entdecke ich Autos darauf. Nördlich des Highway liegen einige umgekippte Fahrzeuge. Und ja, John, ich glaube zu wissen, was hier passiert ist: Die Woge hat die Straße einfach leergeschwemmt.

Bislang können wir die Zahl der Toten nicht schätzen, aber ich kann nicht glauben, daß irgend jemand da unten überlebt hat. Ein paar Hubschrauber der Armee sind gerade eingetroffen und suchen mit Scheinwerfern nach Überlebenden. Wir suchen eine Stelle, wo wir landen können, und halten uns über die Entwicklung hier auf dem laufenden.

Zurück zu Ihnen, John.

Manhattan, 23 Uhr 35

Mit der Stimmung auf Louises Dachparty ging es seit etwa einer Stunde ständig bergab. Die Gäste drängten sich um den Fernseher, um sich die Bilder aus dem Helikopter anzusehen. Während man dort zerstörte Brücken, schlammbedeckte Straßen und umgestürzte Telefonmasten sah, kam zur Sprache, daß vielleicht auch Manhattan nicht mehr sicher war.

Marilyn wurde sich der Nähe zum Atlantik unbehaglich bewußt.

»Vielleicht«, sagte jemand, »sollten wir aus der Stadt verschwinden.«

»Wohin?« fragte Marvin. »Wir sind hier vier Stockwerke hoch. Wo glaubst du sicherer zu sein als hier?«

Ja, wo? Marilyn blickte auf die Straße hinunter, die dicht mit Lastwagen und Taxis verstopft war. In der Ferne hörten sie die Sirene eines Streifenwagens heulen. »Marvin hat recht«, warf Louise ein. »Jeder, der hier übernachten möchte, ist willkommen.«

Marilyn hatte einen großen Teil des Abends mit Marv verbracht. Es ärgerte sie, daß ihr Ehemann keine Spur von Eifersucht zeigte, nicht mal den geringsten Hinweis darauf, daß er es überhaupt mitbekommen hatte. Ihr kam seltsam vor, daß sich ihr die Welt klarer darzustellen schien, wenn sie mäßig betrunken war. Heute abend sah sie mit kalter Klarheit, daß sie den Falschen geheiratet hatte.

Vielleicht war egal, wen sie heiratete. Ihr Mann war früher auch mal wie Marv gewesen. Sie erinnerte sich noch an die Nächte, in denen sie einfach nicht die Finger voneinander hatten lassen können. Die Ehen ihrer Freundinnen, soweit sie überhaupt noch bestanden, hatten sich alle ebenso entwickelt. Langeweile und Lustlosigkeit schienen das Beste zu sein, worauf man hoffen konnte.

Vielleicht brauchte sie Kinder. Vielleicht sollte es ja in einer Ehe gar nicht anders laufen, bis sich Nachwuchs einstellte.

Eins war mal sicher: Das Gerede über Flutwellen und der Anblick der Menschen, die aus der Stadt zu fliehen versuchten, ließen sie über die eigene Sterblichkeit nachdenken. Den Tod selbst fürchtete sie eigentlich nicht. Er war etwas Fernes, etwas, was anderen Menschen widerfuhr. Aber sie wußte, daß die Uhr lief, daß keiner der Träume wahr geworden war, in denen sie sich als Teenager freudig gewiegt hatte. Die idiotischen Manuskripte anderer zu bearbeiten, das war alles andere als befriedigend. Und sie kannte niemanden, nicht eine einzige Person, die gramgebeugt reagieren würde, falls sie starb. Die Familie vielleicht, aber die zählte nicht. Larry wäre zweifellos traurig. Er wurde zum Begräbnis erscheinen, zu den richtigen Zeitpunkten schniefen und dann zu seinem üblichen Leben zurückkehren.

Marv.

Falls ihr etwas widerfuhr, ob er sie dann nicht stärker vermißte als ihr Mann? fragte sie sich.

In der Wohnung trat Unruhe auf, und die Nachricht wurde rasch an die Leute auf der Terrasse weitergegeben. *Man empfahl, New York zu evakuieren.*

Sie blickte hinüber zum Natural History Museum, dessen Ansammlung langweiliger Backsteinhäuser sich über mehrere Blocks ausbreitete.

Unten drückten die Menschen entlang der 77. Straße auf die Hupen.

TRANSGLOBAL, AKTUELLE SONDERMELDUNG, 23 Uhr 36

Hier spricht Bruce Kendrick aus unserem Studio in Syracuse. Uns liegen jetzt mehr Informationen über die Ereignisse in Carlisle, Pennsylvania, vor, wo sich Angela Shepard bereithält.

»Angela, wie ist die Lage?«

»Bruce, erste Schätzungen gehen von Hunderten aus, die hier umkamen, als mindestens sieben Objekte kurz nach elf Uhr heute abend die Erde in Carlisle und Umgebung trafen. Eines zerstörte das Stadtzentrum, das jetzt, wie Sie sehen, kaum noch mehr ist als ein rauchender Krater. Die Stadt selbst wurde zerstört. Geschätzte dreitausend Opfer werden zur Zeit in Krankenhäuser der Region evakuiert. Das Rote Kreuz baut Notunterkünfte. Man kann die Nummer anrufen, die gerade am unteren Bildschirmrand entlangläuft, um Informationen über Verwandte zu erhalten. Die Streitkräfte reagierten innerhalb von Minuten und sind in großer Stärke angerückt.

Wir zeigen Ihnen jetzt eine Panorama-Aufnahme des Gebietes, und wie Sie sehen, brennt es überall. Solche Verwüstungen hätte man in Friedenszeiten nie erwartet. Alles ist ausgefallen; es gibt weder Strom noch Wasser. Als wir hier eintrafen, gingen Menschen die Straßen entlang und versuchten zu helfen, wo sie konnten. Ein Mann erzählte uns, daß die Meteore einfach nicht aufhören wollten. Alle paar

Minuten, sagte er, wäre wieder einer vom Himmel gefallen.
Wir haben eine Videoaufnahme von einem Bruchstück, bzw. wir werden sie in ein paar Minuten haben. Sie wurde aus einem Auto im Norden der Stadt aufgenommen. Okay, da ist sie. Sie sehen das Ding über den Telefonleitungen herunterkommen. Hier verliert er es für einen Moment, aber da ist es wieder. Sieht so aus, als käme es in einem Winkel von etwa fünfundvierzig Grad herunter. Anscheinend ist es der Brocken, der das Zentrum von Carlisle getroffen hat, Bruce.«
»Angela, ich möchte für einen Moment unterbrechen. Wir erhielten gerade die Meldung, daß der Präsident sich in zehn Minuten an die Nation wendet, also um elf Uhr fünfundvierzig. Das muß die auf kürzeste Frist anberaumte Präsidentenrede in der Geschichte der USA sein.
Wir haben auch Meldungen erhalten, daß Flutwellen Caracas und Trinidad erwischt haben. Bislang ist alles auf der Westhalbkugel geschehen. Ich vermute, es liegt daran, daß dieser Teil der Erde heute abend dem Mond zugewandt ist.
Wir von der Nachrichtenredaktion von Transglobal berichten die ganze Nacht darüber, wie sich die Ereignisse entwickeln. Wir hoffen, daß Sie bei uns bleiben. Während wir jetzt auf die Stellungnahme des Präsidenten warten, schalten wir kurz nach Charleston, South Carolina, wo Peter Barton wartet ...«

4.

Einsatzkommando der Küstenwache, Governor's Island, New York, 23 Uhr 44

Captain Lionel Phillips blickte vom Schreibtisch auf. Der Offizier vom Dienst war in sein Büro hereingeplatzt und hatte einen einzelnen Bogen Papier dabei. »Eine Flutwelle«, sagte sie. »Unterwegs hierher.«

Er schnappte sich das Papier.

YY 140442Z
VON: USCGC *DILIGENT.*
AN: BREAKWATER.
BETREFF: FLUTWELLENALARM.
WELLE ANGETROFFEN AUF 41,3 GRAD N.
BREITE, 72,8 GRAD W. LÄNGE. 140440Z X.
UNGEFÄHR 12 METER HOCH,
GESCHWINDIGKEIT 200 KNOTEN RPT 200 X.
KURS ZWEI-NEUN-NULL.

Er las sich die Meldung durch, spürte, wie ihm kalt in den Eingeweiden wurde, und drückte den Schalter. Das Horn heulte los. Alle raus! Er hatte keine Minute lang an diesen Der-Himmel-stürzt-ein-Scheiß geglaubt und demzufolge auch seine Frau ermuntert, die Gefahr zu ignorieren. In diesem Augenblick saß sie mit ihrem fünfjährigen Enkel in einem netten Tudor-Haus am Hylon Boulevard, der vom Hugenot Park auf dem nahe gelegenen Staten Island abging. Ungefähr drei Meter über dem Meeresspiegel.

Die Welle war noch vier, vielleicht fünf Minuten entfernt.

Gott sei Dank hatte man ihn jedoch angewiesen, *hier*

vom Schlimmsten auszugehen und entsprechende Vorbereitungen zu treffen. »Janet«, sagte er zu dem Offizier, »haben wir allgemeinen Alarm gegeben?«

»Ja, Sir.«

»Gut. Gehen wir.« Er stand auf, ging zur Tür und nahm unterwegs die Jacke vom Kleiderständer. »Alle raus hier«, befahl er überflüssigerweise den vier anderen, die sich hastig bemühten, die Zentrale zu schließen. »Wir schalten auf mobilen Betrieb um.«

Er fischte sich das Funktelefon aus der Tasche, wählte seine Nummer zu Hause und hörte zu, wie es dort klingelte. Seine eigene Stimme meldete sich mit einem Klicken: *»Sie sind mit Captain Phillips' Wohnung verbunden. Hinterlassen Sie eine Nachricht, wenn Sie möchten.«* Und der Piepton.

»Myra«, sagte er, »sieh um Gottes willen zu, daß du dort wegkommst! Eine Welle rollt an.«

Dann lief er los, halb gehend, halb rennend, schloß vorschriftsmäßig die Türen ab und lauschten dem hackenden Geräusch des Hubschrauberrotors. Seine Leute waren inzwischen alle draußen, rannten über den Asphalt und stiegen in den Heli. Außer Janet, die hinter ihm blieb und mit ihm Schritt hielt. Verdammte Frauen. »Los!« wies er sie an. Sie stieg an Bord. Er folgte ihr, und der Heli hob ab.

Phillips blickte nach Osten, über die Lichter von Brooklyn hinweg zur Hafeneinfahrt. Alles wirkte normal. Inzwischen wurde *Bluebell* aktiviert, das fliegende Kommandozentrum der Küstenwache. Einer der Funker gab Phillips ein Zeichen. »*Captain*«, sagte er, »wir haben auch von ein paar Handelsschiffen Meldung erhalten. Sie sprechen eher von *zwanzig* Metern.«

Gott helfe uns! Er wies den Piloten an, nach Süden zu fliegen. Gleichzeitig rief er wieder zu Hause an. Immer noch kein Glück.

Inzwischen kam es über Radio. Alle Stationen warnten die Menschen und rieten ihnen, auf höheren Grund zu fliehen.

Phillips bemühte sich, nicht der Panik nachzugeben. »Janet«, sagte er, »holen Sie Collins für mich heran.« Das war der Regionaldirektor der Bundesagentur für Krisenmanagement.

Collins wußte natürlich schon Bescheid. »Wir tun alles, was wir können«, sagte er. Er hatte auch zu den Skeptikern gehört. »Vielleicht haben wir ja Glück«, fügte er hinzu. Das klang bedrohlich.

Sie unterhielten sich eine Minute lang, dann versuchte Phillips erneut, Myra anzurufen. Diesmal meldete sie sich.

»Hoppla, Phil«, sagte sie. »Mach langsam.«

Er blickte aus einer Höhe von dreihundert Metern über die Bucht hinweg. Lichter bewegten sich dort unten. Drei Kilometer voraus sah er bei den Narrows die Verrazano Bridge.

»Myra, eine Flutwelle kommt. Eine große. Verschwinde von zu Hause. Nimm die Interstate nach Westen.«

»Wie groß?«

»Sehr groß.«

»Wieviel Zeit habe ich noch?«

»Gar keine ...«

Die Leitung fiel aus. Er wählte erneut die Nummer, hörte aber nur eine aufgezeichnete Durchsage der Telefongesellschaft, die ihm sagte, die Leitung würde repariert.

Janet starrte ihn an und sagte nichts.

Er versuchte gerade die Vermittlung zu überreden, daß sie die Leitung überprüfte, als die Lichter auf der Brücke ausgingen.

SONDERSENDUNG AUS DEM WEISSEN HAUS, 23 Uhr 45

Liebe amerikanische Mitbürger,
wie Sie wissen, haben mehrere Flutwellen die Ostküste der Vereinigten Staaten getroffen. Aufgrund der Kollision zwischen dem Mond und dem Kometen Tomiko früher am Abend ist der Himmel voller Trümmerstücke. Teile des sich auflösenden Mondes stürzen seitdem auf das Land und ins Meer. Dadurch hervorgerufene Flutwellen haben mehrere unserer Städte überschwemmt. New Haven, New Orleans und Charleston sind stark verwüstet worden. Die Fluten haben sogar Binnenstädte erreicht. Bislang konzentrieren sich die Schäden auf die Westhalbkugel, weil unsere Seite des Globus zur Zeit dem Mond zugewandt ist.
Wir haben Grund zu der Annahme, daß das Schlimmste überstanden ist. Und nicht nur schlechte Nachrichten kommen herein. Die Westküste ist bislang verschont geblieben. Das Kernland der Nation ist fast unbehelligt geblieben.
Heute abend wiederholen wir, was Amerikaner in Krisenzeiten schon immer getan haben: Wir rücken zusammen, und wir überleben. Wir arbeiten, um es zu überstehen, wir bewahren unseren Glauben an Gott und werden immer noch da sein, wenn die Sonne aufgeht.

Später bedauerte Henry die letzte Zeile. Al hatte Einwände gehabt, aber der Präsident fand zunächst, daß sie Kraft hatte und sich dem Gedächtnis einprägen würde. Eine Zeile, die man oft zitieren und an die man sich in künftigen Notlagen erinnern würde.

Zu spät erkannte er, daß sie übertrieben pessimistisch klang.

Manhattan, 23 Uhr 49

Als die Flutwelle New York erreichte, lief es gar nicht so ab, wie es die Gäste von Louises Dachparty aufgrund der Katastrophenfilme eines ganzen Lebens erwartet hätten. Keine Wasserwand rollte an, kein Kamm und kein Schaum waren zu sehen. Jeder Fluß und jede Bucht der Region trat einfach über die Ufer und ergoß sich nach Manhattan, Queens, Brooklyn, Staten Island und in die Küstengebiete von Jersey hinein. Marilyn stand weiter hinten in der Menge, die sich um den Fernseher versammelt hatte, auf dem die Bilder aus den Hubschraubern liefen. Marilyn verfolgte mit, wie das Wasser über Piers, Fähren und Uferstraßen schwappte.

Sie nippte an ihrem x-ten Rumcocktail (einem Getränk, das sie schätzte, weil sie es eine ganze Nacht lang ohne erkennbaren Effekt kippen konnte), als ihr der Gedanke kam, daß die Wirkung vielleicht *doch* beachtlich war. Die Flut kam *hierher.* Und die 77. Straße war immer noch verstopft.

Marilyn wich langsam aus der Menge zurück, ging hinaus auf die Terrasse und blickte auf den Verkehr hinunter. Die Fahrzeuge standen Stoßstange an Stoßstange und rührten sich nicht – ein Elektroreparaturlaster der Stadt, ein Tanklaster, ein Bierlaster, ein Stadtbus, ein Polizeiwagen, ein paar Taxis. Die Türen gingen gerade auf, die Fahrer stiegen aus und die Leute strömten aus dem Bus und rannten los. Aber sie konnten wirklich nirgendwohin.

Wo steckte Larry?

Unterhielt sich gerade mit einem der Manager. Marilyn lief an ihm vorbei und zur Tür hinaus und nahm den Fahrstuhl ins Erdgeschoß.

Sie trat in eine schmale Eingangshalle und lief zur Frontseite des Gebäudes. Jetzt hörte sie draußen

Geschrei und Rufe. Und das Dröhnen eines Hubschraubers.

Sie erreichte den Eingang. Die Innen- und die Außentür lagen etwa zweieinhalb Meter auseinander, eine Sicherheitskonstruktion. Das Schloß der Innentür würde einschnappen, sobald sie zufiel. Marilyn wäre ausgesperrt. Sie sah sich nach einem Stuhl um, mit dem sie die Tür offenhalten konnte, entdeckte aber keinen. Weiter hinten neben dem Fahrstuhl stand jedoch ein kleiner Tisch mit einer Lampe darauf. Marilyn stellte die Lampe auf den Boden und sicherte sich mit Hilfe des Tisches den Rückweg. Dann öffnete sie die Außentür und blickte auf die Straße hinaus.

Menschen liefen, gingen, humpelten vom Fluß weg Richtung Park. Ein paar saßen weiterhin in ihren Fahrzeugen und sahen verwirrt aus. Marilyn stand auf der obersten Stufe und hörte plötzlich ein Donnern. Die Erde zitterte, und es fühlte sich an wie bei einer heranfahrenden U-Bahn.

Ein Paar in mittleren Jahren, das Abendkleidung trug, lief vorbei. Der Mann blickte auf und sah Marilyn. »Laufen Sie!« schrie er.

Das Donnern kam aus dem Westen, vom Broadway her. Und wurde lauter. Weitere Menschen hasteten aus dem Bus. Jemand stürzte, aber niemand blieb stehen, um zu helfen. Ein Taxi versuchte, aus dem Stau auszubrechen, fuhr mit einem Satz auf den Bürgersteig, überfuhr eine junge Frau und knallte an einen Hydranten. Eine Wasserfontäne schoß hoch und schimmerte im Licht einer Straßenlaterne.

Im selben Augenblick strömte eine schwarze Flut um die Ecke, schoß brüllend über Lastwagen und Autos hinweg, riß die Schilder von Breyers Eiscreme am zweiten Stock des Carmody-Hauses ab. Die Straßenlaterne ging aus. Autohupen explodierten.

»Hierher!« schrie Marilyn. »Hier herauf!« Aber sie wurde vom allgemeinen Chaos übertönt.

Menschen rannten schreiend an ihr vorbei. Jemand versuchte, auf einen Brotlieferwagen zu klettern. Marilyn lief die halbe Treppe hinunter, versuchte, eine Frau am Arm zu packen und so auf sich aufmerksam zu machen, wurde aber weggestoßen.

Endlich wurde jemand auf den Fluchtweg aufmerksam, den sie anbot: ein Junge von etwa zehn Jahren, die Mutter im Schlepptau. Marilyn glaubte, daß sie aus dem Bus kamen, war aber nicht sicher. Die beiden suchten sich den Weg durch den Stau und waren immer noch fast fünfzehn Meter entfernt, als der Junge aufblickte und sah, wie Marilyn die Tür aufhielt. Die Frau war verängstigt. Beide riefen Marilyn etwas zu und rannten los.

Marilyn schätzte die Distanz ab und wußte, daß es sehr knapp war. Angst breitete sich auf den beiden Gesichtern aus. Die Frau stolperte und stürzte, und zu Marilyns Entsetzen blieb der Junge stehen und lief zurück. Er blickte über die Schulter zu Marilyn, und sie erwiderte den Blick und wußte, daß die beiden keine Chance hatten. Falls sie selbst wartete, riß die Flut auch sie mit. Das Geschehen erstarrte, gefror vor ihren Augen. Der Fluß stieg und floß über die Laster hinweg, verschluckte alles, und die Frau versuchte, den Jungen auf Marilyn zu zu schubsen. Das Kind schluchzte und zog an der Mutter, und Marilyn schloß die Tür, als die Flut vorbeiströmte.

Das Gebäude erbebte unter dem Aufprall. Fenster an anderen Stellen des Hauses barsten, und ein Sturzbach ergoß sich ins Innere. Weiteres Wasser schoß aus einem Stromanschluß hervor. Marilyn kreischte frustriert und trat den Tisch von der Innentür weg, damit die sich hinter ihr schließen konnte. Sie stürzte zurück in die Halle mit den Fahrstühlen, wo das Wasser schon knöcheltief stand. Sie drückte den Schalter und schluchzte und wartete lange auf den Fahrstuhl. Als er endlich eintraf, sprang sie hinein, und das Licht ging aus, und sie fand sich in völlige Dunkelheit getaucht. Die Tür wollte sich schließen, und Marilyns Überlebensinstinkt setzte sich durch. Sie blockierte die Tür, hielt sie offen und quetschte sich wieder hinaus in die Eingangshalle. Als sie es geschafft hatte, ließ sie die Tür los, und sie schloß sich mit einem nassen Klappern, ohne daß der Fahrstuhl jedoch losfuhr.

Marilyn stolperte durch die Dunkelheit, versuchte sich zu erinnern, wo die Treppe war. Das Gebäude knarrte und schien zu sinken. Der Boden war rutschig geworden, und der Sturzbach riß Marilyn von den Beinen.

Sie rappelte sich wieder auf, mußte schon fast schwimmen. Das Wasser wirbelte um ihre Schenkel. Irgendwas, eine Holzlampe, schwamm an ihr vorbei. Sie versuchte, sich ihren Weg an der Wand entlang zu ertasten. Die Wand ging jedoch immer weiter und öffnete sich einfach nicht zu einem Treppenhaus. War das auf der anderen Seite? Oder war es am anderen Ende des Korridors in der Nähe des Vordereingangs? Sie wußte es nicht mehr, war nicht mal mehr ganz sicher, wo überhaupt die Frontseite des Hauses war.

Sie schrie auf. Das Wasser toste. Es reichte ihr jetzt bis an die Schultern, und ihre Füße verloren den Kontakt zum Boden.

Es stank nach Öl, toten Fischen und verfaultem Holz. Marilyn strampelte sich die Schuhe von den Füßen. Wo war Larry? Um Gottes willen, bemerkte er nicht mal, daß sie fehlte?

Die Flut strömte jetzt so schnell herein, daß Marilyn überhaupt nicht mehr dagegen ankam. Sie sah wieder die Fahrstuhltür vor sich.

Sie stieß sich den Kopf an.

Die Decke.

Irgendwo über sich hörte sie Rufe. Jemand rief ihren Namen.

Sie öffnete den Mund, wollte antworten, aber Wasser schwappte herein. Dann sah sie hinter sich Licht.

Es war das Treppenhaus. Jemand war im Treppenhaus.

»Hilfe!« schrie sie.

»Hierher!« Es war Larry!

Die Treppe hatte sich in einen Wasserfall verwandelt. Marilyn schob sich darauf zu, kämpfte gegen die Strömung an, kämpfte gegen die eigene Erschöpfung an.

Larry tauchte auf, hatte eine Taschenlampe in der Hand, hielt sich am Geländer fest. Er streckte die Hand aus, tastete nach Marilyn, bekam sie zu fassen. »Was machst du hier unten?« rief er.

Unter diesen Umständen war das eine unglaubliche Frage. »Ertrinken«, sagte Marilyn, obwohl sie wußte, daß er es nicht hören konnte. Aber er hielt sie fest.

Louise suchte einen Bademantel für sie heraus und bot ihr ein Schlafzimmer an. Marilyn war nach dem Erlebnis jedoch übernervös und konnte nicht schlafen, obwohl sie fror und müde bis auf die Knochen war.

Sie waren allein im Schlafzimmer. Louise hatte auch für Larry Ersatzkleidung gefunden, eine Nummer zu groß, aber das machte nicht viel aus. Er wirkte durch das Erlebnis nicht weniger erschüttert als Marilyn, und diese Erkenntnis rief eine Glut in ihr hervor, die sie schon lange nicht mehr erlebt hatte.

»Ich dachte schon, ich würde dich verlieren.« Er lag neben ihr, sein Gesicht in Dunkelheit. Das einzige Licht im Zimmer stammte von einer Uhr.

Marilyn sank ins Kissen zurück. »Es ist alles so schnell passiert.« Sie hatte bis eben geweint, und er hatte ihr immer wieder klarzumachen versucht, daß es okay war, daß sie jetzt in Sicherheit waren. Marilyn hatte nicht über die Menschen auf dem Bürgersteig sprechen können, über den Jungen und seine Mutter, und jedesmal, wenn sie es erneut versuchte, kamen die Tränen zurück.

»Ich liebe dich«, sagte er. »Ich wußte gar nicht, daß ich mit einer Heldin verheiratet bin.«

Es war ja nicht so, daß er dieses Bekenntnis lange nicht ausgesprochen hätte. Jeden Tag versicherte er ihr zeremoniell und getreu, daß er sie liebte. Ganz so, wie er immer bemerkte, daß ihm das Abendessen schmeckte. Es war eine Höflichkeitsfloskel, reflexhaft ausgesprochen. Aber nicht diesmal. Sein Ton war seltsam.

»Ich liebe dich auch, Larry«, sagte sie. Sie spürte die wechselnden Gezeiten der Gefühle und erinnerte sich noch, daß sie vor weniger als einer Stunde überlegt hatte, welche Vorteile es brächte, ihn gegen Marv einzutauschen. Seine freie Hand schlich sich unter den Bademantel. Sie stieß sie jedoch weg, und er wirkte verletzt.

»Marilyn«, sagte er wieder, verwirrt diesmal. *»Alles ist in Ordnung!«*

Sie blickte jedoch in die Dunkelheit, sah wieder den Jungen vor sich, seine vorwurfsvollen Augen. Sie waren braun gewesen, dachte Marilyn. Und sie wußte, daß sie diese Augen für den Rest ihres Lebens sehen würde.

5.

Mikrobus, Flugdeck, Sonntag, 14. April, 2 Uhr 10

»Was ist mit dem g-Anzug?«

Das *g* stand für Gravitation, und diese Montur war eine Art Unterbekleidung, die man unterhalb des Druckanzuges trug. Sie sollte verhindern, daß sich durch starke

Beschleunigungskräfte das Blut in den Gliedmaßen sammelte. An Bord war nur ein g-Anzug vorhanden, den Saber getragen hatte und der jetzt in einem Aufbewahrungsfach hing. Tony öffnete es und verglich seine Größe mit den Beinlingen. Der Anzug war mehrere Zoll zu lang. »Ich denke, ich komme ohne ihn zurecht«, lächelte er. »Ich bin ohnehin nur wenige Minuten draußen.«

Die Luft in der Kabine war gegen Mitternacht richtig stickig geworden, und Saber hatte Masken und Lufttanks verteilt. Kurz nach zwei Uhr schalteten sie auf einen zweiten Satz Tanks um. Bis dahin war es auf dem Radarschirm ruhig geworden, und Tony entschied, daß es jetzt sicher genug war, um sich hinauszuwagen.

Er stieg in den D-Anzug (der auch ein bißchen zu groß war), kletterte in die Passagierkabine hinunter und versicherte allen, daß sie sich keine Sorgen zu machen brauchten. Dann setzte er den Helm auf, überprüfte das Funkgerät, betrat die Luftschleuse und schloß die Innenluke hinter sich.

»Tony?«

»Nur zu, Saber.«

»Wir haben ein paar Signale auf dem Schirm.«

»Irgendein Grund zur Sorge?«

»Negativ. Aber die Gegend ist nicht sauber.«

Darin bestand natürlich die Gefahr: Falls etwas auf sie zukam, mußte Saber den Antrieb starten, um auszuweichen. Das wäre für ihn unglücklich, solange er draußen war. »Okay. Bringen wir es hinter uns, Baby.«

Die Außenluke öffnete sich. Tony hakte eine Sicherungsleine am Gürtel fest. Sie würde sich entrollen, während er sich bewegte, und reichte bis ins Innere des Frachtdecks. Er montierte die Taschenlampe ans Handgelenk, schaltete sie ein, meldete, daß er startbereit war, und stieg aus. Die Luke schloß sich hinter ihm.

Der Rumpf war mit Einschlags- und Brandspuren

übersät. Er nahm ihn in Augenschein und schüttelte den Kopf. »Wir sind ein bißchen ramponiert«, informierte er Saber.

Die Luftschleuse zum Frachtdeck lag hinter der Rumpfkrümmung außer Sicht. Er stieß sich ab und bewegte sich rasch an der Außenwand hinunter, wobei ihm strategisch plazierte Handgriffe halfen. ›Hinunter‹ bedeutete Richtung Triebwerksmündung und Mondwolke, die ins Blickfeld kam, als er sich der Frachtdeckluke näherte. Er sah, wie das abgebrochene Fahrwerk an seiner Halterung baumelte und dabei an ein gebrochenes Bein erinnerte. Die ganze Unterseite des Mikrobusses war ramponiert, sowohl von Trümmerstücken als anscheinend auch von dem Landebein, das bei plötzlichen Kurven leicht an den Rumpf knallen konnte. Er mußte später wieder herkommen und es loswerden.

Die Luke selbst war verbogen; unweit davon entdeckte Tony eine baseballgroße Stelle, wo etwas aus dem Rumpf herausgeplatzt war. Ein Stein war an der anderen Seite eingeschlagen und *hier* wieder ausgetreten. Das Metall sah versengt aus. Im Inneren brannte noch Licht.

»Ich kann hineinsehen«, berichtete er Saber.

»Erkennst du Bigfoot?«

»Nein. Aber irgendwas spiegelt da drin.«

»Was?«

»Es ist eine Plastiktüte.«

»Oh«, sagte Saber. »Er hat eine Menge Zeug in Plastikbeuteln an Bord gebracht.«

Der Beutel schwebte aus seinem Blickfeld heraus, und er sah nur noch das Schott gegenüber. »Okay«, sagte er und richtete die Taschenlampe auf die Luftschleuse, »Zeit, an die Arbeit zu gehen.« Er setzte sich gerade Richtung Luke in Bewegung, als etwas flüsternd ans Helmvisier regnete. Vielleicht eine Handvoll Sand.

»Ist irgendwas passiert?« fragte Saber.

»Negativ«, sagte er.

»Okay. Versuch hineinzukommen, so schnell du kannst.«

»Bin schon dabei.« Er erreichte die Lukensteuertafel, klappte sie auf und drehte den Schlüssel. Eine weiße Lampe ging an. Gut. Wenigstens hatte er Strom.

Er drückte den AKTIVIEREN-Schalter, und das Statusdisplay leuchtete auf. DRUCKVERLUST, meldete es. Die Lampe sprang auf Rot.

Sein Anzug verzeichnete eine Vibration. »Mehr Steine?« fragte Tony.

»Hab keine kommen sehen, Tony. Muß unter dem Radar passiert sein.« Die Anlage spürte einfach keine Kieselsteine auf. »Bist du gleich drin?«

Er betrachtete Display und Luke. »In einer Minute.«

»Roger.«

Er dachte an Bigfoot. Sie hatten nie gesellschaftlich miteinander verkehrt, nie Zeit zusammen verbracht, eigentlich nicht einmal viel geredet. Nur eben hallo gesagt. Die Leute von der Betriebsmannschaft neigten dazu, vor allem mit Kollegen Kontakt zu pflegen. Tony freundete sich mit anderen Piloten an, und er vermutete, daß Bigfoot seine Zeit mit der Raumhafenmannschaft verbracht hatte. Oder mit den Managern. Wahrscheinlich den Managern. Tony fragte sich, was Bigfoot gerade getan hatte, als der Stein durch das Schott schmetterte, woran er gedacht hatte. Er hoffte, daß er schnell gestorben war. Aber er mußte ein paar Augenblicke gehabt haben ...

Das Statusdisplay zeigte immer noch Rot.

Er hatte keine Zeitanzeige an seinem Anzug, aber es schien ihm lange zu dauern.

»Tony?«

»Jo.«

»Kannst du dich ein bißchen beeilen?«

»Der Luft strömt noch.«

Die rote Lampe ging schließlich aus, und der Text auf dem Display wechselte: DRUCKVERLUST VOLLSTÄNDIG.

Tony verlagerte die Position, hielt sich mit der rechten Hand am Griff fest und war bereit, sofort in die Luftschleuse zu schlüpfen, wenn sie aufging.

Sie blieb jedoch zu.

»Saber, ich denke nicht, daß dieses Ding funktioniert.«

»Sie muß aufgehen.«

»Freut mich, das zu hören.« Er schaltete auf Handbedienung, klappte den Griff heraus, drehte ihn und zog.

Nichts.

Er wechselte die Körperhaltung und versuchte es erneut. Diesmal spürte er, wie etwas nachgab. »Okay«, sagte er. »Diesmal habe ich Fortschritte gemacht.« Er hatte jetzt eine kleine Lücke zwischen dem Lukenrand und dessen Auflagefläche. Er zog die Stange aus dem Gürtel, arbeitete sich damit in die Lücke hinein und stemmte sie mal in die eine, mal in die andere Richtung.

»Tony, du mußt dich beeilen! Der Schirm zeigt anfliegende Trümmer.«

»Verstanden.« Er zog heftig.

»Vielleicht solltest du zurückkommen. Es später noch mal versuchen.«

Er fand keinen rechten Halt, und wenn er gegen die Luke drückte, drückte sie zurück. Das Problem bestand darin, entschied er, daß er die Aufgabe zu lösen versuchte, während er sich gleichzeitig am Griff festhielt. Also ließ er los, setzte beide Füße auf den Schiffsrumpf, packte die Stange mit beiden Händen und zog. Sie bewegte sich etwas mehr.

»Sie gibt jetzt nach«, informierte er Saber.

»Uns geht die Zeit aus, Tony.«

Er brachte sich in Position und probierte es erneut,

aber die Stange rutschte ab, und er schwebte vom Schiff weg. »Ah- oh«, sagte er.

»*Ah-oh?* Was ist mit *ah-oh?*«

»Ich schwebe im Raum.«

»Tony? Ich muß ausweichen.«

»Nur zu.« Er schob sich die Stange in den Gürtel. »Ich komme schon klar.«

Das Triebwerk zündete, und der Bus machte einen Satz. Tony fiel zurück, bis sich die Leine spannte und ihn mitzerrte. Sie war kurz genug, um zu verhindern, daß er vom Haupttriebwerk geröstet wurde. Er prallte jedoch heftig an den Schiffsrumpf und prellte sich dabei ein Handgelenk.

»Bist du noch da?« klang Sabers besorgte Stimme in seinem Kopfhörer.

»Yeah.« Es fiel ihm schwer, die Antwort herauszubringen, und ihm kam der Gedanke, daß er den einzigen Raumanzug trug, den sie dabeihatten. Falls er hier draußen Probleme bekam, konnte ihm niemand zur Hilfe kommen.

»Noch mehr fliegt an, Tony«, sagte Saber. »Wir müssen hier weg.«

»Okay. Mir geht's gut.«

Etwas klatschte auf sein Helmvisier.

Eine Flüssigkeit. Er versuchte sie wegzuwischen. Aber nichts passierte, und in dem seltsamen Licht sah sein Arm gar nicht gut aus.

Die Flüssigkeit kam aus seinem Ärmel, und er sah die linke Hand nicht mehr.

Spürte die linke Hand auch nicht mehr.

Dunkelheit schwappte über die Ränder des Blickfelds. Er spürte Druck im Ärmel. Der Anzug versiegelte sich selbst wieder.

Aber das Licht entglitt ihm.

Mikrobus, Passagierkabine, 2 Uhr 31

Charlie hatte schon kräftig vom Vorrat des zweiten Sauerstofftanks gezehrt. Nur noch wenige weitere Tanks waren vorrätig, was bedeutete, daß sie um vier Uhr Probleme bekommen würden, wenn sie das Lebenserhaltungssystem nicht reparierten.

Durch die Fenster der Passagierkabine konnte man die Vorgänge nicht verfolgen. Tony war unter der Rumpfkrümmung verschwunden, und sie hatten das Poltern gehört, als er an der Luke arbeitete. Charlie hätte Saber am liebsten gefragt, wie es lief, aber er wollte sie nicht ablenken. Er hatte auf die harte Tour gelernt, daß normale Menschen Fragen stellen und Beschwerden vorbringen können und sich niemand was dabei denkt. Aber eine Person von politischem Rang macht sich schnell zum Trottel. Also wartete er und wechselte besorgte Blicke mit Evelyn, die sich auch bemühte, niemandem in die Quere zu kommen.

Morley saß düster da und drückte die Hände auf die Sauerstoffmaske. Er wirkte geschlagen, ein scharfer Kontrast zu der positiven und energischen Persönlichkeit, die er zeigte, wenn er auf Sendung war. Der Kaplan hatte sich bemüht, eine fatalistische Haltung einzunehmen, um sich gegen Gefühlswogen abzuschirmen. »Wir können nicht viel tun, außer abwarten«, hatte er gesagt, oder: »Wir sind in der Hand des Herrn.«

Das waren sie ganz gewiß.

Charlie war überrascht gewesen, als Saber vor weiteren Turbulenzen warnte. *Turbulenzen* war ein komischer Begriff für die Felsbrocken, die er an seinem Fenster vorbeipfeifen sah. Als Saber das Triebwerk zündete und den Bus auf die Seite legte, schloß er daraus, daß Tony wieder an Bord war.

Aber das Triebwerk war jetzt wieder still. Auf dem

Unterdeck hörte man nichts, und der Mikrobus zog in bedrohlicher Stille seine Bahn.

Evelyn bemühte sich darum, Zuversicht auszustrahlen. »Es ist okay«, sagte sie. »Die wissen, was sie tun.«

Das nützte vielleicht auch nichts, überlegte Charlie.

Die Bordsprechanlage schaltete sich klickend ein, aber niemand meldete sich. Evelyn sah wieder Charlie an. Die Verzögerung hielt an, bis Charlie wußte, daß es nur schlechte Nachrichten werden konnten.

Der Kaplan starrte zum Fenster hinaus. »Houston, Houston«, sagte Morley leise, »wir haben ein Problem.«

Der Kaplan schnappte nach Luft. »Da draußen!« flüsterte er.

Sie zerrten Tony am Ende der Sicherungsleine mit. In seinem Druckanzug schien keine Luft mehr zu sein. Der Pilot wirkte leblos. Er rotierte langsam kopfüber.

Als sich der Winkel veränderte und das Licht der Außenbordlampen über ihn wanderte, stellte Charlie fest, *daß Tonys linke Hand fehlte!* Zuerst hielt er es für eine optische Täuschung. Das bestätigte sich jedoch nicht.

Charlie Haskell war jung genug, daß er vor Beginn der laufenden Woche noch nie mit der unmittelbaren Gefahr des eigenen Todes konfrontiert gewesen war. Er ging davon aus, daß es immer einen nächsten Tag gab. Jetzt blickte er zu Tony Casaway hinaus, dachte über Bigfoot in der luftleeren Frachtkabine nach, und ihn schauderte. Casaway war zurückgekehrt, um sie abzuholen. Bigfoot war zurückgeblieben, um ihnen eine Chance zu geben.

Charlie war nicht gläubig. Er erwartete nicht, daß ihn jemand zur Verantwortung zog für das, was er getan oder nicht getan hatte, und ihm dafür Lohn oder Strafe zuteilte. Seine Eltern hatten an eine mechanische Welt geglaubt, ein System aus sich entwickelnder Hard- und Software, das keine Gottheiten benötigte. Wir haben einfach noch nicht alles herausgefunden, sagte der Vater gern. Die Dinge werden komplizierter, und wir wissen nicht warum. Das heißt jedoch nicht, daß wir sie der himmlischen Vorsehung zuschreiben müssen.

Charlie hatte kurz mit der lutherischen Lehre geflirtet, nachdem er einem Basketball-Team der Kirche beigetreten war. Später war er froh, entfliehen zu können. Als er in die Politik ging, riet man ihm, sich eine Kirche auszusuchen. Irgendeine. Und sich dort hin und wieder mal sehen zu lassen. Er hörte auf die Empfehlung und suchte sich mit der Zeit mehrere Kirchen aus. Ernst nehmen konnte er sie nie, aber er stellte fest, daß sie für seinen Erfolg immer wichtiger wurden, je höher die politischen Ämter waren, zu denen er aufstieg.

In Charlies Sicht lief es darauf hinaus: Wenn er hier draußen starb, war alles vorüber. Er beneidete Mark Pinnacle, der sich den schlimmsten Gefahren mit relativem Gleichmut stellen konnte, weil er glaubte, daß ihn hinter der Pforte das Paradies erwartete. Er mußte sich nur erklären, warum Jesus den Kometen geschickt hatte. Keine große Sache für einen Christen.

Für einen Realisten wie Charlie stellte sich das Leben als komplexeres Spiel dar, in dem man gelegentlich von der Software überrannt wurde. Nicht persönlich gemeint.

»Ich muß Ihnen mitteilen«, ertönte Sabers Stimme und unterbrach seine Träumereien, »daß *Captain* Casaway tot ist. Ich empfange keine Lebenszeichen von seinem Anzug.« Ihre Stimme bebte.

Der Kaplan öffnete seine Gurte und wollte ihr Beistand leisten, aber Evelyn berührte ihn am Arm und stieg selbst die Leiter hinauf.

Niemand sagte viel, während sie fort war. Charlie, Mark Pinnacle und Morley vermieden es ostentativ, zum Fenster hinauszublicken. Sie hörten ein leises, konzentriertes Gespräch auf dem Flugdeck.

Morley fing Charlies Blick auf. »Er hat es nicht bis zum C-Deck geschafft«, sagte er.

Charlie nickte. »Ich weiß.«

»Er hat die Luftleitungen nicht erreicht.«

»Ich weiß.«

»Was machen wir jetzt?«

Das war eine gute Frage.

Skyport Orbitallabor, 2 Uhr 33

Windy brummte am hinteren Ende der Betriebszentrale eine Obszönität.

»Was ist?« fragte Tory.

»Ein dicker Brocken.« Er deutete auf den Monitor, verstärkte das Bild und rief die Koordinaten auf. Der Brocken sah an einer Seite wie abgeschnitten aus, als wäre dort jemand mit einem heißen Messer entlanggefahren und hätte ihn zerschnitten, wie man es mit einer Ananas tat. Er erinnerte an ein abgeschnittenes Stück Obst, mit flacher Unterseite, etwas länglich. Er trudelte kopfüber und rotierte gleichzeitig entlang der Längsachse, die ...

... anderthalb Kilometer lang war!

»Mein Gott«, sagte Tory.

Sie übermittelten die Daten an ihre Kunden.

Der Brocken wurde zu POTIM-38. Und rasch zu *dem Possum.*

6.

DAS EINSATZTEAM, WBKK NACHRICHTENHUBSCHRAUBER, 3 Uhr 07
Cliff Beaumonts Reportage aus Miami Beach:

»Um Gottes willen, falls Sie in Hörweite meiner Stimme sind, suchen Sie Deckung!« *(Die Kamera zeigt eine stampfende See, von Blitzen erhellt. Ein enormer schwarzer Trichter zeichnet sich sporadisch ab.)* »Dieses Ding schlägt in wenigen Minuten über Miami Beach zusammen. Falls Sie einen Sturmkeller haben, suchen Sie ihn auf. Falls nicht, nehmen Sie irgendein Zimmer tief im Haus. Wir sind mehrere Kilometer entfernt, kriegen aber trotzdem noch etwas vom Luftstrudel ab und müssen landen. Verschwinden Sie in jedem Fall aus dem Freien!«

AstroLab, 3 Uhr 11

Sobald die Daten von Skyport bestätigt waren, hing Wes Feinberg am Telefon, um mit dem Weißen Haus zu sprechen. Sie hatten ihm die Durchwahl von Mercedes Juarez gegeben.

Das entsprach nicht seinen Präferenzen. Mercedes hatte zuviel Respekt vor Personen und vor Autorität. Wes Feinberg brauchte jedoch jemanden, der sich nicht daran störte, bürokratische Hindernisse zu durchbrechen und direkt das Oval Office aufzusuchen. Er hatte um eine Leitung zum Präsidenten gebeten (»Unmöglich!«) oder zumindest zu Al Kerr (»Mr. Kerr ist ein äußerst beschäftigter Mann.«). Die Welt ging vielleicht unter, aber Mr. Kerr war zu beschäftigt, um es zu bemerken.

»Können Sie mich mit dem Präsidenten verbinden?« bat er Juarez.

»Ich täte es, wenn es möglich wäre, Professor Feinberg. Er ist schon die ganze Nacht im Lagebesprechungsraum.«

»Ja. Na ja, Sie könnten ihm ausrichten, daß er eine Lage hat.«

»Was genau ist los?«

»Alles würde besser funktionieren, wenn ich direkt mit ihm sprechen könnte. Er sieht sich vielleicht mit dem schlimmsten Fall konfrontiert.«

»Sie meinen wahrscheinlich den Bericht, den die NASA vor ein paar Minuten übermittelt hat.«

»Ich weiß nicht. Was sagt denn der Bericht?«

»Er ist geheim.«

»Dann kann man nur schlecht darüber reden, nicht wahr?«

Juarez' Ton wurde steif. »Professor Feinberg, falls Sie mir Einzelheiten nennen möchten, sorge ich dafür, daß sie ihn erreichen.« *Oder vergeuden Sie nicht meine Zeit.*

»In Ordnung. Wir haben einen dicken Brummer im Anflug. Seine Katalognummer lautet achtunddreißig. Er wird später am Morgen die obere Atmosphäre durchdringen. Es besteht eine hohe Wahrscheinlichkeit, daß er genügend Geschwindigkeit verliert, um auf eine Umlaufbahn zu gehen. Sagen Sie dem Präsidenten, in diesem Fall muß er davon ausgehen, daß der Orbit rasch verfällt. Was ich damit sagen möchte: Ich denke, daß das verdammte Ding herunterkommt. Haben Sie das verstanden?«

Eine lange Minute war es still am anderen Ende. Dann: »Wie groß? Wann kommt er? Wo schlägt er auf?«

Er fragte sich, was wohl in dem NASA-Bericht stand. »Er ist anderthalb Kilometer lang. Begreifen Sie, was das bedeutet?«

»Ja«, sagte sie. »Ich denke schon.«

»Sagen Sie es ihm. Falls er irgendwelche Möglichkeiten hat, bleibt vielleicht nicht mehr viel Zeit, sie auch zu nutzen.«

»Ich richte es ihm aus.«

»Er muß mit mir reden.«

Boston, 3 Uhr 16

Die Welle war nicht besonders groß, im Kontext dieses Abends gesehen. Sie walzte über den Flughafen Logan und Winthrop hinweg, die kaum zehn Minuten vorher evakuiert worden waren, nachdem eine Warnung auch die wenigen Dickköpfe verscheucht hatte, die dort ausharrten. Die Flut war kaum zweieinhalb Meter hoch, als sie durch die Innenstadt von Boston rauschte. Weitere Wogen schlugen im Süden bei Plymouth an die Küste und im Norden bei Gloucester. Die Katastrophe wurde durch eine Massenkarambolage bei Marblehead verschlimmert, die die Route 114 blockierte. Damit saßen Tausende in der Falle, als das Meer zuschlug.

In Plymouth wurde das Kraftwerk der Commonwealth Electric zerstört. Das wiederum überlastete Boston und Providence, und das System leitete die Abschaltung ein. Um Viertel nach vier war der gesamte Nordosten ohne Strom. Jede Großstadt an beiden Küsten hatte nun mit verzweifelten Fluchtbewegungen zu kämpfen. Die Polizeikräfte lösten sich auf, da die Beamten davonliefen, um die eigenen Familien zu retten. Krankenhäuser und andere Rettungsdienste brachen aus dem gleichen Grund zusammen. Wer den Versuch aufgab, aus der Stadt zu flüchten, und Zuflucht in örtlichen Kirchen oder Gemeindezentren suchte, fand sie oft verschlossen. Militär und Nationalgarde konnten sich nur in der Luft rasch fortbewegen. Bislang waren an der Westküste keine Tsunamis aufgetreten. Experten äußerten vorsichtigen Optimismus.

Die Medien genossen ihre vielleicht größte Stunde. Mobile Nachrichtenteams waren überall, schwebten vom Himmel herab, machten Aufnahmen von den Entsetzten und Verzweifelten und führten Interviews mit ihnen.

»Wohin sind Sie unterwegs, Mrs. Mattinik?«

»Irgendwohin ...«

Menschen, die in Denver, Kansas City oder Indianapolis wohnten, erlebten eine andere Form der Agonie. Beinahe jeder hatte Kinder, Freunde oder Verwandte, die im Bereich der Flutwellen lebten. In allen betroffenen Gebieten waren jedoch die Telefonleitungen unterbrochen.

In anderen Regionen der Welt herrschten unterschiedliche Zustände. Ostafrika, der Nahe Osten und Asien hatten bislang weniger zu leiden, weil sie dem Ereignis weniger direkt ausgesetzt waren. Trümmerstücke regneten jedoch weiter herab, und die Erdrotation brachte diese Gebiete nun in die Schußlinie. Europa wurde schwer erwischt. Man ging von Tausenden Toten zwischen Rom und dem Rigaer Meerbusen aus. Ein Meteorregen hatte Kiew in der Ukraine verwüstet wie Carlisle. Porto Alegre und Valparaíso waren überflutet.

Auch *ein paar* gute Nachrichten waren zu vermelden: Eine Flutwelle, die Richtung Vancouver gemeldet wurde, traf dort nicht ein. In Pearl Harbor evakuierte die Marine Tausende von Familienangehörigen auf Kriegsschiffen vor anrollenden Tsunamis. In Glasgow brachten die Verantwortlichen der Stadt mit Zügen, Bussen und guter Planung eine ähnliche Leistung zustande.

Verschiedene Nationen unterstützten einander bereits und scherten sich dabei wenig um Landesgrenzen. Russische Streitkräfte waren mit Lebensmitteln und medizinischer Hilfe in Kiew eingetroffen. Während die Polen

Litauer aus Riga retteten, brachten die Deutschen Polen von der Pommerschen Küste in Sicherheit. Italienische Hilfsdienste tauchten im Osten Frankreichs auf. Kanadier wurden auf dem Weg nach New York gemeldet.

In dieser Nacht gelangten manche Leute zu dem Schluß, daß die menschliche Rasse nie wieder sein würde wie vorher, egal was sonst noch alles passierte.

Skyport Orbitallabor, 3 Uhr 18

Skyport war ein geostationärer Satellit, der auf seiner Umlaufbahn ständig über den Galapagos-Inseln stand. Der Himmel über dem Ostpazifik wurde von einem feinen Netz aus Meteorschauern erhellt. Tory wußte, was auf dem Erdboden passierte. Entlang der Golfküste und in Mexiko hatten abrupte Veränderungen von Temperatur und Luftdruck gewaltige Stürme erzeugt. Winde in Orkanstärke und peitschender Regen fielen über Mobile, New Orleans, Tampico und Veracruz her. Das Fernsehen zeigte Bilder von zerschmetterten Leichen und kaputten Rollstühlen, durchnäßten Teddybären und umgestürzten Bussen. In Virginia Beach versuchte ein verzweifelter Vater vergeblich, seine Kinder vor einer Flutwelle zu retten, indem er sie an Bäumen festband; in Wilmington wollte ein Krankenhaus einfach abwarten, was die steigenden Fluten mit sich brachten, und verlor seine Patienten und praktisch seine ganze Belegschaft. Vor der Küste bei Atlantic City traf ein Hubschrauber der Küstenwache auf Scherwinde und stürzte in die aufgewühlte See. Allerorten kam es zu Heldentum und Tragödien.

Tory sah mit Augen zu, die ganz verschwollen waren von unterdrückten Tränen. Ihre Familie lebte in der Umgebung von St. Louis, so daß sie zumindest vor der allgemeinen Zerstörung sicher war. Aber die POTIMs schlugen weiterhin auf der Erde ein, und Tory sorgte für soviel Vorwarnzeit, wie sie nur konnte. Gewöhnlich waren es dreißig bis vierzig Minuten. Das war nicht viel, aber noch verdammt viel besser als null. Und sie spielte eine wesentliche Rolle dabei, sie, die Frau, die man hatte zurückschicken wollen, zu einem Zeitpunkt, an dem man das Personal hier besser aufgestockt hätte.

Sie verfolgte, wie POTIM-27 in die Atmosphäre zischte und irgendwo vor Brasilien verschwand. Die Städte Nord- und Südamerikas funkelten normalerweise von Lichtern, sogar zu dieser Tageszeit. In der heutigen Nacht waren jedoch ansehnliche Teile beider Kontinente dunkel geworden. Sogar der Lichterfluß, der sich von Boston nach Miami zog, war bestenfalls noch Flickwerk.

Hier, auf ihrem Posten sechsunddreißigtausend Kilometer über dem Pazifik, spürte Tory den Rhythmus der Einschläge, das Muster aus Licht und Intensität und Zeitpunkten. Ungeachtet dessen, was auf der Erde geschah, war diese kosmische Symphonie das Schönste, was sie je erlebt hatte.

Weißes Haus, Oval Office, 3 Uhr 20

Henry starrte auf die Papiere, die über seinen Teakholzschreibtisch verstreut lagen, und auf die Bilder, die aus Miami auf den Monitor seines Notebooks übermittelt wurden. Das Bild verschwamm ihm vor den Augen; sein Kopf war warm, die Hände zitterten. Emily hatte ihn angefleht, ein Beruhigungsmittel vom Hausarzt anzunehmen. Aber das letzte, was er jetzt brauchte, war ein Tranquilizer. Wie viele Menschen waren in dieser Nacht schon gestorben?

Man würde es nie erfahren; und hätte Henry Kolladner einen Revolver zur Hand gehabt, hätte er das Richtige getan und sich eine Kugel in den Kopf gejagt.

Die Tür ging auf, und Kerr blickte herein. »Henry?« fragte er.

Das einzige Licht im Zimmer außer dem des Notebookmonitors stammte aus der Schreibtischlampe. Henry starrte sie an, ein Geschenk des französischen Präsidenten. »Ich habe die falsche Entscheidung getroffen, Al«, sagte er. Er fühlte sich ausgepumpt und leer. »Wir hätten die Evakuierung der Städte einleiten sollen, sobald wir Bescheid wußten.« Er hatte seine Lektion gelernt. Nur Minuten vor seiner Rede um 23 Uhr 45 hatte er die staatlichen Ressourcen für eine vollständige Evakuierung aller Küstenstädte der Nation abgestellt. Natürlich zu spät. Viel zu spät.

»Sir, wir haben getan, was wir für richtig hielten.«

Er zuckte die Achseln. »Ist auch egal, Al. Eine Menge Menschen da draußen sind tot. Es hätte nicht so weit kommen müssen.«

Lange Zeit schwiegen beide. Dann sagte Kerr: »Feinberg war wieder am Telefon.«

Deutlich war die Verzweiflung aus seiner Stimme herauszuhören. Henry schwenkte langsam den Stuhl herum, blickte seinen Stabschef an, nagelte ihn mit dem Blick fest.

»Worum ging es diesmal?«

»POTIM-38. Den Brocken, über den wir eine Meldung der NASA erhalten haben.«

Der Präsident holte tief Luft. POTIM-38 würde später am Morgen seine Bahn durch den Himmel über China ziehen. Er war *groß,* ging aber daneben. »Es *bleibt* doch dabei, daß er danebengeht, oder?«

»Yeah. Ich habe gerade erst das Gespräch mit Feinberg beendet. Das Problem ist: Er sagt, das Ding käme zurück.«

»Was?«

»Er sagt, es würde beim Flug durch die Atmosphäre

abgebremst und dann auf eine Schleifenbahn um die Erde gehen. Er weiß es nicht mit Sicherheit, aber er denkt, daß es dann doch herunterkommt. Vielleicht ganz schön schnell.«

»Mein Gott. Dieses Scheißding ist, *was*, zehn Blocks lang?« Zum erstenmal *spürte* Henry seine Krankheit wirklich. Wie ein Lebewesen kroch sie ihm in die Eingeweide und die Lungen und ringelte sich um die Wirbelsäule. Das Atmen fiel ihm schwer.

»Feinberg nennt es den Auslöser. Falls es einschlägt, heißt es überall Licht aus. Eiszeit, Hungersnöte, alles mögliche.«

»Wann?«

»Er weiß es nicht. Hängt davon ab, wie es auf den Flug durch die Atmosphäre reagiert.«

»Die schlimmste Möglichkeit?«

»Könnte in ein paar Tagen passieren.«

Henry wischte sich Schweiß von der Stirn und wühlte in den Papieren auf dem Schreibtisch herum, bis er das gesuchte fand. »Die NASA spricht von keiner unmittelbaren Gefahr.« Sein Magen fühlte sich an wie von Stahlbändern umklammert. »Dieser *Feinberg,* ist er ...«

»Unsere Leute halten ihn für den Besten.«

»Okay. Na ja, wir werden nicht einfach hier sitzen und es über uns ergehen lassen. Wir jagen das Scheißding mit Atomraketen hoch.« Er tippte mit dem Finger auf das NASA-Dokument. »Hier steht, daß die größte Nähe um acht Uhr siebenundvierzig erreicht ist. Wir erledigen es heute vormittag ein für allemal.«

»Ich stimme dem zu, Henry.«

»Die NASA soll Feinbergs Angaben überprüfen. Mal sehen, ob sie zum gleichen Ergebnis kommen. Holen Sie mir bis dahin Wilson ans Telefon.« Wilson war Stabschef der Luftwaffe. »Falls die NASA mit Feinberg übereinstimmt, machen wir es.«

Kerr verstieß gegen sein übliches Vorgehen, indem er, während Henry wartete, ein paar schnelle Telefonate führte und den Vorgang einleitete. Dann wandte er sich wieder an den Präsidenten. »Wir müssen noch etwas besprechen, Henry. Der District of Columbia ist gefährdet. Ich denke, wir müssen uns selbst auch ins Binnenland zurückziehen. Nur für alle Fälle. Ich habe mir die Freiheit genommen, ein Kommandozentrum auf dem Luftwaffenstützpunkt Peterson einzurichten.«

Henry hätte am liebsten gelacht, aber sein Hals war trocken. »Peterson? Sie möchten, daß ich nach Colorado gehe und mich dort auf einen Berg hocke?«

»Peterson liegt auf keinem Berg, Henry.«

»Wenn die Leute Colorado hören, denken sie an Berge. Wie sieht es wohl aus, wenn der Präsident, der allen gesagt hat: Bleibt zu Hause, macht euch keine Sorgen wegen der Flutwellen, alles ist unter Kontrolle ... wenn sich der gottverdammte *Präsident* absetzt und Kurs auf die Berge nimmt?«

»Die Leute werden viel zu beschäftigt sein, um darüber nachzudenken, Henry. Und anschließend freuen sie sich darüber, daß der Staat immer noch ein Oberhaupt hat.«

»Den Teufel werden sie. Nicht *dieses* Oberhaupt.«

»Henry, wir haben da draußen Flugzeuge und Satelliten, mehr Spähinstrumente, als wir überhaupt sinnvoll einsetzen können, aber die Flutwellen sind nur schwer zu sehen. Bis sie nahe heran sind. Manche von ihnen rollen mit fast fünfhundert Stundenkilometern an.« Er bedachte Henry mit einem offenen und harten Blick. »Eine Menge Leute arbeiten für Sie, Henry. Wenn Sie sich selbst in Gefahr bringen möchten, ist das eine Sache, aber Sie haben auch Personal, an das Sie denken müssen.«

Und Emily. Aber Emily erkannte das Dilemma selbst und hatte sich geweigert fortzugehen, als er es ihr früher am Abend vorschlug.

Der Präsident hörte Stimmen draußen. »Al«, sagte er, »das Land hängt heute nacht an nur einem Faden. Wenn wir hier noch Leute haben, die wir nicht unbedingt brauchen, schicken Sie sie weg. Dazu gehören die Agenten. Ich habe jedoch einfach nicht genug Zeit, um im Land herumzurennen. Die Planungsgruppe besteht größtenteils aus Soldaten. Sie haben hier ihren Job. Bei mir. Wir bleiben.«

7.

BBC-BEKANNTMACHUNG, 8 Uhr 21 BRITISCHE SOMMERZEIT (3 Uhr 21 OSTKÜSTEN-SOMMER ZEIT

»Hier meldet sich Sidney Cain aus London.« *(Die Stimme schwankt.)* »Sie sehen hier das alte Finanzzentrum von unweit der Stelle aus, wo vorher die Waterloo Bridge war. Augenzeugen berichten, der Kamm der Woge wäre höher gewesen als der Bahnhof Charing Cross. Die Innenstadt liegt zur Zeit unter etwa drei Metern Wasser. Man schätzt die Zahl der Toten auf über hunderttausend. Und das ist vielleicht eine sehr vorsichtige Schätzung. Inzwischen treffen Hilfsgruppen ein, aber auf sie wartet eine schwierige Arbeit.

Viele ...« *(Die Stimme versagt kurz.)* »Viele Sehenswürdigkeiten sind zerstört. St. Paul's ist eingestürzt, wie Sie sehen. Das Parlamentsgebäude steht ohne Dach da. Alle Brücken wurden weggerissen. Nelson scheint es überstanden zu haben. Und Cleopatra's Needle. Aber sonst nicht viel.« *(Wieder eine Unterbre-*

chung.) »Schiffe und Nachschub von der ganzen britischen Insel treffen inzwischen ein. Wir haben auch gehört, daß eine französische Flottille unterwegs über den Kanal ist.« *(Bemüht sich darum, mehr zu sagen. Gibt es auf.)* »Zurück zu Ihnen, Clyde.«

Mikrobus, Flugdeck, 3 Uhr 22

Evelyn hatte darauf bestanden, bei ihr zu bleiben. Saber war zu benommen, um Einwände zu erheben. Eine Zeitlang saßen sie schweigend da, dann redeten sie. Darüber, wie Saber sich fühlte, und später über Tony, über Sabers Ambitionen und endlich über das Lebenserhaltungssystem.

Draußen flog immer noch viel Gestein herum. Saber reagierte automatisch auf die gelegentlichen Warnsignale der Meßinstrumente, schaltete notfalls das Triebwerk ab, veränderte den Antriebswinkel und leistete insgesamt löbliche Arbeit dabei, den Gefahren auszuweichen. Natürlich wurde es auch einfacher. Die vordere Welle der Explosion war so rasch an ihnen vorbeigefegt, daß sie es nur durch schieres Glück überlebt hatten. Jetzt bewegten sich die Trümmerstücke, verglichen mit dem Bus, schon viel langsamer. Demzufolge konnte ein menschlicher Pilot inzwischen hoffen, rechtzeitig zu reagieren.

Jedesmal, wenn Saber beschleunigen mußte, fiel Tonys Leiche achtern zurück und geriet außer Sicht, aber wenn sie eine Zeitlang ohne Schub geflogen waren, schwebte er zurück, als versuchte er, beim Flugdeck zu bleiben. Bei *ihr.*

Es war unheimlich, und sie war dankbar, daß Evelyn ihr Gesellschaft leistete.

Tonys Tod war schwer zu akzeptieren. Tony war

unendlich kompetent gewesen, ein Mann, der glaubte, alles zu schaffen. Ein Ödland hatte sich in Saber aufgetan. Bis sie ihn dort draußen sah, wie er am Ende der Sicherungsleine trieb, hatte sie nicht geahnt, wie sehr sie seine Unterstützung brauchte.

Jetzt saß sie in einem Bus mit abgeschaltetem Lebenserhaltungssystem, ohne Hoffnung auf Rettung, ohne die Möglichkeit, den Schaden zu reparieren. Eine gute Nachricht lag auch vor: Die Funkverbindung mit Skyport stand wieder. Saber hatte ihre Lage geschildert und es dann für einen Vorgesetzten wiederholt.

Dort bestanden sie darauf, daß Saber noch einmal die Schränke überprüfte, ob nicht doch ein zusätzlicher Druckanzug vorhanden war. Als feststand, daß das nicht so war, sagte man ihr, die Verbindung würde aufrechterhalten, und die besten Leute würden an einer Lösung arbeiten. Saber wußte, was das hieß.

»Keine Chance auf eine Rettungsmission?« fragte Evelyn.

Sie schüttelte den Kopf. »Unmöglich, daß uns jemand schnell genug erreicht, um etwas zu nützen. Tatsache ist, daß es ihnen schwerfallen würde, uns überhaupt zu erreichen, ehe wir in einer Erdumlaufbahn eintreffen.«

»Wann ist *das* der Fall?«

»In etwa zwölf Stunden.«

»Wir atmen schon lange vorher nur noch Vakuum«, sagte Evelyn. »Wir brauchen irgendeine Idee.«

Saber hatte zu keinem Zeitpunkt aufgehört, an einer Idee zu tüfteln. Und sie mußte immer wieder an den Augenblick denken, als Tony durch das Loch im Rumpf geblickt und eine von Bigfoots Plastiktüten gesehen hatte. »Es könnte da eine Möglichkeit geben«, sagte sie.

Mikrobus, Passagierkabine, 3 Uhr 29

Die Stimmung in der Passagierkabine war inzwischen trostlos. Man hatte diskutiert, ohne D-Anzug hinunterzusteigen. Man konnte einen der Lufttanks benutzen und es einfach damit riskieren: die Luke aufreißen, einen Anzug vom Unterdeck holen und ihn nach oben bringen. Wie lange das alles wohl dauerte?

Fünf Minuten? Zehn? Sicherlich konnte doch einer von ihnen fünf Minuten lang *alles* aushalten.

Hängt davon ab, wie lange man braucht, die Luke aufzukriegen.

Und da wartete diese eine Straßensperre: Durch die Luke zu kommen. Aber sie hatten wirklich keine große Wahl, als es einfach zu probieren. Entweder probieren, oder nach einiger Zeit die Luftschleuse öffnen und den Tod in Würde akzeptieren.

Charlie war mit Sicherheit der körperlich kräftigste unter allen Menschen an Bord, also wollte er den Versuch wagen. Er überlegte sich: Falls keine andere Lösung möglich war, konnte er es auch gleich hinter sich bringen. Die fröhliche Kameradschaft des Abendessens schien inzwischen Lichtjahre entfernt.

Und so kam es, daß Evelyn und Saber, als sie die Leiter vom Flugdeck herunterstiegen, Charlie vor der Luftschleuse stehen sahen, den Sauerstofftank in den Gürtel geschoben.

»Sie haben die richtige Idee«, sagte Saber. Sie hielt einen zerknitterten grauen Overall in der Hand. »Aber so gefrieren Sie ganz schön schnell.«

»Immer noch besser, als nur herumzusitzen.«

»Ich denke, Sie werden auch die Luft anhalten müssen. Ich bezweifle, daß Sie atmen können, selbst mit der Maske.«

»Wer fliegt den Bus?« fragte Charlie.

»Ich schätze, wir gehen jetzt einige Risiken ein«, sagte Evelyn. »Und wir haben ein dringenderes Problem.« Sie sah Charlie an. »Wir *sind* darauf angewiesen, daß Sie gehen. Wir haben uns darüber unterhalten, und Saber wollte es selbst versuchen, aber der Haken besteht nun mal darin, durch die Luke zu kommen.«

Charlie musterte die übrigen Männer. Beide waren eher schwach gebaut. Zwei Frauen und der gute alte Charlie Haskell mit seinen einsneunzig. »Wir brauchen also ein paar Muskeln.« Normalerweise hätte Charlie darüber gescherzt, aber weder das Lächeln noch der richtige Ton wollten sich einstellen.

»Richtig«, sagte Saber. »Wir müssen Sie nur noch besser ausrüsten. Zuerst möchte ich Ihnen allerdings zeigen, wo Sie den Ersatzanzug finden.« Sie zeichnete eine Karte des C-Decks und markierte den mittleren von drei Schränken. »Ziehen Sie einfach den Riegel, und er geht auf. Der Anzug besteht aus zwei Teilen: der Montur und dem Helm. Vergessen Sie den Helm nicht, klar?«

Charlie runzelte die Stirn, fühlte sich beleidigt.

»Charlie«, sagte Evelyn, »da draußen wird alles neblig für sie. Das gilt fürs Blickfeld und fürs Gehirn. Es wird nicht gerade ein Spaziergang.«

»Wieso probiere ich nicht einfach, da unten in den D-Anzug zu steigen, statt ihn mit nach oben zu bringen?«

»Zu kompliziert und zu gefährlich«, versetzte Evelyn. »Gestalten wir es lieber einfach. Bringen Sie ihn einfach herauf.«

»Okay, jetzt sehen wir mal zu, daß wir auch eine Chance haben«, sagte Saber. Sie hob die Hände, drückte an die Decke und schüttelte einen der beiden restlichen Sauerstofftanks heraus.

»Ich habe schon einen«, bemerkte Charlie.

»Sie haben schon einen *gebrauchten*. Für uns hängt jetzt

alles von diesem Versuch ab, Herr Vizepräsident. Also besorgen wir Ihnen einen frischen Tank.«

Charlie kam zu dem Schluß, daß er sie mochte. Sie stand mehr unter Druck als jeder andere; sie hatte ihren *Captain* verloren, aber sie bewahrte Haltung. Eine harte Frau. »Okay«, sagte er.

»Der Ersatzanzug müßte in Ordnung sein. Es besteht jedoch die Gefahr, daß das, was die Kabine durchschlagen hat, dabei auch den Anzug erwischte. Falls das so ist, werden Sie Bigfoot ausziehen müssen und seinen nehmen.«

»Das klingt nicht einfach.«

»Ist es auch nicht.«

»Eine bessere Idee wäre«, sagte Evelyn, »den Anzug zu vergessen, wenn er beschädigt ist. Wahrscheinlich ist es einfacher, gleich die Sauerstoffleitung zu reparieren, als Bigfoot auszuziehen.«

»Klingt vernünftig«, meinte Saber. Sie reichte ihm eine Rolle Duct Tape.

»Ein Klebeband? Ich soll das Leck mit Klebeband verschließen?«

»Das beste, was wir haben. Herr Vizepräsident, wenn die Sache zu kompliziert für Klebeband ist, sind wir ohnehin tot.« Sie hielt ihm den grauen Anzug hin, der eigentlich kein richtiger Overall war, sondern eher aus einem Top und ein Paar Beinlingen bestand. Anscheinend aus Spandex hergestellt. Saber paßte Charlie die Sachen an, zupfte sie zurecht, prüfte erneut. »Es wird eng sitzen, aber vielleicht ist das nur gut so.«

»Was ist das?« fragte Charlie.

»Es ist ein g-Anzug. Es ist meiner, und er ist nicht gewaschen, wofür ich mich entschuldige. Er dient als Unterkleidung für einen D-Anzug.« Sein Gesichtsausdruck mußte ihr aufgefallen sein. »Ich meine das ernst«, sagte sie. »Sehen Sie, Luft und Temperatur sind nicht die einzigen Probleme. Ihre Kapillaren werden platzen. Das passiert recht schnell, sobald Sie ausgestiegen sind. In der Folge entwickeln sich massive Blutergüsse. Genug davon bringen Sie auch um.«

»Wie lange, bis das passiert?«

»Weiß nicht. Ich habe damals im Unterricht nicht richtig aufgepaßt, weil ich nie damit gerechnet habe, mal ohne Anzug auszusteigen. Oder jemand anderen so hinauszuschicken. Aber es dauert nicht lange, okay? Der g-Anzug verhindert bei hohem Andruck, daß sich das Blut in den Gliedmaßen staut. Er dient auch zur Kühlung. Das werden Sie brauchen.«

Charlie musterte die Sachen zweifelnd.

»Ziehen Sie es an«, sagte Evelyn.

»Kein großer Respekt für den Vizepräsidenten hier«, erklärte er ihr. Aber er zog sich auf die Toilette zurück, stieg in den Anzug und zog die Reißverschlüsse zu. Das Ding *war* eng! Er zog seine Kleider wieder an und kehrte in die Kabine zurück.

Evelyn inspizierte seine Aufmachung. »Nicht besonders als Raumanzug«, sagte sie. Handschuhe waren nicht vorhanden, also steuerte der Kaplan ein Flanellhemd bei, das sie zerrissen und mit Klebeband an Charlies Händen befestigten. Saber brachte eine Uniformjacke zum Vorschein, schnitt sie in Streifen, wickelte sie Charlie um die Füße und sicherte sie mit Klebeband.

Sie hörte Warntöne vom Flugdeck und schickte alle Passagiere auf ihre Plätze zurück, während sie die Leiter hinaufeilte. Charlie setzte sich und legte die Gurte an. Das Triebwerk erwachte tosend zum Leben, und Saber lenkte das Raumschiff auf einen neuen Kurs. Dann kam sie zurück, brachte einen Schraubenschlüssel, eine Taschenlampe und ein paar Schraubenzieher mit und legte das alles neben das Klebeband.

Sie sah Charlie an und lächelte.

»Nur den g-Anzug«, sagte sie. »Sie werden Ihre Kleider nicht brauchen.«

»Sie halten mich warm!« protestierte er.

»Warm zu bleiben wird kein Problem sein, Herr Vizepräsident. Glauben Sie mir.« Charlie zog verlegen Hemd und Hose aus. Weder er noch Saber trugen während der Vorbereitung auf den Ausstieg ihre Sauerstoffmasken, und die abgestandene Luft in der Kabine trieb ihn zur Eile.

Saber fuhr mit den Händen über das Spandex und äußerte ihre Zustimmung. »Wir brauchen noch ein paar Sachen«, sagte sie. Sie ging in die Kombüse und stöberte in Schränken und im Kühlschrank herum. Sie kehrte mit einem Strohhalm und einem Plastikbeutel zurück.

Charlie sah neugierig zu, während sie mehrere Pfund eingewickeltes Lunchfleisch aus dem Beutel holte, diesen über seinen Kopf hielt und herunterzog. »Ein bißchen eng«, sagte sie, »aber es sollte funktionieren.«

Evelyns Augen leuchteten auf. »Saber«, sagte sie und nahm das Klebeband zur Hand, »du bist ein Genie.«

»Was?« fragte Charlie.

Sie entfernten den Beutel und schnallten Charlie den Lufttank auf den Rücken.

»Okay.« Saber nickte zufrieden über ihr Werk. »Achten Sie auf das Sonnenlicht. Sie sind nicht ausreichend davor geschützt und werden einen schlimmen Sonnenbrand bekommen, wenn Sie sich ihm aussetzen. Ich versuche, Sie mit dem Bus abzuschirmen. Aber vergessen Sie das nicht.

Sie bekommen diesen Beutel über den Kopf. Dadurch fühlen Sie sich eingezwängt. Bleiben Sie ruhig. Das Atmen fühlt sich wahrscheinlich komisch an. Nicht das Luftholen. Das wird leicht sein. Aber ich denke, Sie werden sich etwas mühen müssen, auch *auszuatmen.*

Der g-Anzug kühlt Sie nicht, weil er dafür gedacht ist,

unter einem D-Anzug getragen zu werden. Also wird Ihnen gleich warm. Das ist ein weiterer Grund, warum wir nicht möchten, daß Sie in die Sonne geraten. Sie werden sich wie in einer Sauna fühlen.«

»Nur weiter«, sagte Charlie. »Ich notiere mir alles.«

»Tut mir leid. Ich wünschte, es wäre einfacher. Jemand sollte ein Halstuch improvisieren und ihm um den Kopf wickeln.« Sie erklärte ihm weiter Schritt für Schritt, was er tun mußte.

»Noch eins«, sagte sie. »Wir haben keine weitere Sicherungsleine. Bevor Sie irgendwas tun, ziehen Sie Tony herein, lösen die Leine und binden sie sich an den Gürtel. Fest! Falls wir manövrieren müssen, lasse ich die Außenbordlampen zweimal aufleuchten, zähle bis fünf und beschleunige. *Sie* beschaffen sich dann festen Halt, okay? Die Sicherungsleine schützt Sie nicht vor Prellungen oder davor, daß der Beutel aufplatzt. Und bleiben Sie um Gottes willen mit dem Bus verbunden, damit wir Sie nicht verlieren!«

Sie setzten ihm den Beutel wieder auf. Evelyn wollte ihn schon mit Klebeband befestigen, da hob Saber den Finger. »Noch nicht«, sagte sie.

»Wieso nicht?«

»Er muß ausatmen. Die Luft kann nicht entweichen, und der Beutel beschlägt.« Sie brachte einen Strohhalm zum Vorschein.

»Aber«, wandte Evelyn ein, »dadurch verliert er die Luft.«

»Richtig. Also brauchen wir eine Art Absperrhahn. Hat irgend jemand eine Büroklammer?«

»Hier«, sagte der Kaplan.

Saber nahm sie entgegen, steckte sie auf ein Ende des Strohhalms, begutachtete die Konstruktion und machte sie mit Klebeband fest. Dann befestigte sie den Strohhalm mit Klebeband am Top des g-Anzuges. Das zugeklammerte Ende des Strohhalms zeigte nach unten, das obere Ende steckte innerhalb des Plastikbeutels. »Wenn es nötig wird, Charlie«, sagte sie, »öffnen Sie die Klammer, um die ausgeatmete Luft loszuwerden.« Sie biß sich auf die Lippe. »Auf diese Weise werden Sie ein bißchen Luft ablassen können, aber tun Sie das ganz langsam. Sollte der Druck zu schnell fallen, bekommen Sie Nasenbluten.«

Ihre Augen wurden dunkel. »Ich denke, Sie sind jetzt soweit. Und es tut mir leid. Es gefällt mir nicht, das mit Ihnen zu machen.«

Er nickte und lächelte.

Evelyn schnallte einen Werkzeuggurt um seine Körpermitte, reichte ihm die Werkzeuge und band ihm die Lampe ans Handgelenk.

Sie wünschten Charlie Glück.

Und Charlie betrat mit trockenem Mund und nervösem Magen die Luftschleuse und zog die Tür zu. Die Druckfläche zum Einschalten war weiß. Er drückte darauf, sah, wie die Statusdisplays die Farbe wechselten, und setzte sich. Er fühlte sich schon klamm. Die Atemgeräusche unter dem Plastikbeutel waren laut, und er kontrollierte den Strohhalm, um sicher zu sein, daß die Büroklammer noch an Ort und Stelle war.

Der Pumpvorgang kam ihm langsam vor. Charlie saß da und lauschte seinem Herzschlag. Saber behielt recht: Für rasches Atmen wurde eine bewußte Anstrengung nötig.

Eine grüne Lampe sprang an, und die Außenluke schwenkte auf. Er blickte ins Weltall hinaus und erwartete, trotz Sabers Erläuterungen, eine Woge aus Kälte. Er stellte jedoch keine unmittelbare Temperaturänderung fest. Die Nervosität ließ nach, und er blickte mit erstaunlicher Ruhe ins Universum hinaus. Niemand bringt es bis zum Amt des Vizepräsidenten, ohne ein ausgeprägtes

Selbstvertrauen zu entwickeln und ohne die Fähigkeit, unter Druck zu reagieren. Obwohl sich Charlie dieser Eigenschaften gar nicht sonderlich bewußt gewesen war, waren sie doch vorhanden und retteten ihn jetzt.

Er sah sich um und entdeckte Tonys Leiche, die immer noch still im All trieb.

Sie hereinzuziehen kostete Zeit. Und Charlie wußte besser als jeder andere, daß die Zeit gegen ihn arbeitete; das verriet ihm schon die sich in seinen Lungen ausbreitende Luft. Besser, es ohne die Sicherheitsleine zu riskieren und hinter sich zu bringen. Tony später zu holen. Unter den jetzigen Bedingungen gab es keine Sicherheit, und es schien Charlie der Gipfel der Unvernunft, sich trotzdem darum zu bemühen und damit erst recht in Gefahr zu bringen. Er atmete aus, hörte den Plastikbeutel knistern, und beugte sich aus der Luftschleuse.

Er entdeckte einen Griff direkt links von sich. Er hielt nach weiteren Griffen Ausschau und sah, daß sie auf beiden Seiten in regelmäßigen Abständen von je circa sechzig Zentimetern aufeinander folgten – sowohl aufwärts zur Pilotenkanzel wie abwärts zum Frachtdeck.

Es war ein seltsames Gefühl, hinauszublicken und keinerlei Bewegung zu erkennen, zu wissen, daß sie nicht verankert waren, und unter sich nichts weiter zu sehen als die Leere des Weltraums. Er verbannte den Gedanken, packte den Griff und schwang sich hinaus auf den Schiffsrumpf. Er hatte Höhen nie gemocht, aber hier war es ganz anders. Es fiel ihm leichter als erwartet, mit diesem Erlebnis klarzukommen, und er stieg fast gelassen die Leiter hinunter. Ihm fiel auf, daß er nicht besonders hoffnungsvoll mit seinem Plastikbeutel, dem Strohhalm und der Büroklammer in die Luftschleuse gegangen war.

Aber jetzt stieg seine Zuversicht.

Was ihn an etwas erinnerte: Er hatte aufgehört zu

atmen. Er stieß die Luft hervor, und die Lungen füllten sich ohne jedes Bemühen seinerseits wieder.

Ausatmen.

Ihm war warm. Und ihm wurde wärmer.

Er ging weiter. Das abgebrochene Landebein kam ins Blickfeld, und er sah jetzt die Triebwerksdüse und die Luke zum Frachtdeck, die aussah wie teilweise aufgestemmt. Er hielt rasch darauf zu, packte prüfend den Griff, zog daran und stellte fest, daß sich nichts rührte.

Allerdings war Platz für seine Finger zwischen dem Lukenrand und seiner Auflagefläche. Er wechselte die Position, ließ den Handgriff los, packte die Unterseite der Luke mit beiden Händen, stemmte die Füße an den Rumpf und zog.

Nichts.

Er versuchte es mit dem Schraubenschlüssel und spürte, wie sich etwas bewegte.

Okay. Ein Fortschritt.

Er versuchte, mehr daraus zu machen, und strengte sich an, bis seine Sehnen knackten. Schweiß durchnäßte das Futter des g-Anzuges. Dampf bildete sich an der Innenseite des Beutels, und er mußte aufhören. Was hatte Evelyn gesagt? Sowohl Blickfeld als auch Gehirn würden sich benebeln? Vielleicht. Aber nach dieser Geschichte war *er* die führende Autorität auf diesem Gebiet.

Er lockerte den Sitz der Büroklammer. Der Druck zwängte Luft durch den Strohhalm hinaus.

Der Beutel wurde klarer.

Er wollte mit der Arbeit fortfahren, als mehrere Lampen aufleuchteten, einige entlang der Mittellinie der Kugel, andere in der Nähe des Fahrgestells. Sie gingen aus und wieder an.

Bis fünf zählen und das Triebwerk zünden.

Scheiße! Er schwang zurück zu den Handgriffen und hielt sich verzweifelt daran fest.

Er betrachtete nicht die Triebwerksdüse, aber er sah, wie sich das Licht der Zündung auf dem Metall vor seinem Gesicht spiegelte. Im selben Augenblick schleuderte ihn die abrupte Beschleunigung heftig an den Rumpf und versuchte, ihm den Arm auszukugeln. Auf einmal gab es ein *Unten*, ein klar spürbares Unten, und er baumelte an der Außenseite des Mikros über einem bodenlosen Abgrund.

Er klammerte sich an den Handgriff. Schmerzen stachen ihm durch Finger und Schultern. Er versuchte, ein Abkommen mit der Macht auszuhandeln, die das Universum beherrschte, welcher auch immer.

Die Griffe wiesen Vertiefungen auf, und er tastete mit dem Fuß nach einer, damit er stehen konnte. Den Druck mildern konnte. Nicht das Ausatmen vergessen. Der Schraubenschlüssel glitt langsam aus dem Gürtel.

Er fand Halt mit dem Fuß, ließ kurz mit einer Hand los und steckte den Schraubenschlüssel fest.

Dann stoppte die Brennphase, und er schwebte wieder.

Er wußte nicht, ob das Manöver vorüber war. Sie hatten nicht daran gedacht, ein entsprechendes Okay-Signal zu vereinbaren, also hielt er sich weiter fest und wartete. Die Beine schwebten vom Rumpf weg.

Er mußte sich zwingen, mit einer Hand loszulassen. Er rieb sich die Schulter, ließ dann vorsichtig auch mit der anderen Hand los und brachte sich wieder über der Luke in Stellung. Die ganze Zeit behielt er die Lampen im Auge.

Sie gingen nicht an.

Ausatmen.

Er wartete, bis er wieder Gefühl in den Armen hatte, steckte den Schraubenschlüssel unter den Lukenrand und zog daran. Hatte er vorhin fieberhaft gearbeitet, so tat er es jetzt verzweifelt. Er spürte, wie Federn zersprangen, und er rutschte mit dem Schraubenschlüssel aus und stieß sich die Hand, ignorierte es aber und arbeitete weiter. Die Luke gab nach. Und brach frei.

Mikrobus, Flugdeck, 3 Uhr 41

Die Stimme knurrte Saber an: »Er ist *wo*?«

»Ausgestiegen.«

»Aus dem *Schiff* ausgestiegen?«

»Das trifft zu.«

»Um Gottes willen ... Mit wem spreche ich?«

»Der Pilotin.«

»Wie lautet Ihr Name, Pilotin?«

»Rolnikaya.«

»Okay, Rolnikaya. Ich sage Ihnen, was Sie tun werden. Sie holen den Vizepräsidenten wieder herein. *Und zwar gleich!* Sagen Sie ihm, Mr. Kerr möchte ihn sprechen.«

»Im Augenblick ist er beschäftigt, Mr. Kerr. Ich sage es ihm, wenn er wieder hereinkommt.« Sie unterbrach die Verbindung.

8.

Mikrobus, außerhalb des Frachtdecks, 3 Uhr 42

Charlie schob sich an der Luke vorbei, schlüpfte in die Luftschleuse und brach zusammen. Er atmete schwer, keuchte praktisch, und der Plastikbeutel beschlug. Vorsichtig löste er erneut die Büroklammer und erinnerte sich an die Warnung vor Nasenbluten. Das Halstuch war durchnäßt.

Saber behielt recht: Er fühlte sich wie in einer *Sauna*. Das war komisch. Er hatte immer gedacht, daß der Weltraum *kalt* war.

Am Schott entdeckte er ein Statusdisplay, und es hatte Strom. Er fand die weiße Druckplatte, holte tief Luft und drückte darauf. Zu seiner Freude öffnete sich die Innenluke.

Im Innern brannte noch das Licht.

Bigfoots Leiche im D-Anzug schwebte unweit der Leiter, an der sie festgebunden war. Der Anzug wirkte beschädigt, und Bluttröpfchen trieben durch den Raum. Charlie erkannte, daß jedesmal, wenn Saber das Triebwerk zündete, die Leiche an die Leiter gerammt wurde.

Er hätte sich gern die Zeit genommen, Bigfoot zu bergen, aber er fühlte sich ungeheuer müde. Der Plastikbeutel wollte nicht wieder klar werden, und so fiel es ihm schwer, Einzelheiten der Umgebung zu erkennen. Und er vermutete, daß ein Teil des Blutes *innerhalb* des Beutels war.

Er konnte sich nur schwer konzentrieren. Etwas stieß ihm an den Arm, und ihm standen die Haare zu Berge.

Bigfoots Helm.

Er schloß die Hand darum. Er mußte nachdenken.

Das Ding festhalten.

Der Schrank. Wo war der Schrank? Er versuchte sich zu erinnern. Der noch klare Teil seines Bewußtseins schien zu schrumpfen, sich in eine Ecke irgendwo im Hinterkopf zurückzuziehen, was ein wenig der Wirkung von Lachgas beim Zahnarzt ähnelte. Er wehrte sich dagegen. Ihm kam der Gedanke, daß er die Außenbordwarnlampen nicht mehr sehen konnte. Aber Saber konnte sich über Interkom direkt auf dem Frachtdeck melden.

Nicht wahr?

Aber es gab keine Luft. Kein Medium, das den Schall

leitete. Drei Schränke gab es hier, hatte Saber gesagt. Der Druckanzug hing im mittleren. Charlie schob sich an Tanks, Kabeln und Regalen vorbei. Ertastete sich den Weg.

Er kam um eine Ecke. Schwebte vom Deck hoch. Fand einen Handgriff, die Seite eines Lagerbehälters, irgendwas, und drückte sich auf den Boden zurück. Und auf diese umständliche Art, halb geblendet, in einem Zustand, weder rational noch irrational, entdeckte er schließlich die Schränke. Er öffnete den mittleren und ertastete den Anzug. Und einen weiteren Helm. Nimm beide. Der Bigfoots war vielleicht beschädigt. So was wollte er nie wieder machen. Nein, Sir. Das war zuviel, sogar für den Vizepräsidenten der Vereinigten Staaten. Er wickelte die Helme in den Anzug.

Er kehrte in die Luftschleuse zurück, drückte die Schaltfläche und sah zu, wie sich die Innenluke schloß. Er machte es sich bequem und wartete, und eine Minute verging, ehe ihm bewußt wurde, daß es sinnlos war, weil die Außenluke schon offenstand, schon offengestanden *hatte*.

Achte darauf, daß du den Anzug noch hast!

Er hatte ihn und tastete nach der Leiter, die an der Flanke des Mondbusses hinaufführte. Er brauchte sie eigentlich nicht. Er konnte sich einfach hinausbeugen und *springen*. (Er kicherte bei dem Gedanken.) Konnte im Vorbeischweben die Luke packen. Nichts dabei.

Tatsächlich wußte er nicht recht, wo *oben* war. Die Leiter führte in beide Richtungen. Wo ging es zur Passagierkabine und wo zu den Landebeinen? Er zog sich in die Luftschleuse zurück – *lieber auf Nummer Sicher gehen* –, entdeckte die Schalttafel, wischte sich mit einem verschmierten Arm über den Plastiktütenhelm und versuchte die Beschriftung abzulesen. Aber er konnte nichts erkennen.

Wo ging es lang?

Da fielen ihm die Bänke in der Luftschleuse ein. Sie dienten zum Sitzen, mußten also in Bodennähe sein. *Unten.* Und er mußte in die andere Richtung.

Er fand die Bänke, kehrte zur Außenluke zurück und prüfte erneut, ob er den D-Anzug noch hatte. Gott mochte ihm helfen, falls Saber wieder das Triebwerk starten mußte. Er packte einen Griff und machte sich auf den Weg nach oben. Es war falsch gewesen, auf dem Weg herunter nicht die Handgriffe zu zählen. Er dachte, daß es acht oder neun gewesen waren. Oder vielleicht dreizehn. (Er kicherte wieder.) Er zählte jedoch jetzt beim Aufstieg, und bei sechs fing er an, nach der Luke zur Luftschleuse der Passagierkabine zu tasten, obwohl er wußte, daß es zu früh war. Bei dreizehn hatte er sie immer noch nicht gefunden. Er überlegte, sich den Beutel herunterzureißen, damit er sehen konnte.

Ausatmen.

Was passierte wohl, wenn er die Luke nicht entdeckte? Führten die Griffe komplett um den Bus? Er malte sich aus, wie er in einem fort um den Bus herumkletterte.

Zieh die Tüte herunter. Wirf die Würfel und bring es hinter dich. Konnte er es hinein schaffen, ehe das Vakuum ihn umbrachte? Wer wußte es? Sicherlich nicht Vizepräsident Charles L. Haskell. Er fragte sich, was Sam von ihm dächte, könnte er ihn jetzt sehen.

Und seine Finger schlossen sich um die Luke.

TRANSGLOBAL-SONDERMELDUNG, 3 Uhr 53

Hier spricht Keith Morley an Bord des Mondbusses mit dem Vizepräsidenten. Vor gerade ein paar Minuten hat Vizepräsident Haskell einen unglaublichen Rettungseinsatz außerhalb des Schiffes erfolgreich abgeschlossen ...

Mikrobus, Passagierkabine, 4 Uhr 07

»Ja, Al, was gibt es?«

»Alles in Ordnung mit dir, Charlie?«

»Mir geht es gut.« Das stimmte wohl kaum, aber wenn man bedachte, in welcher Verfassung er jetzt auch hätte sein *können*, hielt er sich verdammt gut. »Ich habe gehört, daß es bei euch da unten nicht so gut aussieht.«

»Ja. Miami Beach und New Orleans sind völlig zerstört. Die Ostküste hat es von Maine bis zu den Florida Keys erwischt. Nicht so schwer. Nicht *überall*. Aber es ...« Ihm versagte die Stimme, und er fing an zu schluchzen. *Al Kerr!*

Evelyn stieg gerade vom Flugdeck herunter, wo sie Funkkontakt mit Saber gehabt hatte. Sie nickte und setzte umständlich die Sauerstoffmaske ab.

»Man schätzt Zehntausende von Toten«, fuhr Kerr mit einer Stimme fort, die kaum weniger bebte als zuvor. »Aber Gott weiß, wie die wirkliche Zahl lautet.«

Charlie kniff die Augen zu. Er dachte an seinen Vater und seine Vettern und Kusinen, die am Cape lebten.

»Es ist eine gottverdammte Katastrophe, Charlie. Ich denke nicht, daß irgend jemand von uns auch nur eine Ahnung hat ...«

»Okay.« Charlie versuchte zu verarbeiten, was Kerr ihm berichtete.

»Noch etwas. Ich weiß nicht, ob du es schon gehört hast, aber die andere Raumfähre wird vermißt. Vielleicht ist nur die Funkverbindung abgebrochen. Ich weiß, daß man auch ein paar Stunden lang keinen Kontakt mit euch hatte.«

»Die andere Raumfähre? Die mit Rick an Bord?«

»So hat man uns erzählt. Ich denke nicht, daß noch Hoffnung besteht. Es tut mir leid.« Eine lange Pause trat ein. »Charlie, im Moment sieht es danach aus, als ob wir eine Million Tote haben würden, ehe es vorüber ist. Der Präsident hätte selbst mit Ihnen gesprochen, nur ist er im Moment förmlich begraben. Du verstehst schon.«

Begraben.

»Charlie, du solltest wissen, daß man hier einige Zweifel hegt, ob das Land die Sache überlebt.«

»Yeah«, sagte er. »Ich kann verstehen, warum.«

»Henry möchte, daß du bestmögliche Miene dazu machst. Optimistisch bleiben. Ich meine, du bist unser Spezialist zum Thema. Du warst dort.«

»Al, du hörst dich an wie Rick.«

»Yeah. Ich schätze, letzten Endes klingen wir alle wie Rick. Hör mal, was hast du eigentlich außerhalb des Schiffes angestellt? Ist das nicht gefährlich?«

»Es ist ein Bus.«

»Was immer.«

»Ich habe versucht, eine Luke aufzukriegen.«

»Okay. Tu das nicht mehr, ja? Inzwischen geben wir eine Presseerklärung heraus. *Haskell übernimmt das Kommando,* okay?«

»Laß es gut sein«, sagte Charlie.

»Charlie, ich denke, der Präsident wird darauf bestehen. Hör zu, wir brauchen alle PR, die wir nur kriegen können.«

Charlie mochte den Präsidenten nicht besonders, aber er wußte, daß Henry seine Arbeit ernst nahm und derzeit alle Qualen der Hölle erleiden mußte. Er war nicht der Mensch, der Verluste einfach abschrieb, der anerkannte, daß man in manchen Situationen einfach sein Bestes gab und das Beste hoffte. Charlie wußte, daß Henry sich selbst die Schuld geben würde. Er konnte die Erklärung des Präsidenten fast hören: *Charlie, wir hätten gleich die Evakuierung einleiten müssen. Wir haben uns zu viele Sorgen darüber gemacht, wie wir die Leute in der Fremde ernähren können. Wir waren über Verkehrsstaus besorgt, um Gottes willen!* Sie hatten also falsch gedacht, und eine Menge Leute waren umgekommen.

Charlie wußte allerdings: Wäre er dort unten gewesen, hätte er keine Einwände gegen diese Handlungsweise gehabt. Er hätte mitgemacht, überzeugt, das Richtige zu tun.

Für einige Augenblicke spürte er die Verantwortung des Amtes. Zum ersten Mal in seiner ganzen politischen Karriere fragte er sich jetzt, ob er wirklich Präsident der Vereinigten Staaten werden wollte. Plötzlich war das eine dunkle und furchterregende Aussicht. Wenn er zu Hause war und sich alles wieder beruhigt hatte, wollte er noch mal über alles nachdenken. Vielleicht die Kandidatur zurückziehen. Er hatte nicht wirklich Angst vor dem Amt, mußte aber die eigenen Grenzen anerkennen. Der nächste Präsident stand einer verwüsteten Nation vor. Die schlichte Wahrheit lautete, daß dafür jemand gebraucht wurde, der besser war als Charlie Haskell. Charlie wäre in guten Zeiten vielleicht okay gewesen, aber die Vereinigten Staaten waren einer monumentalen Katastrophe zum Opfer gefallen. Die Nation brauchte einen Lincoln. Oder einen Teddy Roosevelt.

Wo zum Teufel wollte sie einen finden?

Kaum hatte Kerr die Verbindung unterbrochen, tauchte Saber wieder vor der Luftschleuse auf. Sie schien mit sich zufrieden, und Charlie freute sich für sie. »Es geht doch nichts über Universalklebeband«, verkündete die Pilotin. Und dann betrachtete sie Charlie, der angeschnallt dasaß, den Sitz zurückgeklappt. »*Sie* sehen nicht allzu gut aus.« Sie wollte ihm etwas geben, was ihm einzuschlafen half, aber Charlie lehnte ab. Jedenfalls nicht in dieser Nacht. Als ob er irgendwas hätte tun können, um zu helfen.

»Wie schlimm *sehe* ich denn aus?« fragte er Evelyn, nachdem Saber aufs Flugdeck zurückgekehrt war.

»Als ob du dich geprügelt hättest. Und verloren hättest.« Sie hielt einen Spiegel hoch. Sein Gesicht war blutunterlaufen, und er hatte zwei blaue Augen.

»Viele Menschen sind heute nacht gestorben.«

Sie nickte. »Wir haben davon gehört.«

Er schwebte zwischen Erschöpfung und Grauen.

Und weitere schlechte Nachrichten trafen ein. Saber rief Evelyn aufs Flugdeck. Als sie zurückkam, gab sie bekannt, daß man keine Verbindung zu dem früheren Flug mehr hatte herstellen können. Er galt als mit einhundertein Passagieren und drei Besatzungsmitgliedern verloren.

Sie alle dachten darüber nach, gingen die Namen von Freunden und Kollegen durch, versuchten sich zu erinnern, wer für welchen Flug eingeteilt worden war.

Einhundertvier Menschen. Das war sehr wenig verglichen mit der enormen Zahl derer, die auf der Erde umgekommen waren. Aber es verlieh dem Verlust Gesichter. Rick und Sam und Gott wußte wer sonst noch und eine Million weitere.

Es war die finsterste Nacht der Menschheitsgeschichte.

Manhattan, 4 Uhr 01

Larry stand neben Marilyn, blickte über die Dächer hinweg und hinunter auf das neue Meer. Manhattan hatte sich in eine Gruppe Betoninseln verwandelt. Die Stadt lag im Dunkeln. Der zertrümmerte Mond war schon lange untergegangen. »Verdammte Regierung«, sagte er. »Sie hat behauptet, wir bräuchten uns keine Sorgen zu machen.«

Jemand leuchtete mit einer Taschenlampe über die Dachkante. Der Lichtschein hüpfte im Wasser auf und ab. Leichen schwammen darin.

Marilyn wandte sich ab. Sie konnte nicht schlafen und hatte sich schließlich wieder zu der stillen Gruppe gesellt, die sich um ein batteriebetriebenes Radio versammelt hatte. Die Terrassentüren standen offen, und die Vorhänge bewegten sich in einer Brise. Ungefähr dreißig Personen waren immer noch da. Ein paar schliefen, die am frühen Abend zuviel getrunken hatten. Die anderen wirkten lustlos und verängstigt.

Marilyn hatte Verwandte in Boston und Freunde auf den Outer Banks. Sie hatte versucht, sie anzurufen, aber bis ungefähr drei Uhr nur Besetztzeichen und automatische Durchsagen zu hören bekommen (*»Der von Ihnen gewünschte Anschluß ist zur Zeit wegen Wartungsarbeiten ...«*). Jetzt war das Telefon völlig tot.

Die Zimmer wurden mit Kerzen beleuchtet. »Ich frage mich, wie es wohl bei uns aussieht«, sagte Marilyn zu Larry. Ihre Wohnung lag im zweiten Obergeschoß, einem *hochgelegenen* zweiten Obergeschoß, und müßte eigentlich trocken geblieben sein. Es war jedoch anstrengend, sich Sorgen zu machen. »Wir sollten versuchen, nach Hause zu kommen«, sagte sie.

»Wie, denkst du, sollten wir das tun, Schatz?«

Sie stellte überrascht fest, wie weit sie sich innerlich von allem zurückgezogen hatte. Sie machte sich fast über nichts mehr Gedanken. Sie wußte jedoch, daß Dinge gesagt und vorgespiegelt werden mußten.

Louise war in der Küche. Natürlich gab es kein fließend Wasser mehr. Louise hatte eine Flasche Quellwasser geöffnet und goß einem der Wirtschaftsprüfer ein kleines Glas ein. »Sei sparsam damit, Bill«, sagte sie.

»Ist das der ganze Vorrat?« fragte Marilyn.

Louise sah sich den Behälter an. Etwas über dreieinhalb Liter waren übrig. »Das ist er«, sagte sie. »Wir müssen uns allmählich überlegen, was wir tun, wenn keine Hilfe kommt.«

»Hilfe wird kommen«, meinte der Wirtschaftsprüfer.

»Ich denke, Louise hat recht«, sagte Marilyn.

Louise sah aus, als hätte sie die ganze Nacht nicht geschlafen. *Sie macht sich Sorgen, wie sie alle ernähren soll,* erkannte Marilyn.

Larry trat hinter ihr ein. »Vielleicht sollten wir darüber nachdenken, wie wir das Frühstück organisieren«, sagte er. »Gibt es in der Gegend ein Lebensmittelgeschäft?«

Louise nickte. Ihre gewohnte Energie hatte sich verflüchtigt. »Einen Block weit Richtung Broadway. Auf der anderen Straßenseite. Er heißt Barney's. Aber ich denke, er liegt zur Zeit unter Wasser.«

»Hört mal«, sagte der Wirtschaftsprüfer, »die ganze Welt weiß, daß wir hier festsitzen. Wir sollten nicht überstürzt losrennen. Wir müssen einfach Geduld haben.«

»Nein.« Marvin trat ins Kerzenlicht. Seine Stimme lag eine Oktave tiefer als sonst. »Ich finde nicht, daß wir einfach abwarten sollten, was mit uns passiert.« Er sah Marilyn an und wandte sich dann an Louise. »Findet man in diesem Haus irgendwas, was man als Floß verwenden könnte?«

9.

Weißes Haus, Oval Office, 4 Uhr 07

Nicht benötigtes Personal war ruckzuck weggeschafft worden. Henry hatte gerade mit dem brasilianischen Präsidenten telefoniert und den Evakuierten mit dem Gefühl nachgeblickt, sich auf einem sinkenden Schiff aufzuhalten. Die Agenten hatten sich geweigert zu gehen und bemannten jetzt den Vordereingang. Alle anderen

Zugänge waren dichtgemacht. Das Weiße Haus stand leer, abgesehen vom Präsidenten, einigen seiner führenden Mitarbeiter, dem Secret Service und dem halben Dutzend Offizieren im Lagebesprechungsraum. Zur Vorsicht hatte Kerr drei Hubschrauber der Marines herbeizitiert. Die Maschinen standen mit langsam drehenden Rotoren auf dem Rasen bereit.

Das Telefon des Präsidenten klingelte. »General Wilson am Apparat, Sir«, meldete der Armeehauptmann, der den Posten von Henrys Sekretärin übernommen hatte.

»Ja, Bob?« fragte der Präsident.

»Herr Präsident, wir stellen die Zielprogrammierung der Vögel neu ein, wie Sie es gewünscht haben. Wir sind bereit zum Abschuß, sobald das Ding vorbeikommt.«

»Gut.« Gott sei Dank! Wenigstens etwas lief richtig. »Sie haben die Erlaubnis zu feuern, Bob. Aber nicht, bevor das Ding wieder auf dem Weg hinaus ist.«

»Ja, Sir. Genau so machen wir es.«

»Wir wollen schließlich nicht, daß irgendwelche radioaktiven Stücke auf China stürzen.«

»Nein, Sir.«

Noch mehr Menschen als Feinberg hatten inzwischen von der Gefahr durch POTIM-38 erfahren, und die Geschichte war zu den Medien durchgesickert. Die elektronische Ausgabe der *Rocky Mountain News* bemerkte, daß das Objekt vage an einen Grabstein erinnerte. Etliche Karikaturen von dem Brocken waren bereits erschienen; eine stellte Henry dar, wie er auf seinem Grab saß und nachdachte, neben einem Gedenkstein, der dem *Possum* ähnelte.

Nun, was das anging, hatten sie recht. Was immer jetzt geschah – Henrys Nachruf war geschrieben und veröffentlicht.

Blitze prasselten auf dem Dach. Es war ein Sturm, wie

ihn Henry in all seinen Jahren im District nie schlimmer erlebt hatte. Die Experten glaubten, daß auch dieser Sturm von Mondgestein ausgelöst worden war.

Kerrs vertrautes Klopfen ertönte an der Tür.

»Herein«, sagte der Präsident.

Die Tür ging vorsichtig auf, und der Stabschef blickte ins Büro. »Alles in Ordnung mit Ihnen, Henry?« fragte er.

»Mir geht's gut.« Kerr stand betreten da. So wie immer, wenn ein Problem vorlag. »Was ist los, Al?«

»Weitere Flutwellen rollen an«, sagte er. »In drei bis vier Stunden. Diesmal an der Westküste.«

County Route 6, südwestlich von San Francisco, 1 Uhr 19 Pazifische Sommerzeit (4 Uhr 19 Ostküsten-Sommerzeit)

Die Meldungen von den diversen Katastrophen aus dem ganzen Land verliehen den Fernsehsendungen eine Atmosphäre der Unwirklichkeit, verglich man sie mit der stillen Wildnis, in der die Familie Kapchik rastete. Es war, als sähen sie sich ein Weltuntergangsdrama an, das gleichzeitig auf allen Sendern lief. Der schimmernde Nebel, der an die Stelle des Mondes getreten war, lag nun selbst hinter einer Wolkendecke versteckt. Ein leichter Wind wehte aus Westen, und die Nacht war kühl und angenehm. Die Bergflanke, auf der sie kampierten, hatte sich mit Menschen gefüllt, die Essen, Kaffee und Alkohol miteinander teilten, erfüllt von einer Art Gemeinschaftsgeist, wie ihn nur gemeinschaftliche Gefahren hervorbrachten. Sie verfolgten die Fernsehbilder mit Bestürzung und Mitgefühl und redeten nicht über die seltsame heimliche Freude darüber, der Katastrophe entronnen zu sein, die so viele eingeholt hatte. Nach einer Weile schaltete Marisa ihr Gerät aus. Sie hatte es mit dem Schlafen aufgegeben und saß an einen Baum gelehnt. Sie hatte sich ein Wollhemd übergezogen. Die Augen fielen ihr zu. Sie roch Lagerfeuer und Kaffee. Viele Leute waren noch wach und unterhielten sich gedämpft. Jerry war mit den Kindern in einen Schlafsack gekrochen und schnarchte inzwischen leise. Auf der Straße fuhren Autos und Lastwagen weiter nach Osten.

Man hatte Flutwellen gemeldet, die sich Kalifornien näherten, aber niemand hatte ausdrücklich San Francisco erwähnt. Marisa dachte an ihr Haus in Pacifica und betete darum, es möge noch da sein, wenn die Familie zurückkehrte.

Abrupt hörte das Geflüster auf, und die Leute schnappten nach Luft. Ein Feuerball schoß über den Himmel und explodierte direkt über ihnen. Fragmente regneten herab. Es wurde hell über den Bergen, und nach wenigen Augenblicken hörte Marisa ein Prasseln wie von fernen Knallkörpern. Dann wurde die Welt wieder dunkel.

Jerry rührte sich zu keinem Zeitpunkt.

Jemand schloß eine Autotür.

Jerry wollte morgen nach Hause, falls nichts passierte, aber Marisa fand, daß Vorsicht geraten war. Am Morgen wollte sie vorschlagen, noch eine Nacht lang draußen zu bleiben, bis sie wirklich sicher waren.

Die Fläche, auf der die Kapchiks parkten, war randvoll. Weitere Fahrzeuge säumten die Straße. Ein Streifenwagen der Polizei stand unter ein paar Bäumen auf der anderen Seite des Highways. Er bot ein Gefühl der Sicherheit, eine Art Garantie, daß das Leben weiterging.

Marisa bemerkte, daß es ringsherum lebendig wurde. Aus dem Geflüster wurden Obszönitäten, und die Leute beugten sich näher an ihre Fernseher.

Sie setzte sich den Kopfhörer wieder auf und schaltete

das eigene Gerät noch rechtzeitig ein, um zu hören, wie ein aufgeregter Reporter von dem Bemühen berichtete, Los Angeles zu evakuieren. Hunderte von Bussen, organisiert von Hilfsdiensten und dem Militär, versuchten drei Millionen Menschen auf höheren Grund zu bringen. Wolken aus Flugzeugen und Hubschraubern gingen auf privaten Flugplätzen und kleinen Gemeindeflughäfen nieder, um zu helfen. *Drei Millionen!*

Eine zweite Reportage aus einem örtlichen Nachrichtenhubschrauber schilderte die Zustände auf den Highways. Der Verkehr kroch nur noch.

Gott helfe ihnen.

Dann fiel Marisa auf, daß nicht nur über Los Angeles geredet wurde. Die ganze Westküste entlang herrschte der Notstand, von Astoria im Norden bis Niederkalifornien im Süden. Überall versuchte die in Panik geratene Bevölkerung, höheren Grund zu erreichen, auf Berggipfel zu klettern, in Wolkenkratzer einzubrechen, was immer sich ihnen bot.

Es mußte das reinste Chaos sein.

Aus manchen Gegenden wurde gemeldet, daß Leute Brücken sprengten und Highways blockierten, um die Flüchtlingsflut aufzuhalten. Lisa Monroe von CBS befragte einen Mann, der für eine ganze Gemeinde zu sprechen vorgab und für sie das Recht in Anspruch nahm, das Stadtgebiet gegen die ›Horden aus San Francisco‹ zu verteidigen.

»Sie überrennen uns«, sagte er. »Sehen Sie sich nur um. Sie werden alle auf diesem Berg sitzen wollen. Wo sollen wir alle unterbringen? Der Platz reicht nicht. Die Lebensmittel nicht. Das Wasser nicht.« Er redete mit der präzisen Artikulation eines Schauspielers. Ein Profi der einen oder anderen Art, erkannte Marisa. »Ja, und deshalb haben wir einen Sattelschlepper auf die Straße da unten gestoßen. Und wenn sie den weggeschafft haben, werfen wir einen weiteren hinunter. Es gefällt mir nicht, aber wir müssen uns um die eigenen Leute Gedanken machen.«

Sie sah sich den relativ dünnen Verkehr auf der Kreisstraße an und fragte sich, ob auch sie irgendwo westlich von hier blockiert worden war. Sie schüttelte Jerry.

»Was ist los?« fragte er. Er wirkte benommen.

Sie erklärte es ihm. »Sie sagen, alles würde überflutet.«

»Und wir sind nicht gegen Überschwemmung versichert«, sagte er. »Scheiße, Missy, wir werden alles verlieren!«

Sie saßen hier an eine Bergflanke geschmiegt. Scheinwerferkegel fuhren alle etwa zehn Sekunden rhythmisch über den Kies. Und Blitze zuckten über die Berge.

Aber es waren keine Blitze.

Es war *Feuer*!

Es kam lautlos vom Himmel und glitt langsam durch Marisas Blickfeld. Der Highway und der Berg traten weiß und scharf umrissen hervor. Das Feuer schien fast heranzuschweben, und dann hörte sie es, eine Folge lauter Knalls und Explosionen. Fragmente spritzten daraus hervor, und der Brocken selbst verschwand hinter dem Berg außer Sicht. Ein Donnern erschütterte die Erde.

Lichter gingen auf dem Highway über dem Souvenirladen an. Das Erdbeben dauerte an, hörte auf, setzte erneut ein. Heftiger jetzt. Der Highway brach auseinander. Bremsen quietschten und Autos krachten ineinander. Menschen schrien und rannten, und die Lichtkegel von Taschenlampen stachen durch die Nacht. Das Licht im Souvernirladen, die Sicherheitsbeleuchtung und die Schilder an der Ladestation gingen alle aus.

Motoren sprangen an. Ein Spalt öffnete sich dicht am Fuß der Klippe. Ein Auto rutschte hinein und verschwand.

»Ein Erdbeben«, sagte Jerry.

Die Lichtkegel der Taschenlampen zuckten zur Bergflanke hinauf und verblaßten in der Dunkelheit. Die Schreie setzten sich fort. Marisa hörte ein Grollen. *Über ihr.*

Die Polizisten waren aus ihrem Wagen ausgestiegen und wollten die Leute mit Handzeichen auf die Straße locken, weg von dem Überhang.

Autos und Lastwagen versuchten zu entkommen, schlingerten aneinander, ergossen sich auf den Highway. Hupen lärmten. Ein Buick fuhr einen der Polizisten an und fuhr weiter. Ein weiterer Wagen kippte mit den Rädern in ein Loch und stürzte um. Die Räder drehten sich ins Leere, und die Insassen versuchten sich aus dem Fahrzeug zu befreien.

»... von hier verschwinden«, sagte Jerry gerade und stürmte zum Vordersitz des Kombis.

Marisa war Medizintechnikerin für Notfälle. Ihr erster Impuls bestand darin, zur Erste-Hilfe-Tasche zu greifen. Sie wollte dem verletzten Polizisten helfen, war aber unschlüssig, wußte, daß sie lieber die Familie in Sicherheit bringen sollte. Ohnehin hielt niemand an, und sie konnte den Verletzten nicht erreichen. Während sie noch versuchte, sich zu entschließen, explodierte die Bergflanke.

Die Kinder hatten hinten im Wagen geschlafen. Jetzt wachten sie auf und schrien. Die ganze Welt löste sich auf. Jerry knallte die Hecktür zu, während Marisa auf den Beifahrersitz sprang. Jerry duckte sich einen Moment später herein und kletterte nach hinten, um die Kinder zu beruhigen. Steine prasselten auf Motorhaube und Dach.

Sie konnten nirgendwohin. Ein Einschlag brachte den Kombi zum Wackeln, und etwas zertrümmerte ein Fenster. Der Erdrutsch wollte gar nicht mehr aufhören, und Marisa sah durch die aufgepeitschte Staubwolke überhaupt nicht, was passierte. Dann war es vorbei.

»Alle in Ordnung?« fragte Jerry.

Es ging ihnen gut. An die Stelle rutschender Erdmassen waren jedoch Schreie, panische Hilferufe und das säuerliche Blöken einer blockierten Hupe getreten.

»Nimm die Kinder«, sagte Marisa. »Dort hinauf, auf den Highway.« Sie zeigte ihm die gewünschte Richtung. Weg von den Überhängen.

Jerry betrachtete hilflos die Reihe halb vergrabener Autos, die ihm den Weg versperrte. »Wie soll ich da raus?«

»Zu Fuß«, sagte sie. »Und beeil dich! Der Rest von dem Ding könnte jeden Augenblick herunterkommen.«

»Wohin gehst *du*?«

Sie stieg hinten aus, hatte eine Taschenlampe und die Erste-Hilfe-Tasche dabei. »Helfen«, sagte sie.

Sie suchte sich einen Weg durch das Gemetzel, tippte Nummern in ihr Funktelefon und hielt Ausschau nach dem Polizisten. Er war bewußtlos, blutete und hatte mehrere gebrochene Rippen.

Niemand reagierte auf die 911.

Skyport Orbitallabor, 4 Uhr 54

POTIM-32 ging vierhundertachtzig Kilometer südlich der Küste von Virginia nieder. Tory gab die Koordinaten an ihre wartenden Kunden weiter, zu denen der Satelliten-Aufspürdienst der US-Marine gehörte.

> NOTFALL***NOTFALL***NOTFALL
> VON: NAVSAT
> AN: ALLNAV
> ZEIT: 140956Z
> BETR.: FRÜHWARNUNG
> FLUTWELLE RICHTUNG VIRGINIA-MARY-

LAND. ENTFERNUNG FÜNFUNDSIEBZIG NAUTISCHE MEILEN. GESCHWINDIGKEIT ZWEINEUN-NULL KNOTEN.

Weißes Haus, Konferenzzimmer, 5 Uhr 00

Der Raum war gedrängt voll mit Reportern und Kameras.

Henry blickte grimmig in die Kameralampen. »Liebe amerikanische Mitbürger«, sagte er. »Wir erleben eine schreckliche Nacht für das amerikanische Volk und für die Menschen in aller Welt. Wie Sie wissen, haben uns ungeachtet all unserer Hoffnungen riesige Flutwellen sehr schwer getroffen. Weitere rollen an. Ich wünschte, ich könnte Ihnen etwas anderes sagen; ich wünschte, ich könnte Ihnen sagen, daß dieser nationale Alptraum vorüber ist. Aber das kann ich nicht.

Zusätzlich zu all den Katastrophen des Abends sehen wir uns jetzt von einem großen Objekt bedroht, das wir inzwischen den *Possum* nennen. Seine richtige Bezeichnung lautet POTIM-38, und er ist über anderthalb Kilometer lang. POTIM-38 ist ein Stück Mondgestein, das beim Einschlag des Kometen weggeschleudert wurde und über das Potential verfügt, unserer Umwelt irreparable Schäden zuzufügen, sollte es auf der Erde einschlagen.

Das Objekt kommt der Erde heute morgen um acht Uhr siebenundvierzig sehr nahe. Es durchquert die Atmosphäre und wird dann wahrscheinlich auf eine Umlaufbahn gehen, die in der Folge verfällt *und es wieder zurückbringt.*

Es wird so lange ein große Gefahr darstellen, bis wir etwas unternehmen. Und die Realität ist, daß wir nie eine bessere Gelegenheit erhalten werden, uns von dieser

Gefahr zu befreien, als heute. Deshalb habe ich der Luftwaffe befohlen, einen massiven Raketenangriff vorzubereiten, der ausgeführt wird, *sobald das Objekt sich wieder von der Erde entfernt.*

Auf diese Weise ...«

Weiter kam er nicht.

Ein Blitz explodierte direkt über dem Weißen Haus. Die Beleuchtung fiel aus, flackerte noch ein paarmal kurz auf und erstarb gänzlich. »Wir sind nicht mehr auf Sendung, Herr Präsident«, sagte ihm der Produzent.

»Können Sie das korrigieren, Herman?«

»In ein paar Minuten. Vielleicht.«

Die Notbeleuchtung sprang an.

Henry blickte auf das Gedränge der Reporter hinunter. »Sie sehen jetzt, wie es hier läuft.« Damit löste er hier und da ein müdes Lächeln aus.

Während er wartete, unterhielt er sich mit ihnen und erklärte zwanglos, welche Konsequenzen es haben könnte, wenn keine Maßnahmen gegen den *Possum* ergriffen würden. Ob er China konsultiert hatte? wollte jemand wissen. Das hatte er nicht; es war kein chinesisches Thema. CBS fragte, ob die Regierung jetzt ernsthaft erwog, Skybolt zu finanzieren.

Er startete einen Vortrag, daß die Regierung das Konzept schon immer unterstützt habe, und stand schon im Begriff, Geschichte zu klittern, als ein junger Marineleutnant durch eine Seitentür hereinkam und Al Kerr ein Papier reichte. Kerr warf einen Blick darauf, trat sofort vor und gab es an den Präsidenten weiter. Der Text lautete: *FLUTWELLE STEHT KURZ BEVOR.*

»Meine Damen und Herren«, sagte Henry, »wir sollten unser Gespräch lieber woanders fortsetzen.«

Niemand brauchte eine Erklärung. Die Journalisten stürmten zu ihren Autos. Der Präsident wandte sich an einen Mitarbeiter. »Holen Sie Emily«, sagte er.

10.

AstroLab, 5 Uhr 07

Feinberg hatte gerade mit Windy Cross über POTIM-38 gesprochen und um Justierungen beim Abbildungsvorgang gebeten, als bei *ihm* der Strom ausfiel. Eine Minute später waren auch die Telefonleitungen außer Betrieb.

Aber Feinberg hatte inzwischen eine führende Rolle im Geschehen, größer vielleicht, als er ahnte. Zehn Minuten, nachdem alles ausgefallen war, landete ein Armeehelikopter auf dem Rasen vor dem Haus und ein junger Hauptmann stellte sich bei Feinberg vor. Er hieß McMichael und hatte den Auftrag, dem Professor jedes Beförderungs- und Kommunikationsmittel bereitzustellen, das er vielleicht brauchte. Dann fragte er vertraulich, ob der *Possum* so gefährlich war, wie der Präsident sagte.

Feinberg versicherte ihm, daß man die Gefahr gar nicht übertreiben konnte.

Trotz allem war Wes Feinberg irgendwie die menschliche Dimension der Katastrophe entgangen. Er wußte, was auf der Welt passierte, aber er hatte sich ganz auf Orbitalmechanik und später die Dynamik des *Possum*s konzentriert. Er hatte den Präsidenten alarmiert, sobald er die Gefahr erkannte. Echte menschliche Anteilnahme hatte er jedoch nicht empfunden. Als er jetzt in McMichaels graue Augen blickte und die Angst dieses Mannes spürte, wurde ihm die eigene Distanz bewußt. Er wußte, worauf sie beruhte: seinem Gefühl, daß man im Hinblick auf den *Possum* nichts unternehmen konnte, so wenig wie zuvor im Hinblick auf den Kometen. Er hatte dem Präsidenten zum Handeln geraten, obwohl er selbst keine Möglichkeit dazu sah. Schließlich hatte die Welt ohne Skybolt kein Instrument zur Hand, um sich zu verteidigen. Die menschliche Rasse war zu einem kosmischen Billardspiel aufgerufen. Sie verlor es wahrscheinlich, wenn sie nicht großes Glück hatte. Und weil Feinberg nur zuschauen konnte, ging seine gefühlsmäßige Beteiligung nicht über den Nervenkitzel hinaus, heute hier sein zu können.

Der *Possum* passierte die Erde im geringstmöglichen Abstand und donnerte buchstäblich durch die Atmosphäre, nahe genug, um ihn mit bloßem Auge zu *sehen.* Er brachte jedoch genügend Impuls mit, um nicht herabgezogen zu werden. Was Feinberg interessierte, waren die Flugbahn und die Geschwindigkeit, mit der er letztlich wieder hinausflog.

»Hat der Präsident eine öffentliche Stellungnahme zum *Possum* abgegeben?« fragte er.

»Ja, Sir. Er hat eine Pressekonferenz abgehalten, aber die Sendung ist mittendrin ausgefallen. Stromausfall in D.C.«

»Wie im restlichen Land«, stellte Feinberg fest. »Was hat er über den *Possum* gesagt?«

»Daß er ihn mit Atomraketen zerstören wird, Sir.«

»Wie bitte?«

»Ja, Sir.« McMichael blickte auf die Uhr. »In ein paar Stunden, vermute ich. Gleich nachdem der *Possum* China überquert hat.«

Feinberg seufzte. »Verbinden Sie mich mit ihm, Hauptmann.«

»Sir, ich werde tun, was ich kann.«

Gottverdammte Idioten! Fragen Politiker eigentlich nie nach, ehe sie ihre Entscheidungen treffen?

Weißes Haus, 5 Uhr 09

Eilig führte man den Präsidenten und die First Lady durch sintflutartigen Regen über den westlichen Rasen, wo die drei Hubschrauber standen. Einer startete, während sie sich durch das klatschnasse Gras schleppten. Trotz seiner Krankheit war Henry tatsächlich in besserer Verfassung als die meisten Büroleute in mittleren Jahren, die ihn begleiteten, und letztlich war er es, der einigen von ihnen half. Besonders Kerr rang nach Luft, ehe er mehr als ein paar Schritte geschafft hatte.

Die Vertreter des Militärs hielten sich am Rand der Gruppe, um zu helfen, wo es nötig wurde. Als Henry den wartenden Helikopter erreichte, erhellte ein Blitz das Kapitol und den südöstlichen Himmel für scheinbar eine volle Minute. Und Henry sah die Flutwelle. Sie schien buchstäblich anderthalb Kilometer hoch. Ihr weißer Kamm brach sich, und sie stürzte wie ein Berg aus Wasser auf die Flüchtenden ein. Die Leute weiter hinten schnappten nach Luft und kletterten in den Hubschrauber. Die Besatzung half, zerrte manche praktisch am Genick herein, während ein Offizier der Marines überflüssigerweise schrie: »*Los, los, los!*« Henry half Emily hinauf, und dann zerrte man ihn selbst ohne viel Federlesens in die Maschine und reichte ihn nicht allzu sanft von Hand zu Hand weiter. Er hörte, wie Emily mit erstickter Stimme Als Namen rief, und sah, wie Kerr wieder stolperte, sich die Beine verdrehte und nach vorn stürzte, während ein junger Leutnant ihn aufrecht zu halten versuchte. Knapp zwanzig Meter hinter dem Stabschef rannten eine Handvoll Reporter durch den dampfenden Regen. Eine Stimme hinter Henry sagte »*weg hier*«, und das Tosen der Triebwerke wurde tiefer, und der Heli hob ab.

Der Präsident schrie, sie sollten warten, *befahl* dem

Piloten, wieder aufzusetzen. Kerr war noch auf dem Boden; sie hatten nicht alle an Bord, und dabei reichte der Platz noch. Man zerrte Henry jedoch von der offenen Tür weg, und jemand sagte, alles wäre in Ordnung, der andere Heli würde die Nachzügler einsammeln. Henry wußte jedoch, daß es zu viele für die letzte Maschine waren. Er befand sich in einem großen Lastenhubschrauber. Die Maschine stieg so rasch in die Höhe, daß er aufs Deck purzelte. Ein Crewmitglied stürzte auf ihn und hielt ihn fest. Jemand anderes knallte die Tür zu. »Halten Sie sich fest, Sir«, sagte das Crewmitglied.

Heftiger Wind schüttelte den Hubschrauber. Henry konnte die Flutwelle nicht mehr sehen, konnte in der dunklen Kabine überhaupt nichts sehen, konnte auch nicht aufstehen, um hinauszublicken, weil das Deck unter ihm stampfte und schlingerte. Einige seiner Mitarbeiter hatten es an Bord geschafft, einige Militärs, ein paar Reporter und einer der Agenten. Dabei hätte der Platz für mehr gereicht. Vielleicht zwanzig Personen hatten sie unten auf dem Rasen zurückgelassen, darunter Al.

Die Triebwerke kreischten. Henry packte einen Handgriff. Es hätte einen Plan geben sollen, um alle zu evakuieren. Verdammt! Sein Stab hatte das bis zum Abwinken vermasselt. Oder er.

Für die Reporter fühlte er sich besonders verantwortlich. Er hatte sie ins Weiße Haus gerufen und es versäumt, für sie Vorkehrungen zu treffen. Als hätte er geglaubt, D.C. wäre geheiligter Boden, irgendwie abgeschirmt vor der Katastrophe, die den Rest des Landes überrollte.

Der Mann, der auf ihm lag, war nun anscheinend überzeugt, daß sich der Präsident nicht mehr selbst weh tun konnte, und richtete sich auf. »Verzeihung, Sir«, sagte er. Er trug einzelne Silberstreifen.

»Ist schon okay, Leutnant«, sagte Henry. Er blickte sich um, entdeckte Emily und erschrak über ihren ausdruckslosen Blick. Er versuchte, mit ihr zu reden, aber sie bekam kein Wort hervor.

Blitze erhellten die Kabine flackernd. Heftiger Regen prasselte an die Fenster. Der Heli schlingerte und sackte ab und stieg wieder auf. Der Leutnant beugte sich zum Cockpit vor, redete kurz mit den Piloten und nickte. »Wir sind in Sicherheit, Herr Präsident.«

»Konnte der letzte Hubschrauber starten?«

Er redete erneut mit den Piloten. »Ja, Sir. Sie sind in der Luft.«

Der Triebwerkslärm ließ nach, und Henry stand auf. Die Welt unter ihm war voll fließender Dunkelheit und Elektrizität. Nirgendwo brannte Licht; die Erde war dunkel. Er sah keine Straßen, keine Häuser, keine Denkmäler. Ihn schauderte.

Blitze schimmerten auf einem schwarzen Sturzbach, der über die Rotunde hinwegströmte. Das halb im Wasser stehende Lincoln Memorial wurde von den Blitzen immer wieder kurz hervorgehoben.

Er schob sich vorsichtig ins Cockpit. »Pilot, können Sie mit der anderen Maschine Verbindung aufnehmen? Der, die nach uns gestartet ist?«

Der Pilot nickte. »Willkommen an Bord, Herr Präsident«, sagte er, reichte ihm ein Mikro und einen Kopfhörer. »Brötchen drei«, sagte er, »der Präsident möchte mit Ihnen reden.«

Lange blieb es still am anderen Ende. Dann: »Hier Brötchen drei. Schön, daß Sie es geschafft haben, Herr Präsident.«

»Danke. Konnten Sie die Leute mitnehmen, die noch am Boden waren?«

Wieder trat eine lange Pause ein, lange genug für Henry, um sich die Antwort zusammenzureimen. »Nein,

Sir. Nicht alle. Die Zeit hat nicht gereicht.« Die Stimme am anderen Ende war etwas schriller geworden. »Ich konnte nichts tun, Sir.«

»Ich weiß, mein Junge. Ich war dort.«

»Wir sind selbst nur knapp davongekommen, Herr Präsident. Wäre ich nicht gestartet, wären alle umgekommen.«

»Ist schon in Ordnung.« Er holte tief Luft. »Ist Al Kerr dort?«

Emily drückte ihm die Schulter, während sie beide zuhörten, wie Leute am anderen Ende Kerrs Namen riefen. Ein Stimmgewirr ertönte, und dann hörte Henry ihn. »Hier bin ich, Herr Präsident.«

»Gott sei Dank, Al! Al, wie schlimm war es? Wie viele mußten sie zurücklassen?«

»Zehn, fünfzehn. Ich bin nicht sicher, Sir.« Er führte es nicht näher aus.

»Al, haben Sie mal hinausgeblickt?«

Erneut schlug ein gewaltiger Blitz zu. Sie flogen jetzt über eine weite See, aus der hier und dort ein Denkmal oder ein Stück des State Departments ragte. »Yeah«, sagte Kerr. »Ich habe es gesehen.«

Henry fragte sich, wie viele Menschen sich noch in der Stadt aufgehalten hatten. Auf seinen Rat hin. »Al, wohin fliegen wir?«

»Camp David ist noch trocken, Sir.«

Sie schwenkten nach Nordwesten, flogen über das ruhige Wasser hinweg, jetzt in relativer Stille, vom Sturm abgesehen. »Herr Präsident.« Es war der Pilot, der ihn von einem fernen Ort in die Gegenwart zurückrief.

»Ja, was ist?«

»Ein Anruf für Sie. Ein gewisser Feinberg.«

»Stellen Sie ihn durch, Pilot.«

Im Kopfhörer klickte es ein paarmal. Dann ertönte Feinbergs Schnarren: »Herr Präsident?«

»Hallo, Wesley. Es wird Sie sicher interessieren, daß wir gerade Washington verloren haben.«

»Herr Präsident, tun Sie es nicht.«

»Was denn?«

»Greifen Sie den *Possum* nicht mit Atomraketen an.«

Henry blickte zur überschwemmten Stadt hinunter. »Ich denke, wir haben genug, Wesley.«

»*Nein!* Wenn Sie darauf bestehen, machen Sie es nur schlimmer!«

Das waren die letzten Worte, die Henry hörte. Er wollte schon antworten, wollte fragen, was er überhaupt noch schlimmer machen konnte, wollte bemerken, daß er bei Gott wirklich vorhatte, den *Possum* aus dem Spiel zu nehmen – da schrie jemand auf, verschwamm das Cockpit vor seinen Augen, brach Feuer aus und erstarben die Lichter des Helis. Henry war noch halb bei Bewußtsein, suchte im Dunkeln nach Emily und wußte, daß er stürzte.

TRANSGLOBAL-KOMMENTAR, 5 Uhr 10

Der Stromausfall während der Pressekonferenz des Präsidenten war der letzte Schlag gegen die öffentliche Moral. Wahrscheinlich ist noch nie zuvor in der Geschichte der Republik die ganze Bevölkerung über Nacht aufgeblieben. Millionen wurden aus ihren Häusern vertrieben; ungezählte Menschen sind umgekommen; Familien wurden vor laufender Kamera weggeschwemmt; und die Vermögensschäden belaufen sich, Gott helfe uns, auf Billionen.

Das amerikanische Volk war überrascht, eine Pressekonferenz des Präsidenten nur Stunden nach einer Rede von ihm zu sehen. Falls die Menschen erwarteten, daß Mr. Kolladner Armageddon ausrief, wurden sie von seinem unerwarteten Geist des Vertrauens und des Optimismus mitgerissen. Seine eindeutige Absicht, die Nation zu beruhigen, hätte vielleicht verwirklicht werden können, wäre er nicht plötzlich von den Bildschirmen der Welt verschwunden. In hundert Sprachen rings um den Globus erklärten Stimmen, die Sendung wäre an ihrem Ursprung vorübergehend ausgefallen und würde jeden Augenblick fortgesetzt.

Dieser Nachricht folgte nur Minuten später die Bekanntgabe, daß ein Tsunami Washington erwischt hat und seinen Weg bis Front Royal fand, ehe er am Blue Ridge seine Kraft verlor. Der Verbleib des Präsidenten ist gegenwärtig unbekannt. Hier ist Judy Gunworthy mit den Transglobal-Nachrichten aus dem Büro des Nationalen Wetterdienstes in El Paso.

Mikrobus, Passagierkabine, 5 Uhr 43

»Charlie.« Es war wieder Kerr. Aber er klang seltsam.

»Ja, Al, was ist los?«

»Charlie, wir haben den Präsidenten verloren.«

Charlie Haskells Herz wurde schneller. Was hatte Harry Truman gesagt, als er von FDRs Tod erfuhr? *Es war, als hätte man einen ganzen Haufen Scheiße über mir ausgekippt.*

KAPITEL ACHT

DER GLOCKENSCHLAG
SONNTAG, 14. APRIL

1.

Manhattan, 5 Uhr 45

Der Versuch, das örtliche Lebensmittelgeschäft zu plündern, scheiterte. Marvin und einer der Wirtschaftsprüfer rissen eine Doppelflügeltür aus dem Rahmen, um sie als Floß zu benutzen, aber zusammen wogen sie zuviel, so daß die Tür mehrfach kenterte und beide Männer in die Flut kippte. Der Wirtschaftsprüfer verlor den Mut, und alle anderen, Larry eingeschlossen, entschieden, daß es am klügsten wäre, auf die Nationalgarde zu warten. Schließlich brach Marvin allein auf. Eine Stunde später kam er zurück und beschwerte sich, das von Louise beschriebene Geschäft läge vollständig unter Wasser. Er wäre jedoch vom Floß gestiegen, hätte sich einen Weg hinein gebahnt und wäre beinahe ertrunken. Er sah aus, als stimmte die Geschichte. Jetzt schloß er sich denen an, die einfach abwarten wollten, bis Hilfe eintraf. Seine Stimme wies inzwischen einen ungewohnten weinerlichen Unterton auf, und Marilyn entschied, daß er heute morgen nicht mehr so gut aussah wie gestern abend. *Fange nie eine Romanze mit jemandem an*, dachte sie, *bis du ihn bei einer Überschwemmung erlebt hast.*

Louises Kühlschrank leerte sich rasch, und auch das

Wasser in den Flaschen schwand dahin, ungeachtet aller Bemühungen, es zu rationieren. Allmählich schlugen Gäste wieder vor, doch einen weiteren Versuch zu unternehmen und Lebensmittelkonserven aus dem überschwemmten Geschäft zu bergen. »Wir wissen nicht, wie lange wir vielleicht hier festsitzen«, sagte einer von ihnen. Marv entgegnete, er würde unter *keinen* Umständen noch einen Versuch wagen. Eine Börsenanalystin, die ein Jahr auf der medizinischen Fakultät gewesen war, gab zu bedenken, daß jeder, der in das von Leichen strotzende Wasser ging, Typhus oder irgendeine sonstige schauderhafte Krankheit riskierte.

Sie waren vom Rest der Welt abgeschnitten. Die Batterien des Fernsehers hatten den Geist aufgegeben, und es gab nichts weiter zu tun, als über die Stadt hinwegzustarren, die grau und verlassen im Morgenlicht lag. Gestank breitete sich allmählich aus.

Larry bemühte sich, der Rolle eines Beschützers und Ernährers gerecht zu werden. Er versicherte Marilyn, alles würde in Ordnung kommen, fragte sie, ob sie okay war, und nahm sie in die Arme, wenn sie mit Tränen zu kämpfen hatte. Dabei paßte er nicht ganz in diese Schuhe: Larry wirkte eher in einem Büro zu Hause als in einer Krise. Aber sie fand es nett von ihm, daß er es wenigstens versuchte.

Sie wußte, daß ihr Mann nie probiert hätte, in ein überschwemmtes Lebensmittelgeschäft einzudringen. Sie wußte jedoch auch, daß er, hätte er es doch getan, nicht anschließend darüber gejammert hätte.

Plötzlich herrschte Aufregung hinter Marilyn: Die Leute zeigten nach Nordwesten. Ein Hubschrauber, *mehrere* Hubschrauber flogen in Formation und geringer Höhe über dem Hudson heran. Sie drangen in die Betontäler ein und teilten sich in Paare auf, als sie sich der Umgebung des Central Parks näherten.

Auf den Dächern anderer Gebäude standen ebenfalls Menschen, und alle winkten. Einer der Helis näherte sich Louises Haus und schwebte dann direkt über ihnen. Er hatte eine grünlichbraune Tarnfarbe. Militär. Jemand meldete sich über Lautsprecher: »Leute, bitte macht das Dach frei.« Der von den Rotoren aufgepeitschte Wind zerrte an Marilyns Haaren.

Ein Soldat beugte sich heraus und starrte zu ihr herunter. »Wie viele sind Sie?«

Eine kurze Schätzung: »Dreißig«, sagte Marilyn, aber die Worte wurden vom Wind weggefegt. Sie spreizte dreimal die Finger beider Hände. Jemand hinter ihr sagte: »Sag ihnen fünfzig; hol soviel raus, wie es nur geht.«

Der Soldat bestätigte mit Handzeichen. Der Mann, der gewollt hatte, daß sie fünfzig angab, brummte: »Blödes Miststück.« Er war ein kleiner Dicker mit Haarbüscheln über den Ohren, die eine Glatze umrahmten. Larry bekam mit, was er gesagt hatte, und stürzte sich auf ihn. Der Fette holte heftig aus und traf dabei eine Frau, die nicht ausweichen konnte. Dann drängten sich die Umstehenden heran, um die beiden zu trennen.

Marilyn war in diesem Augenblick stolz auf Larry. Nicht nur, weil er sie verteidigt hatte, sondern auch, weil der Fette so etwas wie Abteilungsleiter bei Bradley & Boone war. Larrys Job hatte sich gerade in Luft aufgelöst. Für ihn war das mutiger, als der Flut zu trotzen, um seine Frau zu finden.

Sie hatte sich im Hinblick auf ihre Ehe nie besser gefühlt, seit sie zum Traualtar geschritten war.

Der Heli sank weiter herab, bis er nur noch wenige Fuß über dem Dach schwebte. Vier Kartons fielen heraus. »Braucht irgend jemand medizinische Hilfe?« fragte der Lautsprecher.

Sie sahen einander an. »Ich habe ein Rückenproblem!«

rief ein dünner Mann mit schwachen Augen, den Marilyn nicht kannte. Er schien gar nicht der Typ, der ohne weiteres einwilligte, in einem Hubschrauber zu fliegen.

»Können Sie gehen, Sir?«

»Ich denke schon.«

»Gut. Laufen Sie nicht unnötig herum. Bleiben Sie alle, wo Sie sind. Wir kommen zurück.«

Der Hubschrauber schwenkte ab. Larry traf erneut Anstalten, sich auf den kleinen Dicken zu stürzen, und jemand sagte ihm, er solle sich beruhigen. Marilyn erkannte, daß ihr Mann unter der Maske der Entrüstung recht selbstzufrieden aussah.

TRANGLOBAL-SONDERMELDUNG, 5 Uhr 47

Hier spricht Angela Shepard aus Camp David, Maryland. Vor Minuten wurde gemeldet, daß ein Armeehubschrauber mit Präsident Henry Kolladner an Bord außerhalb Washingtons abgestürzt ist. Der Präsident war evakuiert worden, nur wenige Augenblicke bevor eine Flutwelle Washington überspülte, und er war unterwegs hierher, wo man eine Kommandostelle eingerichtet hat, um die staatlichen Reaktionen auf die anhaltende lunare Krise zu koordinieren. Anscheinend hat ein Blitz den Hubschrauber getroffen. Offiziellen Quellen zufolge wurden Rettungsmannschaften entsandt, und es soll immer noch Hoffnung bestehen. Ich habe mit einer Angehörigen des Präsidialstabes gesprochen, die an Bord eines Begleithubschraubers war und gebeten hat, ihren Namen nicht zu nennen. Sie war in Tränen aufgelöst, Don, und sagte, der Helikopter des Präsidenten hätte Feuer gefangen und wäre, wie sie es ausdrückte, ›wie ein Stein gefallen‹. Sie fügte hinzu, sie glaubte nicht, daß irgend jemand das überlebt haben könnte.

Mikrobus, Passagierkabine, 5 Uhr 48

»Charlie, wir haben die Bestätigung«, sagte die Stimme in seinem Funktelefon. »Das Wrack wurde gefunden.«

»Ist er tot?«

»Ja.«

»Emily. Was ist mit Emily?«

»Sie war bei ihm, als es passierte.«

»Mein Gott . . .«

Mikrobus, Flugdeck, 5 Uhr 49

»Wie lautet Ihr Status, Mikro?«

»Wir sind noch da, Skyport. Mit der Lebenserhaltung sieht es gut aus. Im Frachtdeck kam es zu einem weiteren Einschlag, aber ansonsten sind wir okay.«

»Wir zeichnen auf, Mikro.«

»Der Treibstoff ist fast verbraucht.«

»Verstanden. Versuchen Sie weiter zu sparen. Wir sind bei Ihnen, sobald wir können.«

Zur Zeit bewegten sie sich mit 8,1 Kilometern pro Sekunde und wurden schneller, während sie auf die Erde zustürzten. Deshalb konnte kein Rettungsfahrzeug ein Rendezvous mit ihnen durchführen, bis sie Skyport passiert hatten, was um 13 Uhr 30 geschehen würde.

»Sind Sie gegenwärtig in Gefahr?«

»Negativ.«

Am anderen Ende wurde gezögert. Dann kam die schlechte Nachricht: »Mikro, wir erwarten, daß Sie auf eine Sonnenumlaufbahn geraten.«

»Verstanden.« Saber hatte keinen Treibstoff für ein Bremsmanöver. Also würden sie am Erdsatelliten vorbeidonnern, und das mit der aktuellen Geschwindigkeit plus jedem Zuwachs, der durch Zündung des Triebwerks und durch den Sturz in den Gravitationsschacht der Erde entstand. »Skyport, wenn ich das richtig verstehe, werden wir zu schnell sein, als daß eine Fähre ein Rendezvous durchführen könnte.«

»Verlieren Sie nicht den Glauben, Mikrobus. Sie haben eine VIP an Bord. Tatsächlich sogar zwei.«

Saber ging die Zahlen im Computer durch. Nachdem sie den Planeten passiert hatten, konnte eine Stationsfähre hinter ihnen herjagen, aber ein solches Manöver verschlang zuviel Treibstoff. Nach dem Rettungseinsatz reichte er nicht mehr annähernd, um die Fähre für den Eintritt in eine Erdumlaufbahn abzubremsen. Sowohl die Fähre als auch der Mikrobus würden einfach in die Tiefe des Weltraums davonsegeln. Und um Sabers Sorgen noch zu vergrößern, ging ihnen um achtzehn Uhr herum erneut der Sauerstoff aus. Das war noch lange hin, aber diesmal war das Problem nicht mehr an Bord zu beheben. Zum Glück gab es eine einfache Lösung, und falls die auf Skyport sie nicht fanden, würde Saber sie selbst vorschlagen.

Sie schaltete die Verbindung ab, rieb sich die Augen und blickte auf den Radarschirm, der wieder gnädig ruhig war. Sie hatte Tonys Leiche geborgen und mit Bigfoot auf dem Unterdeck verstaut. Das war traurig gewesen. Wenigstens war sein Opfer nicht sinnlos. Solange die Ereignisse nicht noch irgendeine tückische Wendung nahmen, würde der Mikrobus Charlie Haskell und die übrigen Freiwilligen nach Hause bringen.

Sie hatte versucht, Verbindung nach St. Petersburg zu bekommen, um zu erfahren, wie es um ihre Familie stand. Die russische Stadt war einer Folge verheerender Gewitter und nachfolgender Fluten zum Opfer gefallen, und eine Telefonverbindung erwies sich als unmöglich. Da Saber nichts weiter tun konnte, verbannte sie den Gedanken daran.

Der Mikrobus verbrauchte weiterhin gelegentlich Treibstoff, um einer Kollision auszuweichen. Saber sah jetzt keine Stürme aus Kieseln und Sand mehr. Die Trümmerstücke beschränkten sich inzwischen auf Gesteinsbrocken und -platten. Sie tauchten jedoch nur relativ selten auf und rasten nicht mehr förmlich am Mikrobus vorbei. Der Bus war jetzt viel schneller als in den frühen Minuten der Katastrophe, während die Steine langsamer geworden waren.

Ein paar waren riesig. Einer hatte mehr als achtzig Kilometer Durchmesser. Ein Minimond. Sie meldete ihn dem Orbitallabor auf Skyport, aber es stellte sich heraus, daß man ihn dort schon verzeichnet hatte. Die Frau, mit der Saber sprach, erklärte ihr, das Ding würde auf eine Umlaufbahn gehen.

»Gut«, sagte Saber. »Sie möchten bestimmt nicht, daß *der* Brocken auf der Erde einschlägt.«

Die Frau hieß Tory Clark, und sie wurde für Saber unvergeßlich, indem sie eine Nachricht an sie weitergab: »Nebenbei«, sagte sie, »wurde der Tod des Präsidenten bestätigt. Geben Sie acht auf Charlie Haskell.«

Es war eine lange Nacht gewesen, und Saber brauchte etwa dreißig Sekunden, bis ihr klar wurde, daß sie jetzt den Präsidenten der Vereinigten Staaten an Bord hatte.

Sie wußte, daß sie einfach den Bus fliegen sollte, konnte sich aber nicht verkneifen, kurz durch die Luke zu steigen und ihm alles Gute zu wünschen. Die erste zu sein, die das tat, weil sie sicher war, daß niemand sonst in der Passagierkabine schon davon wußte. Vielleicht wußte sogar *er* es noch nicht, obwohl die Lampe, die seine Telefonverbindung anzeigte, ständig brannte. Armer Kerl; er hängt halb tot hier oben herum, und sie lassen ihn trotzdem nicht in Ruhe.

Sie ging zu seinem Platz hinüber. Er hatte das Telefon am Ohr, hörte zu, machte sich Notizen. Sie blieb neben ihm stehen und wartete. Er blickte zu ihr auf, gab ihr ein Zeichen, sie möge noch etwas Geduld haben, bat dann bei erster Gelegenheit die Person am anderen Ende der Leitung, sie möge warten.

»Ja, Saber«, sagte er, »was kann ich für Sie tun?«

»Herr Präsident«, sagte sie, betonte das Wort wirkungsvoll und machte damit alle ringsherum auf sich aufmerksam, »ich möchte Ihnen viel Glück wünschen.«

Damit zündete sie so etwas wie eine Explosion. Stimmte es? Hatte man Henry Kolladner gefunden?«

Als Charlie die Nachricht zum ersten Mal gehört hatte, war ihm der Gedanke durch den Kopf gegangen, ob Henry nicht vielleicht glücklich zu schätzen war. Wahrscheinlich hatte nur so seine Reputation überleben können. Jetzt nahm Charlie die Glückwünsche entgegen, umarmte Evelyn und Saber und schüttelte Keith und dem Kaplan die Hände. Dann klemmte er sich wieder ans Telefon.

Saber versuchte, irgendwo etwas Privatsphäre für ihn zu organisieren, aber die einzigen zugänglichen Sektionen an Bord waren die Kombüse und die Toilette. Die Kombüse bot nicht sonderlich viel Privatsphäre, und der Toilette mangelte es an Ambiente. Der neue Präsident mußte sich also mit seinem Platz in der Passagierkabine bescheiden. Er bat nur Keith Morley darum, nichts von dem, was er hier mithörte, ohne ausdrückliche Erlaubnis zu verwenden.

Saber kehrte aufs Flugdeck zurück und hörte wenig später, wie die Luke aufging. Das lächelnde Gesicht des Kaplans tauchte dort auf. »Ich hoffe, es macht Ihnen nichts aus«, sagte er. »Ich habe mich gefragt, ob ich mir mal ansehen könnte, wie diese Kiste funktioniert.«

Sie gab ihm mit einem Wink zu verstehen, er solle sich auf dem Platz des Copiloten anschnallen.

Er blickte zur leuchtenden Erde hinaus. Nach ein paar

belanglosen Bemerkungen wurde er still und nachdenklich. »Das Universum wirkt sehr neutral«, sagte er schließlich.

»Wie meinen Sie das?«

»Ist aber nicht für die Öffentlichkeit bestimmt.«

»Natürlich nicht.«

»Sind Sie gläubig?«

Sie dachte darüber nach. »Ich weiß nicht, Kaplan. Vermutlich nicht.«

Er nickte. »Ich kann nicht glauben, daß Jesus zulassen würde, was diese Nacht passiert ist. Nicht der *Jesus,* den ich kenne.« Saber wußte nicht recht, wie sie reagieren sollte, verstand aber, daß diese Bemerkung keiner Reaktion bedurfte. »Sagen Sie mir, Saber«, bat er einen Augenblick später, »gibt es Leben auf dem Mars?«

»Ja«, sagte sie und fragte sich, worauf er hinauswollte. »Allerdings von primitiver Art.«

Der Kaplan nickte. »Ist egal, wie primitiv. Die Bedingungen gestatten nun einmal so viel und nicht mehr. Anderswo liegen günstigere Bedingungen vor, nicht wahr? Strände wie in der Karibik. Kühle, feuchte Täler. Wellige Ebenen. Andere Schottlands existieren irgendwo dort draußen.«

»Ja«, sagte sie. »Ich denke, das ist wohl so. Anders wäre es unvorstellbar.«

»Oh, es ist durchaus vorstellbar, daß wir allein sind. *Ich* kann es mir vorstellen, und ich wünschte, es wäre so.«

»Warum?« fragte sie. Jeder, den sie je kennengelernt hatte, hatte sich einen Erfolg gewünscht, was die Suche nach außerirdischen Lebensformen, außerirdischen Zivilisationen anbetraf. Saber war schockiert von der Vorstellung, daß sich irgend jemand, *wer auch immer,* ein leeres Universum wünschte.

»Weil dann die Geschichte von Jesus Sinn ergäbe. In

einem Universum wie unserem jedoch, wo wir *Millionen* Lebensformen wie uns vermuten, scheint sein Opfer auf die Natur der Dinge kaum anwendbar.« Der Kaplan schüttelte den Kopf. »Entweder hat die Kreuzigung sie alle gerettet oder nicht. Falls alle errettet wurden, sollen wir glauben, daß Er aus all den Welten unsere für Seine Demonstration ausgesucht hat.«

Sie hörte seine Zweifel heraus, die aus irgendeiner lange blockierten inneren Quelle hervorsprudelten. Sie hörte die großgeschriebenen Pronomen heraus, sein Flehen um ein Eingreifen. »Hat die Kreuzigung aber *nicht* jeden gerettet, muß sie in der einen oder anderem Form unzählige Male an unzähligen Orten stattfinden. Was wird dann aus Seiner Agonie, aus Seinem besonderen Opfer für *uns*?«

Sie dachte etliche Minuten darüber nach. »Ich habe die Logik der Kreuzigung nie verstanden«, sagte sie schließlich. »Vielleicht ist der entscheidende Punkt einfach der, daß er zu uns gekommen ist.«

2.

Skyport, Mos Restaurant, 5 Uhr 51

Rachel Quinn hatte nicht geschlafen. Wie alle anderen auf der Station hatte sie vor dem Fernseher geklebt. Mit wachsendem Schuldgefühl erinnerte sie sich an den eigenen Zorn darüber, daß der Marsflug abgesagt worden war. Aber andererseits hatte sie auch keine Ahnung gehabt, daß der Komet etwas Derartiges auslösen würde.

Trotzdem zeichneten sich in den erbarmungslosen Meldungen von Flutwellen, Stürmen und Erdbeben auch ein paar ermutigende Geschichten ab; überall traten Helden auf. In Fort Lauderdale sammelte ein Mann mit einer Motoryacht mehrere Überlebende auf und überstand etliche Tsunamis. In Baltimore blieben Ärzte auf ihren Posten. Polizisten retteten mit Hubschraubern Menschen von den Dächern Houstons, und Teenager brachten in Savannah Kleinkinder in Sicherheit. Als eine Flutwelle an die Küste von Vancouver Island raste, rettete ein Mann etliche Nachbarn, indem er sie an Bord eines Wasserstoffballons stopfte. Sie entkamen nur Sekunden vor dem Untergang. In St. Augustine half eine junge Frau mehreren älteren Paaren, einen alten Steinturm zu ersteigen und sich dort in Sicherheit zu bringen.

Sogar Skyport hatte inzwischen Treffer eingesteckt. Trümmerstücke schlugen Kabinen auf zwei Decks leck, und drei Menschen waren tot.

Rachel saß gerade bei Mo über Toast und Kaffee und sah sich CNN an, als ihr Funktelefon läutete. Die Nummer des Anrufers verriet, daß er sich aus der Betriebszentrale meldete. »Quinn«, sagte sie.

»Oberst, ich bin Howard Chambers, Sonderassistent von Belle Cassidy.« Cassidy war die Betriebsleiterin. »Sie würde Sie gern in ihrem Büro sprechen.«

Zehn Minuten später wurde Rachel zu Cassidy hineingeführt. Die Direktorin stand in einer Ecke und beugte sich mit zwei Mitarbeitern über eine Konsole. Sie lächelte Rachel an, schickte die Mitarbeiter hinaus und lud Rachel ein, sich zu setzen. Belle Cassidy war Anfang Vierzig und strahlte etwas von einer Grundausbilderin beim Militär aus. Sie hielt sich stocksteif, hatte kurzes schwarzes Haar, Marmoraugen und breite Schultern. Rachel kannte sie bereits, hatte sogar an einem Essen mit ihr teilgenommen, als etliche Astronauten hier durchkamen und von der Skyportleitung eingeladen wurden.

»Schön, Sie wiederzusehen, Rachel«, sagte Belle und

streckte die Hand aus. Eine Goldkette funkelte an ihrem Handgelenk, ein kurzes Aufblitzen von Weiblichkeit an einer sonst maskulinen Persönlichkeit.

Das Büro war groß, typisch für solche Räume auf Skyport.

An den Wänden hingen eingerahmte Dokumente, denen man alle Dienste entnehmen konnte, die die Inhaberin diversen Bundesdienststellen, ausländischen Regierungen und der Mondverkehrsbehörde geleistet hatte. Letztgenannte war ihre aktuelle Arbeitgeberin. Belle blieb stehen und verschränkte die Arme. »Rachel«, sagte sie, »wir brauchen Ihre Hilfe.«

»In welcher Hinsicht?«

»Wissen Sie schon, daß Präsident Kolladner tot ist?«

»Ja«, antwortete sie, »ich habe es vor kurzem erfahren.«

»Der neue Präsident ist da draußen gestrandet.« Belle deutete vage nach oben. »In etwa siebeneinhalb Stunden wird er hier vorbeifliegen, und das mit mehr als vierzigtausend Stundenkilometern. Sofern wir nicht jemanden losschicken, der genügend Saft draufhat, um ihn einzuholen, können sie genausogut den nächsten vereidigen, der an der Reihe wäre. Dieser idiotische Sprecher des Repräsentantenhauses wäre das, denke ich.«

Rachel machte große Augen. »Sie möchten die *Lowell* haben?«

»Sie ist alles, was wir haben. Die Stationsfähren schaffen es nicht.«

»Sicher«, sagte Rachel. »Ich hole mir die nötigen Zahlen von Ihren Leuten, und schon sind wir startbereit.«

»Ich danke Ihnen.«

»Ist mir ein Vergnügen.«

Belles Miene verriet Bedauern.

»Ich möchte ehrlich zu Ihnen sein: Wir haben die letzten paar Stunden damit zugebracht, eine Möglichkeit auszutüfteln, wie wir es mit unseren Fähren schaffen. Ich meine, wie oft erhält die MVB die Chance, einen Präsidenten zu retten?«

»Ist nicht möglich, wie?«

»Na ja ... Falls nötig, könnten wir dem Mikrobus ein gutes Rennen liefern. Es ist jedoch einfach zu knapp, um das Risiko einzugehen.« Sie schüttelte Rachel die Hand. »Also erhält die NASA den ganzen Ruhm. Wieder mal.«

FRANK CRANDALLS DURCH-DIE-NACHT-ANRUF-SHOW, 5 Uhr 57

Für alle, die später eingeschaltet haben, und für alle, die unsere Zentrale mit Anrufen überschwemmen, möchte ich wiederholen: Frank ist okay. Er wurde in der Nacht leicht verletzt, aber sonst geht es ihm gut. Wie Sie wissen, senden wir normalerweise aus Miami, aber der Sturm hat unseren dortigen Sender beschädigt. Frank hat sich ein Knie verdreht, aber es ist nichts Ernstes, und er meldet sich heute abend zurück. Derweil springt hier Paul DiAngelo für den alten Fahrensmann ein. Wir haben noch Zeit für einen Anrufer, ehe wir von hier verschwinden. Und Llewellyn sagt mir, wir hätten jemanden in der Leitung, der gut drauf ist. Hallo, Margaret in Los Angeles.

Anruferin: *Hi Paul. Sag Frank, wir alle in L.A. wünschen ihm gute Besserung.*
DiAngelo: *Er wird sich freuen, das zu hören, Margaret. Wieso erzählst du unseren Hörern nicht, wo du gerade bist?*
Anruferin: *Ich bin in meinem Büro im zweiten Stock des Warrior Warehouse, direkt an der Küste.*
DiAngelo: *Und was machst du da?*
Anruferin: *Eigentlich habe ich nur spät noch gearbeitet. Ich gehöre zu den Teilhabern des Warrior. Aber was ich in Wirklichkeit mache: Ich halte Ausschau nach der Flut-*

welle. Und ich kann dir sagen, das Meer ist glatt wie Seide.

DiAngelo: *Warte mal eine Minute, Margaret! Du sitzt unten an der Küste und hältst Ausschau nach einer Flutwelle?*

Anruferin: (Lacht.) *Ich bin hier völlig sicher. Es sind hohe Stockwerke. Ich sitze gut dreißig Meter über dem Parkplatz, und das Gebäude ist aus Beton.*

DiAngelo: *Margaret, warum machst du das?*

Anruferin: *Wie oft kriegt man schon eine Flutwelle zu sehen, Paul? Ich habe jedenfalls meine Minicam dabei, und falls die Welle kommt, rechne ich mit einigen guten Aufnahmen.*

DiAngelo: *Das hoffe ich. Hast du über das Risiko nachgedacht, daß du da oben abgeschnitten wirst?*

Anruferin: *Der Kühlschrank ist voll. Hör mal, das ist eigentlich nicht der Grund für meinen Anruf.*

DiAngelo: *Okay, Margaret, aber die Zeit läuft uns davon. Mach es kurz.*

Anruferin: *Wie viele Menschen sind diese Nacht umgekommen?*

DiAngelo: *Ich weiß nicht. Die Schätzungen nennen jede denkbare Zahl.*

Anruferin: *Jedenfalls viele.*

DiAngelo: *Yeah.*

Anruferin: *So ist es, Paul. Und wir hätten eine Menge von diesen Leuten retten können, falls diese Clowns in Washington die ganze Sache nicht einfach abgetan hätten.*

DiAngelo: *Sieht so aus.*

Anruferin: *Ich denke, wir sind reif für ein Impeachment, denkst du nicht auch?*

DiAngelo: *Margaret, der Präsident gehört zu den Opfern.*

Anruferin: *Ich weiß. Und ich wünschte, ich könnte sagen, daß es mir leid tut. Aber sie haben es diesmal wirk-*

lich verpfuscht. Und jemand muß dafür zahlen.

DiAngelo: *Danke für deine Gedanken, Margaret. Leute, die Zeit ist um. Und vergeßt nicht, Frank meldet sich heute abend zur üblichen Zeit live zurück.*

3.

Mikrobus, 6 Uhr 22

»Ich, Charles L. Haskell, schwöre feierlich, daß ich den Amtspflichten des Präsidenten der Vereinigten Staaten zuverlässig nachkommen und nach besten Kräften die Verfassung der Vereinigten Staaten bewahren, beschützen und verteidigen werde.«

Richterin Mary B. Longbridge nahm ihm den Eid über Funk ab. Sie befand sich auf dem Luftwaffenstützpunkt Egmont. Zum erstenmal in der Geschichte der USA hielten sich die Leiterin der Zeremonie und der angehende Präsident an getrennten Orten auf.

Tatsächlich nahm außer Haskell überhaupt kein US-Bürger an der Amtseinführung teil.

Hätten die Wähler Mr. Haskell sehen können, wäre ihnen aufgefallen, daß der neue Präsident aussah, als hätte man ihn überfallen. Das Gesicht war geschwollen, und er war voller blauer Flecken.

Im Mikrobus war keine Buchausgabe der Bibel verfügbar. Deshalb rief Mr. Haskell einen passenden Bibelvers aus der Datenbank des Schiffes ab und legte die linke Hand auf den Monitor, während er den Eid leistete. Die von Kaplan Mark Pinnacle empfohlene Passage war Numeri, Kapitel VI, Verse 24 bis 26.

Mit achtunddreißig wurde Charlie Haskell damit der

jüngste Präsident der US-Geschichte und schlug selbst Theodore Roosevelt um drei Jahre. Er war der neunte Vizepräsident, der dem amtierenden Präsidenten nach dessen Tod ins Amt folgte, und der zehnte überhaupt, der den Posten übernahm (Gerald Ford war nach dem Rücktritt Richard Nixons vereidigt worden).

Das mittlere Initial in Charles L. Haskell, stand für Lionel, nach einem Onkel, dem er nur einmal begegnet war. Er verabscheute den Namen, und soweit er konnte, sorgte er dafür, daß er niemals benutzt oder gedruckt wurde.

Er sprach sechs Minuten und elf Sekunden lang – die mit Abstand kürzeste aller überlieferten Reden zur Amtseinführung. Kein Präsident, sagte er, wäre zu einem dunkleren Zeitpunkt vereidigt worden. Er wollte jedoch tun, was in seinen Kräften stand, um zusammen mit der geballten Hilfe des amerikanischen Volkes und seiner Freunde in der ganzen Welt sicherzustellen, daß die Nation dieses Ereignis überlebte, um ihre Last zu mildern, künftige Katastrophen abzuwehren und den langen Vorgang des Wiederaufbaus einzuleiten. »Wir werden weitermachen«, sagte er. »Wir ziehen unsere Lehren und lassen uns nicht beirren. Der zerbrochene Mond bleibt an unserem Himmel, um uns daran zu erinnern, daß wir auf der Erde nicht isoliert sind. Hinter ihr liegt eine größere Welt, und wir müssen erkennen, daß wir dieser größeren Welt angehören. Wir müssen lernen, uns mit Hilfe unserer Technik so gut zu schützen, wie wir können, und wir müssen neu darüber nachdenken, wer wir sind. In dieser Nacht haben wir einen kritischen Zeitpunkt unserer Geschichte erreicht. Wir müssen unsere Verluste akzeptieren, weil uns nichts anderes übrigbleibt. Wir geben uns jedoch nicht geschlagen; wir ziehen weiter, denn alles andere wäre Verrat an denen, die in den zurückliegenden Stunden umgekommen sind.«

Nach der Zeremonie tranken alle auf seinen Erfolg. Evelyn hatte ein Programm für das Ereignis entworfen, und Saber hatte die nötigen Exemplare ausgedruckt, und alle baten ihn, ihre Kopien zu unterzeichnen.

»Ganz so habe ich mir meine Amtseinführung nicht vorgestellt«, erklärte er ihnen. »Normalerweise gehören dazu eine Parade, Tanzveranstaltungen, Würdenträger und jede Menge Berichterstattung in der Presse.« Er lächelte Keith Morley an, der sich bereitgefunden hatte, das Mikrophon vorübergehend abzuschalten. »Diese Amtseinführung verläuft ruhiger als die meisten. Aber ich denke, kein anderer Präsident hatte soviel Glück, was die Menschen anging, die ihm bei diesem Übergangsritus zur Seite standen. Sowohl die lebenden wie die toten.« Er hob sein Glas, um auch *sie* zu grüßen. »Danke.«

4.

WPYX-REPORTAGE, 4 Uhr 33 Pazifische Sommerzeit (7 Uhr 33 Ostküsten-Sommerzeit

(Ein Helikopter mit langsam kreisenden Rotoren im Hintergrund.)

... über dem Neuen Countygericht in Los Angeles. Von unserer Position hier oben können wir die Gerichtshalle sehen, das Bundesgebäude, das Gemeindezentrum. Überall dringen verängstigte Massen in jedes Gebäude, jeden Wolkenkratzer ein, den sie nur finden können, um in die Höhe zu kommen. *(Lärm vieler Menschen, Explosionen, Schußwechsel im Hintergrund.)*

Wir sehen Lampen und Menschen, die sich auf den oberen Stockwerken des Polizeihauptquartiers und im Museum für Zeitgenössische Kunst bewegen. Soweit wir feststellen können, gibt es in der Stadt keine organisierte Polizei mehr. Die Straßen sind voller Menschen. Ich weiß nicht, wo sie alle herkommen.

Soweit wir informiert sind, sind alle Highways, die aus der Stadt führen, nach wie vor hoffnungslos verstopft. Die PacRail hat natürlich schon früher am Abend den Betrieb eingestellt, und somit bleibt den Menschen nur eine einzige Fluchtmöglichkeit: Sie müssen in eine größere Höhe gelangen, als die Flutwelle erreicht. Wie hoch auch immer das sein mag. Inzwischen kann man sogar hören, daß Menschen auch unser Gebäude heraufkommen.

Okay, das ist die Geschichte von der Hill Street und dem Beverly Boulevard. Wir schalten jetzt zu Linda Tellier in unserem Nachrichtenhubschrauber in Redondo Beach um. Linda?

»Danke, Rod. Wir sind hier etwa achthundert Meter von der Küste entfernt und erwarten die erste der Flutwellen, die der Nationale Wetterdienst über die letzten Stunden hinweg gemeldet hat. Wir sind jetzt direkt über dem Wasser, und obwohl man im Dunkeln nichts sieht, erlebt Redondo Beach wohl einen außergewöhnlich niedrigen Wasserstand. Das ist eines der sichersten Anzeichen einer sich nähernden Flutwelle.

Wenn wir nach Osten blicken, sehen wir die Lichter von Torrance und Inglewood. Die Interstate 405 liegt fast ganz in Dunkelheit, Rod. Sie steht voller verlassener Autos. Bis vor etwa einer Stunde waren Polizei und Militäreinheiten dort oben und haben die Fahrzeuge einfach vom Highway geschoben, aber auch sie sind jetzt weg. Und als wir uns die Lage vor ein paar Minuten angesehen haben, fanden wir nur ein paar ziellos herumlaufende Menschen, und auch einige, die Autos ausräumten.

Wir hatten Verbindung mit der Küstenwache ... Warten Sie, ich denke, ich sehe jetzt etwas! Sie werden das auf Ihren Bildschirmen nicht erkennen, aber ich sehe etwas, was wie eine Wand aussieht, die sich über den Horizont erstreckt. Das Meer scheint einfach zu steigen. Und zu steigen. *(Lange Pause.)* Und zu steigen. Gott helfe uns, Rod. Man kann es nur schwer erkennen, aber dieses Ding könnte fünfzehn Stockwerke hoch sein.

Ich hoffe, daß alle Redondo verlassen haben.

Pazifikküste, 4 Uhr 39 Pazifische Sommerzeit (7 Uhr 39 Ostküsten-Sommerzeit)

Die erste Welle traf lange vor der Morgendämmerung ein. Sie toste zwischen Point Conception und Santa Barbara an die Küste und stürzte brodelnd zwischen die Santa Ynez Mountains. Die vorgewarnte Bevölkerung hatte sich auf höheren Grund gerettet, und nur eine Handvoll Tote waren zu beklagen. Der Nationalparkdienst schätzte die Welle auf eine Höhe von fünfzig Metern.

Innerhalb von Minuten trafen weitere Tsunamis Seattle und die Coos Bay. Die Höhe der Seattlewoge war ursprünglich mit achthundert Metern angegeben worden, als sie die Stadt erreichte, aber Videos, die aus Bürogebäuden und Flugzeugen aufgenommen wurden, zeigten den Kamm auf nur einem Zehntel dieses Wertes. Es reichte.

Zwischen fünf nach halb fünf und fünf Uhr früh erhob

sich der Pazifik aus seinem Bett und stieg von Juneau bis San Carlos über die Küste. Los Angeles verschwand einfach, abgesehen von ein paar Wolkenkratzern der Innenstadt und den umliegenden Berggipfeln. Santa Monica und Redondo, Inglewood und Long Beach erlitten größtenteils das gleiche Schicksal.

Auch San Francisco starb. Eine auf zweiundzwanzig Meter geschätzte Flutwelle riß die Golden Gate Bridge um und ertränkte die Stadt von Presidio im Norden bis zum San-Andreas-See im Süden. Sie begrub Oakland und Berkeley und strömte durch das Simi Valley und die Buchten nördlich von San Francisco ins Innere von Kalifornien. Das San Joaquin Valley wurde zu einem Binnenmeer.

Erste Schätzungen gaben die Zahl der Toten allein im Großraum Los Angeles mit zwei Millionen an. Seltsamerweise blieb während der ganzen Flutkatastrophe San Diego unberührt. Von dort wurden niedrigere Gezeitenstände gemeldet als üblich.

In Mexiko stieg der Ozean über Niederkalifornien hinweg, ergoß sich in den Golf von Kalifornien und behielt noch genug Kraft übrig, um selbst der Ostküste zwischen der Isla Del Tiburon und Mazatlán ernste Schäden zuzufügen.

County Route 6, südöstlich von San Francisco, 4 Uhr 59 Pazifische Sommerzeit (7 Uhr 59 Ostküsten-Sommerzeit)

Notdienste waren nicht mehr verfügbar. Alle Telefone waren tot, und das Funkgerät im Polizeiwagen lieferte nur eine Trägerfrequenz. Als sich das erste graue Licht des Morgens ausbreitete, traf ein Hubschrauber der Short Haul Airways mit einem Arzt und einigen medizinischen Vorräten ein.

»Mehr konnte ich nicht tun«, sagte der Pilot, dessen Namen Marisa nicht verstand. »Sieht ganz schön schlimm aus da draußen.«

Zu der vom Erdrutsch eingeschlossenen Gruppe hatte nur ein Arzt gehört, und er hatte sich den Rücken gebrochen. Marisa und Jerry übernahmen darauf die Leitung des Hilfseinsatzes.

Sie wandelten das Restaurant in ein Behelfskrankenhaus um und den Antiquitätenladen in eine Leichenhalle. Marisa hatte versucht, die Schwerverletzten gleich dort zu behandeln, wo sie gestürzt waren, ungeachtet der von der Klippe ausgehenden Gefahr. Die Erde hatte jedoch weitergebebt, und schließlich biß Marisa in den sauren Apfel und gab Befehl, alle wegzuschaffen. Zehn Minuten später brach der Berg in sich zusammen.

Jerry trieb Freiwillige auf, und sie sprangen ein und halfen – säuberten Wunden, richteten Knochen und setzten Aderpressen an. Der Arzt, der mit dem Hubschrauber gekommen war, hatte Urlaub in einer Berghütte gemacht, wo ihn Short Haul fand. Etwa vierzig Personen benötigten stationäre Behandlung. »Keine Chance«, sagte der Arzt. Er hieß Hardacre und war Anfang Dreißig, ein junger, gutaussehender Typ, der sich beschwerte, es wäre sein erster Urlaub in drei Jahren gewesen. Er schien die Katastrophe als persönliche Zumutung zu betrachten. Aber er war hergekommen und wirkte kompetent, und deshalb beklagte sich Marisa nicht.

»Was meinen Sie mit: keine Chance?« wollte sie wissen.

»Haben Sie ferngesehen?« fragte er.

»Nicht während der letzten Stunde oder so.«

»Sobald Sie eine Minute Zeit haben, tun Sie es. Was an Krankenhäusern übrig ist, wird unter Wasser stehen. Es dauert wohl lange, bis irgend jemand wieder Betten frei hat.«

Marisa sah sich unter ihren Patienten um. Feldbetten standen nicht zur Verfügung, weshalb die Patienten alle auf dem Boden lagen. Dort hatte man es ihnen so bequem gemacht, wie die Umstände erlaubten. Hardacre hatte einige Schmerzmittel und andere Hilfsmittel aus dem Notvorrat seines Urlaubsortes mitgebracht, und das half, half sogar sehr. Aber diese Leute benötigten ernsthafte Behandlung. Was sollten sie tun?

Wie um das zu unterstreichen, wurde ein fernes Murmeln hörbar. Marisas erster Gedanke war, daß der Rest des Berges einstürzte. Hier waren sie ein gutes Stück auf der anderen Straßenseite, weit und sicher genug, aber dieses Geräusch unterschied sich von dem, was sie zuvor gehört hatte. Und es kam aus der entgegengesetzten Richtung, vom San Joaquin. Vielleicht war diesmal der Teil des Berges an der Reihe, auf dem sie saßen.

Sie verbannte den Gedanken und fuhr damit fort, einen Verband zu wechseln. Die Patientin war eine Frau in den mittleren Jahren mit zertrümmertem Bein und zerschnittenem Arm. Hardacre hatte den Arm mit zwanzig Stichen genäht und das Bein so gut geschient, wie er konnte. Der Ehemann der Frau war unversehrt geblieben und saß neben ihr.

Marisas Gedanken kehrten zu Jerry zurück. Gemeinsam hatten sie eine Sammelstelle für die verirrten Kinder aufgebaut, die herumliefen. Jerry hatte dafür gesorgt, daß die Sammelstelle personell ausreichend besetzt wurde, und war jetzt auf der anderen Seite des Restaurants damit beschäftigt, Verbände zu wechseln. Das tat er nicht gerne; tatsächlich hatte er den Anblick von Blut noch nie sehr gut vertragen, aber an diesem Morgen glänzte er.

Als Marisa mit der Frau fertig war, machte sie bei den übrigen Patienten weiter. Das ferne Geräusch wurde lauter. Es klang ganz anders als das furchterregende Tosen des Erdrutsches, aber trotzdem beunruhigend, als käme irgendwas heran.

Sie wechselte gerade einen Verband, als eine der Freiwilligen zur Tür hereinplatzte. »Das Tal läuft voll!« schrie sie.

Marisa war inzwischen fast immun gegen Alarm. Sie beendete erst, was sie gerade tat, und spazierte dann zu einem der hinteren Fenster, das Ausblick auf den San Joaquin gewährte.

Das Tal breitete sich vor ihr aus, ein gewaltiges Becken, umrahmt von Bergen, die der Nebel des frühen Morgens verhüllte. Im Westen stürzte eine Sintflut durch einen schmalen Hohlweg und breitete sich auf dem Talgrund aus.

Als Marisa später eine Pause einlegte und Erin und Jimmy besuchte, klammerten sich die Kinder an sie und fragten, wann es wieder nach Hause ginge. Zu diesem Zeitpunkt erstreckte sich ein ruhiges, friedliches Binnenmeer zur Morgensonne hin, soweit Marisa blicken konnte.

»Wir *sind* zu Hause«, sagte sie ruhig.

Mikrobus, Passagierkabine, 8 Uhr 03

»Sagen Sie das noch mal, Al.«

Charlie bemühte sich um einen leisen Ton, damit niemand mithörte. Die Gespräche zwischen den übrigen Passagieren brachen jedoch immer ab, sobald er telefonierte. Er wußte, daß sie nicht angestrengt lauschten, außer vielleicht Morley, dessen Job es war. Aber die menschliche Natur war hier am Werk. Sinnlos, sich unter diesen Umständen um Privatsphäre zu bemühen. Und was machte es ohnehin schon aus?

»Ich sagte, der NASA zufolge ist alles okay mit Ihnen.

Sie haben herausgefunden, wie Sie gerettet werden können.«

»Ich wußte gar nicht, daß ich gerettet werden muß.«

»Mein Gott, meinen Sie das ernst? Sie sind unterwegs zum Pluto oder so was! Deshalb schickt man die *Lowell* hinter Ihnen her.«

Charlie winkte ab. Verglichen mit allem anderen, was auf ihn eingestürzt war, wirkte diese Nachricht fast enttäuschend langweilig. »Okay«, sagte er.

Über den größeren Teil von zwei Stunden hatte er immer wieder mit Al Kerr telefoniert und sich über eine Reihe zunehmend verzweifelter Situationen auf den neuesten Stand gebracht. In den Vereinigten Staaten saßen buchstäblich Millionen Menschen auf der Straße, ohne Nahrung oder Unterkunft, was die Anstrengungen der Hilfsdienste zunichte machte. Beide Küsten und die Inseln von Hawaii waren von Flutwellen und Stürmen schwer geschädigt. An einigen Stellen hatte es Erdbeben gegeben. Die Vermögensschäden beliefen sich wahrscheinlich auf Billionen. Und Gott wußte, wie viele Menschen umgekommen waren. Die Gesundheitsbehörden warnten schon vor Infektionskrankheiten. Vom Pazifik wurden weitere Flutwellen gemeldet.

New York und Los Angeles waren praktisch verloren, und Finanzexperten wiesen darauf hin, daß dieser Verlust das Bankensystem zerstören würde. Sie empfahlen der Regierung, sofort zu handeln.

»Was schlagen sie vor?« fragte Charlie.

»Ich denke nicht, daß die Experten zur Zeit schon eine Idee haben, Herr Präsident. Sie möchten uns jedoch klarmachen, daß Handeln wesentlich ist.«

Was sonst?

Im Nordosten und Nordwesten war großflächig der Strom ausgefallen. Zehntausende mexikanischer Flüchtlinge, für die niemand sorgen konnte, strömten nach

Norden. Ein abnormes Gewitter hatte Tucson praktisch zerstört.

Allerdings lagen auch einige *wirklich* gute Nachrichten vor: Das Kernland war nach wie vor intakt. Die Bundesregierung funktionierte gut; erste Anzeichen deuteten darauf hin, daß ihre Dienststellen und das Militär Wunder vollbrachten. Europa und Asien waren weniger schwer getroffen worden als Nord- und Südamerika, und die Verbündeten und auch ein paar alte Feinde halfen, so gut sie konnten. Am besten: Die Raketen waren eingestellt und scharf gemacht, und bis neun Uhr früh würde der *Possum* Geschichte sein.

Charlie umriß seine Prioritäten. Vor allem mußte man sich auf das Flüchtlingsproblem konzentrieren. »Tun Sie, was nötig ist, um Lebensmittel und Dienstleistungen unter die Leute zu bringen. Hier besteht die Gefahr noch schlimmerer Verluste. Wir müssen uns überlegen, was wir für die Leute auf der Straße tun können, und wir müssen es gleich richtig hinbekommen. Und warten Sie nicht immer erst auf eine Genehmigung des Präsidenten. Falls etwas getan werden muß, tun Sie es. Mich informieren Sie einfach nur. Ich unterstütze Sie.«

»Oder Sie feuern mich«, sagte Al mit spürbarem Unbehagen. Kerr war nie Anhänger Charlie Haskells gewesen, und er rechnete jetzt damit, den Preis zahlen zu müssen.

Charlie hatte Wichtigeres, worüber er sich Gedanken machen mußte. »Ich möchte, daß Aktionspläne für mich bereitliegen, sobald ich unten ankomme. Stellen Sie eine Arbeitsgruppe zusammen, die der Entwicklung vorausgreift. Ich möchte nicht einfach nur auf Katastrophen reagieren. Bringen Sie ein paar Leute zusammen, die sich überlegen, was noch alles passieren kann und was wir sonst noch tun können.«

»Woran denken Sie dabei vor allem, Herr Präsident?«

»Zum einen an Cholera und Typhus.« Er holte tief

Luft, weil er die Zaghaftigkeit seines Gesprächspartners spürte. Die Wut packte ihn. Jetzt war einfach nicht die richtige Zeit für Leute, die nicht bereit waren, etwas anzupacken und zu erledigen. »Gottverdammt, Al«, sagte er, »wenn ich es schon *wüßte,* bräuchte ich diese Arbeitsgruppe nicht! Sie soll klein sein. Ich brauche Ideen, nicht Leute, die sich gegenseitig den Arsch freihalten. Was ist alles nötig, um das Land am Leben zu halten? Nicht nur die Menschen, auch die Institutionen. Haben Sie das verstanden?

Besorgen Sie sich jemanden vom Militär. Von den Zentren zur Krankheitsbekämpfung. Von der Bundesagentur für Krisenmanagement. Ein paar Akademiker. Überlegen Sie sich was. Wir sind diese Woche an der ungedeckten Flanke erwischt worden, Al. Und ich denke, wir haben alles eingesteckt, was wir nur verkraften können. Keine Überraschungen mehr.«

War da sonst noch was?

Ja, war es. Charlies Ton wurde weicher. »Das mit Henry und Emily tut mir leid. Ich weiß, daß Sie ihnen nahegestanden haben.«

»Danke, Herr Präsident.«

»Ich erwarte, daß Sie als Stabschef weitermachen. Zumindest, bis wir diese Sache überstanden haben.«

»Ja, Sir.«

Er beendete das Gespräch und spazierte zurück in die Passagierkabine, wo alle so taten, als wären sie in Lektüre vertieft. »Alles in Ordnung, Herr Präsident?« fragte Evelyn.

Alle redeten ihn inzwischen wieder förmlich an. Und vielleicht war das nur gut so. Er fragte sich, wieviel Lincoln erreicht hätte, falls jeder in seiner Umgebung ihn Abe genannt hätte.

»Alles in Ordnung«, sagte er. »Wir kommen zurecht.«

Was ihn an etwas erinnerte. Er stieg die Leiter hinauf –

er wurde allmählich wendig in der Schwerelosigkeit – und erreichte das Flugdeck, im Rücken Sabers. »Hallo, Pilotin«, sagte er.

Sie hob die Hand, ohne sich umzudrehen. »Hallo, Herr Präsident.«

»Ich habe gehört, daß wir doch nicht zum Pluto hinaus fliegen«, sagte er.

»Oh«, versetzte sie. »Sie wissen davon. Nein, es wird gutgehen. Wir waren nie in Gefahr.«

Er glitt auf den Platz des Copiloten. »Sind Sie sicher?«

»Ja, Sir«, sagte sie.

»Irgendwas, wovon ich erfahren sollte?«

»Nein, Herr Präsident.«

»Sollte ein weiteres Problem auftreten, würde ich gern informiert«, sagte er.

»Ja, Sir. Ich bin allerdings nicht von einem Problem ausgegangen. Ich meine, ich wußte, daß sie die *Lowell* in Reserve haben.« Sie blickte lächelnd zu ihm auf. Saber war eine schöne Frau, entschied er. Irgendwie war bislang nicht die Zeit gewesen, das zu bemerken. »Ich dachte, Sie hätten genug, worüber Sie sich Gedanken machen müssen. Den Mikrobus zurückzubringen, das war *meine* Aufgabe.«

»Haben wir überhaupt noch Treibstoff übrig?«

»Wir haben ein paar hundert Pfund. Nicht sehr viel. Ich versuche zu sparen.«

»Okay. Wie soll der Rettungseinsatz ablaufen?«

Sie entspannte sich ein wenig. »Die *Lowell* holt uns etwa um sechzehn Uhr ein. Wir steigen um und werfen den Mikrobus ab. Man hat mir noch keine geschätzte Ankunftszeit mitgeteilt, aber ich vermute, daß wir am späten Abend zurück auf der Station sind. Das ist aber nur über den Daumen gepeilt. Ich kenne die Fähigkeiten der *Lowell* nicht.«

Charlie betrachtete die unzähligen blinkenden Lichter

und Anzeigen auf den Displays des Mikrobusses. »Können wir den *Possum* von hier aus sehen?«

Saber drückte eine Taste, und der Felsbrocken wurde in die Frontscheibe eingeblendet. »Das ist die Perspektive von einem Satelliten.«

Den Schilderungen in den Medien zufolge sah der *Possum* wie etwas aus, was man in zwei Hälften zerschnitten hatte. Eine Seite war flach, die andere gekrümmt und zerklüftet. Er war eher länglich als kugelförmig und ähnelte fast einem Prügel. Charlie war froh, daß noch niemand in den Medien auf diesen Vergleich gekommen war. Er verfolgte mit, wie der Brocken auf dem Display langsam vor sich hintrudelte.

Sabers Finger liefen über die Tastatur. »Hier ist mal ein Vergleichsmaßstab.« Ein Bild des Mikrobusses leuchtete auf. Es schrumpfte, bis es neben dem *Possum* kaum noch zu sehen war. »Das sind wir.« Sie drückte eine weitere Taste, und eine Folge von Mini-Icons reihte sich parallel zum länglichen Felsbrocken auf. »Es sind einundsechzig«, stellte sie fest. »Von einem Ende zum anderen.«

»Und wie groß sind *wir?*«

»Achtundzwanzig Meter und irgendwas, von der Pilotenkanzel bis zu den Landebeinen. Wir sind ganz schön kompakt.«

»Ein Glück, das wir den loswerden«, sagte er.

Der *Possum* übte einen nahezu hypnotischen Einfluß aus. Charlie sah zu, wie der Felsbrocken sich drehte, und betrachtete auf einem anderen Monitor den blauen Erdball.

Das zweite Bild, erklärte Saber, stammte von den Teleskopen des Mikrobusses.

Die Distanz zwischen Vizepräsidentschaft und Präsidentschaft bemaß sich, wie Charlie gerade herausfand, in Lichtjahren. Womöglich erkennt das niemand, der nicht auf beiden Seiten der Kluft gestanden hat. Vor ein paar

Stunden noch war er nur um das eigene Überleben besorgt gewesen. Diese Sorge erschien ihm jetzt fast trivial.

Das dritte Jahrzehnt des 21. Jahrhunderts war bis vor wenigen Tagen eine gute Zeit für den Planeten gewesen. Hundert Millionen Chinesen fuhren inzwischen eigene Autos; fast alle Menschen waren sich einig, daß militärische Übergriffe von schlechtem Geschmack zeugten; der alte Wirtschaftszyklus von Aufschwung und Depression schien gebändigt; und die Großmächte hatten entdeckt, daß Kooperation bessere Früchte trug als Konfrontation. Die Technik ermöglichte fast jedem ein besseres Leben. Die Wissenschaft machte Fortschritte, und die Menschen lebten länger und blieben dabei länger jung als je zuvor. Die meisten Krebsformen waren heilbar; Energiesats lieferten fast unbegrenzt Strom, und der lange Kampf um die Behebung der Umweltschäden hatte endlich die Wende geschafft. In den Vereinigten Staaten hatten ethnische Spannungen stetig abgenommen; das Bruttoinlandsprodukt stieg jährlich, während Verbrechensraten und Bevölkerungswachstum abnahmen.

Das sollte nicht heißen, daß es keine Probleme gab. Weit mehr Menschen lebten auf der Erde, als ihnen die natürlichen Ressourcen sicheren Unterhalt boten, und alte Traditionen und religiöse Gruppen bekämpften jeden Versuch, das Bevölkerungswachstum umzukehren. Nach wie vor wurden zu viele Verbrechen verübt und waren zu viele davon Gewaltverbrechen, besonders in Rußland, den Vereinigten Staaten und China. Eine kürzliche Untersuchung amerikanischer Erwachsener durch *USA Today* hatte ergeben, daß drei Achtel der Bevölkerung praktisch Analphabeten waren – der höchste Anteil in allen Industrieländern, und er stieg weiter. Die Vorzüge einer Teilnahme an der globalen Telekommunikation blieben nach wie vor einem Viertel der

US-Bevölkerung verwehrt, und in anderen westlichen Ländern galt das für mehr als ein Drittel. Jeder der führenden Staaten auf der Welt litt unter einer atemberaubenden Schuldenlast.

So lauteten die Probleme, mit denen eine Regierung Haskell vernünftigerweise hätte rechnen können. Da er einen Sieg im Herbst für möglich gehalten hatte, hatte Charlie schon Arbeit auf Mitarbeiter verteilt und ein paar eigene Ideen formuliert. Er hatte mit Menschen an vorderster Front gesprochen, mit Lehrern, Eltern, Polizisten, Notärzten und unmittelbaren Vorgesetzten in vielen Berufen. Er hielt sich für bereit, die Bürde der Präsidentschaft zu übernehmen und diese Probleme dann gleich auf breiter Front anzugreifen.

Wie sich nun erwies, hätte er kaum schlechter vorbereitet sein können.

Saber runzelte die Stirn und faßte an den Kopfhörer. »Einen Moment«, sagte sie und blickte zu Charlie auf. »Für Sie, Herr Präsident.« Seine Lampe hatte nicht aufgeleuchtet, so daß der Anruf nicht auf seinem Privatkanal eintraf. »Möchten Sie mit einem Wesley Feinberg sprechen?«

»Alles klar.« Charlie klappte sein Funktelefon auf. Er war Feinberg nie begegnet, kannte aber dessen Reputation. Und Al hatte ihn über Feinbergs Anteil an den Planungen informiert. Ihn als Störenfried bezeichnet. »Guten Morgen, Professor Feinberg. Hier ist Charles Haskell.«

»Herr Präsident.« Die Stimme klang angespannt. »Ich versuche seit Stunden, Sie zu erreichen. Planen Sie immer noch einen Nuklearangriff auf den *Possum*?«

»Ja«, sagte Charlie, »natürlich.«

»Tun Sie es nicht.«

Charlie verließ der Mut. »Wieso nicht?«

»Wir wissen nicht genug, um wirklich seinen Kurs verändern zu können. Das wäre es, was eigentlich nötig ist, aber wir wissen nicht wie.«

»Also probieren wir es halt. Was verlieren wir dabei?«

»Was wir *verlieren*? Herr Präsident, wenn Sie den *Possum* auseinanderpusten, erzeugen Sie eine Wolke aus radioaktiven Partikeln und Trümmern, die mit der gleichen Wahrscheinlichkeit wie der *Possum* selbst zurückkehren und uns treffen. Nur daß die Folgen in diesem Fall noch schlimmer ausfielen.«

»Inwiefern schlimmer? Soweit ich weiß, würde der *Possum* ein paar *zusätzliche* Millionen umbringen. Uns vielleicht in ein dunkles Zeitalter zurückwerfen.«

»Herr Präsident, eine gesunde radioaktive Wolke hätte eine gute Chance, *jeden* auf dem Planeten zu töten. Ich rede hier von völliger Ausrottung.«

Charlie malte sich einen Sturm aus heißen Steinen aus, der auf Land und Meer niederprasselte, heiße Partikel, die sich in der Atmosphäre ausbreiteten, heißen Regen, der aus kranken Wolken fiel. »Warum haben Sie das nicht Henry erklärt?«

»Das habe ich. Ich habe es versucht. Ich habe gerade mit ihm gesprochen, als die Verbindung abbrach. Ich denke, das war wohl der Augenblick, als der Hubschrauber abstürzte.«

»Was hat er gesagt?«

»Er hatte nicht die Chance, etwas zu sagen.« Saber behielt Charlie im Auge. »Sie *müssen* den Angriff abblasen!« fuhr Feinberg fort. »Mit ihm erreichen Sie gar nichts; Sie erhöhen einfach nur drastisch die Risiken für uns, falls der *Possum* letztlich doch herunterkommt.«

»Aber er kommt womöglich *nicht* herunter. Ist das richtig?«

»Unmöglich, es mit Sicherheit zu sagen.«

»Um Gottes willen, Feinberg, kann man es nicht herausfinden?«

»Geben Sie uns ein paar Stunden, sobald er die Atmosphäre verlassen hat.«

Nach ein paar Stunden war er außer Reichweite der Raketen. Sie mußten dann warten und konnten erst zuschlagen, sobald er zurückkam. Charlies Leute hatten ihm versichert, daß dieses Vorgehen viel gefährlicher wäre. »Sind Sie überhaupt optimistisch? Besteht eine Chance, daß er sich einfach entfernt?«

»Geben Sie mir ein paar Stunden, Herr Präsident.«

Nach dem Anruf saß Charlie fast zehn Minuten nur da. Er weigerte sich, irgendeinen Anruf entgegenzunehmen, und dachte über seine Optionen und die möglichen Folgen nach. Er dachte an Feinbergs Reputation, und er hatte ausreichend zwischen den Zeilen von Al Kerrs Bericht gelesen, um zu wissen, daß der Wissenschaftler Henry gut beraten hatte.

Viele Leute fanden jedoch, daß die Atomraketen eine gute Möglichkeit waren, das Scheißding loszuwerden. Falls Charlie nicht auf den Knopf drückte, und der *Possum* zurückkehrte und auf der Erde einschlug – wem würde man die Schuld geben?

Andererseits: Bedeutete es etwas, wem man die Schuld gab?

Er blickte auf die Uhr. Die Vögel starteten in weniger als einer Stunde. Saber saß ganz still neben ihm. »Haben Sie alles mitgehört?«

»Ich habe Ihren Anteil gehört.«

Er tippte Al Kerrs Nummer ein.

5.

Empfangenes und über C-Span gesendetes Fax, 8 Uhr 26.

Wir sitzen alle in einem Bus, die ganze Menschheit. Der Bus rast eine fast leere Straße entlang. Ein paar Steine liegen auf der Straße, und vielleicht treffen wir hin und wieder auf ein anderes Fahrzeug, und wir haben gerade festgestellt, daß kein Fahrer den Bus lenkt.

– Dan White, Oklahoma City

Skyport Orbitallabor, 8 Uhr 41

Im Internet klafften erhebliche Lücken. Ganze Netzwerke, Energieunternehmen, Telefonnetze waren ausgefallen. Trotzdem leisteten die Reserve- und Umgehungsleitungen, die über die Jahre gewachsen waren, dem Internet gute Dienste, und so blieb es in Betrieb. Solange die Telefongesellschaft eines Kunden noch arbeitete, blieb der Zugang möglich.

Besonders die Anhänger von Skybolt traten online in Erscheinung. Eine Flut von Ich-habe-es-ja-gesagt-Kommentaren kursierte. Und die Namen von Kongreßabgeordneten, die sich beim Angriff auf das Projekt hervorgetan hatten, wurden für alle Welt bekanntgegeben.

Der *Possum* näherte sich weiter, war aber für Skyport hinter dem Horizont verschwunden und deshalb für das bordeigene Observatorium nicht mehr sichtbar. Die besten Bilder stammten jetzt aus Teleskopen vom Erdboden. Tory und Windy verfolgten die Show auf ihrem Hauptdisplay.

Die mangelnde Symmetrie von POTIM-38, seine Ähnlichkeit mit einem flachgedrückten Knüppel oder möglicherweise (wie jemand vorgeschlagen hatte) einer zerschnittenen Frucht verliehen ihm eine einzigartige Identität. Die vorherrschende Erklärung für die Form lautete, daß eine Seite stärker der Explosion ausgesetzt gewesen war, daß deshalb brennbare Stoffe verkocht waren und einen relativ glatten, abkühlenden Rückstand hinterlassen hatten. Die Flachseite wurde prompt als ›Ebene‹ bezeichnet, im Gegensatz zu der abgerundeten, stark versengten Rückseite, für die Astronomen die Bezeichnung ›Hinterland‹ prägten. Eine Kammlinie bildete eine Art Rückgrat, das sich der Länge nach durch das Hinterland zog. Es war das *einzige* Geländemerkmal, das nicht durch den Schmelzvorgang geglättet worden war. Jemand nannte es den ›Einsamen Kamm‹, und der Name blieb haften.

Der *Possum* war noch sechs Minuten entfernt und näherte sich mit 10,7 Kilometern pro Sekunde. Tory gab alles, was sie hatte, an ihre Konsumenten weiter, zu denen der neue Präsident der Vereinigten Staaten gehörte, wie man sie informiert hatte. »Er interessiert sich persönlich dafür«, hatten ihr die hohen Tiere bei der NASA mit großem Ernst versichert.

Das sollte er auch verdammt noch mal tun. Sie hoffte, daß er klug genug war, um den entscheidenden Punkt zu kapieren.

Eine Sirene heulte irgendwo los und signalisierte, daß erneut etwas in die Raumstation eingeschlagen war. Windy und Tory sahen sich an. Die Aussicht, daß jederzeit ein Stein das Schott durchschlagen konnte, war geeignet, sie abzulenken. Tory bemühte sich, den Gedanken in einen hinteren Winkel zu verbannen und sich wieder auf den *Possum* zu konzentrieren.

Er kam über dem Westpazifik heran und würde dort

in spitzem Winkel in die Atmosphäre eindringen. Das über dem östlichen Chinesischen Meer postierte NASA-Goddard-Flugobservatorium schickte zur Zeit Testbilder eines klaren, sternenbesetzten Himmels.

Normalerweise hätten die Sender umfassend über das Ereignis berichtet, aber am heutigen Sonntagmorgen wogen die Meldungen von fortwährenden Katastrophen schwerer, die aus aller Welt eintrafen. Die Szenerie der unmittelbaren Verwüstung war inzwischen durch die Erdrotation ein gutes Stück auf den Pazifik hinausgewandert. Steine regneten entlang der asiatischen Küsten vom Himmel, zerstörten Tokio und beschädigten Shanghai, Hongkong und Singapur.

Tory war in Feinbergs Privatkanal beim AstroLab eingeschaltet, aber der Astrophysiker war zur Zeit nicht in der Leitung. Die BBC hatte vor etwa einer Stunde ein Interview mit ihm durchgeführt. Der *Possum* würde sehr nahe herankommen, hatte er gesagt, aber den Zuschauern zugleich versichert, daß der Brocken die Erde verfehlen *würde.*

Andere waren weniger sicher. Die Chinesen hatten schon die Absicht kundgetan, sich darüber zu beschweren, daß ihre amerikanischen Verbündeten mit dem Raketenangriff warten wollten, bis der *Possum* vorbeigezogen war. Dunkel deuteten sie an, die Amerikaner hofften wohl insgeheim, daß er auf China stürzte. Der amerikanische Außenminister sagte auf einer frühmorgendlichen Pressekonferenz dazu, er wäre unbesorgt; falls der *Possum* wie erwartet nur ein Feuerwerk aufführte und seines Weges zog, hätten die Chinesen keinen Grund zur Klage, und falls er China doch träfe und die Wissenschaftler recht in der Annahme gingen, daß er groß genug war, um jede Zivilisation zu beenden, wäre niemand mehr da, um sich die Beschwerde anzuhören. Er lächelte über die eigene Bemerkung.

Die Uhr lief mit: *Zwei Minuten bis zum Atmosphärenkontakt. Drei Minuten bis zur größten Annäherung.*

Die Stationssirenen heulten nicht mehr. Über Interkom informierte eine Stimme Tory, daß in Sektionen des D-Decks, der Hauptpromenade, ein Druckverlust eingetreten war und man diese vorübergehend geschlossen hatte.

Eine Bekanntmachung erschien auf dem Display: Die Amerikaner verzichteten auf den Raketenangriff. Eine Erklärung wurde nicht gegeben. Pressekonferenz um zehn Uhr.

Eine Minute.

Der *Possum* war keineswegs der einzige große Brocken da draußen. Bei der letzten Zählung hatte man weitere zweiundsechzig Objekte gekennzeichnet. Keines davon stellte jedoch eine unmittelbare Gefahr dar. Der größte, POTIM-55, war ein echter Vernichtungsstein, viermal so groß wie der *Possum*. Genug, um allem ein Ende zu machen, von den Kakerlaken vielleicht abgesehen. Zum Glück hatte er Kurs auf einen relativ stabilen Orbit. Im Grunde, dachte Tory, haben wir trotz der schrecklichen Verluste noch Glück gehabt. Es hätte viel schlimmer kommen können. Und der Regen aus ausgestoßener Materie hatte in den letzten paar Stunden merklich nachgelassen.

»Da draußen schwirren immer noch viele Trümmer herum«, sagte Windy. »Wenn das vorbei ist, sollten wir empfehlen, daß die Fluglinien noch ein paar Tage länger am Boden bleiben.«

Zehn Sekunden.

Er kam jetzt rasch näher und glitt über den Planeten dahin, den Pazifik tief unter sich, und der asiatische Kontinent stieg ihm schnell entgegen. Die Computersimulation folgte ihm in den blauschwarzen Dunst der Ionosphäre hinein. Noch während Tory hinsah, wurde der

Possum rot, fielen Bruchstücke von ihm weg und bildeten sich Kondensstreifen aus Rauchschleiern.

Die auf das Flugobservatorium geschalteten Bildschirme hatten ihn noch nicht eingefangen. Zwei Displays zeigten verstärkte Teleskopbilder. Auf dem dritten sah man das Bild, wie es sich dem bloßen Auge darbot. Tory blickte konzentriert, und dann entdeckte sie ihn, eine scharfe weiße Linie, die sich durch den schimmernden blauen Dunst zog. Die dichteste Annäherung an die Erdoberfläche ging bis auf zweihundert Kilometer.

Auch auf dem Erdboden stationierte optische Sensoren verfolgten ihn. Ein CNN-Reporter, der mit einem Kamerateam auf einer Bergflanke bei Hainan stand, entdeckte den Felsbrocken, als er in Flammen aufging. Menschen, die bei dem Reporter standen, gafften und seufzten. Der lange Feuerball schoß über ihnen am Himmel entlang. Dann brach das tiefe und kehlige Donnern, das er beim Vorbeiflug erzeugte, über sie herein. Es überraschte die Augenzeugen, und sie schützten die Köpfe mit den Armen. Ein paar schrien und warfen sich zu Boden. Der *Possum* donnerte zwischen den Sternbildern dahin, eine Himmelslokomotive mit aufgeplatztem Kessel, der den Blick auf das flammende Innere freigab. Und dann verschwand er im Westen Richtung Wuhan.

»Sieht bislang gut aus«, sagte Windy in gespanntem Ton.

Mobile Stationen in Chengtu und im Himalaja entdeckten den *Possum*, als er dahinzuschwinden begann. Über Lahore war er schon ruhiger und friedlicher und wirkte auch kleiner. Das Donnern war nicht mehr zu hören. Die Afghanen sahen nur noch eine rosa Linie am Himmel, und irgendwo über dem Land der Mullahs ging sie aus. Tory hatte eine Leitung zum AstroLab geöffnet und hörte dort den Applaus. »Tschüs, Baby«, sagte eine begeisterte Frauenstimme.

AstroLab, 8 Uhr 58

Feinberg war aus Veranlagung unfähig zu feiern. Er war von Natur aus zurückhaltend, reserviert, verschlossen. Für ihn war der örtliche WalMart weiter entfernt als Cygnus X-1. Vor Jahren hatte er das Glück gehabt, auf dem Mount Palomar zu sein, als die Supernova 2017A im Lagunennebel NGC 6523 explodierte. Der Lagunennebel liegt im Sagittarius, weniger als fünftausend Lichtjahre entfernt. Bislang war das das astrophysikalische Ereignis des Jahrhunderts gewesen. Aber während seine Kollegen feierten, hatte Feinberg nur so getan. Er kannte die eigene Persönlichkeit gut genug; er wußte, daß er nie gelernt hatte, etwas zu genießen. Sogar heute morgen, als er sich (zumindest nach eigener Sicht der Dinge) eingemischt hatte, um den Präsidenten vor einer potentiell katastrophalen Entscheidung zu bewahren, hätte es nicht seiner Natur entsprochen, einige seiner Kollegen auf eine Runde Eier und Pfannkuchen auszuführen und den Augenblick zu genießen.

Statt dessen ging er, sobald sich der Staub legte, einfach nach Hause.

Er war jetzt für den größten Teil von fünf aufeinanderfolgenden Tagen auf den Beinen und fühlte sich erschöpft. Der Himmel klärte sich endlich, und er konnte nicht erkennen, daß ihm noch etwas zu tun blieb. Cynthia Murray, seine Nummer zwei, würde den *Possum* weiter verfolgen, und sobald sie wußte, was der Brocken vorhatte, würde sie Feinberg anrufen.

Draußen waren die Bäume voller Vögel, und es schien, als wäre nichts passiert.

DAS PRESSEGESPRÄCH, SONDERAUSGABE, 9 Uhr

In Atlanta mit Judy Almayer, New York Times; *Fred Chiles,* Boston Globe; *Karl Nishamura,* Los Angeles Online; *und Moderator Pierce Benjamin,* NBC-Nachrichten; *mit Julian Moore als Gast, dem Leiter der Minderheiten-Allianz.*

NBC: *Dr. Moore, Ihre Organisation hat vor einer Stunde die Forderung erhoben, das Präsidentenamt aufzulösen und durch einen Exekutivrat auf Rotationsbasis zu ersetzen, getragen von einem Parlamentssystem, das rasche Personalwechsel ermöglicht.*
Moore: *Das ist richtig. Und das ist eine Position, die wir nicht leichthin bezogen haben.*
NBC: *Was genau schlagen Sie vor? Daß wir die Verfassung auf den Müll werfen?*
Moore: *Es ist eine Verfassung der Reichen, Mr. Benjamin. Von den Reichen für die Reichen entwickelt.*
N.Y. Times: *Aber würden wir uns damit nicht selbst in den Fuß schießen? Wer soll, wenn Sie die Verfassung abschaffen, die einfachen Menschen noch schützen? Die Menschen, die Sie zu vertreten vorgeben?*
Moore: *Es tut mir leid, das zu sagen, aber die Verfassung war seit jeher ein Instrument der Ausflüchte. Die Unterdrückten müssen aufstehen und ihre Rechte einfordern.*
Boston Globe: *Aber ist die Verfassung nicht der einzige wirkliche Garant für dieses Recht? Auf welches andere von Menschen verfaßte Dokument möchten Sie sich berufen?*
Moore: *Vielleicht müssen wir eines schreiben. Ich möchte Sie auch daran erinnern, Mr. Chiles, daß die Verfassung einmal sehr glücklich Seite an Seite mit der Sklaverei bestand. Bis die Sklaven einfach entschieden, daß sie sich das nicht mehr gefallen lassen wollten.*

L.A. Online: *Aber die Verfassung war der Hebel, den Lincoln ansetzte.*
Moore: *Das ist die übliche Schulbuchgeschichte. Die Unionsarmee war der Hebel, und das Rückgrat der Unionsarmee bildeten nach 1863 die schwarzen Truppen.*
NBC: *Jetzt warten Sie mal eine Minute. Wir wollen nicht in eine Nebenstraße abschweifen. Dr. Moore, wenn Sie die derzeitige Staatsform abschaffen, was setzen Sie an ihre Stelle?*
Moore: *Zunächst einmal benötigen wir einen Exekutivrat, der alle Bürger repräsentiert, nicht nur die weiße Mehrheit.*
L.A. Online: *Aber Präsident Kolladner war Afroamerikaner. Sicherlich ...*
Moore: *Und er wandte sich gegen diesen Begriff. Er war kein Freund von zusammengesetzten Hauptwörtern, wie Sie sich erinnern werden. Er beanspruchte, einfach Amerikaner zu sein. In Wahrheit war er ein Lakai. Ich spreche nicht gern schlecht über die Toten, aber er schämte sich seiner Herkunft. Er war der klassische Onkel Tom.*
N.Y. Times: *Dr. Moore, die Minderheiten-Allianz war früher immer eine ziemlich konservative Gruppe. Sie selbst waren ziemlich konservativ. Erzählen Sie uns: Weshalb der Kurswechsel?*
Moore: *Die Armen dieser Nation hat man vergangene Nacht sterben lassen. Als das passierte, wurde eine Revolution so unvermeidlich wie der Sonnenaufgang.*
N.Y. Times: *Es gibt aber keine Beweise, daß Absicht im Spiel war. Menschen aus allen sozioökonomischen Gruppen sind letzte Nacht in großer Zahl umgekommen.*
L.A. Online: *Sie sind offensichtlich unzufrieden mit Kolladner. Wer, denken Sie, hätte es besser gemacht?*
Moore: *Mir fällt niemand ein, der es schlechter gemacht hätte. Dazu kommt: Wenn das weiße Amerika sich erst mal einen Sündenbock sucht, wird es nicht vergessen, daß*

Henry Kolladner ein Schwarzer war. Sehen Sie, Gott allein weiß, wie viele Menschen in den letzten zwölf Stunden umgekommen sind. Und immer noch umkommen. Millionen. Mr. Nishamura, Sie haben nicht einmal mehr eine Stadt, in die Sie zurückkehren können.
L.A. Online: *Niemand hätte die Stadt retten können. Die Flutwellen haben L.A. vernichtet. Punkt. Wohin hätten Sie die Bevölkerung von Los Angeles innerhalb weniger Tage umgesiedelt?*
Moore: *Ich hätte sie verdammt noch mal nicht einfach auf der Gage Avenue und Avalon ersaufen lassen! Hören Sie: Wenn wir damit fertig sind, unsere Toten zu zählen, werden wir wissen, daß es mehr als zwanzig Millionen sind, meistens Menschen aus den Innenstädten. Wieder mal bezahlt der Schwarze die Rechnung für dieses Land. Nun, das war es. Es ist Schluß damit.*
NBC: *Sie rechnen doch nicht wirklich damit, daß der Kongreß dieser Forderung nachgibt, oder?*
Moore: *Er wird es, wenn er die Nation retten möchte.*
NBC: *Das klingt nach einem Ultimatum.*
Moore: *Das ist es nicht, Mr. Pierce. Es ist ein nachdrücklicher Vorschlag. Die Allianz möchte das Land nicht zerstören, wirklich nicht. Das Überleben der Nation ist wesentlich dafür, einen Weg zu finden, der die Menschen, besonders die schwarzen Menschen, aus der Armut führt. Was wir dem Kongreß und dem neuen Präsidenten sagen möchten, ist folgendes: Das alte System funktioniert bei uns nicht. Es wird Zeit für einen radikalen Einschnitt. Ich hoffe, man wird einsehen, wie klug dieser Vorschlag ist. Falls nicht, dann habe ich keine Zweifel, das auf unseren Straßen Blut fließen wird.*
Boston Globe: *Dr. Moore, Sie müssen erkennen, daß Sie einen Aufstand anzetteln.*
Moore: *Mitnichten. Ich hoffe, einen zu verhindern.*

6.

Percival Lowell, Flugdeck, 9 Uhr 11

Rachel beendete den letzten Check und schaltete auf interne Energie um. Cochran zeigte ihr vom Platz des Navigators aus den aufgerichteten Daumen. Die Startprotokolle waren geladen.

»*Lowell*«, meldete sich eine Stimme in ihrem Kopfhörer, »Sie haben Startfreigabe.«

Ein ›Start‹ von Skyport bedeutete, daß die Magnetkopplungen das Schiff freigaben. Vier Gruppen von Manövertriebwerken schoben es dann behutsam aus dem Hangar und versetzten ihm einen leichten Schubs weg vom Orbiter. Etwa zur gleichen Zeit würde Rachel das Triebwerk zünden und die Fluglage verändern. Dann ging es sechs Kilometer weit nach draußen, um schließlich auf den Kurs einzuschwenken und zu beschleunigen.

Es war kein einfacher Morgen gewesen. Jeder auf Skyport wollte anscheinend an Bord der *Lowell* sein, wenn sie das Rendezvous mit dem Mikrobus durchführte. Ständig hatte das Telefon geklingelt. Menschen stellten sich als Ingenieure und Kommunikationsspezialisten und überhaupt Angehörige jedes vorstellbaren Berufs vor und hielten es für eine gute Idee, wenn sie für den einen oder anderen Notfall dabei wären. In Wahrheit wollten sie natürlich einfach dem neuen Präsidenten begegnen. Ein paar Stationsbürokraten hatten sogar vorgeschlagen, daß ein hochrangiger Vertreter von Skyport mitkommen sollte.

Rachel brauchte jedoch niemanden außer Lee Cochran. Es täte ihr leid, versicherte sie immer wieder geduldig, aber jeder weitere verbrauchte einfach nur

Platz. Und noch wichtiger, Luft. Auf dem Rückflug waren acht Personen an Bord, was bereits ein Drittel über der Kapazität des Lebenserhaltungssystems lag. Wenn jemand beharrlich blieb, erklärte Rachel einfach, es verstieße gegen die Bestimmungen. Selbst die entschlossensten zeigten dafür anscheinend Verständnis.

Belle schickte jedoch einen Arzt mit. Nur für alle Fälle. Der Chefarzt war von der gegenwärtigen Notlage im Urlaub überrascht worden, also ging der Auftrag an den stellvertretenden Chefarzt der Station, Dr. Arthur Elkhart. Er stammte vom schüchternen Ende des bürokratischen Spektrums und wirkte erkennbar nervös über die Aussicht, den Präsidenten als Patienten zu erhalten. Er wäre lieber zu Hause geblieben, aber seine Stellung gestattete das nicht. Trotzdem gestand er Rachel, sobald Belle gegangen war, offen seinen Bammel und gewann damit ihren Respekt. Er war mittleren Alters, vorzeitig ergraut und von geducktem Körperbau. »Ich hoffe, daß im Bus alle okay sind«, sagte er.

»Hier *Lowell«,* meldete sich Rachel bei der Verkehrsleitung. »Wir sind startklar.«

Ein leichter Schub wurde spürbar, als die Manöverdüsen das Schiff aus dem Hangar führten. Das lange Sichtfenster der Flugleitung glitt links an Rachel vorbei. Sie drückte die Interkomtaste. »Es geht los, Doc. Schnallen Sie sich an.«

Sie erhielt keine Antwort und probierte es erneut: »Drücken Sie die gelbe Taste, wenn Sie sprechen.«

Ein Augenblick verging. Dann hörte sie ein Klicken: »Danke«, sagte er. »Ich bin bereit.«

Zweiunddreißigtausend Kilometer unter ihr trat die Küste von Ecuador und Peru unter Wolkenbänken hervor. Der Pazifik erstreckte sich nach Westen und lag hell und ruhig in der Mittagssonne. Wie alle anderen war auch Rachel bestürzt über die Meldungen von Tod und

Vernichtung, die aus aller Welt eintrafen. Sie hatte keine Verbindung zur eigenen Familie erhalten, die in Charleston wohnte. Als sie jetzt auf das gewaltige, ruhige Panorama hinunterblickte, dachte sie über die Neigung der Menschen nach, ihre Schwierigkeiten auf die sie umgebende Welt zu projizieren. Was Tomiko jedoch auch immer aus Häusern, Tempeln und Rathäusern auf der ganzen Welt gemacht hatte, der Planet selbst zog gelassen weiter seine Bahn, als wäre nichts geschehen.

Sie zündete das Triebwerk.

Es sprang leise an, ein fließendes Rumpeln, ganz anders als die Geräusche der chemischen Triebwerke von Mondbussen und Raumfähren, die wütend brüllten und mit den Schotten wackelten.

»Alles paletti«, meldete Cochran.

Sie bestätigte und schaltete den Autopiloten ein, der die Fluglage justierte und beschleunigte.

Die *Lowell* flog zunächst einmal drei Viertel um die Erde und ging dann auf Parallelkurs zum Mikrobus, diesem jedoch ein gutes Stück voraus. Von da an würde sie ganz allmählich an Tempo zulegen und abwarten, bis der Mikrobus sie einholte.

Rachel flog jetzt nicht gern in diesen Himmel hinaus. Zuerst hatte sie gedacht, es läge an den immer noch zu vielen Steinen, die dort herumflogen, aber allmählich wurde ihr klar, daß sie Doc Elkharts Nervosität teilte, was den Empfang des Präsidenten der Vereinigten Staaten an Bord anging. Sie blickte zu Cochran hinüber, dessen Hauptaufgabe auf diesem Flug darin bestand, die interne Energieversorgung und das Lebenserhaltungssystem zu überwachen. Mit anderen Worten: Für mögliche Notfälle wach zu bleiben. »Lee?«

»Jo?«

»Wie fühlst du dich?«

»Gut. Wieso fragst du?«

Sie gab es auf. Die Astronauten waren mit ein oder zwei Ausnahmen alles ehemalige Kampfflieger. Und der Ehrenkodex dieser Bruderschaft, *gestehe niemals Angst ein,* galt nach wie vor.

Rachel hatte jede Unsicherheit, die sie vielleicht mal verspürt hatte, in dem Augenblick abgeschüttelt, als sie zum ersten Mal an der Spitze einer Rakete saß und das Streichholz daranhielt. Sie schlug sich gut und absolvierte den ersten Flug besser als einige ihrer männlichen Kollegen. Noch nie im Leben war sie vor jemandem oder etwas zurückgewichen, aber heute spürte sie, wie ihre Hände zitterten.

Unter ihr wurde die Welt grün. Sie flogen nach Osten und überquerten Brasilien. Voraus schimmerten Sterne durch Teile der bleichen Wolke, die an die Stelle des Mondes getreten war.

Die lunare Wolke dünnte bereits aus, trieb auseinander. Die alte mathematisch perfekte Kugel, beruhigend in der Verheißung universeller Harmonie, existierte nicht mehr.

Mikrobus, Passagierkabine, 10 Uhr 15

»Al, wir verstaatlichen alles. Fluggesellschaften, Lastwagen, Stromversorger, was Sie wollen. Tierney soll das leiten.« Tierney wurde von den führenden Wirtschaftsbossen respektiert. Mit ihm an Bord fiel der Widerstand geringer aus.

»Okay, Charlie.« Sie waren inzwischen zu den vertrauten Vornamen zurückgekehrt. »Ich kläre das noch mit den Beratern ...«

»Vergessen Sie die Berater. Tun Sie es einfach.«

»Ich bin mir nicht sicher, wie das verfassungsrechtlich ...«

»Al, wir haben den nationalen Notstand ausgerufen. Per Definition ist damit alles, was ich tue, Verfassungsrecht. Menschen sterben da draußen in großer Zahl. Wir werden tun, was wir tun müssen.« Er verkündete in Form einer langen Liste präzise, was er wollte, und überließ Kerr die Details.

»Noch etwas, Charlie«, sagte Kerr anschließend. »Die lateinamerikanischen Staaten hat es ganz schön erwischt. Sie bitten um Hilfe.«

»Wir haben selbst nichts. Sagen Sie ihnen, daß sie allein klarkommen müssen. Drücken Sie unser Bedauern aus, aber machen Sie ihnen klar, daß wir selbst beträchtliche Verluste haben. Fragen Sie, ob sie *uns* helfen können. Sagen Sie ihnen, daß wir alles gebrauchen können, was sie übrig haben. Koordinieren Sie das. Wir nehmen jede Hilfe an, die man uns anbietet. Oh, und Harmon hat sich letzte Nacht einen Scherz aus der chinesischen Beschwerde gemacht.« Harmon war der Außenminister. »Ich muß mich fragen, welche diplomatischen Fähigkeiten jemand hat, der an einer solchen Katastrophe irgendwas komisch findet. Er ist gefeuert. Sagen Sie ihm das.«

»Aber Charlie ...«

»Ich würde es ihm selbst sagen, bin aber beschäftigt. Falls er darauf besteht, es von mir zu hören, mache ich es, aber warnen Sie ihn vor: Es wird nicht sehr freundlich.«

Charlie telefonierte schon den ganzen Vormittag mit Kerr, mit Kabinettsmitgliedern, mit Staatsoberhäuptern aus aller Welt. Er versuchte, eine globale Reaktion zu koordinieren. Aber es reichte nicht. Mit Leuten hier und dort zu reden, damit war noch nichts getan. Man brauchte für die Dauer der Notlage eine globale Exekutive. Normalerweise wäre dafür der US-Präsident die logische Wahl gewesen, aber die USA gehörten zu den Staaten, die es am schwersten getroffen hatte. Das veränderte die chemische Zusammensetzung. Man hatte schon mehrere Kandidaten vorgeschlagen, darunter den belgischen Staatschef, von dem Charlie wußte, daß er fähig und ehrlich war. »Werfen Sie unseren Einfluß für ihn in die Waagschale«, sagte er.

Auch gute Nachrichten trafen weiter ein. Noch mehr *Possum*s waren unterwegs, aber keiner war eine unmittelbare Gefahr. Häufigkeit und Intensität der Meteoreinschläge nahmen rasch ab. Der Sturm schien vorüberzuziehen, und in ein paar Stunden war es vielleicht möglich, den Alarmzustand zurückzunehmen.

Alle Welt hatte es erwischt, Nord- und Südamerika jedoch am schlimmsten. Hilfsangebote trafen aus allen großen und vielen kleinen Nationen ein. *Ja,* ließ Charlie ihnen ausrichten, *wir brauchen Lebensmittel, Kleidung, medizinische Vorräte, Transportmittel und Kommunikationsausrüstung. Was immer und wen immer Sie schicken können.* Multinationale Konzerne mobilisierten ebenfalls Hilfe. »Gottverdammte egoistische Bastarde«, kommentierte Kerr. »Sie tun das nur, weil sie ihre Konsumenten am Leben halten wollen.«

Charlie scherte sich nicht besonders um die Motive.

Am späten Vormittag war er emotional erschöpft. In der Einstellung der Menschen zu ihrem Leben und ihrer Welt war ein tiefgreifender Wandel eingetreten. Sie waren, überlegte Charlie, einander näher gekommen als je zuvor in seinem Leben. Vielleicht näher als je zuvor, seitdem Geschichte niedergeschrieben wurde.

Trotzdem befand sich Charlie in keiner beneidenswerten Position. Praktisch alle politischen Leitfiguren der Welt steckten in Schwierigkeiten; von allen wurde erwartet, weitere Katastrophen abzuwehren. Und das galt für niemanden mehr als für ihn, der er einer Regierung vorstand, die man weithin dafür verantwortlich machte, daß sie nicht einmal ihre Bürger gewarnt hatte.

Sein Funktelefon läutete.

»Die Pilotin, Herr Präsident.«

»Ja, Saber?«

»Ich wollte Ihnen nur Bescheid sagen: Die *Lowell* ist planmäßig auf Kurs. Sie geht in etwa fünfeinhalb Stunden längsseits.«

»Danke.« Er blickte zu Evelyn hinüber. Sie las. Der Kaplan schlief, und Morley schrieb, drückte lustlos die Tasten auf seinem Notepad. Hielt wahrscheinlich alles für ein Buch fest. Die Kabine war zweifellos die am stärksten der Öffentlichkeit preisgegebene Zone, aus der jemals ein Präsident seine Amtsgeschäfte geführt hatte. Sein durchgebranntes Weißes Haus.

Nun, falls er nichts anderes erreicht hatte, dann würde er zumindest künftig das Thema banaler Quizsendungen abgeben.

Ein Berggipfel westlich von Staunton, Virginia, 11 Uhr 47

Oberstleutnant Steven R. Gallagher senkte das Fernglas. Er übte mit seinen Truppen nur ungern am Sonntagmorgen, wo sie lieber in der Kirche hätten sein sollen, aber er wußte, daß der entscheidende Zeitpunkt heranrückte, und er wollte sicherstellen, daß die Legion bereit war.

Er befand sich bei der Blue-Star-Kompanie, Drittes Freiheits-Bataillon der Thomas-Jefferson-Legion. Das Manöver war in der vierten Stunde. Er lehnte seine kräftige Gestalt an den Fordtransporter, der ihm als Kommandowagen diente, und blickte auf die Uhr. »Ihnen geht gleich die Zeit aus«, sagte er zu seinem Bruder, der die Eichenblätter eines Majors trug.

»Tad meldet, er wäre in einer Position, um noch ein paar mehr auszuschalten«, sagte der Major.

Sie führten eine Sicherheitsübung durch. Tad Wickett

hatte mit sechs Mann ein simuliertes Waffenlager hochgejagt. Die mit der Verteidigung des Ziels beauftragten Sicherheitseinheiten konnten jetzt nur noch darauf hoffen, die Angreifer festzunehmen. Es war jedoch erkennbar, daß ihnen auch das nicht gelingen würde. »Es ist nicht nur ihre Schuld, Oberst«, versetzte Jack widerstrebend. »Tad ist *sehr* gut.«

Steve wußte, daß Sicherungsaufträge seine Leute langweilten. Sie wollten Sachen in die Luft jagen, nicht schützen. Aber schnell rückte der Tag heran, an dem sie Einrichtungen gegen Guerillas verteidigen mußten. Seine Machtergreifung in Virginia würde auf Widerstand stoßen. Die größte Gefahr war sicherlich die überlebenden Loyalisten des heutigen Staates. Steve war jedoch klar, daß er auch mit gesetzlosen Elementen rechnen mußte, die einfach nur auf so etwas wie die Tomiko-Affäre gewartet hatten, um an die Macht zu kommen. Und in den bevorstehenden Tagen bot dem zivilisierten Leben niemand außer der Jefferson-Legion mehr Schutz vor unzivilisierten Schlägern.

Tad saß nach wie vor in dem knapp zehn Quadratkilometer großen Übungsgelände fest. Zwei Straßen und zwei Brücken kamen als Fluchtwege in Frage, und alle wurden kontrolliert. Die Sicherheitseinheiten hatten es jedoch nicht geschafft, ihn dingfest zu machen, und bei dem Versuch mehrere Leute verloren. Keine besonders gute Leistung. »Habe ich nicht erklärt, was *methodisches* Vorgehen ist?« wandte sich Steve an Jack. »Haben wir nicht darüber gesprochen, wie wichtig es ist, bei einem Einsatz *systematisch* vorzugehen?«

Sein Bruder nickte.

»Sieht nicht danach aus, als hätten sie es verstanden, Steve.«

»Nein, das tut es nicht.« Der Oberst blickte auf die Uhr. Es war zwölf. »Okay. Brechen wir ab. Schick die Truppen nach Hause, und die Offiziere trommeln wir zusammen. Wir müssen ein bißchen was besprechen.«

Das Hauptquartier der Legion war im Ostflügel des weitläufigen Farmhauses untergebracht, das dem Oberst gehörte. Insgesamt sieben Offiziere gehörten zur Legion, ihn selbst nicht mitgezählt. Sie waren gut, solide ausgebildet, intelligent, loyal. Verdammt viel besser, als seine Kritiker ahnten.

Ein großes Freizeitzimmer an der Rückseite diente als Konferenzraum. Als Jack signalisierte, daß alle eingetroffen waren, trat auch Oberst Gallagher durch eine Seitentür ein. Alle sprangen auf und nahmen Haltung an. »Kommando zurück, Männer«, sagte er und bezog Stellung am Rednerpult. (Tatsächlich war einer der Hauptleute eine Frau, aber hier wurden nie Geschlechtsunterschiede gemacht, und sie schien keine Einwände zu haben.)

Kaffeeduft zog durchs Zimmer. Jemand reichte dem Oberst eine Tasse, und er leitete die Besprechung ein, indem er Tad aufforderte zu erklären, wie er sich den ganzen Vormittag lang den Sicherheitseinheiten hatte entziehen können. Wickett, der nur Hauptmann war, ärgerte seine Kameraden mit der Feststellung, es wäre einfach gewesen und die Sicherheitseinheiten wären nicht koordiniert vorgegangen. Er zeigte auch, warum, zeichnete Pfeile auf Karten und schlug andere Strategien vor. Wickett gehörte zu den zwei Personen im Zimmer, die militärische Erfahrung hatten. Der Oberst hatte selbst nie die Uniform seines Landes getragen. Außer seinem Bruder Jack wußte das jedoch niemand. Für den Rest hatte Steve Gallagher ein Dutzend Jahre lang bei der Gefechtsinfanterie und den Rangers gedient. Daß es ihm gelang, diesen Schwindel durchzuziehen, zeugte von seinem umfassenden Interesse für militärische Verfahren und Technik und von seiner Fähigkeit im Umgang damit. Tad Wickett hatte etwas Kaltes und vage Reptilienhaftes an sich. Jack hörte ihm zu, verfolgte mit, wie Wicketts Augen geschmeidig durch den Raum wanderten, sah, wie seine Zunge gelegentlich über die Oberlippe strich, und er spürte die ständigen berechnenden Gedankengänge dieses Mannes. Wickett ließ sich nie die Chance entgehen, seine Kameraden als inkompetent darzustellen.

Als er fertig war, erbat Steve Kommentare, hörte sie sich pflichtbewußt an und ergänzte sie dann um eigene Feststellungen. Petersons Einheit hatte zu langsam reagiert, als ihre Planungen schiefgingen; Barber hatte es versäumt, mehrere Möglichkeiten vorwegzunehmen; deshalb hatte das Terrorkommando auf ganzer Linie Erfolg gehabt, war entkommen und hatte dabei nur einen Mann verloren. Es war, deutete er damit an, eine klägliche Vorstellung der Sicherheitseinheiten gewesen.

Wenn Steve Gallagher nie gedient hatte, hatte es nicht an mangelndem Interesse gelegen. Er hatte mit Asthma und zahlreichen Allergien zu kämpfen gehabt und deshalb nicht den bunten Rock anziehen können. Das Asthma war inzwischen weg, schon lange überwunden. Er hatte viel gelernt seit dieser Zeit, in der er sich nichts sehnlicher gewünscht hatte, als sich für die Rangers zu qualifizieren. Vor allem hatte er gelernt, daß die Vereinigten Staaten von einer kleinen Kamarilla aus Familien regiert wurden, die so taten, als stritten sie miteinander, die aber die Macht in Händen hielten und die arbeitenden Menschen des Landes bis auf die Knochen auspreßten. Heute wäre er nicht mehr im Traum auf die Idee gekommen, diese Diktatoren zu verteidigen.

Er hatte eine bessere Möglichkeit gefunden, dem amerikanischen Ideal zu dienen. Er gründete die Thomas-Jefferson-Legion, eine Gruppe gottesfürchtiger Männer und Frauen, die ihr Land liebten und sich der Aufgabe widmeten, die Freiheit vor Ort gegen die diversen schattenhaften Manifestationen eines Unterdrückerstaates zu verteidigen, der seinerseits nur die Untergliederung einer weltweiten Organisation darstellte, deren einziges Ziel es war, die Macht zu behalten.

Dem Oberst gehörte das Potluck Restaurant im Zentrum von Staunton. Das von seinem Großvater gegründete Restaurant war jetzt seit achtunddreißig Jahren in Familienhand und hatte eine Filiale im nahen Harrisburg abgeworfen.

Das Potluck erwirtschaftete jedoch nicht so viel Gewinn, wie es hätte sollen. Im Gegensatz zu den meisten Amerikanern, deren Steuern einfach verschwinden, ohne daß sie sie je zu Gesicht bekommen, mußte sich der Oberst die Mühe machen, jeden Monat selbst beträchtliche Summen an einen zunehmend drückenden und korrupten Staat zu überweisen. Aber das war noch nicht das schlimmste. Überall waren Regulatoren. Inspektoren von allen staatlichen Ebenen folgten dem Beispiel der Bundesagenten und quälten ihn ständig mit Sicherheits- und Gesundheitsinspektionen, verlangten Genehmigungen, kontrollierten, wie viel er seinen Hilfskräften zahlte, und diktierten, wen er anstellen und welche Krankenversicherung er ihm verschaffen sollte. Das ganze Geld diente nur dazu, die boshaften Praktiken einer dekadenten Nation zu finanzieren, einer Nation, die Gott nicht im Klassenzimmer duldete, die es Frauen erlaubte, ihre Kinder zu ermorden, die den Fortpflanzungsvorgang so verfälscht hatte, daß Männer nicht mehr gebraucht wurden.

Über die Jahre entwickelte er sich so zum glühenden Gegner der unsichtbaren Hand, die so schwer auf seinem Schicksal und dem seiner Landsleute lag. Rechtschaffen gesinnte Männer und Frauen aus dem ganzen Staat Virginia scharten sich um ihn, und die Jefferson-Legion unterhielt inzwischen Einheiten in einem Dutzend Counties. Es waren nicht nur die Gottlosigkeit und Korruption, die Steve Gallagher empörten, und viel weniger das Geld oder die Inspektionen. Vielmehr war es die herablassende Art der staatlichen Amtsinhaber, ihre erkennbare Überzeugung, daß er kein Ehrenmann war, daß man ihm nicht trauen konnte, daß es nötig war, ihn an der Leine zu halten.

... Um die ... Segnungen der Freiheit für uns und unsere Nachkommen zu erhalten ...

Es war nicht dazu gekommen.

Tom Jefferson hatte sich nicht gegen die Föderalen durchsetzen können. Seine Ideale hatte man Hamiltons Vorstellungen von einer repressiven Zentralregierung geopfert. Die Siedler tauschten nur eine Kette gegen eine andere ein. Da die zweite jedoch mit einem Adler geschmückt war, bemerkten sie es nicht.

»Gentlemen«, sagte der Oberst in der Absicht, seine Ausführungen zu beenden und sie mit etwas nach Hause zu schicken, worüber sie nachdenken konnten, »ich würde mit Ihnen gerne noch kurz über etwas anderes sprechen als die Übung.« Er richtete sich zu voller Größe auf. »Wie Sie wissen, war die zurückliegende Nacht eine Katastrophe für die Diktatoren. Die Regierung hat den Menschen unseres Landes schließlich ihr wahres Gesicht gezeigt, und überall besteht jetzt das Potential für einen Aufstand. Wir brauchen nur noch einen Funken.

Seien Sie versichert, daß ich mit unseren Waffenbrüdern im ganzen Staat und anderen Teilen des Landes laufend in Verbindung stehe. Wir sind bald marschbereit. Wenn der Augenblick kommt – und ich kann Ihnen sagen, daß er kurz bevor steht –, dann sind wir bereit, die Machthaber zu überwältigen und die Nation den wahren Amerikanern zurückzugeben.«

Sie applaudierten, versicherten ihm, an seiner Seite zu

stehen, und gingen nach Hause. Danach saß er allein in der Küche und lauschte dem trägen Summen der Insekten.

Das Roß wird gerüstet für den Tag der Schlacht ... Aber wann ist es soweit, o Herr? Wann?*

7.

<u>*NEWSNET, aktualisiert 12 Uhr 30*</u>
(Für vollständige Meldung bitte anklicken.)

IN DER GANZEN WELT MENSCHEN
AUF DER FLUCHT.

Haben Experten die Folgen des Kometen unterschätzt?
Überall mehr Flüchtlinge als Vorräte.

NORD- UND SÜDAMERIKA SCHWER
GETROFFEN.

Westliche Halbkugel der Explosion direkt ausgesetzt.
Drei Millionen Tote erwartet.
Wissenschaftler sagen, das Schlimmste könnte überstanden sein.
Manche jedoch immer noch über ›*Possum*‹ besorgt.

RÖNTGENMESSUNG: MOND ZERBROCHEN.

Astronomen: Die meisten großen Fragmente sind keine Gefahr.
Erhält die Erde schließlich Ringe?

* Bibel, Buch der Sprichwörter, 21, 31. Anm. d. Übers.

TOMIKO HARRINGTON HÄLT SICH VERSTECKT.
Schüsse aus vorbeifahrenden Autos, Morddrohungen gegen die Entdeckerin des Kometen.

HASKELL ALS 47. US-PRÄSIDENT VEREIDIGT.
Neuer Staatschef treibt durchs All.
Ist aber nicht in Gefahr, sagt die Regierung.

CHILE RETTET VIELE MENSCHEN DURCH EVAKUIERUNG INS GEBIRGE.
Anderos: ›Haben dem verharmlosenden Gerede aus den USA nie geglaubt.‹

PAPST LEITET IM PETERSDOM TAUSENDE IM GEBET.
Fordert einheitliche Hilfsmaßnahmen.

AMOKSCHÜTZE TÖTET ELF AUF SCHULHOF IN MACAO, ERSCHIESST SICH DANN SELBST.
Hinterließ Brief: Wollte die Kinder vor dem ›Ende der Welt‹ retten.
›Alle haben ihn gemocht‹, sagen Nachbarn.

MELDUNGEN VON SCHÄDEN DURCH ›MONDKIESEL‹.
Golfballgroße Objekte schlagen nach wie vor ein.
Mehrere getötet, Autos und Häuser zerstört.

RIESENFLUTWELLEN DEZIMIEREN KARIBIK.
Nur wenige Überlebende in Nassau und St. Lucia.

PRÄSIDENT AUF WELTRAUMSPAZIERGANG, UM MONDBUS ZU RETTEN.
Haskell trägt dabei selbstgebastelten Raumanzug.

FINANZAMT VERLÄNGERT DEN ABGABE-
TERMIN FÜR STEUERERKLÄRUNGEN UM
EINE WOCHE.

Verkehrs- und Kommunikationsprobleme als Gründe genannt.

Mikrobus, Passagierkabine, 12 Uhr 38

Saber meldete sich kühl und distanziert über Interkom: »Wir haben den letzten Rest Treibstoff verbraucht«, sagte sie. »Der Tank ist leer.«

Morley blickte zum Kaplan hinüber. »Was passiert, wenn wir einem dieser Felsbrocken ausweichen müssen?«

»Es macht *platsch,* vermute ich«, sagte Pinnacle.

Morley stand auf und blickte zu Charlie hinunter. »Ich werde darüber Meldung machen«, sagte er. Er hatte mit dem Präsidenten eine Übereinkunft getroffen, was er senden durfte und was der Diskretion unterlag. Die Telefongespräche des Präsidenten zum Beispiel waren tabu.

»Okay«, sagte Charlie. »Nur zu. Aber fügen Sie hinzu, daß keine unmittelbare Gefahr besteht.«

»Herr Präsident, das raubt der Story den Biß.«

»Keineswegs, Keith. Ich möchte Ihnen zwar nicht vorschreiben, wie Sie Ihre Arbeit zu tun haben, aber eine zurückhaltende Darstellung steigert den dramatischen Effekt.«

Keith grinste. »Sie sind ein guter Politiker, aber ich denke nicht, daß Sie es in meinem Job zu etwas bringen würden.«

C-SPAN SONNTAGSJOURNAL, 13 Uhr 07

Gastgeber: Cleveland Somers; Gast: Senatorin Audrey Belmont (Republikanerin, New Jersey).

Somers: *Stellen Sie Ihre Frage, Anrufer.*
Erster Anrufer: *Ich wohne in Kokomo. Nördlich von Indianapolis. Und ich habe eine Frage an Senatorin Belmont.*
Somers: *Okay.*
Erster Anrufer: *Im Fernsehen hieß es heute morgen, die Schäden in Ihrem Staat, Senatorin, würden in den Milliarden liegen.*
Belmont: *Das scheint zutreffend, Anrufer.*
Erster Anrufer: *Und das ist nur New Jersey. Die gesamte Ostküste liegt in Trümmern. Was das angeht: Der größte Teil beider Küsten liegt in Trümmern. Haben Sie gesehen, was in Kalifornien los ist? Es ist nur noch eine Inselgruppe.*
Somers: *Ich habe gesehen, was in Kalifornien los ist. Soweit ich weiß, wird das Wasser von selbst wieder abfließen.*
Erster Anrufer: *Na ja, es ist mal verdammt sicher, daß die Schäden nicht von selbst wieder abfließen. Wir sprechen von einem Wiederaufbau. Meine Frage lautet: Woher soll das Geld stammen? Weil ich schon genau sehen kann, was passieren wird: Der Präsident erklärt beide Küsten zu Notstandsgebieten, und der Staat wird dafür zahlen. Was bedeutet, daß der Steuerzahler die Rechnung erhält. Wie immer.*
Somers: *Okay, Anrufer. Wir haben die Frage verstanden. Danke. Senatorin?*
Belmont: *Ich denke, der Anrufer meint, die betroffenen Gebiete würden zu Katastrophengebieten erklärt. Aber ja, natürlich werden Bundesmittel eingesetzt, um die schlimmsten Folgen der letzten Nacht zu beheben. Ich bin sicher, der Anrufer ist nicht der Meinung, wir sollten etliche Millionen Menschen einfach auf der Straße sitzen lassen, ohne irgendeine Stelle, an die sie sich um Hilfe wenden können.*

Somers: *Wir haben wieder jemanden am Apparat. Reden Sie bitte.*
Zweiter Anrufer: *Hallo?*
Somers: *Ja? Sie sind auf Sendung.*
Zweiter Anrufer: *Bin ich auf Sendung?*
Somers: *Ja, das sind Sie.*
Zweiter Anrufer: *Ich habe dem vorigen Anrufer zugehört. Und er hat völlig recht. Ich lebe in Grand Island. In Nebraska. Wieso sollten meine Steuern steigen, damit New York und Miami wiederaufgebaut werden? Ich denke, wir sollten aus der Union austreten, das denke ich. Es ist die einzige Möglichkeit, das Land zu retten.*
Somers: *Senatorin?*
Belmont: *Ich möchte niemanden beleidigen, Cleveland, aber falls eine Einstellung garantiert, daß die Nation den Bach hinuntergeht, dann haben wir sie gerade gehört.*

Mikrobus, Passagierkabine, 13 Uhr 32

Die Passagiere hörten, wie es in der Bordsprechanlage klickte. Dann ertönte die Stimme ihrer Pilotin: »Hier ist Saber. Wir sind jetzt an unserem erdnächsten Punkt und fliegen mit einer Geschwindigkeit von 11,7 Kilometern pro Sekunde. Die *Lowell* ist vor uns und beschleunigt, um auf unsere Geschwindigkeit zu kommen. Wir erreichen das Rendezvous mit ihr gegen vier.«

109. Lufttransportgruppe, Scotia, New York, 13 Uhr 31

Der große Armeehubschrauber, der sie aus Manhattan abgeholt hatte, umkreiste den Landeplatz und ging auf einem kahlen Feld hinter einem Hangar nieder. Er wirbelte eine Staubwolke auf, und der Pilot stellte das Triebwerk ab. Die Rotorblätter wurden langsamer und sackten herab. Marilyn war froh, daß sie wieder auf dem Erdboden waren; sie hatte noch nie zuvor in einem Hubschrauber gesessen und mochte Flugzeuge ohnehin nicht besonders.

Fast alle Personen an Bord stammten von Louises Party. Sie sahen klatschnaß, müde und traurig aus. Larry saß neben Marilyn und drückte ihr die Hand, während sie darauf warteten, daß die Luke geöffnet wurde. »Wann, denkst du, können wir zurück nach Hause?« fragte sie.

Er zuckte die Achseln. »Wahrscheinlich schon in wenigen Tagen. Das Wasser müßte rasch wieder zurückgehen. Und mit unseren Sachen wird alles okay sein, solange es gelingt, die Plünderer abzuwehren. Das ist es, was mir Sorgen macht.«

Louise saß ihnen direkt gegenüber. Sie hatte sich umgezogen und trug jetzt Wollhemd und Jeans. Und sie hatte an mehrere von den Frauen Kleider verteilt. »Ich bezweifle, daß noch viele Plünderer am Leben sind«, sagte sie. »Aber ich denke nicht, daß wir bald zurückkehren. Orte wie Manhattan ...« Sie schüttelte den Kopf. »Ich möchte nicht pessimistisch klingen oder so was, aber es wird große medizinische Probleme geben. Wir haben noch Glück, wenn wir bis zum vierten Juli wieder zu Hause sind.«

»Ach verdammt, Louise«, sagte ein kahlköpfiger kleiner Ökonom unweit der Tür, »du verstehst dich wirklich darauf, eine Party zu geben!«

Damit provozierte er hier und da ein hohles Lachen. Marilyn fiel nicht ein.

Sie hatte sich verändert. Sie fragte sich, wie der kleine Junge geheißen hatte. Was seine Mutter gedacht hatte, als Marilyn die Tür schloß.

Und noch etwas war geschehen: Sie fühlte sich Larry

näher als je zuvor seit ihrer Hochzeit oder auch schon davor. Lange hatte er sie als Selbstverständlichkeit betrachtet, aber damit war seit vergangener Nacht Schluß. Vielleicht blieb es nicht dabei, aber sie hatte das Gefühl, ihren Ehemann – ihren alten Freund – zurückgewonnen zu haben.

Die Luke ging auf, und davor standen zwei Soldatinnen in ordentlich gebügelten Khakis. Marilyn blickte an ihnen vorbei und entdeckte Gruppen benommener Menschen, die zwischen Fahrzeuge und Gebäude geführt wurden. Einige saßen auf der Erde.

Eine der beiden Frauen trug Feldwebelstreifen und hielt ein Klemmbrett. Die andere war kaum achtzehn.

»Willkommen in Scotia«, sagte der Feldwebel. »Der Pilot hat gesagt, daß niemand von Ihnen verletzt ist. Stimmt das? Irgend jemand verletzt? Nein? Gut.

Der Ausstieg beginnt hier rechts von mir. Seien Sie bitte vorsichtig; es ist ein großer Schritt nach unten. Und ich wäre Ihnen dankbar, wenn Sie Ihre Karten hier Schützin Turner überreichen.« Der Pilot hatte gelbe Chipkarten an alle verteilt, auf der sie Namen und andere persönliche Informationen speicherten. »Bitte sehen Sie sich das lange graue Gebäude hinter mir an. Wir gehen dort hinüber. Sie können dort ein Sandwich und Erfrischungsgetränke oder Kaffee erhalten. Ich wünschte, wir könnten Ihnen warme Mahlzeiten servieren, aber wir haben einfach nicht die Mittel. Nicht für so viele Menschen.

Sie haben ungefähr eine Stunde, ehe Ihr nächster Flug geht. Wir geben das bekannt. Sie sind die Gruppe Siebenvierzehn. Können Sie sich das merken?«

»Verzeihen Sie«, unterbrach sie einer der Passagiere. »Sie setzen uns in eine *weitere* Maschine?«

Mehrere Leute redeten jetzt auf einmal. Der Feldwebel hob eine Hand und wartete. Als wieder Ruhe herrschte, fuhr sie fort: »Tut mir leid, Leute. Tatsache ist, daß wir hier im Moment ein bißchen überbelegt sind. Wir bitten Sie um Kooperation. Und um Geduld. Wir bringen Sie so schnell wie möglich in ein permanentes Umsiedlungslager.«

»Und wo ist das?« fragte eine der Frauen. »Wohin kommen wir?«

Sie konsultierte ihr Klemmbrett. »Bismarck.«

»*Bismarck?*« flüsterte Larry. »Wo liegt denn *Bismarck*?«

»In North Dakota«, sagte Marilyn. Sie stand auf und ging zum Ausstieg. »Das ist vielleicht gar nicht so schlecht. Es liegt weit vom Meer entfernt.«

8.

Einstufen-Raumfähre *Arlington*, Passagierkabine, 14 Uhr 28

Auf seiner überstürzten Flucht hatte der Mikrobus die Arlington überholt. Andrea bekam es gar nicht mit. Sie freute sich jedoch ein paar Stunden später sehr, endlich die glänzenden, gegenläufig rotierenden Ringsektionen von Skyport zu sehen. Wie praktisch jeder andere an Bord empfand sie es als Glücksfall, noch am Leben zu sein. Trotzdem war die allgemeine Stimmung düster. Der Tod von Freunden und Kollegen an Bord der zerstörten Maschine und die Sorge um Familienangehörige und Freunde zu Hause lasteten schwer auf den Fluggästen. Sie waren auch müde, verschwitzt, das Plastikessen leid und nach wie vor voller Angst. Es war schließlich keine Kleinigkeit, aus dem Fenster zu blicken und einen Felsbrocken, so groß wie eine Garage, vorbeipfeifen zu sehen. Trümmer konnten jetzt aus jeder Richtung kommen. Der Pilot erklärte, viel des vom Mond weggesprengten Materials wäre auf eine Umlaufbahn gegangen. Dort, so fügte er hinzu, blieb es wohl auf lange Zeit eine Gefahr für die Raumfahrt. Nicht ausgesprochen, aber angedeutet wurde für Andrea damit, daß vielleicht keine transatmosphärischen Flüge mehr stattfinden würden.

Zu den Personen an Bord der vermißten Raumfähre gehörten mehrere enge Freunde, ein früherer Liebhaber, ihr Lieblingspartner im Bridge, die meisten Kollegen und Gott wußte wer sonst noch. Sie würde es feststellen, wenn sie erst ausgestiegen war und sich die Passagierliste ansehen konnte. Bislang sagte niemand irgendwas Offizielles.

Die Maschine schob sich mit der Nase voran an ihren Liegeplatz. Die Schotte glitten vorbei, und Dampf strömte aus riesenhaften Anschlüssen. Hinter langen Sichtfenstern beugten sich Menschen über Konsolen und redeten in Mikrophone. Die Schotte wurden langsamer, und ein leichter Stoß erfolgte.

»Hier spricht Kapitän Culver.« Der Pilot hörte sich an, als hätte er gerade einen Routineflug beendet. »Bitte bleiben Sie auf Ihren Plätzen, bis das Licht ausgeht.« Er legte eine Pause ein. »Wir freuen uns, daß wir Ihnen helfen konnten, und ich danke Ihnen für Ihre Kooperation auf einem schwierigen Flug.« Die Kabinenbeleuchtung blinkte. »Vertreter der Mondverkehrsbehörde erwarten Sie in der Ausstiegszone, um Ihre Fragen zu beantworten.«

Eine Minute später ging die Warnlampe aus. Andrea löste den Gurt und sah zu, wie die übrigen Passagiere aufstanden.

Ihr Name wurde abgehakt, als sie die Rampe hinunterging. Sie erhielt Kleidung, und man wies ihr eine

Kabine zu. Sie fragte, ob es wohl möglich wäre, eine Passagierliste des vermißten Fluges einzusehen. »Tut mir leid«, antwortete eine Frau in einer smaragdgrünen MVB-Jacke. »Die Liste liegt noch nicht vor.« Dann wurde Andrea gefragt, ob sie sich okay fühlte und ob sie mit einem Berater sprechen wollte.

Andrea lehnte ab und machte sich auf die Suche nach ihrem Zimmer. Es lag auf dem B-Deck in einer Zone, die normalerweise für Flugbesatzungen reserviert war. Es bot eine hinreißende Aussicht auf die Erde, die friedlich im Sonnenlicht lag und sich in Andreas Aussichtsfenster langsam von rechts nach links bewegte. Andrea betrachtete das Bild für etwa eine Minute und schöpfte Kraft daraus. Dann zog sie sich aus und schaltete die Schrubber ein. Zehn Minuten später fühlte sie sich wieder sauber und brach nackt auf dem Bett zusammen, dankbar für die Chance, sich auszustrecken. Aber trotz der Müdigkeit wollte sich der Schlaf nicht einstellen.

Sie gab nach einer Weile auf und ging hinunter auf die Hauptpromenade, um sich etwas zu essen zu suchen. Fast alle Geschäfte waren geschlossen, aber sie fand ein paar Restaurants. Sie entschied sich für Mo's, das stark mit einem Motiv der Three Stooges* geschmückt war.

Das Restaurant war überfüllt. Andrea sah sich nach vertrauten Gesichtern um und entdeckte ein paar von ihrem Flug, setzte sich dann aber allein an den einzig freien Tisch. Über einer zentralen Bar zeigte ein Fernseher Nachrichten von der Erde. Jemand sprach über einen Gedenkgottesdienst für Henry Kolladner. Andrea mußte daran denken, daß der US-Präsident gestorben war und sie es kaum bemerkt hatte.

Sie las die Speisekarte durch und entschied, daß sie

* Three Stooges: US-amerikanisches Komikertrio der 20er bis 50er Jahre. Anm. d. Übers.

eigentlich keinen Hunger hatte, sondern einfach nur etwas kauen wollte, was keine Raumfahrerkost war. Toast und Kaffee sahen gut aus. Sie drückte die Tasten für ihre Wahl und legte das Kinn in die Hände. Die Tränen, die sie so viele Stunden lang zurückgehalten hatte, liefen ihr über die Wangen.

Mo war ein zu öffentlicher Ort, um die Fassung zu verlieren, also versuchte sie, den sich anbahnenden Weinkrampf zu unterdrücken. Dann stellte sie fest, daß eine Frau im NASA-Overall auf sie hinunterblickte.

»Hallo«, sagte die Frau. »Macht es Ihnen was aus, wenn ich mich zu Ihnen setze?«

Sie hatte dunkle Haare und wache braune Augen und zeigte einen liebenswürdigen Ausdruck, in dem sich sofort Besorgnis ausbreitete, als sie Andrea richtig wahrnahm. »Sind Sie okay?« fragte sie.

Andrea schniefte, wischte sich die Nase ab und lächelte. »Es tut mir leid. Ja, bitte. Natürlich, setzen Sie sich.«

Die Frau ließ sich auf einem Stuhl nieder. »Jemanden verloren?« fragte sie vorsichtig.

Andrea nickte und spürte, wie ihr die Tränen in einer Flut wieder hochkamen.

»Lassen Sie es zu«, sagte die Frau. »Es ist schon okay.« Sie packte Andrea am Handgelenk und drückte es beruhigend. »Ich bin Tory Clark«, sagte sie, als der Sturm nachließ. »Ich arbeite im Orbitallabor.«

»Physik?«

»Astronomie.«

Andrea nickte. »Muß eine aufregende Zeit für Sie sein.« Sie sah, wie der Ausdruck der anderen Frau auf einmal trostlos wurde. »Verzeihung«, sagte Andrea. »So habe ich es nicht gemeint.«

»Ist schon in Ordnung. Es war für alle schwer.«

Andrea hatte das Gefühl, sich in einem Traum zu

bewegen. »Ich heiße Andrea Bellwether.« Sie streckte die Hand aus und lächelte.

»Berühmter Name.« Tory erwiderte das Lächeln.

Andrea nickte. »Er war mein Vater.«

»Oh.« Tory schluckte ihre Verlegenheit hinunter. »Ein Mundwerk wie ein Münzschlitz«, sagte sie. »Es tut mir leid.«

»Ist schon okay. Es liegt lange zurück.«

Sie saßen da und sahen zu, wie die Bedienung zwei Gläser brachte und mit Wasser füllte. »Hören Sie«, sagte Tory und blickte dabei auf die Speisekarte. »Ich denke, ich brauche was Richtiges zu trinken. Wie sieht es mit Ihnen aus? Ich lade Sie ein.«

AstroLab, 15 Uhr 11

Cynthia Murray war sechs Jahre lang Direktorin auf dem Kitt Peak gewesen. Sie hatte sich beurlauben lassen, um mit Wesley Feinberg im AstroLab kosmische Direktionalität zu kartographieren und, noch wichtiger, verstehen zu lernen. Für ihre Arbeit auf dem Gebiet makrogalaktischer Strukturen hatte sie sich schon Ansehen erworben. Zur Zeit ging es ihr nicht anders als ihren Kollegen, und sie wurde von der *Possum*wache in Anspruch genommen. Und besonders davon, POTIM-38 zu verfolgen.

Cynthia hatte fünf Ehemänner hinter sich. Einer war gestorben; die anderen erwiesen sich mit der Zeit aus dem einen oder anderen Grund als ermüdend. Leidenschaftliche Gefühle hegte Cynthia nur für ihre beiden Töchter (vom zweiten und vierten Ehemann) und für die Galaxien. Für die meisten Männer war das natürlich ein Nachteil, sogar für andere Astronomen. Das konnte sie aber nicht ändern und wollte es auch nicht, und sie akzeptierte schließlich die Tatsache, daß sie einfach nicht dazu geschaffen war, irgend jemandes Ehefrau zu sein.

In Feinberg entdeckte sie so etwas wie ein Spiegelbild, abgesehen davon, daß er einsam war, obwohl er es nie zugegeben hätte. Cynthia andererseits fühlte sich nur einsam, wenn sie ins häusliche Joch eingespannt war, fern von den Teleskopen.

Cynthia trank Kaffee und behielt den *Possum* weiter im Auge, nachdem er sich aus der Atmosphäre freigekämpft hatte. Er war beträchtlich langsamer geworden und natürlich auf einem neuen Kurs aufgetaucht. Bei der Passage hatte er fünf Prozent an Masse verloren.

Ihr Display zeigte die kalkulierte Bahn des *Possums*, die ihn auf einem langen schmalen Bogen von der Erde weg- und dann wieder zurückführte.

Noch war es zu früh, um sicher zu sein. Cynthias Instinkte sagten ihr jedoch, daß Feinberg recht behalten würde. Wieder mal.

Sie trank den Kaffee aus, seufzte und griff zum Telefon.

AstroLab, 15 Uhr 36

Feinberg saß in seinem weißen Fleetwood unter ein paar Bäumen (eine Baufirma goß gerade Asphalt auf den Parkplatz) und blickte zum AstroLab hinauf. Das Gebäude war eine flache Spirale aus Stahl und Glas, wobei zwei Umfassungsflügel aus einer Querstange herausragten. Nachts und bei günstigem Licht ähnelte der Komplex einem Balkenspiralnebel des Typs SBa. Jetzt, mitten am Nachmittag, mitten am heutigen Nachmittag, sah er vage einer übergroßen Fledermaus ähnlich, die sich vor dem Tageslicht versteckte. Feinberg wollte nicht hineingehen. Er hatte gehofft, der *Possum* würde sich einfach entfernen; hatte gehofft, die Atmosphärenpassage würde ihn nicht zu stark verlangsamen und ihn auf eine anständige Flugbahn schicken. Also hatte er den Brocken aus seinen Gedanken verbannt, so wie er ihn gern auch vom Planeten verbannt hätte, und war nach Hause gefahren, um zu schlafen. Um sich davor zu verstecken, wohl wissend, daß Cynthia anrufen würde, wenn sich die Dinge doch wie erwartet entwickelten.

Und Cynthia rief an.

Das Rasseln des Telefons reichte schon. Er blickte auf die Uhr und wußte Bescheid, ehe er abhob, ehe Cynthia auch nur seinen Namen ausgesprochen hatte. Und der Name war alles, was sie sagte.

»Welches Apogäum?« fragte er.

»Zweihundertsiebenunddreißigtausend Kilometer.«

Keine Überraschung.

»Welches Perigäum?«

»Knapp.«

Wie knapp?

»Sieht nach einem Glockenschlag aus.«

237000 Kilometer. Das klang nach Dienstag. Sie erhielten also keine große Atempause.

Er stieg aus dem Wagen und machte sich auf den Weg zum Labor hinauf. Es war ein strahlender Aprilnachmittag, träge und kühl. Der Wind raschelte in den Zweigen, und die Sonne stand hoch und hell. Der beißende Gestank nach Asphalt rief Erinnerungen an Feinbergs Jugend im südlichen Boston wach, wo die Straßen in einem fort neu asphaltiert wurden. Und wo sich die Zukunft endlos ausdehnte.

Er trottete den langen, geschwungenen Kiesweg hinauf, erstieg die weiße Steintreppe und schob sich durch die Glastür. Die Sicherheitsfrau in der Eingangshalle blickte auf und lächelte. »Guten Tag, Professor Feinberg«, sagte sie. Sie war um die fünfundzwanzig und hübsch auf eine Art, wie sie für alle Frauen dieses Alters galt. Ihr Blick ruhte einen Augenblick zu lang auf ihm, fast kokett, aber doch nicht ganz. Sie hieß Amy und war, wie er gehört hatte, seit kurzem verlobt.

Sie musterte ihn stirnrunzelnd. »Alles okay mit Ihnen, Professor?« fragte sie.

Ihre angenehme, klimatisierte Welt mit ihren Geschirrspülmaschinen, Videotelefonaten und ihrer relativen Sicherheit stand im Begriff, über ihr einzustürzen. Er fragte sich, ob sie das wußte. »Ja«, sagte er, »alles in Ordnung.«

Cynthia wartete schon auf ihn. »Tut mir leid, Wes«, sagte sie.

»Na ja, wir wußten schließlich, daß es passieren würde, nicht wahr?« Er zog sich den Pullover aus und warf ihn über die Rückenlehne eines Stuhls. Ein halbes Dutzend ihrer Mitarbeiter waren auch schon da, drängten sich um die Displays und unterhielten sich gedämpft.

Er nahm sich Zeit, um die Zahlen durchzugehen, und hoffte, irgendwo einen Fehler zu entdecken. Als ihm das nicht gelang, lehnte er sich zurück und massierte sich die Stirn. Vier vor fünf am Dienstagmorgen. »Wir sagen lieber dem Präsidenten Bescheid«, meinte er.

9.

Mikrobus, Passagierkabine, 15 Uhr 47

CNN brachte eine Pressekonferenz der dienstälteren Senatorin von Idaho. Sie war das Sprachrohr Tom Clays, des Mehrheitsführers und wahrscheinlichen Gegners für Charlie im November. Selbst Clay sollte jedoch, fand

Charlie, inzwischen bereit sein, mehr zu sehen als nur das Weiße Haus.

Aber so lief es nicht. »... sollte zurücktreten«, sagte sie gerade und blickte direkt aus dem Bildschirm. »Verstehen Sie mich nicht falsch. Ich habe nicht das Bedürfnis, Charlie Haskell anzugreifen. Ich habe heute morgen schon ein paar elektronische Autoaufkleber gesehen, die sagten, Haskell wäre ein Gauner, und ich mag solche gedankenlosen Schlammwürfe nicht. Ich kann jedoch verstehen, warum die Menschen aufgebracht sind. Wir alle wissen, daß sich der Präsident gern gegen die Politik Henry Kolladners abgrenzen möchte. Aber das kann er nicht. Das Land vertraut seiner Partei nicht mehr, es vertraut *ihm* nicht mehr, und wir können einfach nicht weitermachen wie bisher. Das Leben der Nation steht auf dem Spiel. Wir müssen vorangehen, und wir müssen es schnell tun. Deshalb wäre den Interessen aller am besten gedient, wenn ...«

Charlie schaltete den Ton ab und starrte die Frau an. Ein aufgeblasenes, arrogantes altes Miststück, das bereit war, das Überleben der Nation aufs Spiel zu setzen, nur um unverzüglich einen politischen Vorteil herauszuschlagen. Evelyn hatte von ihrem Platz aus zugesehen.

»Ich frage mich, wie es diese Leute überhaupt schaffen, gewählt zu werden«, sagte er.

Sie betrachtete ihn seltsam.

»Wieso?« fragte er. »Was ist so amüsant?«

»Ihr Freund Rick Hailey hatte sich darauf spezialisiert, die Wahl solcher Leute zu ermöglichen.«

»*Mich* eingeschlossen?« wollte er wissen.

Ihre Augen wurden schmal, als sie ihn abschätzte. Charlie war schon zu lange im Geschäft, um sich über unverblümte politische Angriffe Sorgen zu machen, aber Evelyns Meinung erschien ihm ungewöhnlich wichtig.

»Nein, Charlie, Sie nicht eingeschlossen. Sie waren in

seiner Karriere so etwas wie eine Anomalie. Irgendwann müssen Sie mir das mal erklären.«

Charlie erhielt Meldungen von isolierten Aufständen im Kernland. Die nationale Krise hatte die Verrückten aus ihren Löchern getrieben, und sie riefen unabhängige Staaten aus, bedrohten die örtlichen Gesetzeshüter, begingen in manchen Fällen Morde und nahmen Geiseln. Mehrere Städte in Montana und Idaho waren in ihrer Gewalt und schickten die Behauptung über den Äther, sie hätten sich von den Vereinigten Staaten abgespalten.

Charlie hätte sich eine größere Privatsphäre gewünscht, als sie die Toilette bot. Er ertappte sich dabei, wie er Kerr und anderen Gesprächspartnern gegenüber Formulierungen gebrauchte, die auf ihre Wirkung auf die übrigen Passagiere hin abgestimmt waren. Als er zum Beispiel dem Gouverneur von Idaho empfahl, gegen die Aufständischen vorzugehen und sich dabei der vollen Unterstützung durch den Präsidenten gewiß zu sein, stellte er fest, wie er den Tonfall der Botschaft abmilderte. *Wir haben weder die Zeit noch die Mittel für Belagerungen,* hatte er sagen wollen. *Entsenden Sie die Nationalgarde und schießen Sie ihnen die Ärsche weg.* Stattdessen lieferte er einige schönfärberische Bemerkungen, in denen er angemessene Reaktionen der Bundesstaaten verlangte und versprach, daß sie die volle Unterstützung der Union erhalten würden.

Sabers Stimme ertönte in der Bordsprechanlage. »Sie werden vielleicht nach Backbord hinausblicken wollen.«

»Welche Seite ist Backbord?« fragte der Kaplan.

Lichter bewegten sich dort zwischen den Sternen. Die Kavallerie war eingetroffen.

Sie schüttelten sich reihum die Hände und gratulierten sich gegenseitig. Morley ging auf Livesendung, fing die Feierstimmung ein und informierte sein Publikum darüber, daß der Luftvorrat nur noch für zwei Stunden gereicht hätte. Charlie hatte den Eindruck, der Journalist hätte es lieber gesehen, wenn es knapper gewesen wäre, wenn die Leute schon das Bewußtsein verloren hätten, während die *Lowell* für eine Rettung in letzter Minute längsseits ging. Na ja, Transglobal konnte nicht alles haben. Er stieg ein letztes Mal zum Flugdeck hinauf, wo Saber ihn mit breitem Grinsen empfing. »Danke«, sagte Charlie. »Für alles.«

Sie zuckte die Achseln, deutete an, daß es doch selbstverständlich gewesen war. »Hat mich gefreut, helfen zu können, Herr Präsident.«

Sie hatten, um noch das mindeste zu sagen, einen erschütternden Flug hinter sich, auf dem Charlie Haskell zunächst nichts weiter gewesen war als einer unter gleichen. Er war es schon gewohnt gewesen, mit Assistenten wie Rick zu reisen, oder mit ausländischen Würdenträgern oder Journalisten. Und mit Sicherheitsleuten. Er war immer der Vizepräsident und nie Charlie Haskell. Dieser Haskell ging irgendwo verloren, meldete sich aber in den letzten siebzehn Stunden zurück.

Die Kluft tat sich dann erneut auf, als er vereidigt wurde. Sogar Evelyn zog sich nach der Zeremonie von ihm zurück. Das Gefühl der Kameradschaft mit den anderen, das auf der Mondbasis und in den ersten Stunden des Fluges geherrscht hatte, ging verloren. Warum? Sein bloßer Aufstieg an die Spitze hätte die Barriere nicht wieder errichten sollen, in die das Feuer gemeinsamer Gefahr eine Bresche geschlagen hatte. Und doch passierte es, und er wußte, daß er zum Teil selbst dafür verantwortlich war. Er versteckte sich jetzt die meiste Zeit hinter seinem Funktelefon und redete mit den Machern. In den Augen der Mitreisenden war Respekt an die Stelle der Zuneigung getreten. Er fragte sich, ob er nicht einen zu hohen Preis für die politische Macht zahlte.

Saber lauschte den Durchsagen in ihrem Kopfhörer. Sie schwenkte das Mundstück nach vorn und nickte. »Er steht direkt neben mir, *Lowell*«, sagte sie. »Warten Sie.« Sie forderte Charlie mit einer Handbewegung auf, sich auf den Platz rechts zu setzen.

»Charles Haskell«, meldete sich Charlie.

»Herr Präsident, Grüße von der *Percival Lowell.* Wir freuen uns über die Gelegenheit, Sie an Bord nehmen zu können, Sir.«

Charlie starrte die Funkkonsole an. Selbst hier draußen, unter diesen Umständen, war alles Politik. Und er verstand sofort, was Rachel Quinn – er war ihr einmal begegnet – wollte. *Vergessen Sie den Mars nicht!* »Danke«, sagte er und achtete darauf, seinen Tonfall vom Widerwillen frei zu halten. »Wir freuen uns alle, Sie zu sehen.«

Etwas knallte an den Rumpf. Ein letzter Felsbrocken für den Mikrobus. Sie brachen ab und warteten, ob die Sirenen losheulten. Aber weder geschah das, noch leuchteten rote Warnlampen auf.

Saber spürte sein Unbehagen und rettete ihn: »*Lowell,* ist alles für den Umstieg bereit?«

»Jederzeit. Haben Sie überhaupt noch Energiereserven?«

»Negativ.«

»Okay. Dann warten Sie einfach. Wir kümmern uns um alles.«

Das interplanetare Raumschiff wurde jetzt deutlich sichtbar. Es war ein langes, elegantes Fahrzeug, schlank und praktisch, und seine Lichter verbreiteten einen warmen Schein. Die Zivilisation, die ein solches Schiff bauen und hinaus ins Dunkle schicken konnte, hatte eine Zukunft. Charlie beschloß, daß er nicht danebenstehen und zusehen würde, wie die Zukunft in andere Bahnen gelenkt wurde.

Sein Funktelefon läutete. »Ja, Al?«

»Schlechte Nachrichten, Charlie. Der *Possum* kehrt zurück.«

Er war so betäubt von der Litanei der Katastrophenmeldungen, daß ihm diese nur wie eine weitere Zeile vorkam, eine letzte Zahl zu einem Eisenbahnunglück.

»Sie meinen, er kommt *herunter*?« fragte er schließlich.

»Yeah.«

Er schloß die Augen und bemühte sich, das Gefühl von der ungeheuren Leere jenseits der Schotten zu verbannen.

»Wann? Wie lange noch?«

»Dienstagmorgen. Um fünf herum.«

Charlie setzte sich einen Kopfhörer auf. »Sind Sie sicher?«

»Yeah. Na ja, die Experten sagen, es wäre noch zu früh, um völlig sicher zu sein, aber sie möchten, daß wir vom Schlimmsten ausgehen.«

»Okay. Setzen Sie sich wieder mit Feinberg in Verbindung, mit der NASA, und besorgen Sie die Fakten. Wir haben keinen Spielraum für Vermutungen.«

»Okay, Herr Präsident.«

Charlie entging dieser Rückfall in die Förmlichkeit nicht. »Wo?« fragte er. »Wo wird er einschlagen?«

»Im Zentrum von Kansas, wie es aussieht.«

»Mein Gott! Wir kriegen wirklich keine Pause, wie? Okay, Al, damit sind wir wieder bei den Atomraketen.«

»Das haben wir uns auch überlegt. Wir können nicht einfach zuschauen ...«

»Absolut richtig. Sagen Sie mir Bescheid, sobald Sie wissen, was Sie in der Hand haben. Alles andere stellen wir zurück. Wir müssen dieses Scheißding loswerden. Sprechen Sie nicht nur mit dem Militär. Sprechen Sie mit Feinberg und jedem anderen da draußen, der vielleicht eine Ahnung hat, was wir tun können. Alle Zahlen sollen noch einmal geprüft werden.« Er verfolgte mit, wie die

Lichter der *Lowell* größer wurden. »Was gibt es sonst noch?«

»Ich weiß nicht recht, was wir mit Henry machen sollen. Wir haben einen gemeinsamen Gedächtnisgottesdienst für ihn und Emily am Mittwoch angesetzt. Allerdings herrscht Uneinigkeit darüber. Alles Prunkvolle sieht vielleicht nicht gut aus, unter den jetzigen Umständen. Seine Familie findet, so, wie die Dinge sind, sollten wir die Zeremonie bescheiden gestalten.«

Gott sei Dank. Das war wenigstens ein Problem, das man lösen konnte. »Hören Sie, Al, falls Sie recht haben, was den *Possum* am Dienstag angeht, *gibt* es vielleicht gar keinen Mittwoch mehr.«

Kerr antwortete nicht.

»Die Familie hat recht«, fuhr Charlie fort. »Gestalten Sie eine kleine Feier. Geschmackvoll, aber klein. Das Land braucht zur Zeit keine Parade. Wenn wir das alles hinter uns haben, können wir vielleicht etwas mehr tun. Irgendeine Chance, bis Dienstag oder so nach Washington zurückzukehren?«

»Die Stadt steht immer noch unter Wasser.«

»Okay. Sehen Sie, Henry war ein Veteran. Von den Marines. Falls die Familien einverstanden sind, führen wir den Gedächtnisgottesdienst in Arlington durch. Das liegt auf hohem Grund. Dort ist doch alles okay, oder?«

»Ich denke schon.«

»Tun Sie es. Trommeln Sie die Marines-Kapelle herbei. Das würde ihm gefallen. Salut schießen, mit ein paar Düsenjägern darüberdonnern. Der Mann, der uns fehlt, ja? Nur soll alles bescheiden bleiben.«

»Ja, Sir. Was ist mit den Dienststellen der Regierung? Wir müssen die Arbeit wieder in Gang bringen.«

»Al, Sie sind doch selbst vor Ort. Überlegen Sie sich, was getan werden muß, und tun Sie es. Machen Sie dicht und geben Sie den Horden für ein paar Tage frei. Finden

Sie irgendwo vorläufige Räumlichkeiten. Aber sorgen Sie dafür, daß eine Rumpfmannschaft die Arbeit fortsetzt, verstanden?«

»Sicher, aber ...«

»Kümmern Sie sich um die Einzelheiten. Ich stehe kurz vor meiner Rettung und möchte es genießen.«

»Okay, Charlie. Nebenbei: Ich freue mich, das zu hören. Wir haben uns Sorgen gemacht.«

Charlie unterbrach die Verbindung, kehrte in die Passagierkabine zurück und setzte sich neben Evelyn auf einen Fensterplatz. Die *Lowell* flog inzwischen parallel zu ihnen. Sie kam näher heran, er konnte ins Innere des Schiffes blicken und sehen, wie sich dort jemand bewegte.

»Ein unvergeßlicher Augenblick, Charlie«, flüsterte Evelyn. »Darüber gibt es nächstes Jahr ein großes Fernsehspiel.«

»Das hoffe ich«, sagte er.

Man hatte die *Percival Lowell* als das bislang bedeutendste technische Wunderwerk des Jahrhunderts bezeichnet. Ihre Befürworter behaupteten, daß sie der Schlüssel zum Sonnensystem war und es für die Erforschung und Entwicklung öffnete. In Anbetracht der Technik, die man in dieses Schiff eingebaut hatte, wußte niemand, wo seine Grenzen lagen.

Die *Lowell* rückte noch näher heran, und Charlie konnte schon die Nieten zählen. »Alle bitte anschnallen.« Das war Sabers Stimme.

Morley redete leise in sein Mikrophon. Charlie wußte zunächst nicht, ob Morley sendete oder nur Eindrücke festhielt. Dann entdeckte er ein Foto des Journalisten auf einem der Displays, versehen mit dem Untertitel: *LIVE AUS DEM MONDBUS DES PRÄSIDENTEN.*

Die Luft war schwer, durchsetzt mit der stechenden Süße menschlicher Leiber, die zu lange mit Angst und ohne Dusche gelebt hatten. Der Kaplan saß hinter Charlie und beugte sich jetzt vor: »Herr Präsident, ich freue mich, daß ich die Gelegenheit hatte, Sie kennenzulernen.« Er redete in einem Ton, der nach Abschied klang.

Charlie verstand. Sobald sie sicher an Bord der *Lowell* waren, war die letzte Gefahr überwunden und der letzte Rest der menschlichen Nähe dahin. »Ich auch«, sagte er. »Vielleicht können Sie mal zum Mittagessen herüberkommen, wenn wir wieder zu Hause sind.« Auf halbem Weg durch diese Bemerkung erkannte er, daß es das Falsche war, angeberisch und gedankenlos zugleich. Aber er konnte nicht mehr bremsen und plapperte weiter.

»Das wäre nett«, sagte der Kaplan, ohne die Miene zu verziehen.

Die *Lowell* war jetzt auf zwanzig Meter heran. Eine ihrer Luken wurde weit aufgeschwenkt, und jemand in einem D-Anzug kam daraus zum Vorschein. Der Astronaut blickte auf, sah, wie Charlie und die anderen ihn betrachteten, und winkte.

Mit Hilfe eines Antriebstornisters entfernte er sich von der *Lowell*.

»Sie holen Bigfoot und Tony zuerst an Bord«, informierte Saber sie. »Es dauert eine Weile, bis sie sich um uns kümmern.«

Vierzig Minuten später war es soweit. Die Luftschleuse ging auf, und Charlie sah sich ein letztes Mal in der Passagierkabine um. Der Kaplan fing seinen Blick auf und nickte. »Was, denken Sie, wird wohl daraus?« fragte er.

»Der Bus erreicht schließlich den Jupiter«, sagte Saber. »Man wird ihn nicht bergen. Es würde sich nicht lohnen.«

»Ich weiß nicht«, gab Morley zu bedenken, der gleichzeitig zu ihnen und zu seinem Publikum sprach. »Ich vermute, diese Kiste gewinnt irgendwann mal einen richtigen historischen Wert.«

»Wenn die Historiker sie wollen«, versetzte Saber, »werden sie sie selbst holen müssen, denke ich.«

Aber Morley hatte recht. Und Charlie vermutete, daß man letztlich einen Bergungsversuch unternehmen würde – falls sie alle diese Sache überstanden, falls die Nation überlebte und die Welt weiter ihren Lauf nahm. Er konnte sich den Mikrobus richtig vorstellen, wie er eines Tages im Smithsonian stand. Natürlich hingen die Chancen dafür vielleicht auch davon ab, was für einen Präsidenten diese Maschine gerettet hatte. Niemand hätte große Anstrengungen unternommen, um sich ein James-Buchanan-Artefakt zu sichern.

10.

TRANSGLOBAL-SONDERREPORTAGE, 15 Uhr 53

Die Pressesekretärin des Weißen Hauses, Pat Russell, gab auf einer im Fernsehen aus Camp David übertragenen Pressekonferenz vor ein paar Minuten bekannt, daß das anderthalb Kilometer lange, knüppelförmige Stück Mondgestein, bekannt unter der Bezeichnung *Possum*, zurückkehrt. Man erwartet, daß es am frühen Dienstagmorgen auf das Zentrum von Kansas stürzt. Eine umfassende Evakuierung ist bereits im Gang. Experten haben errechnet, daß niemand innerhalb von tausendeinhundert Kilometern zur Einschlagsstelle vor der unmittelbaren Detonation sicher ist. Auch Chicago, St. Louis, Kansas City und zahlreiche andere Städte des mittleren Westens werden in Mitleidenschaft gezogen.

TRANSGLOBAL-SONDERREPORTAGE, 15 Uhr 58

... die Panik im mittleren Westen. Behörden des Bundes und der Kommunen kämpfen heute nachmittag darum, einen Anschein von Kontrolle über eine entsetzte Bevölkerung zu bewahren ...

Percival Lowell, Ausrüstungsdeck, 16 Uhr 11

Major Lee Cochran hielt sich in weißer Galauniform bereit, als Charlie durch die Luke trat, und salutierte. »Willkommen an Bord der *Percival Lowell*, Herr Präsident.« Eine aus vollem Hals vorgetragene Version von »Hail to the Chief« donnerte aus den Lautsprechern. Charlie mußte sehr an sich halten, um seine Bestürzung nicht zu zeigen, aber alles erstarrte, solange der Marsch ertönte, bis Charlie mit einer Handbewegung zeigte, daß er zufrieden war und man die Musik herunterdrehen oder abschalten konnte. Jemand reduzierte die Lautstärke. »Ich bin Major Cochran, Sir!« bellte Lee. »Der Captain hat mich gebeten, ihr Bedauern darüber auszurichten, daß sie nicht persönlich kommen konnte, aber die Situation erfordert ihre Anwesenheit auf dem Flugdeck.«

Charlie nickte und lächelte. »Danke, Lee«, sagte er. Er war beiden Astronauten vor einer Woche auf L1 vorgestellt worden. Cochran strahlte, als er mit dem Vornamen angesprochen wurde. »Ich habe nicht erwartet, Sie ganz so schnell wiederzusehen«, fuhr der Präsident fort. Sie standen in einer kleinen Kabine, die mit Schränken und Lagerbehältern gesäumt war.

Dic übrigen Passagiere kamen durch die Luftschleuse: Evelyn, die ihr gebieterisches Auftreten teilweise zurückgewonnen hatte; Morley, der leise in sein Mikrophon sprach; der Kaplan, in sich gekehrt und schweigend.

Der Major bedachte den Journalisten mit einem mißbilligenden Blick, sagte aber nichts. Saber bildete die Nachhut und schien erfreut darüber, daß sie die Verantwortung auf andere Schultern legen konnte. Cochran blickte forschend in den Durchgang. »Sind das alle?« fragte er.

»Ja«, sagte Saber.

Er nickte, schloß die Luke und drückte ein paar Schalter. Die *Lowell* drehte sich leicht, und Lampen wechselten die Farbe. »Jeder sollte sich irgendwo festhalten«, sagte Cochran. Er wandte sich an eine Funktafel: »Rachel, wir haben alle an Bord. Wir können starten.«

Charlie spürte, wie das Schiff die Richtung wechselte. »Herr Präsident«, sagte Cochran, »Sie erhalten die Unterkunft des Kommandanten. Falls Sie und Ihre ...« Er brach ab und suchte nach dem richtigen Begriff. »... Partner mir bitte folgen würden.«

Die *Lowell* kam Charlie jetzt kleiner vor als bei der Inspizierung auf L1. Die Gänge waren schmal, die Räume mit Gerätschaften vollgestopft, die Ausstattung praktisch. Die Unterkunft des Kommandanten, die unter anderen Umständen beengt gewirkt hätte, erschien im Vergleich fast geräumig. Die Koje war in die Trennwand hochgeklappt. Stuhl und Schreibtisch mit Hochdisplay gehörten zur Einrichtung. Schubläden und Schrank waren in die Wände eingebaut. Zwei Handtücher, ein Kamm, ein Becher und eine Tube Zahnpasta steckten in Sicherheitshalterungen am Stuhl. Man hatte einen übergroßen *Percival-Lowell*-Overall für Charlie bereitgelegt. Er war komplett mit Einsatzabzeichen und einem HASKELL-Namensschild über der linken Brusttasche ausgestattet.

Cochran forderte Charlie auf, sich zu melden, falls er irgendwas benötigte, und zeigte ihm, wie man den Interkom bediente und sich in die Schiffskommunikation einschaltete. »Sie haben hier eine Bildverbindung zum Flugdeck, falls Sie sie brauchen.«

»Danke«, sagte Charlie.

Cochran deutete auf zwei Türen am Ende des Korridors. »Ich fürchte, wir haben keine privaten Badekabinen«, sagte er. »Benutzen Sie eine der beiden dort.«

Als Cochran gegangen war, packte Charlie seine Tasche in einen Wandschrank, nahm den Overall, seinen Elektrorasierer und ein paar Toilettenartikel zur Hand und ging zu den Badekabinen. Eine war besetzt.

Er öffnete die Tür zur anderen und zwängte sich hinein. Er stand für einen Moment nur da und musterte nachdenklich die Kammer mit ihrer schwerfälligen Null-g-Toilette und den Ultraschallschrubbern. Bei der Besichtigung der *Lowell* hatte er sich gefragt, weshalb irgend jemand zwei oder drei Jahre in diesen klaustrophobieträchtigen Räumlichkeiten verbringen wollte. Sein erster Gedanke war gewesen, daß Menschen wahrscheinlich nicht zum Mars fliegen sollten, bis sie es stilvoll tun konnten. Der nächste Gedanke war dann schon, daß TR eine solche Vorstellung rundweg abgelehnt hätte. Allerdings war der erste Präsident Roosevelt in diesem Punkt nie auf die Probe gestellt worden. Charlie selbst liebte es wie Theodore Roosevelt, in der Wildnis zu leben. Das war etwas ganz anderes, als sich selbst in das High-Tech-Gegenstück zu einem billigen Hotel ohne Ausgang zu sperren.

Er zog sich aus, steckte die gebrauchten Sachen in einen Plastikbeutel und schaltete den Schrubber ein. Die Haut prickelte, wenn auch nicht so, wie es unter einer heißen Dusche gewesen wäre. Der Schmutz bröckelte ab, und die Reste entfernte Charlie mit einem Handtuch. Anschließend war er sauber, *fühlte* sich aber nicht wirklich so. Er war nur zu froh, entschied er, die Raumfahrt anderen zu überlassen.

Das Telefon klingelte, als er wieder in seinem Quartier eintraf. »Haskell.«

Es war Al. »Wir haben die Bestätigung. Der *Possum* schlägt in Kansas ein.«

»Okay.« Charlie hatte auch nichts anderes erwartet.

»Es tut mir leid.« Kerr legte eine Pause ein, hielt es vielleicht für nötig, das Thema zu wechseln. »Ich sehe, daß Sie inzwischen an Bord der *Lowell* sind. Wir haben den ganzen Vorgang verfolgt. Sie erhalten eine phantastische Presse. Was haben Sie getan? Haben Sie diesen Morley gekauft?«

»Er leistet gute Arbeit, wie? Rick wäre stolz auf ihn.«

Charlie versuchte zu entscheiden, was mit dem *Possum* geschehen sollte. Jetzt wünschte er sich, er wäre das Risiko mit den Atomraketen eingegangen. Vielleicht hätten die den Felsbrocken ja auf einen anderen Kurs gebracht. Jetzt stellte sich erneut die Aufgabe, das Ding auseinanderzupusten, aber es war dabei auf dem Weg zu *ihnen*.

»Feinberg möchte wieder mit Ihnen reden«, sagte Al.

»Was sagt er?«

»Er möchte es keinem von uns sagen.«

»Okay. Holen Sie ihn an den Apparat. Achten Sie darauf, daß das Gespräch verschlüsselt wird.« Charlie legte auf und hatte das Gefühl, die Wände stürzten auf ihn ein. Er hatte fürchterliche Angst, daß ein weiterer Brocken entdeckt worden war. Der Magen drehte sich ihm um, und er dachte an Henry in den ersten Tagen der Krise, verantwortlich für all die Menschen, um dann vor seinem Tod festzustellen, daß er die falsche Entscheidung getroffen hatte.

Das Telefon läutete wieder. »Herr Präsident.« Eine Frauenstimme. Er hatte mit Kerr gerechnet, der ihm sagte, daß er ihn mit Feinberg verband, aber es war Rachel Quinn.

»Ja, *Captain*?«

»Sir, zwei Dinge: Wir haben ein paar Fertigmahlzeiten aus der Küche von Skyport geholt, ehe wir gestartet sind. Ich möchte Sie und die übrigen Passagiere einladen, mit uns zu Abend zu essen.«

»Es wäre mir eine Freude, Rachel.«

Ihr Ton wurde weicher, weniger förmlich.

»Paßt Ihnen sieben Uhr? Oder hätten Sie es lieber früher?«

»Nein, es ist gut so.«

»Zweitens: Wir leiten eine lange Wende ein, um wieder nach Hause zu fliegen, so daß Sie ein wenig Fliehkräfte spüren werden. Es wird nicht schlimm. Wir gehen es ruhig an, weshalb es aber auch ein paar Stunden dauert. Falls das in irgendeiner Form problematisch wird, sagen Sie mir Bescheid. Wir können notfalls eine weitläufigere Kurve fliegen, aber der Rückweg zur Basis dauert dann länger.«

»Ich bin sicher, daß es so okay ist, Rachel.«

»Sie sollten auch wissen, daß wir einen Arzt an Bord haben. Er würde Sie sich gern ansehen. Wann es Ihnen recht ist. Und es sieht danach aus, als erhielten Sie einen weiteren Anruf, Sir.« Sie brach ab, und Charlie bat sie, ihn zu verbinden.

»Herr Präsident.« Feinberg sprach präzise, müde, bedrohlich. »Wie geht es Ihnen? Ich habe erfahren, daß Sie da wirklich einen Flug hinter sich haben.«

»Erzählen Sie mir vom *Possum*«, sagte Charlie.

»Kansas. Vier Uhr sechsundfünfzig am Dienstag.«

Alles, woran Charlie denken konnte, waren die Atomraketen.

»Wesley, wir können nicht einfach herumsitzen und warten, bis uns das Ding auf den Kopf fällt. Lehnen Sie die Raketenoption immer noch ab?«

»Sehr. Es wäre besser, nichts zu tun.«

»Nein, ich werde nicht dasitzen und *nichts* tun. Nennen Sie mir eine Möglichkeit.«

»Tatsächlich«, versetzte der Wissenschaftler, »*habe* ich einen Vorschlag. Wir können versuchen, den *Possum* auf eine höhere Umlaufbahn zu heben. Eine stabile Umlaufbahn, wo wir uns in aller Ruhe mit ihm auseinandersetzen können.«

»Wie erreichen wir das? Mit Bomben?«

»Sie müssen aufhören, an *Waffen* zu denken, Herr Präsident. Kommen Sie aus dieser Schachtel raus. Setzen Sie die Raumfähren ein.«

Charlie versuchte sich das vorzustellen. Was sollten sie tun?

Sich daruntersetzen und ihn *anheben?* »In welcher Weise?«

»Die Welt verfügt zur Zeit über eine Flotte von zehn einstufigen Raumfähren. Falls ich richtig gerechnet haben, müßten, wenn sie zusammenarbeiten, sieben davon ausreichen, um den *Possum* zu beschleunigen und ihn über den Kollisionspunkt hinauszutreiben, ehe die Erde dort eintrifft.«

»Können wir das wirklich *schaffen*?«

»Wir können es schaffen. *Falls* die Fähren rechtzeitig auffahren, falls sie sich richtig verteilen und falls wir die Operation richtig koordinieren.«

Charlie atmete allmählich etwas leichter. »Toll!« sagte er. »Gott sei Dank!« Es klang zu gut, um wahr zu sein. »Sind Sie sicher?«

»Natürlich bin ich mir nicht *sicher,* Herr Präsident. Im jetzigen Augenblick ist sehr wenig sicher. Zu viele unbestimmbare Faktoren sind im Spiel. Zum einen wissen wir nicht genug über den *Possum*. Zum anderen weiß ich nicht genau, wieviel Treibstoff die Raumfähren übrig haben, sobald sie den *Possum* erreichen. Aber ich bin recht zuversichtlich.«

»Okay. Ich sorge dafür, daß unsere Leute das überprüfen.«

»Die Zeit ist entscheidend, Herr Präsident. Das gehört nicht zu den Fragen, bei denen Sie sich leisten können, daß sie im Gestrüpp der Bürokratie hängen bleiben. Falls Sie es tun möchten, denke ich, müssen Sie jetzt die Entscheidung treffen und das Unternehmen in Gang setzen.«

Charlie brauchte eine Minute, um nachzudenken. Er war es nicht gewöhnt, bedeutende Entscheidung zu fällen, ohne Mitarbeiter zu konsultieren. »In Ordnung«, sagte er. »Ich sorge dafür, daß sich Orly Carpenter mit Ihnen in Verbindung setzt. Er kann die Sache in Bewegung bringen. Sonst noch etwas?«

»Ja. Wir brauchen mehr Informationen über den *Possum*. Jemand muß unverzüglich hinausfliegen und ihn sich einmal ansehen. Aufnahmen machen. Darauf landen. Löcher hineinbohren. Wir müssen seine Masse und Massenverteilung ganz präzise bestimmen. Wir müssen Stellen auf der Oberfläche finden, wo wir die Raumfähren verankern können. Wir brauchen alle Daten, die wir nur kriegen können.

Ich schlage vor, daß Sie alle verfügbaren Einstufenfähren einsetzen«, fuhr Feinberg fort. »Alle zehn, falls Sie sie bekommen. Je mehr Sie haben, desto besser unsere Chancen. Aber unter keinen Umständen weniger als *sieben*! Wir benötigen mindestens siebzehn Minuten Brennphase am äußersten Anschlag von wenigstens sieben Maschinen. Vorausgesetzt, alles ist spätestens um vier Uhr früh auf dem POTIM an Ort und Stelle.«

»Okay, Wesley. Berichten Sie Orly Carpenter, was Sie auch mir gesagt haben.« Er überlegte, welche Möglichkeiten sich boten, und entschied, daß er nicht mehr tun konnte.

»Irgendwas nicht in Ordnung, Herr Präsident?« erkundigte sich Feinberg.

»Mir fällt keine einfache Methode ein, wie wir uns den *Possum* ansehen könnten.«

»Ist doch ganz einfach. *Sie* sind schließlich schon da draußen.«

Zentrum von Indianapolis, 16 Uhr 27

Harold K. Stratemeyer setzte sich auf die Rückbank seiner Limousine, ließ den Kopf ins Polster zurücksinken und fragte sich, ob nun wohl alles zusammenbrach, was er in den zurückliegenden Jahren aufzubauen versucht hatte. Er war Vorstandsmitglied der Mondverkehrsbehörde, und noch vor wenigen Tagen hatte er kein bedeutsames Hindernis irgendeiner Art gesehen, das einer brillanten Konzernzukunft im Weg gestanden hätte. Jetzt waren praktisch über Nacht Mondbasis International und Hampton aus dem Geschäft geflogen, und er vermutete, daß ihnen die MVB und Stratemeyer dichtauf folgten.

Die Privatwirtschaft war noch nicht bereit, die bemannte Raumfahrt zu übernehmen und dabei ohne beträchtliche staatliche Subventionen auszukommen. Ein gewaltiges Potential wartete dort draußen, aber man war immer noch mehrere Jahre davon entfernt, es ausbeuten zu können. Derweil waren die Kapitalinvestitionen bereits astronomisch hoch. (Heute lächelte er nicht mehr über diesen alten Scherz.) Deshalb brauchte man auch das Vertrauen darauf, daß das Programm bis zur Verwirklichung durchgezogen wurde. Falls die Staaten jetzt ihre Hilfe zurückzogen, kam es zur Kernschmelze. Die MVB, Mondbasis International und mehrere hundert weitere, kleinere Unternehmen arbeiteten derzeit an fortlaufend stärker ausgeklügelter Technik.

Stratemeyer hatte einen langen, düsteren Tag auf

hastig einberufenen Konferenzen hinter sich, wo man sich bemüht hatte, eine Strategie zu entwickeln, die die Industrie am Leben hielt. Man stimmte jedoch darin überein, daß die Raumfahrt auf absehbare Zeit tot war. Es war zu erwarten, daß die beteiligten Regierungen auf Überlebensmodus schalteten, und die Industrie allein konnte die Lasten nicht schultern. Und in welchem Zustand war die Weltwirtschaft in einer Woche sowieso? Manche hatten argumentiert, daß die Produkte des Raumfahrtzeitalters keinen Markt mehr finden würden, selbst wenn sie noch lieferbar waren.

Sein Funktelefon trillerte. Er blickte aufs Display: Ein Anruf aus Camp David. »Stratemeyer«, sagte er.

Eine Frauenstimme meldete sich am anderen Ende: »Bitte warten Sie auf den Präsidenten der Vereinigten Staaten.« Stratemeyer spürte, wie sein Herz etwas schneller schlug. Trotz all der Jahre des Umgangs mit den Männern und Frauen, die Richtung und Impuls der westlichen Zivilisation bestimmten, hatte er bislang nur einmal mit einem amtierenden Präsidenten gesprochen. Das war Culpepper gewesen; Stratemeyer hatte damals einer Gruppe von Managern angehört, die auf Hilfe des Weißen Hauses für die Raumfahrttechnik drängten. Damals war er jünger und leichter zu beeindrucken gewesen. Ihn ärgerte, daß ihm wiederum warm wurde.

Er hörte eine Reihe von Klicks und einen Wechsel des Tons. Dann eine andere Stimme: »Die Verbindung steht, Herr Präsident.«

»Mr. Stratemeyer?« Stratemeyer erkannte Haskells grollenden Tonfall, etwas aus der Ferne, wahrscheinlich von der *Percival Lowell* aus durchgeschaltet.

»Guten Tag, Herr Präsident. Ich freue mich festzustellen, daß Sie gerettet wurden.«

»Danke. Wir scheinen jetzt in guter Verfassung zu sein.« Er brach kurz ab. »Harold – ist es okay, wenn ich

Sie ›Harold‹ nenne? –, wissen Sie, daß der *Possum* zurückkommt?«

»Ich weiß, Herr Präsident.« Die ganze Welt weiß es. »Was wird geschehen?«

»Deshalb rufe ich an. Harold, wir brauchen die Raumfähren.«

»Die *Flotte*? Sie alle?«

»Ja.«

»Wozu?«

»Wir möchten den *Possum* auf eine höhere Umlaufbahn lenken, ihn *anheben.*« Die Limousine bog nach Norden auf die Arlington Avenue ab. Stratemeyer blickte hinaus und sah die breiten, gepflegten Rasenflächen des Marine-Luftfahrtzentrums. Es gab kaum Verkehr; die Innenstadt war praktisch verlassen. Ungewöhnlich für einen Sonntagnachmittag. Indianapolis wirkte irgendwie geisterhaft, als verschwände es aus der Wirklichkeit. Als versänke es in der Vergangenheit.

»Mit meinen Raumschiffen?« fragte er.

»Harold, Sie sind der einzige, der noch zwischen der Welt und einer fürchterlichen Katastrophe steht.«

»Herr Präsident, ich denke, wir haben die Katastrophe schon erlebt.« Er blickte hinaus auf die leeren Straßen. »Warum erläutern Sie mir nicht präzise, was Sie vorhaben?« Er hörte zu, während ihm Haskell den Plan erläuterte. Sie wollten alle Raumfähren heute abend in Atlanta zusammenziehen und sie dort mit Anlagen ausrüsten, mit denen sie am *Possum* verankert werden konnten. Dann sollten die Fähren nach Skyport starten und dort auftanken. Bis Dienstagmorgen wären sie dann in Position, um den Felsen abzulenken.

»Es ist ein *großer* Felsbrocken«, sagte Stratemeyer.

»Ich weiß.«

»Welche Garantie habe ich, daß ich die Raumfähren und ihre Besatzungen zurückerhalte?«

»Harold, wir schicken Stationsfähren hinaus, um die Crews zurückzuholen. Wir rechnen nicht damit, die Maschinen selbst gleich wieder bergen zu können. Wahrscheinlich verbrauchen sie bei dem Unternehmen ihren ganzen Treibstoff.«

Wenn Stratemeyer zwischen den Zeilen las, bedeutete das, daß er die Raumfähren verlor. Die Versicherung würde nie dafür zahlen. Nicht unter diesen Umständen. »Herr Präsident, ich möchte wirklich gern helfen, aber ich muß auch an die Aktionäre denken. Wie Sie sicher wissen, bilden die Raumfähren einen beträchtlichen Teil des MVB-Vermögens. Ich kann Ihnen nicht so einfach erlauben, damit wegzufliegen.«

»Ich habe Verständnis dafür, Harold, aber der Staat kommt für die Verluste auf.«

Verdammt, der Staat war schon pleite! Wo wollte das Finanzministerium das Geld hernehmen, um die Verluste zu decken, die er dabei machte? Wer sagte eigentlich, daß der *Possum* überhaupt eine so große Sache war? Eine Menge Steine waren in den zurückliegenden achtzehn Stunden heruntergekommen, und der Planet existierte immer noch. Obendrein stammte die Versprechung von Charlie Haskell, und er war auch nur irgendein Politiker. Stratemeyer wußte es besser, als ihm zu trauen. Nicht, was die Flotte anging. Verdammt, wie die Sache aussah, konnte sich der Präsident verflixt glücklich schätzen, wenn er wiedergewählt wurde!

Am besten spielte er einfach auf Zeit.

»Tut mir leid, Herr Präsident. Ich habe nicht die Vollmachten, um das selbst genehmigen. Ich wünschte, ich könnte es. Aber ich sage Ihnen was: Ich stöbere die Vorstandsmitglieder auf. Hole mir deren Okay. Und ich melde mich wieder bei Ihnen.«

»Wann?«

»Sobald ich kann.«

11.

***Percival Lowell*, Hauptdeck, 16 Uhr 38**

»Er hält Sie hin«, meinte Evelyn. »Er hat nicht vor, irgendwas zu tun.«

»Ich weiß.«

Rachels Stimme ertönte über die Bordsprechanlage: »Herr Präsident, wir haben Kurs auf den *Possum* genommen. Wir brauchen jedoch etwa dreizehn Stunden, bis wir ihn erreichen.«

Charlie nickte. »Schneller schaffen wir es nicht, oder?«

»Nein, Sir. Er hat einen großen Vorsprung.«

»Okay.«

»Nebenbei erreichen wir ihn fast unmittelbar nach dem Apogäum.«

Charlie runzelte die Stirn. »Informieren Sie Feinberg. Sagen Sie ihm, wann er mit den Daten rechnen kann.«

»Wird gemacht«, sagte sie.

»Was ist mit *Ihnen*?« fragte Evelyn. »Was haben *Sie* vor?«

»Ich habe es schon eingeleitet. Wir kapern die Raumfähren.«

»Die meisten befinden sich außerhalb der Vereinigten Staaten.«

»Das kompliziert die Sache, aber wir können mit internationaler Kooperation rechnen. Besonders in einem solchen Fall.«

»Nimmt das nicht Zeit in Anspruch?«

»Sicher. Und es ist Zeit, die wir nicht haben. Haben Sie einen besseren Vorschlag?« Er wußte, daß sie ihn hatte.

Indianapolis, 16 Uhr 43

Stratemeyer war gerade aus der Limousine auf den Kiesweg gestiegen, als sein Funktelefon wieder läutete. Nicht aus Camp David diesmal, wie er sah, sondern eine Nummer des Mondbasis-Konzerns. Das war merkwürdig. Es gab dort nur eine Person, die seine Privatnummer kannte.

»Stratemeyer«, sagte er in den Apparat. »Sind Sie das, Evelyn?«

»Ja, Harold. Schön, wieder Ihre Stimme zu hören.«

»Sie haben ja ganz schön was durchgemacht.«

»Das haben wir alle. Hören Sie – die Zeit ist knapp, deshalb komme ich gleich zur Sache. Sie können Charlie Haskell vertrauen.«

»Oh, da bin ich sicher, Evelyn. Ich hoffe, ich habe nicht den Eindruck erweckt, daß ich ihm nicht *traue*. Mir steht es nur nicht frei, seine Bitte zu erfüllen.«

»Harold, das tut es doch, und wir beide wissen es. Der Vorstand wird billigen, was immer Sie entscheiden.«

»Es sei denn, die Maschinen kehren nicht zurück. Und das werden sie nicht. Darüber wird der Vorstand nicht glücklich sein, Evelyn.« Die Haustür war aufgegangen, und sein Butler gab höflich den Weg frei. Stratemeyer zögerte jedoch, stand auf der dritten und vierten Steinstufe.

Evelyn zögerte ebenfalls, und die Zeit schien stillzustehen. Eine kühle Brise hob das Revers seiner Jacke an. »Ich habe ernst gemeint, was ich über ihn gesagt habe«, fuhr Evelyn fort. »Sie können ihm vertrauen. Nicht nur seinem Wort, sondern auch seinem Urteilsvermögen. Ich habe aus der Nähe verfolgt, was geschehen ist. Falls wir den Felsbrocken nicht aufhalten, sind Ihre Raumfähren ohnehin nur noch einen Dreck wert. Sie haben die Chance, sie einzusetzen und alles zu retten, wofür wir jemals gearbeitet haben. Vielleicht alles, wofür *irgend jemand* jemals gearbeitet hat. Charlie verspricht, dafür zu sorgen, daß Sie entschädigt werden. Okay, das ist womöglich eine Zusage, die er nicht einhalten kann. Aber er wird es *versuchen.* Und das ist für Sie eine größere Chance, als wenn Sie nur danebenstehen und es zu dieser Kollision kommen lassen.«

»Das ist eine Übertreibung«, sagte er. »Ich habe auch ein paar Leute angerufen. Nicht alle sehen es so wie Haskell.«

»Ach, kommen Sie schon, Harold! Leute wie wir finden immer Experten, die uns sagen, was wir hören möchten. Das ist unser größtes Problem. Alle lügen uns an, weil sie etwas von uns möchten. Okay, die Wahrheit lautet: Feinberg denkt, daß das Ding Millionen umbringt, falls es einschlägt. Es wird einen nuklearen Winter auslösen. Es wird uns in ein dunkles Zeitalter zurückwerfen. Denken Sie, daß sich das für *irgend jemanden* auszahlt?«

Skyport, Mo's Restaurant, 18 Uhr 00

Die Passagierliste der vermißten Raumfähre war immer noch nicht verfügbar. Die Verwandten wurden allerdings inzwischen informiert, wie aus dem Verkehrsbüro verlautete. Andrea versuchte, ihre Freunde anzurufen, aber meist bekam sie nur die monotone Aufzeichnung zu hören, derzufolge die Nummer unbekannt war. Unbekannt. Das konnte bedeuten, daß diese Personen in der Maschine gesessen hatten. Oder sie hatten sich bislang einfach nicht bei der Vermittlungsstelle von Skyport gemeldet. Möglicherweise hatten sie es vergessen, sich nicht die Mühe gemacht, was immer.

Einige antworteten, waren erleichtert, Andreas

Stimme zu hören, und redeten mit ihr, gaben die Informationen weiter, die sie hatten (*»Yeah, tut mir leid, Hanlon war in der fraglichen Maschine, bei den anderen ...«*), schwelgten mit ihr in gegenseitiger Freude, den anderen lebendig zu wissen. Bis zum späten Nachmittag hatte Skyport eine Liste von Personen aus der Mondbasis veröffentlicht, für die man Unterkünfte bereitgestellt hatte. Andrea ging sie durch und fand ein paar weitere Namen. Verschwunden blieben jedoch die meisten Menschen, die sie in den letzten zwei Jahren gekannt und mit denen sie gearbeitet hatte.

Beim Abendessen sah sie Tory Clark wieder. Die Astronomin saß mit Freunden zusammen und lud Andrea an den Tisch ein. Sie unterhielten sich vor allem über den *Possum*, über seine Wirkung, wenn er einschlug. Sie zeigten sich persönlich wütend über die Politiker, die über Skybolt gelacht hatten und dagegen zu Felde gezogen waren.

Nach dem Essen spazierten Andrea und Tory zusammen davon. Sie blieben in einer der Vorhallen stehen und betrachteten die Mondwolke. Sie war flacher geworden und breitete sich allmählich auf ihrer Umlaufbahn aus. »Alles okay mit dir?« fragte Tory.

Andrea fühlte sich leer. Fast schuldig. Das Schuldgefühl der Überlebenden, vermutete sie. Na ja, zum Teufel, es war schieres Glück gewesen, oder nicht? »Ich frage mich, wie lange es noch dauert, bis man uns abreisen läßt«, sagte sie.

»*Abreisen?* Sie meinen auf die Erde?« Tory schüttelte den Kopf. »Das dauert noch eine ganze Weile, denke ich.«

»In der Raumfähre hat man uns gesagt, in ein oder zwei Tagen.«

»Yeah. Ich weiß es einfach nicht. Es sieht da draußen immer noch ziemlich schlimm aus. Ich bezweifle, daß man eine Startgenehmigung erteilt, die nicht unbedingt sein muß.« Sie blickte auf die Uhr. »Muß gehen. Wir haben zu tun, und die verdammten Idioten haben alle nach Hause geschickt.«

»Kann ich helfen?« fragte Andrea. »Ich lege keinen großen Wert darauf, nur herumzusitzen.«

Tory zuckte die Achseln. »Ich glaube nicht. Die Arbeit ist ganz schön technisch. Welches Spezialgebiet hast du?«

»Kommunikation. Bestimmt braucht ihr doch jemanden, der den Funkverkehr steuert, oder?«

Tory dachte darüber nach. »Sicher«, sagte sie. »Vielleicht können wir dich dazu brauchen.«

Der Mondcluster verschwand am unteren Fensterrand aus dem Blickfeld. »Gut. Wann kann ich anfangen?«

»Warum kommst du nicht gleich mit und redest mit Windy Cross? Das ist mein Boß. Ich kann nichts versprechen, aber wer weiß?«

Camp David, 18 Uhr 28

Stratemeyer blickte finster vom Bildschirm herunter. »Ich möchte es noch mal probieren, Al. Feinberg denkt, wir hätten zehn Maschinen. Aber eine wird gerade gewartet und kann nicht rechtzeitig fertiggestellt werden. Eine weitere ist auf dem Rückflug vom Mond verlorengegangen. Oder erinnert sich niemand mehr daran? Und wir haben eine Raumfähre auf Skyport, die zu beschädigt ist, um sie nach Hause zu holen. Also bleiben uns sieben. Damit werden Sie sich zufriedengeben müssen.«

»Der Präsident möchte mindestens acht oder neun.«

»Sie *existieren* einfach nicht, Al.«

TRANSGLOBAL-SONDERREPORTAGE, 19 Uhr 02

Hier spricht Peggy Bitmauer aus dem MVB-Hauptsitz in Indianapolis. Eine Flotte von Raumfähren schießt morgen von Atlanta aus in den Himmel, um den *Possum* aus der Bahn zu lenken, einen großen Brocken Mondgestein, dessen Einschlag die Wissenschaftler für Dienstag früh in Kansas erwarten. Der verantwortliche Leiter der Mondverkehrsbehörde, Harold Stratemeyer, sagte vor wenigen Augenblicken, die gesamte Flotte der einstufigen MVB-Raumfähren wäre der Regierung zur Verfügung gestellt worden ...

Atlanta, 19 Uhr 09

Pete Telliard und seine Frau feierten gerade ihren 22. Hochzeitstag bei Horatio's, wo die Speisekarte keine Preise nannte und die Mahlzeiten jeweils hundertsechzig kosteten. Einen Tisch mußte man normalerweise Wochen im voraus bestellen, aber heute abend stand Horatio's zu drei Vierteln leer, wie die Stadt, die es bediente.

Pete wand sich in seiner Jacke. Die Förmlichkeit der Kellner flößte ihm Unbehagen ein, aber er bemühte sich, den Eindruck zu erwecken, als speiste er ständig in Etablissements wie diesem. Seine Frau lächelte ihn an. »Nächstes Jahr«, sagte sie, »gehen wir ins *Steak and Ale.*«

Sein Telefon piepte. Er drückte auf die Vorderseite und sah zu, wie die Antenne ausfuhr. »Telliard«, sagte er.

»Pete.« Es war sein Boß. Aus der Werkstatt. »Wir brauchen Sie. Sofort.«

Er starrte auf das Gerät. »Ich kann nicht«, sagte er. »Ich bin mit meiner Frau zusammen. Bei Horatio's. Unser Hochzeitstag.«

»Tut mir leid, Pete. Ehrlich. Aber wir brauchen Sie einfach. Man zieht die einstufigen Raumfähren für irgendeine Umrüstung hier zusammen. Es muß gestern fertig werden, und wir haben einfach keinen Spielraum, um uns da rauszuwinden.«

Skyport, Flugleitung, 20 Uhr 17

George Culver starrte die Nahaufnahme des zerstörten Heckleitwerks an. Der Rumpf war ramponiert und angesengt, die meisten Sensoren fehlten, und die Backbordtragfläche war blockiert. »Wir sind hier einfach nicht richtig ausgerüstet für so eine Reparatur, George.« Das sagte der Wartungschef von Skyport, ein ruhiger, konzentrierter Mann in den Fünfzigern. »Ich kann die Maschine nicht abfertigen. Sie würde auseinanderfallen, wenn Sie damit zur Erde fliegen.«

»Was passiert jetzt also?«

Der Chief zuckte die Achseln. »Nicht meine Entscheidung. Wenn man mich fragt, empfehle ich, die brauchbaren Teile zu bergen und den Rest zu verschrotten.«

»Vielleicht bleibt Ihnen nichts weiter übrig, als die Maschine abzufertigen«, sagte George. »Alle Raumfähren werden gebraucht.«

Der Chief bekam schmale Augen. »Man hat schon versucht, mich unter Druck zu setzen, George. Sehen Sie, wenn Sie versuchen, mit der Kiste zu landen, spricht alles dafür, daß Sie es nicht schaffen. Das habe ich dem Management erklärt, und ich habe es der NASA erklärt. Falls mein Boß mich übergehen und das Papier unterzeichnen möchte, steht ihm das frei. *Aber ich tue es nicht!* Und falls ich Sie wäre und die da oben die Maschine *doch* freigeben, würde ich mich weigern, sie zu fliegen. Das können Sie ruhig wörtlich wiedergeben.«

Skyport, Flugdeck der *Kopenhagen*, 20 Uhr 36

Die Triebwerke liefen.

Nora Ehrlich war eine vielseitige Frau. Sie flog nicht nur diese große Raumfähre, sie war auch eine fähige Orgelspielerin, hatte zweimal der Schulaufsichtsbehörde angehört und zwei Bücher mit humorvollen Aphorismen veröffentlicht. Sie erkannte ein echtes *Ereignis,* wenn sie es sah, und machte gegenwärtig Notizen für ein drittes Buch; es sollte ein Bericht über den Rettungseinsatz auf der Mondbasis werden und dann über die Verfolgung des *Possums*. Damit konnte sie einfach nichts falsch machen, und sie hatte auch schon den Titel: *Die ungedeckte Flanke.* Sie hatte auch *Der Felsen des Jüngsten Tages und die Zerstörung des Mondes* in Erwägung gezogen, aber *Die ungedeckte Flanke* klang nett. Die ersten beiden Bücher, *Nackt auf der Überholspur* und *Verstreut meine Asche bei Lord & Taylor,* hatte sie unter einem Pseudonym geschrieben, und sie waren ein bescheidener Erfolg. *Die ungedeckte Flanke* sollte mit ihrem richtigen Namen auf dem Schutzumschlag erscheinen. Und sie erwartete, damit auf die Bestsellerlisten zu kommen.

Nora kam aus London. Sie war groß, hatte das Aussehen eines Models, rote Haare und war Witwe. An Verabredungen hatte es ihr nie gemangelt. Schließlich heiratete sie einen reichen Dänen, zog nach Kopenhagen, bekam zwei Töchter und hatte mit allem Erfolg, was sie anfaßte. Im Herbst fing ihre Älteste auf der Universität Zürich an. Ihr Mann war vor drei Jahren bei einem Flugzeugabsturz ums Leben gekommen. Sie vermißte ihn und hatte die unglückselige Gewohnheit entwickelt, jeden mit ihm zu vergleichen. Alle fielen dabei durch.

Das Leben ohne einen festen Gefährten war jedoch nicht so schlimm, wie sie sich vorgestellt hatte, und sie fühlte sich recht zufrieden. Und das Tomiko-Ereignis, für alle Welt eine Katastrophe, entwickelte sich für sie zu einem Geschenk des Himmels. Sie befand sich im Zentrum der Vorgänge. Sie wußte, daß Keith Morley gerade aus dem *Possum* herausholte, was nur ging, und sie rechnete damit, ihn zu einem Interview mit ihr überreden zu können. Sie erwartete, über Nacht berühmt zu werden, und das konnte dem Buch überhaupt nicht schaden.

»*Kopenhagen.*« Die Stimme kam aus der Flugleitung von Skyport. »Sie haben Startfreigabe.«

»Verstanden. Starten Sie den Countdown.«

»Sechzig Sekunden.«

Ihr Copilot Johann Blakeslee nickte. Die Armaturen sprangen auf Grün. Die Flugingenieurin hieß Wendy Carpenter, seit der Collegezeit mit Nora befreundet, eine Nichte Orly Carpenters, des Betriebsleiters der NASA in Houston.

»Alles *paletti*«, meldete Wendy.

Dreißig Sekunden.

Blakeslee war groß und blond. Fein geschnittenes Kinn, klare blaue Augen, ein Lächeln, das Butter zum Schmelzen brachte. Er gehörte zu den wenigen wirklich gut aussehenden Typen, die Nora kannte und die wirklich etwas taugten. »Hast du gehört, daß es Beschwerden gab?« fragte er. »Manche Leute regen sich auf, weil wir leer zurückfliegen und sie selbst nicht nach Hause kommen. Ich habe gehört, daß bei der Flugplanung der Teufel los war.«

»Mich überrascht überhaupt nichts mehr, Blakes«, sagte sie.

Sie starteten präzise nach Plan. Der Standardflugplan nach Atlanta verlangte, eine Umlaufbahn zu fast drei Vierteln zu vollenden, ehe die Maschine den Sinkflug begann. Sie hatten sich jedoch kaum von der Station entfernt, als ein Sturm aus kleinen Steinen und Staub ohne Vorwarnung über sie hereinbrach. Er rüttelte an der

Raumfähre, brach Antennen ab, zertrümmerte die Radarkuppel und zerschmetterte ein Fenster achtern in der Passagierkabine. Das Glas platzte hinaus, und der Luftdruck stürzte in den Keller. Nora schaltete die Triebwerke aus, aber das war ein Fehler. Die Trümmer waren schneller als die Raumfähre und fegten fast direkt von hinten heran; sie durchschlugen die Raketen, verschmutzten Treibstoffpumpen und Brennkammer. Auch die Abgasluken wurden fast blockiert. Die Warnlampen für beide Triebwerke leuchteten blutrot.

Steine klapperten an den Rumpf. In der Passagierkabine heulten die Sirenen.

Nora öffnete einen Kanal zu Skyport: »Hier *Kopenhagen*«, sagte sie. »Mayday.«

»Ich sehe es. Bleiben Sie dort, *Kopenhagen.* Warten Sie eine Minute.«

Abrupt klang der Sturm ab.

Skyport meldete sich zurück: »Halten Sie eine Umlaufbahn lang durch. Dann geben wir die Maschine auf. Die *Kordeshew* führt das Rendezvous durch.«

»Das können Sie nicht tun«, meinte Ehrlich. »Die Maschine wird gebraucht.«

»Vergessen Sie es.«

»Yeah, ich kann sie retten«, sagte sie. »Ich starte die Triebwerke neu und bringe sie zurück.«

»Negativ, *Kopenhagen.* Neuzündung ist nicht genehmigt.«

Blakeslee machte große Augen. »Die haben recht! Du kannst dieses Risiko nicht eingehen!«

»Wir starten *eines*«, sagte sie. »Wir brauchen nur eines.«

Blakeslee schüttelte den Kopf. Keine gute Idee. Wendy fing Ehrlichs Blick auf und nickte. *Mach es.*

»Versuchen Sie nicht zurückzukehren«, sagte die Flugleitung. »*Kopenhagen,* bestätigen Sie!«

Nora veränderte die Fluglage mit Hilfe der Feinsteuerdüsen. Sie brauchte nur ein wenig Steigflug. Ein bißchen Beschleunigung. »Ich verstehe Sie nicht mehr, Skyport«, sagte sie. »Wir können Sie nicht mehr hören.« Sie warf einen Blick auf Blakeslee. »Bereit?«

Er nickte.

Das Steuerbord-Triebwerk hatte eine Fehlzündung und entzündete den Treibstoff. Der Tank explodierte. Die Detonation brach die Raumfähre entzwei und löste eine Serie nachfolgender Explosionen aus. Ein Satellit in der Nähe zeichnete den Vorgang auf.

Es dauerte fast eine Minute, bis das blendende Licht erstarb.

12.

FOX-MEDIA SONDERREPORTAGE, 21 Uhr 18

Auszug aus einem Interview mit Physiker J. Robert Collins aus Princeton, geführt von Harmon McMichael.

Collins: ... *dreihunderttausend Megatonnen. Meiner Meinung nach wäre unter diesen Umständen niemand in Nordamerika in Sicherheit.*
McMichael: *Dann hoffen wir lieber, daß sie das Ding erfolgreich abwenden.*
Collins: *O ja, keine Frage!*
McMichael: *Wie schätzen Sie die Chance ein?*
Collins: *Man könnte sagen, daß ich zurückhaltend optimistisch bin.*

Skyport, Büro der Betriebsleiterin, 21 Uhr 32

Belle geleitete ihn aus dem Vorzimmer ins Büro. »George, ich bin froh, daß Sie gekommen sind«, sagte sie. Sie sah zerzaust, besorgt, erschöpft aus.

George setzte sich auf einen Stuhl. »Sie haben eine Raumfähre zuwenig«, sagte er und kam damit direkt auf den Punkt.

»Ja, deshalb brauchen wir Sie.«

Er nickte. Er konnte seine Maschine nicht in die Atmosphäre steuern, aber es gab keinen Grund, warum er nicht bei der Jagd auf den *Possum* helfen sollte. »Wir müssen eine Möglichkeit finden, die Maschine zu verankern«, sagte er.

»Darüber haben wir schon nachgedacht. Es müßte eigentlich mit einem Kabel gehen. Davon haben wir reichlich.« Sie blickte besorgt. »George, Sie müssen verstehen, daß es eine Notlösung ist. Wir sichern Sie so gut ab, wie wir können, aber ein Risiko besteht trotzdem. Falls das Kabel reißt, während Sie voll beschleunigen ...«

Das war ihm klar. »Es dürfte nicht schwer sein, das zuverlässig auszuschließen.« Er wußte verdammt gut, wie optimistisch diese Aussage war. »Haben wir Ingenieure zur Hand?«

»Niemand, der mit einer solchen Situation Erfahrung hat.« (Wer, fragte sich George, hatte schon *solche* Erfahrungen?) »Aber wir besorgen Ihnen Hilfe.« Sie trommelte mit den Fingernägeln auf den Schreibtisch. »Wir möchten, daß Sie und Ihre Leute D-Anzüge tragen, sobald der Einsatz läuft.«

Für den Fall, daß die Maschine zerbricht. »Yeah«, sagte George. »Das halte ich für eine gute Idee.«

13.

Staunton, Virginia, 23 Uhr 08

Jack Gallagher lag im Bett und blätterte in der aktuellen Ausgabe des Patriot, als das Telefon klingelte. Ann blickte von der CNN-Nachrichtensendung auf, die über die Verlegung der Raumfähren nach Atlanta berichtete, wo sie umgerüstet werden sollten.

Sein Sohn, ein Teenager, war im Internat, so daß Anrufe spät abends fast nicht mehr vorkamen. »Hallo?«

»Jack.« Es war Steve. »Kannst du herüberkommen?«

Jack arbeitete als Koch im Restaurant seines Bruders. Er verabscheute den Job. Ohne besonderen Grund. Steve behandelte ihn recht gut, bezahlte ihn ganz ordentlich, und die Arbeitszeit war auch nicht schlecht. Aber es war eine Sackgasse, und Jack wußte, daß er in dreißig Jahren immer noch Koch sein würde. Was ihm an der Legion hingegen gefiel: Er war *Major*. Die Leute salutierten vor ihm. Nahmen ihn ernst. »Was ist los?« fragte er. (Er bemühte sich, nicht Steves Rang zu erwähnen, wenn Ann im Zimmer war. Zwar sagte sie nie etwas, zeigte nie Mißbilligung. Aber in ihrer Gesellschaft klang es albern.)

»Komm einfach herunter, ja? Wir haben Enten auf dem Teich.«

Das bedeutete, daß er bewaffnet kommen sollte. Es bedeutete, daß die Legion bedroht war. Oder daß sie in die Offensive gehen wollte. Aber worum zum Teufel ging es eigentlich? Obwohl er sich der allgemeinen Kritik am Staat gerne anschloß, hatte Jack Gallagher nie geglaubt, daß jemals tatsächlich Schüsse abgefeuert würden. Es war doch alles nur *Gerede*!

»Ich erwarte dich.« Steve legte eine Pause ein. »Keine Uniform.«

Ann sah ihn an. »Es ist spät, Jack.«

»Legionsgeschäfte, Liebes«, sagte er. »Ich bin in einer Stunde oder so zurück.«

Sie war die nächtlichen Übungen der Legion gewöhnt und beschwerte sich nicht. »Bemüh dich, zu einer anständigen Zeit wieder zu Hause zu sein«, sagte sie.

Zehn Minuten später setzte Jack auf dem Fahrweg, der sein Wohnmobil umgab, zurück, bog auf die Banner Street ein und fuhr auf der Route 250 nach Westen. Steves Haus stand ein paar Meilen außerhalb der Stadt am Middle River. Es war eigentlich eine Ranch, ein nettes Anwesen, das sich über acht Morgen ausbreitete.

Jack entdeckte Tad Wicketts Chevy-Pickup in der Einfahrt. Er parkte daneben, und die Haustür ging auf. Die Silhouette des Obersten zeichnete sich vor dem Licht ab. »Hallo, Jack«, sagte er. »Es sieht ganz danach aus, als wäre die entscheidende Nacht für uns angebrochen.«

Er trug eine dunkle, ordentlich gebügelte Hose und ein Sweatshirt mit dem Logo des Herstellers auf der Brusttasche.

Tad saß im Wohnzimmer, spielte mit einer kalten Dose Coke und blickte ausdruckslos drein. (Er war Biertrinker, aber Steve erlaubte seinen Leuten nie, im Dienst Alkohol zu trinken. Es bestand also eindeutig Dienstbereitschaft.) Sein Blick streifte Jack und glitt weiter zu einer der Bowling-Trophäen des Obersten. Tad hielt nichts von Jack Gallagher.

Tad hatte fünf Jahre bei den Marines gedient. Man hatte ihn für Tapferkeit ausgezeichnet, nachdem die Marines in Benghasi an Land gegangen waren, um westliche Geiseln zu retten. Er brachte es zum Oberfeldwebel und wurde schließlich wegen Prügeleien und Insubordination degradiert; obendrein landete er wegen tätlichen Angriffs auf einen Leutnant vor dem Kriegsgericht. Danach wurde er reifer. Er war jetzt der ideale Offizier.

Steve war so beeindruckt, daß er ihm schon nach drei Jahren das Patent erteilte.

Als Zivilist arbeitete Tad in einem Holzlager. Er war ein solider Bürger und Kirchgänger mit einer erklärten Leidenschaft für die Vereinigten Staaten und einem Hang zum Brutalen, ausladend genug, um einen Sattelzug darin unterzubringen. Er wußte nicht, wo seine Familie lebte. Seine Frau hatte vor zwei Jahren ihre Pflichten hingeworfen und ihn verlassen, wobei sie beide Söhne mitnahm. Wie so viele andere verfolgte Tad bestürzt die Auflösung der bürgerlichen Gesellschaft, die Erosion des Rechts, die anhaltenden Übergriffe der Bundesregierung und ihrer Agenten im ganzen Land sowie den allmählichen Ausverkauf an die Vereinten Nationen und die minderwertigen Rassen. Es wurde ständig schlimmer, hatte er Jack einmal erklärt. Heute kann ein freier Mann noch der Unterdrückung entfliehen, wenn es nötig wird. Er kann nach Argentinien auswandern, nach Sri Lanka, wohin auch immer. Bald wird es jedoch eine Weltregierung geben und nirgendwo mehr eine Zuflucht.

»Habt ihr die Nachrichten gesehen?« fragte der Oberst und bot Jack einen Stuhl an. »Über die Einstufen-Raumfähren?«

Jack setzte sich und nahm ein Glas Apfelsaft an. »Ja, Steve, ich habe sie gesehen.«

»Was denkst du?«

»Daß ein großer Felsbrocken herunterkommt. Ich hoffe, sie können ihn aufhalten.«

Steve entspannte sich auf dem Sofa und schlug ein Bein über das andere. »Jack, du weißt doch, daß sie früher am Abend eine der Maschinen verloren haben.«

»Ich habe davon gehört.«

»Sie haben irgendwo Ersatz aufgetrieben. Sie sagen, sie hätten immer noch genug, um den Felsen aus der Bahn zu schieben.«

»Ich weiß nicht, worauf du hinausmöchtest«, sagte Jack. Er wünschte sich, Tad wäre nicht dabeigewesen. Die Präsenz des Ex-Marines war irgendwie unheilvoll. Tad war noch jung, kaum dreißig, gut in Form, muskulös, vage feindselig. Sein Blick war hart, und an den Mundwinkeln hatten sich schon Linien der Grausamkeit eingegraben.

Tad lächelte, als hätte er genau diese Worte von Jack erwartet, als würde Jack von einem Manuskript ablesen. Tad war ein Mensch, der keine Gefühle zeigte, außer wenn er Spaß hatte, was jetzt offenbar der Fall war. Für Jack hatte es den Anschein, als hätte Tad keine echte Verbindung zum Leben außerhalb der Miliz.

Steve beugte sich vor, und seine Augen wurden schmaler. »Überleg mal richtig. Was passiert, wenn der *Possum* einschlägt?«

»Eine Menge Leute kommen um«, sagte Jack. »Und in den Medien heißt es, das Land würde nicht überleben.«

Tad spendete mit erhobener Dose lautlos Beifall. »Der *Staat* würde nicht überleben«, sagte er. »Die *Institutionen* würden untergehen – das wird eigentlich damit gesagt. Und wir müssen uns über die Frage einigen: Wäre das schlimm?«

»Es wäre schlimm, wenn es den ganzen mittleren Westen vernichtet und vielleicht auch den Rest von uns. Genau so sagen es die Medien.«

»Verdammt, Jack!« sagte der Oberst. »Tad hat recht. Die Medien sind es, die so reden. Seit wann glaubst du *denen*? Auch sie gehören zum Establishment. Denkst du nicht, daß sie ihre Ärsche retten wollen?« Er zog einen Vorhang zur Seite und blickte hinaus. Eine ferne Straßenlaterne erhellte die Ausfahrt. »Haben wir nicht die ganze Zeit auf ein solches Ereignis gewartet?«

Jacks Magen verspannte sich langsam. Er war der Legion immer loyal gewesen. War Steve loyal gewesen.

Und er hatte seine Rolle gespielt. Wir gegen den Staat. Eines Tages zeigen wir es ihnen! Aber die Waffen waren nie geladen worden. *Würden* nie geladen werden. Nicht wirklich. Das gehörte zur schweigenden Übereinkunft. »Was hast du eigentlich vor?« fragte er.

»Ganz einfach. Wir fahren nach Atlanta. Du, Tad und ich, wir schalten eine der Raumfähren aus. Mehr brauchen wir nicht zu tun: *Eine* ausschalten. Der *Possum* schlägt ein, und innerhalb von Wochen existiert der Staat nicht mehr. Vielleicht innerhalb von Tagen.«

»Mein Gott!« sagte Jack. »Wie viele Menschen würden dabei umkommen?«

Steve nickte traurig. »Zu viele«, sagte er. »Aber der Preis der Freiheit ist immer hoch. Zum Glück ist es ein Preis, den freie Menschen immer zu zahlen bereit waren.« Er füllte sein Glas neu. Seine Augen glänzten im Licht. »Jack, denkst du nicht, ich würde einen anderen Weg wählen, wenn ich könnte? Aber das ist unsere einzige Chance, *wirklich*! Es ist eine von Gott gesandte Gelegenheit, und es wäre kriminell, sie nicht zu nutzen, nur weil wir schwache Mägen haben.«

»*Schwache Mägen?* Steve ...« Ihm fehlten die Worte. Jack hatte immer zu seinem Bruder aufgesehen, hatte nie erlebt, daß Steve *irgend etwas* Falsches sagte. Steve Gallagher war der Inbegriff von Mut und Aufrichtigkeit. Die Lüge über seinen Ranger-Status bedeutete nichts, weil er dieses zusätzliche Stückchen Prestige brauchte, um die Befehlsgewalt über die Legion sicherzustellen. Jack hatte dafür volles Verständnis. Aber das jetzt war *entsetzlich falsch*! Jack ging der Gedanke durch den Kopf, daß sein Bruder zu viele Handbücher gelesen hatte, daß er inzwischen an all das glaubte, was er sagte, an all das, was ihm Macht verlieh.

Die Augen des Obersten fielen zu. »Ich weiß«, sagte er besänftigend. »Ich weiß, was du sagen möchtest. Und ich habe selbst darüber nachgedacht. Aber sind wir auf lange Sicht nicht besser dran, wenn wir dieses Land mit ein paar tausend freien Menschen bevölkern statt mit dreihundert Millionen Sklaven? So sieht es derzeit aus, Jack. Das weißt du so gut wie ich.«

Tad musterte Jack vorsichtig.

Steve beugte sich vor. »Wie lautet deine Antwort, Jack?«

»Nein.« Jacks Stimme bebte, weil er *nie* nein zu Steve sagte. »Ich möchte damit nichts zu tun haben.«

»Okay.« Der Oberst nickte. »Ich habe Verständnis für deine Gefühle, was diese Sache angeht. Und ich respektiere sie.«

Gott sei Dank! »Dann überlegen wir uns etwas anderes?«

»Wir *haben* uns schon alles überlegt. Wir tun es schon seit *Jahren*. Jack, Tad und ich werden diese Mission abschließen.« Er blickte zu Tad hinüber, und der sah amüsiert drein. »Aber ich verstehe, daß du moralische Vorbehalte hast, die dir eine Teilnahme unmöglich machen.«

»Oberst . . .«

»Ist schon okay.«

Tad hatte seine Jacke achtlos über einen Couchtisch geworfen. Jetzt nahm er sie auf und steckte die rechte Hand in eine Tasche. Der Oberst winkte ab, und die Hand kam wieder zum Vorschein. »Du enttäuschst mich, Jack«, sagte Steve. »Ich hatte geglaubt, du würdest uns in dieser Sache gern zur Seite stehen.«

»Nein. Ich weiß nicht, wie du das nur sagen kannst. Ich habe nie jemanden umbringen wollen.«

»Dann muß ich dich fragen, was du in all diesen Jahren in einer Militäreinheit getan hast. Was hat es dir bedeutet? War es eine Art Scherz für dich?«

»Das ist keine Militäraktion, Steve. Es ist Massenmord. Möchtest du das?«

Steve klappte die Augen zu. »Okay. Tut mir leid, daß du es so siehst, Jack.« Er blickte zu Tad hinüber. »Du hattest recht. Wir hätten ihn nicht einbeziehen dürfen.«

Tad nickte fast unmerklich.

»Ich kann dich nicht gehen lassen«, wandte Steve sich in einer Mischung aus Bedauern und Ärger an Jack. »Du wirst uns begleiten *müssen.*«

»Mit Ihrer Erlaubnis, Oberst«, sagte Tad. »Er steht uns nur im Weg. Wir müßten ihn ständig im Auge behalten.«

»Das Problem ist mir klar«, sagte Steve. »Aber ich habe hier keine große Wahl. Und ich werde nicht das Blut meines Bruders an den Händen kleben haben.« Er starrte Jack an, der kaum begreifen konnte, was ihm widerfuhr. »Aber zum Glück bin ich nicht ganz unvorbereitet.« Er brachte ein Paar Handschellen zum Vorschein.

BBC-WORLDNET, 23 Uhr 55

Dr. Alice Finizio im Forschungslabor für Düsentriebwerke. Interview geführt von Connie Hasting.

Finizio: (Finizio und Hasting stehen vor einer Karte der Vereinigten Staaten.) *Wir vermuten die eigentliche Einschlagsstelle etwa hier, Connie, nahe der Interstate 35 in Chase County, etwa auf halbem Weg zwischen Wichita und Topeka.* (Ein Kreis taucht im Zentrum der Karte, in Kansas auf. Er expandiert, bis er an Kanada und Mexiko rührt und ungefähr vom östlichen Utah im Westen bis nach Columbus, Ohio, reicht.) *Das ist die primäre Explosionszone. Wir rechnen mit nur sehr wenigen Überlebenden in diesem Gebiet.*
Hasting: (Atemlos.) *Es umfaßt Chicago, St. Louis, Dallas ...*
Finizio: *... Minneapolis, Lansing, Fort Wayne. Das gesamte Kernland, fürchte ich. Ich wünschte, wir könnten*

optimistischer sein. (Ein zweiter, schraffierter Kreis zieht sich um den ersten herum durch große Gebiete Kanadas und Mexikos und verschluckt die ganzen Vereinigten Staaten, ausgenommen Oregon, Washington und das nördliche Kalifornien im Westen und Florida und das nördliche Neuengland im Osten.) *Dieser Kreis repräsentiert eine Zone schwerer bis mittlerer Verwüstung. Die Bewohner dieses Gebietes dürften den unmittelbaren Einschlag überleben, falls sie Vorkehrungen treffen.*
Hasting: *Den unmittelbaren Einschlag?*
Finizio: *Die langfristige Prognose sieht nicht gut aus. Die Detonation wird eine Staubwolke aufwirbeln, die sich um den Globus ausbreitet. Der Himmel wird auf Jahrzehnte verdunkelt. Es wird kalt werden, und es wird kalt bleiben, Connie ...*
(Das Bild wackelt und verschwindet. Eine BBC-Moderatorin taucht auf.)
Moderatorin: *Wir haben technische Probleme am Ausgangsort der Sendung. Wir schalten wieder zum Forschungslabor für Düsentriebwerke um, sobald es geht. Inzwischen bringen wir eine Mitteilung der Bundesagentur für Krisenmanagement, wie man sich auf den Einschlag vorbereiten sollte ...*

KAPITEL NEUN

PHYSIK UND POLITIK
MONTAG, 15. APRIL

1.

Hartsfield-Wartungszentrum für Einstufen-Raumfähren, Atlanta, 2 Uhr 55

Zwei Raumfähren standen im Hangar; eine weitere wartete draußen. Arbeitstrupps kletterten über alle drei Maschinen hinweg. Schweißbrenner verstreuten Funken. Außenplatten wurden entfernt, und Techniker prüften die Schaltungen darunter.

Der Arbeitsleiter war überzeugt, daß sie alle einleitenden Arbeiten abschließen konnten. Fraglich war noch, welche Art Felshaken installiert werden sollte. Und das konnte nicht entschieden werden, bis die für die Analyse des *Possums* zuständige Person, wer immer das war, sich über die Besonderheiten schlüssig wurde. Sobald das bekannt war, ging es nur noch darum, Verteilerkästen einzubauen, die Aufsätze zu verschrauben und die Geräte zu installieren.

»Vier Stunden«, informierte der Arbeitsleiter seinen Abteilungsleiter. »Mindestens.«

»Vier Stunden?« Der Abteilungsleiter fuhr sich mit dem Handrücken über den Mund. »Sehen Sie, Arvy, der gottverdammte Präsident der Vereinigten Staaten nimmt persönlich die Bodenproben …«

»Na, zum Teufel, das macht mich aber zuversichtlich.«

»Sorgen Sie einfach dafür, daß alles einsatzbereit ist, ja?«

AstroLab, 4 Uhr 11

Feinberg schlief auf einer Couch in seinem Büro, als der Anruf kam. Es war Al Kerr: Der Präsident wäre dankbar, wenn der Professor die Möglichkeit sähe, den *Possum*-Einsatz zu begleiten.

Feinberg zögerte. Er mochte Flugzeuge nicht besonders, ganz zu schweigen von Raketen. Er wandte ein, daß er im AstroLab besser helfen könne, aber Kerr blieb hartnäckig. Der Präsident glaubte, Feinbergs Anwesenheit könnte sich als entscheidend erweisen, falls Probleme auftraten.

»Obendrein«, sagte Kerr im Verschwörerton, »ist das Land zur Zeit in Panik. Wenn Sie dabei sind, werden sich die Leute besser fühlen.«

»Ich muß denen das Händchen halten«, erklärte er Cynthia ein paar Minuten später. »Ich möchte aber, daß Sie erreichbar bleiben. Halten Sie hier die Stellung. Schlafen Sie in Ihrem Büro, wenn es sein muß, aber halten Sie sich über die Entwicklung auf dem laufenden.«

Als Militäreskorte wartete ein Hubschrauber auf ihn, um ihn nach Atlanta zu bringen. Deshalb war Cynthia Murray die Betriebsleiterin im AstroLab, als POTIM-38 etwas mehr als eine Stunde später das Apogäum erreichte und von dort aus zur Erde zurückfiel.

***Percival Lowell*, Flugdeck, 5 Uhr 42**

Rachel Quinn ging auf einen Parallelkurs zu POTIM-38. Die Lowell umkreiste das Objekt und begann die Oberfläche zu kartographieren. Sie erstellte umfassende und detaillierte Bilder und konzentrierte sich dabei auf Gebiete, die Feinberg vorgeschlagen hatte. Der Professor stand aus einem Truppentransporter, der gerade Pennsylvania überflog, mit der *Lowell* in Verbindung.

Der Kaplan hatte gefragt, womit er helfen konnte, und Rachel zeigte ihm, wie man die Bildanlagen bediente. Es ging eigentlich ganz einfach. Wenn Feinberg, der über sein Notebook zusah, darum bat, ein Bild zu verschieben, zu drehen oder einfach zum nächsten überzugehen, drückte der Kaplan die entsprechende Taste.

Als sie alle überzeugt waren, daß sie genug Daten gesammelt hatten, bezog Rachel längsseits des *Possum*s Position und paßte die Maschine seiner purzelnden Fortbewegung an. Die Felswände stabilisierten sich dadurch vor den Sichtluken der *Lowell*, während die Sterne und die Erde ins Trudeln gerieten. Feinberg hatte schon eine Reihe von Landestellen vorgeschlagen, und Rachel senkte die *Lowell* langsam zur ersten dieser Stellen ab. Das Schiff rotierte und korrigierte die Position.

Auf dem Platz rechts verfolgte Charlie, wie die Klippe näherkam, wie sie kippte, am Fenster hinauffuhr und zu einer Ebene wurde. Ihm wurde leicht übel. Der Kaplan lächelte und sagte ihm, es würde in einer Minute vorüber sein. »Denken Sie an etwas anderes«, sagte er.

Charlie blickte auf eine gespenstische Landschaft hinunter. Keine Mondlandschaft; hier hatte er es eher mit einer Fülle welliger Hügel und fließender Täler zu tun, einem geisterhaften Panorama, das einen schlummernden Flußcharakter aufwies. Dieser Abschnitt des *Possum*s erinnerte ihn an die Black Hills in Dakota, die er als

Junge auf einer Besichtigungstour der Familie besucht hatte. Die vorliegende Landschaft war, wie die öden Berge in Dakota, hervorgebrochen und rasch abgekühlt. Sie bildete das Hinterland, die abgerundete Fläche, die drei Viertel der *Possum*oberfläche ausmachte. Der Boden war dunkel, wahrscheinlich vom Feuerball versengt. In der Ferne erblickte Charlie den Einsamen Kamm, eine lange, vertikale Klippe, die mit ihrem eckigen Charakter inmitten der relativ gleichförmigen Umgebung sofort ins Auge sprang.

Morley war wieder mit einer Microcam ausgerüstet, die ihm Rachel auf seine Bitte hin zur Verfügung gestellt hatte. So konnte er dem Fernsehpublikum Nahaufnahmen übermitteln, während er den Einsatz erläuterte. Man würde, sagte er, Bodenproben nehmen und analysieren, um Daten über die Dichte des Objekts zu gewinnen und die Analytiker in die Lage zu versetzen, die Masse des *Possums* zu schätzen. Man würde in diesem Gebiet anfangen, weil es flach war und man Erfahrung sammeln konnte, ehe man sich an die rauheren Abschnitte machte.

Aber selbst Morley konnte die Vorbereitungen für die Entnahme von Bodenproben nich interessant darstellen, also verabschiedete er sich nach zehn Minuten und versprach, sich wieder zu melden, falls irgendwas passierte. Eine Atemlosigkeit schwang dabei in seiner Stimme mit, als dächte er, etwas *würde* passieren, *müsse* einfach passieren.

Die Entnahme der Proben war Cochrans Job, und als er verkündete, daß die Ausrüstung gleich bereit war, zogen sich die beiden übrigen Mitglieder des ›Bodenteams‹ – Saber und Evelyn – nach unten zurück und wechselten die Montur.

Charlie hatte eingewandt, Evelyns Erfahrung mit Weltraumspaziergängen machte ihre mangelnde Körperkraft nicht wett, und *er* sollte das dritte Mitglied der Gruppe sein, aber Rachel blieb eisern, war nicht bereit, einen Präsidenten zu riskieren. Sie wäre der *Captain* und verdammt noch mal fähig, diese Entscheidung zu treffen. Charlie sah, daß sie sich dabei unbehaglich fühlte, und gab nach. Sie hatte sowieso recht, wie er einsah. Das letzte, was das Land zur Zeit gebrauchen konnte, war noch ein toter Präsident.

Rachel setzte die *Lowell* sanft auf die Oberfläche. Da der *Possum* keine nennenswerte Schwerkraft erzeugte, mußte sie die Feinsteuerraketen einsetzen, um das Schiff an Ort und Stelle zu halten. Das Flugdeck lag hoch genug, um über die meisten Erhebungen hinwegzublicken, und Charlie betrachtete forschend den Horizont, der etwa so weit entfernt schien wie die gegenüberliegende Seite eines Football-Platzes. Der Horizont bildete eine gerade Linie, keine Krümmung, was Charlie das Gefühl vermittelte, sich auf einem Plateau aufzuhalten.

Als Rachel mit beträchtlichem Widerstreben andeutete, man könnte seine Hilfe am Laserbohrer gebrauchen, willigte er gleich ein. Sie fügte hinzu, daß sie sich darauf freute, einmal ihren Enkelkindern zu erzählen, sie habe einem US-Präsidenten Anweisungen erteilt.

Der Bohrer hatte etwa die Ausmaße eines großen Farm-Traktors. Ein sphärischer Reflektor war auf der Fronthaube plaziert und projizierte, den Laserstrahl. Zwei mit beweglichen Gelenken ausgestattete Entnahmestangen von unterschiedlichem Durchmesser ragten an beiden Seiten des Gefährts auf.

Der auf einem Sattel postierte Fahrer konnte den Reflektor per Handbedienung heben, senken oder ausfahren oder den gesamten Betrieb an die Bordcomputer übergeben. Der Halbleiter-Systemkern war in einer Black Box vor dem Fahrersitz untergebracht.

Das Gefährt bewegte sich normalerweise auf sechs einzeln aufgehängten Rädern, die aber in der schwerelosen Umgebung des *Possum*s erkennbar wenig nützen würden. Und das Gerät herumzuwuchten würde auch nicht einfach sein. Der Bohrer war groß und schwerfällig und neigte dazu, zu bleiben, wo er war. Als sie ihn endlich in Fahrt gebracht hatten, ließ er sich nur schwer steuern oder wieder anhalten. Cochran wies warnend darauf hin, daß sie draußen darauf achtgeben mußten, das Fahrzeug nicht zu verlieren.

Charlie war nicht gut in Physik, aber er konnte sich die Situation bildhaft vorstellen: Der *Possum* rotierte in ganz schön flottem Tempo und würde versuchen, den Laserbohrer mitsamt den drei Astronauten in den Weltraum zu schleudern. Deshalb mußten sie das Gefährt, sobald sie aus dem Schiff waren, am Boden verankern. Die Lage wurde noch dadurch komplizierter, daß die D-Anzüge der *Lowell* nicht mit Greifschuhen ausgestattet waren, so daß die Astronauten sich zunächst selbst verankern mußten.

Dazu hatten sie die Module geplündert, die als Unterkünfte auf dem Mars vorgesehen waren, und sich Kabel und Haken besorgt, aus denen sie Anker herstellen konnten. Alles in allem stand ihnen ein schwerfälliger Einsatz bevor. Charlie zog einen D-Anzug an, damit er aussteigen konnte, falls Probleme auftraten.

Morley kam herunter und sendete live, wie sie das Gerät in die Luftschleuse schafften. Dann gingen sie selbst hinein, schlossen die Luke und tauchten Minuten später auf der Oberfläche des *Possum*s auf.

Charlie hörte über Kopfhörer mit und verfolgte die Aktion mit Hilfe der Außenbordkameras.

Das Bodenteam zog den Bohrer mit Leinen auf die Oberfläche heraus.

»Da drüben sieht es gut aus«, sagte Cochran. »Sachte anheben. Kein plötzliches Rucken, ja?«

»Verstanden«, sagte Evelyn. Dann: »Vorsicht, er schwebt!«

»Verdammt, Evelyn, Sie schweben! Holen Sie etwas Leine ein.«

»Es fühlt sich an, als wollte man einen Elefanten aufhalten.«

»Braucht ihr da draußen Hilfe?« fragte Rachel. »Soll ich den Präsidenten schicken?«

»Negativ.«

Sie zogen den Bohrer an die richtige Stelle und befestigten ihn mit Kabeln.

Als das geschehen war, schwang Cochran ein Bein über den Sattel. »Ich stelle den Bohrer auf einen Meter ein. Fahre die Energie hoch.«

Augenblicke später erzeugte die Black Box einen rubinroten Strahl, der von einem Spiegel zurückprallte, durch eine Linse fiel und vom Reflektor im Winkel von neunzig Grad zur Oberfläche umgelenkt wurde. Nach mehreren Sekunden Wartezeit warf der Boden erste Blasen. Eine Rauchfahne stieg auf, und Cochran dirigierte einen der Greifarme, der mit hohem Tempo rotierte, ins Gestein. Als Cochran zufrieden war, zog er ihn wieder heraus und deponierte den Inhalt in einem glänzenden Plastikbehälter. Dann stellte er den Bohrer auf vier Meter ein und wiederholte den Vorgang.

Sie entnahmen Proben bis in eine Tiefe von zwölf Metern. Anschließend kehrten sie ins Schiff zurück und übergaben Charlie das Gestein, und Rachel flog zur nächsten Stelle weiter.

Charlie etikettierte die Proben und übergab sie Morley. Morley und Doc Elkhart hatten eine Kurzeinführung in das geologische Labor der *Lowell* erhalten. Sie führten eine Serie einfacher Untersuchungen an den Steinen durch, und Cynthia Murray überwachte die Ergebnisse und gab die Daten an Feinberg weiter.

Der Kaplan fragte sich laut, ob sie nicht wieder ein Risiko eingingen, indem sie versuchten, den *Possum* auf einen stabilen Orbit zu heben. »Sobald die Raumfähren mit der Arbeit am Brocken beginnen«, sagte er zu Charlie, »dann *müssen* sie einfach Erfolg haben, denke ich. Weil sie andernfalls nur die Einschlagstelle verschieben, oder? Niemand weiß dann mehr, wo das Ding herunterkommt.«

Charlie brachte die eigenen Gedanken nicht zum Ausdruck: Daß es in dem Fall auch nicht mehr darauf ankam.

Umsiedlungslager, Bismarck, North Dakota, 5 Uhr 11 Mittlere nordamerikanische Sommerzeit (6 Uhr 11 Ostküsten-Sommerzeit)

Marilyn hörte ferne Stimmen, Lärm, das Geräusch von Lastwagen. Es war kalt in dem Armeezelt, das sie mit zwanzig weiteren Personen teilte. Einige davon waren Flüchtlinge aus Louises Gruppe, während Louise selbst verschwunden war, verschluckt von den Menschenmassen, die stündlich mit Bussen und Flugzeugen aus dem ganzen Land eintrafen.

Im Zelt waren die Menschen auf den Beinen, benommen und verängstigt, und sie entdeckten, wie sehr sie die täglichen Annehmlichkeiten von privaten Duschen und gemütlichem Frühstück vermißten. Hier gab es natürlich keine Privatsphäre. Marilyn hatte festgestellt, daß es sich dabei um ein Luxusgut der Zivilisation handelte.

»Los, gehen wir«, sagte eine schrille Stimme. Marilyn brauchte einen Augenblick, um die Sprecherin zu entdecken – eine kleine, weißhaarige Frau, die tantenhafte braune Sachen trug, mit einem Armsticker in Rot und

Grün, der sie als Freiwillige des Zivilen Notfall-Corps auswies. »Wir ziehen um. Die Busse sind in zwanzig Minuten hier.«

Larry wälzte sich über sein Feldbett und blickte zu Marilyn auf. Die Luft war kalt und feucht an diesem frühen Morgen. »Was geht hier vor?« fragte er. »Kommen wir schon *wieder* woanders hin?«

Ein älterer Mann saß in der Nähe und versuchte, sich die Hose anzuziehen, während er sich gleichzeitig mit einer Decke schützte. »Wir sind zu dicht an Kansas«, sagte er. »Ich habe von jemandem gehört, es ginge nach Saskatoon.«

Larry verdrehte die Augen. »Wo zum Teufel liegt Saskatoon?«

»Irgendwo in Kanada.«

Jemand schlug eine Zeltklappe auf, und kalter Wind blies herein. »Nach Norden«, sagte Marilyn. »Es geht wieder nach Norden.«

AstroLab, 7 Uhr 17

Der *Possum* bestand primär aus Kristallen: Plagioklas, Pyroxen, Ilmenit, Chrysolit und sonstigen Mineralen. Ihre Größe und Anordnung gaben Hinweis darauf, daß sie als flüssige Lava kristallisiert waren. In Anbetracht der Umstände konnte das natürlich kaum als Neuigkeit gelten. Das Gelände müßte allerdings, dachte Feinberg, stabil genug sein, um die Anker zu halten. Er übermittelte seine Schlüsse zusammen mit Empfehlungen, wie die Ausrüstung zu modifizieren sei, ans Johnson Space Center. Johnson sandte die Spezifikationen seinem führenden Lieferanten sowie der MVB in Hartsfield. Der Lieferant antwortete, er hätte bereits zwei Dutzend Geräte von jedem der potentiell anwendbaren Modelle verschickt, so daß die Felshaken schon auf dem Flughafen von Atlanta stünden und nur darauf warteten, eingebaut zu werden.

Diese Nachricht ging zurück an Feinberg, der in diesem Augenblick gerade in Hartsfield landete.

Er hatte sich über das wechselnde Geschick im Hinblick auf die Raumfähren auf dem laufenden gehalten. Als gestern abend eine der Raumfähren bei dem Versuch zerstört wurde, nach Skyport zurückzukehren, hatte man ihn informiert, daß nur noch sechs Maschinen verfügbar waren und er einen Weg finden müsse, damit auszukommen. Als er dann Orly Carpenter bei der NASA erklärte, daß das nicht möglich war, fanden sie irgendwo anders doch noch eine Maschine.

Verdammte Bürokraten! Sie spielten ihre Spiele sogar noch, wenn das Überleben der Welt auf der Kippe stand.

Carpenter erwartete ihn schon, als er landete. Die Bilddaten von der *Lowell* waren eingetroffen, und beide Männer zogen sich zu einem virtuellen Tank zurück, um Landungsstellen auszusuchen. Feinberg starrte den *Possum* an, wie er kopfüber dahinpurzelte und dabei alle dreiundfünfzig Minuten und elf Sekunden einmal um die Längsachse rotierte.

In gewisser Weise freute er sich. Er hatte sein Leben der Aufgabe gewidmet, in aller Stille Wissen ohne praktischen Nutzen anzusammeln. Und doch war er jetzt hier und konnte mit seinen Spezialkenntnissen die Vereinigten Staaten retten, um Gottes willen, ja vielleicht gar die Zivilisation selbst! Nicht schlecht für einen Astrophysiker. Da bahnte sich der stimulierende Höhepunkt eines Lebens an, das er, ungeachtet aller Auszeichnungen, als relativ unbekannter Wissenschaftler verbracht hatte. Wissen zu erwerben, das rechtfertigte sich natürlich selbst. Herauszufinden, wie die Sonnenmaschine arbeitete, warum sich Galaxien bildeten, welche Lebeserwartung ein bestimmter Stern hatte. Diese Themen waren die richtige Beschäftigung für die Menschheit – auch wenn sie keinen Bauplan für bessere Häuser lieferten und der Wirtschaft keine Manieren beibrachten. (Die Frage praktischer Anwendungen hatte ihn gerade letztes Jahr zur Raserei gebracht, als wieder ein Versuch scheiterte, Finanzmittel für den Super-Teilchenbeschleuniger zu erhalten. Im Kongreß hatte man gefragt, welche Vorteile es bot, wenn man wußte, wie die Schöpfung verlaufen war, und die Physiker hatten darauf zu ihrer ewigen Schande keine Antwort.)

Trotzdem war es ein *gutes* Gefühl, sein Wissen anzuwenden. Zu wissen, daß die Zivilisation weiterleben würde, weil die Astronomen zur Stelle waren.

»Hier«, sagte er und hob eine Stelle weiter hinten, hoch im Hinterland, hervor. »Und hier.« Mehr am vorderen Rand der Ebene. »Das eigentliche Problem besteht darin, daß das Gelände an den meisten Stellen einfach zu uneben ist. Die Piloten kommen nicht nahe genug heran, um die Maschinen zu verankern. Und an manchen Stellen ist die Lavabasis zu schwach. Aber wir finden etwas.« Schließlich einigten sie sich auf die sieben Stellen.

TRANSGLOBAL-SONDERREPORTAGE, 7 Uhr 20

Hier spricht Shannon Gardner aus der Innenstadt von St. Louis. Ich bin hier nur wenige Meilen von der Stelle in Valley Park entfernt, wo alles begann, heute vor einer Woche, als eine junge Frau während der Sonnenfinsternis einen Kometen entdeckte. Seit diesem bedeutsamen Nachmittag sind zahllose Menschen umgekommen, wurden die Nationen der Welt verwüstet, entstanden Vermögensschäden in Höhe von Billionen Dollar, während die größte Gefahr nach wie vor über uns hängt. Im Hintergrund können Sie Plünderer am Werk sehen. Nur noch wenige Polizisten sind da, die sie aufhalten könnten. Weniger als vierundzwanzig Stunden vor dem planmäßigen Einschlag des *Possum*s in Kansas ist jeder aus der Stadt verschwunden, der die Möglichkeit hatte, und zurückgeblieben sind nur die ohne Geld oder ohne Hoffnung.

Die Busse, die von diversen städtischen Organisationen zusammengezogen worden waren, sind inzwischen fort. Die Highways rings um diese verlassene Metropole sind mit toten Fahrzeugen verstopft. Nur auf dem Luftweg kommt man noch herein oder heraus. Oder zu Fuß. Wir lassen unseren Übertragungswagen stehen, sobald wir am Flughafen sind. Vielleicht können wir ja zurückkommen und ihn holen, wenn wir Glück haben, wenn die Einsatzgruppe aus Raumfähren, die der Präsident aufgestellt hat, das vollbringt, was sie behauptet, leisten zu können. Vielleicht ...

Hey, was tun Sie ..?

(*Rauhe Stimme außerhalb des Bildes.*) Schieb's dir rein, Miststück ...

(*Das Kamerabild springt zum Himmel, aber die Zuschauer hören die Geräusche eines Kampfes und Schreie der Reporterin.*)

(*Schnitt zu Bruce Kendrick.*) Wir scheinen bei unserer mobilen Einheit in St. Louis technische Probleme zu haben. Wir melden uns von dort zurück, sobald die Verbindung wieder steht. Schalten wir inzwischen doch zu Jay Hardin an der eigentlichen Einschlagsstelle in Chase County, Kansas, um.

2.

Hartsfield-Wartungszentrum für Einstufen-Raumfähren, 8 Uhr 14

Fünf Raumfähren standen inzwischen in Hartsfield. Die gelieferten Felsanker lagen glänzend in ihren Kisten, während die Techniker sich an den Einbau machten.

In einem angrenzenden Gebäude unterwies Orly Carpenter gerade die Flugbesatzungen in der Bedienung der neuen Ausrüstung. Carpenter war groß und eckig und hatte durchgängig silbernes Haar; in seiner Astronautenzeit war es noch von so feuriger Farbe gewesen, das es ihm den Spitznamen »Roter« eintrug. Am heutigen Abend wirkte er gedrückt, brachte nicht seine übliche energiegeladene Vortragsweise zur Geltung; wahrscheinlich lag das in der Art des Einsatzes begründet, und womöglich auch daran, daß er sich bemühte, nicht an den Verlust der *Kopenhagen* und seiner Nichte Wendy zu denken.

Die Teilnehmer saßen in einem überfüllten Konferenzzimmer um einen langen Tisch versammelt, der für halb so viele Personen konstruiert war. »Meine Damen und Herren«, sagte Carpenter von seinem Rednerpult vor einem Videobildschirm her, »willkommen bei Unternehmen Regenbogen.« Er sah, wie die Leute lächelten, einige skeptisch, andere in bester militärischer Das-schaffen-wir-schon-Tradition. »Die Medien sagen ständig, wir wollten versuchen, den *Possum* auf eine höhere Umlaufbahn zu *heben.* Das ist in gewisser Weise richtig. Wir *werden* seinen Kurs ein wenig ändern. Wichtiger ist aber, daß wir ihn beschleunigen werden. Wir sorgen dafür, daß er mehr Tempo bekommt und die Erdbahn schneidet, ehe die Erde an diesem Punkt eintrifft.

Sobald Ihre Maschinen umgerüstet sind, bringen wir sie nach Skyport, tanken sie auf und steuern das Rendezvous mit dem *Possum* an. Wir schätzen, daß alle sieben Maschinen zwischen halb vier und vier Uhr früh auf dem Felsen in Position sind. Da der Absturz um vier vor fünf erwartet wird, sind wir also nicht weit voraus.

Die Raumfähren müßten achtzehn bis zwanzig Minuten Brennphase bei vollem Schub übrig haben, wenn sie den *Possum* erreichen. Das ist nicht viel. Aber es *wird* reichen. Es kommt vor allem darauf an, keinen Treibstoff zu vergeuden. Wenn wir dort sind, verankern wir uns im geplanten Winkel an den geplanten Stellen und schalten die Triebwerke aus. Von diesem Zeitpunkt an tun Sie nichts mehr ohne gesonderte Anweisung. So weit irgendwelche Fragen?«

Eine Hand ging hoch. Sie gehörte Ben West, dem Piloten der in L.A. stationierten Raumfähre. »Wenn ich richtig verstanden habe, verbrauchen wir bei diesem Einsatz den größten Teil des Treibstoffs, vielleicht sogar allen. Ist das richtig?«

»Das ist korrekt, Ben.«

»Wie kommen wir wieder nach Hause?«

Carpenter nickte. »Eine begründete Frage. Wir halten Stationsfähren bereit. Sobald der Einsatz abgeschlossen ist und beteiligte Maschinen es nicht mehr schaffen, den *Possum* aus eigener Kraft zu verlassen – was wahrscheinlich der Fall sein wird –, holen die Fähren die Besatzungen ab.«

»Orly.« Das war Willem Stephan, gerade vom Mond zurück. »Was passiert dann? Mit den Raumfähren?« Die Piloten empfanden traditionell Zuneigung zu ihren Maschinen. Sie einfach aufzugeben fand nicht ihren ungeteilten Beifall.

»Leider«, sagte Carpenter, »wissen wir zunächst nicht, wie wir sie wieder auftanken könnten. Wir *denken* allerdings, daß wir irgendwann einen Weg finden, sie zu bergen. Wir machen jedoch einen Schritt nach dem anderen. Das Ziel besteht darin, den Felsen zu stoppen, nicht die Raumfähren zu retten. Noch jemand?«

Diesmal hob niemand die Hand.

»Okay. Sobald Sie an Ort und Stelle sind, verankern Sie sich mit den Felshaken am *Possum*. Sie können die Haken jederzeit lösen, wenn Sie möchten, aber diese bleiben dabei am Boden zurück. Sie können sich dann *nicht* von neuem verankern. Wir haben also nur einen Versuch. Alles muß beim ersten Mal klappen.

Die Haken werden von den Plätzen der Flugingenieure aus bedient. Sie benötigen relativ ebenes Gelände, und wir haben uns bemüht, die Landungsstellen entsprechend auszusuchen. Falls Ihnen Ihre Position nicht zusagt, sobald Sie an Ort und Stelle sind, sagen Sie es mir. Unternehmen Sie nichts, was Ihnen übertrieben riskant erscheint. Sagen Sie es mir jedoch, *ehe* Sie sich verankern. Danach wäre es zu spät. Ist das jedem klar? Bitte seien Sie vorsichtig bei all dem. Wir haben inzwischen einen Punkt erreicht, an dem wir tief in Schwierigkeiten stecken, falls wir auch nur eine Maschine verlieren.

Ich werde mich an Bord der Stationsfähre *Antonia Mabry* aufhalten, die uns als Kommandozentrale dient. Wir haben noch einen weiteren Passagier dabei, und ich würde mir gern einen Augenblick Zeit nehmen und ihn vorstellen.« Er blickte zu einem kleinen, stämmigen, bärtigen Mann hinunter, der in der vordersten Reihe saß. »Professor, wären Sie so freundlich und stehen auf, bitte?«

Der Bärtige tat wie geheißen, offenkundig widerstrebend.

»Das ist Professor Wesley Feinberg, der für einen Großteil der Einsatzplanung verantwortlich ist.«

»Guten Morgen, allerseits«, sagte Feinberg. »Ich freue

mich, bei Ihnen zu sein.« Und damit setzte er sich wieder.

Carpenter nahm wieder seine Position ein und wirkte ein wenig überrascht, daß Feinberg sich nur so knapp geäußert hatte. »Danke, Professor Feinberg«, sagte er. »Und ich möchte auch den Flugbesatzungen unseren Dank aussprechen. Ich weiß, daß Sie sich alle freiwillig gemeldet haben, und werde nicht versuchen, die Risiken dieses Einsatzes herunterzuspielen. Noch nie hat jemand so etwas versucht. Aber ich sehe keinen Grund, warum es uns nicht gelingen sollte.«

Percival Lowell, Unterkunft des Präsidenten, 8 Uhr 28

»Charlie, Sie müssen etwas unternehmen, oder es spielt gar keine Rolle mehr, ob Sie diesen Felsbrocken zur Seite schieben.«

»Was brauchen Sie, Al?«

»Wir haben zu viele Tote. Und das macht die Überlebenden verdammt nervös. Wenn sie hören, daß der Himmel einstürzt, glauben sie es. Verdammt, Charlie, wir erzählen ihnen zur Zeit, daß jeder zwischen Kanada und Mexiko, von Ohio bis Utah in Gefahr schwebt. Was denken Sie, wie die Gefühlswelt da draußen aussieht?«

»Sie möchten, daß ich zu den Leuten spreche?«

»Ja.«

»Aber ich weiß nicht, wie gut ich sie beruhigen kann. Wir glauben, daß wir Erfolg haben werden; die Experten geben sich zuversichtlich. So etwas erzeugt bei den Menschen jedoch nicht unbedingt starke Gefühle.«

Jemand klopfte an. Charlie öffnete die Tür und erblickte Evelyn. Sie war mit Kaffee und Eiern beladen. Mit den Lippen formulierte sie: *Frühstück?*

»Dann *lügen* Sie«, sagte Al.

»Haben die Leute nicht genug davon?«

»Gottverdammt, Charlie, das Kernland der Nation ist in Panik! Alle rennen in Deckung.«

Er nickte. »Ich verfolge die Meldungen.«

»Dann wissen Sie auch, daß Sie etwas tun müssen. Sir.« Evelyn deckte einen kleinen Tisch für ihn und befestigte dort Kaffee- und Essensbehälter. »Wir haben die Zeit schon mit den Sendern vereinbart. Um zehn Uhr heute morgen.«

»Zehn Uhr? Haben Sie den Verstand verloren, Al? Es ist jetzt schon, was, halb neun.«

»Je früher, desto besser, Charlie. Wir müssen die Leute beruhigen.«

Er spürte, wie sich sein Magen verspannte. »Ich melde mich wieder bei Ihnen«, sagte er.

Er trennte die Verbindung. Evelyn blieb für mehrere Sekunden schweigsam, aber er wußte, daß sie ihn betrachtete.

Er zuckte die Achseln. »Ich dachte, Sie wären draußen und würdest mit Lee arbeiten.«

»Wir sind gerade unterwegs zur nächsten Stelle. Wir machen Pause.« Dann wechselte ihr Tonfall. »Was werden Sie tun?«

Sie war eine reizende Frau. Er hätte sich gern mit ihr auf eine einsame Insel zurückgezogen. All das hinter sich gelassen. »Was *kann* ich denn tun? Ich halte meine Rede.«

»Ich meinte: Was werden Sie sagen?«

Das war eine gute Frage. »Ich sage den Leuten, daß die Lage unter Kontrolle ist. Ich fordere sie auf, die Ruhe zu bewahren und zu Hause zu bleiben, und erinnere sie daran, daß es auf der Straße gefährlicher ist als unter dem eigenen Dach.«

Sie runzelte die Stirn, und der Blick ihrer dunklen Augen wurde hart. »Ist das nicht das gleiche, was Kolladner ihnen gesagt hat?«

»Ach Scheiße, Evelyn! Was *möchten* Sie von mir? Was *soll* ich ihnen denn sagen?«

»Die Wahrheit?« schlug sie vor.

»Was ist die Wahrheit? Daß ich hier oben bin und aus dem Fenster auf diesen gottverdammten fliegenden Everest blicke, und daß ich es glauben möchte, wenn Feinberg mir sagt, daß ein paar Raumfähren ihn wegschieben können, daß ich es mir aber nicht wirklich vorstellen kann? Daß ich glaube, das Ding wird ins Zentrum von Kansas stürzen und dem Land den Rücken brechen?«

»Oh«, sagte sie.

»Nein. In diesem Moment ist es mein Job, die Lage unter Kontrolle zu halten. Und Carpenter und Feinberg die Chance zu geben, daß sie ihre Arbeit vollenden.«

»Falls Sie lügen«, sagte Evelyn, »merken die Zuschauer es. Ich halte Sie nicht für einen guten Lügner, Charlie.« Und dann bedachte sie ihn ohne Vorwarnung mit einem gewissen Blick, und er verstand die Einladung. Er zögerte, entschied dann, warum zum Teufel eigentlich nicht, und umarmte sie. Ihre Lippen berührten seine Wange und drückten sich dann auf seinen Mund. Evelyn war warm und nachgiebig, und ihre Brüste und Hüften verschmolzen mit ihm. »Bleiben Sie bei der Wahrheit«, sagte sie. »Das entspricht Ihrem Wesen.« Ihre Wangen waren naß.

Er tastete nach ihrem Nacken und hielt sie fest. Sie wiegten sich sachte.

»Bleiben Sie bei der Wahrheit«, wiederholte sie. »Aber äußern Sie nicht Ihre Meinung.«

Route 411, westlich des Cherokee Waldnationalparks, Tennessee. 8 Uhr 42

Sie hatten ihm den Revolver abgenommen, ihm die Hände mit Handschellen auf den Rücken gefesselt und ihn hinten in den weißen Ford-Lieferwagen des Obersten gesteckt. Es gab dort keine Fenster, außer denen der Hecktüren. Er saß auf dem Boden, neben dem Raketenwerfer und einem Arsenal von AN/415-Cobra-Wärmesuchern.

Vorne redeten Tad und Steve nicht viel. Das Radio kündete in endlosen Variationen von der Katastrophe; Menschen betrauerten Freunde und Verwandte, andere sagten das Ende der Welt voraus. Eine Flutwelle hatte Anchorage getroffen; ein Felsbrocken war in China eingeschlagen und hatte ein Erdbeben ausgelöst, das mehrere Städte verschlang. Jack kannte Menschen in Los Angeles und Seattle, auf Cape Cod und in Miami oder *hatte* sie gekannt. Sein Onkel Frank lebte in Anchorage; er hatte sich jedes Weihnachten an ihn erinnert, als er noch ein Kind war. Wer lebte noch und wer war tot? Und Jack hatte zu Hause zwei Kinder. Was geschah mit ihnen und Ann, wenn sein Bruder tatsächlich eine der Raumfähren herunterholen konnte?

Jack hatte seinen Bruder angefleht, während sie dem Blue Ridge Parkway folgten. Nach einer Weile ging er dazu über, die Männer auf den Vordersitzen anzuschreien, bis Tad nach hinten kletterte und ihn knebelte.

Schließlich hielten sie an, und Steve schimpfte, der Parkway wäre blockiert. Tad stellte fest, nirgendwo wären Polizisten zu sehen, und das demonstrierte wiederum nur, wie schnell sich der Staat unter Druck seiner Verantwortung entledigte.

Sie bogen auf eine Bergstraße ab und fuhren weiter durch die Nacht. Gelegentlich hielten sie an – einmal um den Wagen aufzuladen, ein paarmal für einen Imbiß und um nach dem Weg zu fragen. Einmal entfernte Steve Jacks Knebel, sagte, wie enttäuscht er über sein Verhalten wäre, fragte ihn aber, ob er etwas essen wollte. Jack schrie um Hilfe, und der Knebel kam wieder an Ort und Stelle. Trotz allem war Jack die Verachtung zuwider, die er im Blick seines Bruders entdeckte. Ein Leben lang bemühte er sich schon darum, Steves Respekt zu gewinnen und zu behalten. Das war eigentlich sogar der Grund, warum er sich der Jefferson-Legion angeschlossen hatte. In Wirklichkeit fand er das Leben gar nicht so schlecht in dem Staat, den alle anderen umstürzen wollten. Obwohl er das nie jemandem seiner Kameraden gesagt hätte. Am allerwenigsten Steve.

Etliche Stunden lang standen sie irgendwo im Stau.

Als die Sonne aufging und er besser sehen konnte, versuchte er, den Werfer mit einer der Wärmesucherraketen zu laden, um ihn dann durch die Fahrzeugfront abzufeuern. Mit gefesselten Händen erwies sich das jedoch als unmöglich, und er machte so viel Lärm, daß er Aufmerksamkeit erweckte und Tad nach hinten kam und ihm sagte, er sollte aufhören, oder er würde ihm die Lichter ausblasen.

Am mittleren Vormittag konnten sie wieder fahren, und zur Mittagszeit verkündete Tad, sie überquerten jetzt die Grenze nach Georgia. Die erste Raumfähre sollte etwa um ein Uhr starten. Die Medien waren vor Ort und machten eine große Show daraus. Eine Menschenmenge hatte sich in Rico, Georgia, an der Mündung der unterirdischen Startbahn gebildet. Die Sender berichteten umfassend über alles und befragten Menschen bis hinaus nach Chattanooga. Zeugen saßen mit Ferngläsern und Teleskopen auf Dächern. Nachtstarts wären die besten, sagte ein alter Mann. *Die ziehen hier wirklich eine Show ab.*

»Das werden wir auch«, sagte Steve.

Der Oberst hatte Karten des Innenministeriums dabei und suchte darauf nach der besten Angriffsposition. Jack wußte, daß diese westlich von Rico liegen mußte, in Startrichtung, aber Tad wandte ein, daß die Gegend verbaut war und man dort nicht mit einem Waldstück oder einem vergleichbaren Versteck rechnen konnte.

Tad stellte obendrein fest, daß sie keine große Wahl hatten und er die Rakete auch mitten auf der Straße abfeuern würde, falls der Oberst das für richtig hielt.

»Ich denke, da finden wir eine bessere Möglichkeit«, sagte Steve. »Hier haben wir den Chattahoochee. Irgendwo an den Ufern muß es Deckung geben.«

Jack entdeckte voraus Blinker, und sie wurden wieder langsamer. Wahrscheinlich ein Unfall. Er bewegte sich auf die Hecktüren zu, hoffte sie aufstoßen und hinausspringen zu können, hoffte, daß Polizei da war. Aber Tad kletterte nach hinten und blieb bei ihm, bis sie vorbei waren und wieder gleichmäßig schnell fuhren.

Es kam zu weiteren Verzögerungen, und Tad klagte, sie würden es nicht bis eins schaffen.

Gallagher blickte auf die Uhr. Sie hatten sich schon mehrfach abgewechselt, und zur Zeit fuhr Tad. »Ist schon okay«, sagte Steve beruhigend. »Wir können uns Zeit lassen. Wir brauchen nur eine Maschine herunterzuholen. Kommt nicht darauf an, welche.« Er schien mit der Welt im Frieden. Es war seltsam. Er machte den Eindruck, nichts auf die Risiken zu geben, die sie eingingen. Als wären er und seine Leute vom Schicksal auserwählt.

ANSPRACHE DES PRÄSIDENTEN, 10 Uhr 00

Präsident Charles L. Haskell von Bord der Percival Lowell.

Heute morgen wende ich mich nicht nur an das amerikanische Volk, sondern auch an unsere Freunde in aller Welt. Die Weltgemeinschaft macht zur Zeit eine Erfahrung, die sich von allem unterscheidet, was wir in unserer gemeinsamen Geschichte je erlebt haben. Überall wurden Küsten überschwemmt, Städte verwüstet, ganze Bevölkerungen aus ihren Häusern vertrieben. Millionen sind umgekommen. In den Vereinigten Staaten haben wir einen Präsidenten verloren, ist die Regierung verstreut und sind die Verluste erschreckend hoch. Und eine noch größere Gefahr schwebt über uns.

Ich bin an Bord der *Percival Lowell*, eines atomgetriebenen Schiffs, das von uns, der menschlichen Rasse, konstruiert und gebaut wurde, um unsere Vertreter und letztlich unsere Zivilisation in den tiefen Weltraum zu tragen. Zum Mars und darüber hinaus. Jetzt dient sie statt dessen dazu, einen Feind dieser Zivilisation auszukundschaften. Sie ist ein technisches Wunderwerk und gibt ein Beispiel von dem, was wir erreichen können, wenn wir unsere Differenzen und unsere Ängste verbannen und in unserem gemeinsamen Interesse handeln.

In den letzten beiden Tagen haben die Vereinigten Staaten umfangreiche Hilfsleistungen aus aller Welt erhalten, von ihren Freunden und sogar einigen alten Rivalen. Chirurgische Geräte aus Italien, Weizen aus Kanada, mexikanische Katastrophenhelfer, chinesische Hubschrauber und andere Transportmittel sind an unseren Küsten eingetroffen und haben dazu beigetragen, Tausenden unserer Bürger das Leben zu retten. Japanische Techniker haben Amerikaner aus eingestürzten Gebäuden in Seattle und Anchorage befreit; russische Schiffe haben Seeleute von im Nordatlantik gekenterten Schiffen gerettet; Pioniere der israelischen und der ägyptischen Armee haben

gemeinsam Dutzende beschädigter Häuser, Brücken und Dämme abgestützt. Unsere eigenen Streitkräfte haben mit Mut und Entschlossenheit reagiert.
Wir hören inzwischen von einzelnen Heldentaten, von Menschen, die sich in Sturzfluten werfen, um andere aus umgestürzten Autos zu retten, von einer jungen Frau in Tallahassee, die inmitten steigenden Wassers ein Auto anhob, das auf der Brust eines Kindes lag, von einem Hubschrauberpiloten in Hawaii, der drei Teenager von einer Straße holte und dabei einer Flutwelle knapp zuvorkommen mußte.
Die Welt rückt zusammen. Wir lassen Politik und althergebrachte Rivalität und all die anderen Gründe beiseite, die uns trennen, und handeln zum erstenmal in unserer Geschichte wie eine Familie. Das gibt mir große Hoffnung für die Zukunft. Das überzeugt mich, daß wir aus all den Schäden der letzten zwei Tage wieder aufstehen werden, aus all den schrecklichen Verlusten, die wir erlitten haben, daß wir aus dieser Katastrophe stärker und besser hervorgehen werden, als wir je waren. Daß wir der Umgekommenen gedenken werden, indem wir ihre Welt wieder aufbauen. Daß wir es gemeinsam tun werden, und daß wir nach erfolgreichem Wiederaufbau eine Zivilisation geschaffen haben werden, auf die Männer und Frauen stolz sind, solange wir diesen Globus bewohnen.
Leider wird nichts davon möglich sein, wenn wir den *Possum* nicht ablenken. Gestatten Sie mir also, Ihnen die Lage zu erklären: Sie wissen schon, daß der *Possum* morgen früh um vier Minuten vor fünf auf Kansas stürzen wird, wenn er auf seinem gegenwärtigen Kurs bleibt.
Wir haben nicht vor, das hinzunehmen. Mit Hilfe der Mondverkehrsbehörde ziehen wir die komplette

Flotte der Raumfähren auf dem Felsen zusammen. Wir verankern sie darauf, und dann zünden wir ihre Triebwerke. So beschleunigen wir den *Possum*, damit er verfrüht die Bahn der Erde kreuzt. Damit schaffen wir ihn uns aus dem Weg. Wir erwarten, daß er noch auf einige Zeit ein nachbarschaftliches Ärgernis sein wird, aber wir können uns dann in aller Ruhe mit ihm auseinandersetzen.
Ob es funktioniert?
Ich habe dieselben Interviews verfolgt wie Sie. Einige Experten sagen nein. Obendrein vertrauen viele Menschen der Regierung nicht besonders. Sie halten sie entweder für unehrlich oder untüchtig oder beides. Okay, ich habe nicht vor, heute morgen über diesen Punkt zu diskutieren. Wir wenden uns ihm später zu, wenn wir das dringlichere Problem des Überlebens gelöst haben.
Ob es funktioniert?
Ich kann keinen Erfolg garantieren. Aber ich verfolge die Bemühungen, den *Possum* umzulenken, von Anfang an aus der Nähe. Ich schätze, man könnte sagen, daß niemand die Vorgänge aus noch größerer Nähe verfolgt. Tatsächlich kann ich hier aus meinem Fenster auf den *Possum* blicken, und wie Sie sehen, ist er nur ein paar hundert Fuß entfernt.
Ich bin kein Mathematiker. Die Physiker, die unseren Einsatz geplant haben, sind zuversichtlich. Wir haben die besten Leute der Welt zusammengerufen, um zum Erfolg zu kommen. Deshalb sage ich Ihnen folgendes: Falls es menschenmöglich ist, schaffen wir es. Bis dahin bitte ich Sie: Bewahren Sie Ruhe, und vertrauen Sie darauf, daß wir durchhalten; dann stehen wir das gemeinsam durch.
Ich danke Ihnen. Wir halten Sie auf dem laufenden.

3.

<u>*NEWSNET*</u>

WIR BEDAUERN, DASS DER *NEWSNET*-DIENST VORÜBERGEHEND OFFLINE IST, WEIL DIE NACHRICHTEN- UND VERARBEITUNGSZENTRALE VON CHICAGO NACH TORONTO UMZIEHT. RUFEN SIE DIESE ADRESSE MORGEN WIEDER AB.

Skyport-Orbitallabor, 13 Uhr 10

Andrea erwies sich als nützliche Ergänzung. Sie übernahm die Kommunikationssysteme ohne übertriebene Verzögerung und lernte es, die Datensendungen zu überwachen, die aus Hunderten von ferngesteuerten und bemannten Einrichtungen eintrafen, und sie an die jeweiligen Konsumenten weiterzuleiten; obendrein zeigte sie eine natürliche Begabung dafür, Forscher zu besänftigen, die mit der Qualität oder Schnelligkeit der Versorgung nicht zufrieden waren.

Das Labor und die diversen Einrichtungen, denen es zuarbeitete, befaßten sich inzwischen fast ausschließlich mit den Ergebnissen der Kollision zwischen Tomiko und dem Mond. Ein spezialisierter Seitenzweig hatte sich fast über Nacht entwickelt: Das Interesse an Tomiko selbst und an dem Verdacht, daß es mehr gewesen war als ein Komet. Aus dieser Meinung entwickelte sich rasant ein ausgewachsener Streit. Aber wie eine philosophische oder religiöse Debatte führte dieser Streit nirgendwohin. Der Komet war verdampft, und falls sein gefrorenes Innenleben etwas Ungewöhnliches geborgen hatte, dann war nur schwer einzusehen, wie irgendwas davon hätte überleben können.

Derweil fand die Rückkehr von POTIM-38 vorrangig Beachtung. Leute, die Details erfahren wollten über, sagen wir, Energiefreisetzung oder Schwerkraftschwankungen während der Kollision, wurden vertröstet. Praktisch jedes vom Labor aus gesteuerte Instrument war auf den *Possum* gerichtet.

Andrea war glücklich, wieder arbeiten zu können. Windy hatte sogar Papiere unterzeichnet, die ihr eine befristete Anstellung verschafften. (Wie sich zeigte, gab es staatliche Regeln dagegen, freiwillige Fachkräfte ohne Bezahlung zu beschäftigen.)

Zu diesem Zeitpunkt hatte sich ein kleines Netz von Stationen gebildet, die unmittelbar mit der Umlenkung des *Possum*s zu tun hatten und direkt mit der *Lowell* in Verbindung standen. Dazu gehörten das Lyndon Johnson Space Center in Houston, Feinbergs vorübergehender Standort in Hartsfield, das Mouna-Kea-Observatorium in Hawaii, das Palomar in Kalifornien, eine Beratungsstelle der Universität Cambridge und das AstroLab. Wer darüber hinaus mit der *Lowell* sprach, wurde über das Orbitallabor geleitet.

Die meisten Funksprüche gingen an Keith Morley – von seinem Produzenten – und an den Präsidenten. Die letztgenannten waren größtenteils verschlüsselt.

Andrea war Profi. Sie versuchte nicht zu lauschen; vielmehr bestand ihre Pflicht darin, in der Leitung zu bleiben, bis sie sicher war, daß die Verbindung stand. Dabei erfuhr sie, daß sowohl Evelyn Hampton als auch der Kaplan und Rachel Quinn Buch- und Filmangebote erhalten hatten. Sie wußte ebenfalls, daß der Präsident mit den Familien Tony Casaways und Bigfoot Caparattis gesprochen und Hampton den Sohn Jack Chandlers angerufen hatte.

Andrea dachte über Chandler nach. Er war nicht an Bord des Mikrobusses gewesen, aber sie wußte, daß er freiwillig zurückgeblieben war. Was war passiert?

Inzwischen hatte eine neue Stimme den Funk der *Lowell* übernommen. Andrea kannte sie, konnte sie aber nicht unterbringen. »Hier ist Andrea Bellwether«, sagte sie. »Kennen wir uns?«

»Ja, tun wir, Andrea«, sagte die Stimme. »Hier ist Mark.«

»Hallo, Kaplan.« Sie hatten sich auf der Mondbasis nur beiläufig gekannt, aber jetzt erschien er ihr wie ein alter Freund. »Sind Sie inzwischen Funkoffizier?«

»Ja. Die unterste Stufe, wissen Sie? Ich freue mich, daß Sie es heil zurück geschafft haben.«

»Danke«, sagte sie. »Ich denke, Sie hatten einen rauheren Flug als ich. Sagen Sie mir: Schaffen Sie es, das Ding loszuwerden?«

»Ich hoffe es. Ich denke, Charlie Haskell stürzt sich noch mit einer Spitzhacke darauf, wenn es sein muß.«

Percival Lowell, Ausrüstungsdeck, 13 Uhr 19

Evelyn und Saber zogen sich die D-Anzüge aus. Lee Cochran war anständig genug, ihnen dabei den Rücken zuzukehren. »Ich denke, wir haben ganz gute Arbeit geleistet«, sagte er.

Das hatten sie. Sie hatten festgestellt, daß vier von Feinbergs Vorzugsstellen auf solidem Grund lagen, und zwei weitere ausgeschlossen. Drei Stellen hatten sie noch vor sich.

Evelyn war steif und verschwitzt, fühlte sich aber gut. Sie hatte die verzweifeltste Krise ihres Lebens durchgemacht und dabei die ganze Zeit nur ein Zusatzgewicht abgegeben. Bis heute. Heute war sie mit Lee und Saber ausgestiegen, und sie hatten den Laserbohrer herumgezerrt, Löcher gebohrt, Proben entnommen, waren wieder eingestiegen und hatten gewartet, während Rachel das Schiff zu einer weiteren Nische in der Oberfläche des Felsens führte, wo sie ausstiegen und die ganze Prozedur wiederholten.

Sie leisteten, was geleistet werden mußte, und waren dabei der Zeitplanung voraus.

Sie wusch sich im Schrubber, zog wieder Bluse und Hose an und suchte die Kombüse auf, um rasch etwas zu essen. Mark Pinnacle blickte auf, als sie eintrat. »Gruß der Eroberin«, sagte er. »Wir haben einige tolle Videoaufnahmen von Ihnen und Lee am Traktor.«

»Danke.« Sie öffnete den Kühlschrank und holte ein QuikPack hervor. Truthahnsandwich mit Preiselbeeren. »Bewahren Sie eine für mich auf, damit ich mir ein Bild über den Schreibtisch hängen kann.«

Lee kam herein. »Da draußen haben wir einen echt großen Brocken«, sagte er. »Es macht kaum den Eindruck, als könnten sieben doppelte Raketentriebwerke ihm viel anhaben.«

»Sieben ist, historisch gesehen, eine heilige Zahl«, sagte der Kaplan. »Sieben Sakramente, sieben Sünden wider den Heiligen Geist, Japans sieben Glücksgötter, die Sieben gegen Theben. Vielleicht ergänzen wir den Kanon.«

»Wollen wir es hoffen«, sagte Evelyn.

Der Kaplan aß gerade ein Stück Fleischkäse. Er schluckte es herunter, trank den letzten Schluck Apfelsaft aus einer Astronautenflasche und stand auf. »Muß wieder an die Arbeit«, sagte er mit selbstzufriedener Miene. »Nebenbei: Sie haben jemanden von der Mondbasis an die Funkvermittlung des Orbitallabors gesetzt.«

»Wirklich?« fragte Evelyn. »Wen?«

»Andrea Bellwether.«

»Ich denke nicht, daß ich sie kenne«, sagte Evelyn.

»Ist sie zufällig mit *Frank* Bellwether verwandt?« fragte Cochran.

»Seine Tochter«, antwortete der Kaplan.

»Falls wir über Omen reden«, sagte Cochran, »das ist kein gutes.«

Frank Bellwether – der Pilot, der *abgeprallt* war. Der mit beschädigten Instrumenten und einer beschädigten *Ranger* angeflogen war und versucht hatte, in die Atmosphäre einzudringen – präzise in dem Winkel, mit dem man zwischen Abprallen und Verbrennen paßte. Und er prallte ab. Ohne jede Hoffnung auf Rettung.

Man hatte in jüngster Zeit wieder über diesen Vorfall gesprochen und vorgeschlagen, die *Ranger* mit einem Raumschiff vom Typ der *Lowell* zu bergen. Nach wie vor war die *Ranger* auf ihrer einsamen Sonnenumlaufbahn auf den Radarschirmen der Welt zu sehen. Anscheinend bestand jedoch das allgemeine Einverständnis, daß man das Schiff besser dort ließ, wo es war. Evelyn teilte diese Ansicht.

»Niemand spricht über Omen«, versetzte der Kaplan mit überraschender Schärfe. Untypisch für ihn. Evelyn fragte sich, ob er allmählich den Druck spürte.

Einstufen-Raumfähre *Berlin*, Flugdeck,
Hartsfield-Wartungszentrum, 13 Uhr 43

»Versuch es jetzt, Gruder.«

Der Flugingenieur betrachtete den gelben Kasten, den man am Schott seines Schiffes montiert hatte, und drückte den schwarzen Schalter. Diesmal leuchtete die Lampe auf, Apparaturen unter dem Deck bewegten sich. Die Techniker, die auf dem Hangarboden zusammenstanden, von wo aus sie das Fahrwerk sehen konnten, stießen die Fäuste in die Luft und schüttelten sich gegenseitig die Hände. »Gut so, Gruder«, meldete sich Kathleen in seinem Kopfhörer. Kathleen stand unten bei den Technikern. »Es war ein loses Kabel. Wir setzen die Decksplatten wieder ein, probieren es noch mal und sollten dann startbereit sein.«

Die Raumfähre lag auf einem Gestell, damit die Felsanker nicht den Hangarboden beschädigten.

Gruder nickte seinem *Captain* zu.

Willem beendete die Startvorbereitungen und blickte hinaus zu den Technikern. Eine von ihnen war eine phantastisch attraktive Blondine.

»Wenn wir zurückkommen«, sagte Gruder, »sind wir Helden. Frauen wie die liegen uns dann zu Füßen. Sie stehen uns auf Anfrage zur Verfügung.« Er grinste, und der *Kapitän* grinste zurück. Es stimmte natürlich völlig.

Die Bodencrews rollten drei Tieflader mit brauner Erde heran, schoben sie unter das Raumschiff und postierten jeden unter einem der drei Felshaken.

Kathleen meldete sich bei ihm. »Okay, Gruder, versuch es noch mal.«

Er drückte den Schalter und spürte, wie sich die Haken senkten. Spürte, wie sie sich in die Erde gruben, wie das Raumschiff leicht hochstieg, als sich das Gewicht vom Fahrwerk auf die Felshaken verlagerte, verfolgte mit, wie die Lampen konstant auf Gelb blieben, bis eine Reihe von Lichtern verkündete, daß die Haken voll ausgefahren waren. Gruder drückte auf eine Sensorfläche, und von der Spitze jedes Felshakens fuhr in drei verschiedene Richtungen jeweils ein Flansch aus und verankerte ihn. Für alle Fälle hatte Gruder einen Lösungsschalter, der die Haken abwarf, so daß die Raumfähre wieder starten konnte. Dieser Schalter war im Kasten untergebracht, damit er nicht versehentlich gedrückt wurde.

»Einziehen«, sagte Kathleen.

Auf dem *Possum* würde das nicht mehr möglich sein, da die Felshaken dort in Gestein verankert wurden. Hier stellte es jedoch kein Problem dar. Gruder gab den Befehl ein. Die Haken lösten den Griff und fuhren in ihre Gehäuse zurück. Das Fahrwerk knarrte.

Man führte die Übung noch einmal durch. Danach wurden die Felshaken gründlich gereinigt und geschmiert. Die Techniker gingen zufrieden davon, und nachdem Kathleen ein paar von ihnen die Hand geschüttelt hatte, kehrte sie an Bord der Raumfähre zurück.

»*Berlin*«, meldete sich eine Stimme in Gruders Kopfhörer, »der Einbau ist abgeschlossen. Wir sind jetzt soweit, Sie hinauszufahren.«

Kathleen kam aufs Flugdeck und setzte sich auf ihren Platz. »Wißt ihr«, sagte sie, »ich wünschte mir, sie hätten sich etwas ausgedacht, was besser klingt als ›Unternehmen Regenbogen‹.«

»Wieso?« fragte Willem. »Es bezieht sich auf die Zeit nach der Sintflut. Alles ging letztlich gut aus.«

»Nur für Noah und seine Familie. Alle anderen sind ertrunken.«

Kathleen war eine entfernte Kusine Gruders, obwohl er das erst erfahren hatte, als die gemeinsame Arbeit begann. Beide stammten aus der Gegend von Bremerhaven; beide hatten Düsenjäger geflogen, und beide hatten den gleichen Geburtstag, auch wenn Gruder ein Jahr jünger war. Sie dachten gern, daß eine Verbindung zwischen ihnen bestand, und daß die Zeit diese entweder enthüllen oder weitere Parallelen ans Licht bringen würde.

Eine bestand schon: Sie nahmen gemeinsam an einem historischen Einsatz teil. Die Tieflader voll Erde wurden wieder sichtbar und rollten aus dem Hangar. Dann nahmen zwei Traktoren die Raumfähre in Schlepp und zogen sie hinaus ins helle Licht des Nachmittags.

»Tower«, sagte Willem, »die *Berlin* ist startbereit.«

»Verstanden, *Berlin*.«

Die Traktoren setzten sie auf das Gleis für die Einstufen-Raumfähren, das sie ins Transatmosphärische Terminal hineinzog und dann langsam weiter zum Starttunnel. Sie kamen an den Einstiegsplattformen vorbei, die normalerweise voller Passagiere waren.

Willem startete die Triebwerke.

»*Berlin*«, hieß es vom Tower, »Sie sind eingerastet und startbereit. Starten Sie in sechzig Sekunden.«

Gruder blickte auf die Uhr, konnte sich aber nicht auf die Zeit konzentrieren. *Alle Frauen, die man sich nur wünschen könnte.* Er fragte sich, was Kathleen jetzt wohl dachte.

CNN-NACHRICHTEN, SONDERREPORTAGE, 14 Uhr 05

Hier spricht Mark Able von der Mündung des Transatmosphärischen Tunnels außerhalb von Rico, Georgia, wo die erste Raumfähre nun startbereit ist ...

4.

Am Fluß Chattahoochee, westlich von Rico, Georgia, 14 Uhr 11

Steve Gallagher hatte am Straßenrand gehalten, um sich den Start anzusehen. Er mochte Raumfahrt-Hardware ebensosehr wie militärische Hardware. Die kalten grauen Nutzfahrzeuge, die zwischen Erde und Mond

»Wir sollten ihn erschießen«, sagte Tad. »Ich habe einen Schalldämpfer mitgebracht.«

Steve sah ihn tadelnd an. »Hunde bellen nun mal«, sagte er. »Vergiß es.«

Das Golden Apple war ein langes Backsteinhaus mit einer Reihe von Glastüren, die sich zu einer Eingangshalle öffneten. An der Rückseite war es zwei Stockwerke hoch. Eine Fensterreihe säumte ein Schwimmbecken von olympischen Ausmaßen, aus dem das Wasser abgelassen war. Eine ovale Auffahrt zog sich um das Haus.

Im Radio wurde gemeldet, ein weiterer Start stünde in wenigen Minuten bevor.

»Mir wäre wohler, wenn wir den Transporter verstecken könnten«, sagte Steve. »In solchen Gegenden erinnern sich die Leute an fremde Autos. Jemand könnte sich sogar die Nummer aufschreiben.«

Tad warf einen prüfenden Blick auf die Straße. »Ich denke nicht, daß überhaupt jemand zu Hause ist.«

Steve überlegte. »Okay«, sagte er. »Tun wir es.«

Das Radio verkündete, eine zweite Raumfähre würde gerade aus dem Hangar zur Startrampe gezogen.

»Die Zeitplanung ist perfekt, Oberst«, sagte Tad. Steve nickte. Tads Enthusiasmus gefiel ihm.

Er war traurig und enttäuscht, daß sich in der großen Stunde, die jetzt der Legion schlug, sein Bruder als unzulänglich erwies. »Wir müssen ihn gut fesseln«, sagte er zu Tad und warf dabei einen Blick über die Schulter. Jack saß an die Radvertiefung gelehnt und funkelte ihn an. Die Füße drückte er an den Raketenwerfer. »Binde ihn an die Sitzhalterung.«

Das Grundstück des Gesundheitsbades wurde an beiden Seiten von gewaltigen Hecken gesäumt, die seit Wochen niemand geschnitten hatte. Steve parkte so dicht daran, wie es nur ging. Tad stieg aus, ging um den Transporter herum und öffnete die Hecktüren.

Minot, North Dakota, 13 Uhr 17 Mittlere nordamerikanische Sommerzeit (14 Uhr 17 Ostküsten-Sommerzeit)

Der Armeebus, in dem Marilyn und Larry mitfuhren, bog auf den Parkplatz eines Football-Stadions ein, der voller anderer Busse stand. Sie saßen jetzt seit fast sieben Stunden in dem Fahrzeug und waren immer noch in North Dakota.

Der Fahrer, ein beleibter kleiner Mann, der sich Mühe gab, fröhlich zu bleiben, manövrierte in eine Reihe parkender Fahrzeuge vor dem Stadion, stand auf und wandte sich seinen Passagieren zu. »Tut mir leid, Leute«, sagte er. »Unsere Verkehrsleitung sagt, daß der Verkehr vor uns nicht sonderlich vorankommt. Hier finden wir ein paar Toiletten, die wir benutzen können, und auch das Rote Kreuz soll hier irgendwo eine Stelle haben. Wir machen vierzig Minuten Pause. Geben Sie auf sich acht, tun Sie, was nötig ist, und wir treffen uns dann hier wieder um, ah, drei.«

»Wir kommen nicht von hier weg, wie?« wollte ein großer Mann mit dickem, lockigem Bart und kindlicher Schnute wissen.

»Wir schaffen es schon«, antwortete der Fahrer. »Die Polizei bemüht sich, die Straße vor uns freizuräumen.«

»Die Bullen sind alle abgehauen.« Der Bärtige wandte sich an die Frau hinter ihm. »Täten Sie das nicht auch?« fragte er.

Vielleicht waren sie zu müde, um sich zu ängstigen. Marilyn stand auf und zupfte an Larry. Ob sie nun leben oder sterben würde, sie brauchte einfach etwas im Magen. »Kommst du mit?« fragte sie.

Larry nickte, und sie gingen zur Tür. Der Bus leerte sich.

Die Toiletten waren unter den Zuschauerrängen. Lange Schlangen warteten davor, und hier trennten sich

Marilyn und Larry schließlich von den letzten Bekannten, mit denen zusammen sie auf Louises Party gewesen waren.

Vom Roten Kreuz war nichts zu sehen. Marilyn hatte seit Stunden nichts gegessen. Sie und Larry spazierten zum Bus zurück, um nachzusehen, ob irgend jemand etwas zu essen aufgetrieben hatte. Das war nicht der Fall.

»Ich denke, mir reicht es«, sagte Larry. »Wieso bleiben wir nicht hier, bis es vorbei ist?«

»Wir sind noch in der roten Zone«, gab Marilyn zu bedenken.

»Mit *dem* Ding schaffen wir es auch nicht hinaus«, sagte er und betrachtete dabei den Bus.

Sie dachte darüber nach. Morgen um diese Zeit war es auf die eine oder andere Weise vorbei. Und er hatte recht: Der Bus würde es nirgendwohin schaffen. Er stank nach Schweiß und Leibern, und sie dachte sich, daß sie nicht darin sitzen wollte, wenn sie starb.

»Okay«, sagte sie. »Sehen wir uns mal die Stadt an.«

Der Fahrer hörte das mit und runzelte die Stirn. »Sie kommen nicht zurück?« fragte er.

»Nein«, antwortete Larry.

»Dafür übernehme ich keine Verantwortung!« warnte er sie.

»Niemand ist *jemals* verantwortlich«, sagte eine rauhe Stimme von weiter hinten. »Das ist es, was mit diesem Land nicht stimmt.«

TRANSGLOBAL-SONDERREPORTAGE, 14 Uhr 18

St. Louis. Die Transglobal-Korrespondentin Shannon Gardner wurde schwer verletzt und ihr Kameramann getötet, als er ihr heute morgen zu Hilfe kommen wollte. Während sie gerade live Bericht erstatteten ...

5.

Einstufen-Raumfähre *Tokio*, Passagierkabine, Transatmosphärisches Terminal, Flughafen Hartsfield, Atlanta, 14 Uhr 31

Orly Carpenter saß Wes Feinberg am Zwischengang gegenüber. Der Physiker wirkte abgespannt. »Das erste Mal in den Orbit?« fragte Carpenter.

Feinberg brachte ein Lächeln zustande. Er blickte hinaus auf den Asphalt, der langsam an den Fenstern vorbeizog, und wandte sich dann wieder Carpenter zu. »Ja«, räumte er ein.

»Kein Grund, sich zu fürchten, Doc.«

»Seien Sie nicht albern«, versetzte Feinberg. »Ich habe keine Angst vor diesen Dingern. Um die Wahrheit zu sagen, leide ich an einem Anflug von Magenverstimmung.«

»Gut. Eine Raumfähre unterscheidet sich nicht sehr von einem normalen Flugzeug.«

Feinberg nickte. In seiner Stellung mußte er manchmal fliegen, und er kannte die Statistik, derzufolge er circa hunderttausendmal um die Welt jetten konnte, ehe ein Absturz fällig wurde. Er erinnerte sich aber auch an die Geschichte von dem Mann, der in einem durchschnittlich nur zwanzig Zentimeter tiefen Fluß ertrunken war. Zahlen waren eine komische Sache, und er zog es vor, mit den Füßen auf der Erde zu bleiben.

Die Vorwärtsbewegung stoppte. Das Raumschiff schien leicht anzusteigen und sich dann wieder zurückzulegen. »Was war das?« fragte Feinberg.

»Wir sind auf die Startrampe geladen worden.«

Carpenter war auf dem Höhepunkt einer langen und hervorragenden Karriere. Er war Jagdflieger gewesen,

Testpilot, Ausbilder für Marineflieger und schließlich genau im richtigen Augenblick Astronaut geworden, um an der Rückkehr zum Mond teilzuhaben. Die Ereignisse der zurückliegenden Woche hatten ihn erschüttert, und er hatte das ganze Gerede gehört – über die Schließung der NASA, darüber, die Verluste durch die Mondbasis International und die MVB abzuschreiben, auf die Erde zurückzukehren, die Städte wieder aufzubauen und es künftigen Generationen zu überlassen, sich wieder Gedanken um den Weltraum zu machen. Aber bei Gott, das wollte er nicht hinnehmen! Was die Menschheit erlebt hatte, war ein Paradebeispiel für das, was passieren konnte, wenn man keine Abwehrmechanismen bereithielt. Der nächste große Komet konnte auf Nordamerika stürzen. Tatsächlich hatten sie es gerade mit einem großen Felsbrocken zu tun, der genau das versuchte.

In der Tatsache, daß der neue Präsident voll ins Geschehen verwickelt war, erkannte Carpenter jedoch eine historische Gelegenheit. Und es ging nicht einfach nur darum, ihn von Skybolt zu überzeugen. Die Realität lautete, daß Menschen den Planeten verlassen mußten. Sie benötigten die Ressourcen des Sonnensystems, und sie verfügten über die Technik, mit der sie erschließbar waren. Jetzt brauchte man nur noch den Willen.

Carpenter wußte: Sobald der *Possum* umgelenkt war, konnte er einen Weg finden, *diesen* Präsidenten zu erreichen. Und damit die Zukunft. »Wir *werden* es wirklich zustande bringen, nicht wahr, Doc?« fragte er.

Feinberg nickte. »Falls alle ans Ziel gelangen, falls niemand zuviel Treibstoff verbraucht, falls die Felsanker halten, *ja.* Falls alles nach Plan verläuft, werden wir es gewiß schaffen.«

Die Stimme des Piloten ertönte im Interkom: »Bitte anschnallen, Gentlemen. Noch eine Minute bis zum Start.«

»Doc«, sagte Carpenter, »lehnen Sie sich zurück und genießen Sie den Flug. Sie und ich, wir schreiben heute abend Geschichte.«

Am Chattahoochee, 14 Uhr 34

Ganz vorsichtig hoben sie den Raketenwerfer und zwei Wärmesucherraketen aus dem Lieferwagen und legten sie auf ein Stück Segeltuch. Während dann der Oberst die Waffen inspizierte, stieg Tad in den Wagen und stieß Jack auf den Rücken. »Du bist verdammt wertlos, weißt du das?« sagte er so leise, daß Steve es nicht hören konnte. Jacks Augen waren gelb an den Rändern.

Tad zog Jack den Gürtel aus, schlang ihn um die hintere Runge des Vordersitzes und zerrte Jack dort hinüber. Als Jack sich widersetzte, verdrehte ihm Tad den Arm, bis Jack weiß im Gesicht wurde.

Aber es war eine schwierige Aufgabe. Und als Tad sich über Jack beugte, um den Gürtel um die Handschellen zu binden, explodierte auf einmal Schmerz in seinen Weichteilen. Er wälzte sich auf die Seite, und Jack krabbelte aus dem Transporter.

Tad unterdrückte die Schmerzen und atmete ein paar Augenblicke gleichmäßig, während sich die Gedanken wieder klärten. Irgendwo weit weg hörte er eine Tür aufgehen. Er sah, wie Jack mit auf den Rücken gefesselten Händen zur Straße stolperte. Ein Miettransporter der Firma U-Haul kam um eine Ecke und fuhr langsam vorbei. Der Fahrer sah hin, hielt aber nicht an.

Tad zog die Smith & Wesson aus der Tasche und ließ sich langsam und sehr vorsichtig auf den Asphalt hinunter. Er war wacklig auf den Beinen. Er mußte in einem fort denken, zu was für einem verkorksten Scheißunternehmen sich die ganze Sache entwickelte.

Die Tür, die er aufgehen gehört hatte, gehörte zu dem Haus mit dem Hund. Eine Frau war heraus auf den Rasen gekommen und blickte herüber. Tad hob die Waffe und nahm sie in die Zielerfassung. Plötzlich fiel ihr die Waffe auf. Sie versuchte wieder ins Haus zu kommen, aber er drückte ab, hörte die Explosion, sah die Frau stürzen.

Jack bewegte sich noch hektischer. Er war inzwischen auf der Straße und lief zu einer Baumgruppe an der Ecke, um Deckung zu suchen. Tad folgte ihm mit der Waffe und zielte dabei ein kleines Stück vor ihn. Aber der Oberst mischte sich jetzt ein und deckte Tads Waffenhand mit der Handfläche ab. »Er ist *mein* Bruder, Tad«, sagte er leise. »Ich bin für ihn verantwortlich.«

Er hob die eigene Pistole, eine .45er, und schoß einmal. Jack kippte nach vorn, fiel auf den Boden.

»Wir müssen uns eine andere Stelle suchen«, sagte Steve und schob die Waffe ins Schulterhalfter zurück. Sie luden die Raketen wieder in den Transporter und fuhren zurück auf die Straße. Als sie an Jacks eingesunkener Gestalt vorbeikamen, feuerte der Oberst drei weitere Kugeln hinein. »Gott vergebe mir«, sagte er leise.

6.

Einstufen-Raumfähre *Tokio*, Passagierkabine, 14 Uhr 38

»Sind Sie okay, Doc?« Carpenter beugte sich in den Gang hinaus und musterte Feinberg besorgt, dessen Gesicht langsam wieder Farbe bekam.

»Ja.« Mit geschlossenen Augen legte Feinberg den Kopf an die Lehne zurück. »Mir geht es gut.«

»Schön. Die Flugbahn wird gleich flach. Das Schlimmste ist vorüber.«

»Keine Probleme.« Er öffnete nicht einmal die Augen.

Am Chattahoochee, 14 Uhr 41

Die Umgebung von Atlanta war der allgemeinen Verwüstung fast ohne einen Kratzer entronnen. Hier war die Katastrophe ein Ereignis im Fernsehen und tangierte das persönliche Leben nur insoweit, als die Einwohner Freunde oder Angehörige hatten, die in Gefahr schwebten, oder als Telefon- und Computerverbindungen zusammengebrochen waren. Deshalb erreichte Frieda Harmon auch noch jemanden über die Notrufnummer 911, nachdem sie die Schüsse gehört hatte. Ihre Nachbarin Harriet lag schwer blutend vor ihrer Haustür, und auch ein Mann lag auf der Straße und schien tot, und bitte schicken Sie sofort die Ambulanz! Ja, sie hatte gesehen, wer es getan hatte, zwei Männer mit einem weißen Transporter, der vor dem seit zwei Monaten geschlossenen Golden-Apple-Gesundheitsbad geparkt hatte. Bitte beeilen Sie sich!

Und nein, der Transporter war nicht mehr da.

Ambulanz und Polizei trafen innerhalb von Minuten ein.

Sie brachten Harriet ruckzuck ins Krankenhaus und sperrten die Straße ab. Und sie nahmen Friedas Aussage zu Protokoll.

Wie hatten die Killer ausgesehen?

Sie lieferte eine ziemlich komplette Beschreibung. Der, der den Mann auf der Straße niedergeschossen hatte, war groß, um die vierzig, sehr imposant, mit einer Gangart, als gehörte ihm die Welt. Der andere war fit, drahtig, vielleicht dreißig Jahre alt, schwer zu sagen, und hatte eine dunkelblaue Jacke an. Er hatte zurückweichendes schwarzes Haar. Sah aus wie ein Schläger.

Sie wußte nicht mehr recht, wer Harriet niedergeschossen hatte, vermutete aber, daß es der Große gewesen war. Und, oh, sie hatten Armeehelme aufgehabt! Nein, keine Uniformen, nur Helme.

Sie hatten Sachen dabeigehabt, vielleicht Raketen. Oder Granaten. Sahen aus wie Granaten. Die Granaten hatten auf dem Boden gelegen, als sie sie zuerst sah. Nach der Schießerei hoben die Männer sie auf und luden sie wieder ins Heck des Transporters.

Nein, es tat ihr leid, aber sie hatte sich nicht die Nummer aufgeschrieben. Sie konnte nicht so gut sehen und hatte die Brille nicht aufgehabt, und alles war so schnell gegangen.

Die Polizei identifizierte die Leiche von Jack Gallagher und jagte den Namen durch die FBI-Datenbank. Negativ. Er hatte keine Vorstrafen.

Gallagher hatte in Staunton, Virginia, gewohnt, wie sie erfuhren. Sie nahmen mit einem Kriminalpolizisten aus Staunton Kontakt auf und baten ihn, die Adresse aufzusuchen und die Witwe zu informieren. Die Polizei von Staunton informierte die Gesetzeshüter von Georgia, daß Jack Milizionär gewesen war.

In wenigen Minuten tauchte Steve Gallaghers Name auf. Sie zeigten Frieda sein Bild, aber sie konnte ihn nicht identifizieren. »Er stand zu weit weg«, sagte sie.

Der zuständige Kripomann aus der Umgebung von Atlanta war Joe Calkins. Er führte einige Telefongespräche, stellte Fragen nach der Miliz und kontrollierte Steve Gallagher, der ebenfalls nicht vorbestraft war. Während Calkins in seinem nicht gekennzeichneten Wagen saß und über die Bluttat nachdachte, stieg eine weitere Raumfähre zum Himmel auf.

Er drückte einen Schalter am Funkgerät: »Bitte Fahndung einleiten: zwei kaukasische Männer in einem weißen Fordtransporter, neueres Modell, wahrscheinlich mit einem Nummernschild aus Virginia ...« Er gab alles, was er wußte, an die Vermittlungsstelle weiter, dachte kurz nach und fügte hinzu: »Rufen Sie lieber in Hartsfield an. Sagen Sie ihnen, daß vielleicht jemand versuchen wird, eine ihrer Maschinen abzuschießen.«

Skyport-Flugterminal, 15 Uhr 27

»Das ist sie.« Carpenter blieb an einer Sichtluke stehen und deutete auf ein kastenförmiges Fahrzeug, das neben der *Tokio* im Dock lag. Es wirkte klein im Vergleich zur Raumfähre. »Ich hielte es für sicherer, wenn wir in der Raumfähre blieben«, sagte Feinberg.

»Vertrauen Sie mir, Wes«, sagte Carpenter. »Die Raumfähre wird an ihrem Anker zerren. Mit vollem Schub. Falls sie losbricht ...« Er zuckte die Achseln. »Die *Mabry* ist nicht sehr hübsch, aber bei ihr ist viel wahrscheinlicher, daß sie auch zurückkommt.«

Am Chattahoochee, 16 Uhr 01

Was als Spaß begonnen hatte, hatte sich zu einer grausigen Notwendigkeit entwickelt. Steve wußte, daß es keine Kunst war, Jack mit der Legion in Verbindung zu bringen und auf diesem Weg mit ihm. Der einzig wirkliche Schutz für ihn bestand jetzt darin, die Polizei auszulöschen und den Staat zu zerstören, der seine Schläger losschickte, um unschuldige Bürger zu hetzen. Eigentlich war ihm klar, daß er in diesem Fall vielleicht gar nicht so unschuldig war. Er hatte jedoch nur getan, was er tun mußte.

Und den Staat zerstörte er, indem er eine der Raumfähren herunterholte.

Er hatte bislang drei Starts gezählt. Immer noch reichlich Zeit, den Job zu erledigen. Sie waren jetzt mehrere Meilen südwestlich des Flusses und strapazierten allmählich die Reichweite der Cobra, ohne daß sie schon eine Abschußposition entdeckt hätten. Steve überlegte sich allmählich, daß sie vielleicht einfach parken, ihre Chance abwarten und dann das Raumschiff mitten von der Straße aus abschießen sollten. Wer würde schon versuchen, zwei bewaffnete Männer aufzuhalten? Dann entdeckte er die Munson-Leichenhalle.

Sie erhob sich auf einer leichten Anhöhe knapp fünfzig Meter von der Straße. Etwa dreißig Fahrzeuge standen auf dem angrenzenden Parkplatz, und ein paar Leute waren vor der Haustür versammelt. Ein zweiter Parkplatz hinter dem Haus war leer, von einem Kombi und einer schwarzen Limousine abgesehen. Leicht abgeschirmt wurde das Grundstück von einer Baumreihe ringsherum. Gerade genug, um sie zu tarnen.

Flughafen Hartsfield, Sicherheitsbüro, 16 Uhr 03

»Die Polizei auf Leitung drei, Mr. Martin.«

Rob Martin runzelte die Stirn und nahm ab. »Sicherheit. Womit kann ich Ihnen helfen?«

»Hallo, Rob.«

Er erkannte die Stimme gleich. Sie gehörte Oscar Tate, einem ehemaligen FBI-Agenten, der jetzt Kripochef von Fulton County war. »Yeah, Oscar, was hast du für ein Problem?«

»Zwei Miliztypen. Wir denken, daß sie einen Raketenwerfer dabeihaben. Sie könnten versuchen, eine eurer Raumfähren herunterzuholen.«

»Da haben sie sich ja einen tollen Zeitpunkt ausgesucht.«

Martin konnte das Achselzucken fast hören. »Bei Verrückten weiß man nie. Na ja, wenn mich einer fragt...« Er brach ab.

»Yeah. Danke, Oscar. Sag uns Bescheid, wenn du diese Typen zu fassen kriegst, okay?«

Er blickte zu dem Foto der Delta 787 hinauf, das über seiner Couch hing. Dann wechselte er auf eine andere Leitung. »Janet«, sagte er, »verbinden Sie mich mit Wolfy, drüben bei der MVB.«

Hartsfield, Leitstelle des Raumfähren-Starttunnels, Atlanta, 16 Uhr 05

Wolfgang Bracken nahm den Hörer nach dem ersten Klingelzeichen ab.

»Hilfsdienste«, sagte er.

»Wolfy?« Es war Rob Martin. »Wir haben einen Anruf von der Polizei erhalten. Da draußen könnte sich jemand herumtreiben, der versuchen wird, die Raumfähren mit Boden-Luft-Raketen herunterzuholen.«

Bracken stieß einen Fluch hervor. »Wie sicher ist das?«

»Die Polizei weiß es nicht genau. Aber ich denke, ihr solltet den Einsatz stoppen, bis die Beamten sich umgesehen haben.«

»Danke, Rob.« Bracken war ein gedrungener kleiner Mann mit enormen schwarzen Augenbrauen, Hängebacken wie eine Bulldogge und völlig haarlosem Schädel. »Wir haben gerade eine gestartet.«

Einstufen-Raumfähre *Los Angeles*, Flugdeck, 16 Uhr 06

Ben West war der einzige MVB-Pilot, der seine ersten Erfahrungen nicht in Düsenjägern gemacht hatte. Zu Anfang war er für den Luftfrachtdienst seines Vaters im Südwesten geflogen und hatte sich dabei im Cockpit so gut bewährt, daß er schließlich einen Job als Testpilot für das Unternehmen Allied erhielt, wo er den ersten Prototypen einer einstufigen Raumfähre flog, die Alpha-6. Er war auch der einzige Raumfährenpilot, den man *gebeten* hatte, diesen Job zu übernehmen.

Ben war Afroamerikaner, geschieden, zwei Kinder über zehn. Er spielte außerordentlich gut Bridge und war auf weltweiten Wettkämpfen zweimal für die Vereinigten Staaten angetreten. Seine Kinder erzielten auf der Schule gute Leistungen, und nach sechs Jahren hatte er endlich eine Frau gefunden, die seine Gefühle weckte und sein Leben erfüllte. Wie die übrigen Freiwilligen von Unternehmen Regenbogen wußte er in sehr persönlichen Begriffen, was er zu retten versuchte.

Seine Flugingenieurin war Tina Hoskin, eine Frau mit einer Jekyll-and-Hyde-Persönlichkeit, an Bord ganz ruhige Effizienz und Anstand, die sich in ihrer Freizeit aber durch ihre unverblümte Art Freunde entfremdete und gelegentlich das Management brüskierte. Sie hatte inzwischen zu viele Feinde auf höherer Ebene, und Ben wußte, daß sie über ihre gegenwärtige Stellung hinaus nicht weiter aufsteigen würde. Manchmal fragte er sich, ob es klug war, mit ihr zu fliegen, denn er wußte, daß viele Menschen für den Absturz der Maschine beteten.

Seine Copilotin war Harmony Smith, attraktiv, kalt, unbeirrbar. Wenn Ben der einzige in allen Flugbesatzungen war, der nie in einem Düsenjäger gesessen hatte, dann war Harmony die einzige, die je im Knast gewesen war. Sie hatte einmal als Waffenschieberin gearbeitet –

nach sechs Jahren als Pilotin der Luftwaffe. Aber Harmony rappelte sich wieder auf, und die Mondverkehrsbehörde hielt genug von ihren Fähigkeiten, um ihr eine Chance zu geben. Sie wurde nicht enttäuscht.

Meine beiden Desperados. Es war nur logisch, daß sie, als es darauf ankam, nicht gezögert hatten, bei der Jagd nach dem *Possum* zu helfen. Der Einsatz, dem dieser Flug diente, machte ihn zwangsläufig zu einer emotionalen Erfahrung, und Ben überlegte sich gerade, wieviel Zuneigung er für die beiden Frauen empfand, als Harmony ihn fast sachlich darauf hinwies, das etwas hinter ihnen herkam. Und schnell aufholte.

»Ich denke, es ist eine Rakete«, sagte sie gedämpft.

Die einstufige Raumfähre war zu groß für plötzliche Ausweichmanöver.

»Entfernung sechzehn Kilometer«, sagte sie. »Nähert sich mit Mach zwei. Uns bleiben vielleicht dreißig Sekunden.«

»Wärmesucher?«

»Kann ich nicht feststellen.« Am liebsten hätte er gewartet, bis das Objekt näherkam, dann so scharf wie möglich gewendet und die Triebwerke abgeschaltet. Das Raumschiff war jedoch zu groß und einfach nicht manövrierfähig genug, um zu warten. »Festhalten«, sagte er und zog scharf nach Backbord herum.

»Ben«, sagte Tina, »hier kommt eine Warnung vom Tower herein. Es heißt, wir sollten auf eine Rakete aufpassen.«

»Gut«, sagte Ben. Er zählte bis fünf und schaltete die Triebwerke aus.

»Noch zwanzig Sekunden«, meldete Harmony. »Sie folgt uns.«

»Wir brauchen Radarstörfolie«, sagte Tina. Stanniolstreifen wurden von Militärmaschinen routinemäßig benutzt, um Raketen abzulenken.

Ben öffnete sein Mikro.

»Tower«, sagte er, »hier *L.A.* Wir haben Ihre Rakete gefunden.«

»Wir sehen es, Ben. Man hat uns informiert, daß zwei Verrückte mit einem Raketenwerfer da unten herumlaufen.«

»Noch fünf Sekunden«, sagte Tina.

»Sie hat uns«, informierte Ben die Flugleitung.

Die Rakete explodierte direkt achtern des Steuerbord-Triebwerks. Die Maschine kippte heftig nach Backbord. Auf dem Flugdeck gingen überall an den Armaturen Warnlampen an. Ben kämpfte darum, die Raumfähre im Griff zu halten, und erwartete, daß die Treibstoffleitungen Risse bekamen und die Tanks aufplatzten. Aber es passierte nicht.

Die Verbindung zum Tower stand noch.

»Wir sind noch in der Luft«, erklärte er dem Mikrophon. Und Tina fragte er: »Kommen weitere?«

»Bestätigt«, antwortete sie. »Eine weitere Rakete im Anflug. Aber sie verfehlt uns. Nicht neu zünden!«

Ben stellte die Tragflächen auf manuelle Steuerung ein und fuhr sie auf ihre vollen achtunddreißig Grad aus, um maximalen Auftrieb zu erhalten.

»Steuerbord-Triebwerk ist ausgefallen«, meldete Harmony. »Und wir haben ein paar Hydraulikprobleme.«

Tina hob die Faust. »Die Rakete ist vorbei«, sagte sie. »Der Himmel ist frei.«

»Bereithalten zur Zündung backbord.« Er öffnete die Treibstoffleitung und drückte den Zündschalter. Das Triebwerk donnerte los.

Gott sei Dank!

»*L.A.*, was ist los?«

Die Steuerung fühlte sich steif an. »Tower, ein Triebwerk ist ausgefallen und die Hydraulik macht Probleme. Mehr wissen wir nicht. Aber wir können steuern.«

Die Erleichterung war aus der Stimme herauszuhören. »Schaffen Sie es zurück?«

»Einen Moment.« Sie verloren immer noch Höhe. Tina rechnete kurz nach und hob den Daumen. »Ja«, antwortete Ben. »Aber wir müssen es beim ersten Versuch schaffen.«

»Wir machen die Tür für Sie weit auf, Ben.«

Die Maschine fühlte sich schwer, unbeholfen und langsam an. Er mußte das ständige Abtreiben nach Steuerbord ausgleichen. Und er verlor irgendwo Treibstoff.

Er überprüfte das Fahrwerk und war erleichtert, als er eine grüne Lampe erhielt. »Wir schaffen es«, sagte er.

»Vielleicht.« Harmonys dunkle Augen ruhten auf einem Punkt irgendwo über seiner Schulter. »*Wir* vielleicht.«

7.

Percival Lowell, Unterkunft des Präsidenten, 16 Uhr 17

Kerr übermittelte ihm die Nachricht. Charlie schloß die Augen und bemühte sich, seine Wut zu beherrschen. Allmählich hegte er den Verdacht, daß wirklich eine böswillige Macht am Werk war, ein weißer Wal, entschlossen, alles zu vernichten. »Kann man sie nicht reparieren?« wollte er wissen.

»Nicht in zwölf Stunden.«

»Dann müssen wir eine andere finden. Irgendwo muß doch noch eine Maschine gehamstert sein! Was ist mit den Herstellern? Gottverdammt, Al, *irgend jemand* muß einfach noch eine haben!«

»Wir haben das schon untersucht. Allied hat zwei in

Paris und Berlin ausgestellt, aber keine davon kann rechtzeitig flugfähig gemacht werden.«

»Sind Sie *sicher*?«

»Ja, ich bin sicher, Charlie. Verdammt, man könnte sie nicht mal bis morgen früh zum Flughafen schaffen!«

Charlie hätte sich am liebsten gesetzt, konnte es sich aber in der Schwerelosigkeit nicht bequem machen. Inzwischen *haßte* er die schwerelose Umgebung. Er hatte das Gefühl, als wäre nichts mehr richtig gelaufen, seit sein Magen direkt nach dem Start in Washington vergangene Woche versucht hatte, ihm die Speiseröhre hinaufzukriechen. »In Ordnung, Al«, sagte er.

»Was meinen Sie mit ›in Ordnung, Al‹? Möchten Sie Unternehmen Regenbogen absagen?«

»Absagen? Es ist unsere einzige Chance!«

»Nein, ist es nicht. Wir haben immer noch die Atomraketen.«

Die Atomraketen. Wie immer, waren sie auch hier die Waffen, die man einfach nicht einzusetzen wagte. »In Ordnung«, sagte Charlie. »Tun Sie folgendes: Die Raketen sollen das verdammte Ding anvisieren. Halten Sie sich bereit, auf meinen Befehl zu feuern. Aber wir werden sie nicht einsetzen, es sei denn als allerletzte Chance.«

»Charlie, ich denke, daß es schon soweit ist.«

»Nein«, erwiderte er. »Noch nicht.«

TRANSGLOBAL-SONDERREPORTAGE, 16 Uhr 21

Zwei Männer sind heute nachmittag festgenommen worden, nur Minuten, nachdem sie angeblich zwei Boden-Luft-Raketen auf eine der vom Flughafen Hartsfield gestarteten Raumfähren abgefeuert hatten. Wie gemeldet wurde, hat wenigstens eine der Raketen das Ziel getroffen. Die Maschine konnte jedoch kurz darauf sicher landen. Niemand an Bord wurde verletzt, aber das Raumschiff soll schwer beschädigt worden sein. Zwei Todesfälle am Boden wurden gemeldet, ein Mann und eine Frau, und man zieht eine Mordanklage in Erwägung.

Die Polizei hat die beiden Männer als Steve Gallagher und Thaddeus Wickett identifiziert, beide aus Staunton, Virginia. Beide werden mit rechten Milizen in Verbindung gebracht. Gallagher ist oft im Fernsehen aufgetreten und hat dort ultrarechte Standpunkte vertreten. Ein Motiv für den Angriff wurde bislang nicht genannt.

Derweil rüsten sich die kanadischen Behörden für eine Flut von Flüchtlingen, die dem erwarteten Einschlag des *Possum*s morgen früh zu entkommen versuchen. Die Grenzstationen wurden bereits förmlich überrannt. Regierungsnahe Quellen dementieren weiterhin hartnäckige Gerüchte, denen zufolge die Kanadier für die Dauer der Notlage auf Kontrollen verzichten wollen.

***Percival Lowell*, Flugdeck, 16 Uhr 27**

»Haben Sie es schon gehört, Herr Präsident?« Feinberg klang schrill.

»Habe ich. Wir müssen einfach mit sechs auskommen.«

»Verzeihen Sie mir, Sir, aber Physik ist keine Politik. Man kann in der Physik nicht einfach etwas zuwege bringen, indem man sich mehr anstrengt.«

Charlie saß vorn neben Rachel Quinn. Draußen wälzte sich die Landschaft des *Possum*s langsam vorbei. »Wes, wir geben jetzt nicht auf.«

»Es kommt gar nicht darauf an, ob Sie aufgeben oder

nicht. Ohne eine siebte Maschine gelingt es nicht. Aber ich sollte darauf hinweisen, daß Sie in einer *sitzen.*«

Das war Charlie nicht entgangen. Wie Feinberg fragte er sich inzwischen, ob die *Percival Lowell* die beschädigte Raumfähre ersetzen konnte. Die *Lowell* wirkte jedoch zwergenhaft neben den riesigen Einstufen-Raumfähren. Er deckte das Mikrophon ab und sah Rachel an. »Bringt dieses Schiff die gleichen Pferdestärken auf wie die Raumfähren?«

»Wir sprechen nicht von Pferdestärken, Herr Präsident«, antwortete sie. »Aber nein, das tut es nicht. Es braucht nicht soviel Schub.«

»Es kommt dicht genug heran«, sagte Feinberg, als Charlie ihre Bemerkung wiederholte.

»Okay«, sagte Charlie. »Warten Sie bitte eine Minute, während ich Sie auf den Lautsprecher lege, damit die Pilotin an dem Gespräch teilnehmen kann.«

Er drückte einen Schalter, und Feinbergs Stimme füllte die Kabine: »Sie müssen eine Möglichkeit finden, die *Lowell* am *Possum* zu verankern. Eigentlich ist die *Lowell* für unsere Zwecke sowieso ein effektiveres Fahrzeug als die Raumfähren, weil ihr nicht in zwanzig Minuten der Treibstoff ausgeht. Hätten wir eine Handvoll Schiffe wie dieses, dann hätten wir gar kein Problem.«

Rachel fuhr mit der flachen Hand an ihrer Kehle entlang. Charlie nickte. »Geben Sie uns Gelegenheit, das auszudiskutieren, Wes. Wir melden uns wieder bei Ihnen.« Er trennte die Verbindung und wandte sich an die Pilotin. »Was meinen Sie damit?«

»Erinnern Sie sich an die beschädigte Raumfähre? Man schickt *sie* mit neuer Ausrüstung herüber, damit sie am *Possum* festmachen kann. Ich denke nicht, daß sie schon von Skyport abgeflogen ist. Wieso schlagen wir nicht vor, daß man auch für uns zusätzliche Geräte mitschickt?«

»Tun Sie es«, sagte Charlie.

Sie gab die Anfrage durch und wandte sich wieder an ihn. »Die Sache hat einen Haken, wissen Sie?«

»Welchen?«

»Es wäre nicht ohne weiteres möglich, unsere Verankerung wieder zu lösen. Soweit ich gehört habe, kann man die Felshaken abwerfen, die sie an den Raumfähren montieren. Falls die Lage brenzlig wird, drücken sie dort einen Schalter und sind schon auf und davon. Für den Fall, sagen wir, daß der Felsen abstürzt.«

»Möchten Sie damit sagen ...«

»In unserem Fall sieht es so aus, daß wir einfach am Felsen festmachen. Sollte Plan A nicht funktionieren, gibt es keine Möglichkeit mehr, mit der *Lowell* auf sichere Distanz zu gehen.«

Skyport, Flugterminal, 16 Uhr 36

Die Wartungsleute hatten die Löcher geflickt, die Triebwerke gereinigt und geschmiert und die abgebrochenen Antennen der Arlington ersetzt. Man hatte darüber diskutiert, Heckleitwerk und Tragflächen zu entfernen, um den Strömungswiderstand zu senken, aber offensichtlich hielt man diese Arbeiten für zu umfangreich. Die äußeren Schäden hatte man nicht angetastet – das zertrümmerte Heckleitwerk, allerlei Beulen und Risse und ein verbogenes Fahrwerk. Um all das konnte man sich später kümmern. Falls nötig.

Mit Flugingenieur Curt Greenberg und Copilotin Mary Casey im Schlepptau traf sich George in der Betriebszentrale mit Belle Cassidy und ein paar ihrer Leute, um über das Einsatzprofil zu diskutieren. Sie gingen die Flugdaten durch und bekamen die für sie vorgesehene Stelle auf dem *Possum* gezeigt. Während sie noch redeten, sah George, wie eine der Raumfähren aus

Atlanta eintraf und sachte in ihren Hangar glitt. Belle stellte ihnen Jonathan Porter vor, einen Ingenieur, der bei der Verankerung der Maschine helfen würde. Porter war ein dunkelhaariger Mann mittleren Alters, der einen bemerkenswert passiven Eindruck machte. Er schien sich in Belles Gesellschaft nicht wohl zu fühlen und lächelte zuviel. Seine Stimme war durchdringend. Er war, fand George, die Art Junge, die man immer zuletzt aussuchte, wenn die Klasse in Mannschaften aufgeteilt wurde. Nicht die Art Mensch, die er in einer Notsituation an Bord haben wollte. Belle schien jedoch keine Bedenken zu haben.

»Wir haben Glück, daß Jonathan nicht mit dem Rest abgeflogen ist«, sagte sie aalglatt. »Wir haben Sie reichlich mit Kabeln und Haken versorgt. Jonathan wird dafür sorgen, daß Sie sicher verankert werden. Sobald das geschehen ist, tut er das gleiche für die *Lowell.*«

»Die *Lowell*?«

»Jap. Ich schätze, wir werfen alles, was wir haben, auf unserer Seite ins Tauziehen.«

Skyport, Flugterminal, 21 Uhr 45

Alles lief wie ein Uhrwerk. Fünf Maschinen trafen aus Hartsfield ein, die letzten drei durch den Terroranschlag nur leicht verspätet. Sie tankten auf und erhielten eine abschließende Inspektion, während sie darauf warteten, daß sich das Startfenster öffnete.

Obwohl sie alle der Mondverkehrsbehörde gehörten, waren sie überall auf der Welt stationiert. Raumfähre 702 stammte aus Atlanta, 703 aus Berlin, 704 aus London, 705 aus Tokio, 708 aus Moskau.

Die Journalisten auf Skyport – die zum größten Teil wegen der Eröffnungsfeiern auf dem Mond gewesen waren – hatten einen großen Tag. Die Sender strahlten haufenweise Interviews mit Besatzungsmitgliedern aus, die allesamt ruhig und zuversichtlich wirkten. Feinberg sagte einen Erfolg voraus. »Die Zahlen liegen vor«, sagte er. »Wenn es zu keiner weiteren Wahnsinnstat von Terroristen kommt, müßten wir die Sonne morgen über einem glücklichen Kansas aufgehen sehen.«

FRANK CRANDALLS DURCH-DIE-NACHT-ANRUF-SHOW, 22 Uhr 53

Eins sage ich dir, Frank: Ich stimme der Frau zu, die die ganze Sache für einen Schwindel hält, der Geld für die Aerospace-Industrie beschaffen soll. Mehr ist da nicht dran. Dieser Felsen wird heute nacht nicht herunterkommen; das wäre in keinem Fall passiert. Aber Haskell wird das Verdienst für sich in Anspruch nehmen, und eine Menge Steuergelder fließen an Lockheed und die MVB. Da achte mal drauf!

TRANSGLOBAL-SONDERREPORTAGE, 23 Uhr 43

Mit Bruce Kendrick.
Die ganze Welt scheint heute abend auf den Knien zu liegen und zu beten ...

Skyport, Flugterminal, Mitternacht

Die letzte Einstufen-Raumfähre, die 708 aus Moskau, löste sich bedächtig von der Station. Fast alle Menschen auf der Station standen auf dem Apollodeck des Flugterminals, das die beste Aussicht auf den Start ermöglichte. Noch lange, nachdem die Lichter der Moskau in der Nacht verschwunden waren, rührte sich fast niemand.

KAPITEL ZEHN

BELLWETHER
DIENSTAG, 16. APRIL

1.

***Percival Lowell,* Flugdeck, 0 Uhr 03**

»Die *Arlington* ist hier, Herr Präsident.« Rachel deutete auf den Radarschirm über dem Frontscheibendisplay. Drei Signalpunkte waren dort aufgetaucht. Die Objekte näherten sich von hinten, nachdem sie eine lange, schleifenförmige Umlaufbahn zurückgelegt hatten, um auf die Flugbahn des *Possum*s einzuschwenken. Direkt voraus lag die Erde und sah sehr groß und sehr verwundbar aus.

Gott sei Dank. Charlie spürte regelrecht den Lastwechsel auf seinen Schultern. Es war einfach zu leicht, sich vorzustellen, wie dieser Brocken durch den rötlichen Himmel des Planeten peitschte, die fruchtbare braune Erde von Kansas in die obere Atmosphäre hinaufschleuderte und das darunterliegende Grundgestein schmolz.

»Die *Arlington* ist beschädigt«, fuhr Rachel fort. »Sie wurde auf dem Rückweg vom Mond ganz schön ramponiert.«

»Ich hoffe, sie hält das durch.«

»Ich denke nicht, daß es in dieser Hinsicht Befürchtungen gibt.«

»Wer sind die anderen?«

»Stationsfähren, Herr Präsident. Die *Alexi Kordeshew* und die *Christopher Talley.*«

Charlie hob seinen Kaffee zum lautlosen Gruß. Die beiden Männer hatten zur Besatzung der *Ranger* gehört.

Rachel empfing einen weiteren Funkspruch. Sie faßte an den Kopfhörer, nickte und schaltete den Lautsprecher ein.

»Hier ist die *Arlington«*, tönte es aus dem Funkgerät.

»Schön, Sie zu sehen, *Arlington.*«

»Verstanden. Das ist aber ein *großes* Scheißding, was?«

»Kann man wohl sagen.«

»Okay, ich schätze, unsere Zeit ist ein wenig knapp. Wir haben den Ingenieur, und wir haben die Ausrüstung. Wir setzen uns da drauf und machen fest. Sie folgen uns, nicht wahr?«

»*Arlington*, wir sind Ihnen auf den Fersen.«

»Warum gehen wir mit denen hinunter?« fragte Charlie.

»Sie brauchen den Laserbohrer. Sobald sie festgemacht sind, sammeln wir einiges von *ihrer* Ausrüstung mitsamt ihrem Ingenieur auf und verankern uns an *unserer* Position.« Sie drückte einen Schalter der Bordsprechanlage. »Lee, bist du bereit?«

»Alles klar.«

Sie verfolgten den Anflug der *Arlington.* Feinberg hatte ihr eine Position auf der Ebene zugewiesen. Der Pilot lenkte heran und übergab die Steuerung an die Navigationscomputer, die sich Kurs und Geschwindigkeit des *Possums* anpaßten und dessen Rotation und Trudelbewegung kopierten.

Die Raumfähre absolvierte die schwerelose Version einer Landung und setzte auf.

Die *Lowell* ging in der Nähe hinunter, und Rachel unterrichtete Cochran, daß er aussteigen konnte.

Die Luftschleuse der *Arlington* ging auf, und zwei

Gestalten in D-Anzügen kamen zum Vorschein. Eine stieg die Leiter herunter. Die andere, der Ingenieur, schob eine Reihe großer Tonnen ins Freie, die mit einer Leine auf die Oberfläche gezogen werden mußten. Den Tonnen folgten Rollen schwerer Kabel und Haken von etwa zwei Metern Länge. Cochran schob derweil mit Hilfe Sabers und Evelyns den Laserbohrer hinaus.

Cochran und der Ingenieur prüften die Bodenverhältnisse, besprachen sich und suchten sich die Stellen aus. Mit dem Bohrer schnitten sie vier Gruppen von Löchern in den Boden. Dann führten sie die Haken ein, die sich auseinanderschoben und zwölf Meter tief ins Gestein eindrangen.

»Was ist in den Tonnen?« fragte Charlie.

»Polyton.« Das war eine Abart von Beton, die man in großer Menge für Mondbauten benutzt hatte.

Während die Teams draußen arbeiteten, erhielt Charlie einen Anruf des britischen Premierministers. Der PM bereitete eine öffentliche Stellungnahme vor und wollte wissen, ob irgendwelche gute Nachrichten vorlagen, die er weitergeben konnte. Charlie schaltete den Lautsprecher aus, aber Rachel mußte ahnen, worum sich das Gespräch drehte, denn sie musterte ihn mitfühlend. *Sie denkt, daß sie meinen Job um nichts in der Welt übernehmen möchte.* »Bislang nichts, Phil«, sagte er. »Sie können jedoch sagen, daß der Einsatz planmäßig läuft und wir vorsichtig optimistisch sind.« Er dachte darüber nach. »Nein, machen Sie daraus einfach nur *optimistisch.*«

»Ja«, sagte der PM, »ganz meine Meinung.«

Augenblicke später rief Kerr an. Weitere Probleme waren zutage getreten und hatten meist mit Banken zu tun.

»Jetzt nicht«, sagte Charlie. »Ich habe jetzt keine Zeit, mich mit *Banken* zu befassen.«

»Ich denke, Sie sollten sich die Zeit lieber nehmen,

Herr Präsident.« Kerrs Rückzug in Förmlichkeiten ärgerte Charlie. »Sie möchten doch bestimmt nicht den Planeten retten und sich dann mit einer Wirtschaftskrise konfrontiert sehen.«

Das Problem bestand im Verlust der Finanzzentren an beiden Küsten, vor allem in Los Angeles und New York. Damit das monetäre System in der Krise funktionsfähig blieb, mußten erst noch Mechanismen entwickelt werden.

War der Präsident mit kurzfristigen Maßnahmen einverstanden? Unterstützte er ein neues Nationales Wiederaufbaugesetz*? (»Wir sollten eines erlassen«, empfahl ihm Kerr.) Ein Entwurf kursierte schon im Senat, sagte der Stabschef, enthielte aber Bestimmungen, die nicht praktikabel waren. »Wir müssen eine eigene Vorlage erstellen.«

Das Repräsentantenhaus hatte Katastrophengelder bewilligt und der Senat in spätabendlicher Sitzung seine Einwilligung erteilt. Es wäre eine gute Idee, wenn der Präsident unverzüglich seine Unterschrift leistete, meinte Kerr. Jeder im Land, der noch Zugriff auf einen Fernseher oder Computer hatte, verfolgte das Geschehen.

»Wir müssen alles tun, was wir können, um den Glauben zu fördern, daß es ein Morgen *gibt.*«

»Faxen Sie mir eine Kopie«, sagte Charlie. »Zusammen mit Ihrer Stellungnahme und der Berts vom Handelsressort. Und alle weiteren Reaktionen, die ich Ihrer Meinung nach lesen sollte. Falls es mir gefällt, unterschreibe ich und faxe es gleich zurück.«

Weitere Anrufe erfolgten, und als er sich endlich vom Telefon lösen konnte, waren mehr als zwei Stunden vergangen. Zu diesem Zeitpunkt sicherten schon vier kräf-

* Bezieht sich auf ein Gesetz von 1933 zur Bekämpfung der damaligen Wirtschaftskrise. Anm. d. Übers.

tige Kabel die Raumfähre, eins vorn, eins achtern, zwei mittschiffs.

Die Erde war in dieser Zeitspanne zweimal auf- und wieder untergegangen, und das an weit auseinanderliegenden Punkten des Horizonts. Sie wurde rapide größer.

Charlie hörte, wie Luken aufgingen und wieder geschlossen wurden.

»Alles klar«, ertönte Cochrans Stimme. »Unser Passagier ist da.«

Rachel nickte. »Der Ingenieur von der *Arlington* ist an Bord«, erklärte sie Charlie. Dann: »Wir starten.«

Die Oberfläche sackte nach unten weg, und der Felsen rotierte wieder. »*Tokio* und *Berlin* im Anflug, Herr Präsident«, sagte Rachel. »Die Kavallerie trifft langsam ein. Und da kommt eine weitere Stationsfähre. Ihr Professor Feinberg ist an Bord.«

Gut! Charlie konnte allmählich das Gefühl abschütteln, allein mit all dem konfrontiert zu sein. Er betrachtete die blinkenden Lampen auf dem Display und fragte, welche es war.

Rachel tippte mit dem Zeigefinger auf den Schirm. »Die *Mabry«*, sagte sie. »Und es sieht so aus, als wäre es jetzt an der Zeit, unser eigenes Wildpferd anzubinden.« Sie zog die *Lowell* auf einen Kilometer Abstand zurück und steuerte sie um den Felsbrocken herum zum Hinterland, wo sie tief über dem geschmolzenen Gelände schwebte, bis die Sensoren ihr zeigten, daß sie am Ziel war. Sie sanken zu einem Plateau hinab.

Stationsfähre *Antonia Mabry*, 2 Uhr 27

Feinberg saß in der Passagierkabine, die als Einsatzzentrale diente, und schien seine Übelkeit vergessen zu haben. Er starrte hinaus auf den Felsen. »Das Problem wäre viel einfacher, wenn er nicht trudeln würde«, sagte er. »Unser erstes Ziel besteht darin, ihm ein Maß an Stabilität zu vermitteln.«

Carpenter kannte den Plan, aber er begriff, daß Feinberg zu sich selbst sprach und das Unternehmen noch einmal durchging, um sicherzustellen, daß er nichts übersehen hatte.

Das Verfahren war zu kompliziert, um es mit mündlichen Befehlen und manueller Steuerung auf den einzelnen Flugdecks zu leiten. Vielmehr sollte die *Mabry* als Kommandozentrale dienen, Daten von den sieben Navigationscomputern empfangen und mit Zündungsanweisungen direkt an die Triebwerke reagieren.

Weil es nötig war, die Längsachse des *Possum*s und seine Flugbahn einander anzugleichen, mußten die Schiffe so plaziert werden, daß sie seitlich Schub geben konnten – und das weit über die Schubkraft von Fluglagedüsen hinaus. Also mußten alle sieben Maschinen mehr oder weniger in dieselbe Richtung weisen – nach vorn –, durften aber nicht ganz parallel aufgereiht sein.

Feinberg unterhielt sich ausgiebig mit Rachel Quinn von der *Lowell*, um zu gewährleisten, daß die Systeme synchron arbeiteten. Dann tat er das gleiche mit George Culver von der *Arlington*. Mit den übrigen Piloten hatte er das Arrangement bereits auf Skyport im Detail besprochen.

»Was mir wirklich Sorgen macht«, sagte er schließlich und blickte dabei zu Carpenter hinüber, »ist der Treibstoffverbrauch. Wir dürfen absolut nichts vergeuden.« Er schüttelte den Kopf. »Falls wir das durchstehen, könnte man dem Präsidenten empfehlen, ernsthaft über eine Flotte atomgetriebener Schiffe nachzudenken. Die Forschungen dazu sind abgeschlossen. Wir wissen, wie man sie baut. Jetzt ginge es nur noch darum, das auch zu tun.«

»Der Präsident ist hier draußen«, versetzte Carpenter. »Sie können es ihm selbst sagen.«

»Das habe ich schon«, sagte Feinberg. »Ich hoffe, er versteht den Wink.«

Die Pilotin meldete sich über die Bordsprechanlage. »Mr. Carpenter?«

»Sprechen Sie, Rita.« Für Feinbergs Geschmack war Rita zu jung und zu locker, um ein Raumschiff zu steuern.

»Die übrigen Raumfähren haben sich alle gemeldet. Die russische Maschine ist die letzte in der Reihe. Sie schätzen ihre Ankunftszeit auf vier Uhr.«

Carpenter bestätigte.

Feinberg blickte auf den *Possum* hinaus. In seinem Gesicht spiegelte sich eine gewisse Melancholie, aber er sagte nichts.

Percival Lowell, Flugdeck, 2 Uhr 29

»Für Sie, Herr Präsident. Von der *Mabry*.« Rachel stellte den Anruf durch, und Charlie spürte, wie sein Handapparat vibrierte.

»Hier Orly Carpenter, Sir.« Charlie kannte ihn und hatte gelegentlich schon mit ihm gesprochen.

»Hallo, Orly«, sagte er. »Schön, daß Sie und Wesley uns zur Seite stehen.« Die ganze Zeit hatte das Problem darin bestanden, daß die Situation unpolitischer Natur war, daß Charlie die Verantwortung getragen und keine Ahnung gehabt hatte, was er eigentlich tat. Er hoffte, daß Carpenter sie *hatte*.

»Ich freue mich, hier zu sein, Herr Präsident. Wir leiten den Einsatz von der *Mabry* aus. Ich dachte, Sie möchten sich vielleicht zu uns gesellen. Von hier aus überblicken Sie das Unternehmen besser.«

Die *Lowell* hatte gerade die ihr zugewiesene Position erreicht, und Jonathan Porter und der Rest des Ankerteams machten sich zum Ausstieg bereit. Charlie blickte zum Fenster hinaus auf die abgerundeten Hügel, die rings um das Schiff aufragten. Die Sonne stand direkt über dem Horizont, und die Hügel warfen lange Schatten.

»Okay«, sagte Charlie. »Wie holen Sie mich ab?«

»Wir können Sie gleich aus der Luftschleuse in Empfang nehmen.«

»Wann?«

»In zwanzig Minuten. Wir sind unterwegs.«

Charlie entdeckte in Rachels Gesicht einen seltsamen Ausdruck, ein Aufflackern von Verachtung. Und dann war es schon wieder weg.

»Orly?«

»Ja, Herr Präsident?«

»Ich vermute, daß ich bei Ihnen an Bord sicherer bin, nicht wahr?«

Carpenter zögerte. »Ja«, antwortete er. »Das sind Sie.«

Er nickte. »Ich bleibe, wo ich bin.«

»Keine gute Idee, Sir.«

»Jedenfalls vielen Dank. Ich bleibe hier.«

Carpenters Ton veränderte sich, verriet jetzt eine Spur Verärgerung. »Herr Präsident, ich wünschte wirklich, Sie würden sich das noch einmal überlegen. Ich habe meine Befehle ...«

»Vergessen Sie sie«, sagte Charlie.

Rachel warf ihm einen fragenden Blick zu.

»Alles, was ich von dort oben aus tun kann«, sagte er, »kann ich auch von hier aus tun.«

2.

Auf dem *Possum*, 2 Uhr 34

Die Instinkte hatten George Culver nicht getrogen, was Jonathan Porter anging: Er war immer als letzter ausgesucht worden, *hatte* immer für die rechte Fängerseite gespielt und *war* als neunter zum Schlagen gekommen. Alles in seinem Leben war in diesem Stil verlaufen. Etwas an ihm weckte unvermeidlicherweise geringe Erwartungen und löste Überraschung aus, wenn er gute Leistungen brachte. Was immer es war, es blieb ihm noch als Erwachsener treu.

Jonathan war Single, aber nicht freiwillig. Er schien für Frauen unsichtbar. Seine ausgeprägte Intelligenz bedeutete noch nicht, daß er sehr schlagfertig war, und er hatte so gut wie keinen Sinn für Humor. Er langweilte andere Menschen, wußte es und hatte deshalb nie seine kindliche Schüchternheit überwunden. Er fand jedoch den Respekt derer, die ihm in der Hierarchie nahe standen, und deshalb behielten sie ihn auf Skyport, als sie alle anderen nach Hause schickten. Falls etwas passierte, war er der beste, den sie hatten, und sie wußten es.

Jetzt war er aufgerufen, seine Fertigkeiten für viel mehr einzusetzen, als nur Einschlagslöcher an der Station zu flicken. Plötzlich war er integraler Bestandteil des bedeutsamsten technischen Unternehmens aller Zeiten. Das war berauschend. Jonathan freute sich so sehr über die Gelegenheit, daß er schon an sich halten mußte, um nicht von der geschmolzenen Oberfläche des *Possum*s hochzuspringen.

Er hatte sich die Aufnahmen vom Gelände angesehen, ehe sie ausstiegen, hatte die Ergebnisse der Probenanalyse in Augenschein genommen und gefolgert, daß die

Aufgabe nicht übertrieben schwierig war. Er hatte sich zufrieden gezeigt mit der Zusammensetzung des Gesteins, in dem er die *Arlington* verankerte, aber *hier*, an der für die *Lowell* ausgesuchten Stelle, war er nicht so sicher. Der Untergrund war fast schwammig. Das Material war beim Einschlag geschmolzen, hatte sich in Lava und möglicherweise auch Plasma verwandelt und war wieder abgekühlt. Für eine nackte Hand hätte es sich immer noch warm angefühlt.

Aber genau hier wollten sie das Schiff haben. Ein anderer Ingenieur hätte vielleicht protestiert, aber Jonathan stellte sich der Aufgabe, sah sich um und entschied, wo er die Anker anbringen wollte und an welchen Stellen des Schiffsrumpfes man die Kabel am besten festmachte.

Anders als die Raumfähren sollte die *Percival Lowell* nie in eine Atmosphäre eintreten. Die Konstrukteure hatten jedoch damit gerechnet, daß es zu Weltraumspaziergängen kam, und das Schiff deshalb mit Schutzgeländern, Leitern und zahlreichen Vorsprüngen ausgestattet, die es erleichterten, auf der Außenseite herumzuklettern. Sie war also viel leichter festzumachen als die Raumfähre. Jonathans einziger Vorbehalt war, ob das Gestein hielt.

Mit Kreide markierte er die Stellen, wo die Haken eingelassen werden sollten – insgesamt elf. Wie er wußte, war man allgemein über die behelfsmäßigen Anker besorgt und fürchtete, daß sich entweder die *Lowell* oder die *Arlington* losriß, über die Oberfläche schleuderte, ihre Insassen tötete und den Einsatz zum Scheitern brachte. Und die Sorge war nicht unbegründet: Jonathans Anteil am Unternehmen war von entscheidender Bedeutung, obwohl sein Einsatz unter dem Zwang der Umstände in letzter Minute fast auf gut Glück vorbereitet war, mit einer Ausrüstung aus Ersatzteilen und Gummibändern.

George Culvers Reaktion hatte ihn geärgert. Im Gespräch unter vier Augen hatte der Pilot kein Geheimnis aus seiner Überzeugung gemacht, daß sich die Maschine von Jonathans Kabeln losreißen würde, sobald er auf vollen Schub ging, daß sie in einem Feuerball explodieren und in Spiralen über die felsige Landschaft wirbeln würde. Jonathan wußte jedoch, daß die Kabel ein Dutzend Mal soviel Kraft aushielten, wie die Zwillingstriebwerke der Raumfähre erzeugen konnten, und sie waren solide am Rumpf befestigt. Woran es für ihn verdammt noch mal keinen Zweifel gab, das war die Tatsache, daß seine Kabel und Anker halten würden. Falls der Boden stabil blieb, würden sich weder die *Arlington* noch die *Lowell* von ihren Standorten davonmachen.

Sie fingen am Heck der *Lowell* an und benutzten den Laserbohrer. Als das Gestein bis in ausreichende Tiefe aufgelockert war, führten sie einen mit Polyton ummantelten Haken ein. Auf ein Signal aus der Fernbedienung hin schoben sich überall entlang des Kerns Flansche hervor und verankerten den Haken fest im Fels. »Es dauert eine Stunde, bis das Gestein abgekühlt ist«, sagte Jonathan. »Dann bräuchte man schon eine Bombe, um die Vorrichtung zu knacken.«

Sobald die Haken gesetzt waren, machten sie die Kabel fest, schlangen sie um den Schiffsrumpf und benutzten eine Reihe von Klammern, Schraubzwingen und Verbindungsteilen, um ihnen Halt zu verschaffen. Als sie fertig waren, trat Jonathan zurück, um sein Werk zu bewundern.

Er sah zu, wie die Frau, die Saber genannt wurde, um das Schiff herumging und an den Kabeln zupfte, als ob sie damit irgendwas herausfinden könnte. Es entsprach dem Ritual eines Autofahrers, an die Reifen zu treten.

Percival Lowell, Ausrüstungsdeck, 3 Uhr 58

»Die *Kordeshew* ist im Anflug. Zeit zum Aufbruch, Leute.« Das war Rachel über die Bordsprechanlage.

Jonathan, Doc Elkhart, der Kaplan und Evelyn versammelten sich vor der Hauptluftschleuse und warteten darauf, zur Stationsfähre übersteigen zu können. Sie wurden aus mehreren Gründen abgeholt: Auf der Stationsfähre waren sie weniger in Gefahr; an Bord der *Lowell* waren mehr Personen als D-Anzüge, und jeder mußte beim bevorstehenden Einsatz einen D-Anzug tragen; sie belasteten das Lebenserhaltungssystem; und schließlich war es leichter, fünf Personen zu evakuieren als neun, falls etwas schiefging.

Charlie, Saber und Morley schüttelten ihnen die Hände und wünschten ihnen alles Gute. »Das war vielleicht eine Reise!« sagte Pinnacle.

Charlie nickte. »Sie ist noch nicht vorbei, Mark.«

Evelyn widerstrebte es, seine Hand wieder loszulassen. Er lächelte sie an, und sie drückte ihm den Arm. »Sie waren herausragend, Herr Präsident«, sagte sie.

Minuten später waren sie fort, und Morley zog sich zurück, um seine nächste Übertragung vorzubereiten. Saber war an Bord geblieben, weil sie einige technische Kenntnisse hatte und notfalls vielleicht helfen konnte.

»Herr Präsident?« Das war Rachels Stimme vom Flugdeck.

»Reden Sie, Rachel.«

»Mr. Kerr versucht Sie zu erreichen. Und wir haben die russische Maschine im Radar. Damit sind alle eingetroffen.«

»Gut«, sagte Charlie. »Stellen Sie Al durch.«

Weitere Fragen stellten sich, Probleme in den Beziehungen mit den UN, mit Terroranschlägen im mittleren Westen, mit dem umfassenden Zusammenbruch des zivilisierten Lebens an den Grenzen zu den Katastrophengebieten. Wo Polizeikräfte noch existierten, waren sie zu sehr mit der allgemeinen Not befaßt, um sich organisierten paramilitärischen Gruppen entgegenstellen zu können. Mehrere Kleinstädte im Nordwesten und im westlichen Virginia befanden sich sogar in der Hand von Einzelpersonen, die sich als örtliche Diktatoren zu etablieren versuchten.

»Das nehmen wir nicht hin«, teilte Charlie Kerr mit. »Aber im Augenblick kümmern wir uns vorrangig um das Dringlichste. Weisen Sie die Gouverneure an, keine Zugeständnisse zu machen. Sie können ihnen versichern, daß wir jede Unterstützung leisten werden, die nötig ist, um Aufstände niederzuwerfen. Geben Sie in meinem Namen eine entsprechende Stellungnahme heraus. Ich bin heute abend zu Hause; dann können wir gleich die Optionen prüfen, die wir haben. Führen Sie bis dahin die nötigen Gespräche. Sie wissen, was ich will.«

»Okay, Charlie, ich gebe alles weiter.«

»Halten Sie durch, okay? Lenken wir den Staat immer noch von Camp David aus?«

»Ja.«

»In welchem Zustand ist das Weiße Haus?«

»Das Wasser ist zurückgegangen, aber das Gebäude ist ruiniert.«

»Was meinen Sie ... Teppiche, Möbel, so was in der Art?«

»Yeah. Wir haben schon Leute von der Bauaufsicht hineingeschickt. Sie haben das Haus für unsicher erklärt. Es dauert Monate, ehe man es wieder benutzen kann.«

»Al«, sagte Charlie, »die ganze Welt ist im Moment unsicher. Ich möchte das Weiße Haus bis heute abend wieder geöffnet haben. Wenn ich zurückkomme, begebe ich mich genau dorthin.«

»Aber Charlie ...«

»Die Möbel sind mir egal. Sorgen Sie einfach dafür, daß wir Telefone und Licht haben. Richten Sie einen Raum her, aus dem wir agieren können. Stützen Sie notfalls die Wände ab. Und sorgen Sie dafür, daß eine Flagge über dem Haus weht.«

Kerr seufzte.

Charlie hörte sich höflich eine Reihe von Fragen nach politischen Ernennungen an, Anfragen von ausländischen Regierungen, eine politische Stellungnahme zu Umsiedlungslagern und noch weitere Themen. Er antwortete, so gut er konnte, und entzog seinem Stabschef schließlich das Wort. »Ich muß jetzt los, Al. Sie wissen, was nötig ist. Erledigen Sie es. Derweil versuche ich, diesen Stein von der Straße zu räumen.«

Einstufen-Raumfähre *Moskau*, Flugdeck, 4 Uhr 04

»O Gospodi!« Dmitri Petrovik, Copilot der *Moskau,* wirkte nicht optimistisch.

Die Gespräche auf dem Flugdeck waren nahezu zum Erliegen gekommen, als sie sich dem *Possum* näherten. Vielleicht lag es daran, daß der Brocken durchs Fenster anders wirkte als auf einem Bildschirm, oder er war einfach zu gewaltig, verglichen mit den auf seiner Oberfläche verstreuten und direkt darüber blinkenden, winzigen Lichtern. Leuchtkäfer, die ein aus einem Bürgersteig herausgebrochenes Stück zu verschieben versuchten.

»Moskau«, meldete sich die amerikanische Stimme, »hier ist die Einsatzleitung. Schön, Sie zu sehen. Ein Funkfeuer, das Sie einweist, finden Sie auf Kanal vier.«

»Privet, Einsatzleitung.« Gregor Gregorowitsch Ilyanik suchte das Funkfeuer, stellte die Maschine darauf ein und übergab die Steuerung an den Autopiloten. »Wir haben es.«

»*Moskau,* sobald Sie am Boden verankert sind, fangen wir mit dem Rock'n'Roll an. Je eher, desto besser.«

»Verstanden. Wir sind in ein paar Minuten soweit.«

Gregor zupfte an seinem D-Anzug. Er fühlte sich nicht wohl darin, denn der Anzug war unförmig und warm, und ein Juckreiz hatte sich entwickelt, an dem er nicht kratzen konnte. Man hatte sie jedoch angewiesen, die D-Anzüge während des ganzen Einsatzes zu tragen.

Den Helm hatte Gregor neben sich liegen.

Die schwarze Felslandschaft dominierte die Aussicht durch die Fenster. Langsam glitt das Schiff über mitternächtliche Hügel und Täler.

Kolya Romanowna, die Flugingenieurin, betrachtete eine Karte des *Possums*, die über das Navigationsdisplay wanderte. Ein grünes Dreieck markierte die ihnen zugewiesene Stelle auf der Ebene, neben der *Arlington.*

»*Moskau*«, meldete sich die Einsatzleitung wieder, »wir fangen an, sobald Sie unten sind.«

»Die haben es eilig«, bemerkte Kolya.

Gregor blickte voraus auf die wolkenverhangene Erde. »*Ya tak i dumal*«, sagte er. »Das überrascht mich nicht.«

Die *Moskau* wurde langsamer. An Backbord erblickte er in etwa zweihundert Metern Entfernung die Lichter der *Arlington.* Er feuerte die Feinsteuerdüsen sachte in kurzen Stößen und zwang damit die Maschine nach unten. Das Fahrwerk blieb eingeklappt, damit es nicht der Apparatur in die Quere kam, die die Arbeiter in Hartsfield am Bauch der Maschine montiert hatten.

»Bereit?« fragte Kolya.

»*Da.*«

Sie drückte den schwarzen Schalter an dem neu installierten Kasten rechts von ihrer Konsole. Die Fahrwerksklappen gingen auf, aber die Räder rührten sich nicht. Statt dessen schossen zwei selbstlenkende Felsanker aus ihrer Verkleidung und gruben sich tief ins Gestein. Weiter hinten am Bauch der Raumfähre öffnete sich ebenfalls eine Klappe, und ein dritter Anker wiederholte den Vorgang.

Die Maschine bebte unter den Stößen.

Kolya betrachtete ihr Display. »Wir müßten jetzt festgemacht haben«, sagte sie.

Gregor spürte, daß sie wirklich zum festen Inventar der Felslandschaft geworden waren. »Wie löst man die Anker wieder?« wollte er wissen.

Kolya öffnete den Deckel des gelben Steuerkastens und zeigte ihm den Schalter.

»Sehr gut.« Er fingerte am Mikrophon herum. »Einsatzleitung, hier spricht die *Moskau.* Wir sind zum Rock'n'Roll bereit.«

Kolya sah ihn an, überrascht über die Verwendung des amerikanischen Ausdrucks. Er grinste zurück. »Bald wissen wir Bescheid, was?«

***Antonia Mabry,* Einsatzleitung, 4 Uhr 10**

»An alle Fahrzeuge, hier spricht die Einsatzleitung. Ich möchte Sie daran erinnern, daß zur Vorsicht alle Personen an Bord der Raumfähren und der *Lowell* jetzt Druckanzüge tragen müßten. Wir starten das Programm in vier Minuten. Meine Damen und Herren, zünden Sie Ihre Triebwerke.«

TRANSGLOBAL-SONDERREPORTAGE, 4 Uhr 10

Hier spricht Keith Morley an Bord der *Percival Lowell.* Wir fahren auf dem *Possum* mit, der gerade in die Exosphäre eintritt. Die Exosphäre reicht bis in zehntausend Kilometer Höhe. Eine Flotte von sechs Einstufen-Raumfähren und drei Stationsfähren begleitet uns. Die sechs Raumfähren und die *Lowell* haben sich praktisch an den *Possum* gekettet und stehen im Begriff, ein kompliziertes Programm von Triebwerkszündungen einzuleiten, mit dem sie hoffen – wie wir alle –, diesen Planetenkiller auf einen höheren und stabilen Orbit zu heben. Der Countdown läuft. Wir bleiben dran, und wir hoffen, daß Sie bei uns bleiben.

3.

Antonia Mabry, Einsatzleitung, 4 Uhr 11

Anders als die Mondbusse und Stationsfähren, deren Kraftwerke entweder ein- oder ausgeschaltet waren und mit konstantem Energiefluß arbeiteten, konnten die Raumfähren und die *Lowell* den Schub modulieren. In der Hektik der zurückliegenden sechsunddreißig Stunden hatte Feinberg mit NASA-Ingenieuren zusammengesessen und die Einsatzziele auf einen Satz operativer Anforderungen reduziert. Die Anforderungen hatte man in einen Plan eingearbeitet und an ein Team von Spezialisten weitergeleitet, damit sie einen Satz Instruktionen schrieben. Die Instruktionen wurden dann in Computer an Bord der *Mabry* und der *Kordeshew* gespeist, als Sicherung gegen einen Unfall, der möglicherweise das Projekt enthauptete.

Das Programm war so eingestellt, daß es sich selbst korrigierte; es überwachte die Ergebnisse, die die sieben Antriebsschiffe erzielten, mit einem Arsenal von Sensoren, die auf allen drei Stationsfähren montiert waren, und es führte Anpassungen durch, wenn sie durch die Umstände nötig wurden. Was die Planer nicht abschätzen konnten und was sie vielleicht für den gefährlichsten Unsicherheitsfaktor hielten, war die Möglichkeit eines Software-Fehlers, denn die Zeit hatte nicht ausgereicht, um das Programm zu testen.

Dieses Fehlerrisiko beherrschte Feinbergs Gedanken. Er sah dem Funker der *Mabry* zu, der sich in der Passagierkabine eingerichtet hatte (die gleichzeitig als Einsatzleitung diente), um hier die Kommunikation zu organisieren. Er sprach nicht nur mit den übrigen Schiffen, sondern auch mit dem Orbitallabor, das den Einsatz für den Rest der wissenschaftlichen Gemeinschaft überwachte.

Wes Feinberg hatte nie an den eigenen Fähigkeiten gezweifelt. Er war in seiner üblichen kühlen Haltung von Massachusetts nach Atlanta aufgebrochen. Die Kollegen hatten ihm Glück gewünscht und offen seine Haltung in einer Lage bewundert, die ihrer Einschätzung nach einen enormen Druck bedeutete. Er versicherte ihnen, daß alles unter Kontrolle war. Kaum war er jedoch in den kalten Himmel von Neuengland gestartet, da kamen ihm die ersten Zweifel. Während der Konferenz in Hartsfield klapperten ihm buchstäblich die Zähne. Er hätte etwas zur Beruhigung mitnehmen sollen, aber er benutzte keine Tranquilizer, hatte seit dem Begräbnis seines Vaters vor dreißig Jahren keinen mehr eingenommen. Also dachte er zu keinem Zeitpunkt daran, ein Medikament zu nehmen, und falls ihm der Gedanke jetzt durch den Kopf ging, so tat er ihn achselzuckend als Zeichen der Schwäche ab.

Er gab sich Mühe, sich auf seine Arbeit zu konzentrieren, nicht zu vergessen, wer er war und warum Menschen ihm so stark vertrauten. Er hatte die eigenen Zahlen immer wieder nachgerechnet, wie jemand, der immer wieder zur Haustür geht und nachprüft, ob er sie auch wirklich abgeschlossen hat. Das Problem lag darin, daß er trotz aller Vermessungen und Analysen nicht alles mit Sicherheit wußte. Zum Beispiel hatte er die Masse des Objekts nur geschätzt. Auch die Verteilung der Masse war eine Schätzung. Die Trudelbewegung führte einen Faktor in die Berechnung ein, der, wenn er schon nicht chaotisch war, so doch nur durch eine ziemlich umfangreiche Serie von Beobachtungen präzise hätte kalkuliert werden können, nicht in der kurzen Zeitspanne, die ihnen für Bildaufnahmen zur Verfügung gestanden hatte. Insgesamt beruhten seine Berechnungen auf zu vielen Annahmen, als daß er sich damit wirklich hätte wohl fühlen können.

Die *Mabry* lag hundert Kilometer vor dem *Possum*, von wo aus sie die Bewegung des Objekts anhand der Sternbilder leichter messen konnte. Falls man die gewünschten Resultate nicht erzielte, falls der Felsen nicht nach Plan beschleunigte oder seine Lage nicht veränderte, wie es nötig war, mußte Feinberg Justierungen nach dem Hosenboden vornehmen. Und das ging, wie ihm traurig klar wurde, über fast jedermanns Fähigkeiten. Vielleicht sogar über seine.

Percival Lowell, Flugdeck, 4 Uhr 12

Anders als die Raumfährenpiloten, die Treibstoff sparen mußten, hatte Rachel keinen Grund gesehen, den Meiler abzuschalten. Sie saß an der Steuerung, hatte den Präsidenten der Vereinigten Staaten auf dem rechten Platz sitzen, und blickte geradewegs nach vorn auf die perspektivisch verkürzte Landschaft – eine Landschaft, die sich etwa hundert Meter weit erstreckte und dann zu einer Kammlinie aufrollte, ähnlich einer heranrasenden Welle. Rachel fühlte sich nicht wohl. Ihre ganze Ausbildung, ihre ganzen Instinkte, geschärft durch ein Leben am Steuer von Hochleistungsfahrzeugen, sagten ihr, daß die

Lowell sich brüllend von Jonathan Porters Kabeln losreißen, ihren Bauch auf den Felsen aufschlitzen und in den Höhenzug knallen würde, sobald der Computer auf Orly Carpenters Stationsfähre das Pedal bis aufs Blech durchtrat.

»Noch zwei Minuten«, sagte die Stimme von der *Mabry*.

Lee Cochran saß hinter dem Präsidenten und bemühte sich, einen entspannten Eindruck zu machen. Keith Morley war irgendwo weiter hinten. Sie alle trugen D-Anzüge.

»Rachel, sind Sie okay?« fragte Charlie.

Das war vielleicht peinlich! Hier saß sie neben einem *Politiker*, um Gottes willen, und er war kaltblütiger als sie! Sie fragte sich, ob er wohl ahnte, was passierte, wenn Jonathans Sammlung von Pflöcken und Kabeln nicht hielt. »Sicher«, sagte sie.

Charlie zupfte an seinen Gurten und versuchte es sich im D-Anzug bequem zu machen, der sich jedoch als einfach zu sperrig erwies. Daß Charlie selbst groß war, half auch nicht gerade. »Beantworten Sie mir eine Frage«, sagte er. »Falls ein Computer auf der Stationsfähre den ganzen Einsatz leitet, warum sind wir dann hier? Die Piloten, meine ich.«

»Als Reserve«, antwortete Rachel. »Für den Fall, daß etwas schiefgeht. Ich bezweifle jedenfalls, daß sie genug Zeit hatten, um Programme für einen völlig automatisierten Einsatz zu schreiben. Es war alles ein wenig überstürzt.«

»Noch eine Minute.«

»Okay«, sagte sie. »Machen Sie sich bereit. Es geht los.«

Einstufen-Raumfähre *Arlington*, Flugdeck, 4 Uhr 13

Die Triebwerke rumpelten beruhigend.

Vor einer Woche hatte sich George auf einen Abend mit Annie Blink gefreut, einer gescheiten, unwiderstehlichen Blondine, einer Dame mit einem absurden Namen, die sagte, ja, ihr Name wäre ein Problem und sie würde ihn durchaus ändern wollen, wäre dabei jedoch vorsichtig. Schließlich wolle sie nicht für den Rest des Lebens einen anderen komischen Namen haben und erleben, daß die Leute das Grinsen zu unterdrücken versuchten, wenn sie sich vorstellte.

Und um die Wahrheit zu sagen, George, *Culver* klingt verdächtig.

An diesem Abend hatte George den Durchbruch geschafft und Annie mit ins Bett genommen – zum erstenmal. Zum *einzigen* Mal. Die Nacht war voller Lachen und Leidenschaft, und er entschied, daß Annie die richtige für ihn war. Letzten Dienstag hatte die Zukunft damit noch recht gut ausgesehen.

»Noch dreißig Sekunden.«

Er blickte hinter sich zu Mary und Curt. Sie kontrollierten gegenseitig ihre Druckanzüge.

Er hörte dem eigenen Atem zu.

Mit dem Helm auf dem Kopf fühlte er sich isoliert und allein. Lichter bewegten sich über ihm; es war eine der Stationsfähren; eine weitere Lichtergruppe sah er an Steuerbord auf der Oberfläche. Das war die in Rußland stationierte Maschine. Die *Moskau.* Eine dritte Raumfähre, die *Tokio,* lag direkt voraus auf der Ebene. Die *Atlanta,* die *London,* die *Berlin* und die *Lowell* lagen im Hinterland.

Mary, die sonst nicht zu Gefühlsäußerungen neigte, streckte unerwartet die Hand aus und drückte George das Handgelenk. Durch den Anzug spürte er den Druck kaum. Er blickte zu ihr hinüber und sah, daß sie die Lippen bewegte.

Yeah. Falls es je den richtigen Augenblick für göttliche Hilfstellung gegeben hatte, dann diesen.

Antonia Mabry, Einsatzleitung, 4 Uhr 14

»Null.«

Feinberg drückte den Schalter. Die *London* und die *Tokio,* die beiden vordersten Maschinen auf der Ebene und im Hinterland, gingen auf vollen Schub.

Gleichzeitig schaltete Carpenter die Simulation ein. Der Hauptmonitor zeigte im Bild, wie der *Possum* reagieren sollte; und eine eingeblendete rote Maske stellte dar, was tatsächlich geschah. Solange keine Abweichung zwischen weißer und roter Graphik auftrat, war alles okay.

Die Spannung in der Kabine war so stark, daß Feinberg sich wirklich schwach fühlte. Die Umgebung flößte ihm inzwischen Raumangst ein, und er hätte fast alles getan, um wieder normale Schwerkraft zu spüren. Der Magen drückte aufs Herz.

Seit dem Start in Atlanta fiel es ihm schwer, etwas zu essen. Alle anatomischen Systeme schienen aus dem Takt geraten. Er wünschte sich, er hätte darauf bestanden, im AstroLab zu bleiben. Dort hätte er effektiver arbeiten können, weil er nicht ständig krank gewesen wäre.

Das Programm bezog jetzt die übrigen Triebwerke ein, erzeugte mal hier vollen Schub, mal dort ein Viertel. Es spielte auf den sieben Meilern eine regelrechte Symphonie. Bei null plus eine Minute schwächte sich die Trudelbewegung des *Possum*s ab. Er tat einen kleinen Schritt zur Stabilisierung.

Feinberg hatte die *Lowell* nahe dem hinteren Ende des *Possum*s postiert, um ihre nuklearen Fähigkeiten voll zu nutzen. Sie sollte dort den gesamten Einsatz hindurch vollen Schub erzeugen und so als eine Art Außenbordmotor dienen. Das Telefon klingelte überraschenderweise nicht. Carpenter hatte erwartet, Haskell würde seine Zeit verschwenden und während des ganzen Unternehmens ständig anrufen, um sich auf den neuesten Stand zu bringen. Aber es blieb still.

TRANSGLOBAL-SONDERREPORTAGE, 4 Uhr 15

Hier spricht Angela Shepard vor der Union Station in Chicago. Trotz der späten Stunde sehen Sie, daß sich eine riesige Menschenmenge hier auf dem Jackson Boulevard versammelt hat. Die Flucht aus der Stadt setzt sich fort, aber viele von denen, die bleiben, kommen in der Innenstadt zusammen. Wir erhalten Meldungen, denen zufolge im ganzen mittleren Westen dieses Phänomen zu beobachten ist, daß sich die Menschen versammeln, um auf den Ausgang von Unternehmen Regenbogen zu warten. Hier sind die Straßen voll, läuten die Glocken und ist der Verkehr zum Erliegen gekommen. Aber die Stimmung ist beinahe festlich, ganz anders als die erschreckenden Szenen, die wir über das Wochenende in den Küstenstädten und früher am Tag sogar in Teilen des mittleren Westens erlebt haben.
Es scheint, als hätte ein gewaltiger Herdentrieb die Menschen gepackt. Personen, mit denen wir gesprochen haben, machten einen optimistischen Eindruck. Mit einer Mehrheit von zehn zu eins glaubten sie bei unserer Straßenumfrage, der Felsen würde gestoppt werden. Einige haben Töpfe und Kuhglocken mitgebracht und sind bereit zu feiern.
Es ist zu einigen Festnahmen wegen ungebührlichen Verhaltens gekommen, aber die Polizei sagt, die Lage

sähe nicht so aus, wie man hätte befürchten können – keine Plünderung von Geschäften, sondern lediglich zu laute Parties. Wir sind heute abend in der Erwartung hergekommen, Panik zu erleben, und statt dessen sehen wir das. *(Die Kamera schwenkt die Straße entlang, die voller lachender und singender Menschen ist.)*

Man hat ihnen gesagt, daß sie den *Possum* im Südwesten sehen können, falls er herunterkommt. Es ist eine warme Nacht. Die Mondwolke ist untergegangen, und der Himmel ist vollkommen klar.

Fast jeder hat einen Fernseher, entweder über die Schulter gehängt oder in der hinteren Hosentasche. Alle Geschäfte scheinen geöffnet zu sein, und überall laufen Fernseher. Ich sehe mir gerade unsere Sendung im Schaufenster eines Möbelladens an. Die Menschen kommen seit dem frühen Abend zusammen und sind inzwischen schon die ganze Nacht hier. Was immer heute morgen passiert, man muß den Mut dieser Leute bewundern. *(Applaus von außerhalb des Bildes.)*

Zurück zu Ihnen, Don. Hier ist Angela Shepard in Chicago.

4.

Minot, North Dakota, 3 Uhr 16 Mittlere nordamerikanische Sommerzeit (4 Uhr 16 Ostküsten-Sommerzeit)

Minot hatte vielleicht mehr Stahl im Blut als die durchschnittliche Stadt in North Dakota. Die Einwohnerschaft wurde verstärkt durch viele Familienmitglieder von

Luftwaffensoldaten. Diese Leute hatten entschieden, daß sie nichts gegen die Gefahr am Himmel unternehmen konnten, hatten sich aber in zwei Grundschulen versammelt und hielten sie geöffnet, als Anlaufstellen für Hunderte von verirrten und gestrandeten Menschen, die aus dem Süden kamen. Mit etwas Speck und Rühreiern im Magen fühlte sich Marilyn Keep schon viel besser. Sie stand mit ihrem Mann bei einer kleinen Gruppe von Menschen vor der Aula der Dwight-Eisenhower-Grundschule, trank Kaffee und verfolgte mit einem Auge die Sendungen in einem batteriegetriebenen Fernseher, den jemand auf einen Stuhl gestellt hatte.

Der größte Teil des militärischen Personals der Luftwaffe war fort, transportierte Versorgungsgüter in Katastrophengebiete, holte Kranke und Verwundete dort heraus und versuchte, den Notstand nach besten Kräften durchzustehen. Das Hilfspersonal und die Familienangehörigen waren jedoch immer noch in Minot.

Man fragte Marilyn nach New York, und sie schilderte die überfluteten Straßen, das Gefühl der Isolation auf einem Dach und wie sie die Tür vor dem Kind geschlossen hatte. *(»Ist schon okay«*, sagte jemand. *»Sie konnten da nichts machen.«)*

Das Fernsehen zeigte die Nahaufnahme einer Raumfähre. Die langen, feurigen Lanzen, die aus den beiden Triebwerken hervorschossen, erhellten das dunkle Gestein. Das Unternehmen lief jetzt seit zwei Minuten, und der Reporter sagte, alles sähe gut aus. Bislang. Selbst wenn nicht, dachte Marilyn, selbst wenn alles schiefging, so waren sie doch bestimmt weit genug im Norden, um in Sicherheit zu sein.

Bestimmt!

***Percival Lowell*, Ausrüstungsdeck, 4 Uhr 20, null plus sechs.**

In Wirklichkeit wußte Keith Morley überhaupt nicht, wie die Lage aussah. Im Grunde kommentierte er die Ereignisse aus dem Stegreif. Er war davon ausgegangen, daß er dem Unternehmen irgendwie *zusehen* könnte, aber er hatte nur die Bilder zur Verfügung, die die Überwachungsschiffe sendeten, Lichtblitze in der Dunkelheit, in Nahaufnahmen erkennbar als Flammen, die aus den Raketen hervorschossen. Nicht festzustellen war jedoch, was mit dem *Possum* passierte, wenn überhaupt etwas geschah. Morley hatte keinen Hintergrund zur Verfügung, um daran Bewegung zu erkennen. Und was das anging, er konnte nicht mal sicher sein, ob eine *scheinbare* Bewegung nicht an Positionsänderungen der Sensoren lag, die sich auf den am Himmel kreisenden Stationsfähren befanden.

Er hatte sich bemüht, in der Nähe des Präsidenten zu bleiben, aber Haskell saß vorn auf dem Platz des Copiloten, und auch Lee Cochran befand sich auf dem Flugdeck, so daß der Platz dort nicht mehr für Morley reichte.

Dieser Präsident schien sich jedoch des Einflusses der Medien ungewöhnlich bewußt. Er rief Morley an und teilte ihm mit, daß alles nach Plan lief, aber trotzdem kannte Morley keine echten Details. Immerhin wußte er ungefähr, was im Verlauf des Unternehmens geschehen sollte, also erfand er einfach einen Bericht, wobei er davon ausging, daß alles so lief, wie es sollte, und daß man ihn informieren würde, falls etwas schiefging. Und es war schließlich so: Falls er danebenlag, falls man ihn dabei erwischte, daß er nur daherlaberte, hatte die Welt größere Probleme, als einen armen Journalisten zu attackieren.

»Die Trudelbewegung des Possums hat sich um etwa dreißig Prozent verlangsamt«, erklärte er einem weltweiten Publikum.

**Einstufen-Raumfähre *Berlin*, Flugdeck,
4 Uhr 21, null plus sieben**

Womöglich gab es einfach zu vieles, was schiefgehen konnte, zu viele bewegliche Teile, zu viele Vermutungen, zuviel Improvisation.

Der Funker auf der *Mabry* meldete, daß der *Possum* präzise nach Kalkulation beschleunigte. Gruder hatte nie bezweifelt, daß das geschehen würde. Gehe von einem Erfolg aus, halte dich an die Mathematik, sei auf Störungen gefaßt und konzentriere dich auf die jeweils unmittelbare Aufgabe. Auf dieser Formel hatte er sein Berufsleben aufgebaut. Anders als die Bürokraten, die gern sagten: »Mal gewinnen, mal verlieren.«

Bislang hatte er wenig zu tun gehabt. Er saß in seinem D-Anzug da, genoß das Erlebnis und dachte über eine Zukunft voller Menschen nach, die auf ihn zeigten und sagten: *Ja, das ist Gruder Müller; er gehörte zu der Flotte, die den Possum abgelenkt hat.* Falls er sonst nie mehr etwas leistete, machte das nichts. Er konnte morgen sterben, und sein Leben war trotzdem ein Erfolg.

Es war ein herrliches Gefühl. Er hatte immer ein Held sein wollen, und jetzt kam es wirklich dazu.

»Null plus acht«, meldete die *Mabry.* »Der Vektor sieht immer noch gut aus.«

Die Besatzung der *Berlin* war jetzt seit fast drei Stunden auf dem *Possum,* und Gruder hatte ein Schema in der Art und Weise entdeckt, wie Sonne und Erde kreuz und quer ihre Bahn über den Himmel dieser Mikrowelt zogen. Es war zunächst unmöglich gewesen, vorherzusagen, *wo* genau ein Himmelskörper aufgehen würde, außer in sehr allgemeinen Begriffen. Jetzt hatte er die zeitliche Abfolge jedoch durchschaut. Und alles verzögerte sich. Ein gutes Zeichen.

Der Blick nach vorn wurde von einer niedrigen Erhebung versperrt, die nicht weit über das Raumschiff ragte und zu beiden Seiten in Graten auslief, die das Fahrzeug umschlossen. Während Gruder hinsah, tauchte der Rand der Erde über dem Hang links auf.

Willem Stephan überprüfte die Treibstoffanzeige. Der Vorrat reichte noch für zehn Minuten vollen Schub. Das Programm mußte neun weitere Minuten absolvieren. Perfekt. Stephan öffnete einen Kanal und wandte sich an die Besatzung: »Ich denke, wir haben alle ein gutes Essen verdient, wenn wir wieder zurück sind.«

Kathleen, die neben ihm saß, hob die linke Hand und warnte vor frühzeitiger Feststimmung. Gruder dachte jedoch genauso wie der Pilot und fand allmählich, daß Sauerbraten und Bier gut zum Anlaß paßten.

Zu den Unwägbarkeiten des Unternehmens gehörten Kohäsion und Stabilität des Gesteins. Feinberg hatte Schätzungen auf Grundlage von Sensorablesungen und Proben vornehmen müssen, bei denen jedoch Dinge wie Risse oder Belastungsbrüche nicht unbedingt zutage traten. In der Umgebung der *Berlin* hatte sich das bei der Kollision mit Tomiko geschmolzene Gestein nicht wieder ausreichend verfestigt, ehe es ein paar weitere Kollisionen erduldete. In der Folge hatten sich mikroskopische Risse entwickelt. Die beiden unter Vollast laufenden Raketentriebwerke erzeugten nun extremen Druck auf diese Risse. Und während Gruder gerade über Sauerbraten nachdachte, brach einer von ihnen unter der Belastung auf.

Der Felshaken an Backbord riß sich aus dem Boden. Das Raumschiff drehte sich heftig nach Steuerbord. Willem ging sofort auf manuelle Steuerung, wollte die Triebwerke abschalten. Aber es war zu spät. Der Achterfelshaken löste sich innerhalb von Sekunden, und die Steuerbordseite zerbröckelte gleich danach. Die Raumfähre donnerte über die Felslandschaft und krachte mit vollem Schub an den Hügel. Beide Tanks explodierten, und ein Feuerball stieg in den Himmel auf.

5.

TRANSGLOBAL-SONDERREPORTAGE, 4 Uhr 23

... vor wenigen Minuten. Die leitenden Personen des Unternehmens haben noch nicht bekanntgegeben, wie sich der Verlust der Maschine auf den Einsatz auswirken wird. Wir können nur hoffen, Don, daß schon genügend Fortschritte gemacht wurden, damit die verbliebenen sechs Raumfähren für den Job ausreichen. Bislang liegt keine Nachricht vor. Wir versuchen gerade, jemanden zu erreichen und eine Stellungnahme zu erhalten. Schalten wir derweil zum Kitt Peak um, wo die Astronomen die Entwicklung intensiv verfolgt haben.
Hier spricht Keith Morley auf der *Percival Lowell,* die auf dem *Possum* verankert liegt.

Antonia Mabry, Einsatzleitung, 4 Uhr 24

»Sind Sie sicher?«

»Ja, verdammt!« Feinberg, der immer stolz auf seine Gelassenheit war, hörte sich schrill werden. Er stand kurz davor, in Tränen auszubrechen. Die Silhouetten auf dem Display hatten sich getrennt und entfernten sich konstant weiter voneinander.

»Falls wir weiter Schub geben ...«, beharrte Carpenter.

»Es wird nicht reichen. Wir haben bislang nicht mehr erreicht, als die Einschlagsstelle nach Südosten zu verschieben.«

»Wohin?«

»Mein Gott, ich weiß nicht! Macht es etwas *aus*?«

»Ja, es *macht* etwas aus!«

»Okay. Versuchen wir es mit dem östlichen Florida. Vielleicht Jacksonville. Cape Canaveral. Der Ozean. Wer weiß?«

Das Telefon klingelte. »Das wird Haskell sein«, sagte Carpenter. Er wirkte panisch. »Was sagen wir ihm?«

»Die Wahrheit«, sagte Feinberg. »Sagen Sie ihm die Wahrheit. Inzwischen schlage ich vor, daß wir abschalten.«

Percival Lowell, Flugdeck, 4 Uhr 25

»Also geben wir einfach auf?« Charlie spürte, wie ihm das Blut in den Schläfen pochte.

Das konstante Trommeln vom Triebwerk der *Lowell* erstarb, als das Raumschiff in sein Äquivalent zum Leerlauf wechselte. »Wir haben keine Optionen mehr, Herr Präsident.«

»Warum nicht? Was verlieren wir, wenn wir es probieren?«

Ein Klicken ertönte, und Feinberg war in der Verbindung. »Sie müssen die Situation akzeptieren, Sir«, sagte er. »Wir können es nicht mehr schaffen und verschieben die Einschlagsstelle nur weiter nach Osten. Richtung Atlantik. Falls dieses Ding ins Meer stürzt, was inzwischen durchaus möglich erscheint, müssen Sie mit einer noch größeren Katastrophe rechnen.«

Charlie sackte zusammen. »Allmächtiger!«

»Wir können einfach nichts mehr tun«, sagte Feinberg.

Carpenter meldete sich wieder: »Wir haben die *Kordeshew* angewiesen, Sie abzuholen, und die *Talley* ist unterwegs, um die Besatzung der *Arlington* zu bergen. Bitte machen Sie sich zum Aufbruch bereit. Wir haben für die Rettung nur dreißig Minuten Zeit. Die übrigen Raumfähren weisen wir an, die Felsanker abzuwerfen und wie der Teufel von dem Felsen zu verschwinden.«

»Nein«, entgegnete Charlie. »Gibt es noch irgendeinen Reserveplan?«

»Nein, Sir. Es tut mir leid. Wir haben getan, was wir konnten. Wir haben *alles* getan, was wir konnten.« Das war wieder Feinberg, der verärgert und defensiv klang.

Das Flugdeck verschwamm Charlie vor den Augen. Er hatte eine Feindseligkeit gespürt, die von dem *Possum* ausging, einen persönlichen Abscheu. Eine Wahl stand Charlie nach wie vor frei: Er konnte das Scheißding mit Atomraketen erledigen. Er holte tief Luft und ermahnte sich, nicht den Kopf zu verlieren. »Wir haben noch etwas Zeit. Denken wir darüber nach. Es muß doch *irgend etwas* ...«

»Wenn Sie eine Idee haben, Herr Präsident, dann sind Sie besser als ich. Derweil sind die *Arlington* und Ihr eigenes Schiff am Felsen verankert. Falls wir die Besatzung nicht schnell herausholen, Sie eingeschlossen, stürzen Sie alle mit dem Ding ab.«

»Wir bleiben zunächst, wo wir sind«, sagte Charlie. »Niemand verschwindet von hier, solange ich nicht den Befehl erteile. Haben Sie das verstanden?«

»Herr Präsident ...« Das war Carpenters Stimme. »Bitte ...«

»Halten Sie sich bereit, im Notfall zu verschwinden.

Aber nicht, ehe ich Sie dazu anweise.« *Aber Physik ist keine Politik. Man kann in der Physik nicht einfach etwas zuwege bringen, indem man sich mehr anstrengt.*

Er trennte die Verbindung und starrte in einen roten Dunst.

»Sind Sie okay, Sir?« Es war Rachels Stimme.

»Mir geht es gut«, sagte er. »*Wir* schlagen uns nicht so gut, aber mit mir ist alles okay.«

»Was war mit der *Berlin* los? Ein gerissener Felsanker?«

»Ich vermute. Ich weiß es nicht.«

Sie nickte. Auf dem Flugdeck war es still. »Ich habe hier jede Menge Anrufe für Sie, Herr Präsident.«

»Jetzt nicht«, sagte er.

TRANSGLOBAL-SONDERREPORTAGE, 4 Uhr 26

> ... haben sie die Triebwerke abgeschaltet. Zur Zeit ist noch die gesamte Flotte auf dem *Possum*, fünf Einstufen-Raumfähren und die *Percival Lowell*, aber nichts passiert. Bruce, ich habe versucht, das Kommandoschiff zu erreichen – die *Antonia Mabry*, wie Sie wissen –, aber es reagiert nicht. Ich habe auch ein Gespräch mit Präsident Haskell angemeldet. Ich muß ehrlich sein: Im Augenblick sieht die Lage hier trostlos aus.

Skyport, Orbitallabor, 4 Uhr 27

»Sie haben aufgegeben.« Windy Cross stützte die Ellbogen auf seinen Arbeitstisch und vergrub das Gesicht in den Händen. »Es ist vorbei.«

Tory saß wie gelähmt da und hörte dem elektronischen Plätschern der Instrumente zu. Bilder vom *Possum* liefen auf einem Dutzend Monitoren, einschließlich des Hauptdisplays der Einsatzleitung von Unternehmen Regenbogen. Die doppelte Wiedergabe des Objekts in Rot und Weiß hatte sich hoffnungslos aufgespalten.

Andrea Bellwether versuchte, Tory auf sich aufmerksam zu machen. »Ich habe Keith Morley in der Leitung«, sagte sie. »Er möchte erfahren, was los ist.«

»Verdammt, wir wissen nichts«, sagte Windy. »Sagen Sie ihm, er soll Carpenter anrufen.«

»Er sagt, Carpenter würde keine Anrufe entgegennehmen.«

»Verdammt richtig. Ich täte es auch nicht.« Er senkte den Ton um eine Oktave. »Wenn Sie ihm sagen, daß die Verantwortlichen das Handtuch geworfen haben, lösen Sie eine Panik aus.«

»Denken Sie nicht, daß ohnehin eine auftritt?«

»Ist schon okay. Soll jemand anderes den Buckel hinhalten. Wir sind aus dem Spiel.«

Percival Lowell, Flugdeck, 4 Uhr 28

»Sie haben mir gesagt, daß es nicht möglich ist, Al.«

»Um Gottes willen, Charlie, was machen wir denn jetzt?«

»Ich weiß es nicht.« Rachel blickte ihn an, als stünde er womöglich kurz vor einem Schlaganfall. »Ich weiß es nicht, Al. Falls Sie eine Idee haben – jetzt wäre der richtige Zeitpunkt dafür.«

»Hören Sie, wir haben draußen immer noch ein Tänzchen mit der Presse. Was möchten Sie denen sagen?«

Darauf lief es also schließlich hinaus.

Als wäre es irgendwie Charlie Haskells Schuld, daß die Welt vor dem Untergang stand. *Was möchten Sie denen sagen?*

Eine Funklampe ging an. »Carpenter«, sagte Rachel. »Er sagt, es sei dringend.«

»Warten Sie eine Sekunde, Al.« Er wechselte den Kanal. »Haskell.«

»Herr Präsident, wir müssen evakuieren. Geben Sie jetzt den Befehl, oder vergessen Sie es.«

Charlie starrte den glänzend schwarzen Handapparat an. In diesem Augenblick hätte er lieber ein Messer in der Hand gehabt, um es sich ins Herz zu stoßen.

Einstufen-Raumfähre *Arlington*, Flugdeck, 4 Uhr 29

»*Arlington,* halten Sie sich zur Evakuierung bereit.«

George hörte dem eigenen Atem zu, der im D-Anzug besonders laut klang. Neben ihm löste Mary ihre Gurte.

Niemand sagte etwas. Sie standen langsam von ihren Sitzen auf. Es hatte fast den Anschein, als mühten sie sich unter hoher Schwerkraft.

> *FRANK CRANDALLS DURCH-DIE-NACHT-ANRUF-SHOW, 4 Uhr 30*
>
> Wie Sie wissen, widmen wir diese Sendung heute nacht dem Bemühen, den *Possum* abzulenken. Wir haben hier eine Bekanntmachung vorliegen, und ich möchte, daß Sie gut zuhören. Hier werden Wissenschaftler aus dem AstroLab mit der Bemerkung zitiert, der Verlust einer Raumfähre vor wenigen Minuten bedeutet, daß der *Possum* jetzt nicht mehr aufzuhalten sei. Sie schätzen jedoch, daß die Einschlagsstelle weiter nach Osten verlagert wurde. Bislang ist niemand bereit, offen zu sagen, wo der *Possum* abstürzen wird, aber inoffiziell deuten die Wissenschaftler an, daß es im Südosten der Vereinigten Staaten oder in der Kari-

bik sein könnte. Bill Plant ist gerade im AstroLab, und wir schalten gleich dorthin um.
Ich möchte hinzufügen, daß wir diese Sendung verkürzen. Wie Sie wissen, ist unser Standort Miami, und wir möchten unseren Mitarbeitern Gelegenheit geben, nach Hause zu ihren Familien zu gehen. Nach unserem Bericht aus dem AstroLab schalten wir Sie auf den Sender zurück. Wir erwarten Sie morgen abend zur üblichen Zeit. Hoffe ich.
Hiermit verabschiedet sich der alte Fahrensmann.

6.

Skyport, Orbitallabor, 4 Uhr 31

Tory wußte später nicht mehr, wann genau sie den Einfall hatte. Es schien, als hätte die Idee seit dem Abendessen unmittelbar hinter der Wahrnehmungsgrenze geflackert, seit Tory von den drei Stationsfähren wußte, die die Einstufen-Raumfähren hinaus zum *Possum* begleiten sollten. Die *Kordeshew.* Die *Mabry.* Die *Talley.* Alle nach Besatzungsmitgliedern von Frank Bellwethers verlorenem Schiff *Ranger* benannt. Und Andrea Bellwether, Franks Tochter, saß nur wenige Schritte von ihr entfernt.

Bellwether.

Vielleicht bestand das Problem darin, daß Feinberg und die anderen in zu engen Begriffen dachten.

Vielleicht gab es *immer noch* eine Möglichkeit.

Antonia Mabry, Einsatzleitung, 4 Uhr 32

»Nein, Tory«, sagte Feinberg. »Das würde nicht funktionieren. Das Ding hat zuviel Masse.«

»Sind Sie *sicher?*«

Natürlich war er sicher.

»Was bleibt Ihnen sonst übrig?« beharrte sie.

Feinberg hatte Tory Clark noch nie gemocht. Für seinen Geschmack war sie ein wenig zu penetrant, und welche Ausbildung hatte sie überhaupt? Sie war auch nur so eine Mitläuferin. »Ich habe eigentlich keine Zeit, um darüber zu streiten.«

»Wofür *haben* Sie denn Zeit, Professor? Wieso *versuchen* Sie es nicht? Was verlieren Sie dabei?«

»*Was wir dabei verlieren?* Ich sage Ihnen, was wir dabei verlieren: Wir haben den *Possum* schon zu weit verschoben. Er stürzt wahrscheinlich ins Meer. Das ist nicht der bestmögliche Ausgang. Obendrein müßten wir, um es mit Ihrer Idee auch nur zu probieren, die Leute an Bord der Schiffe opfern. *Möchten* Sie das vielleicht?«

»Falls es funktioniert, haben die Besatzungen keine Probleme.«

»Es *wird nicht* funktionieren, Tory. Was ist Ihnen daran eigentlich unklar?« Seine Augen waren wieder feucht. »Wir haben schon genug Schaden angerichtet. Lassen Sie es damit bewenden.« Er trennte die Verbindung.

Orly Carpenter starrte ihn an. »Was hat sie gewollt?«

»Nichts.« Feinberg bereute bitter, daß er seine Dienste für das Projekt angeboten hatte. Es war gescheitert. Es war nicht seine Schuld, und auf keinen Fall konnte jemals irgend jemand behaupten, *Feinberg* trüge die Verantwortung dafür. Aber das spielte keine Rolle. Überall waren seine Fingerabdrücke drauf. Und irgendwie wußte er, daß er das alles hätte verhindern sollen.

Skyport, Orbitallabor, 4 Uhr 33

»Was hat er gesagt?« fragte Windy.

»Er hat *nein* gesagt.«

»Ist das alles?«

Andreas Augen wurden dunkel vor Zorn. »Wie konnte er das nur tun? Hat er vielleicht eine bessere Idee?«

»Er meint, es würde alles nur schlimmer machen.«

»Na ja«, sagte Windy. »Wir haben es versucht. Niemand kann behaupten, wir hätten es nicht versucht.«

»*Verdammt!*« schimpfte Andrea. »Er gibt auf! Aber das ist nicht *seine* Entscheidung.«

Auf einem der Fernsehbildschirme verfolgten sie mit, wie sich Menschen vor einer Kirche in Boston versammelten. Sie hielten Kerzen, und jemand sprach ein Gebet.

»Du hast recht«, sagte Tory. »Es ist nicht *seine* Entscheidung.«

Windy schüttelte den Kopf. »Wessen dann?«

»Verdammt«, fuhr Tory fort, »der Präsident ist da draußen!«

»Wundervoll!« sagte Windy. »Hast du vor, ihn anzurufen?«

»Wieso nicht? Wir wissen schließlich, wo er ist.« Sie streckte die Hand nach dem Telefon aus.

»Nein«, sagte Windy. »Hast du eine Ahnung, welche Schwierigkeiten wir uns einhandeln?«

Tory drückte Tasten. Die Stimme von Oberst Quinn meldete sich. »Hier *Lowell.*«

»*Lowell,* hier ist das Orbitallabor. Ich möchte mit dem Präsidenten sprechen.«

»Stellen Sie sich hinten an«, sagte Quinn.

»Oberst, es ist dringend!«

»Zur Zeit ist alles dringend. Ich lege Sie auf die Warteschleife.«

»Ich muß ...« Und die Leitung war schon tot.

Andrea ballte die kleinen Fäuste. »Wir haben keine Zeit für so was! Ich kenne vielleicht jemanden, der zu ihm durchdringt.« Sie beugte sich über das Mikrophon und drückte eine Taste. »*Kordeshew,* hier ist das Orbitallabor. Ich muß mit Kaplan Pinnacle sprechen. Sofort, bitte.«

Percival Lowell, Flugdeck, 4 Uhr 34

Charlie sprach gerade mit Al Kerr, der kurz davor stand, in Panik zu geraten. Und Charlie wußte nicht, was er ihm sagen sollte.

Rachel blickte ihn an und tippte an ihren Kopfhörer. Noch ein Anruf. Er hatte ihr gesagt, daß er niemanden zu sprechen wünschte außer Carpenter und Feinberg. »Warten Sie kurz, Al«, sagte er. Dann blickte er verärgert zu Rachel hinüber. »Wer ist es?«

»Dr. Hampton möchte Sie sprechen.«

Mein Gott! »Vertrösten Sie sie auf später.«

»Sie sagt, es wäre dringend. Meint, Sie müßten mit ihr reden.«

Charlie nickte. »Schalten Sie sie durch.«

Antonia Mabry, Einsatzleitung, 4 Uhr 37, neunzehn Minuten bis zum Einschlag.

»Ja«, räumte Feinberg ein. »Es *ist* möglich. Aber es ist eine entfernte Möglichkeit. Gott weiß, was ...«

»Tun Sie es.«

»Herr Präsident ...«

»Tun Sie es, gottverdammt!«

»Wir sind nicht darauf vorbereitet. Wir müssen die Zündsequenz schätzen. Falls wir dabei einen Fehler machen, was wir wahrscheinlich tun werden, verlieren wir vielleicht die *gesamte* Bevölkerung des Planeten. Möchten Sie wirklich dafür die Verantwortung übernehmen?«

Bilder blitzten in Charlies entsetzter Psyche auf: Schweißnasse Sklaven, die Steinblöcke durch die ägyptische Wüste zerrten; Menschen, die Religionen erfanden, um einem von Krankheit geplagten, gewalttätigen, ziellosen Leben Sinn zu geben, und die dann von diesen Religionen unterjocht wurden; Frauen, die ohne großes Glück versuchten, ihre Jäger-Ehemänner zu zivilisieren; eine Welt, die sich mühte, die Herrschenden an die Kandare zu nehmen. All die Schlachten, die Seuchen, das Steigen und Sinken der Flüsse, die Inquisitionen, die Nutzlosigkeit ... Millionen einzelne Menschen hatten Opfer gebracht und dabei meist nie geahnt, in welche Richtung sich ihre Lebensform entwickeln würde. Jetzt endlich trugen die gemeinsamen Anstrengungen Früchte. Jetzt hinzunehmen, daß dieser Felsbrocken abstürzte, bedeutete, sich das wieder entreißen zu lassen, alle Welt in die Höhlen zurückzuschicken, die ganzen Kämpfe gegen Krieg und Krankheit und Aberglauben neu auszutragen, alles zu wiederholen.

»Ich verstehe«, sagte Haskell. »Ich trage die Verantwortung.«

Einstufen-Raumfähre *Arlington*, Passagierkabine, 4 Uhr 38, achtzehn Minuten bis zum Einschlag.

George Culver öffnete die Luke zur Luftschleuse, und Mary trat ein. Sie wirkte müde und verängstigt. Auf dem Bildschirm sahen sie die *Christopher Talley*, die unterwegs war, um sie abzuholen. Curt lehnte den Helm ans Schott; es widerstrebte ihm, die Raumfähre zu verlassen. George legte ihm eine Hand auf die Schulter und steuerte ihn sachte zur Luftschleuse.

»Seht mal«, sagte Mary. Ihre Augen hingen am Monitor. Die *Talley* entfernte sich wieder.

»Sie passen ihre Fluglage an«, meinte George.

Curt schüttelte den Kopf. »Nein, das denke ich nicht.«

»*Talley*«, sagte George. »Wir sind zum Aufbruch bereit.«

»Verstanden, *Arlington*, aber der Plan ist geändert worden.«

Eine andere Stimme, ruhig, eindringlich, die Stimme des Präsidenten, meldete sich im Rundspruchkanal: »Meine Damen und Herren«, sagte der Präsident, »hier ist Charles Haskell. Ich brauche Ihre Hilfe.

Sie haben gesehen, wie groß dieses Ding ist, kennen seine Geschwindigkeit, wissen, was passiert, wenn es abstürzt.« Er brach ab, und sie hörten ihn atmen. »Wir haben immer noch eine Chance, den *Possum* aufzuhalten. Aber sie erfordert, daß wir alle noch etwas länger hier draußen bleiben. Es tut mir leid, Sie dazu aufzufordern, aber ich habe keine Wahl. *Wir* haben keine Wahl. Alles, worum wir uns je gesorgt haben, jeder, den wir je geliebt haben, ist einer furchtbaren Gefahr ausgesetzt. Und es ist einfach *niemand sonst da, der hinzutreten und tun könnte, was getan werden muß.*«

***Antonia Mabry*, Einsatzleitung, 4 Uhr 39, siebzehn Minuten bis zum Einschlag.**

Feinberg schaltete den Rundspruchkanal ein. »Alle auf Handsteuerung gehen«, sagte er.

Der *Possum* rotierte weiter um die eigene Achse, und zwar einmal alle dreiundfünfzig Minuten und elf Sekunden. Die Strategie erforderte jetzt, daß die Ebene nach unten wies, sobald er auf die Ionosphäre traf. Wie die Dinge in diesem Augenblick lagen, würde das jedoch leider nicht geschehen. In elf Minuten war die Ebene in perfekter Position, aber danach drehte sie sich wieder weg. Feinberg mußte zweierlei erreichen: Den *Possum* beschleunigen, damit er so schnell wie möglich die Ausläufer der Atmosphäre erreichte, und seine Rotation abbremsen.

»An alle«, sagte er. »Jetzt auf vollen Schub gehen und ihn beibehalten. Alle Fahrzeuge justieren die Fluglagedüsen an Backbord senkrecht zur Rotationsachse und zünden sie.« Damit würden sie sehr wenig erreichen, *wohl* aber einen Rotationswiderstand erzeugen, und er nahm jetzt alles, was er kriegen konnte.

Er hatte sich noch mehr überlegt, was er probieren konnte: Den Schub ausbalancieren zwischen den drei Fahrzeugen einerseits, die direkt parallel zur Achse lagen – die *Lowell, Moskau* und *Arlington* –, und den übrigen andererseits, die in versetzten Winkeln plaziert waren. Die Zeit reichte jedoch einfach nicht für komplizierte Manöver.

Carpenter las seine Gedanken und warf einen Blick auf die Treibstoffanzeigen. Er schüttelte den Kopf. »Es wird nicht reichen«, sagte er. »Kommt es darauf an, ob wir den Treibstoff jetzt oder später verbrennen?«

»*Jetzt*«, sagte Feinberg. »Die Sache einfach halten.« Die Ebene des *Possum*s glitt hinunter zu den blauen Meeren und den fernen, schimmernden Wolken. Aber sie drehte sich dabei weiter.

»Wir müssen sie abbremsen«, sagte Carpenter.

Feinberg prüfte die Zahlen und Bilder auf den Monitoren, entdeckte nichts, blickte zum Fenster hinaus, sah die Lichter der *Talley,* sah den Einsamen Kamm ins Blickfeld kommen. »Möglicherweise *können* wir doch etwas tun.«

Die *Mabry,* die *Kordeshew* und die *Talley* waren ausschließlich für den Verkehr zwischen L1 und Skyport gebaut. Sie landeten nie auf einer planetaren Oberfläche, und sie brauchten damit auch nie vom Grund eines Gravitationsschachtes emporzusteigen. Deshalb erzeugten sie auch keinen Schub, der mit dem einer einstufigen Raumfähre oder der *Lowell* vergleichbar gewesen wäre. Trotzdem produzierten sie ansehnlich Energie.

»Genug, um die Rotation zu verlangsamen?« fragte Carpenter, der die Idee sofort begriff.

»Wir müssen nur ein paar Minuten herausholen«, antwortete Feinberg. »Probieren wir es aus.«

Er öffnete die Kanäle zu den Piloten der drei Stationsfähren. Er erklärte ihnen, was er zu erreichen hoffte. »Die Stationsfähren beziehen Positionen entlang des Einsamen Kamms, die *Kordeshew* links von uns, die *Talley* rechts. Suchen Sie sich gute Stellen, aber halten Sie Distanz zueinander; versuchen Sie, fünfhundert Meter Abstand zwischen die Schiffe zu legen. Setzen Sie das schnellstens um! Drehen Sie den Bug hinein. Gehen Sie auf vollen Schub, sobald ich das Signal gebe.«

Jay Bannister, Pilot der *Kordeshew,* bestätigte erst und erklärte ihm dann, die Idee wäre verrückt. »Wir verbrauchen dabei zuviel Treibstoff«, sagte er. »Keiner von uns kommt mehr nach Hause. Ich habe vier Passagiere an Bord.«

»Sie müssen eben das gleiche Risiko eingehen wie wir anderen auch, Jay«, versetzte Carpenter. »Wenn wir dieses Ding nicht wegschieben können, gibt es für keinen von uns mehr ein Zuhause.«

Und von Rita, auf dem eigenen Schiff, bekamen sie zu hören: »Ich bin nicht sicher, ob der Rumpf dieser Belastung standhält.«

Der große Nachteil bestand darin, daß die Stationsfähren, wie die Busse auch, über keine Schubregelung verfügten. Der Schub war entweder ein- oder ausgeschaltet. So mußten die Piloten, die Fahrzeuge mit Hilfe der Feinsteuerdüsen sachte an den Kamm heranlenken. »Kuscheln Sie sich so gut dran, wie Sie können«, empfahl ihnen Carpenter. »Suchen Sie sich jeder ein so flaches Stück Wand, wie sie es nur finden.«

Der *Possum* beschleunigte.

Eine Lampe ging an, und der Funker deutete darauf. »Der Präsident, Sir«, sagte er zu Carpenter.

Feinberg seufzte.

Carpenter hörte der Stimme im Kopfhörer zu und nickte. »Soweit alles okay, Sir«, sagte er. »Ich sage Ihnen Bescheid.«

Sie blickten jetzt durchs Fenster auf das Hinterland und sanken auf die Oberfläche hinunter. Felsen, Hügel und Schluchten zogen vorbei. Voraus erblickte Feinberg den Einsamen Kamm, der sich auf beiden Seiten bis zum Horizont ausdehnte. An Backbord ging die Sonne unter. Jetzt standen sie vor der Aufgabe, sie am Himmel festzuhalten, dafür zu sorgen, daß sie nicht wieder aufging. Wie einst Joshua.

Eine Funkstimme meldete sich durch prasselnde Störungen: »*Kordeshew* in Position.«

»Bereithalten«, sagte Carpenter.

Feinberg behielt die Uhr im Auge.

Rita suchte an der Felswand nach der flachsten Stelle, die sie finden konnte, und schwebte darauf zu. Wenn sie eine brauchbare Überlebenschance haben wollten, mußte die Schubrichtung senkrecht zum Hang verlaufen. Eine Abweichung, sei sie noch so gering, konnte sich als tödlich erweisen. Rita steuerte vorsichtig heran, nahm jeden Schub nach vorn weg und ließ sich auf den Kamm zutreiben.

In der Einsatzleitung machte sich ein leichter Ruck bemerkbar.

»Bin einsatzbereit«, meldete Rita. »Aber Gott helfe uns.«

»Können wir jetzt zünden?« wollte man auf der *Kordeshew* wissen.

»Noch nicht«, antwortete Feinberg. »Wir tun das gemeinsam.«

Sekunden später meldete sich die *Talley.* Sie hatten dort Schwierigkeiten, eine Stelle zu finden. »Die Felswand ist hier drüben uneben«, sagte der Pilot. Die *Talley* befand sich an Steuerbord der *Mabry.*

»Wir haben keine Zeit für eine lange Suche«, sagte Carpenter.

7.

Talley, Flugdeck, 4 Uhr 41, fünfzehn Minuten bis zum Einschlag.

»Dort«, sagte Ahmad.

»Das nennst du *flach*?« Pilot Oscar ›der Falke‹ Adams war Miteigentümer von Mo's Restaurant auf Skyport. Er war der einzige Millionär in den Reihen der Flugbesatzungen.

»Ich denke nicht, daß wir hier etwas Besseres finden«, sagte Skip Wilkowski, der Flugingenieur. Sie brauchten ein relativ glattes Stück Felsen, etwas, um den Schiffsbug hineinzusetzen. Dieser Bereich des Einsamen Kammes zeigte sich jedoch als sehr uneben. »Wir müssen damit auskommen.«

»Scheißding«, sagte Adams. Er steuerte darauf zu.

***Antonia Mabry*, Einsatzleitung, 4 Uhr 43, dreizehn Minuten bis zum Einschlag.**

Die Stationsfähren zündeten gleichzeitig ihre Triebwerke. Die *Mabry* ächzte und knallte, zerbrach aber nicht, wie Rita befürchtet hatte. Carpenter und Feinberg hatten sich nicht die Zeit genommen, in die D-Anzüge zu steigen; es hätte ohnehin nicht viel genützt, falls etwas schiefgegangen wäre. Nach ein paar ungemütlichen Augenblicken konzentrierte sich Carpenter wieder auf die Daten, die von den übrigen Schiffen hereinkamen. »Alle drei laufen heiß«, sagte er. »Ich hätte nie geglaubt, daß die Maschinen einem solchen Druck standhalten.«

Feinberg behielt die Bildschirme im Auge und dachte, wie schön es war, noch am Leben zu sein. Er hatte den Tod immer gefürchtet, die finale Auslöschung des Lichts und den langen Sturz ins Vergessen. Er betrachtete die eigene Sterblichkeit als so etwas wie ein persönliches Schwarzes Loch, das ihn unerbittlich durch seine Tage zerrte, um ihn schließlich zu verschlucken. Und er fragte sich jetzt, ob er nicht schon hinter dem Schwarzschild-Radius war – jetzt, wo sich das Raketentriebwerk der Stationsfähre gegen den zerbrechlichen Rumpf aufbäumte und denselben Rumpf gleichzeitig dazu benutzte, um die enorme Masse des *Possums* aufzuhalten.

Er hatte weder einen religiösen Glauben, der ihn getröstet hätte, noch eine funktionsfähige Philosophie, um damit die Dämonen abzuwehren. Zum erstenmal im Leben handelte er auf eine Art und Weise, die man treffend als heldenhaft beschreiben konnte. Und er vermutete, daß man seine heutigen Leistungen eines Tages anerkennen würde. Falls das Unternehmen Erfolg hatte. Aber falls er dann tot war, falls er nicht auf dem Podium stand, um irgendeine Art von Medaille entgegenzunehmen, welchen Sinn hatte es dann?

In der Dunkelheit, die von seinen Ängsten hervorgerufen wurde, suchte er nach einer Präsenz, einem Gott, der vielleicht eingriff. *Falls du da bist,* murmelte er, *dann hilf mir, das zu überstehen.* Er versuchte nicht, ein Abkommen zu schließen, versprach nicht, sein Leben zu ändern. Er bat nur um Hilfe. Näher war Feinberg in mehr als fünfundzwanzig Jahren nicht an ein Gebet herangekommen.

Percival Lowell, Ausrüstungsdeck, 4 Uhr 46, zehn Minuten bis zum Einschlag.

Am frustrierendsten war es für Charlie, daß er nicht aktiv zu den Anstrengungen beitragen konnte, daß er einfach nur hilflos in der *Lowell* saß, wie er vorher hilflos im Mikrobus gesessen hatte, und verfolgte, wie die Dinge ihren Lauf nahmen. Er hielt eine Direktverbindung mit der Einsatzleitung aufrecht, aber er wünschte sich jetzt, er hätte Feinbergs Vorschlag – oder war es Carpenters Vorschlag gewesen? – angenommen, die Ereignisse von der *Mabry* aus zu überwachen.

Er hatte sich vom Flugdeck zurückgezogen und seinen Platz Saber überlassen – fast so, als wollte er gar nicht mehr zusehen, wohl wissend, daß er sowieso nicht helfen konnte.

Nur noch Keith Morley leistete ihm Gesellschaft. Morley redete ins Mikrophon und blickte auf, als Charlie eintrat. Mit einer Handbewegung bat er um Erlaubnis, dem Präsidenten ein paar Fragen vor der Kamera zu stellen. Aber Charlie lehnte mit einem Kopfschütteln ab und plumpste auf einen Sitz.

Vorn trafen weiter die Anrufe für ihn ein. Rachel hatte inzwischen eine Warteliste mit mehreren hundert Einträgen. Ein paar Gespräche hatte er angenommen. Vor zwanzig Minuten, als die Dinge sich allmählich in die falsche Richtung entwickelten, auch einen Anruf des Papstes. Würden sie Erfolg haben? fragte der Pontifex. Und Charlie antwortete nicht ganz diplomatisch, das wüßten die Götter, und falls der Papst irgendeinen Einfluß hätte, wäre jetzt ein guter Zeitpunkt, ihn zu nutzen.

Charlies Funktelefon läutete. Es war der Ton der *Mabry*. »Haskell«, sagte er. Sein Herz klopfte.

Carpenters Stimme meldete sich. »Auf zwei Raumfähren sind die Tanks leer. Aber wir haben eine Chance. Wir haben den Brocken ein wenig abgebremst. Feinberg ist ein Genie.«

»Yeah«, sagte Charlie. »Er ist ziemlich gut.« Aber Gott sei für die Frau im Orbitallabor gedankt. Und für Evelyn. (Und, obwohl er das nicht wußte, für Kaplan Pinnacle.)

Talley, Flugdeck, 4 Uhr 50,
sechs Minuten bis zum Einschlag.

›Falke‹ Adams hatte das heikle Gleichgewicht zwischen dem Bug der Stationsfähre und der zerklüfteten Felswand aufrechterhalten können. Es kam darauf an, die Klippe in einem Winkel von präzise neunzig Grad zur Zentralachse des Schiffes zu halten. Sollte sich dieser Winkel auch nur leicht verändern, würde das Triebwerk der *Talley* die Stationsfähre demolieren, ihr das Rückgrat brechen, dabei die Achtersektion durch die vorderen Kabinen drücken und das Flugdeck mitsamt den Menschen darauf zermalmen.

Dieses Szenario ging Adams zu keinem Zeitpunkt aus dem Kopf.

Tatsächlich hielt er das Schiff schon länger in der richtigen Position, als er es für möglich gehalten hätte. Aber irgend etwas – ein Schluckauf in den Treibstoffleitungen, ein Computerimpuls, eine Unaufmerksamkeit, irgendwas – kippte für einen Augenblick den Energiestrom. Das Ende kam so schnell, daß ›Falke‹ gar nichts mehr von einem Problem bemerkte.

***Antonia Mabry*, Einsatzleitung, 4 Uhr 51, fünf Minuten bis zum Einschlag.**

»Wir haben die *Talley* verloren.«

Feinberg nickte.

Carpenter blickte auf die Displays. »Was denken Sie?«

»Noch zu früh.«

***Percival Lowell*, Flugdeck, 4 Uhr 52, vier Minuten bis zum Einschlag.**

Die Kühlanlage im D-Anzug war angesprungen, und kühle Luft badete Sabers Gesicht. »Wird warm«, sagte sie.

Rachel nickte. »Wird noch wärmer werden.« Sie waren jetzt in die Ionosphäre eingetreten. Das Schiff war nicht für atmosphärische Flüge konstruiert. Es würde sich sehr schnell erhitzen.

Lichtstreifen von elektrisch geladenen Sonnenteilchen regneten auf die Felslandschaft der Umgebung herunter. Der Himmel nahm eine rosa Tönung an, und die Sterne waren ausgegangen.

Von den Einstufen-Raumfähren lieferte nur noch die *Arlington* Schub. Dazu kam natürlich die *Lowell.*

»Halt dich fest«, sagte Rachel und schaltete die Bordsprechanlage ein. »Sorgen Sie für festen Halt, Gentlemen. Es wird jetzt holprig.«

Einstufen-Raumfähre *Arlington*, Flugdeck, 4 Uhr 53, drei Minuten bis zum Einschlag.

Der letzte Rest Treibstoff schwand dahin, und die Triebwerke schalteten sich aus.

»Das war's«, sagte George. Etwas schrecklich Endgültiges lag in der Stille, die sie jetzt einhüllte. Sie waren regelrecht an den Felsen gebunden und vermutlich Richtung Florida unterwegs.

Ein niedriger Höhenzug an Steuerbord explodierte. Die Bruchstücke flogen nach hinten weg und verschwanden außer Sicht.

»Die Atmosphäre«, sagte George. Jetzt wurde es eng.

***Antonia Mabry*, Einsatzleitung, 4 Uhr 54**

Feinberg sah den Zahlen zu, die auf seinem Display liefen. Er war benommen und konnte nichts mehr tun als warten. Nicht, daß das etwas ausgemacht hätte: Die Ereignisse entwickelten sich zu rasch, um sie noch zu analysieren, verschwammen, flossen zu einem chaotischen Strom aus verstreuten Bildern und physikalischen Kräften und schierem Entsetzen zusammen. Alles hing davon ab, ob sie den Winkel gut genug hinbekommen hatten und ob die Unterseite des *Possum*s flach genug war.

Carpenter saß angeschnallt auf seinem Platz. Jetzt, wo es nichts mehr zu tun gab, hatte er sich in einen inneren Winkel zurückgezogen, um den Ausgang abzuwarten.

Fragen, Forderungen nach Informationen prasselten im Interkom. Die Briten, die Russen, die Japaner, sogar diese unmögliche Frau, wie hieß sie noch gleich, Tory Clark, die sicher und bequem auf Skyport saß: »Haben wir es geschafft? Wie sieht unser Status aus?«

»Regenbogen, sind Sie noch da?«

Wie sieht unser Status aus?

Ein leises Murmeln setzte ein. Windstöße fegten aus dem Nichts heran und schaukelten die *Mabry*. Die Schotten knarrten, und die Windstöße explodierten zu einem Orkan. Feinberg wurde heftig gegen die Gurte geschleudert. Die Kabine kippte und schlingerte. Schon spürte er, wie die Temperatur stieg.

Das dauerte fast eine volle Minute, ehe die Pilotin das Schiff wieder in einen Zustand brachte, der als kontrolliert durchgehen konnte. »Wir sind vom Felsen weggeweht worden«, gab sie über die Bordsprechanlage bekannt. Als wäre das nicht offensichtlich gewesen!

Feinberg wartete, bis sich sein Magen wieder beruhigt hatte, und öffnete den allgemeinen Kanal. »Hier ist Regenbogen«, sagte er. »Wir schätzen gerade die Lage ein.« Und er lachte. Brüllte förmlich über den eigenen Scherz. *Ja, gebt mir zwei Minuten, und ich sage euch genau, wie wir abschneiden.*

Der Sturm hämmerte weiter auf sie ein. Etwas, ein Stück Felsen, vielleicht ein Stück vom Schiff, klapperte an den Rumpf.

Skyport, Orbitallabor, 4 Uhr 55

Niemand traute sich, etwas zu sagen. Tory verfolgte jedoch, wie der *Possum* durch das Sonnenlicht herunterkam und Richtung Atlanik hinabsank. Das Meer breitete sich dunkel und ewig hinter den Lichttümpeln aus, die die Südostküste der USA kennzeichneten.

Der Felsen glitt allmählich in die Nacht hinüber.

Sie sah, wie erst eine der beiden verbliebenen Stationsfähren vom *Possum* wegpurzelte, dann die andere. Der Brocken drehte sich immer noch um die eigene Achse, eingehüllt von Flammen. Er zog eine Rauchfahne hinter sich her.

Die Rauchfahne funkelte im roten Licht. Aber ihre abwärts gerichtete Krümmung wurde jetzt flacher!

Ein Meer aus Luft hatte sich unter dem *Possum* gebildet. Eine Barriere.

Allmählich geriet der Felsen ins Schleudern.

Wie ein Kieselstein, der über einen Teich hüpft.

Feurige Teilchen wehten von ihm weg. Einige regneten vom Himmel; andere stiegen wieder ins Sonnenlicht auf.

Wie die Ranger.

***Percival Lowell*, Ausrüstungsdeck, 4 Uhr 56**

Charlie Haskell brachte es nicht mehr über sich, die Bilder weiter anzusehen. Die *Lowell* schüttelte sich, als würde sie in Stücke platzen, und das Tosen der Triebwerke schien lauter geworden. Rachel versuchte es immer noch, dachte er, setzte immer noch das nukleare Feuer gegen die gewaltige tote Last des *Possums*, versuchte sie aus der Atmosphäre zu heben, sie von der empfindsamen Erdoberfläche wegzuheben.

Die Stimmenflut, die bei der Einsatzleitung nach Statusmeldungen fragte, war zum hintergründigen Rauschen herabgesunken. Wenn Feinberg nicht mit einer substantiellen Antwort reagierte, dann konnte es nur daran liegen, daß er nichts Neues zu sagen hatte. Sie hatten getan, was sie konnten, hatten die Flotte der Welt mit geballter Kraft in die Waagschale geworfen. Und es hatte nicht gereicht.

POTIM-38 rumpelte über den Himmel, und Charlie fuhr auf ihm mit, er und über dreißig andere, wie Slim Pickens, der in dem alten Film auf einer Wasserstoffbombe ins Ziel geritten war.

Tot.

Sie waren alle tot, und die Welt mit ihnen.

Charlie neigte normalerweise zu einem optimistischen Standpunkt. Falls er in diesem Fall aufgegeben und gefolgert hatte, alles wäre verloren, so war das leicht zu verstehen: Die *Percival Lowell* war von Flammen umhüllt und rüttelte an allen Nähten; Feinbergs meckerndes Lachen drang aus dem Kommandokanal; und Charlie spürte plötzlich wieder den Zug der Schwerkraft, nach langer Zeit in der Schwerelosigkeit.

Daß die letztgenannte Tatsache ein gutes Zeichen war und auf einen Kurswechsel des Felsbrockens hindeutete, kam ihm nicht in den Sinn. Er wartete auf den Todesstoß, getröstet nur von dem Wissen, daß er sein Bestes getan hatte.

Mit achtundvierzig Stunden war seine Präsidentschaft die kürzeste aller Zeiten und stellte locker selbst William Henry Harrisons einunddreißig Tage in den Schatten. Er fragte sich, ob er nicht obendrein womöglich der letzte US-Präsident war. Er dachte über diese traurige Möglichkeit nach, als sein Funktelefon trillerte. Es war ein bemerkenswert alltägliches Geräusch, kühl und profan inmitten des Chaos. Er zog den Apparat aus der Tasche. »Haskell«, sagte er, beeindruckt davon, wie gut seine Stimme klang.

»Herr Präsident.« Es war Feinberg. »Meinen Glückwunsch! Wir haben es geschafft! Er ist wieder auf dem Weg hinaus.«

Charlie spürte, wie sein Puls pochte. »Sind Sie sicher?«

»Ja, ich bin sicher.«

»Gott sei Dank«, sagte Charlie.

»Es wird eine Zeitlang dauern, den neuen Orbit zu analysieren. Wir müssen bestimmen, ob und in welchem Maß der *Possum* eine Gefahr bleibt.«

»Aber er kommt nicht *heute* herunter?«

»Nein, Herr Präsident. Ich kann Ihnen versichern, daß er nicht *heute* herunterkommt.«

Charlie schaltete ab, schloß die Augen und gestattete sich, den Augenblick zu genießen. Er war schweißnaß und überglücklich. Und er spürte auf einmal, daß er ausgehungert war.

Rachels Stimme meldete sich. »Gute Show, Herr Präsident«, sagte sie.

Minuten später sprach Charlie zu einem weltweiten Publikum und übermittelte ihm die Nachricht. Die Welt begann auf althergebrachte Art zu feiern: Kirchenglocken läuteten, Trommeln schlugen, Feuerwerk explodierte, Politiker hielten Reden. In diesem Augenblick hätte Charles L. Haskell zum Weltpräsidenten gewählt werden können, hätte ein solches Amt existiert. Er wußte, daß seine Popularität ihn in jedem Fall ins Weiße Haus bringen würde. Ihm war auch klar, daß der Beifall nur bis zur ersten Rezession Bestand haben würde.

Aber dieser Gedanke war des Helden der Stunde unwürdig.

Vorn auf dem Flugdeck hatte Rachels Funkkonsole aufgeleuchtet. Die ganze Weltbevölkerung wollte mit ihm reden.

Der erste Anruf, den er entgegennahm, kam von Evelyn.

EPILOG

DIENSTAG, 15. APRIL 2025

Das neue Weiße Haus, Eßzimmer des Präsidenten

An dem Abendessen hatten bedeutende Persönlichkeiten aus aller Welt teilgenommen, um den ersten Jahrestag des Ereignisses zu feiern, das viele heute die Geburt des Weltraumzeitalters nannten, das Präsident Haskell jedoch gern als lange verspätete Geburt der Menschheitsfamilie betrachtete. Gemeinsam hatte man sich ein Jahr alte Videoaufnahmen von jubelnden Menschenmassen in Paris und Shanghai, in Jerusalem und Kansas City angesehen, und vom *Possum,* der, gefolgt von einem Feuerschweif, seine Bahn über den Himmel von Florida zog und schließlich aus dem Blickfeld der Menschen verschwand.

Nicht für immer natürlich. Sie hatten eine sechsjährige Gnadenfrist. Was bedeutete, daß die Nationen der Welt keine andere Wahl hatten, als Projekt Skybolt zum Abschluß zu führen.

Die First Lady hatte es sich zur persönlichen Aufgabe gemacht, die Errichtung einer Gedenkstätte zu koordinieren, gewidmet den Menschen, die bei dem gemeinsamen Unternehmen ihr Leben gelassen hatten: den Flugbesatzungen der *Kopenhagen,* der *Rom,* der *Berlin,* der *Christopher Talley,* sowie Bigfoot Caparatti und Tony Casaway.

Eine neue Welt war aus der Katastrophe hervorgegangen. Los Angeles existierte nicht mehr, anscheinend für immer. Als ›vorübergehend‹ bezeichneten die Geologen den See, der in den Wüstenregionen des mittleren Kaliforniens zwischen den Küstengebirgen und den östlichen Bergrücken entstanden war, aber sie sprachen dabei von Jahrtausenden. Städte wuchsen bereits an seinen Ufern empor.

Niemand blieb ohne Narbe zurück. Die Belastung der nationalen Haushalte durch die Verwüstungen zwang die politischen Führer zu koordinierten Anstrengungen, wie es sie nie zuvor gegeben hatte. Streitkräfte schienen zumindest für den Augenblick ihre althergebrachte Funktion verloren zu haben. In den Tagen nach dem Erscheinen des *Possum*s schien niemand bereit, Waffen gegen seine Nachbarn zu erheben. Die Völker der Welt hatten gegen ein gemeinsames Unglück zusammengestanden, und womöglich hatte sich daraus ein neues Band zwischen ihnen entwickelt, ein Band, das nationale und religiöse Identität überstieg, das eine gemeinsame Verwundbarkeit anerkannte. Selbst in Jerusalem hatte man, so schien es, endlich eine Übereinkunft erzielt.

Auf seine eigene dunkle Art war der Komet vielleicht ein Segen gewesen.

Besondere Gäste beim Abendessen im Weißen Haus waren Andrea Bellwether und Tory Clark gewesen. Als Architekten des Überlebens bezeichnete sie der Präsident und wußte dabei, daß Rick Hailey diesen Ausdruck gebilligt hätte. Tory sagte die üblichen Dinge, gab den Dank weiter, wirkte verlegen und setzte sich unter stürmischem Beifall. Andrea sagte nur, daß ihr Vater stolz gewesen wäre.

Feinberg sagte später, daß das Verfahren als Bellwether-Manöver in die Geschichte eingehen würde.

Später lud der Präsident beide Frauen zu einer privaten Feier in das Kolladner-Zimmer ein, um dort den Abend mit ihm zu verbringen, aber auch in der Gesellschaft von Saber, Keith Morley, Kaplan Pinnacle (der mit rascher Auffassungsgabe Evelyn Hampton ausgesucht hatte, um den Präsidenten mit der entscheidenden Nachricht zu erreichen), Wes Feinberg, Orly Carpenter, Jonathan Porter und der Flugbesatzungen der diversen Fahrzeuge von Unternehmen Regenbogen. Und natürlich der First Lady Evelyn Haskell.

Es gibt Pläne, das Ereignis in Zukunft jedes Jahr zu feiern. Leider werden Rachel Quinn und Lee Cochran nächstes Jahr nicht teilnehmen können. Sie sind dann unterwegs zum Mars.

ENDE

Einer der Helden aus dem RINGWELTUNIVERSUM ist der Agent Gil ›der ARM‹ Hamilton.

In diesem Buch hat Larry Niven erstmals alle Hamilton-Erzählungen zusammengestellt, eine ganz neue Geschichte sowie eine Rahmenhandlung hinzugeschrieben und die einzelnen Erzählungen miteinander verknüpft, so daß ein spannender Roman um den berühmten Agenten entstanden ist. Gil muß skrupellosen Organschmugglern das Handwerk legen, die sich nicht mehr nur an den Toten vergreifen, sondern auch an den Lebenden – und hinter Gil sind sie ganz besonders her . . .

ISBN 3-404-24266-1

BASTEI
LÜBBE

Das Erbe ISAAC ASIMOVS:
die Fortführung der weltberühmten Robotergeschichten.

Auf dem Planeten Inferno herrscht noch immer Zwietracht zwischen Spacern und Siedlern. Zusätzlich droht eine Klimakatastrophe, die Welt ist dem Untergang geweiht. Als ein Komet am Himmel entdeckt wird, arbeiten die Wissenschaftler einen waghalsigen Plan aus: Wenn es gelänge, Bruchstücke des Kometen so zu lenken, daß sie einen Graben zwischen Polarsenke und Meer schlügen, wäre Inferno gerettet. Doch der Plan stößt bei den Siedlern auf wenig Gegenliebe. Intrigen werden gesponnen, der Anführer der ›Eisenschädel‹ entführt. Caliban, ein Roboter der neuen Gesetze, muß sich einmal mehr als Detektiv betätigen ...

ISBN 3-404-24273-4

BASTEI
LÜBBE

Jenseits des Sternenhaufens Skiafarilla liegt Durdane, ein Planet, der um ein System aus drei Sonnen kreist. Er wurde vor Jahrtausenden von Menschen besiedelt, doch da es auf ihm kaum Eisen gibt, ist die menschliche Zivilisation auf ein vortechnologisches Niveau abgesunken. Dies ist die Geschichte von Mur, Sohn einer Klosterdirne, der dem Orden seiner Mutter entflieht und für vogelfrei erklärt wird. Als Musiker durchstreift er seine fremdartige Welt, und es ist seine Bestimmung, sie vor den Horden der Rogushkoi zu bewahren, den wilden Mutanten aus den Salzsümpfen, die sie plündernd und mordend durchstreifen.

ISBN 3-404-23219-4

BASTEI LÜBBE

Die Menschheit ist ins All vorgestoßen und dabei auf die raubtierartigen Kilrathi gestoßen. Seitdem ist ein Krieg zwischen den beiden so unterschiedlichen Rassen entbrannt, ein Krieg auf Leben und Tod. Hier ein neues Kapitel:
Vierzig Kilrathi-Schlachtschiffe greifen einen kleinen Planeten an, um ein geheimes Gerät zu stehlen, mit dem sie per Hyperraumsprung in die Atmosphäre der Erde vordringen könnten, unter Umgehung aller Abwehrstationen der Menschen. Das einzige Erdenschiff in der Nähe des kleinen Planeten ist ein Frachter mit zwei jungen, unerfahrenen Piloten an Bord, die auf diese Weise ganz unerwartet neue Aufträge erhalten: Warnt die Konföderation vor den Kilrathi, laßt euch nicht erwischen, und haltet die Kilrathi auf – um jeden Preis!

ISBN 3-404-23218-6

BASTEI LÜBBE